INSTRUCTOR'S ANNOTATED EDITION

MUNDO 21

Fabián A. Samaniego
University of California, Davis
Emeritus

Francisco X. Alarcón
University of California, Davis

Nelson Rojas
University of Nevada, Reno

Contributing Writer
Sidney E. Gorman

HEATH

D. C. Heath and Company
Lexington, Massachusetts   Toronto

Address editorial correspondence to:

D. C. Heath and Company
125 Spring Street
Lexington, MA 02173

Published simultaneously in Canada.

Printed in the United States of America.

International Standard Book Number: 0-669-21791-3 (Instructor's Edition)

International Standard Book Number: 0-669-21788-3 (Student's Edition)

Library of Congress Catalog Number: 94-76351

10 9 8 7 6 5 4 3 2 1

CONTENTS

INTRODUCING MUNDO 21

PURPOSE AND PHILOSOPHY

Based on the most current research in second language acquisition, *Mundo 21* presents a unique content-based and student-centered approach to teaching intermediate Spanish. It is also the only intermediate Spanish program specially designed for both non-native and native Spanish speakers. The text provides multiple levels of authentic comprehensible input through three types of readings (historical, literary, and journalistic) and through a fully integrated, text-specific video, featuring authentic footage from various regions of the Hispanic world. With the exception of the grammar explanations, the text is written entirely in Spanish so students are constantly exposed to natural language. Emphasizing communication, pair and group work and learning in context, all activities are designed to motivate students; to foster the use of critical thinking skills; and to promote the development of listening, speaking, reading, and writing skills.

The acquisition of cultural competency by broadening students' knowledge of the twenty-one countries* comprising the Spanish-speaking world is a major goal that permeates every page of *Mundo 21.* To accomplish this objective, units are geographically oriented, and text lessons focus on individual countries or particular Hispanic groups. People and events are described in the context of the past, the present, and the upcoming twenty-first century so students not only gain insight into Hispanic cultures and civilizations, but also achieve a more global understanding of the issues these peoples and their countries face in the future.

* This number includes the United States, which is currently the fifth largest Spanish-speaking country in the world.

INSTRUCTOR'S ANNOTATED EDITION

The introductory material to the *Instructor's Annotated Edition* includes a detailed description of the text's pedagogy, the individual textbook sections, and the program components. Specific suggestions for implementing each textbook section are also provided along with course syllabi and ideas for working with native speakers of Spanish.

In addition, the complete student text with reduced pages is supplemented by extensive on-page annotations that include the following information:

- The unit outcomes and the active vocabulary lists for each lesson.
- Detailed suggestions for teaching specific text sections and ideas for varying or expanding activities.
- Supplemental historical and cultural information including additional information on the photographs.
- Answers to the text exercises.
- **NSS** Explicit suggestions for using the textbook with native speakers of Spanish. The inclusion of comprehensive NSS notes written in Spanish makes the text easily adapted and suitable for native-speaker courses.

MUNDO 21

Scope and Sequence

T7

Mundo 21 contains a preliminary lesson, eight units with three lessons each, and a grammar manual. The preliminary lesson helps students bridge the gap between the instructional goals of first-year college courses or high-school programs and those of second-year college programs. All the lessons of *Mundo 21* are designed around the following five-step instructional sequence, within which special features appear to develop and reinforce specific language skills, and to accommodate students' different learning styles.

SETTING THE STAGE Using critical thinking skills and background information to anticipate content

COMPREHENSIBLE INPUT Reading literary and journalistic selections and viewing authentic video

GUIDED PRACTICE Controlled speech production, vocabulary building, enhancement of writing skills, and grammar review

APPLICATION AND EXTENSION Creating with spoken and written language

EVALUATION Ongoing comprehension checks in lessons and complete Testing Program

TEACHING A LESSON

Each text section is lavishly illustrated with photos of people, places, and art that bring the past and present to life, thus enriching students' exposure to Hispanic culture. Visual images accompanying each reading provide important clues to meaning and increase students' level of comprehension.

UNIT OPENER

Setting the Stage:
Anticipating and critical thinking

The captivating, two-page photo essay at the beginning of each unit sets the stage for the main topics to be presented.

Suggestions for beginning a unit

1 Have students locate the countries to be studied on the appropriate map in their text. (See **Atlas del Mundo 21,** pages v-xv of the Student Text).

2 Ask students to look at the photos and describe what the people are doing or to speculate on the significance of what they see.

3 Introduce the unit title and ask students to speculate on the content or theme of the unit.

4 Call on students to read the photo captions aloud and ask several comprehension questions to make sure all understood the captions.

5 Have students read the **Enfoque** individually and ask the comprehension questions in the on-page annotations.

6 Provide additional information found in the annotations or ask students to relate any additional geographical, political, or cultural information they have about the countries, places, or people pictured.

7 **NSS** Follow the same procedures with NSS. Ask if anyone in the class comes from one of the countries featured or knows someone from these countries and to tell what they know. Encourage students from the country to give first-hand accounts of their experiences.

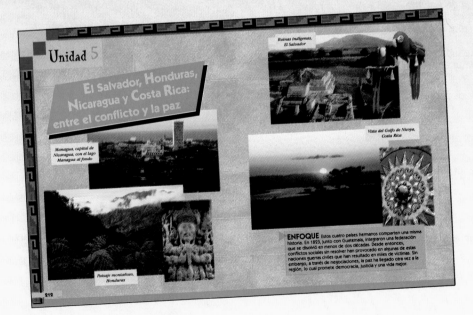

GENTE DEL MUNDO 21

Setting the Stage: Using background knowledge to anticipate

The **Gente del Mundo 21** section at the beginning of each lesson profiles four noteworthy personalities in politics, arts, literature, sports, or the entertainment industry of the country featured.

Suggestions for Teaching
GENTE DEL MUNDO 21

1 Vary how students read these short biographies.
   - Call on individual students to read each one aloud in class.
   - Have students read them silently.
   - Assign the readings as homework.
   - Ask students to read silently in groups and have group members clarify any difficulties with comprehension.

2 Always check for comprehension as students read each biography and vary who performs the comprehension checks.

Using comprehension checks
   - Instructor asks yes/no, either/or questions.
   - Individual students make up and ask yes/no, either/or questions.
   - Pairs or groups of students make up and ask comprehension check questions.
   - The whole class prepares comprehension check questions as homework and then uses them in a pair, group, or whole-class activity.

3 When working in pairs or groups, always check for accuracy by calling on individual students to respond to the **Personalidades del Mundo 21** activity.

4 Play *"Who am I?"* by writing the names of the personalities on self-stick labels and placing them on students' backs without telling them their new identity. Working in pairs, have them discover their new identity by asking each other information questions.

5 **NSS** In groups of six, have four NSS assume the personalities of the people featured. The remaining two students play the role of news reporters who interview each person for the **Gente del Mundo 21** column of a newspaper.

Lección preliminar

El español: pasaporte al Mundo 21

Gente del Mundo 21

Octavio Paz, poeta mexicano galardonado con el Premio Nóbel de Literatura en 1990, nació en la Ciudad de México en 1914. Se educó en la Universidad Nacional Autónoma de México. Publicó su primer libro de poemas, *Luna silvestre*, antes de cumplir veinte años. Además de distinguirse como poeta, Octavio Paz ha escrito libros de ensayos sobre el arte, la literatura y la realidad mexicana en general. Quizás su libro de ensayos de mayor influencia sea *El laberinto de la soledad* publicado en 1950, donde hace un análisis crítico de México y el mexicano.

Gloria Estefan. "Mis canciones son como una fotografía de mis emociones", dice esta cubanoamericana de Miami que ha llegado a ser una de las cantantes más populares de EE.UU. La movediza cantante, que se inició en el grupo *Miami Sound Machine*, escribe canciones en inglés y en español, y muchas de sus composiciones, como *"Anything for You"* tienen versiones en los dos idiomas. Estefan dice que le encanta ser bilingüe porque abre horizontes más amplios a su experiencia. Su reciente álbum *Mi tierra* (1993) es un homenaje musical a Cuba, tierra de la que salió a los dieciséis meses.

Edward James Olmos es uno de los actores hispanos de más fama tanto en el teatro y el cine como en la televisión. Nació en 1947 en el Este de Los Ángeles en California donde vivió toda su juventud. En 1985 ganó un premio "Emmy" por su actuación como el teniente Castillo en la popular serie de la televisión "Miami Vice". Algunas de las películas en que ha participado son *Blade Runner, The Ballad of Gregorio Cortez* y *Stand and Deliver*. Por esta última película fue nominado para un premio "Óscar" en 1989. También hace una valiosa labor en favor de la comunidad latina, especialmente de los jóvenes.

Rita Moreno, actriz, cantante y bailarina nació en 1931 en Humacao, Puerto Rico. Es la única persona que ha ganado los cuatro premios más prestigiosos del mundo del entretenimiento: el "Óscar" por su interpretación de Anita en la película musical *West Side Story*; el "Tony" por su actuación en la comedia *The Ritz*, y el "Grammy" por su participación en la grabación de *The Electric Company*. También ganó dos premios "Emmy" por su actuación en *The Muppet Show* y *The Rockford Files*.

Personalidades del Mundo 21. Prepara dos preguntas sobre cada una de estas personas. Hazle las preguntas a un(a) compañero(a) de clase y luego contesta sus preguntas.

2

LECCIÓN PRELIMINAR

LECCIÓN PRELIMINAR

3

DEL PASADO AL PRESENTE

The **Del pasado al presente** readings provide a brief historical and cultural overview of the country under study. The accompanying **¡A ver si comprendiste!** activity checks students' understanding of key facts and events.

Suggestions for Teaching
DEL PASADO AL PRESENTE

1 As a pre-reading activity, ask students to provide any additional geographical, political, or cultural information about the places or people pictured. If they do not have other information, have them speculate about who or what they see in the photos in conjunction with using the text's subheads.

2 Do a jigsaw activity (see description on page 24). It will reduce considerably the amount of reading each student has to do, providing all students with important information. Help any group having problems with their assigned reading selection by using comprehensible input techniques, such as explaining, defining, describing, contrasting, illustrating on the board, gesturing, etc., to clarify new language and usage. Also ask comprehension check questions—yes/no, either/or, point to, or short answer formats.

3 Always verify answers to the **¡A ver si comprendiste!** questions to ensure accuracy in pair or group work. Insist that students answer these questions in their own words; do not allow reading verbatim from the text.

4 After completing the discussion of reading or the **¡A ver si comprendiste!** activity, have students identify all the persons and places in the photos. If time permits, relate to the class the additional cultural information about the photos in the on-page marginal annotations.

5 Students should not be expected to memorize every name, date, and fact presented in the historical **Del pasado al presente** readings. On the other hand, they should acquire a general understanding of major movements and important factors that greatly influenced the development of that country's culture.

6 **NSS** Use the NSS variation of the jigsaw reading activity (see description on page 25).

VENTANAS AL MUNDO 21

Comprehensible Input: *Cultural reading*

To further heighten students' cultural awareness, every lesson features one or two thematically-related cultural vignettes, **Ventanas al Mundo 21,** that highlight important individuals, traditions, places, or events. The short comprehension activity encourages students to use their critical thinking and inferencing skills.

Suggestions for Teaching *VENTANAS AL MUNDO 21*

1 Activate students' background knowledge by asking them what they know about the topic. Then have students identify the photos or art and describe what they see. As a variation, ask them to compare the art with those in other lessons, for example, the painting by Frida Kahlo on page 127 with the *Guernica* by Picasso on page 102.

2 Vary your approach with these culture capsules.
 • Have students read the selection independently and work through the comprehension activity, writing their responses.
 • Have students read the selection in pairs and work on the comprehension check together.
 • Have students read the selection independently and complete the comprehension check as a class.

3 Help students who are having trouble understanding the reading by using comprehensible input techniques such as explaining, defining, describing, contrasting, etc. Also ask comprehension check questions using yes/no and either/or formats.

4 **NSS** Ask NSS students to share with the class any additional information they may have about the topic of the **Ventana**.

Ventana al Mundo 21

El Centro Cultural de la Misión

En las últimas dos décadas se fundan en California varias organizaciones culturales que tratan de satisfacer las necesidades de las comunidades hispanas de diferentes centros urbanos. Entre estas instituciones están *El Centro Cultural de la Raza de San Diego, Self-Help Graphics del Este de Los Ángeles, La Raza/Galería Posada de Sacramento y El Centro Cultural de la Misión de San Francisco.* Esta última institución fue fundada en 1977 cuando algunos activistas de la comunidad, cansados de esperar una resolución a sus peticiones, ocuparon un edificio vacío en la avenida principal del barrio latino de San Francisco. El edificio fue adquirido por el gobierno municipal y ha sido remodelado para convertirse en el mayor centro cultural latino de EE.UU. Las instalaciones de cuatro pisos incluyen un teatro con capacidad para 250 personas, varias galerías para exhibiciones de arte, amplios salones y aulas para la enseñanza de danza, bailes regionales y música. En el cuarto piso del edificio está situada *Misión Gráfica,* el famoso taller de artes visuales que dirige René Castro, artista originario de Chile. "El Centro Cultural de la Misión", dice René Castro, "funciona como el corazón y el alma del barrio. Cada semana cientos de niños y jóvenes toman clases o participan en nuestra programación cultural. En cierta manera estamos creando la cultura del futuro que va a transformar este país".

Centros culturales. Pregúntale a un(a) compañero(a) . . .
1. . . . el propósito de los centros culturales que se establecen en California en las últimas dos décadas.
2. . . . si puede nombrar algunos de estos centros.
3. . . . cuándo fue fundado el Centro Cultural de la Misión.
4. . . . cómo se fundó el Centro Cultural de la Misión.
5. . . . en qué consisten las instalaciones del centro.

René Castro

El teatro del Centro Cultural de la Misión

28

Ventana al Mundo 21

La música andina

Los pueblos de las mesetas andinas comparten una tradición cultural que además de Bolivia incluye Ecuador, el Perú, el norte de Chile y de Argentina. Existe un folklore andino que incluye los usos, las costumbres, la vestimenta, la tradición oral, la danza y la música. Aunque la realidad que representa el folklore es muy antigua, es un campo de estudio relativamente reciente. La música folklórica es anónima, oralmente transmitida de abuelos a padres y de éstos a sus hijos como patrimonio familiar.
 El folklore musical de los pueblos andinos es sumamente rico. Existe una gran variedad de instrumentos de viento hechos de cañas como las quenas y los sicus o flautas indígenas. Estos instrumentos parecen imitar el sonido del viento en lo alto de los Andes. Los instrumentos de percusión incluyen los bombos, las cajas y los tambores. Un instrumento mestizo muy utilizado por conjuntos andinos es el charango, una especie de pequeña guitarra hecha de la concha de un armadillo o de madera.
 Existe una revitalización de la música andina fomentada por grupos con proyección internacional como el grupo chileno Inti-Illimani e intérpretes populares como el argentino Atahualpa Yupanqui (Héctor Roberto Chavero, 1908–1992). Una composición musical que ejemplifica la melodía andina llena de melancolía fue hecha popular en 1970 en EE.UU. por los cantantes Simon y Garfunkel bajo el título "El cóndor pasa".

La música andina. Con el libro cerrado, dile a tu compañero(a) todo lo que recuerdes del folklore andino en general y escucha mientras te dice lo que recuerda de la música andina en particular.

LECCIÓN 3: BOLIVIA

365

Y AHORA, ¡A LEER!

Comprehensible Input:
Literary and journalistic reading

The **Y ahora, ¡a leer!** sections contain the principal readings of each unit—a literary selection by a prominent Hispanic author (Lesson 1) and a journalistic piece from a major Hispanic magazine or newspaper (Lesson 2). Great care has been taken to select topics that are accessible and of particular interest to students. The literary selections were chosen to give students a good overview of the Hispanic world of letters. A conscious effort has been made to include a wide representation of today's visionary writers.

An extensive pre-reading apparatus entitled **Anticipando la lectura** provides activities that foreshadow key content and vocabulary, while **Conozcamos al autor** presents background information on the author. Both features help prepare students for successful reading experiences. The post-reading **¿Comprendiste la lectura?** section checks students' basic comprehension and encourages them to analyze critically and to discuss salient points about the readings' plot, characters, themes, or writing style.

Suggestions for Teaching
Y AHORA, ¡A LEER!

1 Follow the specific suggestions for **Anticipando la lectura** activities in the on-page marginal annotations.

2 Have students work on the **Vocabulario en contexto** exercise independently, in pairs, or as a class. Then verify answers with the entire class. If the class is unsure about the meaning of a word, have students locate it in the reading text and use that context to clarify meaning.

3 Have students describe or identify the photos or illustrations that accompany the reading. Then ask students how they relate to the reading title. This suggestion may be used as a pre-reading or post-reading activity.

4 Assign the reading and **¿Comprendiste la lectura?** section as homework. In class, have students correct each other's homework as you do exercise A. For exercise B, encourage students to use their critical thinking skills and to support their opinions with specific examples.

5 Do a jigsaw activity (see description on page 24).

6 Before completing the **¿Comprendiste la lectura?** section, have students summarize the reading by using a chaining activity. (In chronological order, each student relates a key point or event from the reading until all of the content is covered.)

7 **NSS** Have NSS dramatize the short stories such as Sabine R. Ulibarrí's "Adolfo Miller" on pages 31-34 and Guillermo Samperios's "Tiempo libre" on page 130.

8 Have students compare various stylistic or literary aspects of two short stories such as Gabriel García Márquez's "Un día de estos" on pages 277-280 and Julio Cortázar's "Continuidad de los parques" on pages 387-389, or have them do a more detailed literary analysis of a specific literary work such as the Cervantes' selection from the *Quijote*, "Aventura de los molinos de viento" on pages 83-86, or Eliseo Diego's poem "Las herramientas todas del hombre" on pages 174-175.

PALABRAS COMO LLAVES

Guided Practice:
Vocabulary building

The **Palabras como llaves** sections, which occur in Lessons 1 and 2 of each unit, focus on a key word from the literary or journalistic reading and engage students in understanding its different meanings in various contexts or identifying related words.

Suggestions for Teaching
PALABRAS COMO LLAVES

1 Have students work in pairs and write definitions for the words in this section. After students have had time for pair work, call on individual students to give the meaning of the highlighted words. Have class confirm each response.

2 As a pair, small group or class activity, ask students to locate sentences in the text readings **(Del pasado al presente** and **Y ahora, ¡a leer!)** that contain these words. Then have individuals explain the word's meaning in that context.

3 Ask individual students or the class to create original sentences with the various meanings of the key words.

4 **NSS** Ask NSS to write original sentences on the board with each use of the focus word(s) under study. Then have the class correct their work.

5 **NSS** Ask NSS to name (list) other words that are derived from or related to the words(s) under study and to define each one.

DRAMATIZACIONES

Application and Extension:
Creating with language

These open-ended culture-based activities in Lessons 1 and 2 of each unit encourage students to develop fluency in the language and to use their creativity as they recycle and synthesize the lesson content. Based on emotionally-charged historical incidents, the role plays throughout the text will enliven the class with fresh insights into Hispanic culture and make history an intensely personal experience for students as they provide their own perspective in interpreting specific events.

The debate topics included in the second half of the text are designed to promote the use of critical thinking skills as students examine the information in the readings for specific evidence or examples to support their opinions. Through these discussions, students will learn to express and defend opinions as they develop the skills of argumentation and persuasion.

Suggestions for Teaching
DRAMATIZACIONES

1 Students should not prepare written or memorized scripts, but rather should play out the situation spontaneously.

2 Encourage students to use their creativity in the role plays and to respect cultural and historical authenticity. At the end of each role play, have the class comment on the cultural and historical accuracy.

3 Assign all role plays and debates at the same time to different groups of students in order to save time.

4 When presenting, you may save time by dividing the class into three large groups of eight to ten students each. Have each group form a large circle and group members alternate performing their role plays for their group. Have each group select the best role play to be presented to the entire class.

5 Grade student performance on some of these activities from time to time using a holistic approach to evaluate accomplishment of the assigned task.

6 **NSS** After all the role plays have been presented, encourage NSS to make cross-cultural comparisons with regard to specific events or what they learned in their history texts.

7 If a videocamera is available, have students tape their role plays occasionally. Students can choose some of their productions to show other classes.

CULTURA EN VIVO

Application and Extension:
Cultural enrichment

The **Cultura en vivo** sections at the end of Lesson 1 of each unit explore an intriguing facet of Hispanic culture in which students discover and manipulate cultural material in thought-provoking, interactive activities. Here students become directly involved as they assume different roles such as that of an archeologist deciphering the Aztec calendar, art critics interpreting a modern Spanish masterpiece, or a playwright preparing an adaptation of a García Márquez short story.

Suggestions for Teaching
CULTURA EN VIVO

1 Call on individual students to read the background information aloud or have students read the text independently. Then ask yes/no and either/or questions to check comprehension or have groups prepare comprehension checks to ask the class. It is appropriate for students to understand the background information before starting pair or small group work.

2 Allow adequate time for pair or small group work. Circulate among groups to help with problems they might be having and to make sure all are staying on task.

3 Always have pairs or groups report to the entire class after the assigned task is completed.

4 Specific suggestions for each activity appear in the on-page annotations.

5 **NSS** Encourage NSS to share with the class any additional information about the topic they may have.

Cultura en vivo

La Piedra del Sol

En 1790 se descubrió este enorme monolito bajo la superficie del Zócalo, la plaza mayor de la Ciudad de México. Allí había permanecido enterrado por 269 años después de la conquista española de Tenochtitlán. Se le conoce como la Piedra del Sol y representa la visión del cosmos que tenían los antiguos mexicanos.

La piedra mide doce pies de diámetro y pesa veinticuatro toneladas. Se calcula que los artistas aztecas que labraron la piedra tardaron cerca de veinte años en terminar la obra. En la actualidad, es la pieza central de la más importante sala de exhibiciones del Museo Nacional de Antropología e Historia localizado en el Parque de Chapultepec en la Ciudad de México.

La Piedra del Sol también se conoce como el Calendario Azteca, aunque no es precisamente como los calendarios modernos. En realidad, se trata de un libro de piedra que resume el conocimiento astronómico y la visión del tiempo que tuvo la gran civilización mesoamericana.

Nombre de los veinte días en el calendario náhuatl*

1. *cipactli* cocodrilo
2. *ehécatl* viento
3. *calli* casa
4. *cuetzpalin* lagartija (lizard)
5. *cóatl* serpiente
6. *miquiztli* muerte
7. *mázatl* venado (deer)
8. *tochtli* conejo (rabbit)
9. *atl* agua
10. *itzcuintli* perro
11. *ozomatli* mono (monkey)
12. *malinalli* hierba (grass)
13. *ácatl* caña (reed)
14. *océlotl* jaguar
15. *cuauhtli* águila
16. *cozcacuauhtli* zopilote (vulture)
17. *ollin* movimiento
18. *técpatl* pedernal (flintstone)
19. *quiáhuitl* lluvia
20. *xóchitl* flor

*Los veinte días multiplicados por dieciocho meses formaban 360 días. A ésos se les añadían cinco días llamados *nemontemi* (los mesoamericanos los consideraban de mala suerte) para así obtener un total de 365 días. A este año solar se le añadía un día extra cada cuatro años que correspondía a lo que nosotros llamamos "año bisiesto".

¿Son buenos arqueólogos?
En grupos de dos o tres, identifiquen en el dibujo de la Piedra del Sol los elementos que la componen, según las siguientes indicaciones. Escriban los nombres correspondientes en la copia del calendario que les va a dar su profesor(a).

1. Los aztecas, como muchos otros pueblos mesoamericanos, consideraban al Sol como el principio y centro de toda la vida. ¿Dónde crees que se localiza el Sol llamado *Tonatiuh* por los aztecas?

2. Había veinte días en cada uno de los dieciocho meses mesoamericanos. Cada día se representaba por un símbolo distinto. Identifica el círculo que contiene los veinte días del mes mesoamericano.

3. Cada día estaba representado por un *tonalli* o espíritu solar. Encuentra en el círculo de los días los siguientes *tonalli* :

 Cuetzpalin lagartija   **Mázatl** venado

 Cuauhtli águila   **Xóchitl** flor

4. Señala las cuatro direcciones distintas que rodean a *Tonatiuh*: ehécatl, océlotl, quiáhuitl y atl. Encuentra el significado de los nombres náhuatl en la lista de nombres de los veinte días mesoamericanos.

5. El siguiente símbolo representa a *Ehécatl*-viento. ¿Puedes identificar las dos veces que aparece?

 Ehécatl viento

6. Identifica las dos serpientes de fuego que representan al planeta Venus por la mañana y por la noche. De las serpientes salen dos gemelos, uno anunciando la noche, el otro el día. En México, los gemelos se llaman "cuates" de la palabra *cóatl* que significa tanto "serpiente" como "doble".

VOCABULARIO PERSONAL

Guided Practice:
Vocabulary building

In the **Vocabulario personal** section featured in Lesson 2 of each unit, students prepare their own personalized, active vocabulary lists based on words learned in the readings. Topically organized, these lists serve as a preliminary step for the unit writing task of the **Escribamos ahora** sections that follow.

Suggestions for Teaching
VOCABULARIO PERSONAL

1 Encourage students to skim the literary and/or journalistic reading for useful words and expressions.
2 Remind students to include previously learned words or expressions in each vocabulary category.
3 Allow sufficient class time for students to compare their vocabulary lists in pairs or small groups and encourage them to add words from their classmates' lists to their own.
4 Remind students that the **Vocabulario personal** they generate will be useful in the unit writing task
5 Encourage NSS to find new words that will give them alternate ways of saying what they already know how to say.

Vocabulario personal

¡Qué imaginación! Eres una persona muy imaginativa y acabas de tener una excelente idea para una nueva película. Tu idea es hacer una película sobre don Quijote en el futuro. Podrías llamar tu película *Don Quijote en el Mundo 21*. Imagínate cómo reaccionaría él al ver realidades comunes contemporáneas como un avión, los coches en las autopistas, un concierto de música "punk", la pintura *Guernica*, etc.

Antes de escribir el primer borrador de tu guión cinematográfico, prepara una lista de vocabulario que crees que vas a necesitar 1) para nombrar los objetos que don Quijote ve y lo que se imagina, 2) para describir los objetos que se imagina, 3) para describir las reacciones de don Quijote y Sancho frente al Mundo 21 y 4) otras palabras y expresiones útiles. Tal vez debas volver a las lecturas sobre *Don Quijote y Guernica* para encontrar vocabulario apropiado.

Objetos que ve y se imagina	Descripciones de los objetos
1. un avión: un pájaro prehistórico	1. majestuoso
2. un autopista: un río mágico	2. poderoso
3. el *Guernica*: un sueño	3. incomprensible
4. . . .	4. . . .
5. . . .	5. . . .
6. . . .	6. . . .
7. . . .	7. . . .
8. . . .	8. . . .

Reacciones de don Quijote y Sancho Panza	Otras palabras y expresiones
1. conmovedor	1. ¡Dios mío!
2. sensacional	2. ¡Válgame Dios!
3. raro	3. . . .
4. maravilla	4. . . .
5. . . .	5. . . .
6. . . .	6. . . .
7. . . .	7. . . .
8. . . .	8. . . .

LECCIÓN 2   ESPAÑA: AL PRESENTE

Vocabulario personal

¡Hay que ser muy trabajador! Para alcanzar la fama de un Juan Luis Guerra, un Juan Marichal o una Charytín, hay que ser muy trabajador ya que la fama no viene fácilmente. ¿Eres tú muy trabajador(a)? ¿Trabajas en casa? ¿en la escuela? ¿en otros lugares? Como todos los buenos trabajadores, debes usar ciertas herramientas o instrumentos especiales en tu trabajo. Piensa ahora en esas herramientas o instrumentos y en la función de cada uno. Prepara una lista de vocabulario que incluya lo siguiente: 1) herramientas o instrumentos que usas con frecuencia, 2) función de cada herramienta o instrumento, 3) usos inapropiados de las herramientas o instrumentos y 4) otras palabras y expresiones que te sean útiles. Tal vez debas volver al poema de Eliseo Diego, a la lectura sobre Juan Luis Guerra o al vocabulario al final de tu libro de texto.

Herramientas o instrumentos de uso frecuente	Función de herramientas o instrumentos
1. bolígrafo	1. escribir
2. peine	2. peinarse
3. . . .	3. . . .
4. . . .	4. . . .
5. . . .	5. . . .
6. . . .	6. . . .
7. . . .	7. . . .
8. . . .	8. . . .

Usos inapropiados de herramientas o instrumentos	Otras palabras y expresiones
1. ofender	1. filo
2. dañar reputación	2. clavos
3. . . .	3. . . .
4. . . .	4. . . .
5. . . .	5. . . .
6. . . .	6. . . .
7. . . .	7. . . .
8. . . .	8. . . .

LECCIÓN 2:   LA REPÚBLICA DOMINICANA

195

ESCRIBAMOS AHORA

Guided Practice, Application and Evaluation: Writing

The **Escribamos ahora** sections, which occur in Lessons 2 and 3 of each unit, provide an innovative process-oriented approach to developing students' writing skills and organizational techniques. To achieve these goals, each unit focuses on a specific type of writing such as description and point of view, contrast and analogy, direct discourse, expressing and supporting opinions, and hypothesizing. The two sequential **Escribamos ahora** sections take students step-by-step through pre-writing activities including brainstorming, clustering and outlining, various drafts, rewrites, and peer review with the end result being a well-developed composition on a thematically-related topic at the end of each unit. For evaluation, only the final draft is submitted for holistic grading.

Suggestions for Teaching
ESCRIBAMOS AHORA

1 Discuss the unit's writing strategy with the class. See specific suggestions in the on-page annotations. Answer any questions, then have students do the activities in the **A generar ideas** section that provides practice applying that particular new strategy.

2 Help students brainstorm lists of potential ideas and vocabulary to use. Write lists of their suggestions on the board or on an overhead transparency in clusters as students call out their ideas.

3 Insist that students plan and organize before they write a first draft, using the activities in the text.

4 Either allow time in class to prepare a first draft **(El primer borrador)** or assign the draft as homework. Emphasize to students that at this stage, getting the ideas on paper is more important than accuracy. They will have opportunities to refine their work later.

5 For the first draft, try having students do "timed writes" on a topic. On a signal, they begin writing and keep the pencil/pen moving for the full three to five minutes that you allow. Then have students revise their draft as homework before submitting it for peer review.

6 Allow time for sharing their first draft with classmates to get peer feedback on content only **(Primera revisión)**. Insist that partners begin by noting what they liked or found interesting and remind students that suggestions for improvement should be made tactfully.

7 After completing a second draft **(Segundo borrador)**, allow time for a second peer feedback to focus on accuracy of spelling, punctuation, and grammar. Teach students to edit by concentrating on one or two points per composition, as instructed in the **Segunda revisión** activity of the text, or edit a sample composition on a transparency as a model.

8 **NSS** Encourage students to keep a personal list of common errors that they make and to review their compositions for those particular problems before submitting their final draft. This is especially helpful for NSS.

9 The publication activity is an integral part of the writing process because it gives students a feeling of real accomplishment with their writing tasks, especially if their peers compliment them on their final product.

T18

LUZ, CÁMARA, ACCIÓN

Comprehensible Input:
Listening to authentic language

 To improve listening comprehension skills, students should be exposed to "real" language. The **Mundo 21 Video** provides natural contexts for students to see and hear native speakers in real-life situations. Correlated to the nine modules of the **Mundo 21 Video,** the **Luz, cámara, acción** sections in Lesson 3 of each unit, are pedagogically designed to fully exploit the authentic video footage. Pre-viewing activities **(Antes de empezar el video),** readings with background information **(Escenario** and **Y ahora, ¡veámoslo!),** and post-viewing activities **(A ver cuánto comprendiste...)** give students the support they need to comprehend natural speech. For more information, see the **Mundo 21 Video Program** description on page T22.

Suggestions for Teaching
LUZ, CÁMARA, ACCIÓN

1 To properly prepare students for viewing the video segment, always complete the **Antes de empezar el video** activity. These exercises will activate their background knowledge and focus their attention on the video's topic.

2 Call on individual students to read the **Escenario** aloud, one paragraph at a time. Ask yes/no and either/or comprehension check questions after each student reads to verify understanding.

3 See the **Del pasado al presente** teaching suggestions (page T12) for other possible variations on presenting the **Escenario** readings.

4 For the **¡A ver si comprendiste!** activities, check accuracy of pair work by calling on individual students to answer the questions. Have the class confirm each response.

5 Read the **Y ahora, ¡veámoslo!** paragraph to the class and ask comprehension check questions. Then ask students to describe the video stills to predict what they will see on the video.

6 Play the entire video without stopping. Then rewind and replay the video in short segments, pausing after each segment to ask comprehension check questions or to have students narrate what they saw. The length of each video segment will depend on the level of students' listening comprehension skills and how much they can retain as they view the video. Play the entire video again before asking **A ver cuánto comprendiste...** questions.

7 **NSS** In NSS classes, play the video one section at a time, stopping to ask comprehension check questions. NSS should be able to understand longer sections at a time.

8 **NSS** As a pre-viewing or post-viewing activity, encourage NSS to share with the class any knowledge they may have about the video topic.

9 **NSS** Expect NSS to give more detail and recall more facts when asking the **A ver cuánto comprendiste...** questions.

PASAPORTE CULTURAL

Evaluation:
History and culture

Unique, collaborative information-gap activities and games in the **Pasaporte cultural** sections, which occur toward the end of Lesson 3, offer a review of each unit's cultural content in four fun-filled game formats: twenty questions, crossword puzzles, word searches, and jeopardy.

Suggestions for Teaching
PASAPORTE CULTURAL

1 Make sure students understand that the game they are playing is actually a review for the unit exam.
2 Encourage students to answer the questions or solve the puzzles without using their books. However, allow students to use the books to verify answers, as necessary.
3 **NSS** To improve speaking skills, pair up NSS. Also NSS will be able to help non-NSS if they have previous knowledge of the unit's content.

Antes de empezar tu recorrido por el *Mundo 21*, necesitas un pasaporte muy especial: un pasaporte cultural. Para ganarte este pasaporte, debes demostrar que entras al *Mundo 21* con un firme interés de aprender más de su cultura, de su historia, y que quieres llegar a conocer íntimamente a su gente. Obtener este pasaporte cultural no es difícil. Por medio de un concurso cultural, tú y tus compañeros pueden mostrar lo que ya saben sobre el mundo hispánico.

Pasaporte cultural individual. Después de pasar este concurso cultural, vas a recibir tu pasaporte cultural *Mundo 21*. Guárdalo con mucho cuidado, pues al final de cada lección vas a recibir un sello que confirma que has repasado con provecho los aspectos culturales que ahí se incluyen.

Así, al final de *Mundo 21*, vas a tener un pasaporte cultural con todos los sellos correspondientes y lo que es más importante, vas a tener la satisfacción de haber realizado un recorrido cultural a través de veintiún países distintos.

Para empezar el concurso. Empiecen por dividirse en grupos de cuatro o seis personas. Su profesor(a) le va a dar a cada grupo un juego de tarjetas sobre uno de los siguientes temas y les va a explicar las reglas. Cada juego tiene tarjetas de cinco puntos y tarjetas de diez puntos. Cada tarjeta tiene una pregunta sobre el tema cultural indicado.

Temas culturales
1. Los países y las capitales de Latinoamérica
2. Los moros en España
3. Los aztecas y los incas
4. Las comidas de España y de las Américas
5. Los hispanos en EE.UU.
6. Misceláneo

19

LECCIÓN PRELIMINAR

MANUAL DE GRAMÁTICA

Guided Practice:
Grammar review

For greater flexibility in meeting individual class needs, the **Manual de gramática** appears at the end of the text with sections cross-referenced to textbook lessons. Teachers may choose to work with the grammar explanation in class inductively or deductively. The amount of class time devoted to grammar and its review or its presentation will depend upon students' previous preparation.

The **Ahora, ¡a practicar!** exercises following each grammar point systematically reinforce the vocabulary and cultural content in the lesson readings so students always practice new structures in meaningful contexts. All of these activities may be assigned as oral or written work for individuals or in pairs.

Suggestions for Teaching
MANUAL DE GRAMÁTICA

1 When beginning a new lesson, assign half the lesson's grammatical structures and the corresponding **Ahora, ¡a practicar!** exercises for homework. On the second day, assign the remaining grammar points and accompanying activities.
2 Always verify the answers to the **Ahora, ¡a practicar!** homework exercises. To motivate students, vary the procedure:
  • Have students exchange papers and correct each other's homework as you call on individual students to give the correct answers.
  • Call on several students to write the answers on the board for each item. Have students correct their own papers as you check board work with the class.
  • Put answers on a transparency and have students correct their own papers.
  • Collect homework papers and grade them holistically.

3 After checking the homework, ask students if there are any questions about the grammar explanations they read and answer their questions. Any question is a valid question except, "Would you explain it? I didn't understand anything," which is a clear indication that the student did not read the grammar explanation.

4 Give frequent grammar quizzes with three or four questions after you have gone over the homework and answered the students' questions. These can be individual, pair or group quizzes. If doing a pair or group quiz, the students should work together and provide one set of answers as you ask each question. This method promotes cooperative learning and peer teaching as students work together to answer each question. Always remember to keep the quiz questions simple and to the point. For example, some appropriate questions for the **Lección preliminar** would be: *¿Cuáles son las terminaciones de verbos en -ar, -er, -ir en el presente indicativo? Escriban una oración en el presente indicativo y tradúzcanla al inglés, indicando tres distintos significados en inglés.*

Then collect all papers and go over the correct answers with the class. When grading, use a simple rubric (+, ✓, -) and try to return the papers to the students the following day. Quizzes are easy to grade using this simple rubric and if group quizzes are used, there should only be eight or ten papers to grade instead of twenty-five or thirty.

5 Remind students that the ***Cuaderno de actividades*** has a significant number of additional grammar exercises if they need more practice.

6 Follow the same procedures as for non-NSS, except focus on specific difficulties for NSS as noted in the on-page annotations.

7 **NSS** Always ask NSS to write the answers to the **Ahora, ¡a practicar!** exercises and have them put the homework on the board. Ask the class to correct errors.

UNIDAD 4 — *Lección 1*

4.1 The Past Participle

Forms

-ar verbs	-er verbs	-ir verbs
terminar	aprender	recibir
terminado	aprendido	recibido

- To form the past participle of regular verbs, add **-ado** to the stem of **-ar** verbs, and **-ido** to the stem of **-er** and **-ir** verbs.
- The past participles of verbs ending in **-aer**, **-eer**, and **-ír** have accent marks.

  caer: **caído**   creer: **creído**   oír: **oído**
  traer: **traído**   leer: **leído**   reír (i): **reído**

- Some verbs have irregular past participles.

  abrir: **abierto**
  cubrir: **cubierto**   poner: **puesto**
  decir (i): **dicho**   resolver (ue): **resuelto**
  escribir: **escrito**   romper: **roto**
  hacer: **hecho**   ver: **visto**
  morir (ue): **muerto**   volver (ue): **vuelto**

- Verbs derived from the words above also have irregular past participles.

  cubrir: descubrir → descubierto
  escribir: describir → descrito; inscribir → inscrito
  hacer: deshacer → deshecho; satisfacer → satisfecho
  poner: componer → compuesto; imponer → impuesto; suponer → supuesto
  volver (ue): devolver (ue) → devuelto; revolver (ue) → revuelto

Uses

The past participle is used:

- with the auxiliary verb **haber** to form the perfect tenses. In this case, the past participle is invariable. (See *Unidad 7, p. G111* for the perfect tenses.)

  Muchos cubanoamericanos no **han visitado** Cuba.   *Many Cuban Americans have not visited Cuba.*

- with the verb **ser** to form the passive voice. Here the past participle agrees in gender and number with the subject of the sentence. (See *p. G66* in this unit for passive sentences.)

  En 1953 Fidel Castro y su hermano Raúl **fueron encarcelados** por Batista.   *In 1953, Fidel Castro and his brother Raúl were jailed by Batista.*

- with the verb **estar** to express a condition or state that results from a previous action. The past participle agrees in gender and number with the subject. (See *Unidad 1, pp. G14-G15* for **ser** and **estar** + a past participle.)

  Abrieron esa tienda a las nueve. La tienda **está abierta** ahora.   *They opened that store at nine o'clock. The store is now open.*

- as an adjective to modify nouns. In this case, the past participle agrees in gender and number with the noun it modifies.

  Compré unas herramientas **fabricadas** en México.   *I bought some tools manufactured in Mexico.*

Ahora, ¡a practicar!

A. Breve historia de Cuba. Completa la siguiente información acerca de Cuba con el participio pasado del verbo indicado entre paréntesis.

Cuba es ___1___ (conocer) como la Perla de las Antillas. Está ___2___ (situar) a 180 kilómetros al sur de la Florida y a 77 kilómetros al oeste de Haití. Fue ___3___ (descubrir) por Colón durante su primer viaje y a principios del siglo XVI fue ___4___ (colonizar) por Diego de Velázquez. Fue ___5___ (declarar) república independiente a comienzos del siglo XX. Actualmente las zonas más ___6___ (poblar) son las provincias del Este y La Habana. Según la Constitución ___7___ (promulgar) en 1976, Cuba es una República Democrática y Socialista ___8___ (dividir) en catorce provincias.

B. Trabajo de investigación. Un(a) compañero(a) te pregunta acerca de un trabajo de investigación sobre Cuba que tienes que presentar en tu clase de español.

MODELO   ¿Empezaste el trabajo sobre la historia de Cuba? (Sí)
     Sí, está empezado.

     ¿Terminaste la investigación? (Todavía no)
     No, todavía no está terminada.

1. ¿Hiciste las lecturas preliminares? (Sí)
2. ¿Consultaste la bibliografía? (Sí)
3. ¿Empezaste el bosquejo de tu trabajo? (No)
4. ¿Transcribiste tus notas? (Todavía no)
5. ¿Decidiste cuál va a ser el título? (Sí)
6. ¿Escribiste la introducción? (No)
7. ¿Devolviste los libros a la biblioteca? (No)
8. ¿Resolviste las dudas que tenías? (Todavía no)

G64

G65

COMPONENTS OF THE *MUNDO 21* PROGRAM

CUADERNO DE ACTIVIDADES

For each textbook lesson, there is a corresponding lesson in the *Cuaderno de actividades,* the workbook/laboratory manual. Every lesson in the *Cuaderno de actividades* has two sections: ¡A escuchar! and ¡A escribir! An answer key to all written exercises is provided so students can monitor their progress throughout the program.

¡A escuchar!

Coordinated with the *Cassette Program,* the listening activities in the ¡A escuchar! part focus specifically on developing students' listening comprehension skills through real-life situations and art-based exercises. In the **Gente** section, students hear a radio or TV program, a political speech, or a special presentation featuring one of the personalities from the textbook. The **Gramática en contexto** section focuses on reinforcing the lesson's grammatical structures in functional contexts such as requesting a table and ordering a meal in a restaurant, describing what you did, accepting and declining invitations. The **Acentuación y ortografía** section reviews rules for accents and spelling and practices word and sound discrimination through a variety of listening and writing tasks. A short dictation related to the **Del pasado al presente** reading allows students to practice applying these rules in a meaningful manner while reviewing the text material.

¡A escribir!

Divided into three sections, the ¡A escribir! activities provide additional guided and extended writing practice, while reinforcing the lesson vocabulary, grammatical structures, and cultural information. Here, the **Gramática en contexto** section continues to reinforce the lesson's grammatical structures by recycling the functions practiced in the ¡A escuchar! part. These contextualized activities are often art-based to help students visualize the contexts in which they are being placed. The **Vocabulario activo** section supplies students with a list of the active vocabulary for each textbook lesson and permits them to add other useful terms and expressions, thus creating a personal lexicon for their reference. Practice is provided in a variety of formats—matching columns, identifying word families, crossword puzzles, word searches. The **Composición** section suggests open-ended, communicative topics for creative personalized writing.

CASSETTE PROGRAM AND TAPESCRIPT

Coordinated with the ¡A escuchar! section of the *Cuaderno de actividades,* the *Cassette Program* emphasizes developing students' listening comprehension skills and furthering their understanding of the relationship between spoken and written Spanish. The cassettes have approximately sixty minutes of materials for each unit and feature over twenty voices of native speakers from different areas of the Hispanic world. A written transcript of the contents of the *Cassette Program* is available.

MUNDO 21 VIDEO PROGRAM

Specifically designed for use with the third lesson of each textbook unit, the *Mundo 21 Video* presents a rich and exciting opportunity to develop students' listening skills and cultural awareness. It provides comprehensible input through footage from Mexico, Spain, Puerto Rico, Costa Rica, Venezuela, Bolivia, Chile, and Spanish language television programs in the U.S.

This eighty-minute video contains nine modules, one for each unit and the **Lección preliminar.** Each module presents authentic footage from the country of focus in the third lesson of each unit and is supported by an extensive in-text previewing apparatus: **Antes de empezar el video** activities, **Escenario** readings, and the **Y ahora, ¡veámoslo!** introductions accompanied by attractive video stills. The in-text post-viewing section (**A ver cuánto comprendiste...**) presents two levels of viewing tasks: the first exercise verifies students' general comprehension and the second one concentrates on examining various cultural aspects seen in the video, thus developing students' critical thinking skills. For instructors' convenience, the *Video Program* also includes the videoscript as a reference tool.

The specific topics included on the video are as follows:

Lección preliminar   *Las tres hispanidades*
Una vista panorámica a las tres hispanidades que componen la realidad multicultural del mundo hispánico, narrado por Carlos Fuentes

Unidad 1   *Cristina-muchas voces, muchas caras*
Varias escenas del "show" de Cristina producido por Univisión para el público hispano en Estados Unidos

Unidad 2	Historia de un rodaje—*Tacones lejanos* Una entrevista con el cineasta, Pedro Almodóvar, con escenas de su película *Tacones lejanos*
Unidad 3	*Teotihuacán: Ciudad de los Dioses* Una gira por la exhibición sobre esta misteriosa cultura mesoamericana en el Museo M.H. de Young de San Francisco
Unidad 4	*Los huracanes* Varias escenas de rodaje auténtico de los preparativos, el huracán mismo y los resultados del huracán Hugo en Puerto Rico
Unidad 5	*Costa Rica—los parques nacionales* Un programa sobre el importante papel que estos bosques tropicales hacen en preservar la ecología mundial
Unidad 6	*La realización de la Línea 2 Caricuao-Centro* Un reportaje sobre la construcción de la segunda y más reciente línea del metro de Caracas
Unidad 7	*A orillas del lago Titicaca con los aymaras* Unos días en la vida de los aymaras, indígenas del altiplano boliviano
Unidad 8	*Chile—los frutos de la paz* Un discurso del presidente Patricio Aylwin sobre la democracia en Chile, ilustrado con miles de imágenes de chilenos

Using the Video

For ease of use, the time code counter appears in the on-page marginal annotations on the **Y ahora, ¡veámoslo!** pages. The time code indicates where the video for that lesson begins.

PASAPORTE CULTURAL

This component contains the print materials students need to perform collaborative reviews of important cultural information contained in the unit by playing twenty questions or jeopardy, or by completing cooperative crossword puzzles or word searches. These highly motivating word/fact games help students prepare for exams through pair and small group work. There are a total of nine games, one for each unit and the **Lección preliminar.**

TESTING PROGRAM

The printed *Testing Program* consists of twenty-five lesson quizzes **(Pruebas),** eight unit tests **(Exámenes),** a midterm exam, a final exam, an answer key, the script for the *Testing Program Cassette* and additional information on evaluating students' performance. The *Testing Program Cassette,* which contains the listening comprehension parts of the **Pruebas** and the **Exámenes,** comes shrinkwrapped with the *Testing Program.*

Pruebas

There is a quiz for each lesson in the text. Each quiz includes the following sections: (1) **Gente**—a taped listening comprehension section, (2) **Historia y cultura**—a true-false or multiple-choice section that checks students' recall of important cultural and historical facts studied in the **Del pasado al presente** and in the **Ventana al Mundo 21** sections, (3) **Estructura**—a grammar section that measures students' acquisition of important concepts through a variety of contextualized activities, (4) **Lectura**—a reading section that requires students to demonstrate reading comprehension and cultural awareness, and (5) **Composición**—an open-ended section that asks students to apply recently learned writing strategies and to demonstrate their proficiency in writing Spanish on specific cultural topics from the text. The **Pruebas** are designed to be administered in approximately 30 minutes. Each quiz is worth 50 points.

Exámenes

The unit tests follow the same format as the lesson quizzes: (1) **Gente**— listening comprehension, (2) **Historia y cultura**—cultural and historical facts, (3) **Estructura**—grammar acquisition, (4) **Lectura**—reading comprehension, and 5) **Composición**—writing section. The **Exámenes** are designed to be administered in 45-50 minutes. Each test is worth 100 points.

The midterm and final exams follow the same format as the unit tests except that the writing section is optional. Because of the limited time available to teachers for correcting midterm and final exams, these comprehensive tests have been designed to be effective communicative exams that can be graded quickly.

Given the wealth of historical and cultural material in *Mundo 21* and the richness of natural language used throughout, this program has much to offer students who are Native Speakers of Spanish, specifically those who already speak, read and write the language, but need additional practice in further developing fluency through vocabulary building, reading and writing.

The historical/cultural content of *Mundo 21* will allow NSS to delve into their own roots, regardless of their ancestry. Native Spanish-speaking students will not only be able to probe into their own roots in *Mundo 21,* they will also have an opportunity to step out of their own communities and expand their global awareness as they visit and get to know the history and culture of all twenty-one Spanish-speaking countries of the world. Mexican and Guatemalan students will find many similarities in

their indigenous history; Cubans, Puerto Ricans and Dominicans will learn how they share many cultural traits common to the Caribbean Basin; Central American students will learn how similar the conflicts facing their countries are; Panamanian, Colombian and Venezuelan students will see how progress in their countries is being challenged today; Peruvian, Ecuadorian and Bolivian students will learn and share in the current struggles of their indigenous populations; and finally, Argentine, Uruguayan, Paraguayan and Chilean students will see how their shared geography have molded their common history throughout time.

The **Instructor's Annotated Edition** has extensive **NSS** notes explaining how the various sections of the text as well as specific exercises can be used effectively with Native Speakers of Spanish.

SUPPLEMENTS FOR NATIVE SPEAKERS

CUADERNO DE ACTIVIDADES PARA HISPANOHABLANTES

To meet the needs of native speaker students, a special version of the *Cuaderno de actividades* (workbook/laboratory manual) has been prepared. The *Cuaderno de actividades para hispanohablantes* follows the same basic format as the one for non-native speakers. Every lesson has two parts: **¡A escuchar!** and **¡A escribir!** An answer key to all written exercises is provided so students can monitor their progress throughout the program.

¡A escuchar!

Coordinated with the *Cassette Program* to accompany the *Cuaderno de actividades para hispanohablantes*, the activities in this part are designed to strengthen students' listening and writing skills. The **Gente** sections feature one of the personalities from the corresponding textbook lesson. Here students become actively involved as they listen to real-life situations such as a radio or TV program, a conversation, or a political speech. A series of contextualized activities in the **Gramática en contexto** sections reinforce particularly troublesome structures for NSS such as verbs with stem changes or spelling changes; irregular verbs (*oler, influir,*

guiar, caber, etc.); and the difference between archaic and modern forms (*haiga* vs. *haya, truje* vs. *traje,* and *háblemos* vs. *hablemos*). The **Acentuación y ortografía** sections focus on two other areas in which NSS need extensive practice—accentuation and spelling. These sections include many useful topics: syllabification; usage of written accents; dropped consonants and the silent *h*; punctuation; capitalization; and the distinction between the letters *b/v, q/k, c/z/s, g/j,* and *y/ll.*

¡A escribir!

Divided into three sections, the **¡A escribir!** activities furnish additional guided and extended writing practice, while reinforcing the lesson vocabulary, grammatical structures, and cultural content. The **Gramática en contexto** section contains supplemental grammar explanations that point out differences between informal and formal spoken and written language. The **Vocabulario activo** section supplies students with a list of the active vocabulary for each textbook lesson and permits them to add other useful terms and expressions, thus creating a personal lexicon. Practice activities in a variety of formats follow for immediate reinforcement. The **Composición** section suggests open-ended, communicative topics for creative writing practice.

CASSETTE PROGRAM AND TAPESCRIPT

Coordinated with the **¡A escuchar!** section of the *Cuaderno de actividades para hispanohablantes*, the *Cassette Program* emphasizes developing students' listening comprehension skills and furthering their understanding of the relationship between spoken and written Spanish. The cassettes have approximately sixty minutes of material for each unit and feature over twenty voices of native speakers from different areas of the Hispanic world. A written transcript of the contents of the *Cassette Program* is available.

Using *Mundo 21* in Regular Classes With Some NSS

With *Mundo 21,* regular classes can be greatly enhanced with the presence of some native speakers in the class. Drawing from their own rich cultural background, NSS should be encouraged to expand on the historical or cultural information being presented in the text. When focusing on a given country, NSS students with close ties to that country should be expected to be a major resource for the class and they should be expected to share their knowledge with the class. If the knowledge base is missing, these students should be highly motivated to fill in those gaps by preparing an oral report on an assigned topic, for example. When addressing other countries, NSS can contribute greatly to class discussions drawing from their own cultural experiences and comparing or contrasting what they know and have experienced in their country with what is being described. As a result, the overall level of critical thinking of the class in relation to Hispanic cultural themes and political issues can be heightened by the presence of NSS. The extensive **NSS** annotations point out when this type of involvement is appropriate.

Using *Mundo 21* in Native Spanish Speaker Courses

Mundo 21 is ideal for NSS courses comprised solely of students that speak Spanish at home and with their friends, but read and write with difficulty due mainly to lack of training or lack of practice. In such a course, students will be highly motivated to read not only about their own ancestry but also about the many ties they have with all of the Spanish-speaking world.

The rich cultural content of *Mundo 21* will serve not only to highly motivate native speakers, but also to validate for them the important role Hispanic people and cultures play in the United States and abroad. In *Mundo 21,* NSS will role-play being internationally renowned politicians, writers, artists, athletes, singers, and dancers. They will debate current political and social issues, visit exciting historical and artistic sites, and get directly involved with numerous aspects of the culture, art and history of each of the twenty-one Spanish-speaking countries. They will sing with Gloria Estefan and Luis Miguel, dance with Rita Moreno and Charytín, act with Andy García and Edward James Olmos, talk with Cristina Saralegui and Raúl Julia, paint with Salvador Dalí and Isaías Mata, write with Carlos Fuentes and Gabriel García Márquez, and march with César Chávez and Rigoberta Menchú.

Classroom Management

As you move through the five-step lesson design of *Mundo 21*, you will find yourself variously functioning as producer, director, performer, and audience for the students' production. Although the program provides for great flexibility in teaching style, implementing the following principles should prove useful to all teachers:

1. Provide clear and consistent guidance as to how the various phases of the lesson are to be accomplished.

2. Give clear, concise directions before students begin pair or group work.

3. Develop a system of rewards and consequences for appropriate behavior in pair/group work—staying focused on the task, using Spanish exclusively, completing the task, etc.

4. Limit time for pair/group work. Students who have too much time will get off task. It is always best to cut an activity off before it is completed than to allow too much time. If a few students always finish before the rest of the class, give them other tasks to keep them focused. Have them write answers on the board, prepare comprehension check questions to ask their classmates, do activities orally with another pair, and so forth.

5. Circulate, watch, and listen during pair/group practice.

6. Provide for full-group feedback by asking for a report, a summary of responses, individual or group "reenactments," etc.

7. Establish a means for immediately getting the class to stop talking when you are ready to end an activity: quickly turn the lights on and off, instruct students that when they see you raise your hand they are to immediately stop talking and raise their hands, etc.

8. Evaluate student performance in pair/group work occasionally.

9. Develop a holistic rubric for evaluating/grading oral and written language production.

Holistic grading of oral and written work

To encourage students to use Spanish for communication at all times, it is advisable to evaluate their communication efforts more globally and not just in terms of their ability to parrot back memorized facts nor their mastery of grammar and vocabulary.

A holistic approach to grading can be used to evaluate the overall quality of communicative efforts during all parts of a lesson: when answering questions based on the readings,

when performing creative role plays, when predicting the content of a specific reading, when writing answers to grammar exercises, or when working on early drafts of the unit writing topic. In a holistic approach, students are evaluated based on satisfactory completion of the task(s) they are required to perform. It is very important that students understand the task and the way in which it will be evaluated. There are a number of approaches to holistic grading of activities. The following suggestions may prove helpful.

1. A simple, all-purpose rubric for grading oral and written production:

A Task was accomplished completely. Language used had very few, minimal errors, none of which interfered with comprehensibility.

B Task was accomplished. Language had some errors, but only two or three that interfered with comprehensibility.

C Task was mostly accomplished. Several errors interfered with comprehensibility.

D Task was not accomplished. Errors rendered language incomprehensible even to teacher and/or classmates.

F Task was not accomplished. Language was totally incomprehensible. Little or no attempt was made. Majority of task was in English.

2. An even simpler, all-purpose rubric:

+ Performance exceeded expectations.

✓ Performance satisfied expectations.

− Performance failed to satisfy expectations.

3. A third approach to holistic grading:

■ Specify precisely which elements of a given activity will affect the grade received–for example, pronunciation, number of utterances, variety of sentence types, use of a particular form, inclusion of specific pieces of information.

■ Then develop a description of the performance (written or oral) that defines each grade category.

Grading extended writing tasks

Whereas competency in all five skill areas (listening, speaking reading, writing, and culture) continues to be a major goal at this level, students should begin to concentrate on developing accuracy with respect to high-frequency structures. They should also learn to avoid errors that interfere with communication. The writing students do in **Escribamos ahora** and on the **Composición** sections of the *Cuaderno de actividades,* the **Pruebas** and the **Exámenes** provide excellent opportunities to convey this message to them.

All compositions and other writing tasks should be graded with a scale that rewards students for good communication and penalizes them for poor communication or other inaccuracies. The following rubrics are designed to accomplish this and may be helpful when grading compositions. More detailed explanations on how to apply these two rubrics can be found in the front matter of the *Testing Program.*

1. Although somewhat subjective, points may be assigned to each of the following categories, in order to give students specific feedback on areas that need improvement. For convenience in grading, the number of points may be adjusted to accommodate other totals.

Ideas y contenido	25 puntos máximo
Organización y transiciones	15 puntos máximo
Gramática	25 puntos máximo
Vocabulario y precisión	20 puntos máximo
Ortografía y presentación	15 puntos máximo
TOTAL	100 puntos

2. If focusing primarily on communication and accuracy, a more objective approach in assigning point values may be used. In this case, a composition can be worth a varied number of points.

Ideas y contenido
+1 a +15 por esfuerzos que van más allá de lo normal

Comunicación
-1 punto por una palabra que no comunica
-2 punto por una frase que no comunica
-3 punto por una oración corta que no comunica
-4 punto por una oración larga que no comunica

Estructura y organización cohesión, gramática, ortografía. acentos, etc.
-1/3 punto por cualquier error

Keeping a Student Journal

Journal writing is a tested and proven means of giving students extensive freewriting practice while keeping correction work by the teacher to a minimum. It also benefits the student by eliminating the threat of receiving a poor grade, a threat that unfortunately all too often accompanies student writing. Journal keeping usually consists of having students write down their thoughts and feelings about events and experiences in a notebook set aside for that purpose. Journal keeping may be used for a variety of purposes:

- to help students find out what they think and feel
- to encourage students to think problems through and view them in a new light
- to provide students with a written record of new ideas and topics to write about
- to practice exploratory writing without worrying about a grade
- to communicate ideas or personal experiences with the teacher.

How often students write in their journals and how often the teacher collects and reads them varies considerably. In the *Instructor's Annotated Edition,* recommendations for journal writing appear under the title of **Diario** once per unit at the end of the first lesson. Students may be asked to write an entry as often as once a week, if considered desirable. Following are various suggestions for topics that may be used for additional journal entries.

- **Write a paragraph based on any of the following words or phrases:**
  paz confianza amor alegría
  orgullo ambición desesperación esperanza
  soledad crueldad fe abuso

- **Write a paragraph or two beginning with:**
  Si yo fuera mi padre/madre/hermano/hermana,...
  Si este año fuera 2030, yo...
  Si pudiera volver al pasado,...
  Si tuviera que ser animal, yo...

- **Write an entry beginning with:**
  Admiro a personas que...
  No me gusta la gente que...
  Algo muy interesante me pasó esta semana...
  Lo que mucha gente no sabe de mí es que...
  Si pudiera cambiar mi manera de ser,...

- **Write about the following:**
  Tus experiencias en español
  Tus reacciones a la organización y requisitos del curso
  Lo que te gusta y no te gusta de tu mejor amigo(a)
  Opiniones sobre una clase de español esta semana
  Tus actividades durante el fin de semana
  Tu reacción a trabajo en grupos en la clase

Another option is to assign a topic every other week, and in the intervening weeks, students write on a topic of their own choosing. To promote the habit of keeping journals, notebooks may be collected on Fridays and returned on Mondays. Remember that thoughts expressed in journal entries, like those of personal diaries, should always be respected. However, it is appropriate and desirable to react and to comment on students' writing, but not to correct errors. Comments should always be genuine reactions that avoid criticism or passing judgment, and they are best written on self-stick removable notes. Comments immediately indicate to students that the teacher is reading the journal. In a few instances, it may be appropriate to point out the correct spelling of a word or a verb ending that a student consistently uses incorrectly. If done only occasionally, such comments may be taken to heart and the student is likely to remember them.

NSS Journal keeping is especially valuable in courses for NSS. Additional writing practice is useful for these students, and the free-writing style of journals is an excellent vehicle for providing it. Because of their fluency with the language, it is advisable to require a minimum amount per week, say one page.

Maintaining a Student Portfolio

Portfolio assessment can serve both as an ongoing measure of a student's progress toward proficiency and as an ongoing gauge of a department's progress toward meeting curriculum goals. *Mundo 21* provides teachers with a number of convenient opportunities to assemble a portfolio that would include samples of performance in all skill areas: listening, speaking, reading, writing, and cultural awareness. The portfolio should contain teacher-selected as well as student-selected samples and should follow the student throughout his or her years of Spanish study.

Because the *Mundo 21* Testing Program is designed to allow students to demonstrate not only mastery of vocabulary and structure but also of listening comprehension, of spontaneous writing proficiency, and of reading and cultural awareness, inclusion of one or more Lesson Quizzes or Unit Exams each semester is appropriate. Teachers may also choose one finished writing piece each semester and allow students to select a second writing piece for inclusion.

Samples of student speaking proficiency can easily be included through audiotaping. Teachers may record student role plays from the **Dramatizaciones** section and/or student-student or teacher-student interaction during classroom activities. Because it is unnecessary to record every student during every activity, technological requirements need not be oppressive. If each student provides a single audiocassette, and if the teacher provides two small cassette recorders, students may regularly record pair activities on a rotating basis.

Maintaining a video record for each student may prove more of a problem. Yet if teachers have access to the necessary equipment, video samples of student interaction for the whole class are feasible. Again, it is unnecessary to videotape every student for every activity.

A typical student portfolio might include:

- Selected unit exams
- Semester exam
- Final exam
- Student-selected quizzes
- Teacher-selected writing piece each semester
- Student-selected writing piece each semester
- Other student-selected writings or projects
- Speaking sample on tape (at least one per semester)
- Video sample (at least one per semester)

PREPARATION OF COURSE SYLLABUS

Mundo 21 can easily be adapted to a variety of course plans and schedules. Some general guidelines on how the scope and sequence of *Mundo 21* might be effectively organized for a two-semester course meeting three class periods per week or a two-quarter course meeting five class periods per week are as follows.

Two-Semester Course (3 class periods per week)

First Semester

Week		
Week 1	Lección preliminar	3 days
Week 2	Unidad 1: Lección 1	3
Week 3	Unidad 1: Lección 2	3
Week 4	Unidad 1: Lección 3	3
Week 5	Examen: Unidad 1	1
	Unidad 2: Lección 1	2
Week 6	Unidad 2: Lección 1	1
	Unidad 2: Lección 2	2
Week 7	Unidad 2: Lección 2	1
	Unidad 2: Lección 3	2
Week 8	Unidad 2: Lección 3	1
	Examen: Unidad 2	1
	Unidad 3: Lección 1	1
Week 9	Unidad 3: Lección 1	2
	Unidad 3: Lección 2	1
Week 10	Unidad 3: Lección 2	2
	Unidad 3: Lección 3	1
Week 11	Unidad 3: Lección 3	2
	Examen: Unidad 3	1
Week 12	Unidad 4: Lección 1	3
Week 13	Unidad 4: Lección 2	3
Week 14	Unidad 4: Lección 3	3
Week 15	Examen: Unidad 4	1
	2 extra days	

Second Semester

Week		
Week 1	Unidad 5: Lección 1	3 days
Week 2	Unidad 5: Lección 2	3
Week 3	Unidad 5: Lección 3	3
Week 4	Examen: Unidad 5	1
	Unidad 6: Lección 1	2
Week 5	Unidad 6: Lección 1	1
	Unidad 6: Lección 2	2
Week 6	Unidad 6: Lección 2	1
	Unidad 6: Lección 3	2
Week 7	Unidad 6: Lección 3	1
	Repaso	1
	Examen: Unidad 6	1
Week 8	Unidad 7: Lección 1	3
Week 9	Unidad 7: Lección 2	3
Week 10	Unidad 7: Lección 3	3
Week 11	Examen: Unidad 7	1
	Unidad 8: Lección 1	2
Week 12	Unidad 8: Lección 1	1
	Unidad 8: Lección 2	2
Week 13	Unidad 8: Lección 2	1
	Unidad 8: Lección 3	2
Week 14	Unidad 8: Lección 3	1
	Examen: Unidad 8	1
Week 15	3 extra days	

Semester courses that meet four days per week would be able to allow approximately four and one-half class periods per lesson in the first semester and five class periods per lesson in the second semester. Courses that meet five days per week would be able to allow approximately five and one-half class periods per lesson in the first semester and six class periods per lesson in the second semester.

Two-Quarter Course (5 class periods per week)

First Quarter

Week	Lesson	Days
Week 1	Lección preliminar	4 days
	Unidad 1: Lección 1	1
Week 2	Unidad 1: Lección 1	2+
	Unidad 1: Lección 2	2+
Week 3	Unidad 1: Lección 2	1
	Unidad 1: Lección 3	3
	Examen: Unidad 1	1
Week 4	Unidad 2: Lección 1	3+
	Unidad 2: Lección 2	1+
Week 5	Unidad 2: Lección 2	2
	Unidad 2: Lección 3	3
Week 6	Examen: Unidad 2	1
	Unidad 3: Lección 1	3+
	Unidad 3: Lección 2	+
Week 7	Unidad 3: Lección 2	3
	Unidad 3: Lección 3	2
Week 8	Unidad 3: Lección 3	1
	Examen: Unidad 3	1
	Unidad 4: Lección 1	3
Week 9	Unidad 4: Lección 1	1
	Unidad 4: Lección 2	4
Week 10	Unidad 4: Lección 3	4
	Examen: Unidad 4	1

Second Quarter

Week	Lesson	Days
Week 1	Unidad 5: Lección 1	4 days
	Unidad 5: Lección 2	1
Week 2	Unidad 5: Lección 2	3
	Unidad 5: Lección 3	2
Week 3	Unidad 5: Lección 3	2
	Examen: Unidad 5	1
	Unidad 6: Lección 1	2
Week 4	Unidad 6: Lección 1	1+
	Unidad 6: Lección 2	3+
Week 5	Unidad 6: Lección 3	4
	Examen: Unidad 6	1
Week 6	Unidad 7: Lección 1	3+
	Unidad 7: Lección 2	1+
Week 7	Unidad 7: Lección 2	2
	Unidad 7: Lección 3	3
Week 8	Unidad 7: Lección 3	1
	Examen: Unidad 7	1
	Unidad 8: Lección 1	3
Week 9	Unidad 8: Lección 1	1
	Unidad 8: Lección 2	4
Week 10	Unidad 8: Lección 3	4
	Examen: Unidad 8	1

Courses on the quarter system that meet four class periods per week would be able to allow approximately three days per lesson. For courses meeting three class periods per week, it is recommended that the text be used over three quarters to allow sufficient class time for each lesson: **Lección preliminar** and Units 1-2 (first quarter), Units 3-5 (second quarter), and Units 6-8 (third quarter).

In working with *Mundo 21,* it is important to recognize that it is not necessary to use every reading or every activity provided. Selection of course materials should be based on students' abilities, needs, and interests as well as the number of available class hours. *Mundo 21* also provides tremendous flexibility in the way teachers may choose to integrate the *Manual de gramática* and the *Cuaderno de actividades.*

MUNDO 21

Fabián A. Samaniego
University of California, Davis
Emeritus

Francisco X. Alarcón
University of California, Davis

Nelson Rojas
University of Nevada, Reno

Contributing Writer
Sidney E. Gorman

HEATH

D. C. Heath and Company
Lexington, Massachusetts   Toronto

i

Address editorial correspondence to:

D. C. Heath and Company
125 Spring Street
Lexington, MA 02173

Acquisitions Editor: Denise St. Jean

Developmental Editor: Sylvia Madrigal

Production Editor: Sylvia Madrigal

Product Designer: Victor Curran

Designer: Pamela Daly

Art Editor: Joan Paley

Production Coordinator: Donna Lee Porter

Permissions Editor: Dorothy B. McLeod

Cover: "An Ancient Living Situation" by Lisa Houck

ACKNOWLEDGMENTS

A project of this magnitude cannot be completed without the help and participation of many individuals. The authors wish to express their sincere appreciation to all those who supported us in preparing *Mundo 21*.

First and foremost we wish to thank María Gutiérrez de Spencer and Elba R. Sánchez, the persons primarily responsible for our having chosen careers in foreign language teaching and teaching native speakers of Spanish.

We are grateful to the San Francisco *Centro Cultural de la Misión,* in particular to Director René Castro and artist-in-residence Isaías Mata, for their support and willingness to share their facility and resources with us. We also thank the staff at the M. H. de Young Museum of San Francisco for their total cooperation in making the *Teotihuacán* exhibit accessible to us.

For his help in going through hundreds of periodicals and magazines from throughout the Spanish-speaking world and cataloguing all appropriate articles, we thank Javier Pinzón.

We also wish to thank Teresa Herrera and Zheyla Henriksen for their field-testing of the manuscript in their native speaker courses. We also appreciate the input given us during the field test by the tutors in the Spanish for Native Speakers program at Davis.

A special word of gratitude to the graduate students at the University of California, Davis, who provided us with up-to-date information on their countries of origin. We are particularly grateful to Francisco Rodríguez (Spain), Edelmiro Salas-González (Puerto Rico), and Claudine Blanchet (Dominican Republic).

We gratefully acknowledge the creative efforts of the contributing writer of the process writing sections, Sidney E. Gorman.

We express our heartfelt thanks to the complete D.C. Heath *Mundo 21* team. Without their loyal and total support this project would not have been possible. We are especially indebted to Roger D. Coulombe, Denise St. Jean, Karen Ralston, and Sharon Alexander.

Finally, a very special "gracias" to Sylvia Madrigal, our developmental editor, whose gentle reminders and insightful comments kept us on track throughout the preparation of the manuscript. We simply could not have completed *Mundo 21* without her continuous guidance, patience, and encouragement.

F. A. S.
F. X. A.
N. R.

iii

REVIEWERS AND CONSULTANTS

Debra D. Andrist
Baylor University

Teresa Blair
College of Du Page

Patrick J. Carroll
Texas A & M University

John M. Chaston
University of New Hampshire

Diana Frantzen
Indiana University at Bloomington

Nina Galvin
University of Massachusetts at Amherst

Elaine Griffin
College of Charleston

Joni K. Hurley
Clemson University

William H. Klemme
Indiana University at Fort Wayne

Esther L. Levine
College of the Holy Cross

Bryan C. McBride
Northern Arizona University

Clara C. Mojica-Díaz
Wayne State University

Ana M. Peréz-Girones
Wesleyan University

James Taylor
Brigham Young University

Stephanie Thomas
Indiana University at Bloomington

Theresa Valdivieso
Arizona State University

Virginia D. Vigil
Northern Arizona University

Montserrat Vilarrubla
Illinois State University

Horacio Xaubet
University of Nebraska—Lincoln

ATLAS DEL MUNDO 21

EL MUNDO

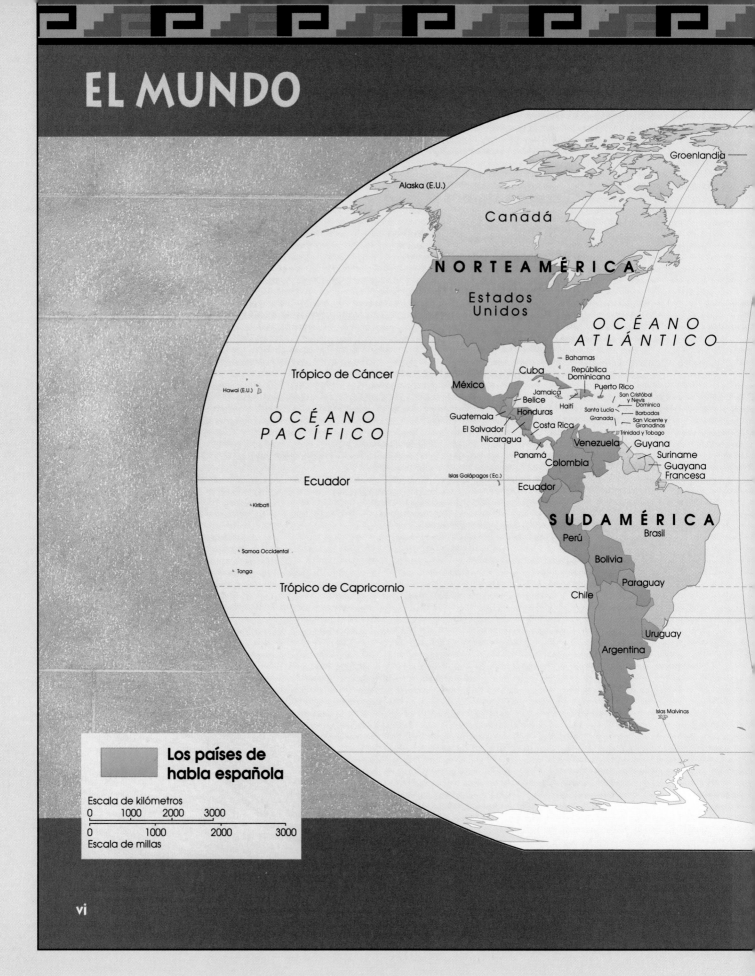

Groenlandia

Alaska (E.U.)

Canadá

NORTEAMÉRICA

Estados
Unidos

OCÉANO
ATLÁNTICO

Trópico de Cáncer

Hawai (E.U.)

OCÉANO
PACÍFICO

México

Cuba

Bahamas
República
Dominicana

Puerto Rico

Jamaica
Belice
Honduras

San Cristóbal
y Nevis
Dominica

Haití

Santa Lucía

Barbados

Guatemala

Granada

San Vicente y
Granadinas

El Salvador
Nicaragua

Costa Rica

Trinidad y Tobago

Venezuela

Guyana

Panamá

Suriname

Colombia

Guayana
Francesa

Islas Galápagos (Ec.)

Ecuador

Ecuador

Kiribati

SUDAMÉRICA

Brasil

Perú

Samoa Occidental

Bolivia

Tonga

Paraguay

Trópico de Capricornio

Chile

Uruguay

Argentina

Islas Malvinas

**Los países de
habla española**

Escala de kilómetros

0	1000	2000	3000

0	1000	2000	3000

Escala de millas

vi

OCÉANO
ÁRTICO

Islandia

Noruega

Suecia Finlandia
Estonia
Dinamarca Letonia
Reino Holanda Lituania
Irlanda Unido Polonia Belarús
Alemania
Bélgica Ucrania

EUROPA

Francia Suiza Rumania Moldova
Andorra Italia
Bulgaria
España Grecia Turquía
Portugal
Túnez Malta
Marruecos Chipre Líbano Siria
Israel Iraq
Jordania
Argelia Libia Kuwait
Egipto Bahrein Qatar
Arabia
ritania Malí Níger Saudita
Emiratos
Gambia ÁFRICA Chad Árabes
Burkina Sudán Unidos Omán
Faso Benin Eritrea
Nigeria Yemen
Costa República Etiopía Djibouti
de Centroafricana
Marfil Camerún
Liberia Togo Somalia
Ghana Guinea Congo Uganda
Ecuatorial Rwanda Kenya
Gabón Zaire Burundi
Tanzanía

Angola Comoras
Zambia Malawi
Mozámbique
Namibia Zimbabwe Madagascar Mauricio
Botswana
Swazilandia
Lesotho
Sudáfrica

① Checoslovaquia
② Austria
③ Hungría
④ Eslovenia
⑤ Croacia
⑥ Bosnia & Herzgovina
⑦ Yugoslavia
⑧ Albania
⑨ (República de) Macedonia

Georgia
Azerbaiyán
Armenia
Uzbekistán
Kirguistán
Turkmenistán Tayiskistán
Afganistán
Irán
Pakistán

India
Bangladesh

Rusia

ASIA

Kazajstán

Mongolia

China

Corea del
Norte Japón
Corea
del Sur

Taiwán

Nepal Bhután
Myanmar
Lao
Tailandia
Viet Nam Filipinas
Cambodia

Sri Lanka

Maldivas

Seychelles

OCÉANO
ÍNDICO

OCÉANO
PACÍFICO

Brunei
Malasia
Singapur Indonesia Nauru

Papua-Nueva
Guinea
Islas
Salomón
Vanuatu

AUSTRALIA

Nueva Zelandia

ANTÁRTIDA

vii

ESTADOS UNIDOS

OCÉANO ATLÁNTICO

OCÉANO PACÍFICO

LA CUENCA DEL PACÍFICO

Golfo de México

CANADÁ

ESTADOS UNIDOS

MÉXICO

Escala de kilómetros
Escala de millas

MAINE
N.H.
VT.
MASS.
Boston
Worcester
Springfield
CONN.
R.I.
NUEVA YORK
Albany
Syracuse
Búfalo
Nueva York
NUEVA JERSEY
Paterson
Newark
Trenton
PENNSYLVANIA
MD.
DEL.
Washington, DC
Ottawa
Toronto
Niágara
Cleveland
Detroit
Flint
Ann Arbor
Lansing
Grand Rapids
MICHIGAN
Toledo
OHIO
Columbus
Dayton
Cincinnati
VIRGINIA
VIRGINIA OCCIDENTAL
KENTUCKY
CAROLINA DEL NORTE
CAROLINA DEL SUR
GEORGIA
TENNESSEE
ALABAMA
MISISIPÍ
FLORIDA
Jacksonville
San Agustín
Tallahassee
Tampa
Pensacola
Nueva Orleáns
Ft. Lauderdale
Miami

WISCONSIN
MINNESOTA
IOWA
ILLINOIS
Chicago
Peoria
Springfield
St. Louis
Independence
Kansas City
Jefferson City
MISURI
Springfield
ARKANSAS
LUISIANA
Baton Rouge
Shreveport
Houston
Corpus Christi

DAKOTA DEL NORTE
DAKOTA DEL SUR
NEBRASKA
KANSAS
Colby
Topeka
Wichita
OKLAHOMA
Dallas
Waco
Austin
San Antonio
Laredo
TEXAS
Amarillo

MONTANA
WYOMING
COLORADO
Denver
Colorado Springs
Pueblo
La Junta
Trinidad
Santa Rosa
NUEVO MÉXICO
Tierra Amarilla
Durango
Alamosa
Cortez
Aztec
Santa Fe
Albuquerque
Las Cruces
Carlsbad
El Paso
UTAH
IDAHO
NEVADA
ARIZONA
Mesa
Phoenix
Yuma
Ajo
Casa Grande
Tucson

WASHINGTON
OREGON
CALIFORNIA
Sacramento
San José
San Francisco
San Juan Bautista
Fresno
Delano
Los Ángeles
San Diego

OCÉANO PACÍFICO
LA CUENCA DEL PACÍFICO

Escala de kilómetros
Escala de millas

RUSIA
OCÉANO ÁRTICO
ALASKA
CANADÁ
LA CUENCA DEL PACÍFICO
HAWAI
OCÉANO PACÍFICO
Escala de kilómetros
Escala de millas

ESPAÑA

Marsella

Golfo de León

Costa Brava

Menorca

ISLAS BALEARES

Mallorca

Palma de Mallorca

Ibiza

Formentera

ÁFRICA

FRANCIA

Tolosa

ANDORRA

CATALUÑA

Barcelona

Tarragona

Castellón

COMUNIDAD VALENCIANA

Costa Blanca

Valencia

Lérida

ARAGÓN

Zaragoza

Júcar

Cartagena

San Sebastián

Pamplona

NAVARRA

VASCONGADAS

Bilbao

LA RIOJA

Logroño

R. Ebro

Guadalajara

Segovia

ESCORIAL

MADRID

Madrid

Albacete

ALICANTE

MURCIA

Murcia

Lorca

Almería

Golfo de Vizcaya

Santander

CANTABRIA

Burgos

Valladolid

ESPAÑA

Toledo

Tajo

CASTILLA-LA MANCHA

Ciudad Real

Linares

Jaén

Granada

Málaga

Costa del sol

Mar Mediterráneo

Melilla (Esp.)

Mar Cantábrico

Oviedo

ASTURIAS

León

CASTILLA-LEÓN

Zamora

R. Duero

Ávila

Salamanca

Cáceres

EXTREMADURA

Mérida

R.

Almadén

Guadiana

Córdoba

R. Guadalquivir

ANDALUCÍA

Sevilla

Estrecho de Gibraltar

Gibraltar (R.U.)

Ceuta (Esp.)

Tánger

Tetuán

MARRUECOS

La Coruña

GALICIA

Pontevedra

Vigo

Santiago de Compostela

PORTUGAL

Oporto

Badajoz

R. Guadalquivir

Jérez de la Frontera

Huelva

Almonte

Cádiz

Golfo de Cádiz

ALGARVE

Lisboa

N

OCÉANO ATLÁNTICO

Escala de kilómetros
0   50   100
0   50   100
Escala de millas

Islas Canarias

La Palma

Santa Cruz de la Palma

Tenerife

Gomera

Hierro

Santa Cruz de Tenerife

Lanzarote

Arrecife

Puerto del Rosario

Fuerteventura

Las Palmas

Gran Canaria

MARRUECOS

OCÉANO ATLÁNTICO

ix

MÉXICO Y GUATEMALA

ESTADOS UNIDOS

MÉXICO

Golfo de México

OCÉANO PACÍFICO

Golfo de California

Bahía de Campeche

PENÍNSULA DE YUCATÁN

Tijuana
Mexicali
Ensenada
BAJA CALIFORNIA NORTE
Nogales
SONORA
Hermosillo
Ciudad Juárez
Zaragoza
CHIHUAHUA
Chihuahua
Bahía Sebastián Vizcaíno
La Paz
BAJA CALIFORNIA SUR
Culiacán
SINALOA
Durango
DURANGO
Torreón
Mazatlán
ZACATECAS
COAHUILA
Nuevo Laredo
Monterrey
NUEVO LEÓN
Matamoros
TAMAULIPAS
SAN LUIS POTOSÍ
San Luis Potosí
AGUAS
Aguascalientes
NAYARIT
Puerto Vallarta
JALISCO
Guadalajara
León
GUANAJUATO
Guanajuato
QUERÉTARO
HIDALGO
Tula
Tampico
VERACRUZ
México, D.F.
MÉXICO
Teotihuacán
TLAXCALA
Netzahualcóyotl
MORELOS
PUEBLA
Puebla
Toluca
Taxco
MICHOACÁN
COLIMA
Manzanillo
GUERRERO
Acapulco
Veracruz
Oaxaca
OAXACA
TABASCO
CHIAPAS
Tuxtla Gutiérrez
San Cristóbal de las Casas
Villahermosa
Mérida
YUCATÁN
Campeche
CAMPECHE
QUINTANA ROO
Cozumel
Chichicastenango
Huehuetenango
Santa Cruz del Quiché
GUATEMALA
Ciudad de Guatemala
Antigua
Escuintla
EL SALVADOR
Dos Pilas
La Libertad
BELICE
Ciudad de Belice
Belmopán
Caracol
Corozal
Golfo de Honduras
HON.
Lago de Izabal
Lago de Atitlán
Golfo de Quetzaltenango

Golfo de Tehuantepec

R. Grande
Río Grande
Colorado
R. Pánuco
R. Balsas
R. Usumacinta

Escala de kilómetros
0   250   500
Escala de millas
0   250   500

CUBA, REPÚBLICA DOMINICANA Y PUERTO RICO

Antillas Menores

Tobago

Puerto España
TRINIDAD

Islas Vírgenes
(E.U. & R.U.)

SUDAMÉRICA

N

OCÉANO ATLÁNTICO

Islas Bahamas

San Salvador

Estrecho de la Florida

Golfo de México

La Habana
Mariel
Pinar del Río
Matanzas
Cienfuegos
Sancti Spíritus
Sagua La Grande
Santa Clara
CUBA
Camagüey
Golfo de Batabanó
Bahía de Cochinos
Isla de Pinos
Golfo de Ana María
Golfo de Guacanayabo
Las Tunas
Bayamo
Holguín
Mayarí
Guantánamo
Santiago de Cuba
Puerto Príncipe

Antillas Mayores

HAITÍ

REPÚBLICA DOMINICANA
Puerto Plata
Santiago de los Caballeros
San Francisco de Macorís
Moca
San Juan
La Romana
San Pedro de Macorís
Santo Domingo
Higüey
Barahona
Bahía de Ocoa

PUERTO RICO
San Juan
Arecibo
Carolina
Humacao
Bayamón
Mayagüez
Ponce
Salinas

JAMAICA
Kingston

Mar Caribe

Escala de kilómetros
0   100   200
Escala de millas
0   100   200

L. Nicaragua

xi

EL SALVADOR, HONDURAS, NICARAGUA Y COSTA RICA

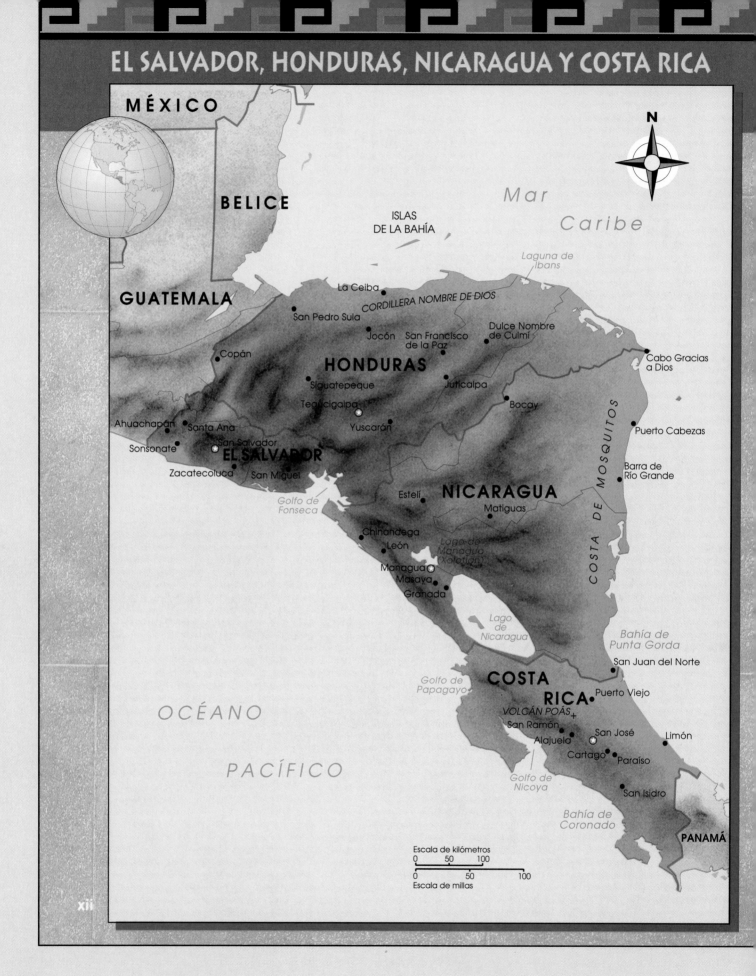

MÉXICO

BELICE

GUATEMALA

Mar Caribe

N

ISLAS DE LA BAHÍA

Laguna de Ibans

La Ceiba

CORDILLERA NOMBRE DE DIOS

San Pedro Sula

Jocón

San Francisco de la Paz

Dulce Nombre de Culmí

Cabo Gracias a Dios

Copán

HONDURAS

Siguatepeque

Juticalpa

Tegucigalpa

Bocay

Puerto Cabezas

Ahuachapán

Santa Ana

Yuscarán

Sonsonate

San Salvador

EL SALVADOR

Zacatecoluca

San Miguel

Golfo de Fonseca

Estelí

NICARAGUA

Matiguas

Barra de Río Grande

Chinandega

León

Lago de Managua (Xolotlán)

Managua

Masaya

Granada

Lago de Nicaragua

Bahía de Punta Gorda

San Juan del Norte

Golfo de Papagayo

COSTA RICA

Puerto Viejo

VOLCÁN POÁS +

San Ramón

San José

Limón

Alajuela

Cartago

Paraíso

Golfo de Nicoya

San Isidro

Bahía de Coronado

PANAMÁ

OCÉANO

PACÍFICO

Escala de kilómetros
0   50   100

0   50   100
Escala de millas

xii

COLOMBIA, PANAMÁ Y VENEZUELA

OCÉANO ATLÁNTICO

GUYANA

BRASIL

VENEZUELA

La Margarita

PENÍNSULA DE PARIA

Golfo de Paria

LA GRAN SABANA

El Dorado

Icabara

Guanajuna

San Pedro de las Bocas

Santa María de Erebató

Ciudad Bolívar

Ciudad Guayana

El Casabe

Platanal

Caracas

La Guaira

Maracay

Valencia

Maracaibo

Barquisimeto

Barinas

Santa María del Orinoco

Río Orinoco

Capibara

El Carmen

Quirey

Lago Maracaibo

Mérida

PENÍNSULA GUAJIRA

COLOMBIA

Pacoa

La Pedrera

Arica

Mediodía

Santa Marta

Aracataca

Barranquilla

Cartagena

Bucaramanga

Medellín

Manizales

San Fe de Bogotá

Ibagué

San José del Guaviare

Barras

Puerto Pizarro

Tres Esquinas

Puerto Toledo

PERÚ

Buenaventura

Pasto

Ipiales

ECUADOR

Mar Caribe

Golfo de los Mosquitos

Golfo de Venezuela

Colón

Portobelo

Nombre de Dios

San Miguelito

Ciudad de Panamá

Canal de Panamá

Golfo de San Miguel

PENÍNSULA DE AZUERO

Golfo de Panamá

Laguna de Chiriquí

Lago Gatún

David

PANAMÁ

OCÉANO PACÍFICO

Escala de kilómetros
0   250   500
Escala de millas
0   250   500

N

PERÚ, ECUADOR Y BOLIVIA

COLOMBIA

ECUADOR

Esmeraldas
Sto. Domingo de
los Colorados
Quito
Portoviejo
Manta
Ambato
Guayaquil
Riobamba
La
Libertad
Ingapirca
Cuenca

*Golfo de
Guayaquil*

R. Napo

R. de las Amazonas

Iquitos

LA SELVA AMAZÓNICA

BRASIL

PERÚ

Lambayeque
Chiclayo
Cajamarca
Chan Chan
Trujillo

Huánuco
Junín

CORDILLERA DE

Callao
Comas
Lima

Huancayo

Machu Picchu

Ayacucho
Cuzco

LOS

Riberalta

BOLIVIA

OCÉANO

Nazca

ANDES

Lago Titicaca

Trinidad

PACÍFICO

Arequipa

La Paz

Tacna

Cochabamba
Oruro
Santa Cruz
Llallagua

DESIERTO DE ATACAMA

Sucre
Potosí

Tarija

N

Islas Galápagos
(ECUADOR)

Escala de kilómetros
0   250   500

0   250   500
Escala de millas

ARGENTINA, URUGUAY, PARAGUAY Y CHILE

Arica
Iquique
Antofagasta

CORDILLERA DE LOS ANDES

PARAGUAY

Concepción

R. Pilcomayo

R. Paraguay

GRAN CHACO

Asunción Ciudad del Este
San   Itaipú
Lorenzo   Iguazú

San Miguel de Tucumán
La Rioja

CHILE

ARGENTINA

La Serena
Córdoba
Viña del Mar   Mendoza
Valparaíso
Santiago de Chile
Mercedes

R. Paraná

R. Uruguay

URUGUAY

Tascuarembó
Salto
Paysandú   Paso de los Toros
Durazno   Treinta y tres
Rosario   Las Piedras
           Punta del Este
Buenos Aires Montevideo
La Plata

R. de la Plata

PAMPAS

R. Salado

Talcahuano   Parral
Concepción

R. Colorado

Bahía Blanca   Mar del Plata

N

Valdivia
Osorno   Puerto Varas
Puerto Montt
San Carlos
de Bariloche

Lago
Llanquihue

Golfo San
Matías

PATAGONIA

OCÉANO
ATLÁNTICO

Golfo San
Jorge

Islas
Malvinas

Estrecho de
Magallanes

Escala de kilómetros
0   250   500

Escala de millas
0   250   500

Punta Arenas   TIERRA DEL
FUEGO

CABO DE
HORNOS

CONTENIDO

xvii

Cultural/ Communicative

In this unit, students will use Spanish...

- *to gain appreciation of the multicultural and multi-racial diversity of the Spanish-speaking world*
- *to better understand the ties between Old and New World cultures*
- *to understand the global importance of the Spanish language*
- *to gain knowledge about Hispanics in today's world*
- *to learn about today's pro-tagonists in politics, the arts, and entertainment:* Octavio Paz, Gloria Estefan, Edward James Olmos, Rita Moreno, Gabriel García Márquez, Camilo José Cela, Óscar Arias, Rigoberta Menchú, Chita Rivera
- *to familiarize oneself with the important cultural-historical topics in the 21 countries of* **Mundo 21**: Los hispanos en EE.UU.; España; México y Guatemala; Cuba, la República Dominicana y Puerto Rico; El Salvador, Honduras, Nicaragua y Costa Rica; Colombia, Panamá y Venezuela; Perú, Ecuador y Bolivia; Argentina, Uruguay, Paraguay y Chile

FOTOS

Muro de piedra que decora el templo de Quetzalcóatl de la ciudad tolteca de Tula en el estado de Hidalgo en México.

La Alameda es un parque localizado en el centro de la Ciudad de México. Aquí vemos a una familia mexicana que se divierte en el parque con una presentación de pantomima.

Lección preliminar

El español: pasaporte al Mundo 21

La Alameda, parque céntrico de la Ciudad de México

Enfoque

Purpose To set the stage by focusing students on the topics of the unit: the twenty-one countries and the 21st Century that are part of *Mundo 21,* and the Spanish language that will serve as its passport.

Suggestions Make sure students understand that *U.S. + Spain + 19 Spanish-speaking Latin American countries = Mundo 21.*

After reading the **Enfoque,** ask:
1 ¿Cuántos países forman parte del Mundo 21? ¿Cuáles son? *(Veintiuno. Estados Unidos, España y diecinueve países de Latinoamérica de habla hispana.)*
2 ¿Qué vamos a estudiar en **Mundo 21**, el pasado, el presente o el futuro? *(Los tres.)*
3 ¿Cuál será nuestro pasaporte al **Mundo 21**? *(El idioma español.)*

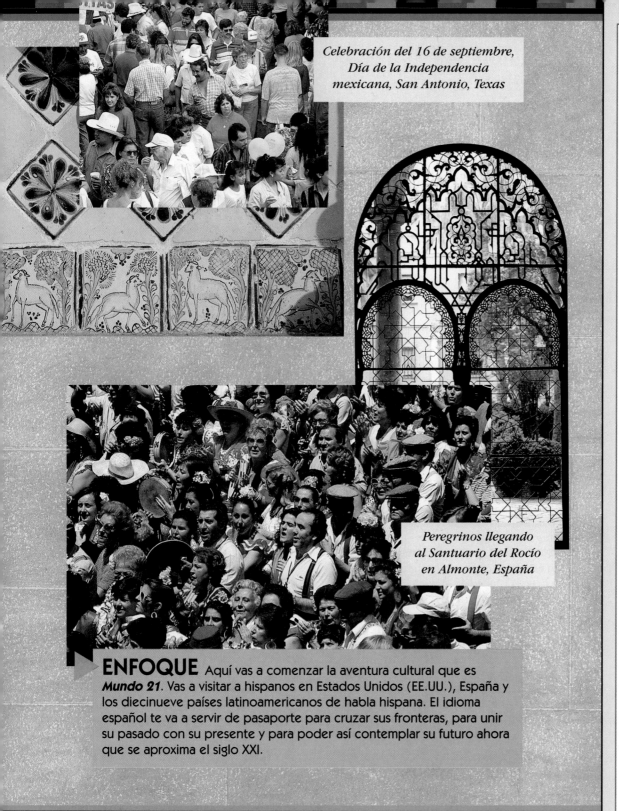

Celebración del 16 de septiembre, Día de la Independencia mexicana, San Antonio, Texas

Peregrinos llegando al Santuario del Rocío en Almonte, España

◤ ENFOQUE

Aquí vas a comenzar la aventura cultural que es *Mundo 21*. Vas a visitar a hispanos en Estados Unidos (EE.UU.), España y los diecinueve países latinoamericanos de habla hispana. El idioma español te va a servir de pasaporte para cruzar sus fronteras, para unir su pasado con su presente y para poder así contemplar su futuro ahora que se aproxima el siglo XXI.

4 ¿Qué significados tiene el número 21 al hablar del Mundo 21? *(Se refiere a los veintiún países de habla hispana y al siglo XXI.)*

5 ¿Cuáles son algunos temas que tú crees que vamos a tratar en esta unidad? *(Las respuestas van a variar. Tal vez digan: los veintiún países del Mundo 21—un vistazo, y el idioma español.)*

NSS **For Native Speakers** Pregúnteles a los estudiantes hispanohablantes si han notado diferencias en su español y el español de hispanos de otros países. Si así es, pídales que den ejemplos. Menciónele a la clase que la única falta de comunicación habrá ocurrido en el léxico (por ejemplo, *guagua* es un autobús en Cuba, pero en Sudamérica quiere decir "bebé"). La pronunciación y la sintaxis raras veces causan problemas de comunicación entre las personas de habla hispana.

FOTOS

El 16 de Septiembre es la fecha en que se conmemora la lucha que inició, en 1810, el padre Miguel Hidalgo y Costilla en el pueblo de Dolores en el estado de Guanajuato, México.

Mosaicos de la iglesia colonial de Santo Domingo construida en el siglo XVIII en Puebla, México.

Cancel de herrería del Alcázar, el palacio en Sevilla, España.

El Rocío es el santuario dedicado a la Virgen de Rocío, donde llegan miles de peregrinos, muchos con trajes típicos andaluces.

El español: pasaporte al Mundo 21

ACTIVE VOCABULARY

¡OjO! This section lists the active vocabulary students are responsible for upon completing each lesson. This list is designed to prepare students to describe, to compare and contrast, and to express opinions about the cultural and historical events and people in the lesson. The list does not appear as such in the Student Text. In the **Lección preliminar,** it appears in context in the **Lectura** of the **Y ahora, ¡a leer!** section.

The students' active vocabulary lists appear in the *Cuaderno de actividades* in a section called **Vocabulario activo.** There students also reactivate previously learned vocabulary by generating their own lists of vocabulary needed to perform the lesson functions.

Fuentes culturales

árabe	indígena
azteca	judío(a)
cristiano(a)	mestizo(a)
europeo(a)	moro(a)
gitano(a)	negro(a)
griego(a)	romano(a)
ibero(a)	

Realidad multicultural

comunidad	lucha
desafío	multicultural
diversidad	multirracial
empobrecer	perfil
encuentro	sentimiento
excluir	traicionar
filosofía	voluntad
incluir	

Gente del Mundo 21

Octavio Paz, poeta mexicano galardonado con el Premio Nóbel de Literatura en 1990, nació en la Ciudad de México en 1914. Se educó en la Universidad Nacional Autónoma de México. Publicó su primer libro de poemas, *Luna silvestre,* antes de cumplir veinte años. Además de distinguirse como poeta, Octavio Paz ha escrito libros de ensayos sobre el arte, la literatura y la realidad mexicana en general. Quizás su libro de ensayos de mayor influencia sea *El laberinto de la soledad* publicado en 1950, donde hace un análisis crítico de México y el mexicano.

Gloria Estefan. "Mis canciones son como una fotografía de mis emociones", dice esta cubanoamericana de Miami que ha llegado a ser una de las cantantes más populares de EE.UU. La movediza cantante, que se inició en el grupo *Miami Sound Machine,* escribe canciones en inglés y en español, y muchas de sus composiciones, como *"Anything for You"* tienen versiones en los dos idiomas. Estefan dice que le encanta ser bilingüe porque abre horizontes más amplios a su experiencia. Su reciente álbum *Mi tierra* (1993) es un homenaje musical a Cuba, tierra de la que salió a los dieciséis meses.

Corresponding Structures in *Manual de gramática*

LP.1   Nouns   G2
LP.2   Definite and Indefinite Articles   G5
LP.3   Present Indicative:
        Regular Verbs   G11

Edward James Olmos es uno de los actores hispanos de más fama tanto en el teatro y el cine como en la televisión. Nació en 1947 en el Este de Los Ángeles en California donde vivió toda su juventud. En 1985 ganó un premio "Emmy" por su actuación como el teniente Castillo en la popular serie de la televisión "Miami Vice". Algunas de las películas en que ha participado son *Blade Runner, The Ballad of Gregorio Cortez* y *Stand and Deliver*. Por esta última película fue nominado para un premio "Óscar" en 1989. También hace una valiosa labor en favor de la comunidad latina, especialmente de los jóvenes.

Rita Moreno, actriz, cantante y bailarina nació en 1931 en Humacao, Puerto Rico. Es la única persona que ha ganado los cuatro premios más prestigiosos del mundo del entretenimiento: el "Óscar" por su interpretación de Anita en la película musical *West Side Story;* el "Tony" por su actuación en la comedia *The Ritz,* y el "Grammy" por su participación en la grabación de *The Electric Company*. También ganó dos premios "Emmy" por su actuación en *The Muppet Show* y *The Rockford Files*.

Personalidades del Mundo 21. Prepara dos preguntas sobre cada una de estas personas. Hazle las preguntas a un(a) compañero(a) de clase y luego contesta sus preguntas.

Gente del Mundo 21

Purpose To introduce four internationally recognized figures of the Spanish-speaking world: **Octavio Paz,** a Mexican poet who recently received the Nobel Prize for Literature; **Gloria Estefan,** a bilingual Cuban-American pop music singer; **Edward James Olmos,** a Chicano TV and movie actor; and **Rita Moreno,** a Puerto Rican performer and the only person to have ever won all four of the most prestigious awards in the world of entertainment.

Suggestions Call on individual students to read aloud one biography at a time. Ask comprehension check questions after each person to make sure students understand.

Extension Ask students if they know the works of any of these persons. Ask if any have CD's or cassette tapes of Gloria Estefan that they can share with the class. Also ask if any have seen movies with Edward James Olmos or Rita Moreno. If so, have them tell what they remember.

NSS **For Native Speakers** Pídales a los estudiantes hispanohablantes que preparen preguntas originales para que luego se las hagan a sus compañeros y así verifiquen la comprensión que éstos tienen sobre esta sección. Insista en que preparen por lo menos cuatro preguntas para cada una de las personas descritas.

Personalidades del Mundo 21

After students have read the bios, allow time to prepare questions and for pair work. Debrief by calling on a few students to ask the class questions.

NSS **Variations for Native Speakers**

1 Pídales a los estudiantes hispanohablantes que decidan qué famosa persona hispana les gustaría ser y que lo escriban en una hojita de papel sin que nadie más se dé cuenta. Luego pídales que en parejas se hagan preguntas con la intención de descubrir la nueva identidad del compañero.

2 Pídales a los estudiantes hispanohablantes que decidan a cuáles de estos personajes les gustaría invitar a la clase para entrevistar. Luego pídales que, en grupos de tres o cuatro, preparen las preguntas que le harían a estos personajes.

3 Pídales que jueguen a "¿Quién soy?". Escriba el nombre de estos personajes en papelitos. Luego ponga los papelitos en la espalda de cada uno sin que ellos puedan ver su nueva identidad. En parejas, ellos deben adivinar su nueva identidad haciéndose preguntas que se puedan contestar "sí" o "no". Por ejemplo: ¿Soy hombre? ¿Soy cantante? ¿Soy cubanoamericana? etc.

DEL PASADO al presente

■ A ver si sabes . . .

Lenguas del Mundo 21. ¿Cuánto sabes de las lenguas que se hablan en este mundo? Contesta estas preguntas con un(a) compañero(a).

1. El español es una lengua que comparten muchas naciones del mundo. ¿Puedes mencionar por lo menos diez de ellas?

2. Además del español, en el hemisferio occidental se hablan otras lenguas europeas. ¿Cuáles son? ¿En qué naciones se hablan? ¿Cuál de las lenguas tiene el mayor número de hablantes?

3. ¿Aproximadamente cuántas personas hablan español en el mundo?
    a. 160 millones   *b.* 260 millones   *c.* 360 millones

4. Indica del uno (1) al ocho (8) las lenguas con el mayor número de hablantes en el mundo.

    __ árabe   __ portugués   __ ruso
    __ chino (mandarín) __ francés   __ japonés
    __ español   __ inglés

5. En Latinoamérica se hablan muchas lenguas indígenas. ¿Sabes en qué países se hablan estas lenguas indígenas? Escribe la letra que le corresponde a cada lengua.

    __ náhuatl   __ quechua
    __ maya   __ guaraní

    a. Noventa por ciento de la población de Paraguay habla esta lengua.
    b. Es la lengua original de los aztecas y se habla en la parte central de México.
    c. Se habla en la península de Yucatán y en Guatemala.
    d. Se habla en la región andina de Ecuador, Perú y Bolivia.

6. ¿Aproximadamente cuántos hispanohablantes hay en Estados Unidos?
    a. 22 millones   *b.* 42 millones   *c.* 62 millones

7. Después del inglés, el español es la lengua más estudiada en Estados Unidos. ¿Aproximadamente cuántas personas crees que estudian español a nivel universitario en este país?
    a. 35.000   *b.* 335.000   *c.* 535.000

Organización de las Naciones Unidas (ONU)

Ventana al Mundo 21

Los hispanos y los premios

Muchos hispanos contemporáneos se han destacado y han sido reconocidos con premios en las artes, las humanidades, las ciencias y los deportes. Por ejemplo, veamos algunos de los hispanos galardonados desde 1980:

Premio Nóbel de Literatura

1982	Gabriel García Márquez	colombiano
1989	Camilo José Cela	español
1990	Octavio Paz	mexicano

Premio Nóbel de la Paz

1987	Óscar Arias	costarricense
1992	Rigoberta Menchú	guatemalteca

Premio "Tony"

1984 y 1993	Chita Rivera	puertorriqueña

En deportes, Roberto Clemente, el jugador de béisbol puertorriqueño, es el jardinero más galardonado de ambas ligas, con doce **Guantes de Oro.** En total, veintinueve jugadores latinos de béisbol han ganado **Guantes de Oro.** Las contribuciones de los hispanos en todos los campos de las artes, las ciencias y los deportes van en aumento, enriqueciendo continuamente el mosaico cultural de nuestro planeta.

Octavio Paz

Chita Rivera

Roberto Clemente

Allow time to prepare questions. Call on individual students to read aloud to the class. Then, in pairs, ask students to prepare questions to check their classmates' comprehension of the **Ventana.**
  Call on individual students to ask their questions and on others in the class to answer them. Have class confirm each response. Ask class to name other Hispanic award recipients in each of the categories mentioned.

NSS **For Native Speakers** Pídales a los estudiantes hispanohablantes que nombren a otros hispanos que han sido galardonados con estos premios o con otros premios como los Premios Óscar, las medallas de la Olimpiada, etc.

Variation For Native Speakers Pídales a los estudiantes que proyecten hacia el futuro, cuando ellos ya estarán en el apogeo de sus carreras profesionales. Dígales que escriban un párrafo explicando con qué premio prestigioso acaban de ser galardonados y por qué han sido seleccionados para recibir tal premio. Esta actividad debería resultar en una discusión de las carreras que ellos consideran más importantes. Hasta se les puede pedir que preparen una lista de las carreras más importantes y luego que la pongan en orden de importancia: doctores, ingenieros, maestros, etc.

FOTOS

Octavio Paz, poeta y escritor mexicano, al recibir el Premio Nóbel de Literatura el 12 de octubre de 1990.

Chita Rivera, actriz puertorriqueña, al recibir el Premio "Tony" por su actuación en la obra musical **El beso de la mujer araña** en 1993.

Roberto Clemente de los Piratas de Pittsburgh recibe, en 1966, un bate de plata de Warren Giles, presidente de la Liga Nacional. Roberto Clemente fue campeón de bateo de la Liga Nacional en tres ocasiones.

Lectura

LECTURA

EL ESPAÑOL: PASAPORTE AL MUNDO 21

El español o castellano es hoy una de las lenguas más habladas en el mundo. Esta lengua se originó en una pequeña región de España llamada Castilla.

LENGUA MULTINACIONAL

El español se ha convertido en la lengua común de un importante sector de la humanidad. Alrededor de 360 millones de personas hablan español, que tiene su origen en el latín que se habló en la Península Ibérica desde la conquista romana (218–219 a.C. [antes de Cristo]). Pero el español también incluye palabras de origen ibérico, celta, germánico y árabe. Así, la lengua española refleja la historia de las muchas culturas que habitaron la Península Ibérica.

Después del contacto con los pueblos indígenas de América a partir de 1492, el español incorporó nuevas palabras de muchas lenguas nativas del continente. Tres lenguas indígenas principales influyeron en el vocabulario del español. El taíno, lengua

Indígenas: azteca, inca y taíno

hablada en el Caribe, contribuye palabras como canoa, tabaco y huracán. Del náhuatl, lengua de los aztecas, vienen palabras como chocolate, tomate y aguacate. El quechua, lengua de los incas, ofrece palabras como cóndor, alpaca y papa.

Sin embargo, el mundo hispánico es un universo con una gran diversidad cultural. Aunque existen muchas diferencias en la manera de hablar, la lengua no divide, sino que une a los pueblos hispanohablantes a través de la cultura y la literatura que comparten.

EL TEXTO *MUNDO 21*

El texto **Mundo 21** intenta poner énfasis en el pasado, el presente y el futuro del fascinante mundo de habla española, un mundo lleno de contrastes, semejanzas y sorpresas. El título **Mundo 21** hace referencia tanto a los veintiún países que se presentan en el texto, como al muy cercano siglo XXI. Con **Mundo 21**, vas a hacer un recorrido cultural por el mundo hispánico a través de ocho unidades.

UNIDAD 1 CRISOL DE SUEÑOS: LOS HISPANOS EN EE.UU.

La primera unidad explora algunos aspectos de la vida de los chicanos o méxicoamericanos, los puertorriqueños y los cubanoamericanos en EE.UU. Por ejemplo,

Restaurante mexicano

vas a probar la sabrosa comida creada por mexicanos en el suroeste de EE.UU.; vas a marchar por la Quinta Avenida de Nueva York en el Desfile Anual Puertorriqueño; y vas a asistir a un programa de televisión grabado en español en Miami.

Desfile Anual Puertorriqueño

La Pequeña Habana

UNIDAD 2 ESPAÑA: PUENTE AL FUTURO

Con **Mundo 21** también vas a visitar España donde vas a revivir uno de los episodios más famosos de la novela *El ingenioso hidalgo don Quijote de La Mancha* de Miguel de Cervantes. También vas a tener la oportunidad de admirar el famoso cuadro de Pablo Picasso titulado *Guernica,* una de las obras maestras del arte contemporáneo; y vas a conocer a Pedro Almodóvar, uno de los directores más importantes del cine español de nuestros días.

Pablo Picasso

UNIDAD 3 MÉXICO Y GUATEMALA: RAÍCES DE LA ESPERANZA

De regreso a América, vas a saber cómo se descubrió el Templo Mayor de la civilización azteca en el centro de la Ciudad de México; vas a conocer a

Pirámide del Sol

Rigoberta Menchú, indígena guatemalteca que recibió el Premio Nóbel de la Paz de 1992; y vas a visitar una exhibición de arte llamada "Teotihuacán: la Ciudad de los Dioses", dedicada a la primera metrópoli mesoamericana.

Rigoberta Menchú

UNIDAD 4 CUBA, LA REPÚBLICA DOMINICANA Y PUERTO RICO: EN EL OJO DEL HURACÁN

Estos tres países se localizan en islas del mar Caribe donde se establecieron las primeras colonias españolas en el hemisferio. Además de la herencia española, existe una gran influencia africana en estas tres naciones. La música del Caribe va a vibrar en las lecciones dedicadas a Cuba y a la República

Dominicana. Vas a participar en el debate sobre si Puerto Rico debe ser estado libre, estado de EE.UU. o país independiente. Un video te va a explicar cómo se forman los huracanes que muchas veces pasan por esa zona.

Suggestions If students have problems as they read in groups, help them by using comprehensible input techniques: ask yes/no and either/or questions, explain, define, describe, contrast, point out, illustrate, gesture. Avoid translating to English.

FOTOS

Restaurante mexicano en el barrio de Logan en San Diego, California.

El Desfile Anual Puertorriqueño de Nueva York—la comunidad celebra.

Letrero a la entrada de la Calle Ocho, la avenida principal de la Pequeña Habana en Miami, Florida.

Página titular de la primera edición de *El ingenioso hidalgo don Quijote de la Mancha* (1605) de Miguel de Cervantes.

Pablo Picasso en su estudio con algunas de sus obras.

Pirámide del Sol, la construcción más grande de la ciudad mesoamericana, Teotihuacán, México.

Rigoberta Menchú Tum, activista guatemalteca quien lucha por los derechos de los indígenas.

Un conjunto musical tradicional puertorriqueño de bomba y plena, un tipo de música caribeña.

FOTOS

Selva tropical de Costa Rica, país centroamericano que ha establecido parques nacionales para proteger la ecología.

Mural del artista salvadoreño Isaías Mata, en el barrio latino de la Misión en San Francisco, California.

Vista panorámica de la Ciudad de Panamá, con modernos edificios a orillas de la bahía.

Machu Picchu, majestuosas ruinas incas descubiertas en el siglo XX.

Lago Titicaca con la cordillera de los Andes al fondo, Bolivia.

Paseo Lavalle con tiendas y restaurantes exclusivos en Buenos Aires, Argentina.

Indígenas guaraníes de Paraguay, cuya lengua es hablada por la gran mayoría de los paraguayos hasta hoy en día.

UNIDAD 5 EL SALVADOR, NICARAGUA, HONDURAS Y COSTA RICA: ENTRE EL CONFLICTO Y LA PAZ

Costa Rica

En esta unidad vas a conocer la historia que comparten estos cuatro países hermanos. Igualmente vas a tener la oportunidad de crear tu propia leyenda viendo los dibujos de Isaías Mata, un artista salvadoreño; vas a leer sobre la importancia del cultivo del plátano en Centroamérica; y vas a saber lo que hacen para sobrevivir los miembros de un teatro nicaragüense. También se va a presentar un reportaje documental sobre la importancia ecológica de los parques nacionales de Costa Rica.

Mural de Isaías Mata

UNIDAD 6 COLOMBIA, PANAMÁ Y VENEZUELA: LA MODERNIDAD EN DESAFÍO

Además de cruzar el Canal de Panamá, vas a conocer muchas regiones de Sudamérica. Vas a leer sobre una experiencia dramática que ocurre en el consultorio de un dentista

Ciudad de Panamá

de un pueblecito colombiano, según el cuento de Gabriel García Márquez. Después, vas a tomar el metro en la ultramoderna ciudad de Caracas, capital de Venezuela.

UNIDAD 7 PERÚ, ECUADOR Y BOLIVIA: CAMINO AL SOL

En esta unidad vas a escalar los Andes hasta llegar a la fantástica ciudad incaica de Machu Picchu. Y luego, en Ecuador, vas a visitar la zona amazónica y discutir su desarrollo o

Machu Picchu

El lago Titicaca

destrucción. También vas a recorrer el lago Titicaca en una canoa de paja hecha por los indígenas aymaras de Bolivia.

UNIDAD 8 ARGENTINA, URUGUAY, PARAGUAY Y CHILE: ASPIRACIONES Y CONTRASTES

Finalmente vas a cruzar el famoso Río de la Plata que forma la frontera entre Argentina y Uruguay para visitar sus respectivas capitales: Buenos Aires y Montevideo. En Paraguay vas a conocer

Buenos Aires

Los guaraníes

algunas de las misiones que ayudaron a que sobreviviera la lengua guaraní. Asimismo vas a tener la oportunidad de analizar los resultados positivos de la democracia en Chile. Desde el Cabo de Hornos, el punto más al sur de América, vas a observar la gran extensión del mundo hispánico.

■ ¡A ver si comprendiste!

¿Quién? ¿Qué? ¿Cuándo? ¿Recuerdas los datos más importantes de la lectura? Para asegurarte, contesta estas preguntas.

1. ¿De qué lengua se deriva el español? ¿Cómo llegó esta lengua a la Península Ibérica? ¿Qué otro nombre tiene el español?
2. Además del árabe, ¿qué otras lenguas influyeron en el español en la Península Ibérica?
3. ¿Puedes nombrar una lengua indígena de América que influyó en el vocabulario español? ¿Puedes mencionar algunas palabras derivadas de esa lengua?
4. ¿A qué hace referencia el título *Mundo 21* de este texto?
5. ¿Cuáles son los tres principales grupos hispanohablantes de EE.UU.?
6. ¿Cuántas unidades hay en *Mundo 21*? ¿Cuáles son algunos de los temas que se van a presentar en estas unidades? ¿Cuáles te interesan más?

Palabras como llaves: *gracia*

Para ampliar el vocabulario. El discurso que leyó Octavio Paz al recibir el Premio Nóbel en 1990 empezó de la siguiente manera: "Comienzo con una palabra que todos los hombres, desde que el hombre es hombre, han proferido: *gracias*. Es una palabra que tiene equivalentes en todas las lenguas. Y en todas es rica la gama de significados". Veamos ahora algunos de los muchos significados de la palabra **gracia.** Discute lo que significa **gracia** en cada oración con un(a) compañero(a). Luego, contesten las preguntas.

Los hombres necesitan la **gracia** de Dios para salvarse.
Los elefantes del circo me hicieron **gracia.**
La cantante mexicana Alejandra Guzmán tiene mucha **gracia** al cantar y bailar a la vez.

Palabras derivadas de **gracia:**
gracias, agraciado, agradecimiento
1. ¿Cuál es tu mayor **gracia**?
2. ¿Alguna vez has sido **agraciado** con un premio de lotería?
3. ¿Cuándo das las **gracias**?
4. ¿A quién le debes **agradecimiento**?

Palabras como llaves

Allow time for group discussion. Check for understanding of **gracia** by asking individual students to explain the various meanings in the four questions.

NSS **For Native Speakers** Pídales a los estudiantes hispanohablantes que escriban oraciones originales con cada uno de los tres significados de *gracia* y con las palabras derivadas de *gracia: gracias, agraciado, agradecimiento.* Pídale a individuos que lean sus oraciones, y a la clase que diga si se ha usado correctamente la palabra clave y si hay errores en la oración.

¡A ver si comprendiste!

Have students get accustomed to answering these questions in their own words with books closed. Do not allow reading verbatim from the text. Partial answers and fragments should be acceptable. Complete answers may be modeled by the teacher after all relevant details have been offered.

NSS **For Native Speakers** Mientras que la clase escribe las respuestas a estas preguntas, pídales a algunos estudiantes que pasen adelante y escriban sus respuestas en la pizarra. Revise las respuestas en clase, pidiéndoles a estudiantes específicos que identifiquen y corrijan cualquier error.

Answers

1 El español se deriva del latín. Llegó a la Península Ibérica con la conquista romana en 218–219 a.C. El español también se llama castellano.
2 Además del árabe, el ibérico, el celta y el germano influyeron en el español en la península.
3 Las respuestas van a variar de entre éstas: del taíno vienen las palabras **canoa, tabaco** y **huracán;** del náhuatl vienen **chocolate, tomate** y **aguacate;** del quechua vienen **cóndor, álpaca** y **papa.**
4 Se refiere a los 21 países de habla hispana y al siglo XXI.
5 Las respuestas van a variar. EE.UU. es el país con el quinto número más grande de hispanohablantes. Más de 22 millones de méxicoamericanos, puertorriqueños, cubanoamericanos y otros hispanos viven en EE.UU. ahora.
6 Hay 8 unidades. Las respuestas van a variar con respecto a los temas.

Anticipando la lectura

A. Estrategias: un repaso.
Allow time for students to do matching in pairs. Then call on individual students and have class confirm each response. Give specific examples of each strategy as it is identified.

Answers

1 c
2 d
3 e
4 b
5 a

B. Cultura. Answers will vary. Guide students so that they list some of the following elements in their definition: *La cultura es una mezcla de lo siguiente: formas de vida—comidas, diversiones, costumbres; formas artísticas—literatura, arte, música, baile; ritos religiosos, sociales, familiares.*

Y ahora, ¡a leer!

■ *Anticipando la lectura*

A. Estrategias: un repaso. Cuando lees en español, como cuando lees en inglés, hay que usar ciertas estrategias. La primera lista contiene estrategias para leer de uso frecuente. Encuentra la descripción de cada estrategia en la segunda lista. Luego explica cómo aplicarías cada estrategia a la lectura que sigue: **El encuentro con el otro**.

Estrategias para leer

1. Reconocer vocabulario cognado
2. Ojear *(scanning)*
3. Predecir con fotos, dibujos o con el título
4. Predecir el contenido
5. Hojear *(skimming)*

Descripciones

a. Leer rápidamente para tener sólo una idea general del tema de la lectura.
b. Usar información previa para anticipar la información en la lectura.
c. Identificar palabras que en su forma escrita y significado son muy similares al inglés.
d. Darle un vistazo rápido a la lectura para encontrar información específica.
e. Usar el título, las fotos y los dibujos que acompañan la lectura para anticipar el contenido.

B. Cultura. En grupos de cuatro o cinco, definan la palabra "cultura". Empiecen por reflexionar en su propia cultura. ¿En qué consiste? ¿Cuáles son sus varios elementos? Den ejemplos de cada uno. Luego, informen a la clase de sus conclusiones.

C. Vocabulario en contexto.
Decide cuál es el significado de las palabras en negrilla a base del contexto de la oración o de otras estrategias que has aprendido para llegar al significado de palabras desconocidas.

1. Cuando incluimos a otras gentes **nos enriquecemos** y nos encontramos a nosotros mismos.

   a. nos reproducimos   *b.* nos divertimos
        c. nos hacemos mejores

2. Cuando excluimos a otras gentes **empobrecemos.**

   a. perdemos valor   *b.* perdemos dinero
        c. ganamos

3. En **este cuento,** el narrador encuentra un instante perfecto en el tiempo y en el espacio en el que todos los lugares del mundo pueden ser vistos en el mismo momento, sin confusión.

   a. esta historia   *b.* este lugar   *c.* este cuarto

4. También veríamos **la herencia** mediterránea, o sea, el derecho, la filosofía, las caras cristianas, judías y árabes de una España multicultural.

   a. la influencia   *b.* el folklore   *c.* la pasividad

Conozcamos al autor

Carlos Fuentes es uno de los escritores mexicanos contemporáneos más importantes. Nació en la Ciudad de Panamá (donde su padre servía de diplomático) en 1928. Pasó la mayor parte de su infancia y adolescencia en varios países, entre ellos EE.UU., Chile y Argentina. De adulto representó a su país en Suiza como agregado cultural y fue embajador de México en Francia. También ha sido profesor en las universidades de Oxford y Harvard. Su obra forma un enorme mural literario de la historia y la cultura contemporánea de México. Entre sus novelas se destacan *La muerte de Artemio Cruz* (1962), *Cambio de piel* (1967) y *Cristóbal Nonato* (1987).

Carlos Fuentes escribió y presentó tanto en español como en inglés una serie de cinco programas para la televisión titulada *El espejo enterrado: reflexiones sobre España y el Nuevo Mundo* (1991). Éste es un fragmento adaptado del libro del mismo título que se publicó un año después.

LECTURA

por Carlos Fuentes

California, y en particular la ciudad de Los Ángeles, frente a la *cuenca del Pacífico,* el puente norteamericano hacia Asia y la América Latina, con una gran diversidad multicultural y multirracial, propone la cuestión universal del siglo XXI: ¿Cómo *tratar con* el otro? ¿Hay alguien mejor preparado que nosotros, los españoles, los hispanoamericanos y los hispanos en Estados Unidos para tratar este tema central del *encuentro* con el otro?

Pacific rim

relacionarse

reunión

Somos muchos pueblos

Somos indígenas, negros, europeos, pero sobre todo, *mestizos.* Somos griegos e *iberos,* romanos y judíos, árabes, cristianos y *gitanos.* Es decir: España y el Nuevo Mundo son centros donde múltiples culturas se encuentran, centros de incorporación y no de exclusión. Cuando excluimos *nos traicionamos* y empobrecemos. Cuando incluimos nos enriquecemos y nos encontramos a nosotros mismos.

de sangre indígena y española / primeros habitantes de España / Gypsies

we betray ourselves

Suggestions

Focus questions

—¿Qué características de California y en particular de Los Ángeles impresionan a Carlos Fuentes?

—Según el autor, ¿quién está mejor preparado para contestar la gran pregunta universal del siglo XXI?

—¿Quiénes somos los hispanos, según Carlos Fuentes?

—¿Por qué dice el autor que España y el Nuevo Mundo son centros de incorporación y no de exclusión?

ARTE

Cuadro de Isaías Mata que representa a diferentes grupos étnicos que forman parte de la tradición del mundo hispánico: griego, romano, árabe, español (del siglo XVI), judío, gitano, azteca, africano y mestizo.

Ask students to look at the artwork by the Salvadoran artist Isaías Mata. Then ask them to describe it or tell who they think the various people are.

Somos muchas culturas al mismo tiempo

Pero esta afirmación plantea de nuevo la pregunta que constituye la cuestión central: ¿Quiénes somos nosotros, los que hablamos español, los miembros de esa comunidad hispánica pero *rayada* de azteca y africano, de moro y judío?

pintada, combinada

No conozco una historia que dé mejor respuesta a esta pregunta y que de manera más brillante nos haga sentir la *simultaneidad* de las culturas que *El Aleph*, del escritor argentino Jorge Luis Borges. En este cuento, el narrador encuentra un instante perfecto en el tiempo y en el espacio en el que todos los lugares del mundo pueden ser vistos en el mismo momento, sin confusión, desde todos los ángulos, y sin embargo en perfecta existencia simultánea.

coexistencia

—¿Por qué dice el autor que la comunidad hispánica está rayada de azteca y africano, de moro y judío?

—¿Qué es *El Aleph*?
—Explica en tus palabras lo que el narrador encuentra en la obra de Jorge Luis Borges.
—¿En que consistiría el aleph hispanoamericano, según Carlos Fuentes?
—¿Qué desafío y qué lucha veríamos en el aleph hispanoamericano?
—¿Qué les pasa a las culturas que permanecen aisladas, según el autor? ¿Qué les pasa a las culturas que mantienen un contacto con otras culturas?

LECCIÓN PRELIMINAR   **13**

FOTO
Portada de la colección de cuentos titulada *El Aleph* de Jorge Luis Borges.

Cuadro de Isaías Mata representando a diferentes grupos étnicos: árabe, judío, español del siglo XVI, indígenas americanos, africano.

Ask students to look at the artwork. Then ask them to describe it or tell who they think the various people are.

NSS **For Native Speakers** Pídales a los estudiantes hispanohablantes que discutan los dos temas a continuación. Pregúnteles cada vez, qué diría Carlos Fuentes sobre el asunto. Pídales que encuentren una cita en el texto de Fuentes que confirme lo que ellos creen que diría.

1 Cuando un grupo étnico como los chicanos, los puertorriqueños o los cubanoamericanos, excluyen a los demás, se traicionan a sí mismos y se empobrecen; cuando incluyen a los demás se enriquecen y se encuentran a sí mismos.

2 Si no reconocemos nuestra humanidad en los demás, nunca la reconoceremos en nosotros mismos.

La realidad multicultural de Hispanoamérica

¿Qué *veríamos* hoy en el aleph hispanoamericano? Veríamos el sentimiento indígena de *la sacralidad*, la comunidad y la voluntad de *supervivencia*. También veríamos la herencia mediterránea, o sea, el derecho, la filosofía, *los perfiles* cristianos, judíos y árabes de una España multicultural.

Veríamos *el desafío* del Nuevo Mundo a Europa, la continuación en este hemisferio de un mundo multicultural y multirracial, indio, europeo y negro. Veríamos la *lucha* por la democracia y por la revolución que reúne nuestra experiencia personal y *comunitaria*. Y veríamos también la manera como ese pasado se convierte en presente.

would we see

lo divino

sobrevivir

las siluetas, características

la oposición

combate

de la comunidad

En el otro encontramos nuestra humanidad

Las culturas *perecen aisladamente*, pero nacen o renacen en el contacto con otros hombres y mujeres de otra cultura, otro credo, otra raza. Si no reconocemos nuestra humanidad en los *demás*, nunca la reconoceremos en nosotros mismos. Así, acompañados del otro, podemos oír la voz del poeta chileno Pablo Neruda, que exclama: "Yo estoy aquí para contar la historia".

mueren solitariamente

otros

adaptado de El espejo enterrado

■ ¿Comprendiste la lectura?

A. ¿Sí o no? ¿Estás de acuerdo o no con los siguientes comentarios? Si no lo estás, explica por qué no.

1. Según Fuentes, la diversidad multicultural y multirracial de la ciudad de Los Ángeles en California propone la cuestión universal del siglo XXI: ¿Cómo tratar con el otro?.
2. *El Aleph* es un cuento del escritor argentino Julio Cortázar.
3. Fuentes escribe que si no reconocemos nuestra humanidad en los demás, nunca la reconoceremos en nosotros mismos.
4. Pablo Neruda es un famoso poeta español.

B. Hablemos de la lectura. Contesten estas preguntas en grupos de tres o cuatro.

1. ¿Quién es Carlos Fuentes? ¿Dónde pasó su infancia y su adolescencia?
2. Según Carlos Fuentes, ¿cuál es la cuestión universal del siglo XXI? ¿Por qué piensa Fuentes que los españoles, los hispanoamericanos y los hispanos en EE.UU. están bien preparados para tratar este tema?
3. De acuerdo con Fuentes, ¿cuáles son los pueblos que han formado a España y al Nuevo Mundo?
4. Según Fuentes, ¿qué ocurre cuando "excluimos"? ¿y qué ocurre cuando "incluimos"? ¿Estás de acuerdo con esto? ¿Por qué sí o por qué no?
5. ¿Qué encuentra el narrador del cuento *El Aleph* del escritor argentino Jorge Luis Borges?
6. ¿Cuáles son algunas cosas que Carlos Fuentes dice que veríamos en el aleph hispanoamericano?
7. ¿Por qué es importante reconocer nuestra humanidad en los demás?
8. ¿Qué significa el título "El encuentro con el otro"? ¿Quién es "el otro" o "la otra"?

LECCIÓN PRELIMINAR

7 Porque si no la reconocemos en los otros, nunca la vamos a reconocer en nosotros mismos.
8 Las respuestas van a variar. El título se motiva por el quinto centenario del encuentro de los españoles con los indígenas del Nuevo Mundo y del significado de ese encuentro en el siglo XX. "El otro" es una persona de diferente cultura que la nuestra.

¿Comprendiste la lectura?

Allow time for pair work. Have students get accustomed to answering these questions in their own words with books closed. Do not allow reading verbatim from the text.

Answers

A. ¿Sí o no?
1 Sí.
2 No. "El Aleph" es un cuento del escritor argentino Jorge Luis Borges.
3 Sí.
4 No. Pablo Neruda es un famoso poeta chileno.

B. Hablemos de la lectura.
Point out to students that these questions refer to **Conozcamos al autor** as well as to the **Lectura.** Call on individual students. Have the class confirm each response.
1 Carlos Fuentes es un escritor mexicano contemporáneo. Pasó su infancia y adolescencia en varios países, inclusive EE.UU., Chile y Argentina.
2 La cuestión universal es: ¿cómo tratar con el otro? Piensa que estos tres grupos están bien preparados para contestar la pregunta porque representan centros de múltiples culturas, centros de incorporación y no de exclusión.
3 Los griegos, iberos, romanos, judíos, árabes, cristianos y gitanos han formado España. Los indígenas, africanos, europeos y mestizos han formado el Nuevo Mundo.
4 Cuando excluimos nos traicionamos y nos empobrecemos. Cuando incluimos nos enriquecemos y nos encontramos a nosotros mismos. Las respuestas van a variar en la segunda parte.
5 Encuentra un instante perfecto en el tiempo y en el espacio en el que todos los lugares del mundo pueden ser vistos en el mismo momento.
6 Veríamos el sentimiento indígena de lo divino, la comunidad y la voluntad de supervivencia. Veríamos también el derecho, la filosofía, los perfiles cristianos, judíos y árabes de una España multicultural.

Luz, cámara, acción

Purpose In this section students will view excerpts from the fifth episode of the TV series: *El espejo enterrado: reflexiones sobre España y el Nuevo Mundo,* authored and narrated by Carlos Fuentes. They will begin with the previewing activities in **Antes de empezar el video,** and then will proceed to get some background information in **Escenario,** a short introduction to the segment to be shown.

Antes de empezar el video
Get students to think seriously about the topic of the film by having them analyze the cultural components in the paintings on page 17. Have students work in groups, with each group analyzing one painting. Call on each group to describe the painting they selected to the class.

El arte y la cultura
Encourage students to analyze what they see and support answers with their reasoning.

Answers

1 Las respuestas van a variar. Quizás digan que el arte de Tamayo incluye temas muy mexicanos, muy aztecas—el jaguar y la serpiente; el arte de Botero refleja varios elementos muy colombianos—la presencia de militares y la iglesia; y el arte de Lam claramente refleja la influencia africana en Cuba—los colores vivos y el diseño.

2 Las respuestas van a variar.

3 Las respuestas van a variar. Tal vez mencionen la temática aparentemente azteca de Tamayo y los colores y diseño de Lam.

4 Las respuestas van a variar.

Antes de empezar el video

El arte y la cultura. Existe una relación muy fuerte entre el arte y la cultura. Los artistas muchas veces reflejan en sus obras la cultura que los rodea. Con un(a) compañero(a), responde a las siguientes preguntas.

1. Rufino Tamayo es mexicano, Fernando Botero es colombiano y Wifredo Lam es cubano. ¿Cómo reflejan estos cuadros la realidad del país de origen de los artistas?
2. ¿Qué sabes sobre la cultura del país de Tamayo? ¿Botero? ¿Lam?
3. ¿Puedes observar alguna influencia de la cultura indígena o africana en estas pinturas? ¿Por qué crees eso?
4. ¿Cuál de estos cuadros te gusta más? ¿Por qué?

16 LECCIÓN PRELIMINAR

FOTO

Palacio de Bellas Artes, edificio que incluye un gran teatro para conciertos y también salas y galerías para exhibiciones de arte en el centro de la Ciudad de México.

ESCENARIO

"El jaguar y la serpiente" de
Rufino Tamayo

"La familia presidencial"
de Fernando Botero

La realidad multicultural del mundo hispánico

En 1991 el escritor mexicano Carlos Fuentes completó una serie de cinco programas para la televisión que grabó tanto en español como en inglés; su motivo fue reconocer el Quinto Centenario de la llegada de Cristóbal Colón a América. El título de la serie es *El espejo enterrado: reflexiones sobre España y el Nuevo Mundo*. Los títulos de los cinco programas son: "La virgen y el toro", "La batalla de los dioses", "La edad de oro", "El precio de la libertad" y "Las tres hispanidades".

El quinto y último programa, "Las tres hispanidades", trata sobre España, Latinoamérica y los pueblos hispanos en Estados Unidos que están experimentando enormes cambios en este siglo. El fragmento del video incluido en esta lección presenta a Carlos Fuentes dentro del Palacio de Bellas Artes de la Ciudad de México. Este edificio, proyectado en 1901 y terminado en 1934, incluye muchos diferentes estilos arquitectónicos y representa la realidad multicultural del mundo hispánico. Al levantarse la cortina de cristal creada por Tiffany para Bellas Artes, Fuentes nos pide que veamos todo lo que los latinoamericanos han sido a través de su historia. Luego nos hace ver cómo, a través del arte, podemos experimentar y apreciar la realidad multicultural de Latinoamérica.

"Umbral" de Wifredo Lam

In groups of four or five, have one student read to the rest of the group. Tell students to request help from their group if they have difficulty understanding what is being read. Then ask the following comprehension check questions. Have class confirm each response.

Comprehension checks

1 "Las tres hispanidades" es uno de cinco programas de televisión. ¿Cómo se llama la serie? ¿Quién la escribió? ¿Quién la narró?
2 ¿Con qué motivo se completó la serie?
3 ¿De qué trata el programa titulado "Las tres hispanidades"?
4 ¿Por qué se dice que el Palacio de Bellas Artes representa la realidad multicultural del mundo hispánico?
5 Según Fuentes, ¿qué van a ver en este fragmento?

FOTOS

"El jaguar y la serpiente", mural del pintor mexicano Rufino Tamayo, que representa la lucha del día y la noche y de la dualidad en el mundo mesoamericano.

"La familia presidencial" en donde el artista colombiano Fernando Botero se representa a sí mismo pintando a figuras exageradas llenas de humor. Esta familia incluye personajes típicos latinoamericanos: el sacerdote, el militar, el político, etc.

"Umbral" del artista cubano Wifredo Lam donde aparecen diseños de influencia africana.

Y ahora,
¡veámoslo!

El video: **Las tres hispanidades**

Carlos Fuentes

Cuadro del colombiano Fernando Botero

■ A ver cuánto comprendiste . . .

A. Dime si entendiste. Después de ver el video, contesta estas preguntas.

1. Cuando se levanta la cortina, ¿qué pueblos y culturas dice Carlos Fuentes que han formado a los latinoamericanos?
2. ¿En qué consiste la cultura según Carlos Fuentes?
3. ¿Qué herencia cultural refleja la obra del artista mexicano Rufino Tamayo? ¿Qué arte coleccionaba este artista?

B. ¿Y qué dices tú? Contesten estas preguntas en grupos de tres o cuatro.

1. ¿Qué estilos de arquitectura están representados en el edificio del Palacio de Bellas Artes?
2. ¿Por qué Carlos Fuentes relaciona la obra del artista colombiano, Fernando Botero, con la habilidad de reírse que tienen los latinoamericanos?
3. ¿Qué es lo que más te gustó del video? Explica.

18   LECCIÓN PRELIMINAR

A ver cuánto comprendiste...

Answers

A. Dime si entendiste.

1 Indígenas, españoles, cristianos, judíos, islámicos, africanos.

2 La cultura es la respuesta a los desafíos de la vida; es nuestra manera de amar y hablar; es lo que comemos; es cómo nos vestimos; es nuestras memorias y deseos; es nuestra manera de ver.

3 La indígena; arte precolombino.

B. ¿Y qué dices tú?

1 Motivos precolombinos y el art deco.

2 Las respuestas van a variar.

3 Las respuestas van a variar.

PASAPORTE cultural

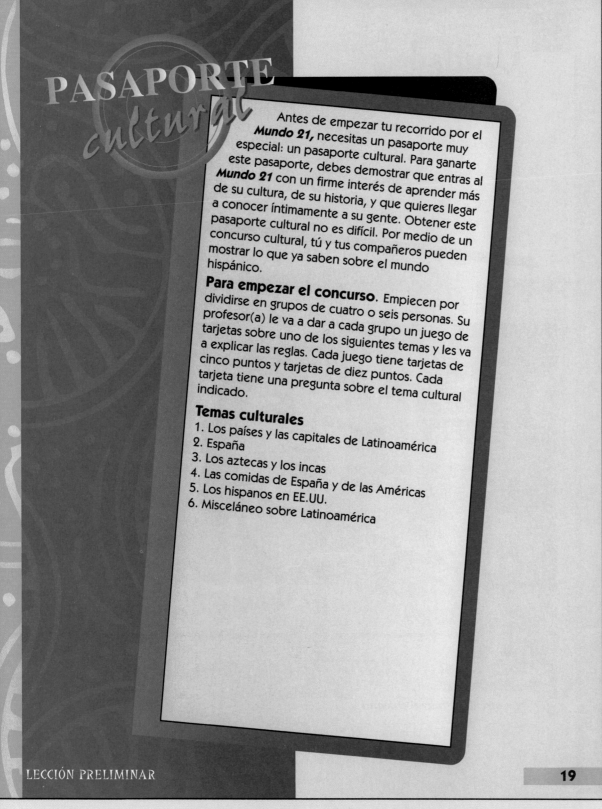

Antes de empezar tu recorrido por el **Mundo 21,** necesitas un pasaporte muy especial: un pasaporte cultural. Para ganarte este pasaporte, debes demostrar que entras al **Mundo 21** con un firme interés de aprender más de su cultura, de su historia, y que quieres llegar a conocer íntimamente a su gente. Obtener este pasaporte cultural no es difícil. Por medio de un concurso cultural, tú y tus compañeros pueden mostrar lo que ya saben sobre el mundo hispánico.

Para empezar el concurso. Empiecen por dividirse en grupos de cuatro o seis personas. Su profesor(a) le va a dar a cada grupo un juego de tarjetas sobre uno de los siguientes temas y les va a explicar las reglas. Cada juego tiene tarjetas de cinco puntos y tarjetas de diez puntos. Cada tarjeta tiene una pregunta sobre el tema cultural indicado.

Temas culturales
1. Los países y las capitales de Latinoamérica
2. España
3. Los aztecas y los incas
4. Las comidas de España y de las Américas
5. Los hispanos en EE.UU.
6. Misceláneo sobre Latinoamérica

Pasaporte cultural

Purpose This cultural game incorporates a thorough review of the cultural information usually presented in beginning Spanish classes. Students need not have studied all of these cultural topics in order to participate. The game is set up so that students will be able to recall previously learned information as well as learn unknown facts as they play. Since this is review material, you may want to have your students play the game several times during the first weeks of classes.

Reglas
1 Cada grupo se divide en dos equipos de dos o tres personas.
2 Para empezar, el primer equipo selecciona una pregunta de cinco o diez puntos (más puntos indica mayor dificultad) y, sin ver la respuesta que está al dorso, le hace la pregunta al otro equipo. Si contestan correctamente, reciben los puntos indicados, si no, el equipo que hizo la pregunta puede tratar de contestarla y recibir los puntos.
3 Para continuar, el segundo equipo selecciona la siguiente pregunta y sigue como antes.
4 El juego termina cuando un equipo llegue a cien puntos o cuando se hayan contestado todas las preguntas del juego.

Diario

Have students begin their journal-writing by asking them to write diary-like notes beginning with **Lo que más me gusta de mi familia es . . .** Tell them to jot down any ideas, impressions, descriptions or feelings they may have about the topic, just as if they were writing in their personal diary. Assure them that you will read and react to / comment on what they say but will not criticize, pass judgment, or attempt to correct errors in their **diarios.** This is not something that will be graded. It is a personalized ongoing activity designed to give them more practice in writing. Inform students that you will fully respect confidentiality on what they write.

Cultural/ Communicative

In this unit, students will use Spanish...

- *to understand and talk about historical events:* origins of Hispanics in the U.S.; the *Bracero* Program; the Chicano Movement; the granting of U.S. citizenship to Puerto Ricans; Cuban immigration
- *to gain knowledge of current political and social issues concerning Chicanos, Puerto Ricans and Cuban-Americans*
- *to visit historical and artistic sites:* Chicago, New Mexico, New York, and Miami
- *to gain appreciation of Hispanic folklore in the United States:* the Mission Cultural Center in San Francisco; Mexican food in the U.S.; the Annual Puerto Rican Parade in New York City
- *to learn about today's protagonists in politics, the arts, and entertainment:* Henry Cisneros, César Chávez, Sandra Cisneros, Luis Valdez, Raúl Julia, Nydia Velázquez, Fernando Ferrer, Rosie Pérez, the Alomars (Sandy Sr., Roberto, and Sandy Jr.), Óscar Hijuelos, Ileana Ros-Lehtinen, Andy García, Xavier Suárez, Jon Secada; Cristina Saralegui

FOTO

"La ofrenda", detalle de un mural de la artista chicana Yriena Cervantez en Los Ángeles, California. La figura central representa a la activista chicana Dolores Huerta, vicepresidenta del sindicato "United Farm Workers".

Unidad 1

Los hispanos en Estados Unidos: crisol de sueños

"La ofrenda", mural chicano

20

Enfoque

Purpose To set the stage by focusing students on the topics of the unit: Hispanics in the United States— Chicanos, Puerto Ricans, Cuban-Americans and other Latin Americans.

Suggestions Make sure students understand that **Crisol de sueños** means *Melting pot where dreams are forged,* and that **hispanos** refers to anyone of Spanish ancestry, whether in the U.S. or abroad.

After reading the **Enfoque,** ask:
1 ¿Quién es un hispano? *(Cualquier persona de ascendencia latina.)*
2 ¿De dónde son los hispanos de EE.UU.? *(De cualquier país de habla hispana.)*
3 ¿Cuáles son los grupos más grandes de hispanos en EE.UU.? *(Los mexicanos o chicanos, los puertorriqueños y los cubanos.)*

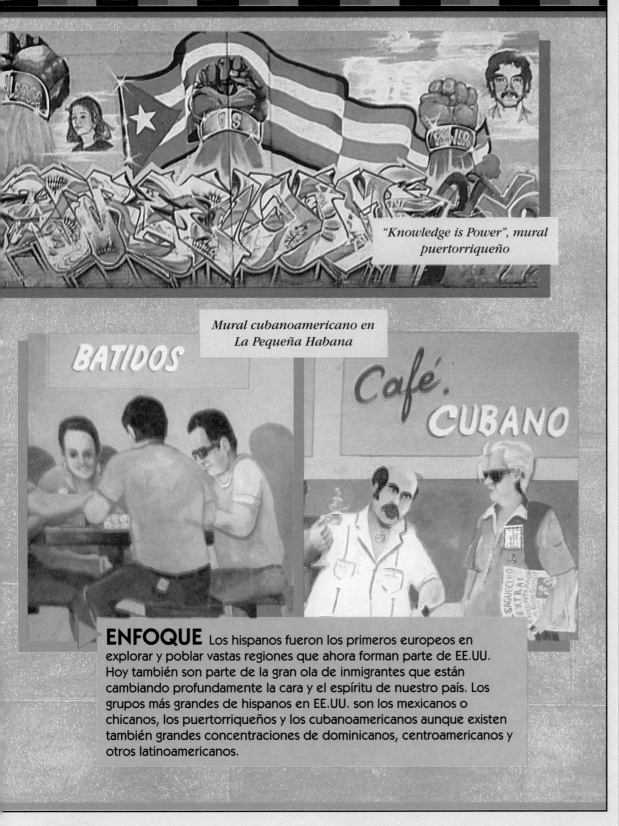

"Knowledge is Power", mural
puertorriqueño

*Mural cubanoamericano en
La Pequeña Habana*

BATIDOS

Café CUBANO

ENFOQUE Los hispanos fueron los primeros europeos en explorar y poblar vastas regiones que ahora forman parte de EE.UU. Hoy también son parte de la gran ola de inmigrantes que están cambiando profundamente la cara y el espíritu de nuestro país. Los grupos más grandes de hispanos en EE.UU. son los mexicanos o chicanos, los puertorriqueños y los cubanoamericanos aunque existen también grandes concentraciones de dominicanos, centroamericanos y otros latinoamericanos.

Linguistic

Reading
- Pre-reading: determine students' previous knowledge about New Mexican history, geography and culture and parades in the U.S.
- Literary selection: **"Adolfo Miller"** by Sabine R. Ulibarrí
- Journalistic selection: **"Todo listo para el Desfile Puertorriqueño de Nueva York"**

Writing
- Strategies: **Descripción y punto de vista**
- Publication: **Una colección de personajes pintorescos**

Speaking
- talk about famous Chicanos, Puerto Ricans and Cuban-Americans in **Gente del Mundo 21**
- express opinions or viewpoints about historical events presented in **Del pasado al presente**
- articulate opinions and interpretations of literary and journalistic readings
- talk about **El Centro Cultural de la Misión, Los Alomar: la primera familia del béisbol; Los mexicanos de Chicago; El Museo del Barrio** and **Jon Secada** in **Ventanas al Mundo 21**
- Role plays

Listening
- view a video about *Cristina*, Univisión's popular talk-show hostess
- listen to radio/tv announcements in the *Cuaderno de actividades*

Structure
- **Ser** and **estar**
- Descriptive and Demonstrative Adjectives and Pronouns
- Stem-changing, Spelling Change and Irregular Verbs
- Comparatives and Superlatives

FOTOS

"Knowledge is Power", mural del artista puertorriqueño Dzine. Este mural tiene la bandera puertorriqueña en el centro y se localiza en Chicago, Illinois.

La vida cubanoamericana, detalles de murales exteriores de un restaurante cubano en la Pequeña Habana, Miami, Florida.

NSS **For Native Speakers** Pregúnteles a los estudiantes hispanohablantes: ¿Cuál es la diferencia entre hispano y chicano? ¿hispano y puertorriqueño? ¿hispano y cubanoamericano? *(Un hispano es cualquier persona de ascendencia latina. Un chicano es una persona de ascendencia mexicana que reside en EE.UU. Un puertorriqueño es de ascendencia puertorriqueña y reside en Puerto Rico o en EE.UU. Un cubanoamericano es de ascendencia cubana y reside en EE.UU.)*

ACTIVE VOCABULARY

¡OJO! This section lists the active vocabulary students are responsible for upon completing each lesson. This list is designed to prepare students to describe, to compare and contrast, and to express opinions about the cultural and historical events and people in the lesson. The list does not appear as such in the Student Text. Instead, it appears in context in the **Gente** and **Del pasado al presente** culture sections.

The students' active vocabulary lists appear in the *Cuaderno de actividades* in a section called **Vocabulario activo.** Here students also reactivate previously learned vocabulary by generating their own lists of vocabulary needed to perform the lesson functions.

Gente

actor, actriz	líder
alcalde	organizador(a)
campesino(a)	sindical
migratorio(a)	poeta
cineasta	político(a)
chicano(a)	presidente(a)
director(a)	Secretario(a)
dramaturgo	de Vivienda
escritor(a)	y Desarrollo
gabinete	Urbano
iniciador(a)	

Los orígenes

adquirir	garantía
anglosajón,	guerra
anglosajona	poblar
colonizador(a)	territorio
explorar	tierra
ferrocarril	tratado

El rápido desarrollo y El programa de braceros

bracero	repatriado(a)
familiar	vecino(a)
indocumentado(a)	

El Movimiento Chicano y El presente

Aztlán	orgullo étnico
conciencia	pasado indígena
derecho civil	raza
huelga	sindicato
La Causa	tradición
M.E.Ch.A.	colonizadora
méxico-	
americano(a)	

Lección 1 — Los chicanos

Gente del Mundo 21

Nombres comunes:
chicanos, méxicoamericanos, mexicanos, latinos, hispanos

Concentración:
California, Texas, Nuevo México, Illinois, Arizona, Colorado y Michigan

Henry Cisneros es un político nacido en San Antonio, Texas en 1947. Se graduó en administración pública de la Universidad de Texas A & M. Realizó estudios en la Universidad de Harvard y el Massachusetts Institute of Technology, terminando su doctorado en la Universidad de George Washington en 1975. Henry Cisneros fue el primer hispano elegido alcalde de San Antonio en 1981 y fue reelegido en tres ocasiones: en 1983, 1985 y 1987. En 1992 fue nombrado Secretario de Vivienda y Desarrollo Urbano en el gabinete del presidente Bill Clinton. Es uno de los líderes hispanos de mayor influencia en el mundo político de EE.UU.

César Chávez (1927-1993), carismático líder chicano y organizador sindical, nació en un pequeño rancho cerca de Yuma, Arizona. Su familia emigró a California, donde César trabajó como campesino migratorio. En 1962 fundó el sindicato "United Farm Workers" con la meta de mejorar las condiciones de trabajo de los campesinos. En 1965 organizó con éxito una huelga para lograr contratos para trabajadores del campo en California. Su dedicación a los derechos civiles y a la no violencia lo convirtió en uno de los líderes chicanos más respetados. Murió el 22 de abril de 1993 en una localidad de Arizona, cerca de donde había nacido. "Hemos perdido quizás al californiano más grande del siglo XX", dijo el presidente del Senado de California al saber de su muerte.

22 UNIDAD 1

Corresponding Structures in *Manual de gramática*

1.1 Uses of the Verbs *ser* and *estar*   G14
1.2 Descriptive Adjectives   G17

Point out Sandra Cisneros, like a number of other Chicano writers, writes primarily in English. Being born and educated in the U.S., many Chicanos did not learn to write in Spanish until they took their first elementary Spanish class in high school or in college. Even though Spanish is the language spoken at home, many bilingual Chicanos are not schooled in Spanish.

Purpose To introduce four outstanding Chicanos: former mayor of San Antonio named Secretary of Housing and Urban Development in 1993, **Henry Cisneros**; a much loved Chicano leader and union organizer, **César Chávez**; an internationally published Chicana writer, **Sandra Cisneros**; and the initiator of Chicano theater, **Luis Valdez**.

Suggestions Have students read the first biography silently, then ask comprehension check questions. Repeat with the remaining biographies.

Extension Have volunteers or students interested in extra credit prepare a brief written or oral presentation on one of these personalities or another famous Chicano artist, actor, playwright, musician, or politician of their own choosing.

NSS **For Native Speakers** Pídales a los estudiantes hispanohablantes que preparen preguntas originales para que luego se las hagan a sus compañeros y así verifiquen la comprensión que éstos tienen sobre esta sección. Insista en que preparen por lo menos cuatro preguntas para cada una de las personas descritas.

Variations for Native Speakers

1 Pídales a los estudiantes hispanohablantes que decidan qué persona chicana famosa les gustaría ser y que lo escriban en una hojita de papel sin que nadie más se dé cuenta. Luego pídales que en parejas se hagan preguntas con la intención de descubrir la nueva identidad del compañero.

2 Pídales a los estudiantes hispanohablantes que entrevisten a un profesional chicano o latino reconocido en su comunidad y que graben la entrevista en una grabadora o con un equipo de video. Luego pídales que escriban un informe sobre la persona que entrevistaron.

Sandra Cisneros, poeta y cuentista chicana, nació en 1954 en Chicago. Asistió al Taller de Escritores de la Universidad de Iowa. Esta escritora chicana, que escribe en un inglés que incorpora muchas frases en español, ha sido invitada a leer su obra en México, Alemania y Suecia. Su libro *The House on Mango Street,* publicado en 1983, ha recibido muchos premios literarios, como el "American Book Award" de 1985. Su última colección de cuentos, *Woman Hollering Creek and Other Stories (1991),* ha sido traducida al español y otras lenguas. Sus cuentos son recreaciones llenas de humor de la realidad de ambos lados de la frontera. Actualmente reside en San Antonio, Texas.

Luis Valdez, actor, director, dramaturgo y cineasta, nació en 1940 en Delano, California, y es el segundo de diez hijos de una familia de trabajadores migratorios. Considerado el iniciador del teatro chicano, Luis Valdez fundó y sigue sirviendo de director artístico del prestigioso Teatro Campesino localizado en San Juan Bautista, California. Valdez dirigió las películas *Zoot Suit* y *La Bamba.* Para la televisión ha dirigido cuatro películas: *Los vendidos, El Corrido, ¡Corridos!—Tales of Passion and Revolution* y *La Pastorela.* Las obras dramáticas de Luis Valdez inspiraron a jóvenes chicanos a usar el teatro como vehículo para analizar los problemas que afectan a la comunidad chicana. Sus películas intentan criticar y cambiar la imagen negativa que algunos tienen de los chicanos.

Personalidades del **Mundo 21.** Decide, con un(a) compañero(a), quién hizo lo siguiente.

1. Participó en el Taller de Escritores de la Universidad de Iowa.
2. Fue nombrado Secretario de Vivienda y Desarrollo Urbano.
3. Fundó el sindicato "United Farm Workers" con la intención de mejorar las condiciones de trabajo de los campesinos.
4. Es considerado el iniciador del teatro chicano y todavía dirige el famoso "Teatro Campesino".
5. Su dedicación a los derechos civiles lo convirtió en uno de los líderes chicanos más respetados.

LECCIÓN 1: LOS CHICANOS

23

Personalidades del Mundo 21

Allow time for pair work. Then call on individual students. Have class confirm each response.

Answers

1 Sandra Cisneros
2 Henry Cisneros
3 César Chávez
4 Luis Valdez
5 César Chávez

3 Invite a un inmigrante a su clase y pídale que explique cómo vino a EE.UU.

4 Pídales a los estudiantes hispanohablantes que hagan un debate sobre algunos de los siguientes temas: ¿Es necesaria la educación bilingüe? ¿Por qué existe un alto porcentaje de estudiantes chicanos que dejan la secundaria antes de graduarse? ¿Se debe permitir el uso de expresiones coloquiales chicanas en la clase de español?

Del pasado al presente

Purpose In **Los chicanos: tres siglos de presencia continua,** students will read a brief history of Chicanos to better understand their presence in the U.S. today and in the future. The **Ventana al Mundo 21** readings and activities provide brief glimpses of Chicano cultural centers promoting the arts among Chicano youth of today.

Procedure The following approach could be taken with the **Del pasado al presente** readings: Call on one student to read the first two paragraphs. Ask comprehension check questions.

1 ¿Qué grupo de hispanos ha tenido la más larga asociación con EE.UU.? *(Los chicanos.)*

2 Según la mitología, ¿dónde se originaron los aztecas? ¿Dónde dicen los expertos que está situado ese lugar? *(En Aztlán en el suroeste de EE.UU.)*

3 ¿Cuánto tiempo hace que viven los mexicanos y los chicanos en lo que ahora llamamos EE.UU.? *(Desde hace tres siglos.)*

4 ¿Quiénes ya vivían en lo que ahora llamamos el suroeste de EE.UU. cuando llegaron los primeros anglosajones en el siglo XIX? *(Miles de nativoamericanos y de mexicanos.)*

Jigsaw Activity Then do a jigsaw activity with the rest of the reading.

1 Number students 1 to 5. All students numbered "1" are responsible for reading and taking notes on the information in the first segment of the reading: **Los orígenes.** Students numbered "2" are responsible for the next segment, etc.

2 Students form groups by number—all 1's, all 2's, etc. Using their notes and their book, they discuss the significant information from their segment. Students are

DEL PASADO al presente

LOS CHICANOS: TRES SIGLOS DE PRESENCIA CONTINUA

De todos los grupos hispanos, los mexicanos y sus descendientes tienen la más larga asociación histórica con el territorio que ahora forma parte de EE.UU. Los propios aztecas, que establecieron un imperio en México en el siglo XIV, se consideraban originarios de Aztlán, una tierra que en su mitología situaban al norte de Mesoamérica. Muchos escritores chicanos contemporáneos han identificado Aztlán con el suroeste de EE.UU.

Desde hace más de tres siglos han existido comunidades establecidas en estas tierras por personas venidas de México. En realidad, miles de mexicanos ya vivían en el área que actualmente es el suroeste de EE.UU. cuando en el siglo XIX llegaron ahí los angloamericanos.

Representación de Aztlán

LOS ORÍGENES

Los españoles exploraron y poblaron grandes extensiones de tierras en el sur y oeste de EE.UU. a partir del siglo XVII. Muchos ríos, montañas, pueblos y otros sitios geográficos de esta zona todavía tienen el nombre que les dieron estos exploradores. Cuando México se independizó de España en 1821, estas extensiones pasaron a formar parte del territorio mexicano. Pero México atravesó por un período de caos e inestablidad política que desmembró su territorio. En 1836 colonizadores anglosajones tomaron control de Texas y formaron una república independiente.

24

UNIDAD 1

instructed to become "experts" on their segment. They should determine what facts and details are important, and how the information should be sequenced and explained.

3 New groups of five are now formed, including one member from each numbered group—one "expert" on each segment of the reading. Each expert is now responsible for retelling all the significant facts and details from that segment to the new group, using notes but not text. Each expert should present the

information to the group and check to see that all the members of the group understand, while group members take notes.

4 Check on accountability by administering an 8–10 question true/false or short answer quiz covering significant content of the entire reading. Students take test independently. (See sample T/F items on page 26.)

En 1846, después de admitir a Texas como estado, EE.UU. declaró la guerra contra México. El conflicto terminó con el Tratado de Guadalupe Hidalgo en 1848, en el cual México perdió casi la mitad de su territorio, o sea lo que hoy es California, Nevada, Utah, la mayor parte de Nuevo México y Arizona, y partes de Colorado y Wyoming. EE.UU. les dio a los 175.000 mexicanos que vivían en esas tierras el derecho de mantener sus costumbres y conservar sus tierras. Sin embargo, en muchos casos estas garantías no fueron respetadas. Cinco años más tarde, con la Compra de Gadsden, EE.UU. adquirió por diez millones de dólares otra porción de tierra en el sur de Arizona y Nuevo México porque le ofrecía al ferrocarril transcontinental una buena ruta de salida al Océano Pacífico.

EL RÁPIDO DESARROLLO DEL SUROESTE

A finales del siglo XIX y a principios del XX, el suroeste de EE.UU. progresó rápidamente con la modernización de la tecnología agrícola y la expansión de las redes del ferrocarril. Numerosos angloamericanos se establecieron en la región. Muchas familias de ascendencia mexicana perdieron sus tierras y tuvieron que salir en busca de trabajo en los campos y en las ciudades.

La expansión del ferrocarril

Al mismo tiempo, México pasaba por una gran crisis política y económica. Se calcula que más de un millón de mexicanos llegaron a EE.UU. en las dos décadas posteriores a la violenta Revolución Mexicana de 1910. Esta inmigración aumentó la presencia mexicana en la mayoría de las ciudades del área. Se establecieron organizaciones cívicas como las sociedades mutualistas para ayudar a los trabajadores mexicanos y sus familias.

Durante esta época se hicieron populares la música, la comida, la arquitectura y el estilo "del suroeste" que reflejan el modo de vida de los mexicanos y sus descendientes. Éstos preservaron, pero también adaptaron, sus tradiciones culturales en respuesta a los cambios introducidos por sus vecinos angloamericanos.

EL PROGRAMA DE BRACEROS

Durante la gran depresión económica de EE.UU., entre 1929 y 1935, más de 400.000 mexicanos—muchos con familiares nacidos aquí—fueron repatriados a México. Este movimiento hacia el sur cambió de dirección en 1942, durante la Segunda Guerra Mundial, cuando EE.UU. negoció el primer acuerdo con México para atraer a trabajadores agrícolas temporales llamados braceros (porque trabajan con los brazos).

Braceros en el campo

En EE.UU. había mucha necesidad de trabajadores agrícolas porque muchos norteamericanos trabajaban en la industria de armamentos o estaban en las fuerzas armadas. Al no renovarse este programa en 1964, el movimiento de trabajadores indocumentados de México a EE.UU. aumentó y sigue hasta hoy día.

Viviendas de los trabajadores migratorios

FOTOS

Foto de fondo, mural chicano de la Escuela Secundaria Benito Juárez de Chicago, Illinois.

Aztlán, el lugar de origen de los aztecas, según el Códice Aubin en la Biblioteca Nacional de México.

Foto histórica donde aparecen mexicanos que trabajaban en la construcción de ferrocarriles a principios de 1903.

Braceros mexicanos cosechando fresas en un campo cercano a Salinas, California.

Viviendas donde moraban los trabajadores migratorios, muchas veces en condiciones deplorables.

Sample T/F items

1 Cuando México se independizó de España, gran parte del actual suroeste de EE.UU. formaba parte de México. *(C)*

2 Después de la guerra con México, EE.UU. les dio a los mexicanos que vivían en el suroeste el derecho de mantener sus costumbres y conservar sus tierras. *(C)*

3 Durante la Revolución Mexicana de 1910, la mayoría de los mexicanos en EE.UU. regresaron a México a defender su patria. *(F)*

4 Después de la Revolución, los mexicanos que vinieron a vivir a EE.UU. preservaron sus tradiciones mexicanas y no quisieron adaptarse a la cultura estadounidense. *(F)*

5 Los braceros son trabajadores mexicanos ilegales. *(F)*

6 Los braceros fueron principalmente trabajadores agrícolas. *(C)*

7 Los chicanos ponen más énfasis en sus raíces indígenas que en las españolas. *(C)*

8 Una teoría dice que el término "chicano" viene de los aztecas. *(C)*

9 El Movimiento Chicano también es conocido como "La Causa". *(C)*

10 Actualmente estamos en un período de florecimiento del arte y la literatura chicana. *(C)*

EL MOVIMIENTO CHICANO

En los años 60, motivados por el movimiento de los derechos civiles dirigido por Martin Luther King, los méxicoamericanos empezaron a organizarse para mejorar su condición. Empezaron a llamarse "chicanos" o miembros de "la Raza"; esto porque querían enfatizar una identidad étnica basada más en el pasado indígena que en la tradición "colonizadora" española.

Así, por ejemplo, una de las teorías más aceptadas del origen del nombre "chicano" afirma que se deriva de la palabra "mexica" (pronunciada "meshica") que era como se llamaban los aztecas a sí mismos. A su vez "aztecas" significa "originarios de Aztlán", territorio que muchos sitúan en el suroeste de EE.UU. En muchas escuelas secundarias y universidades se han establecido grupos estudiantiles con el nombre de M.E.Ch.A., que significa "Movimiento Estudiantil Chicano de Aztlán".

El Movimiento Chicano, conocido también como "La Causa", intenta transformar la realidad y la conciencia de la población de origen mexicano en EE.UU. En 1965, Luis Valdez fundó El Teatro Campesino como arma de lucha del sindicato de trabajadores agrícolas conocido como "United Farm Workers". Este sindicato, bajo la dirección de César Chávez, inició una huelga con gran

Robert F. Kennedy y César Chávez

éxito contra los productores de uva en Delano, California ese mismo año.

El presidente Clinton y Henry Cisneros

EL PRESENTE

Desde la década de 1970 existe una verdadera efervescencia de la cultura chicana. Se establecen centros culturales en muchas comunidades chicanas y centros de estudios chicanos en las más importantes universidades del suroeste de EE.UU. En las paredes de viviendas, escuelas, parques y edificios públicos se pintan murales de gran colorido que proclaman un renovado orgullo étnico. Las obras de

Estudiantes chicanos de UCLA

muchos artistas chicanos comienzan a formar parte de colecciones permanentes de museos y se exhiben con mucho éxito en galerías por todo el país.

Igualmente durante este período existe un florecimiento de la literatura chicana. Se fundan nuevas revistas literarias y editoriales con el propósito de dar a conocer a autores chicanos. Sin duda la población de origen mexicano ha mejorado mucho su condición en los últimos treinta años, pero aún queda mucho por hacer, especialmente en la educación, los ingresos y la salud.

26

FOTOS

Joven chicana que participó en una demostración frente al Capitolio en Sacramento, California, al término de una marcha de 600 millas desde Caléxico para protestar la discriminación que sufren los chicanos.

El senador Robert Kennedy y César Chávez al terminar éste último su ayuno de 23 días en apoyo de la huelga contra los productores de uva en 1968.

El presidente Bill Clinton y el Secretario de Vivienda y Desarrollo Urbano Henry Cisneros durante una reunión de trabajo en la Casa Blanca en Washington, D.C., en junio de 1993.

Estudiantes chicanos demandando un Departamento de Estudios Chicanos en la Universidad de California, Los Ángeles, en 1993.

■ *¡A ver si comprendiste!*

¿Quién? ¿Qué? ¿Cuándo? ¿Recuerdas los datos más importantes de la lectura? Para asegurarte, contesta estas preguntas.

1. ¿Cuánto tiempo hace que los méxicoamericanos viven en lo que ahora es EE.UU.? ¿Cómo se compara este período de tiempo con el número de años que EE.UU. existe como nación?
2. ¿Qué logró EE.UU. por el Tratado de Guadalupe Hidalgo? ¿Qué perdió México?
3. ¿A qué se debe que más de un millón de mexicanos llegaron a EE.UU. entre 1910 y 1930?
4. ¿Qué fue el programa de braceros y por cuánto tiempo duró?
5. ¿De qué palabra azteca se deriva el nombre "chicano" según una de las teorías más aceptadas de su origen?
6. ¿Qué es Aztlán?
7. ¿Qué significa M.E.Ch.A.?
8. ¿Quién fundó el Teatro Campesino? ¿Cuál era su propósito?

Mural chicano en la escuela secundaria Benito Juárez, Chicago

LECCIÓN 1: LOS CHICANOS   **27**

Ventana al Mundo 21

El Centro Cultural de la Misión

En las últimas dos décadas se fundan en California varias organizaciones culturales que tratan de satisfacer las necesidades de las comunidades hispanas de diferentes centros urbanos. Entre estas instituciones están *El Centro Cultural de la Raza* de San Diego, *Self-Help Graphics* del Este de Los Ángeles, *La Raza/Galería Posada* de Sacramento y *El Centro Cultural de la Misión* de San Francisco. Esta última institución fue fundada en 1977 cuando algunos activistas de la comunidad, cansados de esperar una resolución a sus peticiones, ocuparon un edificio vacío en la avenida principal del barrio latino de San Francisco. El edificio fue adquirido por el gobierno municipal y ha sido remodelado para convertirse en el mayor centro cultural latino de EE.UU. Las instalaciones de cuatro pisos incluyen un teatro con capacidad para 250 personas, varias galerías para exhibiciones de arte, amplios salones y aulas para la enseñanza de danza, bailes regionales y música. En el cuarto piso del edificio está situada *Misión Gráfica*, el famoso taller de artes visuales que dirige René Castro, artista originario de Chile. "El Centro Cultural de la Misión", dice René Castro, "funciona como el corazón y el alma del barrio. Cada semana cientos de niños y jóvenes toman clases o participan en nuestra programación cultural. En cierta manera estamos creando la cultura del futuro que va a transformar este país".

René Castro

El teatro del Centro Cultural de la Misión

Centros culturales. Pregúntale a un(a) compañero(a) . . .

1. . . . el propósito de los centros culturales que se establecen en California en las últimas dos décadas.
2. . . . si puede nombrar algunos de estos centros.
3. . . . cuándo fue fundado el Centro Cultural de la Misión.
4. . . . cómo se fundó el Centro Cultural de la Misión.
5. . . . en qué consisten las instalaciones del centro.

28

UNIDAD 1

FOTOS

Un folleto del Centro Cultural de la Misión.

René Castro, artista y director del departamento de artes visuales "Misión Gráfica" del Centro Cultural de la Misión.

Una representación del Teatro de la Esperanza, el grupo teatral del Centro Cultural de la Misión.

Y ahora, ¡a leer!

■ *Anticipando la lectura*

A. Nuevo México. ¿Cuánto sabes de Nuevo México? Tal vez más de lo que piensas. Contesta las preguntas con un(a) compañero(a).

1. ¿Por qué crees que un estado de EE.UU. lleva el nombre de *Nuevo México?*

2. ¿Cuál es la capital de Nuevo México?

    a. Albuquerque   *b.* Las Cruces   *c.* Santa Fe

3. ¿Dónde está situado Nuevo México? Escribe la letra del estado que le corresponde a cada descripción.

    a. Colorado   *b.* México   *c.* Texas
       d. Arizona   *e.* Oklahoma

    ___ Estado al oeste de Nuevo México.
    ___ País que tiene frontera con el sur de Nuevo México.
    ___ Estado al norte de Nuevo México.
    ___ Estado tanto al este como al sur de Nuevo México.
    ___ Estado con el límite más reducido al este de Nuevo México.

4. ¿Cómo se llama el río que cruza todo el estado de Nuevo México de norte a sur?

    a. río Colorado   *b.* río Grande   *c.* río Brazos

5. Una de las actividades económicas más importantes de los habitantes hispanos del suroeste de EE.UU., en particular de los vaqueros o *cowboys,* ha sido la ganadería. ¿En qué consiste esta actividad?

6. ¿Sabes algunas palabras en inglés derivadas del español que tengan alguna conexión con el mundo del vaquero?

7. Se dice que Nuevo México es una región donde convergen tres culturas. ¿Cuáles son estas culturas?

8. ¿Te sorprende que "Adolfo Miller" sea el título del siguiente cuento de Sabine R. Ulibarrí, autor chicano originario de Nuevo México? ¿Por qué? ¿Quién puede ser Adolfo Miller?

Purpose In this section students will begin with a pre-reading activity, **Anticipando la lectura,** designed to tap previous knowledge students may have about the history, geography and culture of New Mexico. Then in a vocabulary building section, **Vocabulario en contexto,** students are asked to derive the meaning of key words by using contextual clues. **Conozcamos al autor** is a brief introduction to **Sabine R. Ulibarrí,** the contemporary New Mexican short story writer of the principal reading of the lesson, **"Adolfo Miller".** In **Palabras como llaves,** another vocabulary building activity, students learn to work with the various meanings and uses of the word **cuenta.**

Anticipando la lectura

A. Nuevo México. Allow time for pair work. Then call on individual students and have class confirm each response. Students are not expected to know the "correct" answer to all these questions. The real point is finding out what previous knowledge is available, and anticipating gaps or misperceptions in existing "knowledge".

Answers

1 Las respuestas van a variar.
2 c. Santa Fe
3 d, b, a, c, e
4 b. río Grande
5 Consiste en la cría de ganado.
6 Some examples are: *rodeo, lasso, ranch, corral, bronco, mustang, patio, pinto, adobe.*
7 La cultura indígena, la hispana y la angloamericana.
8 Las respuestas van a variar.

B. Vocabulario en contexto. Decide cuál es el significado de las palabras en negrilla a base del contexto de la oración o de otras estrategias que has aprendido para llegar al significado de palabras desconocidas.

1. El chico era listo. Era amable. Tenía una sonrisa que **deshacía** los corazones.

    a. disolvía   *b.* descubría   *c.* ofendía

2. Adolfo se dedicó totalmente a hacer todas las tareas. Pronto se ganó **la buena voluntad** y la confianza de don Anselmo.

    a. el cariño y afecto   *b.* la buena vida

    c. el trabajo voluntario

3. Después de poco tiempo se llevó a Adolfo a casa y le dio más trabajo. Le arregló un dormitorio bien cómodo en **la caballeriza.**

    a. el garaje   *b.* la casa principal   *c.* el establo

4. Pudo haber nacido entre los dos algo. Él lo quiso. Ella también lo quiso. Hubo **miradas** entre ellos que lo decían todo.

    a. ojeadas   *b.* citas   *c.* rumores

5. Hubo ocasiones cuando él entró con un **cubo** de agua a la cocina. Se encontraron solos. Un momento. Nada.

    a. refresco   *b.* cuadro   *c.* receptáculo

6. **La vigilia** de doña Francisquita y el fuerte carácter de don Anselmo siempre estaban entre medio. Nunca pudo pasar nada.

    a. la personalidad   *b.* el constante observar

    c. la edad

7. Un señorito salido de la universidad viene a tomar el lugar que él se ganó con sacrificio. Viene a quitarle la mujer que él **se merece**, y que le quiere como él la quiere a ella.

    a. busca   *b.* se imagina   *c.* tiene derecho a tener

8. Este procedimiento era mucho más práctico y más económico. Los ganaderos ganaban más si vendían directamente. De otra manera el comprador se llevaba **la ganancia.**

    a. el beneficio   *b.* la información   *c.* la carne

Conozcamos al autor

Sabine R. Ulibarrí es uno de los escritores chicanos más distinguidos de EE.UU. Nació en 1919 en Tierra Amarilla, un pueblito localizado entre las montañas del norte de Nuevo México. Muchos de sus cuentos, escritos originalmente en español, están inspirados en las leyendas y las tradiciones familiares; tienen el sabor de la herencia hispana establecida en el suroeste de EE.UU. por más de tres siglos. Sus principales obras son: *Tierra Amarilla: Stories of New Mexico/Cuentos de Nuevo México* (1971), *Mi abuela fumaba puros/My Grandma Smoked Cigars* (1977), *Primeros encuentros/First Encounters* (1982) and *Governor Glu Glu and Other Stories* (1988).

"Adolfo Miller" es la historia de un joven angloamericano que logra ser aceptado como miembro del pueblo de Tierra Amarilla, en el norte de Nuevo México.

FOTO
Retrato del escritor nuevomexicano Sabine R. Ulibarrí realizado por el artista Juan Maldonado.

LECTURA

Tierra Amarilla, Nuevo México

Adolfo Miller

por Sabine R. Ulibarrí

Don Anselmo y doña Francisquita tuvieron sólo una hija. La hija se llamaba Francisquita también. A su *debido* tiempo y por debidas razones esa hija se casó con mi tío Víctor. *A través de* este *parentesco* conozco la historia que voy a contar.

En la vida *apacible* de Tierra Amarilla apareció un día un rubio gringuito *mostrenco*. Nadie sabía de dónde venía, si tenía familia o qué quería. Lo único que se supo es que allí estaba. Dijo que se llamaba Adolfo Miller.

Dormía quién sabe dónde, comía quién sabe qué. Su ropa era vieja y rota. El pobre no tenía en qué ni dónde caer muerto.

El chico era *listo*. Era amable. Tenía una *sonrisa* que deshacía los corazones. Poco a poco se fue ganando las simpatías de todos. Hablaba español *macarrón*. Dondequiera que iba dejaba risas y sonrisas. Él se reía más que nadie.

Se acercó a la tienda de don Anselmo a pedir trabajo. Don Anselmo lo empleó. Le dio pequeñas tareas: barrer el piso, *alzar* cosas, *hacer entregas*. Adolfo se echó cuerpo y *alma* en su trabajo. Pronto se ganó la buena voluntad y la confianza de don Anselmo.

apropiado
Por medio de / relación familiar
tranquila
persona que no tiene dónde vivir

inteligente
smile

no bien hablado

poner en su lugar
llevar compras a los compradores / espíritu

Adolfo en la tienda de don Anselmo

NSS **For Native Speakers** Pídales a los estudiantes hispanohablantes que comenten sobre la representación artística del pueblo de Tierra Amarilla en Nuevo México y de Adolfo Miller. ¿Creen que el arte refleja auténticamente la realidad de esa época o parece más la escenografía de una película de Hollywood? Pídales que expliquen sus respuestas.

Lectura

Suggestion Read this page aloud for the students one paragraph at a time. Ask several yes/no, either/or comprehension check questions to help aid students' understanding.

Focus questions Ask these questions as you read the short story to verify that students are understanding key information.
—¿Quién narra el cuento? ¿Cómo se sabe que este cuento está narrado en la primera persona?
—¿Quién era Adolfo Miller? ¿Por qué nadie sabía de dónde venía?

Focus questions

—¿Por qué de Adolfo Miller "casi podía decirse que era más hispano que los hispanos"? ¿Cómo fue posible esto?

—¿Por qué afirma el narrador que "los nietos de don Anselmo pudieron haber sido Millers"?

—¿Por qué se sentía don Anselmo orgulloso de Adolfo Miller?

Después de poco tiempo se lo llevó a casa y le dio más *quehaceres;* asistir los animales, *ordeñar* las vacas, limpiar las caballerizas. Adolfo ahora se pasaba el tiempo correteando entre la tienda y la casa. Se le arregló un dormitorio bien cómodo en la caballeriza. Comía con la familia.

Entretanto Adolfo se hacía más hispano cada día. Casi podía decirse que era más hispano que los hispanos. Ahora hablaba un español perfecto. Su manera de ser era la nuestra. La gente lo tomaba ya como hijo de don Anselmo.

Francisquita y Adolfo

Adolfo era guapo. Francisquita era linda. Pudo haber nacido entre los dos algo. Él lo quiso. Ella también lo quiso. Hubo miradas entre ellos que lo decían todo. Hubo instancias en que él le *guiñó el ojo* y ella le correspondió. Hubo ocasiones cuando él entró con un cubo de agua a la cocina. Se encontraron solos. Un momento. Nada. La vigilia de doña Francisquita y el *recio* carácter de don Anselmo siempre estaban entre medio. Nunca pudo pasar nada. Los nietos de don Anselmo pudieron haber sido Millers pero no fue así.

Adolfo ahora se ocupaba de los más serios problemas de don Anselmo. Él se encargaba de ir a Chama todos los días a hacer depósitos en el banco. Administraba el rancho en la Ensenada. *Apartaba el ganado* para vender. Contrataba y despedía peones para la casa y para el rancho. Don Anselmo tenía el hijo que siempre había querido. Adolfo quizás había encontrado el padre que había perdido.

Pero Adolfo tenía otras facetas. Era el macho más *pendenciero,* el más *atrevido,* en los bailes los sábados por la noche. En muchas ocasiones don Anselmo tuvo que ir a sacar a Adolfo de la *cárcel.* No creo que esto molestara al viejo. Creo que *acaso* Adolfo estaba haciendo lo que el viejo quiso hacer y nunca hizo. Parecía que don Anselmo se sentía *orgulloso* de su protegido.

Glosses (right margin):

responsabilidades
sacar la leche de las vacas

Mientras tanto

cerró un ojo

fuerte

Separaba vacas de los novillos

peleador
daring
jail
probablemente

proud

32   UNIDAD 1

Víctor y Frances

Así andaban las cosas cuando volvió mi tío Víctor de la universidad. Vino elegante, culto y arrogante. En las reuniones sociales pronto se dio cuenta de Francisquita. Era ella la más bella, la más atractiva en todo sentido, de todo de ese valle. Se quisieron, se enamoraron, se casaron. Mi tío Víctor le cambió el nombre a Frances.

Las cosas cambiaron. Don Anselmo le pasó al nuevo *yerno* la administración de sus negocios. El yerno era orgulloso, *galán* y acaso vanidoso. Adolfo, por fuerza, tuvo que pasar a segundo lugar.

esposo de su hija
hombre bien parecido

Adolfo ya no tenía quince años. Se había acostumbrado a ser el hijo *predilecto,* casi el dueño, casi el señor. Ahora de pronto valía menos. Un señorito salido de la universidad viene con las manos limpias a tomar el lugar que él se ganó con sacrificio y dedicación. Viene a quitarle la mujer que él se merece, y que le quiere como él la quiere a ella.

favorito

Adolfo *se aguantó*. Se calló. No dijo nada. Siguió las instrucciones que su nuevo jefe le dio. Sereno, callado y serio seguía haciendo sus quehaceres como antes. Excepto que ya no era el mismo. La sonrisa, la risa, la amabilidad desaparecieron. Las *peleas* y las *borracheras* los sábados por la noche también desaparecieron. Adolfo era Adolfo, pero ya no era el mismo. Allí detrás del *ombligo* llevaba un hondo y violento resentimiento.

toleró

luchas / el tomar demasiado
  alcohol
navel

La embarcadura de ganado

LECCIÓN 1: LOS CHICANOS

33

Suggestion Ask students to read one paragraph at a time silently and to prepare four to five comprehension check questions to ask their classmates. Call on several students to ask their questions as each paragraph on this page is read.

Focus questions
—¿Qué tipo de persona era Víctor? ¿Por qué le cambió el nombre a Francisquita?

—¿Qué había pasado? ¿Qué sentía Adolfo?

Focus questions
—¿Qué pasó al final con el dinero?

—¿Qué pensarían Francisquita y don Anselmo? ¿Por qué el tío Víctor "no dijo nada nunca"?
—¿Qué quiere decir el refrán: "Uno cría cuervos para que le saquen los ojos"?

Por muchos años don Anselmo se había encargado de la venta de *becerros* de toda la familia. En muchos casos se aceptaban becerros de amigos de la familia. Se llevaba el ganado a Chama, se alquilaban el número indicado de carros de ferrocarril, con arreglos para *pastura* en determinadas paradas del tren. Cuando la *embarcadura* llegaba a Denver se vendía el ganado a *subasta*. Este procedimiento era mucho más práctico y más económico. Los ganaderos ganaban más si vendían directamente. De otra manera el comprador se llevaba la ganancia.

toros de menos de un año

hierba que come el ganado
live cargo
venta pública

Ya por varios años Adolfo había hecho este viaje y esta aventura. De pronto, Víctor es el encargado. Adolfo es el asistente.

Llegan a Denver. Venden el ganado. Serían mil cabezas. Se van al Brown Palace, el hotel más elegante de Denver. Allí están. Víctor, el nuevo dueño. El nuevo esposo. Adolfo, el viejo jefe. El nuevo soltero. El trabajo ha sido *pesado*. Están cansados.

dificil

Víctor dice, "Voy a darme un baño". Adolfo dice, "Voy por cigarrillos y una botella de whiskey". Víctor se baña. Adolfo se va. Se va para siempre. Y nunca vuelve. Y se lleva los $30.000.

Víctor y Adolfo en el hotel

Ya todos los participantes de este drama han muerto. Pero todo el mundo se acuerda. Don Anselmo tuvo que pagar de su propia cuenta la parte que le tocaba a cada quien. Adolfo Miller desapareció para siempre. ¿Quién puede saber el por qué de todo esto? Uno se pregunta, ¿Por qué lo hizo? ¿Es que don Adolfo se *tragó* su propia saliva cuando Víctor le quitó a Francisquita, y le cambió el nombre a Frances? Nadie sabía cuánto le pagaba don Anselmo a Adolfo. Quizás no mucho. ¿Y es que don Adolfo estaba cobrando lo que honradamente se le debía? ¿Es que era un gringo *fregado* y *aprovechado* que esperó y buscó su oportunidad? ¿Es que fueron unos nuevomexicanos fregados que supieron aprovecharse de un noble, gentil y hermoso gringo? ¿O es que, como dijeron muchos, que uno *cría cuervos* para que le saquen los ojos?

swallowed

scoundrel
oportunista

raises ravens: (i.e. a dog bites the hand that feeds it)

Yo no sé, pero me pregunto. Me supongo que mi tía Francisquita recordó y *lloró* en silencio un gran amor que pudo ser y nunca fue. Creo también que don Anselmo recordó siempre el hijo que nunca tuvo, y un día perdió para siempre. No tengo la menor idea qué pensó o qué creyó mi tío Víctor. Él no dijo nada nunca.

cried

"Adolfo Miller" de Primeros encuentros/First Encounters, ***Bilingual Press***

1 ¿Por qué crees que don Anselmo prefirió a Víctor en vez de a Adolfo como marido de Francisquita?
2 ¿Cómo habrá reaccionado Francisquita? ¿Por qué no objetó?
3 ¿Cuál habrá sido la participación de doña Francisquita? ¿A quién habrá preferido ella para su hija, a Adolfo o a Víctor? ¿Por qué crees eso?
4 ¿Cómo crees que reaccionó don Anselmo cuando supo que Adolfo se había huido con el dinero? ¿Crees que lo denunció a las autoridades? Explica tu respuesta.

¿Comprendiste la lectura?

A. ¿Sí o no? ¿Estás de acuerdo o no con los siguientes comentarios? Si no lo estás, explica por qué no.

1. Aunque Sabine R. Ulibarrí es un autor chicano, todos sus cuentos tienen lugar en una región inventada de España.
2. Adolfo era en realidad un hispano que había adoptado el apellido anglosajón de *Miller* para no pasar la discriminación que sufrían los hispanos en esa época.
3. Francisquita era el nombre tanto de la esposa como el de la hija de Don Anselmo.
4. Aunque vivían en la misma casa, Adolfo y Francisquita nunca se llevaron bien. Se puede decir que se odiaban.
5. Cuando Víctor se hizo cargo de la administración de los negocios de don Anselmo, Adolfo siguió haciendo sus quehaceres, pero ya no era el mismo.
6. Al final Víctor y Adolfo se hicieron muy amigos y nunca tuvieron problemas.

B. Hablemos de la lectura. Contesten estas preguntas en grupos de tres o cuatro.

1. ¿Por qué el cuento se titula "Adolfo Miller"? ¿Qué título le darías tú? ¿Por qué?
2. ¿Quiénes son los seis personajes que aparecen en el cuento? ¿Qué relación existía entre ellos?
3. ¿Cuáles eran las cualidades de Adolfo Miller? ¿Cuáles eran sus defectos?
4. ¿Quién era Víctor?
5. ¿Cómo cambió la vida de Adolfo con la llegada de Víctor?
6. ¿Adónde van Adolfo y Víctor y con qué propósito?
7. ¿Qué hace Adolfo después de vender los animales?
8. ¿Cómo se explica la acción que tomó Adolfo al final del cuento? ¿Por qué crees que hizo eso?
9. ¿Cómo reaccionaron don Anselmo y Víctor? Explica esa reacción.
10. ¿Qué es lo que más te gustó del cuento? Explica.

LECCIÓN 1:   LOS CHICANOS

7 Adolfo se roba los $30.000 dólares y se va.
8 No hay una explicación clara. Se mencionan varias posibilidades: quizás no le pagaban suficiente, o quizás quiso vengarse porque Víctor se había casado con Francisquita, o tal vez era un gringo aprovechado, o quizás fue una víctima . . .
9–10 Las respuestas van a variar.

¿Comprendiste la lectura?

Answers

A. ¿Sí o no? Call on individual students. Have class confirm each response.

1 No. Muchos de sus cuentos están inspirados por la historia y las leyendas del suroeste de EE.UU., especialmente Nuevo México.

2 No. Adolfo era un angloamericano que no tenía dónde vivir.

3 Sí

4 No. Al contrario, Adolfo y Francisquita se amaban.

5 Sí

6 No. Adolfo tenía un gran resentimiento contra Víctor.

B. Hablemos de la lectura. Call on individual students. Encourage them to respond in their own words. Do not allow them to flip back to look for answers and read them verbatim.

1 Las respuestas van a variar. Tal vez digan que es el nombre del protagonista.

2 Adolfo Miller: un "gringuito" o angloamericano que nadie conocía; don Anselmo: un terrateniente y dueño de una tienda; doña Francisquita: esposa de don Anselmo; Francisquita: hija de don Anselmo, amada por Adolfo y novia de Víctor; Víctor: joven del pueblo que regresa de la universidad; narrador: sobrino de Víctor y Francisquita.

3 Adolfo era listo, hablaba un español perfecto, era guapo, y era muy responsable y muy trabajador. También era un macho pendenciero y atrevido, borracho y peleador.

4 Víctor era un joven del pueblo que se había ido a estudiar a la universidad y acababa de regresar al pueblo. Era culto, elegante y arrogante.

5 Víctor se enamoró y se casó con Francisquita. Como nuevo yerno, él pasó a ser el administrador de los negocios de don Anselmo.

6 Los dos iban a Chama en el norte de Nuevo México; iban a tomar el tren para llevar el ganado a vender en Denver, Colorado.

Palabras como llaves

After students have had time for pair work, call on individual students to answer each question. Have class confirm each response.

NSS **For Native Speakers** Pídales a los estudiantes hispanohablantes que escriban una oración original con cada uno de los seis diferentes usos de **cuenta**. Pídales que algunos escriban sus oraciones en la pizarra. Luego haga que toda la clase revise sus respuestas haciendo las correcciones debidas.

Dramatizaciones

Purpose To role-play significant moments in the short story "Adolfo Miller."

Suggestions These role plays are optional and should be done only as time permits. Tell students to be creative in writing their scripts but insist they not lose sight of proper cultural and historical perspective. Point out that the class will be asked to comment on cultural and historical authenticity at the end of each role play. Tell students they may use brief outlines while they perform, but they may **not** read verbatim from their notes.

Procedure Assign **A** to half of the class, **B** to the second half. Allow groups to prepare their role plays. Then have each group present in front of the class without notes. Have class discuss the cultural and historical appropriateness of each dramatization.

Palabras como llaves: *cuenta*

Para ampliar el vocabulario. La palabra **cuenta** tiene muchos significados en español. También hay varias expresiones idiomáticas que usan esa palabra, como **darse cuenta** (llegar a saber) y **tener en cuenta** (no olvidar).

Con un(a) compañero(a), contesta las siguientes preguntas.

1. ¿Qué historia **cuenta** Sabine R. Ulibarrí en "Adolfo Miller"?
2. Cuando sales a comer a un restaurante con tu familia, ¿quién paga la **cuenta**?
3. ¿Cómo **se dio cuenta** Víctor de que Adolfo era ladrón?
4. Si quieres una A en esta clase, ¿qué debes **tener en cuenta** todos los días?
5. ¿Cuánto dinero traes en tu cartera? **Cuénta**lo.
6. ¿En qué banco tienes tu **cuenta** de cheques? ¿Tienes mucho dinero en tu **cuenta**?

Dramatizaciones

A. **Un drama en dos actos. Primer acto: primeros años.** En grupos de tres o cuatro, dramaticen los primeros años de la vida de Adolfo Miller: cuando llegó a Tierra Amarilla, empezó a trabajar para don Anselmo y conoció a Francisquita.

B. **Segundo acto: años de angustia.** En grupos de tres o cuatro, dramaticen los últimos años de la vida de Adolfo Miller en Tierra Amarilla: cuando llegó Víctor; cuando supo que Víctor y Francisquita se iban a casar; cómo cambiaron don Anselmo, su esposa y su hija; y cuando decidió Adolfo desaparecer con el dinero.

Tierra Amarilla, Nuevo México

NSS **Variation for Native Speakers** Pídale a un grupo de estudiantes que preparen un guión teatral para leer basado en el cuento "Adolfo Miller". Deberán limitarse sólo a tres escenas, eliminando la voz narrativa y dejando únicamente el diálogo esencial. Luego pídales a estos estudiantes que lean la presentación teatral en frente de la clase. Tal vez quiera Ud. que sus estudiantes hagan la misma presentación teatral en otras clases de español en la escuela o para la comunidad en general.

NSS **For Native Speakers**
Pregúnteles a los estudiantes hispanohablantes si tienen parientes o amigos que vivan en Chicago. Pregúnteles si han asistido o conocen escuelas como la Escuela Secundaria Benito Juárez que sean un símbolo de orgullo para la comunidad latina local. Pídales que comparen su escuela con la de Benito Juárez.

Ventana al Mundo 21

Los mexicanos de Chicago

Según el censo de 1990, 19,6 por ciento de la población de Chicago era de origen hispano. El mayor grupo hispano es de origen mexicano (352.560), seguido por los puertorriqueños (119.866). Se calcula que para el año 2000 uno de cada cuatro habitantes de Chicago será hispano. La población mexicana se concentra principalmente en las comunidades de Pilsen y La Villita que han crecido de una manera acelerada desde los años 50.

La primera semana de agosto de cada año se celebra la "Fiesta del Sol" en el barrio mexicano de Pilsen. Esta fiesta conmemora los esfuerzos de la comunidad en 1973 que resultaron en la formación de la escuela secundaria Benito Juárez. Esta escuela es símbolo de la esperanza que representa la educación para los hispanos que viven en la tercera ciudad más grande de EE.UU.

En 1982, se fundó el *Mexican Fine Arts Center Museum* para promover la apreciación y la producción de arte en la comunidad mexicana de Chicago. Los murales que dan colorido a los barrios mexicanos del área son unas de las contribuciones más importantes de los artistas mexicanos y chicanos de Chicago.

◆◆◆

Los mexicanos de Chicago. Prepara tres o cuatro preguntas sobre esta lectura. Hazle las preguntas a un(a) compañero(a) y contesta las preguntas que te haga a ti.

"Canto a los cuatro vientos", mural en la escuela secundaria Benito Juárez

"Fiesta del Sol" en el barrio de Pilsen

"La marcha", mural en la Casa Aztlán en Chicago

LECCIÓN 1: LOS CHICANOS

37

Answers

A. ¿Platillos mexicanos? Call on individual students. Have class confirm each answer.

1 b
2 a
3 d
4 c
5 e

B. Ingredientes This may be done as a class activity or in pairs first then with the class.

burritos: las respuestas van a variar; se hacen con tortillas de harina
enchiladas: tortillas de maíz, salsa, queso, carne guisada de res o de pollo para el relleno
nachos: tostaditas de maíz, queso, chiles jalapeños.
tamales: masa de maíz, carne guisada de puerco o de pollo para el relleno
fajitas: carne de res o de pollo asada, cebollas y especies, la carne se corta en rajas y se sirve en una tortilla de harina

C. ¿De EE.UU.? Working in groups of three or four, allow groups to decide. Then call on individual groups. Have other groups indicate if they agree or disagree.

Answer: burritos, nachos and fajitas

D. Tacos y burritos. Have individual students express their opinions and ask others to indicate if they agree or disagree and why. They should conclude that basically they are the same except that tacos are always made with corn tortillas and burritos with flour tortillas.

Cultura en vivo

La comida mexicana en EE.UU.

A. ¿Platillos mexicanos? Identifica las diferentes comidas que aparecen en las siguientes fotos.

____1. burritos

____2. enchiladas

____3. nachos

____4. tamales

____5. fajitas

a.

b.

c.

d.

e.

B. Ingredientes. Describe cada una de las cinco comidas en las fotos y enumera los ingredientes que tienen.

C. ¿De EE.UU.? Tres de las cinco comidas que aparecen en las fotos fueron creadas en EE.UU. por personas de origen mexicano. ¿Cuáles son?

D. Tacos y burritos. ¿Cuál es la mayor diferencia entre un burrito y un taco?

38

NSS **For Native Speakers** Si Ud. tiene en su clase estudiantes hispanohablantes de diferentes países o de diferentes grupos culturales, pídales que identifiquen y describan en detalle el platillo que consideren el más típico de su región o país de origen.

¡Pasa a la cocina, por favor!

A. Salsa y guacamole.
Mucha comida mexicana es muy fácil de preparar, como por ejemplo la *salsa fresca* y el *guacamole*. Trabaja con un(a) compañero(a). Hojeen las recetas de estos dos platillos y decidan si los pueden preparar. ¿Cuáles de estos ingredientes ya tienen en casa y cuáles necesitan comprar? ¿Se encuentran todos los ingredientes en los supermercados de su ciudad?

Salsa fresca Se pican cebollas, jitomates y chiles verdes (chiles serranos o jalapeños, de preferencia). Se le añade cilantro, sal y pimienta al gusto y unas gotitas de limón. ¡Qué fácil es! ¿No?

Guacamole Se parte un aguacate y se separa de la semilla. Se pica el aguacate con media cebolla. Se le añade sal, pimienta, un poquito de sal de ajo y unas gotitas de limón, al gusto. ¡Y ya está!

B. Y ahora, ¡los burritos!
Si crees que puedes preparar salsa fresca y guacamole, también vas a poder preparar unos exquisitos burritos. Para éstos, sólo hay un ingrediente esencial: las tortillas de harina. Todo lo demás es según tus propios gustos y personalidad. Los ingredientes más comunes para los burritos son:

arroz	carne asada	pollo
chorizo	queso	frijoles refritos
chile verde	chile colorado	frijoles de la olla
jitomates	cebolla	cilantro
lechuga	aguacate o guacamole	salsa fresca

Ahora di cuáles ingredientes usarías en tu burrito. ¿Qué ingredientes no te gustan del todo? Recuerda que los ingredientes de esta lista son sólo los más comunes. También podrías usar tus comidas favoritas, como tofu, salchichas, huevos, carne molida, etc. ¿Qué crees que te gustaría ponerle a tu burrito favorito?

LECCIÓN 1: LOS CHICANOS

39

¡Pasa a la cocina, por favor!

A. Salsa y guacamole. Have students work in pairs. Then debrief by having individual students tell the class what ingredients they have at home or what they would have to buy and what ingredients are not available in local stores.

B. Y ahora, ¡los burritos! Ask class if there are any foods on the list that they do not know. Ask others in class to explain, in Spanish, what those foods are. Teach them to point, illustrate, describe, contrast, etc. to avoid translation. Have students answer the questions in small groups. Then debrief by having individual students tell what others in their groups would put in their burrito, what ingredients they don't like or who would make the most interesting burrito and why.

Suggestion Have a **"Fiesta de burritos."** Select a place where a microwave oven is readily available for heating the tortillas. Then decide who will bring what to assure a wide variety of ingredients and that's it! You're ready to party.

Diario
Have students do a journal-write beginning with: **Hay ciertas actividades que prefiero hacer solo(a) y otras que siempre hago con mis amigos . . .** (See page 19 for instructions on journal writing.)

ACTIVE VOCABULARY

¡OJO! This section lists the active vocabulary students are responsible for upon completing each lesson. The list does not appear as such in the Student Text. Instead, it appears in context in the **Gente** and **Del pasado al presente** culture sections. The students' active vocabulary lists appear in the *Cuaderno de actividades* in a section called **Vocabulario activo.**

Gente

artístico(a)	distrito
aspirar	hacer el papel
aspirante	nivel
carrera	nominar
categoría	obra
congresista	premio
coreógrafo(a)	reluciente
cortador(a) de	teatral
caña	
diputado(a)	

El Barrio de Nueva York

bodega	El Barrio
botánica	esquina
canal de	Este de Harlem
televisión	vibrante

Ciudadanos estadounidenses y Una población joven

ciudadanía	fuerzas armadas
ciudadano(a)	grupo étnico
condecorado(a)	reclutar
desafío	regimiento
educativo(a)	superar
estereotipo	

Situación actual

boricua	inaugurar
emigración	investigador(a)
enriquecer	científico(a)
esperanza	

Nombres comunes: *puertorriqueños, boricuas, nuyoricans*

Concentración: *Nueva York, Nueva Jersey, Illinois, Florida y Massachusetts*

Gente del Mundo 21

Raúl Julia, conocido actor puertorriqueño, nació en 1940 y ha participado en más de veinte películas, ocho obras teatrales de Broadway, media docena de miniseries para televisión y varios festivales de teatro. Entre sus muchas películas están *Presumed Innocent, Kiss of the Spider Woman, Havana, Romero* y *The Addams Family.* Julia comenzó su carrera en Nueva York en la obra *La Carreta* del Teatro Rodante Puertorriqueño. Ha sido nominado en cuatro ocasiones para el premio "Tony" dentro de la categoría de mejor actor dramático de Broadway, la famosa avenida del teatro en Nueva York.

Nydia Velázquez, política puertorriqueña nacida en 1953 e hija de un cortador de caña de azúcar, es parte del movimiento de mujeres hispanas decididas a mejorar su comunidad. En noviembre de 1992, derrotó a un congresista de Nueva York y a cuatro aspirantes hispanos al ser elegida diputada al Congreso de EE.UU. Con esta victoria, Nydia Velázquez se convirtió en la primera congresista de origen puertorriqueño. Antes de este éxito, Velázquez había sido Directora de Asuntos Puertorriqueños en EE.UU.

40   UNIDAD 1

Corresponding Structures in *Manual de gramática*

1.3 Stem-Changing Verbs   G21
1.4 Verbs with Spelling Changes and
    Irregular Verbs   G23

Gente del Mundo 21

Purpose To introduce four outstanding Puerto Ricans currently living in the United States: the well-known movie, theater, and TV actor, **Raúl Julia;** the first Puerto Rican woman elected to the U.S. Congress, **Nydia Velázquez;** the eloquent defender of bilingualism, **Fernando Ferrer;** and the charismatic young actress, **Rosie Pérez.**

Suggestions Divide the class in four groups and have each group read one biography. Then have class close their books and call on one member of a group to tell class one fact that student recalls having read. Keep calling on group members until all pertinent information has been reported. Repeat the process with remaining three groups. You may want to write on the board, in outline form, the facts being recalled.

Extra credit Have volunteers or students interested in extra credit prepare a brief written or oral presentation on one of these personalities or of another famous Puerto Rican artist, actor, playwright, musician, politician, etc.

Fernando Ferrer es un político puertorriqueño que, según muchos, llegará a ser el primer alcalde hispano de Nueva York. Otros creen que este puertorriqueño, nacido en 1950 en el Bronx, un distrito de la ciudad de Nueva York, aspira a posiciones de nivel nacional. Ferrer es un elocuente defensor del bilingüismo. También es la persona más joven que ocupa, desde 1987, la presidencia del condado del Bronx, el de mayor población hispana de Nueva York. Es parte de la nueva generación de líderes latinos que utilizan el poder político que viene con el voto de una comunidad en rápido crecimiento.

Rosie Pérez, actriz de origen puertorriqueño, nació y se crió en el barrio puertorriqueño de Bushwick en Brooklyn, Nueva York. Proviene de una numerosa familia de once hermanos de limitados recursos. Se inició en el cine haciendo el papel de novia del director afroamericano Spike Lee en su película *Do the Right Thing*. Se hizo famosa con la película *White Men Can't Jump* y desde entonces su carrera artística se ha acelerado. Aunque sólo está en sus años veinte, Rosie Pérez es una mujer muy dedicada a su profesión. Es coreógrafa de varios grupos femeninos y de cantantes profesionales. Su última película, *Fearless,* ha demostrado que es una nueva y reluciente estrella de Hollywood.

Personalidades del **Mundo 21.** Selecciona a dos de estos personajes y prepara tres oraciones en primera persona que crees que dirían al hablar de sí mismos. Léele tus oraciones a un(a) compañero(a) para ver si puede adivinar a quién describes y luego trata tú de adivinar los personajes seleccionados por tu compañero(a).

MODELO   *Tú:* **Yo aspiro a posiciones políticas de nivel nacional y soy gran defensor del bilingüismo.**
Compañero(a): **Fernando Ferrer.**

Personalidades del Mundo 21

Allow time for individual and pair work. Ask three or four comprehension check questions after each biography.

Call on individual students to read some of their sentences and have class identify the person who would say that.

NSS **For Native Speakers** Pídales a los estudiantes hispanohablantes que nombren a otros puertorriqueños famosos y luego le expliquen a la clase por qué son importantes.

LECCIÓN 2:   LOS PUERTORRIQUEÑOS EN EE.UU.   **41**

Del pasado al presente

Purpose In **Los puertorriqueños en EE.UU.: Borinquen continental,** students will read a brief history of the Puerto Rican migration to the U.S. to better understand their present and future on the continent. The **Ventana al Mundo 21** readings and activities provide brief glimpses at a Puerto Rican family of baseball players and at **El Museo del Barrio** in New York City.

Procedure The following approach could be taken with the **Del pasado al presente** readings: Call on one student to read the first paragraph. Ask comprehension check questions.

1 ¿Qué les dan las comunidades puertorriqueñas a varias ciudades de EE.UU.? *(Les dan un sabor y colorido muy especial.)*
2 ¿Cuántos puertorriqueños han emigrado a EE.UU. desde la Segunda Guerra Mundial? ¿Por qué emigran a EE.UU.? *(Más de dos millones han emigrado en busca de una vida mejor.)*
3 ¿Cómo se comparan las poblaciones puertorriqueñas en Nueva York y en San Juan, la capital de Puerto Rico? *(Más puertorriqueños viven en Nueva York que en San Juan.)*

Jigsaw Activity Then do a jigsaw activity with the rest of the reading.
1 Number students 1 to 4. All students numbered 1 are responsible for reading and taking notes on the information in the first segment of the reading: **El Barrio de Nueva York.** Students numbered 2 are responsible for the next segment, etc.
2 Students form groups by number—all 1's, all 2's, etc. Using their notes and their book, they discuss the significant information from

DEL PASADO al presente

LOS PUERTORRIQUEÑOS EN EE.UU.: BORINQUEN CONTINENTAL

El Barrio en Nueva York

Las comunidades puertorriqueñas dan un sabor y colorido muy especial a varias de las grandes ciudades de EE.UU. Desde la Segunda Guerra Mundial, más de dos millones de puertorriqueños han emigrado de la isla a EE.UU. en busca de una vida mejor. En la ciudad de Nueva York residen más puertorriqueños que en San Juan, la capital de Puerto Rico.

EL BARRIO DE NUEVA YORK

El Este de Harlem, un distrito de la ciudad de Nueva York, se conoce como El Barrio o "Spanish Harlem" y es, en su mayor parte, una vibrante comunidad puertorriqueña. Por toda la comunidad se ven bodegas (tiendas

de comestibles), botánicas (tiendas de hierbas curativas y otras medicinas), restaurantes y cafés. En las calles se venden las frutas tropicales que forman parte de la dieta puertorriqueña. Entre los altos edificios de apartamentos se oye salsa, esa música latina que combina elementos africanos y

La Marqueta, Avenida Park

españoles y que hace bailar hasta a los que esperan el autobús en las esquinas.

Nueva York es una ciudad cada vez más latina. Más de una docena de periódicos, dos canales de televisión y numerosas estaciones de radio existen en lengua española. Además, por todas partes se escucha gente hablando en español. La comunidad hispana más grande de Nueva York la forman los puertorriqueños.

their segment. Students are instructed to become "experts" on their segment. They should determine what facts and details are important, and how the information should be sequenced and explained.
3 New groups of four are now formed, including one member from each numbered group—one "expert" on each segment of the reading. Each expert is now responsible for retelling the new group, using notes but not text, all the significant fact and details from

the appropriate segment. Each expert should present the information to the group and check to see that all the members of the group understand, while group members take notes.
4 Check on accountability by administering an 8–10 question true/false or short answer quiz covering significant content of the entire reading. Students take test independently. (See sample T/F items on page 44.)

CIUDADANOS ESTADOUNIDENSES

A diferencia de otros grupos hispanos, los puertorriqueños son ciudadanos estadounidenses y pueden entrar y salir de EE.UU. sin pasaporte o visa. En 1898, como resultado de la guerra entre EE.UU. y España, la isla de Puerto Rico pasó a ser territorio estadounidense. En 1917 los puertorriqueños recibieron la ciudadanía estadounidense. Desde entonces, gozan de todos los derechos que tienen los ciudadanos estadounidenses, excepto que los puertorriqueños que viven en la isla no pueden votar en las elecciones presidenciales, pero tampoco pagan impuestos federales.

Los puertorriqueños pueden ser reclutados para servir en el ejército estadounidense. Miles de puertorriqueños han servido en las fuerzas armadas de EE.UU. como reclutas o voluntarios. Por ejemplo, durante el conflicto de Corea, el Regimiento de Infantería 65, compuesto de puertorriqueños, participó en nueve campañas durante tres años. Sus miembros recibieron cuatro Cruces de Servicio

El Regimiento de Infantería 65

Distinguido y ciento veinticuatro Estrellas de Plata. Éste fue uno de los regimientos más condecorados.

UNA POBLACIÓN JOVEN

Los puertorriqueños en EE.UU. forman una de las poblaciones más jóvenes de todos los grupos étnicos. Esto constituye un gran desafío a las instituciones educativas estadounidenses. Aunque cada vez más estudiantes puertorriqueños ingresan a las universidades de EE.UU., todavía existe una gran necesidad de profesionales bilingües en la comunidad puertorriqueña.

Rita Moreno en West Side Story

La problemática que enfrentan los jóvenes puertorriqueños en adaptarse a la vida de los barrios de EE.UU. fue llevada con mucho éxito primero a un escenario teatral de Broadway. Después fue adaptada al cine con el título *West Side Story,* la cual ganó varios premios "Óscar", entre ellos el de la mejor película de 1961. La actuación en esta película de la actriz puertorriqueña Rita Moreno, la hizo merecedora de un premio "Óscar". Por supuesto, muchos de los estereotipos que allí se presentan ya han sido superados.

NSS **Variation for Native Speakers** Lea el primer párrafo de la lectura en clase y haga las preguntas para verificar la comprensión. Luego siga los siguientes pasos:

1 Forme cuatro grupos enumerándolos del 1 al 4, con más o menos el mismo número de estudiantes en cada grupo.
2 Asigne líderes para los grupos o pídales a los grupos que seleccionen su propio líder. Pídale al líder del Grupo 1 que abra el libro y lea en voz alta a los otros miembros de su grupo el primer segmento de la lectura: **El barrio de Nueva York**. Haga que el líder del Grupo 2 lea el segundo segmento de la lectura a los miembros de su grupo, etc.
3 Mientras los líderes de los grupos leen, los otros estudiantes deberán mantener sus libros cerrados y tomar notas sobre toda la información pertinente mientras que escuchen la lectura. Si tienen alguna dificultad, cualquiera en el grupo les puede ayudar.
4 Dé tiempo suficiente para que cada grupo pueda discutir el segmento leído y los miembros del grupo puedan comparar notas entre sí. Infórmeles que la meta es que cada uno se convierta en un experto sobre el segmento.
5 Ahora forme nuevos grupos y siga las instrucciones indicadas en el 3 y 4 de la actividad anterior *(jigsaw activity)*.

FOTOS

Foto de fondo, detalle del mural "Knowledge is Power" del artista puertorriqueño Dzine. Este mural se encuentra en Chicago, Illinois.

Tiendas y restaurantes en la Calle 116 Este del barrio puertorriqueño *(Spanish Harlem)* de Nueva York.

Tienda "La Marqueta" localizada en el barrio puertorriqueño *(Spanish Harlem)* de Nueva York.

Foto tomada en 1953 del Regimiento de Infantería 65 compuesto por soldados puertorriqueños.

Rita Moreno actuando en la película *West Side Story*.

1 "Spanish Harlem" es un barrio en San Juan, la capital de Puerto Rico. *(F)*

2 Los puertorriqueños, después de los cubanoamericanos, forman la segunda comunidad hispana más grande de Nueva York. *(F)*

3 Todos los puertorriqueños son ciudadanos de EE.UU. *(C)*

4 Como cualquier ciudadano estadounidense, los puertorriqueños que viven en Puerto Rico pueden ser reclutados para servir en las fuerzas armadas de EE.UU. y tienen que pagar impuestos federales. *(F)*

5 La joven edad de la mayoría de los puertorriqueños representa un gran desafío al sistema educativo estadounidense. *(C)*

6 El adaptarse a la vida de los barrios en EE.UU. es uno de los problemas más grandes que tienen los jóvenes puertorriqueños. *(C)*

7 Desafortunadamente, profesionales bilingües puertorriqueños no han encontrado buenos puestos en EE.UU. *(F)*

8 No cabe duda que los puertorriqueños han enriquecido la vida cultural de EE.UU. *(C)*

LA SITUACIÓN ACTUAL

En las últimas dos décadas ha habido un cambio en la emigración puertorriqueña a EE.UU. Desde 1980, un importante número de abogados, médicos, profesores universitarios, gente de negocios e investigadores científicos se han instalado en EE.UU. La necesidad de profesionales bilingües ofrece oportunidades para los puertorriqueños que vienen a este país.

La situación de los boricuas en EE.UU. ha mejorado en los últimos treinta años. Los programas bilingües que toman en cuenta la lengua y la cultura de los puertorriqueños se han multiplicado y han traído esperanzas de un futuro mejor.

Teatro Rodante Puertorriqueño

También se han creado centros artísticos y culturales, como el Museo del Barrio, inaugurado en 1969, o el actual Teatro Rodante Puertorriqueño que mantiene viva la herencia cultural boricua que proviene de los taínos, los africanos y los españoles.

Tito Puente

Los avances de la comunidad puertorriqueña en EE.UU. son significativos. La elección en 1992 de la congresista Nydia Velázquez ha demostrado la voluntad política de la comunidad puertorriqueña de

Nydia Velázquez

Nueva York. El éxito alcanzado por puertorriqueños ilustres como el percusionista Tito Puente, la actriz Rita Moreno, el actor Raúl Julia, la bailarina Chita Rivera y el escritor Piri Thomas han enriquecido la vida cultural de EE.UU.

44

UNIDAD 1

FOTOS

Actores del Teatro Rodante Puertorriqueño representando la obra *Bodega* de Federico Fraguada.

Tito Puente, percusionista de origen puertorriqueño considerado "el Rey de la Salsa".

Nydia Velázquez haciendo campaña en Nueva York para ser elegida diputada al Congreso de EE.UU. En noviembre de 1992 se convirtió en la primera mujer puertorriqueña en lograrlo.

■ ¡A ver si comprendiste!

¿Quién? ¿Qué? ¿Cuándo? ¿Recuerdas los datos más importantes de la lectura? Para asegurarte, contesta estas preguntas, y luego compara tus respuestas con las de un(a) compañero(a).

1. ¿Cuántos puertorriqueños han emigrado de la isla a EE.UU. desde la Segunda Guerra Mundial? ¿Por qué crees que han emigrado tantos?
2. ¿En qué ciudad de EE.UU. residen más puertorriqueños? ¿Cuál es, crees tú, la atracción de esta ciudad?
3. ¿Cómo se llama la música latina muy popular en la comunidad puertorriqueña? ¿Sabes bailarla? ¿Puedes enseñarle a la clase?
4. ¿Por qué los puertorriqueños pueden entrar y salir de EE.UU. sin necesidad de pasaporte? ¿Es necesario para los estadounidenses conseguir pasaporte para viajar a Puerto Rico?
5. ¿Cuándo recibieron los puertorriqueños la ciudadanía estadounidense? ¿Tienen todos los derechos que tienes tú como ciudadano?
6. ¿Cómo se llama la película que trata de la realidad de los jóvenes puertorriqueños en Nueva York y que ganó el premio "Óscar" como la mejor película en 1961? ¿Conoces la trama de esta película? Explícala.
7. ¿Quiénes son algunos puertorriqueños contemporáneos que se han destacado en las artes en EE.UU.?

"Knowledge is Power", mural puertorriqueño

LECCIÓN 2:   LOS PUERTORRIQUEÑOS EN EE.UU.   45

FOTO
"Knowledge is Power", mural del artista puertorriqueño Dzine.

NSS **For Native Speakers** Pídales a los estudiantes hispanohablantes que expliquen el simbolismo del mural titulado "Knowledge is Power".

Point to a stick or draw one on the board to communicate the meaning of **palo.** Illustrate a sliver of it to communicate **astilla.** Then ask students to guess at the meaning of the saying **De tal palo, tal astilla.** Ask if they know any sayings in English with the same idea: *Like father like son; A chip off the ol' block.* Allow time for pair work. Tell pairs that if partner is incorrect, reader should provide correct answer and explain why it is right. Then call on individuals and have class confirm their responses.

Answers

1 Roberto
2 Sandy, Sr.
3 Sandy, Jr.
4 Sandy, Sr.
5 Roberto

Extension Ask class if they can name any other Puerto Rican baseball players. (i.e. Bobby Bonilla, Roberto Clemente, Edgar Martínez, Rubén Sierra, Juan González, Iván Rodríguez, etc.)

NSS **For Native Speakers** Pregúnteles a los estudiantes hispanohablantes si el béisbol es un deporte popular en su país de origen o el de sus antepasados. Pregúnteles por qué el béisbol es tan popular en México, el Caribe y Centroamérica pero no en países del cono sur como Argentina, Uruguay o Chile.
Pregúnteles si saben el vocabulario de béisbol en español:

lanzador
bateador
receptor
primera base
(segunda, tercera)
guardabosque
jardinero corto
jardinero
bateador designado
relevista

Ventana al Mundo 21

Los Alomar: la primera familia del béisbol

Los Alomar, una familia puertorriqueña, son reconocidos como la primera familia del béisbol. El padre, Sandy Alomar Sr., originario de Salinas, Puerto Rico, jugó en las grandes ligas de 1964 a 1978 y actualmente es entrenador de los Padres de San Diego. Como dice un refrán español, "de tal palo, tal astilla" aunque en este caso se trata de dos astillas estelares del béisbol: Roberto y Sandy Jr. En 1991 fueron los primeros hermanos seleccionados para el mismo Juego de las Estrellas. Hoy día Roberto Alomar, de veinticinco años, es considerado la primera figura hispana del béisbol y uno de los mejores jugadores de segunda base de ambas ligas. Inició su carrera en las Ligas Mayores en 1988 con los Padres de San Diego, con quienes jugó hasta 1993 cuando se fue a los *Blue Jays* de Toronto, Canadá. Su hermano, Sandy Alomar Jr., de veintiséis años, es un receptor sensacional de los *Cleveland Indians.*

Adaptado de "Fiel a un sueño", Más

Roberto, Sandy Sr. y Sandy Jr.

Padre e hijos. Léele las siguientes descripciones a tu compañero(a). Pídele que te diga si, según la ventana, se refieren a **Sandy Alomar Sr., Roberto** o **Sandy Jr.**

1. Es considerado como la primera figura hispana del béisbol.
2. En 1993 era entrenador de los Padres de San Diego.
3. Es un receptor en el equipo de los *Cleveland Indians.*
4. Nació en Salinas en Puerto Rico.
5. Empezó a jugar con los Padres de San Diego en 1988.

FOTO

La familia Alomar en julio de 1990 antes de una práctica para el juego de Todas las Estrellas. De izquierda a derecha: Roberto Alomar de los Padres de San Diego; Sandy Alomar, el padre, jugador pensionado y actualmente entrenador de los Padres; y Sandy Alomar, Jr., de los *Cleveland Indians.*

Y ahora, ¡a leer!

■ Anticipando la lectura

A. Los desfiles en EE.UU. En grupos de tres, contesten estas preguntas.

1. ¿Dónde tiene lugar el popular "Desfile de las rosas"? ¿Qué significado tiene que ocurra el primero de enero de cada año?
2. ¿En qué ciudad de EE.UU. se realiza el mayor desfile dedicado a San Patricio, el santo patrón de Irlanda? ¿Por qué se visten de verde muchas personas ese día? ¿Qué significa este día para los irlandeses y sus descendientes?
3. En muchos barrios chinos de EE.UU. se celebra el año nuevo chino con un desfile. ¿Corresponde este día al primero de enero del calendario occidental? ¿Conoces los doce diferentes animales en que se dividen los años según la tradición china? ¿Cuál es el animal que simboliza el año en que estamos?
4. ¿Qué evento, organizado por la tienda "Macy's", tiene lugar el "Día de Acción de Gracias" en la Quinta Avenida de Nueva York?
5. ¿Qué otros desfiles importantes de EE.UU. puedes mencionar? ¿Dónde y cuándo tienen lugar? ¿Qué celebran?
6. ¿Has participado en algún desfile en tu comunidad? ¿Cuál fue el motivo del desfile? ¿Quiénes participaron?

El Desfile Anual Puertorriqueño de Nueva York

LECCIÓN 2:   LOS PUERTORRIQUEÑOS EN EE.UU.   **47**

FOTO

El congresista José Serrano haciendo campaña en el Desfile Anual Puertorriqueño de Nueva York.

NSS **For Native Speakers** Pregúnteles a sus estudiantes si saben de algún desfile o festival hispano que se celebre en su comunidad (como en la Calle Ocho en Miami) y luego pídales que describan estos eventos al resto de la clase.

Purpose In this section students will begin **Anticipando la lectura** by doing a pre-reading activity designed to tap previous knowledge students may have about the types of parades held in the U.S. and the themes they celebrate. Then, in a vocabulary building section, students are asked to derive the meaning of key words by using contextual clues.
Conozcamos el Desfile is a brief introduction to one of the biggest cultural events of the Puerto Rican community in New York, which is the topic of the **Lectura: "Todo listo para el Desfile Puertorriqueño de Nueva York"**.

Anticipando la lectura

A. Los desfiles en EE.UU.
Allow time for group work. Then ask several groups to summarize their responses for the class. Again, students are not expected to have "correct" answers to all items. The point is finding out what previous knowledge is available, and anticipating gaps or misperceptions in existing "knowledge".

Answers

1 En Pasadena en California. El desfile celebra el inicio del año.
2 En Nueva York. El color verde simboliza el verdor de la isla. También se refiere al trébol *(3-leaf clover)* que representa la Trinidad de la teología cristiana. Es la celebración del santo patrón de los irlandeses.
3 No corresponde al primer día del año occidental. Rata, buey, tigre, conejo, dragón, serpiente, caballo, cabra, mono, gallo, perro y cerdo.
4 Es el Desfile de Macy's. Celebra el Día de Acción de Gracias.
5 Las respuestas van a variar.
6 Las respuestas van a variar.

B. Vocabulario en contexto. Decide cuál es el significado de las palabras en negrilla a base del contexto de la oración o de otras estrategias que has aprendido para llegar al significado de palabras desconocidas.

1. Banderas, grupos musicales, alegría . . . todo, absolutamente todo, **está a punto de** empezar con gran fuerza en la Quinta Avenida en el Desfile Puertorriqueño.

   a. está listo para   *b.* está hecho para
   c. está detenido para

2. El desfile será dedicado a los hombres y mujeres de las fuerzas armadas de este país, de origen puertorriqueño, quienes sirvieron otra **jornada** heroica durante la pasada guerra del Golfo Pérsico.

   a. viaje   *b.* despedida   *c.* expedición militar

3. En la conferencia de **prensa** celebrada a las diez de la mañana en el Salón Madison del Hotel New York Hilton, el señor Mirabal dijo: "Los puertorriqueños nos sentimos orgullosos de ser americanos y compartimos el orgullo de la nación . . . "

   a. policías   *b.* periodistas   *c.* profesores

4. El artista, un puertorriqueño nacido en Nueva York, **se crió** en el barrio hispano de Harlem donde hizo sus estudios en la escuela pública local.

   a. visitó   *b.* vivió durante su niñez   *c.* se casó

5. "El Rey de la Salsa" ganó recientemente un premio "Grammy" por sus **grabaciones** de música tropical.

   a. discos y cassettes   *b.* canciones   *c.* películas

6. El Gran Oficial Superior por Puerto Rico será el señor Héctor Ledesma, **banquero** y conocido activista cívico.

   a. persona que construye barcos
   b. dueño de muchos barcos
   c. empleado o dueño de un banco

7. Su carrera se ha extendido por treinta años en el **campo radial** y recientemente fue proclamado como "el Rey de los locutores" por sus colegas.

   a. circuito político   *b.* la radio
   c. entre los campesinos

8. La comunidad también se prepara para participar, **colocando** la bandera puertorriqueña en sus casas, edificios, comercios, vehículos, y con letreros que digan: ¡Que viva Puerto Rico!

   a. poniendo   *b.* pintando   *c.* saludando

Conozcamos el Desfile

El Desfile Anual Puertorriqueño, desde que se inició en 1957, ha pasado a ser uno de los eventos culturales hispanos más importantes de EE.UU. El desfile tiene lugar cada verano en la Quinta Avenida de Nueva York. Más de un millón de personas se reúnen para celebrar la herencia cultural de los puertorriqueños, el mayor grupo hispano de Nueva York. Uno de los desfiles más vistosos fue el de 1991, cuando la comunidad celebró el regreso de miles de soldados puertorriqueños después del conflicto del Golfo Pérsico de ese año.

UNIDAD 1

LECTURA

Todo listo para el Desfile Puertorriqueño de Nueva York

Banderas, grupos musicales, *comparsas*, alegría . . . todo, absolutamente todo, está a punto de *desplegar* con gran fuerza en la Quinta Avenida en el *magno* Desfile Puertorriqueño.

otros grupos
comenzar
magnífico

Dedicado a los soldados puertorriqueños

Manuel Mirabal, presidente del Desfile Puertorriqueño de Nueva York, anunció ayer que este año (1991) el *trigésimocuarto* Desfile Puertorriqueño será dedicado a los hombres y mujeres de la fuerzas armadas de este país, de origen puertorriqueño, quienes *cumplieron* otra jornada heroica durante la pasada guerra del Golfo Pérsico.

thirty-fourth

hicieron

En la conferencia de prensa celebrada a las 10 de la mañana en el Salón Madison del Hotel New York Hilton, el señor Mirabal dijo: "Los puertorriqueños nos sentimos orgullosos de ser americanos y

LECCIÓN 2:   LOS PUERTORRIQUEÑOS EN EE.UU.

49

Lectura

Have students read as homework or have them read silently in groups of four. If reading in groups, allow them to help each other while reading. Have individual students or groups write a short summary expressing the main ideas. Have them share their summaries with the class.

Focus questions
Ask these questions as students read the article to verify that they are understanding key information:
—¿Por cuántos años se ha celebrado el Desfile Puertorriqueño?
—¿Dónde fue la conferencia de prensa?
—¿Quién es Manuel Mirabal?

NSS **For Native Speakers** Pregúnteles a sus estudiantes si alguno ha asistido o participado en el Desfile Puertorriqueño de Nueva York o algún otro desfile hispano en otra ciudad. Si así es, pídales que describan sus experiencias al resto de la clase.

Focus questions

—¿A quiénes se dedicó el desfile de 1991?

—¿Por qué se decidió honrar a estas personas?

—¿Qué pasó por primera vez en la historia del desfile en 1991?

—¿Qué precedió al desfile?

—¿Quiénes son Tito Puente y Héctor Ledesma?

compartimos el orgullo de la nación entera por la bravía de los hombres y mujeres que han servido en defensa de este país y de nuestra libertad. Queremos pagarles con un tributo especial a los hombres y mujeres puertorriqueños que han servido valientemente y han dado sus vidas por este país comenzando desde la Primera Guerra Mundial".

En tres canales de televisión

Por primera vez en la historia del Desfile Puertorriqueño de Nueva York, una *emisora* de habla inglesa, WPIX, Canal 11, ha sido contratada para televisar lo que muchas personas consideran como el evento cultural anual más grande de los hispanos en los Estados Unidos. Los canales 41 y 47 van a cubrir el desfile en programas especiales, *en vivo* y *diferidos*. Emisoras de radio transmitirán para Nueva York y estados vecinos y para Puerto Rico.

La policía ha calculado que este año más de un millón de personas participarán tanto como espectadores como en el desfile *en sí*, marchando a todo lo largo y *ancho* de la Quinta Avenida el domingo 9 de junio. Este desfile es el evento con que culmina "la Semana Puertorriqueña de Nueva York" que será proclamada el lunes 3 de junio, en el City Hall, por el alcalde David Dinkins.

estación

live
presentados más tarde

itself / width

Personalidades que encabezarán° el desfile

°dirigirán

Este año el Gran *Mariscal* por Nueva York será el percusionista Tito Puente. El artista, un puertorriqueño nacido en Nueva York, se crió en el barrio hispano de Harlem donde hizo sus estudios en la escuela pública local. Conocido como "el Rey de la Salsa", recientemente ganó un premio "Grammy" por sus grabaciones de música tropical. El Gran Mariscal por Puerto Rico será el señor Héctor Ledesma, banquero y conocido activista cívico. Como

Marshal

tradición de Puerto Rico y el desfile, habrá *"Padrinos" y "Madrinas"* al frente en la marcha a todo lo largo de la Quinta Avenida.

Los padrinos incluyen a Polito Vega, de Nueva York, y Walter Mercado, de Puerto Rico. Polito es el locutor de música latina más popular de Nueva York. Su carrera se ha extendido por treinta años en el campo radial y recientemente fue proclamado como "el Rey de los locutores" por sus colegas. Walter Mercado es el director de un programa de televisión que se transmite nacionalmente y en Puerto Rico. Es además director de un programa de radio a *nivel* nacional y un columnista sindicado.

Las Madrinas son las cantantes Lisa-Lisa, de Nueva York, y Lourdes Robles, de Puerto Rico. Los Embajadores de *Buena Voluntad* son el actor de cine Raúl Julia y el director de orquesta Willie Colón.

Lisa-Lisa

La comunidad también se prepara para participar este domingo 9 de junio, desde las doce del mediodía, en el Desfile Puertorriqueño de Nueva York, colocando la bandera puertorriqueña en sus casas, edificios, comercios, vehículos, y con letreros que *vibran*: ¡Que viva Puerto Rico!

Adaptado de La Prensa *(Nueva York), jueves 30 de mayo de 1991*

oficiales honorarios

level

Good Will

dicen con emoción

Focus questions
—¿Quiénes son Polito Vega y Walter Mercado?

—¿Quiénes son Lisa-Lisa y Lourdes Robles?
—Y, ¿quiénes son Raúl Julia y Willie Colón?

—¿Cómo participará la comunidad?

LECCIÓN 2:   LOS PUERTORRIQUEÑOS EN EE.UU.

51

Answers

A. ¿Sí o no?

1 No. Fue el trigésimocuarto *(34th)*. El primero fue en 1957.

2 Sí.

3 No. Una emisora de habla inglesa fue contratada para televisar el desfile y dos emisoras de habla española lo televisaron en vivo.

4 No. Tito Puente fue el Gran Mariscal pero él es un músico conocido como "el Rey de la Salsa".

5 Sí.

6 No. Se calculaba que más de un millón asistiría en 1991.

B. Hablemos de la lectura.
Allow students to answer questions in groups. Each group should come up with an agreed-upon written response for each question. Then go over questions with class by calling on each group.

1 Las respuestas van a variar. Quizás mencionen que se debe al enfoque en la cultura puertorriqueña combinado con el hecho de que más de un millón de personas participan.

2 Las respuestas van a variar. Es probable que digan que es en Nueva York porque la mayoría de la población hispana de esa ciudad es de origen puertorriqueño. Es obvio que un porcentaje significativo de puertorriqueños viven en Nueva York si un millón asiste al desfile.

3 Las respuestas van a variar. Tal vez digan que los puertorriqueños en EE.UU. siguen identificándose con la isla y por eso no quieren favorecer ni a un grupo ni al otro. Los tratan como iguales.

4 Las respuestas van a variar. Es probable que digan que los artistas puertorriqueños son bien conocidos por su pueblo y que la televisión, el cine y la radio tienen una tremenda influencia en la vida diaria de los puertorriqueños.

■ ¿Comprendiste la lectura?

A. ¿Sí o no? Con un(a) compañero(a), decide si estás de acuerdo o no con los siguientes comentarios.

1. En 1991 se celebró el primer Desfile Puertorriqueño de Nueva York.
2. El trigésimocuarto Desfile Puertorriqueño de 1991 fue dedicado a los hombres y mujeres de origen puertorriqueño que sirvieron en las fuerzas armadas de EE.UU.
3. Aunque existe mucho interés de parte de muchos televidentes, todavía ningún canal televisivo cubre este gran evento.
4. Ese año, el Gran Mariscal del Desfile por Nueva York fue Tito Puente, quien es un famoso novelista nacido en Puerto Rico.
5. Polito Vega, Padrino del Desfile, fue proclamado "El Rey de los locutores" por sus colegas de Nueva York.
6. En 1991, la policía calculaba que entre participantes y espectadores había cien mil personas en el desfile.

B. Hablemos de la lectura. En grupos de tres o cuatro, contesten estas preguntas.

1. ¿Por qué piensas que para muchas personas el Desfile Puertorriqueño es el evento cultural anual más grande de los hispanos en EE.UU.?
2. ¿Por qué crees que este evento tiene lugar en la ciudad de Nueva York? ¿Qué refleja esto sobre la composición étnica de esa ciudad? Explica.
3. ¿Por qué crees que hay un Gran Mariscal del Desfile por Nueva York y otro por Puerto Rico?
4. ¿Qué personas famosas en el mundo artístico participaron en el desfile? ¿Por qué crees que tienen un papel tan importante?

Ventana al Mundo 21

El Museo del Barrio

En la Quinta Avenida de la ciudad de Nueva York se encuentra el Museo del Barrio, institución que refleja y conserva la herencia cultural de la comunidad puertorriqueña del noreste de EE.UU. Desde su fundación en 1969, este museo ha presentado la obra de numerosos artistas puertorriqueños y ha beneficiado la cultura puertorriqueña y latina en general. Cada año el museo participa en las tradiciones hispanas como el Desfile de los Reyes Magos, el Festival de Bomba y Plena (festival de poesía y música) y el Desfile Anual Puertorriqueño. La colección permanente del museo de más de 10.000 objetos incluye pinturas, esculturas, dibujos, grabados y fotografías de artistas puertorriqueños y otros latinoamericanos contemporáneos. También incluye colecciones de arte precolombino y tradicional. El museo además tiene un espacioso teatro con capacidad para 650 personas.

Entre los muchos proyectos que ha organizado el museo está "La diáspora puertorriqueña", exhibición de fotografías de Frank Espada. Este famoso fotógrafo documenta la vida diaria de diversas comunidades puertorriqueñas por todo EE.UU., tanto en el continente como en las islas de Hawai. Así en sus veinticinco años de existencia, El Museo del Barrio se ha convertido en parte integral de la vida cultural de Nueva York y ha llevado la cultura del barrio más allá de "El Barrio".

El Museo del Barrio. Busca las respuestas a las siguientes preguntas con un(a) compañero(a).
1. ¿Dónde está situado el Museo del Barrio?
2. ¿Qué propósito tiene el museo?
3. ¿Cómo es la colección permanente del museo?
4. ¿Quién es Frank Espada?
5. ¿Qué se presentó en la exhibición titulada "La diáspora puertorriqueña"?

LECCIÓN 2:   LOS PUERTORRIQUEÑOS EN EE.UU.   53

Point out that "**los Reyes Magos**" are the three wise men from the Orient that Christian tradition says brought gifts to the Christ child. In Hispanic countries, children receive gifts on January 6, feast day of "**los Reyes Magos.**"

Allow time for pair work. Encourage students to answer questions in their own words by allowing only students asking questions to keep their books open.

Answers
1 Está en la Quinta Avenida en Nueva York.
2 Este museo se dedica a promover el arte y la cultura de la comunidad puertorriqueña de Nueva York.
3 Tiene más de 10.000 objetos. Incluye arte precolombino y tradicional, y pinturas, esculturas, dibujos, grabados y fotografías de artistas puertorriqueños y otros latinoamericanos.
4 Frank Espada es un reconocido fotógrafo puertorriqueño.
5 Esa exhibición trató de la vida diaria de los puertorriqueños en EE.UU.

Extension Ask if any students have been to similar ethnic museums or cultural centers. If so, have them describe them.

NSS **For Native Speakers** Si hay estudiantes hispanohablantes puertorriqueños en la clase, pregúnteles si alguno ha visitado el **Museo del Barrio** localizado en Nueva York. Si así es, pídales que le cuenten al resto de la clase lo que más recuerdan de su visita Pregúnteles qué incluirían en un Museo del Barrio en su ciudad. Pídales que expliquen por qué incluirían esos objetos.

FOTOS

Exterior del Museo del Barrio, Quinta Avenida, Nueva York.

Interior del Museo del Barrio.

Palabras como llaves

Do with entire class. Call on individual students to do the substitutions. Have class verify each response.

Dramatizaciones

Purpose To role-play 1) giving advice to a Puerto Rican family that has just moved from the island to the mainland, and 2) negotiating, recommending and deciding while planning for an upcoming community parade as part of a school committee. Students will also comment on the cultural and historical authenticity of each role play.

Suggestions These role plays are optional, and should be done as time permits. Tell students to be creative in their scripts. In **A. Nuestros vecinos,** tell them not to lose sight of proper cultural and historical perspective. Point out that the class will be asked to comment on cultural and historical authenticity at the end of the first role play.

Assign **A** to half the class, **B** to the other half. Allow time to prepare the role plays. Then have each group present in front of the class without notes. Have class discuss the cultural and historical appropriateness of the first role play.

NSS **For Native Speakers** Si Ud. lo considera apropiado, pídales a estudiantes hispanohablantes que dramaticen ya sea su propia llegada a EE.UU. o la llegada de padres, abuelos u otros parientes.

Palabras como llaves:
comenzar

Para ampliar el vocabulario. El verbo **comenzar** tiene varios sinónimos en español, o sea, palabras que tienen el mismo significado. Por ejemplo, **empezar** y **principiar** son sinónimos de **comenzar.** Sustituye la forma conjugada del verbo **comenzar** usando algunos de estos verbos en las siguientes oraciones.

1. El Desfile Puertorriqueño **comienza** a las once de la mañana.
2. Muchos hombres y mujeres puertorriqueños han servido valientemente en el ejército **comenzando** desde la Primera Guerra Mundial.
3. Esta tradición de Nueva York **comenzó** en 1957.

Dramatizaciones

A. **Nuevos vecinos.** En grupos de tres o cuatro, dramaticen los consejos de un(a) puertorriqueño(a) que ha vivido en EE.UU. por diez años a una familia puertorriqueña recién llegada a Nueva York. Mencionen las dudas y las preocupaciones de la familia y los buenos consejos y las advertencias del amigo.

B. **¡Desfile!** Tú y tres o cuatro amigos forman el comité de su escuela que va a organizar un gran desfile por el centro de la ciudad. Dramaticen su primera reunión. Mencionen el propósito del desfile, quiénes van a participar, quiénes serán los invitados de honor y quién servirá de Gran Mariscal y por qué.

Vocabulario personal

Personaje pintoresco. En los desfiles, o en cualquier reunión de multitudes, siempre hay unos cuantos personajes pintorescos: un artista, un político fanático, un amigo extrovertido, etc. Piensa ahora en algún personaje pintoresco que tú conoces o que has visto alguna vez en el centro o en la televisión, y selecciona vocabulario que te pueda ser útil al describirlo en uno o dos párrafos.

Empieza por preparar tres listas de seis a ocho palabras que usarías para describir a tu personaje pintoresco: 1) la apariencia física, 2) la personalidad y 3) otras palabras descriptivas que crees que te puedan ser útiles. Tal vez debas hojear el cuento "Adolfo Miller" y la lectura sobre el Desfile Anual Puertorriqueño para encontrar algunos adjetivos interesantes.

Apariencia física

1. recio(a)
2. sereno(a)
3. bello(a)
4. risa
5. . . .
6. . . .
7. . . .
8. . . .

Personalidad

1. arrogante
2. gentil
3. atrevido(a)
4. valiente
5. . . .
6. . . .
7. . . .
8. . . .

Otras palabras y expresiones

1. apacible
2. deshacía los corazones
3. el predilecto / la predilecta
4. activista cívico(a)
5. . . .
6. . . .
7. . . .
8. . . .

LECCIÓN 2:   LOS PUERTORRIQUEÑOS EN EE.UU.

Vocabulario personal

Purpose This section gets students to develop their own personalized active vocabulary lists and to recycle appropriate vocabulary for describing a colorful relative or friend.

Personaje pintoresco. These lists may be assigned as homework. Encourage students to look for words that are new to them and will help them expand their vocabulary. Tell students that the vocabulary lists they develop here will be used in **Escribamos ahora,** the writing section that follows. After lists have been done, have students compare lists with two classmates. Encourage them to borrow words from each other if they are so inclined. Additional active vocabulary lists for the Unit appear in the student workbook, *Cuaderno de actividades.*

NSS **For Native Speakers** Anime a los estudiantes hispanohablantes a ampliar su propio vocabulario identificando las palabras que todavía no conozcan. Pídales que escriban definiciones de palabras desconocidas a base del contexto.

Escribamos ahora

A. A generar ideas: la descripción

A. A generar ideas: la descripción

La descripción hace visible a una persona, un objeto o una idea. Ya que cada persona percibe la realidad de distinto modo, cada descripción es diferente. Por ejemplo, probablemente la descripción que tú hagas de tu mamá resultará diferente a aquélla hecha por tu tía o por su médico.

1. **Punto de vista.** Lee ahora la siguiente descripción de Adolfo Miller. Luego, con un(a) compañero(a) de clase, contesta las preguntas que siguen.

Sereno, callado y serio seguía haciendo sus quehaceres como antes. Excepto que ya no era el mismo. La sonrisa, la risa, la amabilidad desaparecieron. Las peleas y las borracheras los sábados por la noche también desaparecieron. Adolfo era Adolfo, pero ya no era el mismo. Allí detrás del ombligo llevaba un hondo y violento resentimiento.

a. ¿Quién es el narrador? ¿De qué punto de vista se está describiendo a Adolfo Miller?
b. ¿Cuáles son las palabras descriptivas que usa el autor?
c. ¿Cómo cambiaría la descripción de Adolfo si Frances la hiciera? ¿si Víctor la hiciera?

2. **Personajes pintorescos.** Dentro de cualquier familia hay todo tipo de personajes pintorescos. Trabajando en grupos de tres, vean cuántos tipos pintorescos más podrán añadir al primer diagrama araña. Luego identifiquen más características apropiadas.

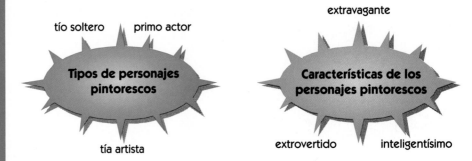

3. **Recoger y organizar información.** Piensa ahora en un personaje pintoresco dentro de tu familia o de tus amistades y pon su nombre en el centro de un círculo. Luego, en un diagrama araña, escribe varias características físicas y de su personalidad y anota varios incidentes interesantes que relacionas con este personaje. Luego haz un segundo diagrama araña de la misma persona, pero vista no por tus ojos sino por los de otra persona, quizás su madre, su esposo(a) o su novio(a). Recuerda que sólo estás generando ideas. No hace falta describir los incidentes, basta con anotar unas tres o cuatro palabras que te hagan recordar lo que pasó.

B. Primer borrador

Usa la información que recogiste en la sección anterior para escribir unos dos párrafos sobre tu pariente o amigo(a) pintoresco(a). Escribe unos diez minutos sobre el tema sin preocuparte por los errores. Lo importante es incluir todas las ideas que tú consideras importantes.

Después de escribir unos diez minutos, saca una segunda hoja de papel y escribe una segunda descripción del mismo personaje, pero esta vez desde el punto de vista de su madre o de su padre. Otra vez permítete unos diez minutos para escribir sin preocuparte por los errores.

---

3. Recoger y organizar información. This may be assigned as homework. In class, allow time for students to share their brainstorming webs with each other. Encourage them to add to, subtract from, or correct their own charts based on what they see on their classmates' charts.

B. El primer borrador. Suggest that students begin by writing for ten minutes without stopping. This will help them focus on writing down all the information they have gathered before they start focusing on style, editing, etc. After that time period, tell them to read what they wrote and start reorganizing the paragraphs as necessary, and adding or deleting or correcting, as needed. If necessary, this may all be assigned as homework.

Extension Have students reread what they have written and underline the sentences or phrases they really like and will want to use in a finished product. Have them put brackets around sentences and phrases that they feel need to be reworked.

¡OJO! This section lists the active vocabulary students are responsible for upon completing each lesson. The list does not appear as such in the Student Text. Instead, it appears in context in the **Gente** and **Del pasado al presente** culture sections. The students' active vocabulary lists appear in the *Cuaderno de actividades* in a section called **Vocabulario activo.**

Gente

alcanzar	entusiasmo
capacidad	éxito
coalición	generación
coordinar	meta
crítica	mudarse
cubano-	penetrante
americano(a)	título
elegido(a)	valor
elegir	

Los primeros refugiados cubanos y **Muchas fuentes de trabajo**

empleado(a)	proporcionar
exilio	recién llegado(a)
fuente de	refugiado(a)
trabajo	sistema
incentivo	comunista
lograr	vivienda

Los marielitos*

adaptación	embarcarse
apoyo	marielito
clase media	
clase menos	
acomodada	

El éxito cubano

banquero(a)	preocupación
bilingüe	régimen
financiero(a)	transacción
fervientemente	vehemente

*Point out that *balsero* is the current term used for the emigrants that continue to arrive on rafts from Cuba.

Lección **3**

Los cubanoamericanos

Nombres comunes:
*cubanoamericanos,
cubanos*

Concentración:
*Florida, Nueva Jersey y
California*

Gente del Mundo 21

Óscar Hijuelos, cubanoamericano nacido en 1951 en Nueva York, es reconocido por la crítica norteamericana como uno de los mejores escritores de su generación. Escribe sus obras literarias en inglés. Ganó el Premio Pulitzer de Ficción en 1990. Entre su obra literaria sobresalen sus novelas *Nuestra casa en el último mundo* (1983) y *Los reyes del mambo tocan canciones de amor* (1989). Esta última novela fue llevada al cine con mucho éxito con el título de *The Mambo Kings.*

Ileana Ros-Lehtinen, en 1989, fue la primera mujer hispana elegida diputada para el Congreso de EE.UU. Representa un distrito de Florida. Dice que ha confrontado esto con mucho entusiasmo y espera que en el futuro más hispanas lleguen al congreso. Ros-Lehtinen es también co-presidenta de la Agenda Nacional de Liderazgo Hispano, una coalición no partidista de líderes y organizaciones latinas que coordina esfuerzos en todo el país para alcanzar metas políticas, económicas y sociales comunes.

58 UNIDAD 1

Corresponding Structures in
Manual de gramática

1.5 Demonstrative Adjectives and Pronouns   G26
1.6 Comparatives and Superlatives   G29

Purpose To introduce four outstanding Cuban-Americans: **Óscar Hijuelos,** recipient of a 1990 Pulitzer Prize for Fiction; **Ileana Ros-Lehtinen,** the first Hispanic woman elected to the U.S. Congress; **Andy García,** the extremely popular movie actor; and **Xavier Suárez,** elected mayor of Miami on several occasions.

Suggestions Have students read the first biography silently, then ask comprehension check questions. Repeat with the remaining biographies.

Extension Have volunteers or students interested in extra credit prepare a brief written or oral presentation on one of these personalities or another famous Cuban-American artist, actor, playwright, musician, politician, etc. If there are Cuban-Americans in your community, invite one to speak to the class.

NSS **For Native Speakers** Pídales a los estudiantes hispanohablantes que preparen preguntas originales para que luego se las hagan a sus compañeros y así verificar la comprensión que éstos tienen sobre esta sección.

Personalidades del Mundo 21

Call on individual students. Have class help students that give sketchy information.

Answers

1 ...uno de los mejores escritores de su generación.
2 ...Congreso de EE.UU.
3 ...la base de sus fuerzas.
4 ...una película basada en una novela de Óscar Hijuelos.
5 ...alcalde de Miami varias veces.

Andy García, guapo actor cubanoamericano de pelo negro y mirada penetrante, ha mostrado su talento y su capacidad interpretativa en muchas películas, como *The Godfather, Part III, Stand and Deliver, The Untouchables* e *Internal Affairs.* Le ofende la sugerencia de que el no querer ser llamado "actor hispano" signifique que se está alejando de sus raíces y afirma: "Nadie es más cubano que yo, y si no, que se lo pregunten a cualquiera de mis amigos. Mi cultura es la base de mis fuerzas; yo no sería nadie sin mi cultura".

Xavier Suárez, elegido alcalde de Miami en 1985, representa los valores de la nueva generación de líderes cubanoamericanos. Nació en Las Villas, Cuba en 1949 y, cuando tenía once años, su familia emigró a EE.UU. y se estableció en Washington, D.C. Después de graduarse de Harvard Law School se mudó a Miami, donde inició su práctica legal. Suárez tiene una gran reputación en la comunidad cubanoamericana y ha sido reelegido alcalde de Miami en varias ocasiones.

Personalidades del Mundo 21. Completa estas oraciones basándote en lo que acabas de leer.

1. Óscar Hijuelos es reconocido como . . .
2. Ileana Ros-Lehtinen es la primera hispana elegida al . . .
3. Andy García cree que su cultura cubanoamericana es . . .
4. *The Mambo Kings* es . . .
5. Xavier Suárez, líder de la nueva generación de cubanoamericanos, ha sido reelegido . . .

LECCIÓN 3: LOS CUBANOAMERICANOS

59

NSS **For Native Speakers** Si Ud. tiene estudiantes hispanohablantes que sean cubanoamericanos, pídales que discutan alguno de los siguientes temas: la Pequeña Habana, historias de gran éxito de familias cubanas en EE.UU., la actitud de la nueva generación de cubanoamericanos en contraste con la de sus padres y mayores, los marielitos en EE.UU., el éxito de los cantantes cubanoamericanos contemporáneos en el mercado de EE.UU., etc.

Del pasado al presente

DEL PASADO al presente

LOS CUBANOAMERICANOS: ÉXITO EN EL EXILIO

De todos los hispanos que viven en EE.UU., los cubanoamericanos son los que han logrado mayor prosperidad económica. El centro de la comunidad cubana en EE.UU. es Miami. En treinta años, los cubanoamericanos transformaron completamente esta ciudad. En gran parte, gracias a su impulso, se puede decir que Miami es hoy la ciudad más rica y moderna del mundo hispanohablante.

Miami, Florida

La Pequeña Habana, Miami

Centro comercial Flamingo en La Pequeña Habana

Negociante cubanoamericano

60

FOTOS

Fotos de fondo, detalles de un mural exterior de un restaurante cubano localizado en la Pequeña Habana, Miami Florida. *Guarapo* es un café suave y no muy fuerte.

Letrero que muestra el orgullo de los cubanoamericanos en la Pequeña Habana en Miami, Florida.

Florista cubanoamericana en Coconut Grove, un distrito elegante de Miami, Florida.

Vista panorámica de modernos edificios de Miami, Florida.

Hugo Colombo, hombre de negocios cubanoamericano en Miami, Florida.

LOS PRIMEROS REFUGIADOS CUBANOS

El primer grupo de refugiados cubanos empezó a llegar a Miami en 1960. Optaron por el exilio en vez de vivir bajo el régimen comunista de Fidel Castro, quien controla la isla desde 1959. La mayoría eran profesionales de clase media y muchos de ellos ya sabían inglés. Aunque al principio habían apoyado la revolución de Fidel Castro, decidieron emigrar a EE.UU. cuando éste empezó a quitarles sus propiedades al imponer un sistema comunista.

Desde un principio, la actitud del gobierno de EE.UU. fue facilitar la adaptación de estos refugiados cubanos a la vida norteamericana. Por ejemplo, el gobierno estadounidense estableció un Centro de Emergencia para Refugiados Cubanos en Miami que le dio ayuda al 77 por ciento de los que llegaron de Cuba entre 1960 y 1963. Además de vivienda temporal, este centro les proporcionaba a los refugiados ayuda e incentivos para establecerse y encontrar trabajo en varias regiones de EE.UU.

MUCHAS FUENTES DE TRABAJO

En relativamente poco tiempo, muchos refugiados cubanos establecieron negocios en EE.UU. similares a los que tenían antiguamente en Cuba. Así se crearon muchas fuentes de trabajo para miles de

Médicos cubanoamericanos

refugiados cubanos que eran empleados por otros cubanoamericanos.

Ya que habían llegado a Florida más de dos mil cubanos con título de médico, el presidente John F. Kennedy propuso a la Universidad de Miami un programa intensivo para preparar a estos doctores a pasar el examen que todo doctor educado en otro país debe pasar. Más de la mitad de estos doctores cubanos aceptaron esta oportunidad, logrando de esta manera revalidar sus estudios y así comenzar su práctica médica en EE.UU.

Un segundo grupo de refugiados arribó en l965 cuando el presidente Lyndon Johnson llegó a un acuerdo con Fidel Castro para que pudieran salir de la isla los cubanos que tenían familiares en EE.UU. Los recién llegados se incorporaron rápidamente a la comunidad ya existente. Se calcula que entre 1965 y 1973 salieron de Cuba a EE.UU. 260.000 refugiados cubanos.

Refugiados salidos de Mariel, Cuba a su llegada a Florida en 1980 abordo de un barco camaronero *(shrimp boat)*.

Escritora cubanoamericana Delia Fiallo en su estudio en Miami, Florida.

Fernando Rodríguez que se vio obligado a dejar la escuela después del cuarto año para ayudarle a su papá en una granja. Después de trabajar en la tienda de una familia española en Cuba, abrió su propia tienda en 1948. En 1961 llego a EE.UU. y ahora tiene una cadena de supermercados con ventas superiores a los 90 millones de dólares.

Alina Fernández Revuelto, hija de Fidel Castro que salió de Cuba a España para después refugiarse en EE.UU.

Los marielitos

LOS MARIELITOS

En 1980 llegaron unas 125.000 personas que, como salieron del puerto cubano de Mariel, son conocidos como los marielitos. A este tercer grupo de inmigrantes cubanos le costó más la adaptación.

Existe una gran diferencia entre los inmigrantes cubanos de los años 60 y 70, que en su mayoría eran de clase media, y los que se embarcaron en Mariel, que en su mayoría eran de las clases menos acomodadas. Pero como resultado del apoyo prestado por los cubanos ya establecidos en los EE.UU., se han ido adaptando lentamente a la vida en este país.

EL ÉXITO CUBANO

El éxito de la comunidad cubana de Miami se explica también por qué esta ciudad ha servido como el puerto principal para el comercio y las transacciones financieras entre EE.UU. y muchos países latinoamericanos. Muchos industriales de esos países prefieren hacer tratos con

Fernando Rodríguez, dueño de una cadena de supermercados

Delia Fiallo, escritora cubanoamericana

banqueros bilingües de Miami en vez de usar las instituciones financieras más lejanas de Nueva York.

Aunque los primeros inmigrantes se oponían fervientemente al régimen comunista de Fidel Castro, esa actitud vehemente no es compartida por los más jóvenes. Muchos de los que nacieron en EE.UU. y los que vinieron de pequeños se sienten ante todo ciudadanos de este país. Por lo tanto el régimen político de Cuba no constituye una gran preocupación para la segunda generación. Entre esta generación se encuentran muchos de los artistas hispanos más famosos de EE.UU., como Gloria Estefan, Jon Secada y Andy García.

Alina Fernández Revuelto, hija de Fidel Castro, en EE.UU.

62

UNIDAD 1

■ ¡A ver si comprendiste!

¿Quién? ¿Qué? ¿Cuándo? ¿Recuerdas los datos más importantes de la lectura? Para asegurarte, contesta estas preguntas con un(a) compañero(a).

1. Preparen un diagrama como el siguiente y hagan una comparación de los cubanos refugiados que llegaron a EE.UU. en los años 60 y 70 con los que llegaron en los años 80. Indiquen las semejanzas en el centro del diagrama y las diferencias en los dos extremos.

Los cubanos refugiados en EE.UU.

Años 60 y 70
1.
2.
3.
...

1.
2.
3.
...

Años 80
1.
2.
3.
...

2. Expliquen por qué, de todos los hispanos que viven en EE.UU., los cubanoamericanos son los que han logrado mayor prosperidad económica.

3. ¿Cuál fue la actitud del gobierno federal de EE.UU. hacia los refugiados cubanos? ¿Se ha visto la misma actitud hacia otros grupos de refugiados latinoamericanos? Expliquen su respuesta.

Mural cubano en La Pequeña Habana, Miami

LECCIÓN 3:   LOS CUBANOAMERICANOS

63

Have students read aloud in class. Then ask comprehension check questions.

Answers

1 Nació en La Habana y se crió en Miami.

2 Su primer disco se titula *Otro día más sin verte* o, en inglés, *Jon Secada*. Fue uno de los diez discos de mayor venta en EE.UU. en 1992.

3 Fue muy bueno. Recibió dos nominaciones para el "Grammy" como el mejor artista popular nuevo del año y el mejor artista latino.

4 Dice que es muy inteligente, sensual, poderoso, que tiene una gran voz y mucha pasión por la vida y por el amor.

Extension Ask if they have any of Jon Secada's music. If so, ask if they would share it with the class. Also ask if they know other Cuban-American singers.

NSS **Variation for Native Speakers** Pregúnteles a los estudiantes hispanohablantes cuál es su cantante favorito. Pídales que le digan a la clase de dónde es la persona y que expliquen cómo la música de esta persona refleja la cultura de ese país. Pídales también que le expliquen a la clase qué es lo que más les gusta de esta persona. También pídales que traigan una muestra de su música para que la clase pueda evaluar y dar su opinión sobre los cantantes.

Ventana al Mundo 21

Jon Secada: irresistible en inglés y español

Este cantante cubanoamericano que nació en 1964 en La Habana y se crió en Miami, ha logrado conquistar el mercado musical tanto en inglés como en español en un tiempo récord. Su primer disco *Jon Secada* grabado en inglés, cuya versión en español se titula *Otro día más sin verte*, fue uno de los diez discos de mayor venta en EE.UU. en 1992. También en su primer año como solista, el baladista bilingüe, producto de la compañía *Miami Sound Machine*, recibió dos nominaciones para el "Grammy": como mejor artista popular nuevo del año y como mejor artista latino. Además de cantante, Jon Secada es un compositor y arreglista consumado que completó una maestría en música en la Universidad de Miami. Durante las Navidades de 1992 se vendieron más de un millón de copias de su primer disco en inglés y la versión en español casi llegó a la misma cifra. "Tiene algo de niño. Adoro a este hombre", exclama Mari Rodríguez, admiradora de Secada. "Creo que es un músico muy inteligente. Es sensual, poderoso, tiene una gran voz y mucha pasión por la vida y por el amor. Eso se siente en sus canciones y en su música. Y lo puedo decir por la forma que se mueve, ¡tremendo movimiento corporal!", concluye emocionada.

Adaptado de "Jon Secada: un triunfo doble", por Cyn Zarco, en Más.

Jon Secada. Contesta las siguientes preguntas con un(a) compañero(a).

1. ¿Dónde nació y dónde se crió Jon Secada?
2. ¿Cómo se titula en inglés y español su primer disco y qué éxito tuvo?
3. ¿Cómo fue su primer año de solista?
4. ¿Qué opina una admiradora de él?

64

FOTO

Jon Secada sosteniendo el premio "Grammy" por ser considerado el mejor artista latino por su álbum *Otro día más sin verte* en febrero de 1993.

Luz, cámara, acción

Antes de empezar el video

En la televisión estadounidense, entre la programación más popular están los programas regulares de Geraldo Rivera, Phil Donahue, Oprah Winfrey y Sally Jessy Raphaël. En grupos de tres o cuatro, contesten estas preguntas para ver por qué son tan populares estos programas.

1. ¿Cuál es el contenido de estos programas? ¿Qué temas tratan? ¿Cómo tratan estos temas?

2. ¿Quiénes son los invitados? ¿Cómo y por qué son seleccionados? ¿Por qué aceptan algunos ser entrevistados si saben que van a ser ridiculizados frente a millones de televidentes?

3. ¿Cuál fue el programa de televisión más emocionante que ustedes han visto? ¿el más controvertido? ¿el más violento? ¿el más divertido?

4. ¿Han visto algún programa de este tipo en español? ¿Cuál? ¿Les gustó? ¿Por qué?

LECCIÓN 3: LOS CUBANOAMERICANOS

65

ESCENARIO

Conozcamos a Cristina Saralegui

Sabe lo que quiere, no teme enfrentarse a la controversia y asegura que su objetivo es uno solo: informar al hispano.

No se puede hablar de *Cristina,* el programa diario que llega a casi dos millones de hogares hispanos en Estados Unidos por la cadena Univisión, sin mencionar los temas fuertes, controvertidos. Cristina tiene el único show diario en la televisión hispana con su propio nombre, como lo tienen Oprah Winfrey, Geraldo Rivera y Sally Jessy Raphaël. Al igual que ellos, recurre a la inteligencia y a su espontaneidad, así como a su legendaria habilidad para hacer "confesar" al tímido o al agresivo.

Juan Carlos Nagel, crítico temido de televisión hispana para el diario *La Opinión* de Los Ángeles, opina sobre la cubanoamericana Cristina que "ella es una mujer intelectual que habla con la voz del pueblo".

En la pared de un cuarto de su casa tiene, como una adolescente hace con sus ídolos preferidos, enormes afiches de Oprah Winfrey, Helen Gurley Brown y su amiga Gloria Estefan, madrina de su boda con Marcos Ávila. Según Cristina, "todas esas mujeres tienen en común que ganan más de cinco millones de dólares al año; por eso están en la pared". Se rumorea que ella llega al medio millón, pero quiere seguir, conquistar horizontes nuevos como la radio, incluso tal vez algún día hasta el cine.

Adaptado de "Cristina Saralegui" por Diana Montané, en Más.

66

UNIDAD 1

¿En Qué Se Parece Cristina A La Mona Lisa?

La Mona Lisa es trigueña, Cristina es rubia.
La Mona Lisa es Europea, Cristina es Latina.
La Mona Lisa es antigua, Cristina es moderna.
¿En qué se parece La Mona Lisa a Cristina?
En que las dos son únicas.

Cristina: Lunes a viernes 4pm/3pm Centro.
Cristina Edición Especial: Lunes 10pm/9pm Centro.

Univisión

■ *¡A ver si comprendiste!*

¿Quién? ¿Qué? ¿Cuándo? ¿Recuerdas los datos más importantes de la lectura? Para asegurarte, contesta estas preguntas con un(a) compañero(a).

1. ¿A cuántos hogares hispanos en EE.UU. llega el programa diario de Cristina?

2. ¿Con qué otra personalidad femenina de la televisión estadounidense crees que la comparan a menudo?

3. ¿Qué opina Juan Carlos Nagel sobre Cristina? ¿Es positiva o negativa su opinión?

4. ¿Qué tienen en común las tres mujeres cuyos afiches están en la pared en un cuarto de su casa? ¿Por qué es importante esto para Cristina?

5. ¿Por qué crees que tiene tanto éxito el programa de Cristina en la televisión hispana?

6. ¿Qué papel tiene la televisión hispana en la sociedad y cultura de EE.UU.? ¿en el mantenimiento y expansión del idioma español en EE.UU.?

LECCIÓN 3:   LOS CUBANOAMERICANOS

67

¡A ver si comprendiste!

Suggestion Have students compare Cristina and the Mona Lisa.

Modelo ¿Quién es más trigueña?
La Mona Lisa es más trigueña que Cristina. o **Cristina no es tan trigueña como la Mona Lisa.**

1 ¿Quién es más americana?
2 ¿Quién es más antigua?
3 ¿Quién es más única?
4 ¿Quién es más europea?
5 ¿Quién es más moderna?
6 ¿Quién es más conocida?
7 ¿Quién es más bonita?
8 ¿Quién es más rubia?

Answers
1 A dos millones.
2 Con Oprah Winfrey o Sally Jessy Raphaël.
3 Opina que es una mujer inteligente que usa el lenguaje de la gente.
4 Ganan más de cinco millones de dólares al año; las respuestas van a variar.
5 Las respuestas van a variar.
6 Las respuestas van a variar.

Y ahora,
¡veámoslo!

TAPE 05:39

Purpose To give students an opportunity to see actual footage of the popular talk show *Cristina*, hosted by Cristina Saralegui.

Procedure

1 Ask students to describe the video stills and get them to predict what they think they will be seeing on the video.

2 Play the video all the way through without stopping. Then rewind and play it through one section at a time, stopping to ask comprehension check questions—yes/no, either/or, short response questions, to help the students understand what they heard and saw. Repeat this procedure to the end. The length of each video section you show will depend on how much your students can understand and retain as they view the video.

3 Play the video all the way through one last time before asking **A ver cuánto comprendiste...** questions.

NSS For Native Speakers

1 En clases para hispanohablantes, empiece por mostrar el video completo a la clase.

2 Luego, vuélvalo al principio y muestre una sección a la vez, deteniéndolo cada vez para hacer preguntas y asegurarse que todos están entendiendo el contenido.

3 La duración de cada sección que decida mostrar depende de sus alumnos. Siendo hispanohablantes, es probable que podrán comprender trozos más largos de lo que comprendería una clase sin hispanohablantes.

4 Cuente con que los estudiantes hispanohablantes contesten sus preguntas en detalle, ya que ellos entienden más, por lo general.

En este video van a ver segmentos de varios programas de *Cristina* incluyendo el programa especial cuando este show popular celebraba su tercer aniversario.

El video: Cristina—muchas voces, muchas caras

Edward James Olmos

Manuel Colon

■ *A ver cuánto comprendiste . . .*

A. Dime si entendiste. Después de ver el video, contesta estas preguntas.

1. ¿En qué ciudad de EE.UU. se graba regularmente este programa?

2. ¿Qué tipo de programa dirige Cristina Saralegui? ¿A quiénes invita a su programa?

3. ¿Cómo se identifica el joven poeta Manuel Colón? ¿Cuáles fueron algunas de sus experiencias en EE.UU. y en México?

4. ¿Dónde terminó el programa especial del tercer aniversario del show de Cristina?

68

UNIDAD 1

FOTOS

Edward James Olmos, actor y activista chicano, dedicado a impulsar la educación y la superación de jóvenes latinos.

Joven poeta Manuel Colón nacido en México pero criado en EE.UU. que leyó un poema titulado *Autobiografía* en un programa especial de *Cristina* dedicado a la poesía.

¡A ver cuánto comprendiste!

Answers

A. Dime si entendiste.

1 En Miami, Florida.

2 Es un programa de entrevistas. Invita a artistas y a personas famosas y no tan famosas.

3 Chicano. Las respuestas van a variar.

4 En la playa.

B. ¿Y qué dices tú?

Contesten estas preguntas en grupos de tres o cuatro. Luego díganle a la clase cómo contestaron cada pregunta.

1. ¿Cuál es el formato general del programa? ¿Por qué Cristina hace preguntas desde el público?
2. Después de escuchar el poema "Autobiografía" del joven poeta chicano, ¿por qué piensas que Cristina dijo que estaba muy orgullosa de hacer ese programa?
3. ¿Crees que Edward James Olmos fue efectivo cuando habló al público?
4. ¿Has visto alguna vez el programa de Cristina? ¿Te pareció que Cristina anima a las personas a superarse? ¿Qué tipo de persona parece ser ella?

5. Compara a Cristina c/o.

6. ¿Te gusta el programa? Winfrey ¿Por qué sí? ¿oo?

PASAPORTE
cultural

Los hispanos en EE.UU.

Trabajando en grupos de cuatro o seis, divídanse en dos equipos y usen las tarjetas que su profesor(a) les va a dar, **"Los hispanos en EE.UU."** Hay tres juegos de tarjetas: **Los chicanos, Los puertorriqueños** y **Los cubanoamericanos.** Comiencen con uno de los juegos; cuando se terminen las tarjetas, pasen al juego siguiente. Las tarjetas se ponen en el centro en una pila. No hace falta que estén en ningún orden específico. Una persona del equipo que empieza toma la primera tarjeta y lee la pregunta en voz alta. Cualquier miembro del equipo puede contestar. Si los miembros de su equipo no saben la respuesta, deben leer la pregunta una vez más en voz alta y el otro equipo puede contestar. Si alguien da la respuesta correcta o si nadie responde correctamente, un jugador del otro equipo saca la siguiente tarjeta y se repite el proceso. Cada respuesta correcta vale un punto. Las respuestas aparecen al dorso de cada tarjeta. Al terminar con un juego, deben pasar a otro. ¡A jugar!

Escribamos ahora

Escribamos ahora

Purpose In this section, students continue the writing process as they complete the writing task begun in the previous lesson. Here they will provide each other with peer review of content before doing a second draft. Then they will edit each other's compositions and make final revisions before they turn them in for grading. In **Publicación** they will be asked to read their description to a partner who will draw the person being described. Finally, they will select the best drawings and compositions and bind them into a book for the class.

A. Primera revisión. Tell students to focus on content only at this point. Point out that as they learn to spot content gaps in the content of their classmates' compositions, they will be able to find similar gaps in their own writing more easily.

B. Segundo borrador. Tell students to seriously consider their peers' comments and accept those that they agree with and ignore those they don't. This rewrite can be done as homework.

C. A revisar. Tell students they must learn to become good editors. In this section they will practice editing subject/verb agreement and noun/adjective agreement. Allow for group work. Then go over correct answers with the class.

Answers

1 personas más pintoresca**s**
2 un**a** aventura
3 pelo roj**o**
4 usted**es,** muchachos
5 robusta, pero no gord**a**
6 faldas y suéteres ajustad**os**

A. Primera revisión

Intercambia tus dos descripciones de un(a) pariente o amigo(a) pintoresco(a) con las de dos compañeros. Revisa las descripciones de tus compañeros considerando lo siguiente: ¿Escribe con claridad? ¿Evita transiciones inesperadas de una oración a otra o de un párrafo a otro? ¿Quedan claras las imágenes que pinta de la persona que describe? ¿Da bastantes detalles físicos y de personalidad? ¿Es la descripción adecuada para cada punto de vista que toma?

1. Primero indícales a tus compañeros lo que más te gusta de sus composiciones. Luego, dales tus comentarios y escucha los suyos.
2. Haz una lista de palabras o expresiones que Sabine Ulibarrí usa para describir a a) Adolfo Miller el joven, b) Adolfo Miller el hombre, c) Frances y d) Víctor. Agrega a tus descripciones unas de estas expresiones si son apropiadas para los puntos de vista que tú has tomado.

B. Segundo borrador

Corrige tu descripción tomando en cuenta las sugerencias de tus compañeros y las que se te ocurran a ti.

C. A revisar

Trabajando en parejas, ayuden a esta estudiante que escribió la siguiente descripción, pero cometió **seis** errores de concordancia. Subrayen cada verbo y vean si su forma verbal corresponde al sujeto. Luego subrayen cada adjetivo para ver si corresponde al sustantivo que describe. Finalmente, hagan los cambios necesarios.

Mi tía Luisa Acuña es una de las personas más pintoresca que yo conozco. Ella es la hermana menor de mi papá y ha de tener unos cuarenta años. Pero a pesar de su edad, Luisa parece estar pasando constantemente de un aventura a otra. Tal vez sea su pelo rojos o quizás la línea esbelta que tan bien conserva. Esto además de la manera desafiante con la cual pregunta: "¿Y qué hay de nuevo con usted, muchachos?" Es la mujer más alta de la familia y es robusta pero no gordo. Siempre lleva faldas y suéteres muy ajustadas. No cabe duda que Luisa trata de mantener la moda de los años 70.

D. Segunda revisión

Intercambia tu descripción con la de otro(a) compañero(a) y haz lo siguiente, prestando atención a la concordancia:

1. Subraya cada verbo y asegúrate de que concuerda con el sujeto correspondiente.
2. Subraya cada adjetivo y asegúrate de que su forma concuerda con el sustantivo al que describe.

E. Versión final

Considera las correcciones de concordancia y otras que tus compañeros te han indicado y revisa tus descripciones por última vez. Como tarea, escribe las copias finales a máquina o en la computadora. Antes de entregarlas, dales un último vistazo a la acentuación, la puntuación y la concordancia.

F. Publicación

Léele una de las descripciones que escribiste a un(a) compañero(a) de clase mientras él (ella) dibuja a la persona que describes. Luego tú dibujas mientras tu compañero(a) lee una de sus descripciones. Finalmente, en grupos de cuatro, lean sus descripciones una vez más y decidan cuál dibujo representa mejor la descripción. Léanle esa descripción a la clase y muestren el dibujo.

LECCIÓN 3:   LOS CUBANOAMERICANOS

D. Segunda revisión. Allow enough time to edit their partners' paper. Circulate among students, answering any questions and checking on their editing.

E. Versión final. Have students do this as homework. Insist they type the final version or write it very legibly.

F. Publicación. Tell students to use their sense of humor as they draw. Let them know you do not expect them to be great artists. What will matter is their ability to pay attention to detail and include as many distinguishing features as possible. Collect the best from each group and post the drawings on the wall. Then read the compositions randomly and see if the class can identify the appropriate drawing. You may want to bind the best drawings and compositions into one book titled **Una colección de personajes pintorescos: encuentra la descripción de cada personaje.**

Ask the authors of the selected papers to type a publication version of their paper, incorporating any corrections you made. Put all the selected drawings in the front of the book and all the cleanly typed descriptions, randomly arranged, in the back. Use the book as extra reading for students that finish an exam or group work early.

Cultural/ Communicative

In this unit, students will use Spanish...

- *to understand and talk about historical events:* Spain's first inhabitants; Roman influence in Spain; the Moorish occupation; Spain's Golden Age; the French invasion; Spain's Civil War; the Franco years
- *to gain knowledge of current political and social issues:* life in Spain after Franco; the European Economic Community; women in the work force in Spain
- *to meet some of Spain's most important historical figures:* el Cid Campeador; Alfonso X el Sabio; Fernando and Isabel, los Reyes Católicos; Santa Teresa de Jesús; Miguel de Cervantes Saavedra, Diego Velázquez; other Golden Age writers/artists
- *to visit historical and artistic sites:* the **Alhambra** of Granada, the **Giralda** of Seville, and the **Mezquita** of Cordoba; the national **paradores;** the Reina Sofía Art Center; Barcelona
- *to learn about some of today's protagonists in politics, the arts, and entertainment:* Juan Carlos I, Felipe González, Arantxa Sánchez Vicario, Antonio Banderas, Pedro Almodóvar

FOTOS

El acueducto romano es la imagen que más distingue a Segovia, ciudad situada en la región central de España.

Cádiz, ciudad fundada por los fenicios en 1100 a.C. y ciudad donde vivieron Hanibal y Julio César.

Unidad 2

España: puente al futuro

El pequeño pueblo de Sit costa al sur de Barce

En Segovia, el acueducto romano construido por el emperador Trajano entre los siglos I y II de nuestra era

Vista de la catedral, la ciudad y el Atlántico en Cádiz

72

Enfoque

Purpose To set the stage by focusing students on Spain, its past, present, and future.

Suggestions Point out that after Switzerland, Spain is the most mountainous country in Europe.

After reading the **Enfoque,** ask:

1 ¿Por qué se dice que España es un continente en miniatura? *(Por la gran diversidad cultural.)*
2 ¿Cómo contribuye el terreno español a la diversidad española? *(Por ser muy montañoso.)*
3 ¿Qué tipo de diversidad hay en España? *(Hay gran diversidad cultural.)*
4 ¿Por qué se puede proyectar España como puente al futuro? *(Porque ha reconciliado el pasado con el presente.)*

Vista del puerto y de la ciudad de Barcelona

La plaza de la Cibeles en la intersección de la Calle de Alcalá y el Paseo del Prado en Madrid

▶ **ENFOQUE** España, más que un país, es un continente en miniatura. El terreno montañoso ha ayudado a mantener viva una gran diversidad cultural. España es y siempre ha sido un verdadero mosaico cultural. Por todas partes, se encuentran las raíces de la lengua y cultura hispana transplantadas a otras tierras. En España, el pasado se ha reconciliado con el presente y se proyecta como puente al futuro.

FOTOS

Barcelona es la segunda ciudad más grande y la más industrializada de España. Barcelona fue la sede de las Olimpíadas de 1992.

Cibeles. En esta importante intersección se encuentra el monumento dedicado a Cibeles, diosa romana de la naturaleza, la tierra y la vegetación.

NSS **For Native Speakers** Pregúnteles a los estudiantes hispanohablantes si: ¿Sabían que en España hay una gran diversidad cultural? ¿Saben en qué consiste la gran diversidad cultural española?

(Las respuestas van a variar. Si los estudiantes no saben mucho de la diversidad cultural española, pídales que traten de imaginarse cómo es. Dígales que aprenderán más de la diversidad española en esta lección.)

Linguistic

Reading
- Pre-reading: have students discover the extent to which they are realists or idealists; allow students to compare their imagination to their classmates
- Literary selection: **"Aventura de los molinos de viento"** by Miguel de Cervantes
- Journalistic selection: **"*Guernica:* el corazón del Reina Sofía"**

Writing
- Strategies: **Descripción imaginativa**
- Publication: **Las nuevas aventuras de Don Quijote en el Mundo 21**

Speaking
- talk about historical and contemporary Spaniards in **Gente del Mundo 21**
- express opinions or viewpoints on historical events presented in **Del pasado al presente**
- articulate opinions and interpretations of literary and journalistic readings
- talk about **Tres maravillas del arte islámico; Los paradores nacionales; Los avances de las españolas;** and **Barcelona** in **Ventanas al Mundo 21**
- Role plays

Listening
- view a video about Pedro Almodóvar, one of Spain's leading cinematographers
- do additional listening comprehension activities in the **Cuaderno de actividades**

Structure
- Preterite: Regular, Stem-changing and Irregular Verbs
- Imperfect: Regular and Irregular Verbs
- Direct and Indirect Object Pronouns and the Personal **a**
- **Gustar** and Similar Constructions
- Infinitive Constructions

España: los orígenes

Gente

antiguo(a)	Reconquista
castellano(a)	reina
descendiente	reino
héroe, heroína	rey
héroe épico	Reyes Católicos
ley	siglo
protagonista	trono

Los primeros pobladores

celta	desarrollo
costa	fenicio
mediterránea	invasión
cueva de	navegación
Altamira	península

La Hispania romana y La España musulmana

acueducto	islámica
ayuda	musulmán,
carretera	musulmana
conquistar	procedente
crisis	próspero(a)
cristianismo	puente
Imperio	tolerancia
Romano	visigodo

La Reconquista

expulsión	unidad política
rehusar	unidad
sefardita	territorial
tropa	

España como potencia mundial

abdicar	inflación
caída	oro
colapso	plata
dominio	poder militar
eficaz	protestantismo
emperador(a)	reunir
extenso(a)	sobresaliente
herencia	

Nombre oficial:
Reino de España

Extensión:
*504.782 km²
(kilómetros cuadrados)*

Principales ciudades:
*Madrid (capital),
Barcelona, Valencia,
Sevilla*

Moneda:
Peseta (Pta.)

Gente del Mundo 21

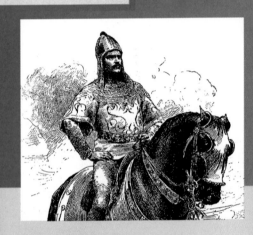

El Cid Campeador (¿1043?-1099), es considerado el prototipo del héroe épico español y protagonista del primer gran poema compuesto en español en el siglo XII, "Cantar de Mío Cid". Descendiente de una antigua familia castellana, su nombre real era Rodrigo Díaz de Vivar y nació en Vivar, Burgos. Se hizo famoso por sus campañas militares contra los musulmanes, aunque en alguna ocasión estuvo al servicio de los reyes moros de Zaragoza. El título de Cid viene del árabe *sayyid* que significa "señor".

Alfonso X el Sabio (1221-1284), rey de Castilla y de León, subió al trono en 1252, y su mayor impacto tuvo lugar en la cultura. Impulsó las traducciones a la lengua castellana de antiguos textos clásicos. Fue autor de la *Crónica General de España* y la *Grande y General Historia,* la primera sobre la historia de España y la segunda sobre la historia universal. Bajo su dirección se recopilaron las leyes de Castilla bajo el título de las *Siete Partidas* y se redactaron varios tratados de astronomía y de otras ciencias.

74

UNIDAD 2

Corresponding Structures in *Manual de gramática*

2.1 Preterite: Regular Verbs   G34
2.2 Direct and Indirect Object Pronouns and the Personal **a**   G36

NSS **For Native Speakers** Pídales a los estudiantes hispanohablantes que escriban definiciones sencillas de estas palabras. Por ejemplo: **antiguo**-*muy viejo,* **castellano**-*la lengua española,* etc. Permita que comparen sus definiciones con las de dos compañeros en grupos pequeños.

Gente del Mundo 21

Purpose To introduce five pivotal historical Spanish figures: **el Cid Campeador,** Spain's epic hero; **Alfonso X el Sabio,** medieval scholar, poet, and patron of the arts; **los Reyes Católicos,** responsible for unifying Spain into one Catholic country and extending its domain to the New World; **Santa Teresa de Jesús,** religious reformer and mystic poet.

Suggestions Have students read the first biography silently, then ask comprehension check questions. Repeat with the remaining biographies.

Extension Have volunteers or students interested in extra credit prepare a brief written or oral presentation on one of these personalities or on any historical figure mentioned in the reading: **España: continente en miniatura.**

Additional Information
Se cree que el *Cantar de Mío Cid* fue compuesto alrededor de 1140 aunque el ejemplar más viejo que ha sobrevivido es de 1307. De los varios poemas épicos europeos como el *Chanson de Roland* en francés, *Nibelungenlied* en alemán y *Beowulf* en inglés, el *Cantar de Mío Cid* es considerado el más realista y el que mejor refleja los hechos históricos de los tiempos.

Alfonso X, considerado por algunos críticos el padre de la prosa española, reunía a intelectuales de distintos países y religiones a trabajar en su biblioteca y a intercambiar ideas e información.

Los Reyes Católicos es el título oficial que fue dado a Fernando e Isabel en 1496 por el papa Alejandro VI, por el papel que ellos hicieron en la defensa de Italia cuando ésta fue atacada por los franceses.

Santa Teresa de Jesús (1515-1582), escritora española y reformadora de la orden del Carmelo, ha sido reconocida como una de las cumbres de la mística universal. Su nombre original era Teresa de Cepeda y Ahumada y nació en Ávila. Perteneció a una familia pobre y en 1535 ingresó a un convento carmelita. Desde 1558 se dedicó a promover la reforma de la orden del Carmelo y a través de los años fundó diecisiete conventos. Además de un libro de carácter autobiográfico, escribió *El libro de las fundaciones, Camino de perfección* y el *Libro de las siete moradas* o *Castillo interior.* Estos dos últimos tratados explican el camino espiritual hacia la unión final con Dios. En 1622 fue canonizada y en 1970, fue proclamada por el papa Paulo VI doctora de la iglesia, siendo la primera mujer reconocida con esta distinción.

Los Reyes Católicos. En 1469, Isabel (1451-1504), reina de Castilla, se casó con Fernando (1452-1516), futuro rey de Aragón. Ese matrimonio resultó en la unión de los reinos de Castilla y de Aragón, creando así, por primera vez en la historia de la península, la unidad territorial de España. Bajo el reinado de los Reyes Católicos se terminó la Reconquista en 1492, al tomar Granada, el último reino musulmán en España. Ese mismo año, con el objeto de conseguir la unidad religiosa, se expulsó a los judíos que rehusaban convertirse al cristianismo. También, con el apoyo de la reina Isabel la Católica, Cristóbal Colón llegó a América el 12 de octubre de 1492.

Personalidades del **Mundo 21.** Escribe dos o tres oraciones indicando algunos de los hechos más importantes de cada uno de estos personajes. Luego, léeselos a tu compañero(a) para ver si puede identificar a la persona que describes.

MODELO   *Tú:* **Batalló contra los musulmanes.**
           Compañero(a): **El Cid.**

LECCIÓN 1   ESPAÑA: LOS ORÍGENES | **75**

Personalidades del Mundo 21

Allow time for writing first, then for pair work. Debrief by calling on individual students to read their sentences and having class identify person being described.

NSS **Variations for Native Speakers** Pídales a los estudiantes hispanohablantes que preparen por lo menos cuatro preguntas para cada una de las personas descritas.

Pregúnteles a los estudiantes hispanohablantes si saben de algún héroe épico en la literatura del país de sus antepasados; o tal vez sepan de otras figuras nacionales recordadas por sus gustos intelectuales, fervor religioso o esfuerzos a conseguir la unidad nacional.

Del pasado al presente

Purpose In **España: continente en miniatura,** students will read a brief history of Spain up through the 17th century, with the intention of better understanding Spaniards today and in the future. The **Ventana al Mundo 21** readings and activities provide brief glimpses of three outstanding architectural structures which date back to the times of Moslem occupation, and at the national **paradores,** or medieval castles being used now as hotels.

Procedure

The following approach could be taken with the **Del pasado al presente** readings: Call on one student to read the first paragraph. Then ask comprehension check questions.

1 ¿Dónde está España? (En Europa, a menos de ocho millas de África.)
2 ¿Por qué crees que se considera que España está situada estratégicamente? (Porque está entre el mar Mediterráneo y el océano Atlántico.)
3 ¿Qué les pasa a los países situados estratégicamente usualmente? ¿Le ha pasado esto a España? (Son invadidos, conquistados y reconquistados. Esto le pasó a España también.)
4 ¿Por qué se dice que España es un continente en miniatura? (Por su gran diversidad.)

Then number students 1 to 5. As homework, ask all students numbered "1" to read and take notes on the information in the first segment of the reading: **Los primeros pobladores.** Students numbered "2" are responsible for the next segment, etc. In class the next day, have students form groups by number—all 1's, all 2's, etc.,—and proceed as instructed for jigsaw activity on page 24.

DEL PASADO al presente

ESPAÑA: CONTINENTE EN MINIATURA

A menos de ocho millas de África, en la parte más occidental de Europa, se encuentra la España actual que, como la mayoría de los países situados estratégicamente, es el resultado de una larga serie de invasiones, conquistas y reconquistas. España es un mosaico cultural vivo donde la historia se mide por siglos. Su gran diversidad hace de la Península Ibérica un continente en miniatura.

LOS PRIMEROS POBLADORES

Para conocer la historia de España hay que volver al pasado más lejano. Por ejemplo, en la cueva de Altamira, en Santander, gente prehistórica (25.000 años a.C. a unos 6.000 a.C.) dejó extraordinarias pinturas en las rocas: bisontes, ciervos y otros animales.

La cueva de Altamira

Las primeras culturas de la Península Ibérica de las que tenemos noticia son el resultado de una

Bisonte

Los fenicios

Ruinas griegas en Ampurias

constante serie de invasiones. Los fenicios establecieron colonias en el sur de la península; a ellos se debe la creación del alfabeto y el desarrollo de la navegación en la zona mediterránea. Desde el siglo VII a.C., los griegos fundaron varias ciudades en la costa mediterránea. Por otro lado, la llegada de los celtas introdujo el uso del bronce y otros metales a la península.

LA HISPANIA ROMANA

En el año 218 a.C. la Península Ibérica pasó a ser parte del Imperio Romano. Los romanos impusieron en seguida su lengua, su cultura y su gobierno. Construyeron grandes ciudades, carreteras, excelentes puentes e impresionantes acueductos. Hispania, nombre con que designaron los

Anfiteatro romano en Itálica

76

UNIDAD 2

FOTOS

Foto de fondo. El Patio de los Leones del Palacio de la Alhambra en Granada.

Pinturas prehistóricas de la cueva de Altamira localizada al oeste de Santander en el norte de España.

Detalle de una de las pinturas prehistóricas de la cueva de Altamira.

Ilustración de un barco fenicio.

Teatro romano notable por sus impresionantes columnas. Está localizado en Mérida, Extremadura.

Puente romano sobre el río Guadalquivir

romanos a la Península Ibérica, se convirtió en uno de los territorios más prósperos del imperio. Como en otras provincias romanas, el cristianismo empezó a extenderse poco a poco y en el siglo IV d.C. se convirtió en la religión de la mayoría.

La crisis del Imperio Romano facilitó la invasión de España a partir del año 409 d.C., por varios pueblos "bárbaros" germánicos (los griegos y los romanos llamaban "bárbaros" a los extranjeros) como los vándalos y los visigodos. En el año 587, el rey visigodo Recaredo se convirtió al catolicismo romano y con él, todo su pueblo.

Acueducto, Segovia

LA ESPAÑA MUSULMANA

En el año 711, los musulmanes procedentes del norte de África, invadieron Hispania y cinco años más tarde, con la ayuda de un gran número de árabes, lograron conquistar la mayor parte de la península. Establecieron su capital en Córdoba, la cual se convirtió en uno de los grandes centros intelectuales de la cultura islámica. Fue en Córdoba, durante esta época, que se hicieron grandes avances en las ciencias, las letras, la

La mezquita de Córdoba

artesanía, la agricultura, la arquitectura y el urbanismo. Mientras tanto, el resto de Europa mantenía una actitud anti-intelectual, quemando libros bajo la insistencia de un cristianismo fanático. En cambio, los musulmanes mantuvieron una tolerancia étnica y religiosa hacia los cristianos y los judíos durante los ocho siglos que ocuparon la Península Ibérica.

Córdoba

Antigua sinagoga, Toledo

LA RECONQUISTA

Sólo siete años después de la invasión musulmana se inició en el norte de España la Reconquista, la cual no terminó hasta casi ochocientos años más tarde, en 1492. Ese año en Granada, cayó el último reino musulmán ante las tropas de los Reyes Católicos.

El año 1492 acabó por ser un momento único en la historia del mundo. Ese año se vio salir de España al último rey moro y se logró así la unidad política y territorial a lo largo de la España actual. Ese mismo año, los Reyes Católicos también intentaron conseguir la unidad religiosa de su reino, al ordenar la expulsión de los judíos que rehusaban convertirse al cristianismo. Miles de judíos españoles,

Fernando de Aragón

Isabel de Castilla

FOTOS

Puente romano sobre el río Guadalquivir, que está en uso desde los tiempos de los césares, en Córdoba.

Acueducto romano construido por el emperador Trajano en los siglos I y II de nuestra era en Segovia, Castilla.

La mezquita de Córdoba construida entre los siglos VIII y X, es un extraordinario ejemplo de la belleza de la arquitectura musulmana en España.

Callejón de las Flores en un antiguo barrio medieval de Córdoba.

Antigua sinagoga construida en el siglo XII en Toledo y ahora conocida como la Iglesia Santa María la Blanca.

Additional information

La España musulmana Durante esta época, la cultura musulmana alcanzó grandes avances en muchos áreas y mucha de esta información pasó a Europa por medio de grandes centros musulmanes intelectuales en España. Esta información incluye: los números árabes—que todavía usamos hoy en día; distinto trabajo de artesanía—alfombras pérsicas, cuero tallado, espadas de Toledo, trabajo damasquinado (incrustación de oro o plata sobre hierro o acero), y los muchos avances en astronomía, química, física, medicina, agricultura, etc.

NSS **Variation For Native Speakers** Léales el primer párrafo de la lectura a los estudiantes y hágales preguntas para verificar la comprensión. Luego pídales que lean el resto de la lectura en casa como tarea.
1 El día siguiente en clase, agrupe a los alumnos en cinco grupos, enumerados del 1 al 5, y con más o menos el mismo número de personas en cada grupo.

2 Pídale al primer grupo que prepare cinco o seis preguntas para verificar la comprensión de la información presentada en la primera sección: **Los primeros pobladores**. Haga lo mismo con los otros grupos y las cuatro secciones que faltan.
3 Pídales a estudiantes en cada grupo que hagan sus preguntas y pídales a miembros de otros grupos que las contesten.

conocidos como sefarditas, salieron de
España, llevándose consigo el idioma
castellano y estableciendo comunidades
por todo el mediterráneo. Finalmente, la
llegada en 1492 de Cristóbal Colón a las
tierras que él nombró "Las Indias" y que más
tarde se llamarían América, significó no sólo
para los Reyes Católicos sino para el mundo
entero, la apertura de nuevas fronteras de un
Nuevo Mundo.

ESPAÑA COMO POTENCIA MUNDIAL

Por medio de una eficaz política
matrimonial, los Reyes Católicos reunieron
una gran herencia territorial para su nieto
Carlos de Habsburgo. En 1516, él fue
declarado rey de España como Carlos I, y en
1519, fue nombrado emperador del Sacro
Imperio Romano germánico con el nombre
de Carlos V. Su imperio era tan extenso que
en sus dominios "nunca se ponía el sol".
Controlaba gran parte de los Países Bajos, de
Italia, de Alemania, de Austria, partes de

El Imperio de Carlos V
1519-1556

Francia y del norte de África, además de los
territorios de América.

España comenzó así una época de
enriquecimiento que resultó en un poder
militar sobresaliente. Sin embargo, mantener
tal poder significó un gran costo económico.
En lugar de usar el oro y la plata procedentes
de América para impulsar el desarrollo de su
economía, España los usaba para pagar los
ejércitos que combatían en las continuas
guerras europeas y para comprar productos
importados.

El emperador, cansado de las guerras y de
la lucha contra el protestantismo, abdicó en
1556 y se retiró a un
monasterio. Dividió
sus territorios entre
su hijo Felipe II y su
hermano Fernando.
Felipe II, quien
recibió España, los
Países Bajos y
posesiones de
América e Italia,
convirtió a España
en el centro de
oposición al
protestantismo y
mantuvo constantes
guerras religiosas.
En 1561 Felipe II

Felipe II

trasladó la capital de Toledo a Madrid. En
1557 mandó construir el palacio-convento,
El Escorial. Venció a los turcos en la batalla
naval de Lepanto pero el fracaso de la
Armada Invencible (1588) contra Inglaterra,
marcó el comienzo de la decadencia
española. La caída definitiva del imperio
español tuvo lugar bajo los reinados de
Felipe III (1598–1621) y Felipe IV
(1621–1665), cuando la inflación causó el
colapso de la economía española.

78

UNIDAD 2

¡A ver si comprendiste!

¿Quién? ¿Qué? ¿Cuándo? ¿Recuerdas los datos más importantes de la lectura? Para asegurarte, contesta estas preguntas.

1. ¿Quiénes fueron los primeros colonizadores de la Península Ibérica?
2. ¿Cuánto tiempo estuvieron los romanos en la península? ¿Cómo afectó la cultura romana a la península y a sus habitantes?
3. ¿En qué año invadieron España los musulmanes? ¿De dónde vinieron y cuánto tiempo estuvieron en la península?
4. ¿Dónde establecieron los musulmanes su capital y qué importancia tuvo?
5. ¿Cuándo empezó la Reconquista de España? ¿Cuánto tiempo duró? ¿Cuándo terminó?
6. ¿Quiénes son los sefarditas? ¿Adónde se fueron cuando salieron de España?
7. ¿Cuál fue el resultado de la presencia musulmana en la península? ¿Qué efecto crees que tuvo sobre la religión, la política, la vida diaria, la arquitectura y la lengua?
8. ¿Cuál es el significado del año 1492 para la historia de España y del mundo?
9. ¿Por qué se puede decir que en el imperio de Carlos V "nunca se ponía el sol"? ¿Cuáles eran algunos de sus dominios?
10. ¿A qué crees que se debe la caída del imperio español?

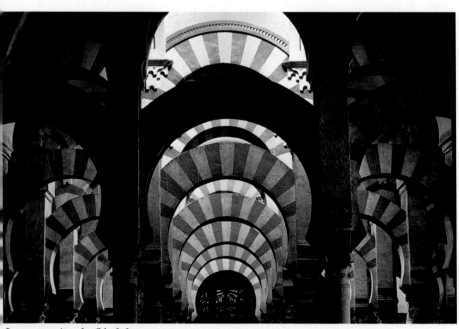

La mezquita de Córdoba

LECCIÓN 1   ESPAÑA: LOS ORÍGENES

FOTO

La mezquita tiene más de 850 columnas en lo que es un verdadero bosque de arcos de ónice, jaspe, granito y mármol.

10 Las respuestas van a variar. En parte, se debe al gran costo de las guerras contra el protestantismo y a la salida de los judíos—los verdaderos negociantes y la clase intelectual de España. El resultado de esto fue una inflación que causó el colapso de la economía y, a la vez, del poderío del gobierno español.

Allow time to write characteristics and then for pair work. Debrief by calling on individual students to read a characteristic and then having class identify the place being described.

Ventana al Mundo 21

FOTOS

El Patio de los Leones. Doce leones de mármol soportan una fuente en un patio rodeado de 124 columnas de mármol.

La Giralda, originalmente parte de la mezquita de Sevilla, fue construida entre 1184 y 1196. En el siglo XVI, la torre fue incorporada a una catedral cristiana, lo que sigue siendo. Ahora es el símbolo de Sevilla, la ciudad más importante de Andalucía.

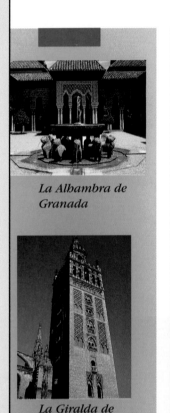

La Alhambra de Granada

La Giralda de Sevilla

La mezquita de Córdoba

Tres maravillas del arte islámico

La Alhambra de Granada. En una colina que domina la ciudad de Granada se encuentra la joya más fascinante de la arquitectura árabe en España, la Alhambra. Este precioso palacio-fortaleza de los reyes moros de Granada, que se comenzó a construir en 1238, debe su nombre al color de sus muros (*Al-Hamra* en árabe significa "La Roja"). La Alhambra incluía palacios reales y viviendas, mezquitas, baños y edificios públicos en los que se combinaba el placer por las elegantes y delicadas formas decorativas y el contacto íntimo con la naturaleza a través de jardines y fuentes de agua.

La Giralda de Sevilla. Esta hermosa torre perteneció a la gran mezquita de Sevilla que se construyó en el siglo XII, en del estilo almohade. En el siglo XVI fue convertida en campanario de la catedral cristiana de Sevilla. En su visita a España en 1992, el papa Juan Pablo II usó un balcón de la Giralda para saludar al pueblo de Sevilla.

La mezquita de Córdoba. Sobre una iglesia visigótica se empezó a construir a mediados del siglo VIII lo que sería el templo musulmán más hermoso del Islam. En varias ocasiones fue ampliada y embellecida hasta que fue terminada en el siglo X. Las numerosas columnas de mármol y jaspe forman como un denso bosque. Una infinidad de arcos dirige a los fieles al *mihrab* que consiste en una maravillosa cúpula que mueve a la oración. Para sorpresa de los visitantes, enclavada en el corazón de la mezquita se halla una iglesia cristiana que comenzó a construirse durante el reinado de Carlos V en 1523.

Joyas musulmanas. Escribe tres características sobresalientes de cada una de estas tres joyas. Luego léeselas, una a la vez, a un(a) compañero(a) para ver si puede identificar el lugar que describes.

NSS **For Native Speakers** Pregúnteles a los estudiantes hispanohablantes si conocen algunos ejemplos de arte islámico en la arquitectura (de iglesias, edificios públicos, teatros, casas particulares, etc.) de su región o del país de sus antepasados.

Y ahora, ¡a leer!

■ *Anticipando la lectura*

A. ¿Idealista o realista? ¿Es tu compañero(a) idealista o realista? Para saberlo, hazle las siguientes preguntas. Luego, contesta las mismas preguntas que te hará tu compañero(a).

1. ¿Qué regalo prefieres el día de tu cumpleaños?
    a. veinte dólares
    b. una tarjeta con un poema original

2. ¿Qué te impresiona más?
    a. una caja de chocolates finos
    b. una sola rosa con un mensaje personal

3. ¿Qué es más importante para ti?
    a. conseguir un trabajo que pague muy bien
    b. conseguir un trabajo donde puedas hacer el bien

4. ¿Con quién te casarías?
    a. con una persona millonaria
    b. con una persona pobre pero que te ama y a quien amas mucho

B. ¡La imaginación! Mira la imagen de abajo por treinta segundos. Usando tu imaginación, escribe cuatro o cinco oraciones sobre lo que es para ti esta imagen. Luego, en grupos de tres o cuatro, compartan lo que escribieron y decidan quién del grupo es más imaginativo.

LECCIÓN 1   ESPAÑA: LOS ORÍGENES

81

Purpose In this section students will begin with three pre-reading activities in **Anticipando la lectura.** The first two are designed to get students to reflect on their own idealism, realism, and imagination. Then in **Vocabulario en contexto,** students are asked to derive the meaning of key words by using contextual clues. **Conozcamos al autor** is a brief introduction to **Miguel de Cervantes Saavedra,** one of Spain's most important writers and author of *El ingenioso hidalgo don Quijote de la Mancha,* from which the principal reading of this lesson, **"Aventura de los molinos de viento",** is taken. In **Palabras como llaves,** a vocabulary building activity, students learn to work with the various meanings and derivatives of the word **aventura.**

Anticipando la lectura

A. ¿Idealista o realista? Ask volunteers to define **idealista** and **realista** for the class. Then allow time for pair work. Then call on individual students to tell what they found out about their partner.

B. ¡La imaginación! Allow time for writing and for group work. Debrief by asking each group who had the greatest imagination. Have the persons selected read to the class what they wrote.

C. Vocabulario en contexto. Decide cuál es el significado de las palabras en negrilla a base del contexto de la oración o de otras estrategias que has aprendido para llegar al significado de palabras desconocidas.

1. Ves allí, amigo Sancho Panza, donde se descubren treinta, o pocos más, monstruosos gigantes, con quienes pienso hacer batalla y **quitarles la vida.**

   a. capturarlos   *b.* matarlos   *c.* discutir la vida

2. No corráis cobardes y viles criaturas; que un solo **caballero** es quien os ataca.

   a. señor noble   *b.* caballo   *c.* entrenador de caballos

3. Fue Sancho a ayudarle, a todo correr de **su asno,** y cuando llegó encontró que no se podía mover: tal fue el golpe que dio con él su caballo.

   a. sus piernas   *b.* su coche   *c.* su burro

4. Cuando Sancho Panza llegó, encontró que don Quijote no se podía mover: tal fue **el golpe** que dio con su caballo.

   a. la colisión   *b.* el paseo   *c.* el trote

5. Sancho, si tienes miedo, **quítate** de aquí.

   a. vete   *b.* acércate   *c.* cállate

6. Don Quijote decidió no prestar atención **a la voz** que su asistente Sancho le daba.

   a. al sonido   *b.* a los consejos   *c.* a la música

7. Además yo pienso que una persona con poderes mágicos ha **convertido** estos gigantes en algo práctico.

   a. construido   *b.* comprado   *c.* cambiado

8. El mago Frestón ha convertido estos gigantes en otra cosa, por quitarme la gloria; tal es **la enemistad** que me tiene.

   a. el cariño   *b.* la hostilidad   *c.* el respeto

Conozcamos al autor

Miguel de Cervantes Saavedra (1547–1616) es el autor de la más famosa novela española de todos los tiempos, *El ingenioso hidalgo don Quijote de la Mancha.* Nació en Alcalá de Henares, hijo de un cirujano pobre. Fue soldado en Italia donde perdió el uso de la mano izquierda en la batalla de Lepanto. Durante su viaje de vuelta a España, fue capturado por piratas y pasó cinco años prisionero en Argel. Fue constantemente pobre, aunque la primera parte de su novela, publicada en 1605, fue un éxito inmediato. La segunda parte de su novela apareció en 1615.

Cervantes logró crear una obra que refleja un estudio profundo de la psicología humana y de la sociedad española del siglo XVI. Don Quijote es un caballero idealista y medio loco, que vive en un mundo ficticio donde trata de imitar la vida de los caballeros de los libros de aventuras de la Edad Media. Sancho Panza, su leal sirviente, es mucho más realista que su compañero don Quijote.

82

UNIDAD 2

LECTURA

Don Quijote y Sancho Panza descubren los molinos de viento

Don Quijote de la Mancha
Aventura de los molinos de viento°

°windmills

En esto, descubrieron treinta o cuarenta molinos de viento que hay en aquel campo, y cuando don Quijote los vio, dijo a su *escudero*:

squire, shield bearer

—La *ventura* va guiando nuestras cosas mejor de lo que podríamos desear; porque ves allí, amigo Sancho Panza, donde se descubren treinta, o pocos más, monstruosos gigantes, con quienes pienso hacer batalla y quitarles la vida, que ésta es buena guerra, y es gran servicio de Dios quitar tan mala *semilla* de sobre la *faz* de la tierra.

buena fortuna

seed / superficie

—¿Qué gigantes? —dijo Sancho Panza.

—Aquéllos que allí ves —respondió su *amo*— de los brazos largos, que los *suelen* tener algunos de casi dos *leguas*.

dueño, jefe
acostumbran
1 legua = 3 millas aproximadamente / fórmula de cortesía

—Mire *vuestra merced* —respondió Sancho— que aquellos que allí se parecen no son gigantes, sino molinos de viento, y lo que en ellos parecen brazos son *aspas*, que volteadas del viento, hacen andar la *piedra del molino*.

arms (of a windmill)

millstone

Los gigantes

LECCIÓN 1   ESPAÑA: LOS ORÍGENES

83

—No corráis cobardes y viles criaturas . . .

Focus questions

—¿Qué le dice don Quijote a Sancho Panza que haga si tiene miedo de los gigantes?

—¿Qué dice don Quijote que va a hacer con los gigantes?

—¿Quién o qué es Rocinante?

—En vez de seguir los consejos de su escudero, ¿qué hizo don Quijote?

—¿Qué pasó cuando empezó a hacer un poco de viento?

—¿Qué pensó don Quijote al ver moverse las aspas de los molinos?

    —Bien parece —respondió don Quijote— que no sabes nada de las aventuras: ellos son gigantes; y si tienes miedo, quítate de ahí, y ponte en *oración* que yo voy a entrar con ellos en *fiera y desigual* batalla.

    Y diciendo esto, dio de *espuelas* a su caballo Rocinante°, sin prestar atención a la voz que su escudero Sancho le daba, *advirtiéndole* que eran molinos de viento y no gigantes aquéllos que iba a atacar. Pero él iba tan convencido en que eran gigantes, que ni oía la voz de su escudero Sancho, ni dejaba de ver, aunque estaba ya bien cerca, lo que eran; diciendo en voz alta:

    —No corráis cobardes y viles criaturas; que un solo caballero es el que os ataca.

    Se levantó en esto un poco de viento, y las grandes aspas comenzaron a moverse, lo cual visto por don Quijote, dijo:

    —Pues aunque mováis más brazos que los del gigante Briareo°, *me lo habéis de pagar.*

prayer / ferocious and unequal / spurs
warning him

you'll pay for it

°*Rocinante, nombre del envejecido caballo de trabajo de don Quijote.*
°*Briareo, un gigante mitológico de cien brazos y cincuenta cabezas.*

84

NSS **For Native Speakers** Pídales a los estudiantes hispanohablantes que cambien las frases en *vosotros* al español que ellos usarían en casa.

Y diciendo esto, y *encomendándose de todo corazón* a su señora Dulcinea°, pidiéndole que en tal momento le ayudara, bien cubierto de su escudo, con la lanza lista, *arremetió* a todo galope de Rocinante, y atacó al primer molino que estaba delante; y dándole una lanzada en el aspa, la volvió el viento con tanta furia, que hizo la lanza *pedazos,* llevándose al caballo y al caballero, que *fue rodando* muy *maltrecho* por el campo. Fue Sancho a ayudarle, a todo el correr de su asno, y cuando llegó encontró que no se podía mover: tal fue el golpe que dio con él Rocinante.

—*¡Válgame Dios!* —dijo Sancho—. ¿No le dije yo a vuestra merced que mirase bien lo que hacía, que eran molinos de viento, y *no lo podía ignorar sino quien llevase otros tales en la cabeza?*

°*Dulcinea, una mujer común y corriente a quien don Quijote idealizaba e imaginaba como una doncella hermosa y pura.*

entrusting himself completely

he charged

la rompió en fragmentos
fell tumbling / herido

¡Dios mío!
only someone with windmills in
  his head could doubt that
  these were windmills

Focus questions
—¿Quién es Dulcinea? ¿Por qué se encomendó a ella don Quijote?
—¿Qué pasó cuando don Quijote y Rocinante atacaron al primer molino?
—¿Qué hizo Sancho? ¿Cómo encontró a don Quijote?
—¿Qué le recordó Sancho a don Quijote?

Don Quijote ataca al primer molino

LECCIÓN 1   ESPAÑA: LOS ORÍGENES

85

Y, ayudándole a levantar . . .

—Calla, amigo Sancho —respondió don Quijote—; que las cosas de la guerra, más que otras, están sujetas a continuo cambio. Además yo pienso que aquel sabio Frestón° que me robó la casa y los libros, ha convertido estos gigantes en molinos, por quitarme la gloria de su *vencimiento*: tal es la enemistad que me tiene; pero su magia no podrá contra mi *espada*.

victoria

sword

—Dios lo haga como puede —respondió Sancho Panza.

Y, ayudándole a levantar, tornó a subir sobre Rocinante, *que medio despaldado estaba.* Y, hablando en la pasada aventura, siguieron el camino del Puerto Lápice, porque allí decía don Quijote que no era posible dejar de encontrar muchas y divertidas aventuras . . .

whose back was half broken

Adaptado de El ingenioso hidalgo don Quijote de la Mancha,
Parte primera, Capítulo VIII

°*Frestón, mágico imaginario a quien don Quijote consideraba enemigo y causa de todos sus problemas.*

Focus questions

—¿Aceptó don Quijote que eran molinos? ¿Cómo explicó don Quijote que eran molinos?

—¿Quién era Frestón? ¿Por qué creía don Quijote que Frestón era su enemigo?

—¿Adónde siguieron Sancho y don Quijote?

—¿Para qué iban al Puerto Lápice, según don Quijote?

¿Comprendiste la lectura?

A. ¿Sí o no? En parejas, decidan si están de acuerdo o no con los siguientes comentarios. Si no están de acuerdo, digan por qué.

1. Miguel de Cervantes Saavedra es un escritor español conocido principalmente por sus poemas.
2. La segunda parte de la novela *El ingenioso hidalgo don Quijote de la Mancha* se publicó junto con la primera parte en 1605.
3. Don Quijote es un caballero idealista y medio loco, seducido por la belleza y los libros de aventuras.
4. Sancho Panza, su escudero, es más idealista que don Quijote y tiene muy poco sentido de la realidad.
5. En vez de los treinta molinos de viento, don Quijote ve gigantes en el campo.
6. El nombre del caballo de don Quijote es Rocinante.
7. Sancho Panza también iba a caballo.
8. Don Quijote piensa que Frestón, un enemigo, convirtió a los gigantes en molinos del viento.
9. Don Quijote y Sancho Panza deciden pasar la noche dentro de uno de los molinos de viento.

B. Hablemos de la lectura. Contesten estas preguntas en grupos de tres o cuatro.

1. ¿Por qué parecen gigantes los molinos de viento?
2. ¿Qué piensa hacerles don Quijote a los supuestos gigantes?
3. ¿Cómo ataca don Quijote al primer molino?
4. ¿En quién piensa don Quijote en el momento de atacar?
5. ¿Qué le pasa a don Quijote al atacar al primer molino?
6. ¿Cómo le explica don Quijote a Sancho Panza lo que sucedió?
7. ¿Cuál es la diferencia de cómo ven la realidad don Quijote y Sancho Panza?

Don Quijote de la Mancha

LECCIÓN 1   ESPAÑA: LOS ORÍGENES

87

¿Comprendiste la lectura?

Answers

A. ¿Sí o no? Call on individual students. Have class confirm each response.

1 No. Es un escritor español conocido principalmente por su novela, *El ingenioso hidalgo don Quijote de la Mancha.*
2 No. No se publicó hasta diez años después, en 1615.
3 Sí.
4 No. Al contrario, Sancho es muy realista.
5 Sí.
6 Sí.
7 No. Sancho montaba un asno.
8 Sí.
9 No. Decidieron seguir el camino del Puerto Lápice.

B. Hablemos de la lectura. Call on individual students. Encourage them to respond in their own words. Do not allow them to flip back to look for answers and read them verbatim.
1 Porque pensó que las aspas de los molinos eran brazos largos.
2 Piensa hacerles batalla y matarlos.
3 Con una lanza, montado en su caballo Rocinante.
4 En su señora Dulcinea.
5 La aspa hizo pedazos la lanza e hizo caer a don Quijote y a Rocinante.
6 Dijo que el mago Frestón fue el responsable, por convertir a los gigantes en molinos.
7 Don Quijote usa su imaginación, Sancho ve la realidad tal como es.

NSS **For Native Speakers** Pídales a los estudiantes hispanohablantes que escriban una oración original con cada uno de los seis diferentes usos de **aventura**. Pídales a algunos que escriban sus oraciones en la pizarra. Luego haga que toda la clase revise las respuestas haciendo las correcciones debidas.

Dramatizaciones

Purpose To role-play a unique moment in history during the reign of Ferdinand and Isabel, and a projection of Don Quijote into the 20th century.

Suggestions These role plays are optional and should be done only as time permits. Tell students to be creative in preparing their role plays but insist that they not lose sight of proper cultural and historical perspective. Point out that the class will be asked to comment on the cultural and historical authenticity at the end of the first role play.

Procedure Assign **A** to half of the class, **B** to the second half. Allow time for groups to prepare their role plays. Then have each group present in front of the class without notes. Have class discuss the cultural and historical appropriateness of dramatization **A**.

Variation Have a group of students prepare a dramatization of the **molinos** adventure.

Palabras como llaves: *aventura*

Para ampliar el vocabulario. De la palabra **aventura**— que significa un evento extraño o peligroso que va a ocurrir—se derivan varias palabras en español: **aventurar, aventureramente, aventurero(a).** Con un(a) compañero(a), responde a las siguientes preguntas.

1. ¿Por qué el capítulo VIII de *El ingenioso don Quijote de la Mancha* tiene el subtítulo "**Aventura** de los molinos de viento"?
2. ¿Te gustan los libros de **aventuras**? ¿Puedes mencionar el título de alguno?
3. ¿Qué tipo de películas de **aventuras** prefieres? ¿De **aventuras** de vaqueros del Lejano Oeste? ¿De **aventuras** de ciencia-ficción como *La guerra de las galaxias*?
4. ¿Por qué podemos decir que don Quijote era un hidalgo **aventurero**?
5. ¿**Aventuras** dar la respuesta si no la sabes con seguridad?
6. ¿Crees que don Quijote se pasó **aventureramente** la vida? ¿Piensas que él consideraba el mundo como una gran **aventura**?
7. ¿Conoces a personas que son en realidad **aventureros**? ¿Quiénes son?

Dramatizaciones

A. Los Reyes Católicos. En grupos de tres o cuatro, dramaticen uno de los momentos únicos en la vida de Fernando e Isabel, por ejemplo, la realización de la Reconquista, las primeras noticias del descubrimiento del Nuevo Mundo, u otro que ustedes prefieran.

B. Don Quijotes modernos. En grupos de tres o cuatro, dramaticen un incidente en su escuela o comunidad con un idealista como don Quijote y un realista como Sancho Panza. Puede ser un incidente verdadero o imaginario.

Los Reyes Católicos

NSS **For Native Speakers** Pídales a los estudiantes hispanohablantes que recreen el debate que tuvo lugar en la corte de Fernando e Isabel, sobre el tratamiento que debían recibir los "indios" del Nuevo Mundo: ¿Eran humanos? ¿Tenían un alma? ¿Tenían derechos humanos o simplemente deberían considerarse esclavos? etc. Tal vez usted deba hacer un resumen de los hechos o pedirle a uno de sus alumnos que busque información en una enciclopedia e informe a la clase sobre la defensa que

el padre Bartolomé de las Casas hizo de los indígenas del Nuevo Mundo.

Dígale a la clase algo de las actitudes actuales hacia la conquista: la oposición a celebrar el quintenario del descubrimiento del Nuevo Mundo, las muchas referencias por todas las Américas a quinientos años de opresión, la frustración y furia de los descendientes de las muchas culturas indígenas que fueron totalmente o casi totalmente destruidas por los conquistadores españoles, etc.

Ventana al Mundo 21

Los paradores nacionales

Desde los años 50, muchos viejos castillos, monasterios históricos y casonas familiares se han convertido en paradores u hoteles para los millones de turistas que llegan a España cada año. A través de toda España se han renovado antiguas edificaciones que, en vez de servir a soldados o a religiosos, ahora abren las puertas a turistas de todas partes del mundo. Muchos de estos paradores tienen modernas instalaciones como piscinas y restaurantes de lujo. El sistema de paradores que hoy día incluye más de cien hoteles se inició cuando, en 1926, se abrió el primer parador en Gredos. Muchos paradores en la actualidad son edificios modernos situados en las mejores playas de España.

———————— ◆ ————————

Los paradores nacionales. Completa estas oraciones y luego compáralas con las de dos o tres compañeros.

1. Un parador es . . .
2. En muchos de los paradores hay . . .
3. El sistema de paradores consiste en . . .
4. Muchos de los paradores originalmente fueron . . .
5. No todos los paradores son edificios antiguos, unos son . . .

89

FOTOS

Interior del parador nacional del Castillo de Carmona.

Patio del parador nacional en el Convento de San Francisco construido en 1495 dentro del Palacio de la Alhambra, Granada.

Ventana al Mundo 21

Suggestions Ask students to read the **Ventana** silently and to prepare three questions to check their classmates' comprehension of the reading. Then call on individual students to ask their questions.

NSS **For Native Speakers** Pregúnteles a los estudiantes hispanohablantes si ellos saben de algo parecido a los paradores españoles en el país de sus antepasados. Pregúnteles si existen edificios coloniales o aun estructuras precolombinas (oficinas de gobierno, calles, muros, etc.) y si permiten a turistas que visiten/usen estos sitios. Si sus alumnos no pueden contestar estas preguntas, pídales que traten de conseguir las respuestas de sus padres, abuelos o otros parientes que tal vez sepan.

Los paradores nacionales. Call on individual students to read their sentences. Ask for variations on each completion. Ask if anyone in the class has ever stayed in a **parador.** If so, ask them to tell what it was like.

Análisis de *Las Meninas* En esta maravillosa composición, Velázquez aparece en su propia obra pintando en un gran lienzo los retratos de Felipe IV y la reina, cuyas figuras están reflejadas en un espejo al fondo del cuarto que sirve de estudio al pintor. En el centro se encuentra la infanta doña Margarita María a los cuatro años, hija de los reyes, rodeada por sus dos meninas. También aparecen la enana Mari Bárbola y el enano Nicolasito, con el pie sobre un perro medio dormido. El propio Velázquez observa a sus modelos. En la escalera del fondo aparece don José Nieto, un cortesano.

Cultura en vivo

El arte realista y surrealista

Las Meninas de *Diego Velázquez* (1599–1660), el pintor español más reconocido del Siglo de Oro. Esta obra realizada en 1656, es una composición muy compleja donde los efectos de luz y espacio le dieron al arte de Velázquez una suprema apariencia de realidad. Velázquez fue pintor de la corte de Felipe IV.

Análisis de *Las Meninas*

1. Describe la escena. ¿Dónde piensas que tiene lugar? ¿Quiénes crees que son las personas que aparecen en el cuadro?
2. Una de las chicas es la princesa Margarita María, hija de Felipe IV y de la reina, ¿cuál será? ¿Por qué crees eso?
3. ¿Quién será el artista en el cuadro? ¿Por qué crees eso?
4. Al fondo del cuarto aparece un espejo que parece reflejar las figuras de una pareja. ¿Quiénes crees que son? ¿En qué parte del cuarto crees que están?
5. ¿Qué cuadro estará pintando el artista? ¿Por qué crees eso?

Las Meninas, Velázquez

La persistencia de la memoria de *Salvador Dalí* (1904–1989), se realizó en 1931. Es una de las obras surrealistas más famosas del mundo. Dalí, después de estudiar en Madrid, se mudó a París en 1928, donde se unió al movimiento surrealista.

Análisis de *La persistencia de la memoria*
1. ¿Dónde crees que tiene lugar *La persistencia de la memoria*? ¿Por qué crees eso?
2. ¿Qué figuras u objetos puedes identificar en el cuadro?
3. ¿Cómo interpretas las distorsiones que allí aparecen?
4. ¿Qué conexión hay entre lo que observas y el título, *La persistencia de la memoria*?

Comparación de ambos cuadros
1. ¿Cuál de los dos cuadros te parece más realista? ¿Por qué?
2. ¿Cuál de los dos requiere más interpretación? Explica tu respuesta.
3. ¿Cuál crees que tenga que ver más con lo que vemos en los sueños?
4. ¿Cuál te gusta más? ¿Por qué?

The Museum of Modern Art, New York. Photograph © 1994 The Museum of Modern Art, New York.

La persistencia de la memoria, Dalí

Análisis de *La persistencia de la memoria* En este cuadro, pintado por Salvador Dalí en 1931, aparece un mundo fantástico donde las leyes de la naturaleza están distorsionadas. Es la visión del mundo propuesta por el movimiento surrealista donde lo irracional y los sueños se confunden con la realidad. Los surrealistas rompen las reglas e imponen como guía su imaginación individual. Las revelaciones del psicoanalista Sigmund Freud inspiran a muchos escritores y artistas surrealistas. En *La persistencia de la memoria* se puede observar la figura distorsionada de una cabeza sobre unas rocas en un extraño paisaje donde tres relojes blandos parecen derretirse. Dalí comentó en una ocasión que consideraba los relojes blandos objetos que desafiaban el tiempo mecánico del mundo moderno. Aunque los cuadros de Dalí reflejan el surrealismo también están creados dentro de la tradición de los grandes maestros como Velázquez y Zurbarán.

Comparación de ambos cuadros Las respuestas van a variar.

Extension Have volunteers prepare a role play in which Velázquez and Dalí discuss/debate the importance of realism versus surrealism.

Diario

Have students do a journal-write beginning with: **El problema más grande que tuve esta semana es . . .** (See page 19 for journal writing instructions.)

Lección 2

España: al presente

Gente del Mundo 2

Juan Carlos I de España, nieto de Alfonso XIII e hijo de don Juan de Borbón, nació en Roma en 1938. En 1969 fue designado sucesor al trono de España por el general Francisco Franco. El 22 de noviembre de 1975, dos días después de la muerte de Franco, subió al trono. A partir de entonces, Juan Carlos I ha llevado a España por un decisivo camino hacia la democracia.

Felipe González, político español, nació en Sevilla en 1942. Es el líder del Partido Socialista Obrero Español (PSOE). Desde 1983 ha sido elegido presidente del gobierno español en varias ocasiones, la última vez en 1993. Durante su mandato, España ingresó a la Comunidad Económica Europea (CEE). Ha impulsado una serie de reformas sobre todo en los campos educativo y jurídico.

Corresponding Structures in
Manual de gramática

2.3 Preterite: Stem-changing and Irregular Verbs
    G40
2.4 **Gustar** and Similar Constructions   G44

Antonio Banderas, actor y uno de los galanes más famosos del cine español, nació en Málaga, en 1960. Durante cinco años hizo teatro clásico en su ciudad natal; estudió en la escuela de arte dramático pero su camino hacia el "estrellato" comenzó cuando decidió tomar un tren e irse a Madrid. Cuando Banderas trabajaba en el Centro Dramático Nacional fue descubierto por Pedro Almodóvar, el famoso director de cine español, quien lo ha incluido en la mayoría de sus películas. Banderas protagonizó también con mucho éxito en la película *Los reyes del mambo*, filmada en Hollywood en 1991 y en *Philadelphia* en 1993.

Arantxa Sánchez Vicario nació en 1972 y, a pesar de ser muy joven, en 1993 llegó a ser la tenista "número tres" del mundo. Fue campeona de España cuando sólo tenía trece años. Ganó su primer torneo profesional en 1988 y el torneo francés *Roland Garros* en 1989. En los Juegos Olímpicos de Barcelona de 1992 ganó una medalla de bronce en tenis. Además ha sido finalista de muchos torneos internacionales. Sánchez Vicario entrena con mucha tenacidad y disciplina para lograr su meta personal: ser algún día "la número uno".

Personalidades del Mundo 21. Completa estas oraciones basándote en lo que acabas de leer. Luego, compáralas con las de dos compañeros de clase.

1. Antes de empezar a actuar en Madrid, Antonio Banderas . . .
2. En los Juegos Olímpicos de Barcelona de 1992, Arantxa Sánchez Vicario . . .
3. A pesar de ser muy joven, Arantxa Sánchez Vicario . . .
4. Desde 1982, Felipe González . . .
5. A partir de 1975, Juan Carlos I ha llevado a España . . .

LECCIÓN 2   ESPAÑA: AL PRESENTE   93

Personalidades del Mundo 21

Allow time for individual and group work. Then call on individual students to tell how they completed each sentence.

Gente del Mundo 21

Purpose To introduce four outstanding contemporary Spaniards: the King of Spain, **Juan Carlos I;** the popular president who has been reelected on several occasions, **Felipe González;** the internationally acclaimed movie star, **Antonio Banderas;** and Spain's 1992 Olympic medal winner in tennis, **Arantxa Sánchez Vicario.**

Suggestions Divide the class in fourths and have each fourth read one biography. Then have class close their books and call on one member of a group to tell class one fact he/she recalls having read. Keep calling on group members until all pertinent information has been reported. Repeat the process with the remaining three groups. You may want to write on the board, in outline form, the facts being recalled.

Extension Have volunteers or students interested in extra credit prepare a brief written or oral presentation on one of these personalities or another famous Spanish artist, actor, playwright, musician, politician, etc.

NSS **For Native Speakers** Pídales a los estudiantes hispanohablantes que en grupos de seis, cuatro de ellos decidan cuál de estas personas españolas famosas les gustaría ser (o de cualquier español bien conocido) y que los otros dos los entrevisten, haciendo el papel de periodistas. Anime a los estudiantes a hacer preguntas y respuestas imaginativas como en una conferencia de prensa.

Extension For Native Speakers Si Ud. tiene estudiantes hispanohablantes que sean españoles y están interesados en recibir extra crédito, pídales que escriban una breve composición sobre alguno de los siguientes temas: La España de Franco, España después de Franco, Madrid: ciudad cosmopolita, Tradiciones españolas, Vida de un estudiante español, etc.

Del pasado al presente

El Greco, *Toledo*

Velázquez, *La rendición de Breda*

EL SIGLO DE ORO

El inicio de la decadencia político-militar del imperio español coincide con lo que se conoce como el Siglo de Oro de la cultura española. Doménikos Theotokópoulos (1541–1614), mejor conocido como "El Greco", Diego de Velázquez (1599–1660) y Bartolomé Esteban Murillo (1617–1682) son tres grandes ejemplos de la calidad de la pintura española de la época.

En el área literaria, sobresalen poetas místicos como Santa Teresa de Jesús (1515–1582), Fray Luis de León (1527–1591) y San Juan de la Cruz (1542–1591), que en sus obras celebran el mundo como manifestación del amor divino. También sobresalen grandes dramaturgos como Lope de Vega (1562–1635), Tirso de Molina (¿1584?–1648) y Pedro Calderón de la Barca (1600–1681). Éstos producen un nuevo tipo de teatro basado en una feliz combinación de realismo e idealismo, de comedia y tragedia. También es excepcional la obra del escritor Francisco de Quevedo (1580–1645), quien satirizó brillantemente la decadente sociedad española del siglo XVII. Igualmente, durante esta época apareció la novela del genial escritor Miguel de Cervantes, *El ingenioso hidalgo don Quijote de la Mancha*.

94

FOTOS

LOS BORBONES

En 1714, después de una guerra de sucesión, los Borbones tomaron posesión de la monarquía e impusieron reformas y modas francesas. Los reyes Borbones construyeron en las ciudades españolas bellos edificios neoclásicos, avenidas y jardines.

Plaza de la Cíbeles, Madrid

Fundaron academias, bibliotecas y museos. Durante el reinado de Carlos III (1759–1788), España comenzó un proceso de más comunicación y trato con Europa y con el resto del mundo. Por ejemplo, España ayudó a los futuros EE.UU. en su lucha por la independencia (1776–1783) y liberalizó el comercio entre España y sus colonias americanas.

LA INVASIÓN FRANCESA

Goya, *El dos de mayo*

En 1807 las tropas francesas de Napoleón invadieron España, pero el pueblo de Madrid se levantó contra ellos el 2 de mayo de 1808. Napoleón trasladó a la familia real a Francia, y nombró a su hermano, José Bonaparte, rey de España. La rebelión popular se extendió y se inició una guerra de guerrillas que duró hasta 1814, año en que finalmente los franceses fueron expulsados de España. Francisco de Goya, observador excepcional de esta guerra de independencia, dejó testimonio de ella en su impresionante pintura. En medio de tanta confusión, las colonias españolas de América aprovecharon para conseguir su independencia, y en la batalla de Ayacucho (1824), España perdió la última posibilidad de control sobre América.

LA CRISIS DEL SIGLO XIX

Isabel II

A través del siglo XIX, España se vio sumergida en una constante lucha entre liberales que intentaban establecer un régimen constitucional y reaccionarios que rehusaban cualquier cambio. Así, en el largo reinado de la inepta Isabel II (1833–1868), se promulgaron seis constituciones diferentes y hubo quince levantamientos militares. En 1873 se proclamó la Primera República, que sólo duró veintidós meses.

FOTOS

La Cibeles y el Palacio de Comunicaciones de Madrid. La Cibeles es la diosa mitológica de la tierra y se ha convertido en símbolo de Madrid. El Palacio de Comunicaciones es donde están las oficinas de correo.

El Dos de Mayo. Este cuadro de Francisco Goya representa la lucha del pueblo de Madrid contra el ejército de Napoleón el dos de mayo de 1808.

Isabel II. Su reinado de treinta y cinco años se caracterizó por una gran inestabilidad política. En 1868 fue desterrada de España.

Lope de Vega fue uno de los escritores más prolíficos de la historia. Se cree que escribió más de 1.500 dramas, aunque sólo unos 400 han sobrevivido. Lope rompió con todas las normas de sus tiempos, desarrollando nuevos personajes como el bufón y nuevos temas para el teatro. Sus obras fueron bien recibidas por el público general como lo siguen siendo hoy en día.

La batalla de Ayacucho (1824) tuvo lugar en Perú, en la región del mismo nombre. Antonio José de Sucre comandó las fuerzas insurgentes que defendían la Gran Colombia, cuyo comandante en jefe era Simón Bolívar.

Additional Information

La Guerra Civil Española

After the end of World War I in 1918, Europe and the rest of the world did not enjoy total peace. It was a time of armed truce, when acts of aggression and "little wars" would flare up repeatedly. It was a period when dictators were seizing power in Russia, Italy, Germany, Japan, and Spain. The Spanish Civil War (1936–1939) just preceded World War II, which began on September 1, 1939 and ended on September 2, 1945.

After the Civil War, Franco's Spain was almost forced into isolationism, having sympathized with Germany and Italy during World War II. Franco became convinced that the rest of the world was corrupt and Spain should be protected from such corruption. As such, censorship controlled what Spaniards read in newspapers and books, saw in the movies, listened to on the radio, wore as "acceptable" clothing styles, etc. For these reasons, the changes that have taken place in Spain since Franco's death are truly astonishing.

FOTOS

Foto de fondo. Vista nocturna del edificio de la Bolsa de Valores de Madrid.

Federico García Lorca (1898-1936) es considerado el poeta español más importante del siglo XX. Murió fusilado al inicio de la Guerra Civil Española.

Francisco Franco (1892-1975), el "caudillo", gobernó España de una manera autoritaria durante casi cuarenta años.

En 1898, como resultado de la guerra de Cuba, España cedió sus últimas colonias de Cuba, Puerto Rico, Guam y Filipinas a EE.UU. Este acontecimiento marcó a un grupo de escritores y pensadores españoles obsesionados por la esencia nacional de España y que se conoce como la "Generación del 98". El escritor y filósofo Miguel de Unamuno (1864-1936) y el poeta Antonio Machado (1875-1939) formaron parte de esta generación.

LA GUERRA CIVIL ESPAÑOLA (1936-1939)

La crisis política continuó en el siglo XX. En 1931 se proclamó la Segunda República. Pero las tendencias políticas pronto se radicalizaron y en 1936 una rebelión militar dividió España en dos grupos enemigos: por un lado, las fuerzas republicanas apoyadas por la Unión Soviética, y por el otro, las fuerzas nacionalistas que contaban con el apoyo de Alemania e Italia.

Las fuerzas nacionalistas, bajo la dirección del general Francisco

Federico García Lorca

Franco lograron derrotar a los defensores de la República que se concentraban en las grandes ciudades y en las regiones más pobladas e industrializadas. Una de las primeras víctimas de esta guerra civil fue el poeta Federico García Lorca (1898-1936), que murió fusilado en Granada por los nacionalistas.

EL FRANQUISMO

Al acabar la guerra, el Generalísimo Francisco Franco se convirtió en jefe de estado de un país devastado por la guerra. Duró en el poder casi cuarenta años. La derrota de Alemania e Italia en la Segunda Guerra Mundial, aisló internacionalmente al gobierno del

Francisco Franco

generalísimo. La Guerra Fría mejoró la situación del gobierno de Franco. En 1953 se firmó el pacto hispano-estadounidense que permitió el establecimiento de bases militares de EE.UU. en España.

En la década de 1960, España experimentó un intenso desarrollo económico y pasó a ser un país industrializado. El gobierno de Franco intentó controlar la vida política y social de España al prohibir todos los partidos políticos y los sindicatos no oficiales, al establecer la censura y al mantener la vigilancia estricta por medio de una Guardia Civil.

EL RETORNO A LA DEMOCRACIA

A la muerte de Franco ocurrida en 1975, le sucedió en el poder el joven príncipe Juan Carlos de Borbón. Una vez coronado rey de España como Juan Carlos I, trabajó desde el

NSS **For Native Speakers** Pídales a los estudiantes hispanohablantes que, en grupos de cuatro o cinco, preparen una prueba sobre esta lectura. Luego, deje que un grupo haga la prueba que otro grupo preparó y viceversa.

El rey Juan Carlos I y la familia real

primer momento por la democracia hasta conseguir instaurarla. En 1978, se redactó y aprobó una nueva constitución, la cual refleja la diversidad de España al designarla como un Estado de Autonomías°. El milagro de una transición sin violencia se había producido.

España ha cambiado más en las dos últimas décadas que en los 200 años anteriores. La sociedad española se ha transformado con una velocidad dinámica. La aparición de una gran clase media es una de las consecuencias de esta transformación. Más de la mitad de la población se siente integrada a esta calificación socioeconómica de la que siempre faltó el país. La España de 1992 era un 40% más rica que la de 1980. La Expo de Sevilla y los Juegos Olímpicos de Barcelona de 1992 marcaron un punto de euforia y optimismo que la crisis económica posterior ha cuestionado.

La España de hoy es sin duda un país abierto al futuro. Es un país económicamente desarrollado y con instituciones democráticas consolidadas,

°Hay 17 regiones in España, cada una con su propio gobierno regional.

donde la gente goza de todas las libertades públicas y donde existe un alto nivel de tolerancia. España participa en el destino de Europa a través de la Comunidad Económica Europea, a la cual accedió como miembro de pleno derecho el 1° de enero de 1986. Todo indica que el pasado se ha reconciliado con el presente y ahora extiende la mano al futuro.

La Expo de Sevilla, 1992

Los Juegos Olímpicos de Barcelona, 1992

La Expo de Sevilla, 1992

FOTOS

La familia real española compuesta por el rey Juan Carlos I, la reina Sofía, el príncipe Felipe y las infantas Elena y Cristina.

La Expo de Sevilla coincidió en 1992 con la conmemoración de los 500 años de la llegada de Cristóbal Colón a América.

Los Juegos Olímpicos de Barcelona, 1992. Competición en la plataforma de clavados.

La Expo de Sevilla con el Pabellón de la India en el fondo.

Have students get accustomed to answering these questions in their own words with books closed. Do not allow reading verbatim from the text.

Answers

1 El Siglo de Oro.
2 Las respuestas van a variar: escritores—Santa Teresa de Jesús, Fray Luis de León, San Juan de la Cruz, Lope de Vega, Tirso de Molina, Pedro Calderón de la Barca, Francisco de Quevedo, Miguel de Cervantes; artistas—El Greco, Diego de Velázquez, Bartolomé Murillo.
3 Francisco de Goya.
4 Menos de dos años, veintidós meses.
5 Cuba, Puerto Rico, Guam y las Filipinas.

■ ¡A ver si comprendiste!

¿Quién? ¿Qué? ¿Cuándo? ¿Recuerdas los datos más importantes de la lectura? Para asegurarte, contesta estas preguntas.

1. ¿Cómo se llama el período más brillante de la cultura española que va de mediados del siglo XVI a mediados del XVII?
2. ¿Puedes nombrar a algunos escritores y artistas de esa época?
3. ¿Qué artista del siglo XIX dejó un impresionante testimonio, en su arte, de la guerra de independencia contra los franceses?
4. ¿Cuánto duró la Primera República?
5. ¿Qué colonias cedió España a EE.UU. en 1898?

Ventana al Mundo 21

Los avances de las españolas

Desde 1975 se ha producido en España una verdadera revolución social que ha acelerado la participación de las españolas en la educación y en el mundo de las profesiones. Si antes era algo excepcional que una mujer cursara estudios para ejercer una profesión, hoy las españolas jóvenes se hallan entre las más educadas de Europa. La proporción de españolas que cursan estudios superiores sólo es superada por las francesas y las danesas en la comunidad europea. Las españolas están pasando a desempeñar ocupaciones nuevas hasta ahora mayormente masculinas como médicas, abogadas, juezas, economistas, directivas de empresa e ingenieras.

Adaptado de "Mujeres: asalto al poder", El País, por Enrique Gil Calvo

◄─►◄═►◄─►

Las españolas. Contesta estas preguntas trabajando con un(a) compañero(a).

1. ¿Cuál fue el aumento más grande de mujeres que terminaron sus estudios en las escuelas técnicas superiores entre los años 79–80 y los años 89–90? ¿En qué carrera fue?
2. ¿Qué facultad tuvo el mayor porcentaje de mujeres que completaron sus estudios en 1990? ¿el menor?

En la universidad

Presencia femenina en los estudios universitarios de grado superior. Proporción de alumnas que terminan respecto a cada total.

	Curso 79-80	Curso 89-90
Arquitectura	12%	25%
Aeronáuticos	1%	5%
Agrónomos	9%	23%
Caminos	1%	5%
Industriales	2%	7%
Montes	10%	33%
Navales	0%	4%
Telecomunicaciones	1%	5%
Total de Escuelas		
Técnicas Superiores	**5%**	**14%**

UNIDAD 2

FOTO

Mujer Investigadora usando un microscopio electrónico en el Consejo Superior de Investigaciones Científicas de Madrid, España.

6. ¿Quiénes formaron la "Generación del 98"?
7. ¿Cuáles eran las dos fuerzas que se enfrentaron en la Guerra Civil Española?
8. ¿Quién es el general que gobernó España durante casi cuarenta años después de la Guerra Civil Española? ¿Cómo fue la vida en España durante este período?
9. ¿Quién subió al poder después de la muerte de ese general? ¿Qué cambios introdujo?
10. ¿Cómo se ha transformado la sociedad española en los últimos veinte años?

3. ¿En qué profesión aumentó más el número de mujeres activas entre 1990 y 1992? ¿Cuál fue el aumento?
4. ¿Qué cifra de mujeres en la universidad te sorprende más? ¿Por qué?
5. En tu opinión, ¿cómo se comparan estas cifras con el número de mujeres en la universidad y mujeres en el trabajo en EE.UU.? Explica tu respuesta.

	Curso 79-80	Curso 89-90
Biológicas	55%	56%
Físicas	26%	29%
Matemáticas	43%	49%
Químicas	38%	50%
Económicas	26%	38%
Derecho	33%	50%
Filosofía y CC. Educación	58%	73%
Filología	66%	72%
Geografía e Historia	58%	63%
Farmacia	67%	69%
Medicina	34%	51%
Psicología	63%	77%
Total de Facultades	**45%**	**56%**
Total de Facultades Y Escuelas	**42%**	**54%**

En el trabajo

Proporción de mujeres activas sobre el total de activos.

Profesiones	1987-88	1989-90	1991-92
Arquitectas e Ingenieras	5%	6%	9%
Directivas de empresas	6%	8%	9%
Altos Cargos Administración	8%	11%	13%
Jefas de Servicio Admon.	20%	22%	25%
Matemáticas e Informáticas	20%	24%	28%
Economistas	20%	23%	30%
Abogadas y Juristas	20%	26%	30%
Biólogas y agrónomas	35%	36%	37%
Químicas, físicas, geólogas	26%	30%	38%
Médicas y farmacéuticas	31%	34%	39%
Funcionarias del Estado	30%	34%	42%
Administrativas de Empresa	49%	52%	56%
Dependientas y vendedoras	54%	56%	57%
Profesoras de enseñanza	57%	59%	60%

NSS **For Native Speakers** Pídales a los estudiantes hispanohablantes que preparen otras preguntas sobre estos datos y que se las hagan a la clase entera.

6 Un grupo de escritores y pensadores preocupados por la esencia nacional de España la formaron. Incluyó a Miguel de Unamuno y a Antonio Machado.
7 Los republicanos apoyados por la Unión Soviética y los nacionalistas bajo la dirección del general Francisco Franco con el apoyo de Alemania e Italia.
8 Francisco Franco. Él monopolizó la vida política y social del país. Prohibió todos los partidos políticos y estableció la censura con una estricta Guardia Civil.
9 Juan Carlos de Borbón. Introdujo la democracia. Se aprobó una nueva constitución, dándoles autonomía a las varias regiones de España.
10 Las respuestas van a variar. El país se ha desarrollado económicamente y ha aparecido una gran clase media. También la sociedad se ha democratizado.

NSS **For Native Speakers** Ud. puede pedirles a sus estudiantes hispanohablantes que escriban las respuestas en la pizarra. Anime a los estudiantes españoles a que compartan con el resto de la clase cualquier aspecto de la historia o la cultura española en el que tengan un interés especial.

Ventana al Mundo 21

Allow students to keep their books open while answering these questions. Remind students of reading strategies for scanning and skimming as they look up these answers.

Answers

1 En la carrera de montes hubo un aumento de 23%.
2 La facultad de psicología tuvo 77%. La facultad de físicas tuvo el más pequeño, 29%.
3 El número de funcionarias del Estado aumentó un 8% igual al aumento en la carrera de químicas, físicas y geólogas.
4 Las respuestas van a variar.
5 Las respuestas van a variar.

Purpose

Y ahora, ¡a leer!

■ *Anticipando la lectura*

A. Imágenes visuales. Piensa en un momento catastrófico en tu propia vida o en algún evento trágico que te haya afectado. Intenta concentrarte en algunas imágenes visuales que reflejen ese momento.

- Trata de dibujar una de estas imágenes.
- Con dos compañeros, muestren y expliquen sus dibujos a la clase.

B. El arte realista y el cubismo. Compara el cuadro *Guernica* de Pablo Picasso en la página 102 con el cuadro *La rendición de Breda* de Diego Velázquez que aparece en la página 94. Luego, contesta las siguientes preguntas con un(a) compañero(a).

1. ¿Cuál de las dos obras se clasifica como arte realista? ¿Cuál está dentro del cubismo? ¿Cómo lo sabes?
2. ¿Qué impresión de la guerra te da el cuadro de Velázquez?
3. ¿Cómo interpretas las figuras humanas distorsionadas que aparecen en *Guernica*?
4. ¿Qué significado crees que tienen las figuras del toro y el caballo en *Guernica*?
5. ¿Por qué crees que Picasso usó sólo blanco, negro y gris en *Guernica*?

C. Vocabulario en contexto. Decide cuál es el significado de las palabras en negrilla a base del contexto de la oración o de otras estrategias que has aprendido para llegar al significado de palabras desconocidas.

1. Ese día una gigantesca manifestación de más de un millón de personas **repudiaba** el ataque aéreo cometido cinco días antes por la fuerza aérea alemana sobre Guernica, el pueblo más antiguo de los vascos y el centro de su tradición cultural.

    a. celebraba   *b.* denunciaba   *c.* confirmaba

2. Se quedó en su estudio donde pintaba, cogió un cuaderno pequeño de hojas azules y dio el primer paso en la **gestación** del *Guernica.*

    a. destrucción   *b.* transportación   *c.* creación

3. "Le he extendido un cheque por valor de 150.000 francos franceses, por los que me ha firmado el **correspondiente** recibo".

    a. cancelado   *b.* anterior   *c.* apropiado

4. El cuadro regresó a París, con **gastos** pagados por el propio Picasso, a principios de 1939.

    a. policías   *b.* guías   *c.* costos

5. Franco **quiso** recuperar el *Guernica* y emplearlo como propaganda. La respuesta de Picasso fue negativa.

    a. trató de   *b.* quería   *c.* pudo

6. La respuesta de Picasso, a través de su abogado, fue **inequívoca:** "El cuadro será devuelto . . . el día en el que . . . se restaure la República".

    a. vaga   *b.* cierta   *c.* impresionante

7. Unas 11.000 pinturas, esculturas, **grabados** y fotografías, pasaron al Centro de Arte Reina Sofía inaugurado el 26 de mayo de 1986.

    a. discos   *b.* casetes   *c.* ilustraciones

8. Se decidió tener una exposición de la colección permanente alrededor de una **pieza** central: el *Guernica* de Picasso.

    a. sala   *b.* obra   *c.* pared

Conozcamos al artista

Pablo Picasso (1881–1973) es considerado uno de los creadores del cubismo. Desde niño demostró una extraordinaria aptitud para el arte. Después de estudiar arte en Barcelona y Madrid, se mudó a París en 1900 donde estableció su estudio y realizó la mayoría de sus obras. Su cuadro *Las señoritas de Aviñón* marca el punto de partida de su período cubista. Este período culminó en el célebre *Guernica*, realizado en 1937 durante la Guerra Civil Española. Picasso continuó su obra después de la Segunda Guerra Mundial con un espíritu creativo de absoluta libertad. Fue un artista que siguió encontrando nuevas formas para su arte hasta que murió a los noventa y dos años en su villa de la Costa Azul en el sur de Francia.

LECTURA

Guernica: El corazón° del Reina Sofía

°heart

por Mariano Navarro

El 11 de mayo de 1937, sábado, una gigantesca manifestación en París de más de un millón de personas repudió el *bárbaro bombardeo* aéreo cometido por la *aviación* alemana sobre Guernica, el pueblo más antiguo de los vascos y el centro de su tradición cultural. Picasso no *acudió* a la manifestación. Se quedó en su estudio donde pintaba, cogió un cuaderno pequeño de hojas azules y dio el primer paso en la gestación del *Guernica*.

Cuatro meses antes Max Aub°, José Gaos y otros intelectuales españoles le habían pedido a Picasso que contribuyera con un mural al *pabellón* español de la Exposición Universal que se inauguraría en París el mes de junio. España estaba en guerra desde hacía seis meses y la exposición era una ocasión excepcional para defender los ideales de la República y denunciar la violencia que sufría el pueblo español.

cruel bombardment
cuerpo militar aéreo

fue

pavilion

°*Max Aub (1903–1972) escritor español de origen francés que fue uno de los intelectuales que le pidieron a Picasso que hiciera esta obra.*

102

UNIDAD 2

El leer del bombardeo y la destrucción de Guernica, le *proporcionó* a Picasso el *ánimo* necesario para *arrancar*. Desde mayo hasta octubre Picasso *realizó* aproximadamente sesenta bocetos o estudios. Una de las escenas que más dibujó fue la de la madre que *llora* por su hijo muerto.

dio / energía
empezar
hizo

cries

Cabeza de figura caída (boceto)

El *Guernica* adquirido° por la República Española

°obtenido

El viernes 28 de mayo Max Aub escribe a Luis Araquistáin°: "Esta mañana llegué a un *acuerdo* con Picasso. He podido convencerle, y *de esta suerte*, le he extendido un cheque por valor de 150.000 francos franceses, por los que me ha firmado el correspondiente recibo. Aunque esta suma tiene más bien un carácter simbólico, dado el valor *inapreciable* del *lienzo* en cuestión, representa, *no obstante,* prácticamente una adquisición del mismo por parte de la República. Estimo que esta fórmula era la más conveniente para *reivindicar* el derecho de propiedad del *citado* cuadro".

resolución
de esta manera

no se puede medir / cuadro / nevertheless
reclamar
nombrado

El 12 de julio, siete semanas después de inaugurada la exposición, el mural fue instalado en el patio principal del pabellón español, y frente a él, otro con el *rostro* de Federico García Lorca, poeta y dramaturgo español *fusilado* en 1936.

cara
executed

Los viajes del *Guernica*

Después de sólo dos meses de la *clausura* de la exhibición, el cuadro viajó por seis meses hasta abril de 1938, por Noruega, Dinamarca y Suecia para *recaudar* fondos para los refugiados españoles. En septiembre de ese año cruzó el canal de la Mancha para nuevas *muestras* en Londres y Manchester.

el final

reunir

exhibiciones

Estudio de composición

°*Luis Araquistáin (1886-1959) político y periodista español que fue embajador en Berlín y París.*

LECCIÓN 2   ESPAÑA: AL PRESENTE

103

Focus questions
—¿Qué efecto tuvo el bombardeo y destrucción de Guernica en Picasso?

—¿Explica lo que Max Aub le escribió a Luis Araquistain el 28 de mayo?

—¿Qué tenían en común el *Guernica* de Picasso y el poeta Federico García Lorca?

—¿Por qué viajó tanto el *Guernica* después de la Exposición Universal?
—¿Adónde viajó?

Focus questions
—¿Por qué decidió Picasso enviar el *Guernica* al MOMA en EE.UU.?

—¿Por qué no quiso Picasso enviar el *Guernica* a la España de Franco?

—¿Bajo qué condiciones estaba Picasso dispuesto a enviar el *Guernica* a España?

El cuadro regresó a París, con gastos pagados por el propio Picasso, a *principios* de 1939. Ese mismo año embarcó en el *Normandie* con destino a Nueva York, para iniciar una *gira* por EE.UU. La *amenaza* de la que sería la Segunda Guerra Mundial convenció a Picasso a depositarlo en el *MOMA,* el museo neoyorquino, hasta que pudiera regresar a España.

comienzos
nombre de un barcó

viaje / peligro

Museum of Modern Art

*Cabeza de caballo,
del boceto 8.*

Un intento de obtener el *Guernica*

Las *gestiones* para recuperar el cuadro se iniciaron en el año de 1968, cuando Franco quiso *recobrar* el *Guernica* y emplearlo como propaganda. La respuesta de Picasso, a través de su abogado, fue inequívoca: "El cuadro será devuelto al Gobierno de la República el día en el que en España *se restaure* la República".

Luis Araquistáin, en una carta a Picasso, le pedía que reflexionara sobre la posibilidad de que en el futuro el Gobierno de España no fuera republicano, sino otro, incluso una monarquía parlamentaria respetuosa de las libertades que *merecería* recuperar el cuadro. Por su parte, Picasso dirigió al MOMA, el 14 de noviembre de 1970, otra carta en la que eliminaba esa cláusula de las condiciones de su depósito y la sustituía por "cuando en España se establezcan las libertades públicas".

esfuerzos
recuperar

vuelva

would deserve

Estudio de composición

El regreso a España

La adquisición por parte de España del depósito de documentos de Luis Araquistáin que hemos citado abrió todas las *vías* legales para el buen fin de la misión. De ese modo, el 9 de septiembre de 1981 el *Guernica* embarcó en el avión *Lope de Vega* y, *protegido* por la fuerza pública, *aterrizó* en Madrid a las 8.35 del día 10.

caminos

defendido
landed

El cuadro se instaló en el Buen Retiro, edificio anexo al Museo del Prado y, junto con unas 11.000 pinturas, esculturas, grabados y fotografías, pasó *a pertenecer* al Centro de Arte Reina Sofía (CARS) cuando éste se inauguró el 26 de mayo de 1986. A esto se ha añadido después *los legados* de Miró°, Dalí° y algunas pocas, pero importantes donaciones. Ya en 1987 se hablaba de estructurar la exposición de la colección permanente alrededor de una pieza central: el *Guernica* de

ser propiedad de

las donaciones

Madre con hijo muerto (boceto)

Picasso. Hoy día esta obra capital, se exhibe en la sala central del Centro de Arte Reina Sofía ya constituido en museo nacional junto con todos los dibujos preparatorios de esta obra siguiendo *la voluntad* del propio Picasso.

los deseos

Adaptado de "Guernica: *el corazón del Reina Sofía",*
El País.

°*Joan Miró (1893-1983) famoso pintor español de tendencia surrealista.*
°*Salvador Dalí (1904-1989) pintor español del surrealismo con un alto grado de abstracción.*

Focus questions
—¿Cómo viajó el *Guernica* de EE.UU. a Madrid?

—¿Dónde se exhibe el *Guernica* hoy día?

Both **A** and **B** may also be done with the class, calling on individual students and having the class confirm each response.

Answers

A. ¿Sí o no?

1 Sí.

2 Sí.

3 No. Hizo aproximadamente sesenta bocetos.

4 Sí.

5 Sí.

6 No. En 1968 Franco trató de recobrar el *Guernica* y usarlo como propaganda.

7 No. Dijo que regresaría a España cuando se establecieran en el país las libertades públicas.

B. Hablemos de la lectura.

Allow time to answer questions in pairs. Then go over questions with class by calling on volunteers from each pair.

1 Las respuestas van a variar. Fue un gran artista español que es considerado uno de los creadores del cubismo.

2 Hace referencia al bombardeo aéreo por la aviación alemana sobre el pueblo más antiguo de los vascos.

3 La manifestación fue en protesta al bombardeo de Guernica.

4 Picasso terminó el *Guernica* en aproximadamente dos meses, del 11 de mayo al 12 de julio.

5 Viajó por Noruega, Dinamarca, Suecia, Inglaterra, Francia y Estados Unidos.

6 Picasso dijo que el *Guernica* no iría a España hasta que volviera la República al país.

7 Es un centro de arte o museo donde se exhibe permanentemente el *Guernica*.

8 Las respuestas van a variar.

9 Las respuestas van a variar.

■ *¿Comprendiste la lectura?*

A. ¿Sí o no? En parejas decidan si están de acuerdo o no con los siguientes comentarios. Si no, expliquen por qué.

1. Guernica es el pueblo más antiguo de los vascos que fue bombardeado por los alemanes en 1937 durante la Guerra Civil Española.
2. A principios de 1937, unos intelectuales españoles le pidieron a Picasso que contribuyera con un mural para el pabellón español de la Exposición Universal.
3. Picasso no hizo ningún boceto antes de pintar y terminar lo que muchos consideran su obra capital, *Guernica*.
4. El *Guernica* es una de las obras de Picasso que más ha viajado por el mundo.
5. Picasso depositó el cuadro en el MOMA de Nueva York antes de la Segunda Guerra Mundial.
6. El gobierno de Francisco Franco nunca se interesó en recuperar el cuadro y trasladarlo a España.
7. Picasso dijo que el *Guernica* regresaría a España al terminar la Guerra Civil.

B. Hablemos de la lectura. En parejas, contesten estas preguntas.

1. ¿Quién fue Pablo Picasso?
2. ¿A qué evento histórico hace referencia el cuadro *Guernica*?
3. ¿Por qué hubo el 11 de mayo de 1937 una gigantesca manifestación en París?
4. ¿Cuánto tiempo le llevó a Picasso terminar su *Guernica*?
5. ¿Adónde viajó el *Guernica* para reunir fondos para los refugiados españoles de 1937 a 1939?
6. ¿Por qué Picasso se opuso a que el cuadro se trasladara a España en 1968 cuando todavía gobernaba Francisco Franco?
7. ¿Qué es el Centro de Arte Reina Sofía?
8. ¿Cuáles son las primeras impresiones que te causó el cuadro? ¿Qué emociones logra comunicar?
9. ¿Cuál es el mensaje principal del cuadro?

106

UNIDAD 2

FOTO

Pablo Picasso frente a unos de sus cuadros en su estudio.

Palabras como llaves: *pintar*

Para ampliar el vocabulario. Existen varias palabras y expresiones que se relacionan con la palabra **pintar**: **pinto(a)**, **pintado(a)**, **pintura**, **pintor(a)**, **pintoresco(a)**.

Responde a las siguientes preguntas con un(a) compañero(a).

1. ¿Qué características tiene un caballo **pinto**?
2. Hay **pinturas** al fresco prehistóricas, precolombinas y modernas. ¿Has visto algunas? ¿Puedes nombrarlas?
3. ¿Qué **pintor** prefieres, Pablo Picasso o Diego Velázquez? ¿Por qué?
4. Un lugar **pintoresco** es un lugar lindo que merece ser **pintado**. ¿Te gusta **pintar** lugares **pintorescos**?
5. ¿Cuál crees que es más rápido al **pintar** una casa, **pintar** con brocha gorda o **pintar** con pistola? ¿Por qué?
6. ¿Cuál crees que es el significado de la expresión: **no puedo verla ni en pintura**?

Dramatizaciones

A. El Siglo de Oro. Dramatiza una situación en la cual tú y tres amigos hacen planes para el fin de semana. Mencionen varias posibilidades de actividades y escojan una. A propósito, ¡ustedes están viviendo en Madrid durante el Siglo de Oro!

B. Artistas bohemios. Tú eres Pablo Picasso y estás tomando café al aire libre en un restaurante en París con dos amigos. Los tres son jóvenes artistas bohemios que llevan una vida libre, irregular y desordenada. De repente, otro amigo viene y les informa que los alemanes acaban de bombardear Guernica, el pueblo más antiguo de los vascos. Dramaticen la situación mostrando sus reacciones mientras deciden qué deben o pueden hacer.

Do with entire class. Call on individual students to answer the questions. Have class verify each response.

NSS For Native Speakers Pídales a los estudiantes hispanohablantes que escriban una oración original con cada una de las palabras y expresiones derivadas de la palabra **pintar.** Luego haga que toda la clase revise sus respuestas haciendo las correcciones debidas.

Dramatizaciones

Purpose To role-play 1) what life must have been like for teenagers living in Madrid during Spain's Golden Age, and 2) what impact the bombing of Guernica had on Pablo Picasso and three young friends. Students will also comment on the cultural and historical authenticity of each role play.

Suggestions These role plays are optional, and should be done as time permits. Assign **A** to half the class, **B** to the other half. Allow time to prepare the role plays. Then have each group present in front of the class without notes. Have class discuss the cultural and historical appropriateness of each role play.

NSS For Native Speakers Un jovencito indígena con mucho talento de artista (o escritor) fue traído del Nuevo Mundo a Madrid a trabajar con los mejores artistas (o escritores) españoles durante el Siglo de Oro. En grupos de tres, pídales a los estudiantes hispanohablantes que escriban la carta que ellos se imaginan escribió el joven indígena a sus padres después de estar un mes en Madrid. En la carta deben mencionar lo que ha visto, lo que le gusta y lo que no le gusta, lo que admira, y lo que siente, lo que echa de menos, etc.

Ventana al Mundo 21

Encourage students to answer questions in their own words.

Answers

1 Fue fundada por los fenicios. Su localización como puerto explica su importancia.
2 El catalán es la lengua de Barcelona. Ha habido un florecimiento de esta lengua desde la muerte de Franco.
3 En 1992.
4 Fue el arquitecto que diseñó el Parque Güell y el Templo de la Sagrada Familia. Vivió de 1852 a 1926. Por su estilo, ha llegado a ser el símbolo de Barcelona.

Extension Ask if any have visited Barcelona. If so, ask them to share their impressions with the class. Also ask if they have any photos to share with the class.

Ventana al Mundo 21

Barcelona: ciudad a la vanguardia

Barcelona, la capital de la Comunidad Autónoma de Cataluña, con casi dos millones de habitantes, es la segunda ciudad más poblada de España y el centro industrial y comercial más importante del país. Fundada por los fenicios y conocida como Barcino antes de los romanos, Barcelona debe su importancia a su privilegiada localización geográfica como puerto mediterráneo en el noreste de la península. Desde la época medieval, ha sido la capital política y cultural de Cataluña. Ésta fue primero un condado, luego un reino independiente y después una región de España para convertirse, en 1977, en una comunidad autónoma.

Aunque el régimen del general Francisco Franco intentó suprimir el uso del catalán, en los últimos años ha habido un florecimiento de esta lengua. Ahora se enseña en las escuelas, se publican varios diarios en catalán, y también existen estaciones de radio y televisión que emiten su programación en catalán. Nada indica mejor el renacimiento de la ciudad que la exitosa celebración de los Juegos Olímpicos en Barcelona en 1992.

La arquitectura es una de las áreas en que sobresale Barcelona, desde el barrio gótico hasta los edificios modernos. El arquitecto Antonio Gaudí (1852–1926) imprimió un sello muy personal a la ciudad con sus obras de fantasía en el Parque Güell y el Templo de la Sagrada Familia que, aún sin terminar, ha llegado a ser el símbolo de esta magnífica ciudad.

Puerto al Mediterráneo. Contesta las siguientes preguntas con un(a) compañero(a).

1. ¿Cuándo fue establecida Barcelona? ¿A qué se debe que sea la segunda ciudad más grande de España?
2. ¿Qué lengua se habla en Barcelona? ¿Por qué ha habido un florecimiento del uso de esta lengua recientemente?
3. ¿Cuándo se celebraron los Juegos Olímpicos en Barcelona?
4. ¿Quién fue Antonio Gaudí?

Las Ramblas

Los Juegos Olímpicos

El Templo de la Sagrada Familia

108

FOTOS

Las Ramblas. Es un paseo típico de Barcelona con cafés al aire libre donde tradicionalmente se reúnen los amigos y las familias para practicar el arte de la conversación.

El Templo de la Sagrada Familia es el sueño sin terminar de Antonio Gaudí. Las tres fachadas, representando la fe, la esperanza y la caridad, tienen cuatro torres cada una, representando a los doce apóstoles.

Vocabulario personal

¡Qué imaginación! Eres una persona muy imaginativa y acabas de tener una excelente idea para una nueva película. Tu idea es hacer una película sobre don Quijote en el futuro. Podrías llamar tu película *Don Quijote en el Mundo 21*. Imagínate cómo reaccionaría él al ver realidades comunes contemporáneas como un avión, los coches en las autopistas, un concierto de música "punk", la pintura *Guernica*, etc.

Antes de escribir el primer borrador de tu guión cinematográfico, prepara una lista de vocabulario que crees que vas a necesitar 1) para nombrar los objetos que don Quijote ve y lo que se imagina, 2) para describir los objetos que se imagina, 3) para describir las reacciones de don Quijote y Sancho frente al Mundo 21 y 4) otras palabras y expresiones útiles. Tal vez debas volver a las lecturas sobre *Don Quijote* y *Guernica* para encontrar vocabulario apropiado.

Objetos que ve y se imagina

1. un avión: un pájaro prehistórico
2. un autopista: un río mágico
3. el *Guernica:* un sueño
4. . . .
5. . . .
6. . . .
7. . . .
8. . . .

Descripciones de los objetos

1. majestuoso
2. poderoso
3. incomprensible
4. . . .
5. . . .
6. . . .
7. . . .
8. . . .

Reacciones de don Quijote y Sancho Panza

1. conmovedor
2. sensacional
3. raro
4. maravilla
5. . . .
6. . . .
7. . . .
8. . . .

Otras palabras y expresiones

1. ¡Dios mío!
2. ¡Válgame Dios!
3. . . .
4. . . .
5. . . .
6. . . .
7. . . .
8. . . .

LECCIÓN 2   ESPAÑA: AL PRESENTE

109

Vocabulario personal

Purpose This section gets students to develop their own personalized active vocabulary lists and to recycle appropriate vocabulary for writing a movie script, *Don Quijote en el Mundo 21*.

¡Qué imaginación! These lists may be assigned as homework. Encourage students to look for words that are new to them and will help them expand their vocabulary. Tell students that the vocabulary lists they develop here will be used in **Escribamos ahora**, the writing section that follows. After lists have been done, allow time for students to compare lists with two or three classmates. Encourage them to borrow words from each other if they are so inclined. Additional active vocabulary lists for the Unit appear in the student workbook, *Cuaderno de actividades.*

NSS **For Native Speakers** Anime a los estudiantes hispanohablantes a ampliar su propio vocabulario identificando las palabras que todavía no conozcan. Pídales que escriban definiciones de palabras desconocidas a base del contexto. También sugiérales que consideren temas más hispanos para el guión cinematográfico que van a escribir, *Don Quijote visita México* (u otro país hispano), por ejemplo.

Escribamos ahora

Purpose In this section students continue to develop their writing skills using a process writing approach. In **A generar ideas,** students will learn to describe real objects and things as they really are and as something totally different and imaginary, and then in **El primer borrador,** they will proceed to write a chapter for the movie script, *Don Quijote en el Mundo 21.*

A. A generar ideas: descripción imaginativa

1 De lo común o familiar a lo extraño o raro. Allow students time to read the short passage in pairs and decide what Sancho sees and what don Quijote imagines. Then have one group report to class. Ask if other groups understood something else.

Answers

Lo que ve don Quijote:
1 bultos
2 encantadores
3 ladrones
4 princesa

Lo que es en realidad
1 frailes
2 de la orden de San Benito
3 viajeros
● gente pasajera

2 Recoger información. Encourage students to use their imagination. Lists will vary.

Escribamos ahora

1. De lo común o familiar a lo extraño o raro. Gran parte del humor, pasión y emoción en la obra *El ingenioso hidalgo don Quijote de la Mancha* viene del contraste entre el mundo tal como es y tal como don Quijote se lo imagina. El mundo de la fantasía de don Quijote es fácil de entender porque, a la vez, Cervantes permite al lector ver las cosas tales como son a través de los ojos realistas de Sancho Panza. Esto nos permite ver cómo la imaginación de don Quijote convierte lo común y familiar en algo raro y extraño.

Lee la siguiente descripción de *El ingenioso hidalgo don Quijote de la Mancha* con un(a) compañero(a). Decidan cuál es el verdadero objeto o persona que se describe. No olviden lo que saben de don Quijote y cómo su imaginación influye lo que ve.

—Ésta tiene que ser la más famosa aventura que se haya visto; porque aquellos bultos *(cuerpos)* negros que allí aparecen deben de ser, y son, sin duda, algunos encantadores *(magos)* que roban alguna princesa en aquel coche, y es necesario deshacer este mal con todo mi poder.

Dijo Sancho, —Mire, señor, que aquéllos son frailes de San Benito, y el coche debe de ser de alguna gente pasajera.

En una hoja de papel preparen dos listas, siguiendo este formulario.

Lo que ve don Quijote:	Lo que es en realidad:
1.	1.
2.	2.

2. Recoger información. Piensa ahora en el mundo moderno que te rodea. Piensa en personas, animales y objetos comunes que tú, tus amigos y familiares ven cada día. Haz tres columnas en una hoja de papel. En la primera columna pon los ocho objetos que incluiste en la lista de **Vocabulario personal** en la página 109. En la segunda columna escribe lo que don Quijote se imaginaría al ver cada objeto y en la tercera escribe una o dos características de las cosas que harían imaginarse a don Quijote lo que indicaste.

Objetos verdaderos	Objetos que don Quijote se imaginaría	Características
1. avión	pájaro prehistórico	alas y el volar
2.		
3.		

3. **Ideas y organización.** Trabajando con un(a) compañero(a), nombra los objetos de tu lista y pídele que te diga lo que cree que vería don Quijote y por qué.

a. Anota las ideas de tu compañero(a) que mejoren tu presentación. Puedes hacer preguntas como:
¿Qué se imaginaría don Quijote al ver un televisor?
¿Por qué crees que un televisor es como un . . . ?

b. Selecciona uno de los objetos de tu lista o de la de tu compañero(a). En una columna, escribe todas las características que se te ocurran para describir el objeto. Piensa en el tamaño, configuración o forma, color, y en cómo se mueve, qué hace, qué sonidos hace, etc. En una segunda columna, escribe cómo crees que don Quijote vería a la persona, animal u objeto que seleccionaste.

c. Prepárate para escribir una descripción apropiada desde un punto de vista verdadero y desde el punto de vista imaginativo de don Quijote. Usa un esquema araña o cualquier otro diagrama que prefieras y organiza la información. Decide qué elementos descriptivos, características, acciones y sonidos pueden agruparse y en qué orden deben presentarse.

3 **Ideas y organización.** The idea here is for students to get more ideas from their partners. Encourage them to borrow ideas from each other.

B El primer borrador

Ahora imagínate que tú has sido seleccionado para añadir un capítulo al guión cinematográfico de la futura película *Don Quijote en el Mundo 21*. Escribe un primer borrador usando los apuntes e ideas que desarrollaste en la sección anterior. No olvides que todo lo que don Quijote hace debe estar basado en lo que cree que ve, pero los resultados de lo que hace deben estar basados en la verdadera persona, animal u objeto que ve.

B. El primer borrador. Suggest that students begin by writing for a few minutes without stopping. This will help them focus on getting all the information they have gathered written down before they start focusing on style, editing, etc. After that, tell them to read what they wrote and start reorganizing the paragraphs as necessary, and adding, deleting, or correcting as needed. If necessary, this may all be assigned as homework.

LECCIÓN 2   ESPAÑA: AL PRESENTE

111

Lección 3

El nuevo cine español

Luz, cámara, acción

HISTORIA DE UN RODAJE

CANAL+ & EL DESEO S.A.

Antes de empezar el video

El cineasta es la persona responsable de crear cintas cinematográficas, es decir, es el director de una película. Durante la producción de un video o una película, esta persona tiene más responsabilidades que cualquier otra persona. ¿Cuáles de los siguientes deberes crees que son responsabilidades del cineasta?

1. Seleccionar a los actores
2. Conseguir dinero
3. Decidir dónde poner las cámaras
4. Escribir el guión cinematográfico
5. Seleccionar la música
6. Crear la publicidad
7. Decidir en qué debe o no debe enfocar la cámara
8. Decirles a los actores cómo actuar
9. Controlar el sonido
10. Determinar la cantidad y el tipo de luces necesarias

112

UNIDAD 2

Antes de empezar el video
Suggestions Get students to seriously think about movie directors by first getting them to talk about a movie director's responsibilities.

Answers
1, 3, 7, 8, 10

Have students prepare their own video following the procedure suggested in these answers.

ESCENARIO

Pedro Almodóvar: un gran cineasta español

Pedro Almodóvar nació en 1951 y es hoy día el director de cine español más conocido del mundo. En 1979 salió su primera película, *Pepi, Luci, Beni y otras chicas del montón*. Casi diez años después, su película *Mujeres al borde de un ataque de nervios* (1988) fue nominada para un premio "Óscar" en Hollywood como la mejor película en lengua extranjera y lo hizo famoso en todas partes. Sus otras películas son *Laberinto de pasiones* (1982), *Entre tinieblas* (1983), *¿Qué he hecho yo para merecer esto?* (1984), *Matador* (1986), *Átame* (1990) y *Tacones lejanos* (1991). Las películas de Almodóvar tienen la magia de ser tragedias y comedias a la vez, y se han convertido en un enorme espejo en que se refleja la sociedad española contemporánea en toda su complejidad.

¡A ver si comprendiste!

¿Quién? ¿Qué? ¿Cuándo? ¿Recuerdas los datos más importantes de la lectura? Para asegurarte, contesta estas preguntas con un(a) compañero(a).

1. ¿Cómo se llama la primera película de Pedro Almodóvar?
2. ¿Qué película de Pedro Almodóvar fue nominada para un premio "Óscar"? ¿En qué categoría?
3. ¿Cuáles son algunas características de las películas de Pedro Almodóvar?
4. ¿Has visto alguna película de Pedro Almodóvar? ¿Cuál? ¿Qué es lo que más te impresionó de esta película?

LECCIÓN 3:   EL NUEVO CINE ESPAÑOL

113

Y ahora, ¡veámoslo!

En este video van a ver cómo se filmaron algunas escenas de la película titulada *Tacones lejanos* de Pedro Almodóvar. Además del director, aparecen las dos estrellas españolas de esta película: Victoria Abril y Marisa Paredes, que hacen el papel de hija y madre respectivamente en la película. Uno de los temas principales de *Tacones lejanos* es la problemática relación que tiene una famosa cantante con su hija a quien no había visto en muchos años.

El video: Historia de un rodaje— *Tacones lejanos*

Pedro Almodóvar

Una escena de *Tacones lejanos*

114

Suggestion Tal vez considere apropiado darle a la clase un sinopsis de la película *Tacones lejanos* antes de que vean el video. Podría decirles que *Tacones lejanos* es un melodrama que trata de la tormentosa relación entre una famosa cantante llamada Vicky y su hija Rebeca. Vicky regresa a España después de pasar muchos años en América. Rebeca está ahora casada con Manuel Sancho, quien había tenido una relación amorosa con Vicky. A escondidas Manuel y Vicky restablecen su relación amorosa. Esto lleva a Rebeca a una crisis emocional y a asesinar a su esposo Manuel. Después de una confrontación, Rebeca y Vicky llegan a la reconciliación. Vicky se declara culpable del crimen antes de morir de una enfermedad en el corazón.

■ *A ver cuánto comprendiste . . .*

A. Dime si entendiste. Después de ver el video, contesta estas preguntas.

[handwritten: ¿duro y desnudo?]

1. Según Pedro Almodóvar, ¿qué tipo de película es *Tacones lejanos*? ¿Es un melodrama, una comedia o una película de aventuras?
2. ¿Qué no puede evitar el director cada vez que ve esta película?
3. ¿Cómo sabemos que la actriz Marisa Paredes que hace el papel de madre no es quien realmente canta la canción?
4. ¿Dónde está la hija cuando la madre está cantando en un teatro de Madrid?
5. ¿Cuánto tiempo le tomó a Pedro Almodóvar completar *Tacones lejanos*? *[handwritten: 2 años]*

[handwritten: 6) Cuál es la escena madre]

B. ¿Y qué dices tú? Contesten estas preguntas en grupos de tres o cuatro. Luego díganle a la clase cómo contestaron cada pregunta.

[handwritten: 7) las canciones como personaje]

1. ¿Quiénes actúan en la escena más importante de la película? ¿Cómo supo la actriz que hace el papel de hija que esta escena había funcionado durante el rodaje de la película?
2. ¿Qué dice la actriz Marisa Paredes sobre Pedro Almodóvar como director? *[handwritten: + exigente / busca algo + de lo que puedes darle]*
3. ¿Qué tipo de canción canta la madre en el teatro? ¿Te acuerdas de algunos versos? *[handwritten: Bolero → a la hija → por lo gral, de pareja]*
4. ¿Qué prefieres tú, dirigir una película o ser la estrella principal de la misma?
5. ¿Cuál es tu película favorita? ¿tu actor favorito? ¿tu actriz favorita? ¿En qué papel estelar te gustaría actuar?

PASAPORTE cultural

¡Veinte preguntas! Trabajen en grupos de cuatro o seis. Divídanse en dos equipos y usen las tarjetas que su profesor(a) les va a dar para jugar **¡Veinte preguntas!** Hay dos juegos de tarjetas: el juego **A** para un equipo y el juego **B** para el otro. En cada juego hay un total de veinte preguntas. Los equipos deben turnarse al hacerse las preguntas. Todos los miembros de un equipo pueden participar en contestar las preguntas. Cada respuesta correcta vale un punto. Las respuestas correctas aparecen al dorso de cada tarjeta. ¡Buena suerte!

Answers

A. Dime si entendiste.
1 Un melodrama.
2 Llorar.
3 Porque vemos a otra persona cantarlas.
4 En la cárcel.
5 Cerca de dos años.

B. ¿Y qué dices tú?
1 Victoria Abril y Marisa Paredes; porque el equipo entero dejó lo que estaba haciendo para mirar.
2 Que es un director de los más exigentes.
3 Las respuestas van a variar.
4 Las respuestas van a variar.
5 Las respuestas van a variar.

Pasaporte cultural

Purpose This game incorporates a thorough review of the cultural information in the unit. It is designed to help focus students on the important facts they learned in the unit. If you have NSS in the class, try to have at least one in each group.

Procedure
1 Divide class in groups of four or six.
2 Have each group divide itself into an **A** team and a **B** team.
3 Place the appropriate set of cards within reach of each team. Always keep a blank card at the top of the deck so that no one can see the next question.
4 Flip a coin to see which team begins. The first team takes a card from its stack, reads the question aloud, and the opposing team has to answer it. If unable to answer the question, the team asking the question may get the points if they can answer it correctly.

5 If no one can answer a question, the card is set aside and the opposing team takes its turn by picking up the next card and continuing as before. Answers to all the questions are on the back side of the cards.
6 The game ends when all the cards have been used or when the instructor calls time.
7 If time allows, or if some groups finish very quickly, simply have them begin playing with a new set of cards.

Escribamos ahora

A. Primera revisión

Intercambia tu guión para un capítulo sobre el moderno don Quijote con el de un(a) compañero(a). Al leer el guión de tu compañero(a), considera los puntos que aparecen a continuación. Cuando termines, dile a tu compañero(a) lo que más te gustó de su redacción y hazle algunas sugerencias para mejorarla.

1. ¿Cuáles partes del capítulo son las más efectivas? ¿Por qué?
2. ¿Se describe a la persona, animal u objeto común clara y efectivamente desde ambos puntos de vista, el imaginario y el verdadero?
3. ¿Se describe la acción del cuento de manera clara y en secuencia lógica?
4. ¿Es creíble la interpretación de don Quijote?

B. Segundo borrador

Escribe una segunda versión de tu capítulo considerando algunas de las sugerencias que tu compañero(a) te hizo y otras que se te ocurran a ti.

C. Segunda revisión

Prepárate para revisar tu composición con la siguiente actividad.

1. Trabajando en parejas, cambien todos los verbos del presente histórico al pretérito en el primer párrafo y al imperfecto en el segundo.

Pretérito: Cuando don Quijote ve los molinos de viento se imagina unos gigantes. Su escudero Sancho Panza le explica que no, pero don Quijote rehúsa a creerlo. Decide atacar los molinos y acaba por lastimarse, tanto él como su caballo Rocinante. Sancho Panza tiene que ayudarlos.

A. Primera revisión. Tell students to focus only on content at this point, as they read each others' dialog scripts. Point out that as they learn to spot content gaps in the content of their classmates' compositions, they will be able to find similar gaps in their own writing more easily. Answers will vary.

B. Segundo borrador. Tell students to seriously consider their peers' comments and accept those that they agree with and ignore those they don't. This rewrite can be done as homework.

C. Segunda revisión. Tell students they must learn to become good editors. In this section they will practice editing preterite and imperfect forms. Allow time for group work. Go over correct answers with the class. Then allow time to edit their partners' papers. Circulate among students answering any questions and checking on their editing.

Answers

Pretérito: Cuando don Quijote **vio** los molinos de viento **se imaginó** unos gigantes. Su escudero Sancho Panza le **explicó** que no, pero don Quijote **rehusó** a creerlo. **Decidió** atacar los molinos y **acabó** por lastimarse, tanto él como su caballo Rocinante. Sancho Panza **tuvo** que ayudarlos.

Imperfecto: Don Quijote cree que Dulcinea es una doncella, una mujer pura y hermosa. Él la ama pero su amor por ella es muy especial. Siente gran respeto por Dulcinea y siempre habla de ella en términos muy exagerados, muy elevados. En realidad, ella no es nada especial. Trabaja en una taberna y no quiere aceptar lo que don Quijote dice. Pero esto no le importa a don Quijote. Él sigue pensando que Dulcinea es la mujer ideal.

2. Ahora dale una rápida ojeada al guión de tu compañero(a) para asegurarte de que no haya errores en la conjugación de los verbos que usó en el pretérito y en el imperfecto.
3. Subraya cada verbo en el borrador de tu compañero(a) para asegurarte que los revisaste todos.
4. Ve si hay otras correcciones necesarias, prestando atención especial a la concordancia entre sujetos y verbos y entre sustantivos y adjetivos. Menciónaselas a tu compañero(a).

D. Versión final

Considera los comentarios de tus compañeros sobre el uso de verbos en el pasado y otras correcciones. ¿Has hecho todos los cambios necesarios? Si crees que no, hazlas ahora. Luego escribe la copia final a máquina o en la computadora. Antes de entregarla, dale un último vistazo a la acentuación, la puntuación y la concordancia.

E. Publicación

Cuando tu profesor(a) te devuelva el guión corregido, prepara una versión para publicar, incorporando todas las sugerencias que tu profesor(a) te haga. Haz una cubierta con un dibujo de don Quijote o con uno de su "enemigo", sacado de una revista o de un periódico. Combinen todos los cuentos en un libro que pueden titular **El guión para: *Las nuevas aventuras de don Quijote en el Mundo 21,*** o con algún otro título que la clase prefiera.

LECCIÓN 3: EL NUEVO CINE ESPAÑOL   117

Imperfecto: Don Quijote **creía** que Dulcinea **era** una doncella, una mujer pura y hermosa. Él la **amaba** pero su amor por ella **era** muy especial. **Sentía** gran respeto por Dulcinea y siempre **hablaba** de ella en términos muy exagerados, muy elevados. En realidad, ella no **era** nada especial. **Trabajaba** en una taberna y no **quería** aceptar lo que don Quijote **decía**. Pero esto no le **importaba** a don Quijote. Él **seguía** pensando que Dulcinea **era** la mujer ideal.

D. Versión final. Have students do this as homework. Insist that they type the final version or write it very legibly.

E. Publicación. Tell students to use their sense of humor as they draw. Let them know you do not expect them to be great artists. Bind the best drawings and compositions into one book.

Variation Tell students they may prefer to make a collage using magazine pictures that have something to do with their story.

Extension Select four or five of the episodes and have several groups of students role-play them.

Cultural/ Communicative

In this unit, students will use Spanish ...

- *to understand and talk about historical events:* arrival of the Spaniards, colonial times and independence; foreign intervention in Mexico and political instability in Guatemala; the Mexican Revolution of 1910; the thirty-year period of military rebellions in Guatemala
- *to visit historical and artistic sites:* Teotihuacán, the City of the Gods, and the Templo Mayor in Mexico; Antigua, a beautifully preserved colonial city in Guatemala
- *to gain appreciation of Mesoamerican folklore and culture:* the Aztec Calendar; the **Popol Vuh,** the Maya-Quiché sacred book
- *to gain knowledge of current political and social issues:* the economic crisis in Mexico; relations between the U.S. and Mexico and Guatemala; the civil rights struggle and efforts at reform in Guatemala
- *to discuss important news items:* the discovery of the **Templo Mayor** in the heart of Mexico City; Rigoberta Menchú: Guatemala's Nobel Peace Prize recipient
- *to learn about today's protagonists in politics, the arts, and entertainment:* Carlos Salinas de Gortari, Elena Poniatowska, Luis Miguel, Alejandra Guzmán, Rigoberta Menchú, Miguel Ángel Asturias, Carlos Mérida, Jacobo Arbenz Guzmán

FOTO

Xilonen, la diosa azteca del maíz; se encuentra en el Museo Nacional de Antropología e Historia en la Ciudad de México.

Unidad 3

México y Guatemala: raíces de la esperanza

El lago de Atitlán, localizado entre cuatro magníficos volcanes, en Santiago, Guatemala

118

Enfoque

Purpose To set the stage by focusing students on the topics of the unit: Mexico and Guatemala— ancient cultures, contemporary mestizos, foreign dominance, Rigoberta Menchú, a people's struggle for a better life, etc.

Suggestions Have students locate the two countries on a map. Ask volunteers to clarify meaning in Spanish of potentially unfamiliar or problematic words: **antiguo, hemisferio, mestizo, vibra, mezcla, pueblos, maya-quiché, reconocimiento, lucha.**

Detalle de un mural de Diego Rivera donde personajes importantes en la historia de México dan un paseo por la Alameda, el parque central de la Ciudad de México

> ▶ **ENFOQUE** La realidad histórica de México y Guatemala es una de las más antiguas e impresionantes de este hemisferio. Por un lado, en México, en el mestizo contemporáneo vibra la mezcla de dos sangres y dos culturas: la indígena y la española. Por otro lado, en Guatemala, los pueblos indígenas han sobrevivido casi quinientos años de dominio. La concesión del Premio Nóbel de la Paz en 1992 a Rigoberta Menchú Tum, indígena maya-quiché, simboliza el reconocimiento mundial a la lucha de su pueblo por una vida mejor.

After reading the **Enfoque,** ask:

1 ¿Qué es un mestizo? *(Una persona de sangre indígena y española.)*
2 ¿Cuánto tiempo de dominio han sobrevivido los indígenas guatemaltecos? *(Casi quinientos años.)*
3 ¿Cuál es la importancia de que una indígena maya-quiché haya recibido el Premio Nóbel de la Paz en 1992? *(Indica el reconocimiento mundial de la lucha del pueblo indígena guatemalteco.)*

4 ¿Cuáles son los países que vamos a estudiar en esta unidad? *(México y Guatemala.)*
5 ¿Cuáles son algunos temas que tú crees que vamos a tratar en esta unidad? *(Las respuestas van a variar. Tal vez digan las culturas indígenas y la española, y Rigoberta Menchú.)*
6 ¿Por qué son importantes estos dos países? *(Por su antigua historia y su cultura mestiza contemporánea.)*

Linguistic

Reading
- Pre-reading: determine the role the newspaper plays in our daily lives; discuss the possible future of a lower, a middle, and an upper class Guatemalan teenager
- Literary selection: **"Tiempo libre"** by Guillermo Samperio
- Journalistic selection: **"Rigoberta Menchú: del apocalipsis a la gloria"**

Writing
- Strategies: **El contraste y la analogía**
- Publication: **Rigoberta Menchú y cinco estudiantes de [tu escuela]: una comparación**

Speaking
- in cooperative groups, discuss Mexican and Guatemalan **Gente del Mundo 21**
- express opinions or viewpoints on historical events presented in **Del pasado al presente**
- articulate opinions and interpretations of literary and journalistic readings
- talk about **El Templo Mayor, Frida Kahlo y Diego Rivera, El Popol Vuh** and **Antigua** in **Ventanas al Mundo 21**
- Role plays

Listening
- view a video describing Teotihuacán, an ancient city
- do additional listening comprehension activities in the *Cuaderno de actividades*

Structure
- Preterite and Imperfect: Completed and Background Actions
- Possessive Adjectives and Pronouns
- Indefinite and Negative Expressions
- Preterite and Imperfect: Simultaneous and Recurrent Actions
- The Prepositions **para** and **por**

FOTO

Vendedora de textiles en la plaza principal de Sololá cerca del lago de Atitlán.

¡OjO! This section lists the active vocabulary students are responsible for upon completing each lesson. The students' active vocabulary lists appear in the *Cuaderno de actividades* in a section called **Vocabulario activo.**

Gente

cantante	negociar
deuda	periodismo
ensayo	periodista
fuerza militar	renegociar
ídolo	Segunda Guerra
iniciar	Mundial
masacre	

Los orígenes mesoamericanos

civilización	maíz
costeño(a)	mesoameri-
cultivar	cano(a)
frijol	núcleo urbano
fundar	prosperar
jitomate	región

La conquista española

beneficio	mitología
caer	oriente
comandar	prometer
conflicto	Quetzalcóatl
emplumado(a)	serpiente
establecer	sitio
expedición	Virreinato de la
llegada	Nueva España
mito	

México independiente en el Siglo XIX

campesino(a)	huir
ceder	independencia
colono	insurrección
derrotar	lucha armada
estabilidad	mitad
forzar	progresista
fuerza	promover
por la fuerza	salvar
golpe de estado	triunfante

La Revolución Mexicana

corrido	período
cruzar	población
década	por ciento
durar	raíces culturales
frontera	repartición
nacionalización	revolución
Partido	revolucionario(a)
Revolucionario	violento(a)
Institucional (PRI)	

México contemporáneo

acelerar	milagro
actual	poblado(a)
actualidad	reducir
contaminado(a)	último(a)
diversificar	urbanizado(a)

Lección 1

México

Gente del Mundo 21

Nombre oficial:
Estados Unidos Mexicanos

Extensión:
1.958.201 km² (kilómetros cuadrados)

Principales ciudades:
México, D.F. (Distrito Federal), Guadalajara, Nezahualcóyotl, Monterrey

Moneda:
Nuevo peso (N$)

Carlos Salinas de Gortari, político mexicano nacido en 1948 y educado en la Universidad de Harvard en EE.UU., fue elegido presidente para el período de 1988 a 1994. En un momento de crisis económica, logró renegociar la deuda externa, privatizar un número considerable de compañías públicas y reducir considerablemente la inflación. Bajo su dirección, México negoció y firmó el Tratado de Libre Comercio junto con EE.UU. y Canadá. Este tratado estableció, a partir de enero 1994, el bloque comercial más grande del mundo.

Elena Poniatowska, escritora y periodista mexicana, nació en Francia en 1933, de padre francés de origen polaco y madre mexicana. Llegó a la Ciudad de México durante la Segunda Guerra Mundial. Se inició en el periodismo en 1954 y desde entonces ha publicado numerosas novelas, cuentos, crónicas y ensayos. *La noche de Tlatelolco* (1971), su obra más conocida, ofrece testimonios sobre la masacre de estudiantes por las fuerzas militares, ocurrida el 2 de octubre de 1968 en la Plaza de las Tres Culturas en Tlatelolco, unos días antes de iniciarse los Juegos Olímpicos en México.

120

UNIDAD 3

Corresponding Structures in *Manual de gramática*

3.1 Preterite and Imperfect: Completed and Background Actions G51
3.2 Possessive Adjectives and Pronouns G53

NSS **For Native Speakers** Usando la lista en el *Cuaderno de actividades*, pídales a los estudiantes hispanohablantes que seleccionen de cinco a diez palabras de la lista y que las definan con un sinónimo. Por ejemplo, **huir-*escapar*, oriente-*este*, serpiente-*culebra*,** etc. Luego en grupos de tres o cuatro, que tomen turnos leyendo las definiciones para ver si el grupo puede identificar la palabra de la lista.

Purpose To introduce four outstanding figures in Mexico today: president **Carlos Salinas de Gortari;** one of Mexico's best known contemporary writers, **Elena Poniatowska;** Hispanic teenagers' heartthrob idols **Luis Miguel** and **Alejandra Guzmán.**

Suggestions Call on individual students to read aloud in class. Ask comprehension check questions after each person to make sure students are understanding. (i.e. *¿Cuándo nació Carlos Salinas? ¿Dónde estudió? ¿Cuándo fue elegido presidente? ¿Por qué tuvo que renegociar la deuda externa y privatizar las compañías públicas? ¿Qué tratado negoció y firmó? ¿Qué países participaron en ese tratado? ¿Qué estableció este tratado? ¿Cuándo se inició?* etc.)

Extension Have volunteers or students interested in extra credit prepare a brief written or oral presentation on one of these personalities.

NSS **For Native Speakers** Pídales a los estudiantes hispanohablantes que preparen preguntas originales para que luego se las hagan a sus compañeros y así verifiquen la comprensión que éstos tienen sobre esta sección. Insista en que preparen por lo menos cuatro preguntas para cada una de las personas descritas.

Extra credit Pídales a estudiantes interesados en extra crédito que preparen un trabajo escrito: **Gente:** artistas—Diego Rivera, José Clemente Orozco, Frida Kahlo; actores—Mario Moreno "Cantinflas", María Félix, Dolores del Río; cantantes—Antonio Aguilar, Gloria Trevi, Ana Gabriel; figuras históricas—Moctezuma, Malinche, Benito Juárez, Maximiliano y Carlota, Porfirio Díaz, Emiliano Zapata, etc. **Temas:** NAFTA, contaminación en la capital, migración de las provincias a la capital, la economía mexicana, terremotos en México, el papel del turismo en la economía mexicana, turismo—¿qué lugares recomendarían y por qué?, etc.

Luis Miguel, cantante mexicano, nació en Veracruz el 19 de abril de 1970. Es hijo del cantante español Luisito Rey y de la cantante italiana Marcela Bastery. Debutó como cantante siendo niño y desde 1983 ha dado conciertos fuera de México. Se ha convertido en un ídolo de la música latinoamericana. Se han vendido más de seis millones de copias de su disco *Romance* a nivel mundial. Sus canciones de más éxito son en su mayoría boleros o canciones de estilo romántico.

Alejandra Guzmán, cantante mexicana de *rock*, nació en 1963. Es hija de la famosa actriz mexicana Sylvia Pinal y del conocido cantante mexicano Enrique Guzmán. *Eternamente bella, Flor de papel* y *Libre* son los títulos de sus últimos tres discos de larga duración que se escuchan en la radio en español por todo el continente. También ha explorado el cine. *Verano peligroso* es el título de su exitosa película. Alejandra es una exponente de la música *rock* en español que hace vibrar a un gran público en México y otros países latinoamericanos.

Personalidades del *Mundo 21.* Después de leer las biografías, pídele a tu compañero(a) que cierre su libro y te diga quién diría lo siguiente: Carlos Salinas de Gortari, Elena Poniatowska, Luis Miguel o Alejandra Guzmán.

1. Yo escribí un libro sobre una matanza de estudiantes universitarios.
2. Me gusta cantar y me gusta actuar, por eso hago los dos.
3. Uno de mis discos ha vendido más de seis millones de copias por todo el mundo.
4. Bajo mi dirección, México empezó a solucionar problemas económicos relacionados con la inflación.
5. Mi padre es de origen polaco y mi madre de origen mexicano.

LECCIÓN 1: MÉXICO 121

Personalidades del Mundo 21

Verify answers by calling on individual students.

Variation Play *"Who am I?"* by writing the names of these personalities on self-stick labels and placing them on students' backs without telling them their new identity. Working in pairs, have them discover their new identity by asking each other yes-or-no information questions (i.e. *¿Soy hombre o mujer?, ¿Soy cantante?, ¿Soy político?,* etc.)

Answers

1 Elena Poniatowska	4 Carlos Salinas de Gortari
2 Alejandra Guzmán	5 Elena Poniatowska
3 Luis Miguel	

NSS **Variation for Native Speakers** Pídales a los estudiantes hispanohablantes que trabajen en grupos de seis. Cuatro harán el papel de una de estas personas y los otros dos el de reporteros que entrevistarán a los otros cuatro. Anímelos que hagan preguntas que van más allá de la información del texto, si es posible.

Del pasado al presente

DEL PASADO al presente

MÉXICO: TIERRA DE CONTRASTE

Para cualquier visitante, México es una tierra llena de contrastes: altas montañas y valles fértiles, así como extensos desiertos y selvas tropicales. En México lo más moderno convive con lo más antiguo. Existen más de cincuenta grupos indígenas, cada uno con su propia lengua y sus propias tradiciones culturales. Pero en la actualidad la mayoría de los mexicanos son mestizos, o sea, producto de la mezcla de indígenas y españoles. Tal como su gente, la historia y la cultura de México son muy variadas.

LOS ORÍGENES MESOAMERICANOS

En México nació una de las civilizaciones más originales del mundo, la civilización mesoamericana (nombre de la región donde vivían los aztecas y los mayas). Comienza con la cultura olmeca, que prosperó hace más de tres mil años en la región costeña de los estados de Tabasco y

Cabeza olmeca

UNIDAD 3

Sample T/F items

1 La civilización mesoamericana se originó en México. (C)
2 Los mesoamericanos construyeron grandes e impresionantes ciudades. (C)
3 Hernán Cortés no sabía que los indígenas creían que él era el dios Quetzalcóatl. (F)
4 La sociedad colonial se interesaba principalmente en las grandes minas de plata y oro y en la explotación general de la población indígena. (C)
5 Por fin, la independencia de México trajo estabilidad política y mayor desarrollo económico al país. (F)
6 Como resultado de la guerra con EE.UU., México tuvo que ceder la mitad de su territorio. (C)
7 Más de un millón de personas murieron en la Revolución Mexicana. (C)
8 Actualmente en México, hay elecciones democráticas para presidente cada seis años sin ninguna irregularidad. (F)
9 Durante la década de 1960, México llegó a ser un país industrializado. (C)
10 La Ciudad de México es la ciudad más poblada del mundo. (C)

Alternate Ask the ¡A ver si comprendiste! questions.

Veracruz. Los mesoamericanos cultivaban plantas como el maíz, el frijol, el chile y los jitomates, que hoy forman parte de la dieta humana en general. Crearon también grandes núcleos urbanos como Teotihuacán, Tula y Tenochtitlán. Esta última ciudad fue fundada por los aztecas en 1325 en el lugar que hoy ocupa el centro histórico de la Ciudad de México.

Mural de Diego Rivera, Palacio Nacional

LA CONQUISTA ESPAÑOLA

A la llegada de la expedición española comandada por Hernán Cortés en 1519, la mayor parte del sur del territorio mexicano, con excepción de Yucatán, formaba parte del imperio azteca. Cortés se informó pronto del conflicto que había entre las diferentes naciones indígenas. Supo también del mito del regreso de Quetzalcóatl, la Serpiente Emplumada; este dios de la mitología mesoamericana había prometido regresar de

la región del oriente, adonde se había ido unos siglos antes. Cortés usó este mito para su beneficio, dejando creer a los indígenas que él era Quetzalcóatl. En 1521, después de un terrible sitio de meses, Tenochtitlán cayó finalmente en poder de los españoles, quienes decidieron establecer ahí mismo la capital del México colonial.

De 1521 a 1821, México, capital del Virreinato de la Nueva España como fue nombrada la región por los conquistadores, fue una importante colonia del vasto imperio español. Impresionantes iglesias, palacios y monumentos coloniales dan muestra de la riqueza del nuevo territorio. La riqueza de esta sociedad se basaba principalmente en la producción de grandes minas de plata y oro y en la explotación general de la población indígena. Al final de este período colonial, los criollos, los españoles nacidos en México, resentían el poder de los gachupines, los españoles nacidos en España, y por fin consiguieron la independencia de México en 1821.

El Zócalo, Ciudad de México

FOTO

Foto de fondo.
Vista del monumento de la independencia localizado en una intersección del Paseo de la Reforma en la Ciudad de México.

LECCIÓN 1: MÉXICO

123

4 Dé tiempo suficiente para que cada grupo pueda discutir el segmento leído y los miembros del grupo puedan comparar notas entre sí. Infórmeles que la meta es que cada uno se convierta en un experto sobre el segmento.
5 Ahora forme nuevos grupos y siga las instrucciones indicadas en la página 25 para una actividad *jigsaw*.

FOTOS

Benito Juárez es el Abraham Lincoln de México. Es reconocido como uno de los héroes más importantes de la historia de México. Muchos artistas lo han incluido en sus murales y pinturas. En casi todas las ciudades mexicanas hay una calle o avenida principal que lleva su nombre. La ciudad mexicana fronteriza con El Paso, Texas se llama Ciudad Juárez por ser el lugar donde Juárez se refugió en su lucha contra los invasores franceses.

Porfirio Díaz fue un general que había luchado contra la intervención francesa. Aunque cada cuatro años se celebraban elecciones presidenciales, su gobierno era una dictadura. En las elecciones de 1910 encarceló a Francisco I. Madero, líder de la oposición. Al salir libre, llamó a la lucha armada contra el gobierno, el 20 de noviembre de 1910. Díaz renunció unos meses después y se exilió en París, donde murió en 1915.

Entrada del ejército revolucionario a la Ciudad de México (noviembre de 1914). Después del triunfo de la Revolución, hubo muchas divisiones y conflictos entre los revolucionarios. Emiliano Zapata y Francisco "Pancho" Villa, fueron quizás los líderes revolucionarios más populares, pero fueron derrotados por la facción revolucionaria dirigida por Venustiano Carranza y Álvaro Obregón.

MÉXICO INDEPENDIENTE EN EL SIGLO XIX

La independencia no le dio a México ni estabilidad política ni mayor desarrollo económico. Al contrario, durante la primera mitad del siglo XIX, las insurrecciones, los golpes de estado y las luchas armadas entre los diferentes bandos políticos se generalizaron. En 1836, México se vio obligado a conceder la independencia a los colonos anglosajones de Texas. Además, después de la desastrosa guerra con EE.UU. de 1846 a 1848, México tuvo que ceder la mitad de su territorio a EE.UU. por el Tratado de Guadalupe-Hidalgo.

Benito Juárez

Benito Juárez, político liberal de origen zapoteca, uno de los grupos indígenas mexicanos, llegó a la presidencia en 1858 y promovió reformas progresistas. Durante su gobierno, los franceses invadieron a México e intentaron establecer una monarquía satélite. El presidente Juárez tuvo que huir de la capital para salvar la presidencia en 1862. Cinco años después, en 1867, los franceses fueron derrotados y Benito Juárez regresó triunfante a la Ciudad de México.

Porfirio Díaz

En 1877, el general Porfirio Díaz tomó la presidencia por la fuerza y gobernó como dictador durante más de treinta años. Esta época, conocida como el "porfiriato", fue un período de cierto desarrollo económico que vio la integración de México al mercado mundial. Fue también, sin embargo, un período en que los negociantes extranjeros recibieron grandes beneficios mientras que muchos campesinos perdieron sus tierras y fueron forzados a trabajar como peones de grandes haciendas. Por eso, el pueblo decía que México era "la madre de los extranjeros" y "la madrastra de los mexicanos". El porfiriato terminó al empezar la Revolución Mexicana en 1910.

LA REVOLUCIÓN MEXICANA

El período violento de la Revolución Mexicana, que duró dos décadas, dejó más de un millón de muertos. Durante estos años también, casi un diez por ciento de la población cruzó la frontera y se estableció en EE.UU., revitalizando así la presencia mexicana por todo el suroeste de ese país. En 1917 se aprobó una nueva constitución, que es la que sigue en uso.

Ejército revolucionario

124

Suggestion Present this information on the photos using comprehensible input techniques: narrate two or three sentences at a time, then ask comprehension check questions. For example, after the first three sentences about Benito Juárez, you could ask:

—¿Es el Abraham Lincoln de México?
—¿Es Benito Juárez el héroe más importante de México o uno de los héroes más importantes?
—¿Es Benito Juárez un artista mexicano?
—¿Es Benito Juárez el tema principal de muchos artistas mexicanos?

UNIDAD 3

Uno de los resultados más importantes de la revolución fue la revaloración de las raíces culturales auténticamente mexicanas. Artistas y escritores celebraron en sus obras la cultura mestiza del país. Líderes revolucionarios como Pancho Villa y Emiliano Zapata aparecen en obras literarias y en numerosos "corridos" o canciones populares.

Pancho Villa y Emiliano Zapata

En 1929 se fundó el partido político que hoy lleva el nombre de Partido Revolucionario Institucional (PRI), el cual se ha mantenido en el poder desde entonces. Entre 1934 y 1940, la república fue gobernada por Lázaro Cárdenas que implementó la repartición de tierras y la nacionalización de la industria petrolera. Este presidente inauguró el período presidencial de seis años, llamado sexenio. Desde entonces, cada seis años el poder pasa pacíficamente a un nuevo presidente. Aunque hay elecciones regularmente, las continuas irregularidades en el voto ponen en duda la democracia del sistema político mexicano.

MÉXICO CONTEMPORÁNEO

Durante la década de 1960 México desarrolló y diversificó su economía a paso acelerado. De país esencialmente agrícola, pasó a ser una nación industrial. Pero en las últimas dos décadas, el llamado "milagro" mexicano ha sido afectado por una prolongada crisis económica que ha reducido el nivel de vida de los mexicanos.

En la actualidad, México es uno de los países más urbanizados del llamado Tercer Mundo. La Ciudad de México, con veinte millones de habitantes, es la ciudad más poblada del mundo, y quizás también la más contaminada. Al comenzar 1994, una rebelión de indígenas en Chiapas cuestionó la política del gobierno hacia los más pobres. Sin duda, el México del futuro será muy diferente al México actual pero al mismo tiempo seguirá siendo muy similar al México más antiguo: una tierra que encuentra su fuerza y su identidad en realidades muy diferentes.

Centro Bursátil, México, D.F.

Universidad Nacional Autónoma de México

■ ¡A ver si comprendiste!

¿Quién? ¿Qué? ¿Cuándo? ¿Recuerdas los datos más importantes
de la lectura? Para asegurarte, contesta estas preguntas con un(a)
compañero(a).

1. ¿Quiénes son los mestizos? ¿Por qué crees que la lectura dice que
   hoy día la mayoría de los mexicanos son mestizos?
2. ¿Cuándo y en qué región de México floreció la cultura olmeca?
3. ¿Qué ciudad fundaron los aztecas en 1325?
4. ¿Quién era Quetzalcóatl? Explica su mito. ¿Cómo se utilizó este
   mito para conquistar a los aztecas?

Ventana al Mundo 21

Diego Rivera y Frida Kahlo: la pareja más talentosa de México

Cuando en 1929 Diego Rivera y Frida Kahlo se casaron en
Coyoacán, un suburbio de la Ciudad de México, él tenía
cuarenta y tres años y ella, veintidós. Ambos son ahora
reconocidos como dos de los artistas mexicanos más
importantes del siglo XX. Después de pasar muchos años en
Europa, Diego Rivera regresó a México en 1921 y empezó a
pintar enormes y maravillosos murales que estimularon el
renacimiento de la pintura al fresco en América Latina y Estados
Unidos. En la década de 1930 pintó murales en San Francisco,
Detroit y Nueva York. Algunos de sus murales fueron criticados
por ser demasiado radicales. Por ejemplo, el mural que pintó en
el Centro Rockefeller de Nueva York fue destruido cuando
Rivera rehusó eliminar la imagen de Lenin, el líder comunista, que
ahí aparecía. Años después, Rivera reprodujo este mural para el
Palacio de Bellas Artes de México. Por su parte, Frida Kahlo se
hizo famosa por sus retratos y autorretratos donde combinaba lo

126

5. ¿Qué nombre tenía México durante la época colonial española?
6. ¿Fue México un país estable después de obtener la independencia durante la primera mitad del siglo XIX? Explica.
7. ¿Qué presidente mexicano de origen zapoteca venció a los invasores franceses en 1867?
8. ¿Quién permaneció más de treinta años como dictador de México a finales del siglo XIX y a principios del XX? ¿Cuáles fueron algunas características de esa época?
9. ¿Qué efectos tuvo la Revolución Mexicana en la cultura mexicana?
10. ¿Por qué crees que el título de esta lectura es "México: tierra de contrastes"? ¿Cuáles son algunos de estos contrastes?

Frida y Diego Rivera (cuadro de Frida Kahlo, 1931)

real con lo fantástico. A los dieciocho años, un accidente de tráfico casi le causó la muerte a Frida, quien en años posteriores tuvo que sufrir numerosas operaciones. Muchas de sus pinturas reflejan su dolor y su sufrimiento. Frida murió en 1954 y Diego, tres años después. La casa donde vivieron en Coyoacán es hoy el Museo Frida Kahlo, donde se puede apreciar tanto el talento de ambos artistas como el amor que se tenían a pesar de un matrimonio tormentoso.

Rivera y Kahlo. En grupos de dos o tres, pongan los siguientes comentarios en un orden que les parezca lógico.
1. En el Museo Frida Kahlo se puede ver tanto lo bueno como lo malo del matrimonio de estos dos artistas.
2. Frida Kahlo combinaba lo real con lo fantástico en sus obras.
3. Diego Rivera era mayor que Frida Kahlo cuando se casaron en 1929.
4. Rivera fue invitado a pintar murales en varias ciudades principales de EE.UU.
5. El dolor y el sufrimiento son el tema principal de sus obras.

---

5 Virreinato de la Nueva España.
6 No. Fue un período de insurrecciones, golpes de estado y luchas armadas entre políticos. En 1836, México les concedió la independencia a los colonos anglosajones de Texas. En 1848, México le cedió la mitad de su territorio a EE.UU.
7 Benito Juárez.
8 Porfirio Díaz. Las respuestas van a variar. Durante su gobierno hubo cierto desarrollo económico. Pero también muchos campesinos perdieron sus tierras.
9 Las respuestas van a variar. Se revaloraron las raíces culturales auténticamente mexicanas. Muchos artistas y escritores celebraron en sus obras la herencia mestiza de México.
10 Las respuestas van a variar. Es probable que digan que hay contrastes entre las culturas indígenas y la cultura española, entre los pueblos pequeños y las ciudades modernas, entre pobres y ricos, entre períodos de estabilidad y períodos de guerra, etc.

Ventana al Mundo 21

Make sure students know the meaning of **radical: muy liberal, nada de conservador, de extrema izquierda.** Debrief by calling on individual students to read the first line, then the second, etc. Have others in class fill in the gaps in the narrative with pertinent detail.

Answers
Correct order: 3, 4, 2, 5, 1

Extension Bring a book or posters with their paintings and ask class to interpret several of them.

NSS **For Native Speakers** Pídales a los estudiantes hispanohablantes que tienen algún interés en el arte de Diego Rivera o Frida Kahlo que compartan esa información con la clase.

Anticipando la lectura

A. Los diarios y tú. Have students write answers to the questions individually. Then, in groups of four or five, have students interview each other and report their findings to the class.

B. Periodismo. Have each group produce a mock-up of the front page of their paper.

Y ahora, ¡a leer!

■ *Anticipando la lectura*

A. Los diarios y tú. El periódico es una parte esencial en la vida de la mayoría de los adultos en EE.UU. Contesta estas preguntas para ver qué papel tiene el periódico en tu vida. Luego entrevista a tres o cuatro compañeros de clase para ver qué papel tiene el periódico en su vida.

1. ¿Acostumbras leer un diario todos los días? ¿A qué horas acostumbras leerlo, por la mañana o por la tarde? Si no lo lees, ¿cómo te informas de las noticias?
2. ¿Crees que es buena costumbre leer un diario o revista durante el desayuno o la comida? ¿Te molesta que alguien haga esto en tu presencia? ¿Por qué sí o por qué no?
3. ¿Cuáles secciones del periódico te gustan más? ¿Por qué? ¿Hay algunas secciones que en tu opinión deberían eliminarse del periódico? ¿Cuáles? ¿Por qué?
4. ¿Consideras que es una pérdida de tiempo que alguien pase la mayor parte de su tiempo libre leyendo las grandes ediciones de los diarios los fines de semana? ¿Por qué?

B. Periodismo. Tú y dos compañeros, estudiantes de periodismo, trabajan para el periódico local. Su tarea para mañana es preparar la primera página de su periódico. Háganlo ahora usando estas preguntas como guía.

1. *Excélsior,* un diario de la Ciudad de México, lleva este nombre porque "excélsior" quiere decir "algo superior". ¿Qué título le darían ustedes a su periódico?
2. La primera página de un periódico normalmente lleva las noticias internacionales más importantes del día. ¿Cuáles son dos o tres noticias internacionales que ustedes incluirían en su primera página?
3. Con frecuencia la primera página también incluye algunas noticias locales importantes. ¿Qué noticias locales incluirían ustedes?

128

C. Vocabulario en contexto. Decide cuál es el significado de las palabras en negrilla a base del contexto de la oración o de otras estrategias que has aprendido para llegar al significado de palabras desconocidas.

1. Nunca me ha importado **ensuciarme los dedos** con el periódico con tal de estar al corriente en las noticias. De inmediato voy al baño y me lavo con blanqueador; pero el intento siempre es inútil.

    a. cubrirme los dedos   *b.* no tener los dedos limpios
             c. cortarme los dedos

2. Pero esta mañana me sentí incómodo cuando toqué el periódico. Creí que solamente **se trataba de** uno de mis acostumbrados dolores de cabeza.

    a. leía de   *b.* era   *c.* evitaba

3. Como todas las mañanas, salí a comprar el diario. Pagué **el importe** y regresé a mi casa.

    a. el precio   *b.* los impuestos   *c.* al vendedor

4. Me acomodé en mi sillón favorito y me puse a leer la primera página. Luego de **enterarme** del accidente, volví a sentirme mal; vi mis dedos y los encontré más sucios que de costumbre.

    a. convencerme   *b.* pensar   *c.* informarme

5. Cuando iba a tomar mi cigarro, descubrí que **una mancha negra** cubría mis dedos. De inmediato retorné al baño y me lavé las manos.

    a. una joya negra   *b.* un guante negro
             c. una marca negra

6. De inmediato retorné al baño y **me tallé** con un cepillo; pero el intento fue inútil.

    a. me duché   *b.* me limpié   *c.* me encontré

7. Después, llamé a las oficinas del periódico para **elevar** mi más rotunda protesta.

    a. hacer   *b.* subir   *c.* escuchar

8. Entró mi esposa y me levantó del **suelo**, me cargó bajo el brazo, se acomodó en mi sillón favorito, me hojeó despreocupadamente y se puso a leer.

    a. piso   *b.* sofá   *c.* escritorio

Conozcamos al autor

Guillermo Samperio nació en 1948 en la Ciudad de México donde se educó y ha vivido toda su vida. La realidad urbana que se confronta todos los días en la gran metrópoli ha sido la temática de la mayoría de sus cuentos, muchos de ellos llenos de humor. Ha publicado varios libros, todos de cuentos. Dos de los que más se destacan son *Tomando vuelo y demás cuentos* (1975), con el que ganó el Premio Casa de las Américas, y *Textos extraños* (1981), de donde viene el cuento "Tiempo libre".

El cuento "Tiempo libre" es una fantasía en la cual el leer el periódico, una experiencia ordinaria y rutinaria, se transforma en algo peligroso y fatal.

C. Vocabulario en contexto. This section may be done with the whole class or in pairs first, followed by verification of the answers with the entire class.

If students have difficulty with any of these words, provide some comprehensible input suggestions to help students acquire the strategy of determining meaning from context.

Answers

1 b. no tener los dedos limpios
2 b. era
3 a. el precio
4 c. informarme
5 c. una marca negra
6 b. me limpié
7 a. hacer
8 a. piso

NSS **For Native Speakers** Si sus estudiantes hispanohablantes ya saben este vocabulario, pídales que individualmente identifiquen tres o cuatro palabras desconocidas en la lectura para que luego en grupos de tres o cuatro vean si los otros miembros de su grupo saben el significado.

Conozcamos al autor

Otras obras: *Lenin en el fútbol* (1978) que recopila casi todos sus cuentos hasta la fecha y *Manifiesto de amor* (1980)

After reading this brief biography silently, have students close their books and ask them these questions.

1 ¿Cuántos años tiene Guillermo Samperio?
2 ¿Dónde nació y dónde se crió?
3 ¿Qué influencia tiene la Ciudad de México en los cuentos de Samperio?
4 ¿Qué tipo de libros escribe?
5 ¿Cómo se llama el libro de donde viene este cuento?
6 ¿Qué se va a transformar en algo peligroso y fatal en este cuento?

Suggestions Call on students to read a few sentences at a time. Ask several comprehension check, yes/no, either/or questions to aid students understanding as they read.

Tell students to keep a list of words they might have had to look up during reading, or of key words they will need in order to discuss the story with someone.

Focus questions Ask these questions as students read the short story to verify that they are understanding key information.

— ¿Con qué frecuencia compra el periódico el narrador?
— ¿Qué le pasa siempre al leer el periódico?
— ¿Cuándo sintió un malestar? ¿Qué creía que lo causó?
— ¿Dónde estaba su esposa?
— ¿Dónde se sentó a leer?
— ¿Cuáles fueron las primeras noticias que leyó?
— ¿Por qué fue al baño?
— ¿Qué descubrió al regresar a su sillón y empezar a fumar su cigarro? ¿Qué hizo inmediatamente?
— ¿Qué pasos tomó para quitarse la mancha negra?
— ¿Hasta dónde le llegaba la mancha?
— ¿Por qué llamó al doctor? ¿Qué le recomendó éste?
— ¿Qué descubrió que era la mancha?
— ¿A quién llamó entonces? ¿Qué le dijo esta persona?
— ¿Hasta dónde le llegaba la mancha ahora?
— ¿Qué le pasó cuando corrió hacia la puerta de la casa?
— ¿Qué descubrió cuando se cayó?
— ¿Cuánto tiempo estuvo de espaldas en el piso?
— ¿Qué le hizo pensar que había llegado su salvación?
— ¿Qué hizo su esposa al entrar?

LECTURA

Tiempo libre

por Guillermo Samperio

Todas las mañanas compro el periódico y todas las mañanas, al leerlo, *me mancho* los dedos con *tinta.* Nunca me ha importado ensuciármelos con tal de estar *al día* en las noticias. Pero esta mañana sentí un gran *malestar* apenas toqué el periódico. Creí que solamente se trataba de uno de mis acostumbrados *mareos.* Pagué el importe del diario y regresé a mi casa. Mi esposa había salido de compras. Me acomodé en mi sillón favorito, encendí un cigarro y me puse a leer la primera página. Luego de enterarme de que un jet se había *desplomado,* volví a sentirme mal; vi mis dedos y los encontré más *tiznados* que de costumbre. Con un dolor de cabeza terrible, fui al baño, me lavé las manos con toda calma y, ya tranquilo, regresé al sillón. Cuando iba a tomar mi cigarro, descubrí que una mancha negra cubría mis dedos. De inmediato retorné al baño, me tallé con *zacate,* piedra *pómez* y, finalmente, me lavé con blanqueador; pero el intento fue inútil, porque la mancha creció y me invadió hasta los *codos.* Ahora, más preocupado que *molesto,* llamé al doctor y me recomendó que lo mejor era que tomara unas vacaciones, o que durmiera. En el momento en que hablaba por teléfono, *me di cuenta* de que, en realidad, no se trataba de una mancha, sino de un número infinito de letras pequeñísimas, *apeñuzcadas,* como una *inquieta* multitud de *hormigas* negras. Después, llamé a las oficinas del periódico para elevar mi más rotunda protesta; me contestó una voz de mujer, que solamente me insultó y me trató de loco. Cuando *colgué,* las letritas habían avanzado ya hasta mi *cintura. Asustado,* corrí hacia la puerta de entrada; pero, antes de poder abrirla, *me flaquearon* las piernas y caí *estrepitosamente. Tirado* bocarriba descubrí que, además de la gran cantidad de letrashormiga que ahora ocupaban todo mi cuerpo, había una que otra fotografía. Así estuve durante varias horas hasta que escuché que abrían la puerta. Me costó trabajo *hilar* la idea, pero al fin pensé que había llegado mi salvación. Entró mi esposa, me levantó del suelo, me cargó bajo el brazo, se acomodó en mi sillón favorito, me hojeó despreocupadamente y se puso a leer.

me ensucio / *ink*
informado
intranquilidad

dizziness

caído del cielo
sucios

scrubber / roca volcánica

elbows
de mal humor

supe

agrupadas / intranquila / *ants*

hung up
waist / Con miedo
se me doblaron
con mucho ruido / Extendido en el suelo

conectar

130

NSS **For Native Speakers** Pídales a voluntarios hispanohablantes que preparen una lectura dramática del cuento. Dígales a unos que narren mientras otro hace el papel del protagonista.

¿Comprendiste la lectura?

A. ¿Sí o no? Decide si estás de acuerdo o no con los siguientes comentarios. Si no lo estás, explica por qué no.

1. El título del cuento, "Tiempo libre", hace referencia a las horas extras de trabajo.
2. El protagonista del cuento recoge el periódico enfrente de su casa todos los días.
3. El protagonista está casado aunque en el momento en que ocurre el cuento, está solo porque su esposa ha salido de compras.
4. Preocupado por una mancha que le crecía en el cuerpo, llamó primero a su suegra para pedirle consejos.
5. Asustado por las letritas que le cubrían hasta la cintura, corrió hacia la puerta de entrada y se cayó.
6. Al final, la esposa lo reconoció, lo levantó del suelo, lo cargó hasta un sillón y le preguntó muy preocupada si se sentía bien.

B. Hablemos de la lectura. Contesten estas preguntas en grupos de tres o cuatro.

1. ¿Dónde nació y dónde ha vivido toda su vida Guillermo Samperio? ¿Qué importancia tiene este hecho en su obra literaria?
2. ¿Por qué se titula el cuento "Tiempo libre"? ¿Qué otro título escogerías para el cuento? ¿Por qué?
3. ¿Qué papel tiene en el cuento el periódico que el protagonista trae a su casa?
4. ¿Qué fue lo primero que pensó el protagonista al ver la mancha que le cubría los dedos?
5. ¿Por qué crees que primero llamó al doctor y después a las oficinas del periódico? ¿Cuáles fueron los resultados de las dos llamadas?
6. ¿Por qué corrió el protagonista hacia la puerta de entrada e intentó abrirla?
7. ¿Qué hizo su esposa al entrar a la casa?
8. ¿En qué se convirtió el protagonista cuando no pudo abrir la puerta de su casa?
9. ¿Te parece que este cuento tiene algo que ver con un mal sueño? ¿Por qué podemos decir que es un cuento lleno de fantasía?
10. ¿Cuál es, en tu opinión, el mensaje o la moraleja de este cuento?

LECCIÓN 1: MÉXICO

131

¿Comprendiste la lectura?

In class, have students correct each other's homework as you go over answers to exercise **A** with entire class. Do exercise **B** with the class, calling on individual students and having the class confirm each response.

Answers
A. ¿Sí o no?
1 No. Hace referencia a las horas en que no se tiene que trabajar.
2 No. Lo compró en un quiosco o en una tienda.
3 Sí.
4 No. Llamó primero al doctor, luego a las oficinas del periódico.
5 Sí.
6 No. La esposa no lo reconoció. Pensó que era sólo un diario.

B. Hablemos de la lectura.
Go over questions with class by calling on volunteers. Accept fragments and incomplete sentences and encourage other students to fill in missing detail. Rephrase answers in complete sentences once all information has been provided.
1 Nació y ha vivido toda su vida en la Ciudad de México. La realidad urbana es parte de muchos de los cuentos de Guillermo Samperio.
2 Las respuestas van a variar. Es probable que digan que el título se refiere a lo que muchas personas hacen en su tiempo libre.
3 El periódico acaba por consumir al protagonista y convertirse en el protagonista.
4 Pensó que tenía los dedos manchados como de costumbre cuando leía el periódico.
5 Las respuestas van a variar. Llamó al médico porque creía que estaba enfermo. Llamó a las oficinas del periódico para protestar. El médico le dijo que necesitaba descansar, tal vez unas vacaciones. En las oficinas del periódico lo insultaron, tratándolo de loco.
6 Corrió hacia la puerta porque quería salir; estaba asustado.
7 Levantó el periódico (a su esposo) y se sentó a leerlo.

8 Se convirtió en un periódico.
9 Las respuestas van a variar. Este cuento es muy similar a una pesadilla, ya que algo terrible, inesperado sucede. Está lleno de fantasía porque lo que le ocurre al protagonista no puede ocurrir en la realidad, es fantasía.
10 Las respuestas van a variar. Tal vez digan que el mensaje es que es peligroso pasar demasiado tiempo leyendo el periódico.

After students have had time for pair work, ask individual students to define **diario** as used in each question.

NSS **For Native Speakers** Pídales a los estudiantes hispanohablantes que escriban una oración original con cada uno de los cuatro diferentes usos de **diario**. Dígales que traten de incluir dos, tres o aún los cuatro usos en una sola oración. Pídales que lean sus oraciones mientras el resto de la clase las escribe como dictado. Pídales a dos o tres que escriban en la pizarra mientras los demás escriben en sus pupitres. Luego haga que toda la clase revise las oraciones en la pizarra haciendo las correcciones debidas.

Dramatizaciones

Purpose To role-play two highly significant moments in the history of Mexico and then comment on the cultural and historical authenticity of their dramatizations.

Suggestions These role plays are optional, as time permits. Tell students to be creative in their scripts but to not lose proper cultural and historical perspective. You may need to do a brainstorming activity with the entire class concerning what Moctezuma and Cortez might have been thinking as they prepared for their meeting each other. Likewise, a brief discussion with the entire class about how a Mexican family might feel when told they must move in order to keep their citizenship would be appropriate before doing the role plays. Point out that the class will be asked to comment on cultural and historical authenticity at the end of each role play.

Palabras como llaves: *diario*

Para ampliar el vocabulario. La palabra **diario** tiene muchos significados en español. Con un(a) compañero(a), decide en el significado de **diario** en cada pregunta. Prepárense para explicárselo a la clase. También preparen respuestas a las preguntas.

1. Si trabajas, ¿ganas bastante dinero para el gasto **diario**?
2. ¿Cuántos **diarios** se publican en tu ciudad?
3. ¿Cuántos años hace que apareció *El diario de Ana Frank*?
4. ¿Es importante cepillarse los dientes **a diario**?

Dramatizaciones

A. **El regreso de Quetzalcóatl.** En grupos de cuatro o cinco, preparen una dramatización sobre el primer encuentro de Moctezuma, el último rey azteca, y Hernán Cortés. Recuerden que Moctezuma no estaba seguro si Cortés era el dios Quetzalcóatl y por eso no quería ofenderlo, pero tampoco sabía si debía creer en él.

B. **¡Pero somos mexicanos!** En grupos de cuatro o cinco preparen una dramatización del encuentro de un capitán y un sargento angloamericanos y una familia mexicana en Santa Fe, Nuevo México en 1848. Los militares vienen a informarle a la familia mexicana que México acaba de perder la guerra y ahora ellos tienen que decidir si quieren seguir siendo ciudadanos mexicanos y mudarse a México o si prefieren quedarse y ser ciudadanos de EE.UU. Dramaticen la reacción de la familia mexicana incluyendo todas las preguntas que ellos tendrían y cómo se las contestarían los militares.

Quetzalcóatl

UNIDAD 3

Procedure Assign **A** to half the class and **B** to the other half. Allow time for groups to prepare their role plays. Tell them to think about what they will say but not to bother writing detailed scripts, since they will be expected to present them spontaneously, without notes. Then have each group present their role play in front of the class. Have class discuss the cultural and historical appropriateness of each dramatization.

Alternative Have students discuss in groups of three how one of their pastimes, like listening to pop music or watching television, completely consumes them as the newspaper completely consumed the protagonist in **"Tiempo libre."** Have each group report to the class.

Ventana al Mundo 21

El Templo Mayor

El Templo Mayor

En lo que podría considerarse el corazón de la actual Ciudad de México, unos obreros de la compañía de electricidad encontraron, a siete pies de profundidad, un objeto extraño el 21 de febrero de 1978. En pocos días la noticia se extendía por todo México y el mundo entero. Se había descubierto un colosal monolito circular que representaba a Coyolxauhqui, la diosa azteca de la luna. Éste fue el primero de muchos objetos que encontraron a través de seis años en la excavación del Templo Mayor, el lugar más sagrado de la antigua capital del imperio azteca, México-Tenochtitlán. Cada día, la televisión y los periódicos informaban al público mexicano de los valiosos artefactos que volvían a la luz. Para todo el país era como asistir a un curso general de arqueología. Existe ahora un moderno museo dedicado al Templo Mayor a unos cuantos pasos del lugar donde se encontró el monolito inicial.

❖

El Templo Mayor. Imagínate que es el 5 de marzo de 1978 y tú y tu compañero(a) son reporteros de Televisa, una estación de televisión que los ha mandado a entrevistar a los trabajadores que están excavando el sitio del Templo Mayor. Dramatiza la situación con tres o cuatro compañeros.

LECCIÓN 1:   MÉXICO

133

Cultura en vivo

Purpose Students will learn to read the hieroglyphs on the Aztec Calendar for the twenty days of an Aztec month, the Sun, the Four Directions, and the planet Venus.

La Piedra del Sol

After reading, have students prepare five comprehension check questions. Then, in groups of three or four, have them ask the questions they prepared.

Background Information

In the XIII Century, the Aztecs, also known as the "Mexica," came to the valley of Mexico. For two centuries the Aztec Empire flourished before Hernán Cortés conquered Mesoamerica for the Spanish in 1521, destroying the capital city and building upon its ruins what is today Mexico City.

On December 17, 1790, workers excavating Mexico City's main plaza found a huge monolith which turned out to be the **Piedra del Sol.** Spanish chroniclers mention that the second archbishop of Mexico had ordered the stone buried in December 1559. This indicated that the stone, sculpted in the 1400's, had survived the destruction of Tenochtitlán.

Anthropologists agree that belief in a common calendar was one of the main cultural traits that distinguished Mesoamerican peoples.

Tonatiuh, or the Sun, is located at the center of the stone. The figures surrounding the Sun correspond to the four directions, the four elements (air, earth, water, and fire), and the four past epochs or "Suns" during which catastrophes had destroyed the world.

Cultura en vivo

La Piedra del Sol

En 1790 se descubrió este enorme monolito bajo la superficie del Zócalo, la plaza mayor de la Ciudad de México. Allí había permanecido enterrado por 269 años después de la conquista española de Tenochtitlán. Se le conoce como la Piedra del Sol y representa la visión del cosmos que tenían los antiguos mexicanos.

La piedra mide doce pies de diámetro y pesa veinticuatro toneladas. Se calcula que los artistas aztecas que labraron la piedra tardaron cerca de veinte años en terminar la obra. En la actualidad, es la pieza central de la más importante sala de exhibiciones del Museo Nacional de Antropología e Historia localizado en el Parque de Chapultepec en la Ciudad de México.

La Piedra del Sol también se conoce como el Calendario Azteca, aunque no es precisamente como los calendarios modernos. En realidad, se trata de un libro de piedra que resume el conocimiento astronómico y la visión del tiempo que tuvo la gran civilización mesoamericana.

134

UNIDAD 3

NSS **For Native Speakers** Pregúnteles a los estudiantes hispanohablantes de ascendencia mexicana si saben de otras interpretaciones del calendario azteca. Si así es, pídales que se las expliquen a la clase.

Nombre de los veinte días en el calendario náhuatl*

1. *cipactli* cocodrilo
2. *ehécatl* viento
3. *calli* casa
4. *cuetzpalin* lagartija (lizard)
5. *cóatl* serpiente
6. *miquiztli* muerte
7. *mázatl* venado (deer)
8. *tochtli* conejo (rabbit)
9. *atl* agua
10. *itzcuintli* perro
11. *ozomatli* mono (monkey)
12. *malinalli* hierba (grass)
13. *ácatl* caña (reed)
14. *océlotl* jaguar
15. *cuauhtli* águila
16. *cozcacuauhtli* zopilote (vulture)
17. *ollin* movimiento
18. *técpatl* pedernal (flintstone)
19. *quiáhuitl* lluvia
20. *xóchitl* flor

*Los veinte días multiplicados por dieciocho meses formaban 360 días. A ésos se les añadían cinco días llamados *nemontemi* (los mesoamericanos los consideraban de mala suerte) para así obtener un total de 365 días. A este año solar se le añadía un día extra cada cuatro años que correspondía a lo que nosotros llamamos "año bisiesto".

¿Son buenos arqueólogos?

En grupos de dos o tres, identifiquen en el dibujo de la Piedra del Sol los elementos que la componen, según las siguientes indicaciones. Escriban los nombres correspondientes en la copia del calendario que les va a dar su profesor(a).

1. Los aztecas, como muchos otros pueblos mesoamericanos, consideraban al Sol como el principio y centro de toda la vida. ¿Dónde crees que se localiza el Sol llamado *Tonatiuh* por los aztecas?

2. Había veinte días en cada uno de los dieciocho meses mesoamericanos. Cada día se representaba por un símbolo distinto. Identifica el círculo que contiene los veinte días del mes mesoamericano.

3. Cada día estaba representado por un *tonalli* o espíritu solar. Encuentra en el círculo de los días los siguientes *tonalli*:

Cuetzpalin *lagartija*

Mázatl *venado*

Cuauhtli *águila*

Xóchitl *flor*

4. Señala las cuatro direcciones distintas que rodean a *Tonatiuh*: ehécatl, océlotl, quiáhuitl y atl. Encuentra el significado de los nombres náhuatl en la lista de nombres de los veinte días mesoamericanos.

5. El siguiente símbolo representa a *Ehécatl*-viento. ¿Puedes identificar las dos veces que aparece?

Ehécatl *viento*

6. Identifica las dos serpientes de fuego que representan al planeta Venus por la mañana y por la noche. De las serpientes salen dos gemelos, uno anunciando la noche, el otro el día. En México, los gemelos se llaman "cuates" de la palabra *cóatl* que significa tanto "serpiente" como "doble".

LECCIÓN 1: MÉXICO

135

Diario

Have students do a journal-write beginning with:
Yo admiro más a las personas que . . . (See page 19 for instructions on journal writing.)

ACTIVE VOCABULARY

¡OjO! This section lists the active vocabulary students are responsible for upon completing each lesson. The students' active vocabulary lists appear in the *Cuaderno de actividades* in a section called **Vocabulario activo.**

Gente

activista	palacio
defensa	municipal
derrocar	Premio Nóbel
destacarse	de la Paz
diseño	de Literatura
embajador(a)	provincia
intereses	quiché
extranjeros	reforma agraria
mosaico	reforma
mural	social
niñez	rito
	sufrir

La civilización maya

cero	escritura
desaparición	pacífico(a)
destrucción	pirámide
emplear	sistema

Período colonial

asimilarse
Capitanía General
  de Guatemala
dominante
mayoría
presión

Guatemala independiente

breve	plantación
dueño(a)	pobreza
facilitar	surgir
inestabilidad	unirse

Intentos de reformas

ambicioso(a)	idealista
comunista	modernizar
distribuir	promulgar
expansión	propietario(a)
Guerra Fría	proponer
hectárea	

Rebeliones militares

Agencia Central	derrocado(a)
de Inteligencia	dirigir
(CIA)	disidente
asesinar	gobierno
coronel	resolver
derechos	
humanos	

Situación presente

bloquear	opresión
nombramiento	poderoso(a)
oligarquía	

Nombre oficial:
República de Guatemala

Extensión:
*108.889 km²
(kilómetros cuadrados)*

Principales ciudades:
*Ciudad de Guatemala
(capital),
Quetzaltenango,
Escuintla*

Moneda:
Quetzal (Q)

Gente del Mundo 21

Rigoberta Menchú Tum, activista indígena quiché, nació en 1959 en un pueblo en el norte de Guatemala. Ganó el Premio Nóbel de la Paz en 1992 por la defensa de los derechos de los indígenas de su país. Rigoberta tuvo que dejar Guatemala para huir de la violencia que les dio muerte a sus padres y a un hermano. A los veinte años, como sólo hablaba quiché, decidió aprender español para poder informar a otros de la opresión que sufre su pueblo. En efecto, tres años más tarde le relató, en español, la historia de su vida a la escritora venezolana Elizabeth Burgos, quien la escribió. El libro *Me llamo Rigoberta Menchú y así me nació la conciencia*, publicado en 1983, hizo famosa a Rigoberta por todo el mundo.

Miguel Ángel Asturias (1899-1974), escritor guatemalteco, recibió el Premio Nóbel de Literatura en 1967. Nació en la Ciudad de Guatemala pero pasó cuatro años de su niñez en Salamá, una ciudad de provincia. Desde allí visitaba con frecuencia la cercana hacienda de su abuelo materno. Allí tuvo el primer contacto con los ritos y creencias indígenas que tanto amó y que luego trató de evocar en su obra literaria. Publicó novelas de carácter social; entre las más conocidas está *El señor presidente* (1946), obra escrita en una lengua intensamente poética. Entre 1966 y 1970 fue embajador de Guatemala en Francia.

136

UNIDAD 3

Corresponding Structures in *Manual de gramática*

3.3 Indefinite and Negative Expressions   G55
3.4 Preterite and Imperfect: Simultaneous and Recurrent Actions   G58

NSS **For Native Speakers** Usando la lista en el *Cuaderno de actividades,* pídales a los estudiantes hispanohablantes que seleccionen de cinco a diez palabras de la lista y que las definan con un sinónimo. Por ejemplo, **activista**–*provocador,* **defensa**–*protección,* **derrocar**–*expulsar,* etc. Luego en grupos de tres o cuatro, que tomen turnos leyendo las definiciones en su lista para ver si el grupo puede identificar la palabra de la lista.

Purpose To introduce four contemporary Guatemalan personalities: **Rigoberta Menchú Tum,** 1992 recipient of the Nobel Peace Prize; **Miguel Ángel Asturias,** 1967 recipient of the Nobel Prize for Literature; **Carlos Mérida,** a painter whose work keeps alive his Maya-Quiché culture; and **Jacobo Arbenz Guzmán,** past president of Guatemala who attempted to distribute land among Guatemalan peasants.

 The term **Maya-Quiché,** used throughout this lesson, refers to a person of Mayan descent that comes from the region of Quiché and speaks the Quiché dialect.

Suggestions Divide class in fourths and assign one personality to each fourth. Have students read silently and prepare three to five comprehension check questions about the person. Then call on individual students to read the biographies aloud. After each biography, have students that prepared questions on the person ask them of the class.

NSS **For Native Speakers** Pídales a los estudiantes hispanohablantes que lean las biografías individualmente. Luego, con libros cerrados, pídales que escriban un parrafito sobre cada persona. En grupos de tres permítales que comparen sus párrafos y preparen uno más completo sobre cada personaje. Pídales a varios grupos que lean sus párrafos a la clase. Después de cada lectura, pregúnteles a los otros grupos si hay información que quieran añadir.

Otras obras de Miguel Ángel Asturias: *Leyendas de Guatemala* (1930) y *Hombres de maíz* (1949).

Carlos Mérida (1891–1984), pintor guatemalteco, alcanzó una gran proyección internacional. Su obra constituye una celebración de su origen maya-quiché. En sus pinturas aparecen muchos de los diseños y colores de la tradición del arte indígena. Mérida vivió durante años en Europa, EE.UU. y México. Se destacó por la creación de enormes murales en mosaico como el que hizo para el palacio municipal de la Ciudad de Guatemala en 1956 y el que completó para *Hemisfair 68* en San Antonio, Texas en 1968.

Jacobo Arbenz Guzmán (1914–1971), militar y político guatemalteco, en 1950 ganó las elecciones presidenciales y ocupó la presidencia de su país de 1951 a 1954. Arbenz comenzó el plan de reformas económicas y sociales más importantes de la historia de Guatemala. El centro de su política fue la reforma agraria de 1952, que afectó los intereses extranjeros en control de grandes extensiones de tierra y de la exportación de bananas en el país. En junio de 1954 fue derrocado por el ejército que se unió a una invasión dirigida por el coronel Carlos Castillo Armas, la cual contaba con apoyo estadounidense.

Personalidades del Mundo 21. Selecciona a uno de estos personajes y prepara tres oraciones en primera persona describiéndola. En grupos de cuatro o cinco, lean sus oraciones para ver si el grupo puede identificar a la persona que se describe.

MODELO   *Tú:* **De niño, me gustaba mucho visitar la hacienda de mi abuelo y observar la vida de los indígenas allí.**
Compañero(a): **Miguel Ángel Asturias**

LECCIÓN 2:   GUATEMALA   137

Personalidades del Mundo 21
Allow time to prepare statements individually and for groups to try to identify persons being described. Debrief group work asking if any were not identified and having the class attempt to identify the person or by calling on volunteers to repeat their lines for the class.

Extension Have volunteers or students interested in extra credit prepare a brief written or oral presentation on one of these personalities or on any article in a magazine or newspaper that deals with an important topic relating to Guatemala.

Purpose In Guatemala: **raíces vivas**, students will read a brief history of Guatemala that will lead them to a better understanding of its present and future. The **Ventana al Mundo 21** readings and activities provide brief glimpses at the *Popol Vuh*, the sacred book of Maya-Quiché people, and of Antigua, a beautiful Guatemalan colonial city.

Procedure
The following approach could be taken with the **Del pasado al presente** reading: Call on one student to read the first paragraph. Then ask comprehension check questions.

1 ¿Qué porcentaje de la población de Guatemala es indígena? (55%.)
2 ¿Qué civilización indígena prosperó en Guatemala? *(La de los mayas.)*
3 Explica la frase que dice que en Guatemala "el pasado mesoamericano sigue vivo". *(Sigue vivo porque la población indígena ha podido mantener sus tradiciones culturales ancestrales.)*

Then do a jigsaw activity with the rest of the reading, dividing the class into six groups. See page 24 for jigsaw instructions.

Suggestions Suggest students keep a list of words they might have to look up during reading, or of key words they will need in order to discuss the story.

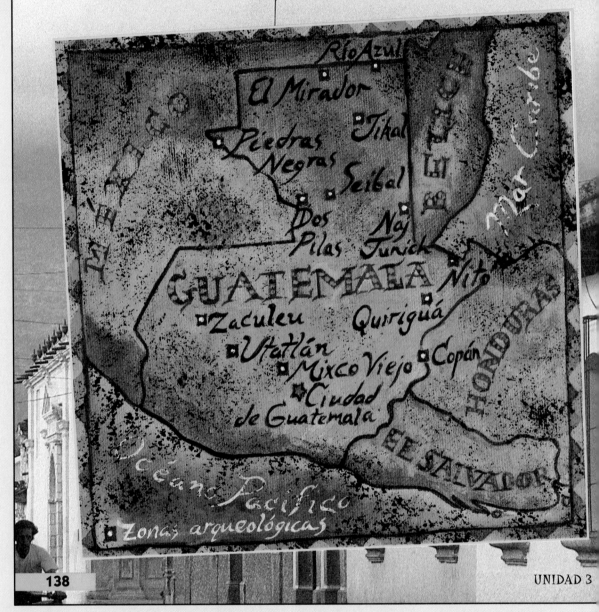

DEL PASADO al presente

GUATEMALA: RAÍCES VIVAS

UNIDAD 3

NSS **Variation for Native Speakers** Léale el primer párrafo de la lectura a las clase y hágales preguntas para verificar la comprensión. Luego pídales que lean el resto de la lectura en casa como tarea.

1 El día siguiente en clase, agrupe a los alumnos en cinco grupos, numerados del 1 al 6, y con más o menos el mismo número de personas en cada grupo.

2 Pídale al primer grupo que prepare cinco o seis preguntas para verificar la comprensión de la información presentada en la primera sección: **La civilización maya**. Haga lo mismo con los otros grupos y las cinco secciones que faltan.

3 Pídales a individuos en cada grupo que hagan sus preguntas y pídales a personas de otros grupos que las contesten.

Sample T/F items

1 Los mayas tenían un calendario más preciso que el calendario que se usaba en Europa en aquellos tiempos. *(C)*
2 Los mayas eran gente pacífica que rara vez tenía conflictos con otros pueblos mayas. *(F)*
3 Los conquistadores forzaron al pueblo maya a asimilarse a la cultura dominante; por eso los pocos indígenas que existen hoy día ya no mantienen ninguna de las tradiciones mayas. *(F)*
4 Durante la época colonial, varias compañías extranjeras ayudaron el desarrollo económico de Guatemala e hicieron posible que la mayoría de campesinos indígenas pasaran de la pobreza a la riqueza. *(F)*
5 El presidente Jacobo Arbenz les distribuyó más de un millón de hectáreas a familias campesinas. *(C)*
6 El presidente Arbenz fue derrocado con la ayuda de la CIA (Agencia Central de Inteligencia). *(C)*
7 Desde la intervención de la CIA hasta el presente, Guatemala ha gozado de estabilidad política y económica. *(F)*
8 El problema en Guatemala sigue siendo que la oligarquía y los militares se oponen a reformas en beneficio de la población indígena. *(C)*

Alternate Ask the **¡A ver si comprendiste!** questions.

Guatemala es uno de los países latinoamericanos donde el pasado mesoamericano sigue vivo: la población indígena constituye el cincuenta y cinco por ciento del total y ha podido mantener sus tradiciones culturales ancestrales. En su territorio floreció una de las civilizaciones más brillantes del continente americano—la de los mayas.

LA CIVILIZACIÓN MAYA

Hace más de dos mil años los mayas construyeron pirámides y palacios majestuosos, desarrollaron el sistema de escritura más completo del continente, y sobresalieron por sus avances en las matemáticas y la astronomía. Así por ejemplo, emplearon el concepto del cero en su sistema de numeración, y crearon un calendario más exacto que el que se usaba en la Europa de aquel tiempo.

La civilización prosperó primero en las montañas de Guatemala y después se extendió a la península de Yucatán, el suroeste de México y Belice. Hasta hoy no se puede explicar la misteriosa desaparición de muchas de estas ciudades

Dos Pilas

mayas. Por mucho tiempo se pensó que los diferentes grupos mayas, que vivían organizados en ciudades-estados, eran pueblos pacíficos que raras veces tenían conflictos con otros pueblos mayas. Sin embargo, las investigaciones más recientes en las zonas arqueológicas de Dos Pilas y Aguateca indican que no eran tan pacíficos como se creía y que los continuos conflictos entre los diferentes grupos mayas contribuyeron a su destrucción.

PERÍODO COLONIAL

La conquista española de Guatemala comenzó en 1523 con la expedición de Pedro de Alvarado, quien también había participado en la conquista de los aztecas en

Antigua

México. Durante la época colonial, se estableció la Capitanía General de Guatemala, que incluía las posesiones centroamericanas de España y el suroeste de México. A su vez, esta capitanía general dependía del Virreinato de la Nueva España.

Como en México, los conquistadores tomaron las tierras de muchos pueblos indígenas para dividirlas entre ellos mismos. A pesar de la gran presión para asimilarse a la cultura dominante, la mayoría de los mayas mantuvieron sus tradiciones y hasta hoy día muchos continúan hablando sus propias lenguas mayas que incluyen más de veinte dialectos.

FOTOS

Suggestion Use comprehensible input techniques and comprehension check questions to present photo information to students.

Foto de fondo.
Calle de Antigua con un volcán en el fondo.

Dos Pilas es un importante lugar arqueológico situado en el norte de Guatemala. Fue una ciudad maya que fue destruida en el año 761 de nuestra era.

Antigua Guatemala o simplemente **Antigua** es una ciudad colonial que fue la capital de la Capitanía General de Guatemala de 1541 a 1773, año en que fue destruida por un terremoto.

GUATEMALA INDEPENDIENTE

Guatemala declaró su independencia de España en 1821, pero a lo largo de su primer siglo como país independiente sufrió continuamente de inestabilidad política. Junto con el resto de Centroamérica, Guatemala se unió a México de 1822 a 1823. Después de este breve período, Guatemala formó parte de las Provincias Unidas de Centroamérica. Esta federación se dividió en 1838 y de ella surgieron también los países de El Salvador, Honduras, Nicaragua y Costa Rica.

Durante el siglo XIX, Guatemala fue gobernada por una serie de dictadores que en general favorecían los intereses de los grandes dueños de plantaciones y de negocios de extranjeros. Aunque las compañías extranjeras contribuyeron al desarrollo económico del país, facilitando la construcción de ferrocarriles, carreteras y líneas telegráficas, los beneficios económicos no llegaron a los campesinos indígenas, quienes siguieron viviendo en la pobreza.

INTENTOS DE REFORMAS

Con la caída del dictador general Jorge Ubico, quien gobernó Guatemala de 1931 a 1944, se inició una década de profundas transformaciones democráticas. En 1945 fue elegido presidente Juan José Arévalo, un profesor universitario idealista que promulgó una

Juan José Arévalo

constitución progresista que impulsó reformas sociales en favor de trabajadores y campesinos.

En 1950 el coronel Jacobo Arbenz fue elegido presidente democráticamente e inició ambiciosas reformas económicas y sociales para modernizar el país. A través de la reforma agraria de 1952, distribuyó más de 1,5 millones de hectáreas a más de 100.000 familias campesinas.

Jacobo Arbenz

La oposición contra el gobierno de Arbenz aumentó dentro y fuera de Guatemala. La compañía estadounidense *United Fruit* se opuso porque era propietaria de grandes extensiones de tierra que Arbenz proponía dar a los campesinos. A la vez, existía cierto miedo que los comunistas en el gobierno de Arbenz tomaran control del país. Era la época de la Guerra Fría y el temor de una expansión del comunismo en Centroamérica motivó al gobierno norteamericano a actuar contra el gobierno de Arbenz.

Compañía United Fruit

REBELIONES MILITARES DE 1954 A 1985

El gobierno de Arbenz fue derrocado en 1954 por un grupo de militares dirigido por

UNIDAD

FOTO

Compañía *United Fruit.* La exportación de plátanos o bananas a EE.UU. y Europa ha sido una de las actividades más importantes de Guatemala y otros países de la región.

el coronel Carlos Castillo Armas, quien con la ayuda de la CIA (Agencia Central de Inteligencia) había invadido el país desde Honduras. Castillo Armas se proclamó presidente pero fue asesinado en julio de 1957. A partir de entonces, Guatemala pasó un largo período de inestabilidad y violencia política. El levantamiento militar de 1954 no resolvió los problemas que afrontaba Guatemala sino que los hizo más graves. Entre 1966 y 1982 grupos paramilitares de la derecha asesinaron a más de 30.000 disidentes políticos, entre ellos la madre y un hermano de Rigoberta Menchú.

En 1985 el gobierno militar le dio paso a un gobierno civil y fue elegido presidente Vinicio Cerezo. Al terminar su mandato en 1991, transfirió la presidencia a José Serrano Elías. Dos años después, cuando trató de suspender la constitución, Serrano Elías se vio forzado a renunciar a la presidencia ante la reprobación general. Fue sustituido por Ramiro León Carpio, jefe de la comisión de defensa de los derechos humanos.

SITUACIÓN PRESENTE

El nombramiento de Ramiro León Carpio en 1993 como presidente de Guatemala ha sido bien recibido por aquellos sectores democráticos que quieren implementar reformas en beneficio de la población indígena. Hasta ahora muchas de estas reformas han sido bloqueadas por la poderosa oligarquía y los militares.

Rigoberta Menchú

El Premio Nóbel de la Paz de 1992 otorgado a la indígena quiché Rigoberta Menchú trae esperanzas de un futuro mejor para los cinco millones y medio de indígenas guatemaltecos que han logrado conservar su cultura ancestral a pesar de tantos años de opresión.

Mujeres indígenas protestan en San Jorge

LECCIÓN 2: GUATEMALA

141

FOTOS

San Jorge es uno de los pueblos mayas que se encuentran a orillas del lago de Atitlán.

Rigoberta Menchú muestra la medalla de oro y el diploma que recibió en Estocolmo, la capital de Suecia, como parte del Premio Nóbel de la Paz de 1992.

¡A ver si comprendiste!
Go over answers with entire class. Have students get accustomed to answering these questions in their own words with books closed. Do not allow reading verbatim from the text. Accept partial answers and sentence fragments. Restate answers in complete sentences once all elements have been offered.

Answers

1 Los mayas tenían un sistema de escritura, conocían el concepto del cero, eran excelentes arquitectos, matemáticos y astrónomos.

2 Recientes investigaciones indican que ellos se peleaban entre sí y que probablemente ellos mismos fueron responsables por su destrucción.

3 El Salvador, Honduras, Nicaragua y Costa Rica surgieron de las Provincias Unidas de Centroamérica en 1838.

Extra Credit Have volunteers write a report on Mayan culture and give a brief summary on their findings to the class.

NSS **For Native Speakers**
Ud. puede pedirles a sus estudiantes hispanohablantes que escriban las respuestas en la pizarra. Anime a los estudiantes guatemaltecos a que compartan con el resto de la clase cualquier aspecto de la historia o de la cultura guatemalteca en el que tengan un interés especial.

■ *¡A ver si comprendiste!*

A. ¿Quién? ¿Qué? ¿Cuándo? ¿Recuerdas los datos más importantes de la lectura? Para asegurarte, contesta estas preguntas con un(a) compañero(a).

1. ¿Cuáles son algunas de las contribuciones más importantes de la civilización maya?
2. Por mucho tiempo se pensó que los mayas eran muy pacíficos, ¿cómo llegamos a saber lo contrario?
3. ¿Qué otros países, además de Guatemala, surgieron de la desintegración de las Provincias Unidas de Centroamérica en 1838?

Ventana al Mundo 21

El Popol Vuh: libro sagrado maya-quiché

El *Popol Vuh* es la obra más importante de la literatura maya. Es un libro mágico y poético que recoge las leyendas y los mitos del pueblo quiché. El nombre mismo de *quiché* viene de los bosques en donde vivían: *qui* significa "muchos", y *che*, "árbol", y *quiché*, "bosque". La palabra náhuatl para "bosque" es *cuauhtlamallan*, que es de donde se deriva "Guatemala". Los quichés se habían establecido en el altiplano de Guatemala. Utatlán, su capital, fue destruida por Pedro de Alvarado en 1524. Se cree que entre 1550 y 1555 un miembro del clan Kavek se puso a transcribir en alfabeto latino este libro basado en uno o varios códices jeroglíficos y en la antigua tradición oral. A principios del siglo XVIII el sacerdote español Fray Francisco Ximénez, basándose en un texto quiché hoy perdido, copió el *Popol Vuh* en quiché en una columna y su traducción en

4. ¿Cuál fue la contribución principal del presidente Juan José Arévalo elegido en 1945?
5. ¿Quiénes se opusieron al gobierno del presidente Jacobo Arbenz en 1952? ¿Por qué se opusieron?
6. ¿Qué militar dirigió la rebelión de 1954? ¿Resolvió esto los problemas que afrontaba Guatemala?
7. ¿Cuál era la actitud de los gobiernos militares en Guatemala respecto a los derechos humanos entre 1960 y 1980?
8. ¿Por qué renunció a su puesto el presidente José Serrano Elías en 1993? ¿Cómo ha sido recibido el nuevo presidente de Guatemala?

Cerámica maya del Museo Popol Vuh, Ciudad de Guatemala

español en la otra. Este manuscrito se conserva actualmente en la Biblioteca Newberry de Chicago y es la base de las traducciones modernas.

El *Popol Vuh* se divide en tres partes. La primera, que es como el Génesis maya-quiché, describe la creación y el origen del hombre, quien después de varios intentos fue hecho finalmente de maíz, alimento básico de la civilización mesoamericana. La segunda parte trata de las aventuras fantásticas de Hunahpú e Ixbalanqué, dos jóvenes héroes que destruyen a los dioses malos de Xibalbá. La tercera parte hace un recuento de la historia de los pueblos indígenas de Guatemala. Así, en este libro, el mito, la poesía y la historia se combinan para formar una de las obras literarias más originales de la humanidad.

El Popol Vuh. Busca las respuestas a las siguientes preguntas con un(a) compañero(a).
1. ¿Qué relación hay entre las palabras "quiché" y "Guatemala"?
2. ¿En qué alfabeto fue transcrito el libro original del *Popol Vuh*?
3. ¿Quién fue el primero que copió el texto quiché y lo tradujo al español? ¿Qué le pasó al libro original?
4. ¿Cuáles son las tres partes del *Popol Vuh*?
5. ¿Por qué crees que en la mitología quiché los hombres fueron hechos de maíz? ¿Qué importancia tiene esta planta en la vida del pueblo maya?

LECCIÓN 2: GUATEMALA

143

---

4 Juan José Arévalo promulgó una nueva constitución que resultó en la organización de los trabajadores y los campesinos.
5 La compañía *United Fruit* se opuso al presidente Jacobo Arbenz porque éste quería darles tierras de la compañía a los campesinos.
6 Carlos Castillo Armas dirigió la rebelión militar de 1954. No resolvió ningún problema.
7 Los gobiernos entre los años 1960 y 1980 no respetaban los derechos humanos.
8 Serrano Elías renunció a la presidencia después que intentó suspender la constitución. Fue sustituido por Ramiro León Carpio, quien ha sido recibido como defensor de los derechos humanos.

Anticipando la lectura

A. Predecir el futuro. These may be done with the whole class or in groups of three or four. Ask students to consider what profession these individuals may have in the future, what level of success they may attain, if some are more likely to succeed than others and why, etc. If working in groups, ask several students to summarize their group's responses for the class. Answers will vary. Accept all predictions students make, but have them come back to their predictions after they read about Rigoberta Menchú. Ask if their prediction for #3 was on target.

B. Vocabulario en contexto. This section may be done with the whole class or in pairs first, followed by verification of the answers with the entire class.

Answers

1 c. en esos días
2 b. después de
3 b. seleccionó
4 a. de la región elevada
5 c. defenderá

Y ahora, ¡a leer!

■ *Anticipando la lectura*

A. Predecir el futuro. ¿Se puede predecir el futuro? Hazlo con dos o tres compañeros. Lean estas breves autobiografías y digan cuál será el futuro más probable de las personas que se describen.

1. Yo soy hija del Ministro de Educación de Guatemala. Mis padres me mandaron a estudiar a Europa y a EE.UU. Esta experiencia me abrió los ojos a la realidad mundial.
2. Yo soy mestiza de Quetzaltenango. Mi padre es maestro en la escuela secundaria y mi madre trabaja de secretaria. Yo asistí a escuelas privadas y ahora soy estudiante de la universidad.
3. Yo soy hija de padres campesinos. La vida ha sido mi verdadera escuela, pues de niña tuve que trabajar en los campos con mis padres y, más tarde, de sirvienta en la capital. Mi preocupación principal es ayudar a los pobres campesinos indígenas.

B. Vocabulario en contexto. Decide cuál es el significado de las palabras en negrilla a base del contexto de la oración.

1. De niña, Rigoberta trabajó con sus padres en los campos ganando 20 céntimos de quetzal, unas 15 pesetas **"de las de entonces"**.

    a. de oro   *b.* de plata   *c.* en esos días

2. La madre de Rigoberta fue asesinada **tras** bárbaras torturas.

    a. antes de   *b.* después de   *c.* sin

3 La suerte de Rigoberta estaba echada y la ahora galardonada con el Nóbel de la Paz **escogió** el camino del exilio en México.

    a. rechazó   *b.* seleccionó   *c.* pidió

4. Al conocerse que le habían dado el Premio Nóbel, las campanas de todos los templos **del altiplano** indígena de Guatemala anunciaron con júbilo el triunfo de Rigoberta Menchú.

    a. de la región elevada   *b.* de la selva   *c.* de la costa

5. Rigoberta dedicará parte del premio a crear una fundación que **luchará por** la justicia social y los derechos humanos en Guatemala.

    a. buscará   *b.* reflexionará   *c.* defenderá

LECTURA

Rigoberta Menchú:
del apocalipsis° a la gloria

°un gran evento violento

por José Elías

Rigoberta Menchú, indígena maya-quiché, a los treinta y tres años, se convirtió en símbolo universal del sufrimiento de su pueblo al ser *galardonada* con el Premio Nóbel de la Paz. Su vida es una larga historia marcada por la muerte violenta de sus padres y un hermano, en crímenes atribuidos a las fuerzas de seguridad de su país.

premiada

Reacciones al Premio Nóbel

El premio, el segundo Nóbel concedido a un guatemalteco tras el de Literatura otorgado a Miguel Ángel Asturias en 1967, ha provocado en este país varias reacciones. Para los indígenas, es el reconocimiento a su *lucha* contra la segregación racial de la que son víctimas. Para los sectores más privilegiados significa sólo un acto de carácter político, destinado a desestabilizar el país.

batalla

LECCIÓN 2:   GUATEMALA

145

—¿Qué es evidente que el premio les da a los guatemaltecos?

—¿Qué probabilidad de éxito tienen las conversaciones de paz entre el gobierno guatemalteco y la guerrilla?

Al margen de esta *polémica,* es evidente que el premio les da a los guatemaltecos una gran oportunidad para *alcanzar la concordia* nacional, en momentos en que las conversaciones de paz entre el gobierno y la guerrilla parecen *condenadas al fracaso*.

controversia

conseguir la unión

destinadas a salir mal

Niñez y juventud

—¿Cuándo y dónde nació Rigoberta?

—¿Dónde trabajó de niña? ¿Qué hacía? ¿Cuánto ganaba?

—¿Dónde trabajó durante su adolescencia? ¿Qué hacía?

Rigoberta vino al mundo el 9 de enero de 1959, en una *aldea* llamada Chimel, del municipio de Uspantán, en el Quiché, en el norte de Guatemala. Como todos los *campesinos* pobres, desde muy niña (cinco años) empezó a trabajar con sus padres en las *cosechas* de algodón y de café de las grandes *fincas* de la costa sur. Ganaba un *jornal* diario de 20 céntimos de quetzal, unas 15 pesetas "de las de entonces".

Posteriormente, durante su adolescencia, viajó hacia la Ciudad de Guatemala para *realizar* las tareas del servicio doméstico. En esto *fue fiel a* una tradición que parece formar parte del ciclo vital de las mujeres de zonas rurales del país. Pero el destino tenía un camino *trazado* para Rigoberta Menchú. Hija de un campesino con una innata conciencia social, fue *testigo*, en su niñez, del asesinato de un hermano suyo de dieciséis años. Él fue víctima de *terratenientes* que querían *despojar* a los indígenas de sus terrenos, según se relata en su biografía oficial.

pueblo

trabajadores del campo
harvests
propiedades agrícolas / sueldo

hacer
siguió

planeado
witness
ricos con propiedad
quitar, robar

—¿Qué vio Rigoberta durante su niñez que le dejó una impresión muy grande?

—¿Quiénes asesinaron a su hermano?

Este crimen, en el que se señala alguna *complicidad de* las autoridades, hace que el padre de Rigoberta, Vicente Menchú, empiece a realizar una enorme labor de organización entre *sus vecinos*. Esta actividad constituye la primera escuela de conciencia social para la hoy galardonada.

conspiración con

las personas del pueblo

—¿Cómo reaccionó el padre de Rigoberta a la muerte de su hijo?

—¿Cuál fue la primera escuela de conciencia social para Rigoberta?

146

UNIDAD 3

Muerte trágica de sus padres

La tragedia estaba en el camino de Rigoberta. Vicente Menchú murió *carbonizado* en la Embajada de España en Guatemala durante el *sangriento* asalto que la policía lanzó contra los que habían tomado el 31 de enero de 1980 esa *sede* diplomática en protesta.

incinerado

bloody

residencia

Sólo unas semanas después, el 19 de abril, la madre de Rigoberta, Juana Tum, fue *secuestrada* y asesinada tras bárbaras torturas, por grupos paramilitares. Esto ocurrió como consecuencia de la *"caza de brujas"* organizada por las fuerzas de seguridad ante el *auge de la sedición*.

capturada

witch hunt

punto más activo de la rebelión

La suerte de Rigoberta estaba echada y la ahora galardonada con el Nóbel de la Paz escogió el camino del exilio y de la lucha cívica. Salió en busca de las *reivindicaciones* de los pueblos indígenas y mestizos pobres de Guatemala. A la vez, dos de sus hermanas eligieron la lucha armada y se incorporaron a uno de los grupos guerrilleros que operan en el país.

demandas, protestas

El triunfo de Rigoberta

Al conocerse la concesión del Nóbel, las campanas de todos los templos del altiplano indígena de Guatemala y de las iglesias de barrios populares de la capital, anunciaron con júbilo el triunfo de Rigoberta Menchú. Es un triunfo que la población indígena (unos 5,6 de los nueve millones de habitantes del país) reconoce como propio.

Para hoy, los diferentes comités que *apoyaron* la candidatura de Rigoberta Menchú tienen preparada una *multitudinaria* concentración en la Ciudad de Guatemala para *festejar* la concesión del Nóbel.

favorecieron

masiva

celebrar

Rigoberta dedicará parte del premio a crear una fundación que llevará el nombre de su padre, Vicente Menchú, y que luchará por la *vigencia* de la justicia social y los derechos humanos en Guatemala.

la aplicación de leyes

El País, octubre de 1992 (Madrid, España).

LECCIÓN 2: GUATEMALA

147

Focus questions

—¿Cómo y cuándo murió el padre de Rigoberta?

—¿Cómo y cuándo murió su madre?

—¿Cómo reaccionó Rigoberta a la muerte de su madre? ¿Cómo reaccionaron sus hermanas?

—¿Cómo reaccionó el pueblo indígena al oír de la concesión del Nóbel?

—¿Qué hará Rigoberta con el dinero?

NSS **For Native Speakers** Pregúnteles a los estudiantes hispanohablantes si saben de alguien, algún pariente o ellos mismos tal vez, que haya tenido experiencias similares a las de la vida trágica de Rigoberta. Si así es, pregúnteles si no estarían dispuestos a compartir algunas de esas experiencias con la clase.

In class, have students correct each other's homework as you go over answers to exercise **A** with entire class. Do exercise **B** with the class, calling on individual students and having the class confirm each response.

Answers

A. ¿Sí o no?

1 No. Es una indígena maya-quiché pero nació en Chimel en el municipio de Uspantán en el Quiché, en el norte de Guatemala.

2 No. Trabajó de niña en las cosechas de algodón y de café.

3 Sí.

4 No. La madre fue secuestrada unas semanas después de la muerte del padre. Fue torturada y asesinada.

5 Sí.

B. Hablemos de la lectura.

1 Las respuestas van a variar. Pueden decir que es importante porque ella es representativa de la mayoría de los habitantes de Guatemala.

2 Fue muy difícil. Durante las cosechas, ella tenía que trabajar en las fincas grandes junto con sus padres. No iba a la escuela.

3 Su hermano fue asesinado por terratenientes. Su padre fue carbonizado en la embajada española y su madre fue secuestrada, torturada y asesinada.

4 Tuvo que exiliarse.

5 El pueblo indígena hizo sonar las campanas de todas las iglesias del altiplano en júbilo.

6 Las respuestas van a variar. En la Biblia el apocalipsis se refiere a la destrucción del mal y el triunfo del bien. Rigoberta simbólicamente representa esto para el pueblo indígena. La gloria se refiere claramente al ser galardonada con el Premio Nóbel.

■ *¿Comprendiste la lectura?*

A. ¿Sí o no? Decide si estás de acuerdo o no con los siguientes comentarios. Si no, explica por qué no.

1. Rigoberta Menchú es una indígena maya-quiché que nació en la ciudad capital de Guatemala.
2. En contraste con la mayoría de los campesinos indígenas, Rigoberta no tuvo que trabajar de niña sino que estudió en las mejores escuelas de su país.
3. Su padre, Vicente Menchú, murió carbonizado en la Embajada de España en Guatemala durante un asalto de la policía contra los que habían tomado la sede diplomática en protesta.
4. Su madre, Juana Tum, se escapó de unos grupos paramilitares y ahora vive con su hija Rigoberta en el exilio.
5. Rigoberta dedicará parte del premio a crear una fundación que llevará el nombre de su padre para vigilar los derechos humanos en Guatemala.

B. Hablemos de la lectura. Contesta estas preguntas.

1. ¿Qué importancia tiene que Rigoberta Menchú sea maya-quiché?
2. ¿Cómo fue la niñez de Rigoberta Menchú? ¿Asistió a una escuela en el campo? Explica tu respuesta.
3. ¿Cómo murió un hermano suyo? ¿Cómo murió su padre? ¿su madre?
4. ¿Qué hizo Rigoberta para evitar ser asesinada?
5. ¿Cuál fue la reacción del pueblo más humilde de Guatemala al conocerse la concesión del Nóbel a su compatriota?
6. ¿Por qué crees que el título de la lectura incluye la frase "del apocalipsis a la gloria"?
7. ¿Cuál de las varias tragedias en la vida de Rigoberta Menchú crees que la ha marcado más? Explica por qué.
8. ¿Qué piensa hacer Rigoberta Menchú con el dinero que ganó?
9. ¿Por qué mereció Rigoberta Menchú el Premio Nóbel de la Paz de 1992?
10. En 1992 se cumplieron 500 años de la llegada de Cristóbal Colón a América. ¿Crees que este hecho influyó a la comisión que le otorgó el Premio Nóbel de la Paz a Rigoberta Menchú? Explica.

148

7 Las respuestas van a variar.

8 Piensa crear una fundación que llevará el nombre de su padre y que luchará por la justicia social y los derechos humanos.

9 Las respuestas van a variar.

10 Las respuestas van a variar.

Palabras como llaves: *real*

Para ampliar el vocabulario. La palabra **real** tiene muchos significados en español. Con un(a) compañero(a), discute lo que significa **real** en cada oración.

1. Las tragedias de la vida de Rigoberta Menchú son casos de la vida **real.**
2. Lo **real** es lo contrario de lo imaginario.
3. El Escorial es el palacio **real** construido por el rey Felipe II.
4. Un camino **real** conectaba la mayoría de las antiguas misiones de California.

Hay palabras derivadas de **real** que son cognados falsos de palabras parecidas en inglés, y viceversa, palabras parecidas en inglés que tienen otras traducciones en español.

español	*inglés*
realizar *to accomplish, complete*	*to realize* darse cuenta
actual *present-day, current*	*actual* real, verdadero

Contesta las preguntas.

1. ¿Qué es lo que más quieres **realizar** en tu vida?
2. ¿Cuál es un sinónimo de la expresión **un hecho real**?
3. ¿Equivale la expresión **en verdad** a **en realidad**?
4. ¿Significa lo mismo **real** que **actual** en español?

Dramatizaciones

A. Un drama en tres actos. Primer acto: niñez. Con dos o tres compañeros, dramaticen la niñez de Rigoberta Menchú. Preparen varias escenas: su vida en casa, en los campos, con sus amigos.

B. Segundo acto: juventud. Con dos o tres compañeros, dramaticen la juventud de Rigoberta Menchú. Preparen varias escenas: su vida en casa, en el servicio doméstico, con sus amigos.

C. Tercer acto: edad adulta. Con dos o tres compañeros, dramaticen la vida de Rigoberta Menchú como adulta. Preparen varias escenas: su vida en exilio, la muerte de sus padres, el anuncio del Premio Nóbel.

Palabras como llaves

Allow time for pair work. Then have individual students define the use of **real** in each instance. Also have them answer the questions.

Answers

1 Las respuestas van a variar.
2 Un hecho verdadero.
3 Sí.
4 No. **Real** quiere decir verdadero, **actual** significa en el tiempo presente.

Dramatizaciones

Purpose To role-play Rigoberta Menchú's life as a child, as a teenager, and as an adult, and to comment on cross-cultural differences and similarities.

Suggestions These role plays are optional, and should be done as time permits. Do a brainstorming activity with the class, reviewing the highlights in Rigoberta's life as a child, a teenager and an adult before having them do the role plays. Have students do role plays in pairs or groups of three, with one being Rigoberta and the others her parents, brother or sisters. Point out that the class will be asked to comment on cultural and historical authenticity at the end of each role play.

1 Assign **A** to one third of the class, **B** to the second third and **C** to the last third.
2 Allow time for groups to prepare their role plays.
3 Have each group present in front of the class without notes.
4 Have the class discuss the cultural and historical appropriateness of each dramatization.

Suggestion If available, bring books from your library that show samples of Spanish colonial arquitecture and compare it to colonial arquitecture in the United States.

Allow time to prepare questions. Then call on one student at a time to ask questions of the class. Repeat with several students.

Extension Ask students to describe in detail what they think **arquitectura colonial** consists of. Ask why it is called this and if they know what "colonial architecture" is like in the United States. Finally ask if colonial architecture in the U.S. is the same as **arquitectura colonial** in Latin America. Have students explain why not.

FOTO

Antigua. Uno de los conventos coloniales destruidos por el terremoto de 1773. Muchos de estos edificios no han sido reconstruidos y son un testimonio de la gran devastación de la ciudad.

Ventana
al Mundo 21

Antigua:
joya de la arquitectura colonial

A veinticinco millas de la Ciudad de Guatemala, se encuentra la hermosa ciudad colonial que se conoce como Antigua Guatemala o simplemente Antigua. Durante la época de mayor esplendor la

ciudad fue capital de la Capitanía de Guatemala y tuvo más de ochenta mil habitantes. La capital de Guatemala ha conocido cuatro localidades desde que fue fundada en 1524 por Pedro de Alvarado con el nombre de Santiago de los Caballeros y fue trasladada tres años después a

los pies del volcán Agua. En 1541 una erupción de este volcán destruyó la ciudad ahora conocida como Ciudad Vieja y la capital se mudó al lugar de la Antigua Guatemala. En 1773 un terrible terremoto destruyó casi por completo la ciudad y las autoridades mudaron la capital a la localidad que hoy ocupa la Ciudad de Guatemala. Todavía se pueden admirar en Antigua bellos ejemplos de la arquitectura colonial como iglesias y conventos aunque muchos ahora son sólo ruinas. Antigua es hoy como un inmenso museo donde parece que el tiempo se ha detenido hace más de dos siglos.

———◆———

Antigua Guatemala. Prepara cinco preguntas sobre esta ventana para hacerles a tus compañeros de clase. Contesta las preguntas que te hagan a ti.

Vocabulario personal

¡Fue una entrevista estupenda! Tú eres un(a) reportero(a) que acaba de tener una entrevista fenomenal con Rigoberta Menchú. Ahora estás preparándote para escribir un artículo sobre la vida de esta mujer excepcional. Antes de escribir tu primer borrador, prepara una lista de vocabulario que crees que vas a necesitar 1) para hablar de su niñez, 2) para contrastar el pasado de Rigoberta con la actualidad, 3) para describir la importancia y el significado de Rigoberta Menchú en la comunidad mundial y 4) otras palabras y expresiones útiles. Tal vez debas volver a la lectura "Rigoberta Menchú: del apocalipsis a la gloria", para encontrar vocabulario apropiado.

Su niñez y su juventud

1. aldea
2. campesina
3. cosechas
4. . . .
5. . . .
6. . . .
7. . . .
8. . . .

Su pasado y su vida actual

1. símbolo universal
2. altiplano
3. segregación racial
4. . . .
5. . . .
6. . . .
7. . . .
8. . . .

Importancia en la comunidad mundial

1. apoyar la candidatura
2. justicia social
3. derechos humanos
4. . . .
5. . . .
6. . . .
7. . . .
8. . . .

Otras palabras y expresiones

1. servicio doméstico
2. conciencia social
3. sangriento
4. . . .
5. . . .
6. . . .
7. . . .
8. . . .

Purpose In this section, students will develop their own, personalized active vocabulary lists. They will also recycle vocabulary previously learned in specific contexts to perform specific functions.

¡Fue una entrevista estupenda! These lists may be assigned as homework. Encourage students to look for words that are new to them and will help them expand their vocabulary. Remind students that the vocabulary lists they develop here will be used later in the writing section, **Escribamos ahora.** After lists have been finished, allow time for students to compare lists with two classmates. Encourage them to borrow words from each other to make their lists as complete as possible. Additional active vocabulary lists for the Unit appear in the student workbook, **Cuaderno de actividades.**

NSS **For Native Speakers** Anime a los estudiantes hispanohablantes a que encuentren palabras que no sepan. Pídales que escriban esas palabras en la pizarra para que la clase les ayude con el significado.

Escribamos ahora

Escribamos ahora

Purpose In this section students continue to develop their writing skills using a process writing approach. In **A generar ideas**, students will learn the difference between **contraste** and **analogía**. In **El primer borrador**, they will apply these concepts in a writing task that asks them to compare and contrast their own lives with that of Rigoberta Menchú's.

A. A generar ideas: El contraste y la analogía

1. **Diferencias y semejanzas.** Según el diccionario, *comparar* significa "establecer la relación que hay entre dos seres o cosas". Si la relación que se establece enfatiza las diferencias, se le llama *contraste;* si enfatiza las semejanzas, se le llama *analogía.* En ambos casos, sea contraste o analogía, la descripción detallada de las personas, objetos o conceptos que se comparan es esencial.

   Mira los siguientes ejemplos de comparaciones y di si son *contraste* o *analogía.*

   a. México y Guatemala son países que tienen un largo pasado indígena.

   b. En la antigua Tenochtitlán, las canoas que iban por los canales eran el medio de transporte preferido mientras que en la moderna Ciudad de México lo que más se usa es el metro.

   c. Mientras que en el desierto de Sonora, México, casi nunca llueve, en la zona tropical de Chiapas llueve casi a diario.

   d. Existe mucho en común en la vida diaria de dos jóvenes estudiantes de la escuela secundaria Miguel Hernández de Guadalajara, México, y Michael Johnson de Denver, Colorado; los dos estudian matemáticas, química, literatura e historia.

2. **Ideas y organización.** ¿Cómo se compara la vida de un norte-americano(a) típico(a) como tú, con la vida de Rigoberta Menchú? Prepárate para hacer tal comparación con un(a) compañero(a) de clase. Empiecen por hacer dos listas: una de características relacionadas con la niñez y otra de características relacionadas con la vida de un adulto. Incluyan en cada lista todo lo que consideran importante en ambos períodos: educación, diversión, oportunidades, empleo, éxitos, etc.

3. **Recoger información.** Con tu compañero(a), prepara un esquema como el que sigue usando las categorías que identificaron en la sección anterior. Tengan en cuenta también el trabajo que hicieron al preparar un **Vocabulario personal** para escribir un artículo sobre la vida de Rigoberta Menchú y lo que ustedes ya saben acerca de sí mismos.

A. A generar ideas: el contraste y la analogía

1 Diferencias y semejanzas. Go over the concepts with the class. Do the exercise with the students and ask them if they can provide additional examples.

Answers

a analogía
b contraste
c contraste
d analogía

2 Ideas y organización. Tell students to list as many differences and similarities as they can. Do a brief brainstorming session with the class if necessary, to get them started.

3 Recoger información. This may be assigned as homework. In class, allow students to share their organizational charts with each other. Encourage them to add to, subtract from, or correct their own charts based on what they see on their classmates' charts.

Comparación: Vida de un(a) norteamericano(a) típico(a) con la vida de Rigoberta Menchú			
Propósito: Ver cuáles son las diferencias y semejanzas			
Características	**Mi compañero(a) y yo**	**Rigoberta Menchú**	**¿Semejante o diferente?**
Niñez 1. educación 2. ... 3. ...	Obligatoria del grado 1 al 12.	Trabajó en los campos.	*Diferente:* En EE.UU. es más fácil.
Adultos 1. éxitos 2. ... 3. ...	Casados y con familia	Premio Nóbel y respeto mundial	*Diferente:* Ella es conocida en el mundo entero.

B. El primer borrador

Con los datos obtenidos en la actividad anterior, escribe una composición comparando tu vida con la de Rigoberta Menchú. Incluye todos los detalles posibles sobre la vida de Rigoberta y la tuya. No te preocupes por los errores o por la organización todavía. Lo importante de este borrador es que incluyas todas las ideas que consideres importantes y que consigas más información sobre el tema, si la necesitas.

B. El primer borrador. Suggest that students begin by writing for a set amount of time without stopping. This will help them focus on writing all the information they have gathered before they start focusing on style, editing, etc. After that time period, tell them to read what they have written. They can now start reorganizing the paragraphs as necessary. This may all be assigned as homework.

Luz, cámara, acción

Lección 3

Teotihuacán

Luz, cámara, acción

Antes de empezar el video

En tiempos antiguos hubo varios pueblos que llegaron a tener grandes e impresionantes civilizaciones con hermosas ciudades y un alto nivel de cultura.

1. ¿Cuántas civilizaciones antiguas de este tipo puedes nombrar?
2. Selecciona una de esas civilizaciones y di todo lo que la hizo grande e impresionante.
3. ¿Sabes de alguna gran civilización de la cual se sabe muy poco? ¿Cuál es? ¿Por qué se sabe tan poco?
4. ¿Cómo es posible que hayan existido grandes y poderosas civilizaciones y que ahora no se sepa casi nada de ellas?

154

ESCENARIO

Escenario

Call on individual students to read aloud. Ask comprehension check questions at the end of each paragraph. Then call on volunteers to answer the **¡A ver si comprendiste!** questions.

Teotihuacán: La Avenida de los Muertos

La Ciudad de los Dioses

Hace quinientos años los aztecas tenían tanto respeto por unas ruinas misteriosas y antiguas cerca de su capital que las llamaron Teotihuacán, "La Ciudad de los Dioses". No sabemos si los habitantes de Teotihuacán usaron este nombre para su ciudad. La zona arqueológica de Teotihuacán está situada a treinta millas al noreste de la Ciudad de México.

¿Quiénes fueron los habitantes de Teotihuacán? En realidad, sabemos muy poco de ellos. No sabemos de dónde vinieron, ni qué lengua hablaban ni por qué desaparecieron de repente alrededor de 750 d.C.

Sin embargo, como consecuencia de nuevos estudios y excavaciones arqueológicas, seguimos descubriendo más de esta fascinante y misteriosa ciudad.

La Serpiente Emplumada

Focus questions Ask these questions as students read the short story to verify that they are understanding key information.
—¿De dónde viene el nombre "Teotihuacán? ¿Cómo era "La Ciudad de los Dioses" cuando recibió este nombre? ¿Quiénes la nombraron?
—¿Usaron este nombre los habitantes originales de Teotihuacán?

—¿Cuál es el origen de los habitantes de Teotihuacán?
—¿Cuándo fue abandonada la ciudad? ¿Por qué fue abandonada?

LECCIÓN 3: TEOTIHUACÁN

155

Focus questions

—¿Cómo fue Teotihuacán durante su apogeo?

—¿Hasta dónde se extendía su influencia?

—¿Cómo se destaca Teotihuacán de otras ciudades de Mesoamérica?

—¿Por qué se cree que fue una ciudad sagrada?

—¿Cuál fue la población de Teotihuacán durante su período de mayor esplendor?

—¿Cómo se compara Teotihuacán con la ciudad griega Atenas y con Roma?

—¿Qué tipo de problemas sufrió la ciudad durante su último siglo de existencia?

—¿Qué llevó a Teotihucán a su fin como ciudad y cultura dominante?

—¿Fue destruida la ciudad por conquistadores ajenos?

—¿Qué probablemente causó su fin?

La gran metrópoli mesoamericana

Lo que sabemos es que, desde la época de Cristo hasta alrededor de 750 d.C., Teotihuacán fue una de las ciudades más importantes de toda Mesoamérica. Durante el período más brillante y prestigioso de su cultura, fue una ciudad magnífica. Dominada por templos y pirámides, acentuada por edificios de colores vibrantes a lo largo de amplias avenidas, fue la ciudad con más influencia sobre un área que iba desde el norte de México hasta Guatemala; y fue también el punto central de los comerciantes mesoamericanos. Teotihuacán fue la primera ciudad grande y compleja del continente, además de ser el primer gran estado de Mesoamérica.

Tláloc

Debido a la multitud de templos y pirámides enormes, Teotihuacán probablemente inició su historia como una ciudad sagrada. Fue planeada desde el principio con grandes avenidas y obras públicas colosales. Teotihuacán tenía la extensión más grande de arquitectura pública monumental de su tiempo en el continente.

Figura de piedra

Teotihuacán alcanzó su mayor esplendor en los siglos III y IV, cuando su población era de más de 150.000 personas. Entonces, era tan populosa como la ciudad griega de Atenas y cubría un área más grande que la ciudad de Roma, la cual floreció hacia la misma época. Un poco más tarde, alrededor del año 600 d.C., Teotihuacán era una de las ciudades más grandes del mundo.

La destrucción

Durante el último siglo de existencia de la ciudad como centro principal de poder, su dominación económica empezó a sufrir problemas que tal vez reflejaban la pérdida de control político y económico de la élite teotihuacana. Hubo un violento cataclismo social que llevó a Teotihuacán a su fin como ciudad y cultura dominantes. El colapso no parece ser resultado de la conquista o destrucción por una cultura rival. Parece haber sido iniciado desde el interior, como resultado de una lucha de facciones dentro de la ciudad.

156

La que había sido una gran metrópoli por más de quinientos años parece haber sufrido una destrucción sin precedente en el mundo prehispánico. Hubo un ataque violento y sangriento contra los gobernantes. Mataron a la gente en los palacios, y luego los quemaron; también incendiaron los templos con gran furia y pasión.

Después de esta destrucción, los edificios ceremoniales nunca se reconstruyeron y la ciudad fue abandonada. Más tarde una nueva ciudad, mucho menos poblada, con una tradición cultural distinta surgió a ambos lados de la avenida central en ruinas.

Mural de la Serpiente Emplumada y de los árboles floridos

■ ¡A ver si comprendiste!

¿Quién? ¿Qué? ¿Cuándo? ¿Recuerdas los datos más importantes de la lectura? Para asegurarte, contesta estas preguntas con un(a) compañero(a).

1. ¿Quiénes les dieron el nombre de Teotihuacán a las ruinas de la ciudad más grande de Mesoamérica?
2. ¿Qué significa este nombre?
3. ¿Dónde se encuentra esta ciudad?
4. ¿Por qué se cree que Teotihuacán inicialmente fue un centro religioso?
5. ¿Alrededor de cuántas personas se cree que vivían en Teotihuacán durante la época de su mayor esplendor?
6. ¿A qué se debe el colapso de la ciudad?
7. ¿Crees que existe una moraleja o lección encerrada en las ruinas de Teotihuacán?
8. ¿Cuál es para ti el momento histórico más importante dentro del desarrollo de Teotihuacán?

LECCIÓN 3:   TEOTIHUACÁN

157

Focus questions
—¿Qué les pasó a los gobernantes de Teotihuacán? ¿A los palacios y templos?
—¿Fue reconstruida la ciudad?
—¿Qué surgió a ambos lados de la avenida principal de Teotihuacán?

¡A ver si comprendiste!

Answers

1 Los aztecas.
2 Significa "la Ciudad de los Dioses."
3 Está a unas treinta millas de la Ciudad de México.
4 Se cree que fue un centro religioso por la multitud de templos y pirámides enormes que hay allí.
5 Se cree que tenía 150.000 habitantes.
6 No se sabe definitivamente, pero parece que la ciudad fue destruida desde el interior. Tal vez fue una lucha de facciones dentro de la ciudad.
7 Las respuestas van a variar.
8 Las respuestas van a variar.

NSS **For Native Speakers** Pídales a los estudiantes hispanohablantes que preparen un debate sobre el hecho de que grandes tesoros arqueológicos mexicanos y guatemaltecos acaban en museos estadounidenses, británicos, franceses, etc. en vez de en México o Guatemala. Tal vez deba mencionar la reciente controversia internacional sobre quién es dueño del tesoro de Priam de la antigua ciudad de Troya: los rusos que admiten haber sacado el tesoro de Alemania durante la Segunda Guerra Mundial, los alemanes que insisten que es de ellos, o los turcos que insisten en que el arqueólogo alemán, Heinrich Schliemann, lo sacó de su país ilegalmente. Pregúnteles si ellos descubrieran algún tesoro si tratarían de sacarlo del país ilegalmente.

Suggestions

1 Ask students to describe the video stills and get them to predict what they think they will be seeing on the video.

2 Play the video all the way through without stopping. Then rewind and play it through one section at a time, stopping to ask comprehension check questions—yes/no, either/or, short response questions, to help the students undertand what they heard and saw. Repeat this procedure to the end. The length of each video section you show will depend on how much your students can understand and retain as they view the video.

3 Play the video all the way through one last time before asking **A ver cuánto comprendiste...** questions.

Y ahora, ¡veámoslo!

En este video tendrán la oportunidad de acompañar a un grupo de cuatro jóvenes latinos a una exhibición muy especial en el Museo M. H. de Young de San Francisco, California. Con ellos tendrán la oportunidad de ver la más extensa colección de murales y artefactos de Teotihuacán que se haya exhibido fuera de México.

El video: **Teotihuacán**

El Museo M.H. de Young

Nellie y sus amigos

Dios de la Tormenta

Figura anfitriona

158

■ *A ver cuánto comprendiste...*

A. Dime si entendiste. Después de ver el video, contesta estas preguntas.

1. ¿A quién estaba dedicada la pirámide más grande de Teotihuacán?
2. ¿Cómo se llama la avenida principal en el centro de Teotihuacán?
3. Describe a la Diosa de la Naturaleza: ¿qué llevaba en las orejas? ¿en la nariz? ¿en la cabeza?
4. ¿Quiénes llevaban los collares que encontraron en el Templo de la Serpiente Emplumada? ¿De qué material estaban hechos los collares?
5. ¿Cómo usaban las máscaras de piedra?
6. ¿Dónde encontraron las figuras anfitrionas? ¿Puedes describirlas?

B. ¿Y qué dices tú? Contesten estas preguntas en grupos de tres o cuatro. Luego díganle a la clase cómo contestaron cada pregunta.

1. Nellie Santana dice que trabajó como embajadora en el Museo de Young durante el verano. ¿En qué crees que consistió su trabajo?
2. ¿Qué te impresionó más de la exhibición en el Museo de Young?
3. Después de leer sobre Teotihuacán y ver el video, ¿cuáles son las dos imágenes que más recuerdas? Descríbelas en dos o tres oraciones.
4. Imagínate mil años en el futuro una exhibición sobre la ciudad perdida de Nueva York (o Chicago o Los Ángeles), ¿qué monumentos existirían y qué objetos se incluirían en la exhibición en un museo?

PASAPORTE *cultural*

México-Guatemala. Tu profesor(a) te va a dar un crucigrama con las claves verticales y a tu compañero(a) le va a dar uno con las claves horizontales. Haz tu parte del crucigrama mientras tu compañero(a) hace la suya. Luego para completarlo, pídele las claves que necesitas a tu compañero(a) y dale las que te pida a ti. No se permite comparar crucigramas hasta terminar la actividad.

LECCIÓN 3: TEOTIHUACÁN

159

Escribamos ahora

A. Primera revisión

Intercambia tu redacción (de la página 153) con la de un(a) compañero(a) y léela cuidadosamente. ¿Te parecen claras las comparaciones que hace? ¿Incluye tanto contrastes como analogías? ¿Son completos los contrastes y las analogías o te gustaría tener más información? ¿Es la descripción suficientemente detallada?

1. Comparte tus opiniones con tu compañero(a). Empieza por decirle una o dos cosas que sinceramente te gustaron en su redacción. Escucha atentamente los comentarios que él (ella) haga acerca de tu redacción.

2. En las dos listas que siguen hay expresiones que se usan frecuente-mente al hacer contrastes y analogías. ¿Cuántas de estas expresiones usaste en tu redacción? ¿Cuántas de estas expresiones puedes incor-porar en tu composición?

Para mostrar semejanzas:	*Para mostrar diferencias:*
los dos	más . . . que
tan . . . como	menos . . . que
tanto como	mejor que/mayor que/peor que
son casi idénticos en	en cambio
como	al contrario
a la vez	en contraste

B. Segundo borrador

Escribe una segunda versión de tu comparación incorporando algunas de las expresiones de las dos listas anteriores y considerando las sugerencias que te hizo tu compañero(a).

C. Segunda revisión

Prepárate para revisar tu composición con la siguiente actividad.

1. Trabajando en parejas, cambien todos los verbos en estos párrafos al pasado.

Rigoberta Menchú aprende español a los veinte años. Adquiere popularidad en Latinoamérica y Europa a principios de los años 80, con su libro autobiográfico titulado *Me llamo Rigoberta Menchú y así me nació la conciencia*, traducido actualmente a varios idiomas. Rigoberta es la sexta de nueve hijos. Desde muy temprana edad y junto con su familia, trabaja en los cultivos de café y algodón de las plantaciones costeras. En su autobiografía describe la opresión que sufren los indígenas a manos de los terratenientes. Dos de sus hermanos mueren en las plantaciones: uno a consecuencia de los pesticidas y otro por desnutrición.

A los catorce años Rigoberta se traslada a la Ciudad de Guatemala para trabajar como empleada doméstica en casa de una familia rica. Aquí también sufre maltratos y humillaciones.

Los padres y un hermano de Rigoberta son brutalmente asesinados a finales de la década de los setenta, víctimas de la represión militar de su país.

Adaptación de "Primera Mujer Indígena Premiada con el Nóbel de la Paz" por Alicia Morandi. Vida Nueva. *Los Ángeles, California*

2. Ahora dale una rápida ojeada a tu composición para asegurarte de que no haya errores en el uso del pretérito e imperfecto. Luego intercambia composiciones con un compañero(a) y revisa su uso de verbos en el pasado.
3. Subraya cada verbo y asegúrate de que su tiempo verbal corresponda al contexto.
4. Ojea rápidamente cada adjetivo y asegúrate de que su forma corresponda al sustantivo que describe.
5. Busca las expresiones comparativas (de contraste y de analogía) y asegúrate de que se hayan usado correctamente.

D. Versión final

Considera los comentarios de tus compañeros sobre el uso de verbos en el pasado, de comparativos y de concordancia y revisa tu redacción por última vez. Como tarea, escribe la copia final a máquina o en la computadora. Antes de entregarla, dale un último vistazo a la acentuación, la puntuación y la concordancia.

E. Publicación

Cuando tu profesor(a) te devuelva la composición corregida, léesela a tres compañeros y escucha mientras ellos leen las suyas. Luego decidan cuál de las cuatro es la mejor e intercambien esa composición con la mejor de otro grupo. Finalmente, guarden todas las composiciones que hayan señalado como las mejores en un cuaderno titulado "Rigoberta Menchú y cinco estudiantes de [su escuela]: una comparación".

LECCIÓN 3: TEOTIHUACÁN

161

Answers

1 Rigoberta Menchú **aprendió** español a los veinte años. **Adquirió** popularidad en Latinoamérica y Europa a principios de los años 80, con su libro autobiográfico titulado *Me llamo Rigoberta Menchú y así me nació la conciencia*, traducido actualmente a varios idiomas. Rigoberta **fue** la sexta de nueve hijos. Desde muy temprana edad y junto con su familia, **trabajó** en los cultivos de café y algodón de las plantaciones costeras. En su autobiografía **describió** la opresión que sufrieron los indígenas a manos de los terratenientes. Dos de sus hermanos **murieron** en las plantaciones: uno a consecuencia de los pesticidas y otro por desnutrición.

A los catorce años Rigoberta **se trasladó** a la Ciudad de Guatemala para trabajar como empleada doméstica en casa de una familia rica. Aquí también **sufrió** maltratos y humillaciones.

Los padres y un hermano de Rigoberta **fueron** brutalmente asesinados a finales de la década de los setenta, víctimas de la represión militar de su país.

D. Versión final. Have students do this as homework. Insist that they type the final version or write it very legibly.

E. Publicación. Collect the best from each group and either post them on the class bulletin board or bind them into one book titled:

"Rigoberta Menchú y cinco estudiantes de [su escuela]: una comparación" por los estudiantes de *Mundo 21*

If binding them into a book, ask students whose compositions were selected to retype them making all the corrections indicated, before they are bound. Make the book available for students to read when they get to class early or when they finish an exam early.

Cultural/ Communicative

In this unit, students will use Spanish...

- *to understand and talk about historical events:* early inhabitants of the Caribbean; the first capital city of the Spanish Empire in the New World; colonial times and independence movements; the Spanish-American War of 1898; the Cuban Revolution and Cuban exiles; the Trujillo dictatorship in the Dominican Republic; the Commonwealth and industrialization of Puerto Rico

- *to gain knowledge of current political and social issues:* the effect of the fall of the Soviet Union on Cuban government and society; the ongoing power struggle between elected officials in the Dominican Republic and the military; unemployment and other problems resulting from rapid industrialization in Puerto Rico

- *to learn about today's protagonists in politics, the arts, and entertainment:* Wifredo Lam, Nicolás Guillén, Fidel Castro, Nancy Morejón, Eliseo Diego, Silvio Rodríguez, Joaquín Balaguer, Juan Bosch, José Rijo, Charytín, Juan Luis Guerra, Luis Muñoz Marín, Pedro Rosello, Rosario Ferré, Chayanne

FOTO
Artefacto indígena taíno de la República Dominicana.

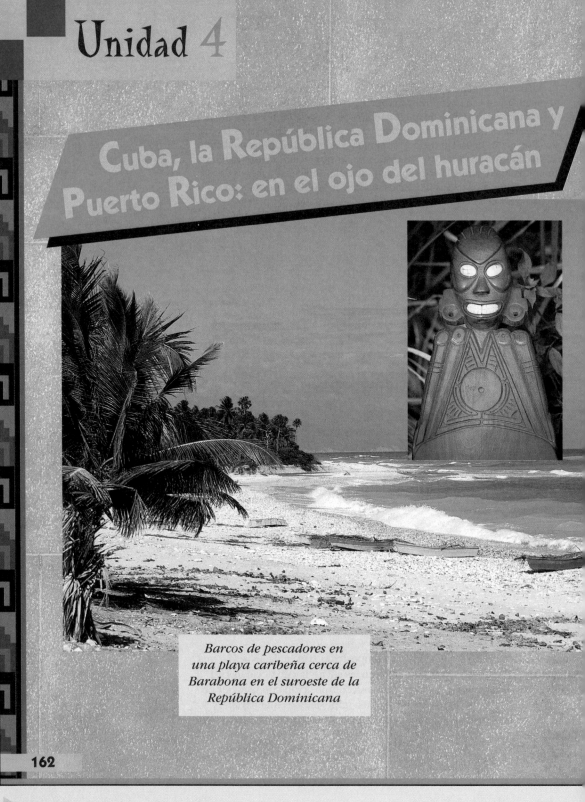

Unidad 4

Cuba, la República Dominicana y Puerto Rico: en el ojo del huracán

Barcos de pescadores en una playa caribeña cerca de Barahona en el suroeste de la República Dominicana

162

Enfoque

Purpose To set the stage by focusing students on the topics of the unit: Taíno, Spanish, and African backgrounds, and stormy meteorological and social settings for three countries seeking their own future.

Suggestions Ask students why they think this Unit is subtitled **En el ojo del huracán.** After completing the chapter come back to their responses to see if they predicted correctly.

*El distrito de Vedado
con la torre de la Plaza de la
Revolución en La Habana, Cuba*

*El área de Condado
en San Juan, Puerto Rico*

▶ **ENFOQUE** Estos tres países hispanohablantes, Cuba, la República Dominicana y Puerto Rico, comparten un mismo origen ancestral que incluye a los indígenas taínos, españoles y africanos. Están situados en islas del mar Caribe, en una zona de grandes huracanes, tanto metereológicos como sociales. Las tres naciones buscan respuestas que les aseguren su propio horizonte.

After reading the **Enfoque**, ask:
1 ¿Qué comparten Cuba, la República Dominicana y Puerto Rico? *(El mismo origen que incluye taínos, españoles y africanos.)*
2 ¿Dónde están situados estos tres países? *(En el mar Caribe.)*

3 ¿Qué significados literales y simbólicos tiene la palabra "huracán" para estos tres países? *(Están en una zona de grandes huracanes y la historia de estos países es como una serie de huracanes políticos.)*

Linguistic

Reading
- Pre-reading: common tools and their varied uses; identifying existing Goodwill Ambassadors and selecting future ones
- Literary selection: "**Las herramientas todas del hombre**" by Eliseo Diego
- Journalistic selection: "**Juan Luis Guerra: el poeta que canta al mundo**"

Writing
- Strategies: **Describir la función de algo**
- Publication: **Invenciones: nuevas herramientas prácticas**

Speaking
- do cooperative communicative activities in **Gente del Mundo 21**
- express opinions or viewpoints in **Del pasado al presente**
- articulate opinions and interpretations of literary and journalistic readings
- talk about **José Martí; La Revolución Cubana; Cristóbal Colón y "las Indias"; Los beisbolistas dominicanos; Puerto Rico: entre libre asociación, estadidad o independencia** in **Ventanas al Mundo 21**
- Role plays and a debate

Listening
- view a video about tropical storms in the Caribbean
- do additional listening comprehension activities in the *Cuaderno de actividades*

Structure
- The Past Participle
- Passive Constructions
- Present Subjunctive Forms and Use in Main Clauses
- Formal and Familiar Commands
- Subjunctive: Noun Clauses

FOTO

Máscaras del artista puertorriqueño Jacinto Ramírez.

ACTIVE VOCABULARY

Gente

aclamado(a)	exuberante
afrocubano(a)	fracasar
amnistiado(a)	intento
antepasados	mezclar
controvertido	reconocido(a)
dictadura	ritmo
dirigente	trópico

Los primeros habitantes y El período colonial

caña	isla
colonización	maltrato
cultivo	mina
diverso(a)	pesca
enriquecerse	rostro
esclavo	suicidio
exterminado(a)	tribu
exterminio	

El proceso de independencia y La Guerra Hispano-Estadounidense

armada	inexplicable
buque	lograr
consolidar	ocupación
estallar	pretexto
explosión	victoria
firmado	

La revolución cubana

bloqueo	movimiento
diplomático(a)	nacionalizar
escaso(a)	provocar
experiencia	rompimiento
guerrillero(a)	soviético(a)
inversión	

Cubanos al exilio y Sociedad en crisis

acuerdo	ejército
clase	emigrante
acomodada	leal
clase	mísil
trabajadora	primer ministro
derrotado(a)	

Lección 1

Cuba

Nombre oficial:
República de Cuba

Extensión:
110.922 km²

Principales ciudades:
La Habana (capital), Santiago de Cuba, Camagüey, Holguín

Moneda:
Peso ($C)

Gente del Mundo 21

Nicolás Guillén (1902–1989) es uno de los poetas hispanoamericanos más reconocidos del siglo XX. Hijo de un senador de la república, nació en Camagüey, Cuba, en una familia de antepasados africanos y españoles. Sus dos primeros libros, *Motivos del son* (1930) y *Sóngoro cosongo* (1931) están inspirados en los ritmos y tradiciones afrocubanos. El compromiso del artista con la realidad política y social de su país es una característica de su poesía. Durante la dictadura de Fulgencio Batista (1952–1958), Guillén vivió en el exilio y regresó a Cuba después del triunfo de la revolución de Castro. Fue fundador y presidente de la Unión de Escritores y Artistas de Cuba (UNEAC) y fue aclamado como el poeta nacional de Cuba.

Fidel Castro, controvertido político y dirigente revolucionario, nació en 1926 en Mayarí, en la provincia cubana de Oriente. Fue educado en escuelas católicas y se graduó en derecho en la Universidad de La Habana. El 26 de julio de 1953, al fracasar un intento de tomar una instalación militar, Castro y su hermano Raúl fueron mandados a una prisión y dos años más tarde fueron amnistiados. En México, organizaron el Movimiento 26 de julio junto con el revolucionario argentino Ernesto "Che" Guevara. En 1956 Castro dirigió la lucha contra Fulgencio Batista, quien huyó del país el 31 de diciembre de 1958. Desde entonces Castro ha dirigido el país como secretario general del Partido Comunista de Cuba. Suprimió las elecciones y no ha permitido ninguna oposición en la isla.

164

UNIDAD 4

Corresponding Structures in *Manual de gramática*

4.1 The Past Participle   G64
4.2 Passive Constructions   G66

Wifredo Lam (1902–1982) es un pintor cubano mundialmente reconocido. Hijo de padre chino y de madre afrocubana, nació en Sagua La Grande en la provincia cubana de Las Villas. Con ayuda financiera de su ciudad natal, se fue a Madrid donde vivió durante trece años familiarizándose con la tradición artística europea. Más tarde se interesó en la tradición que le era familiar: la africana. Al empezar la Guerra Civil Española en 1936, se fue a vivir a París donde conoció a Picasso y a los surrealistas. En la década de l940, Lam regresó a Cuba y pintó obras de inspiración afrocubana como *La selva* (1943). En este cuadro presenta la realidad exuberante del trópico donde se mezclan de una manera fantástica formas humanas, animales y vegetales. Desde la década de 1950, Lam alternó estancias en Cuba y París, donde murió en 1982.

Nancy Morejón, poeta cubana, nació en La Habana en 1944. Forma parte de la primera generación de escritores que surgió después del triunfo de la Revolución Cubana de 1959. Hizo estudios de lengua y literatura francesa en la Universidad de La Habana, donde se licenció en 1966. Ha sido profesora de francés y traductora del Instituto del Libro. Ha colaborado en las más importantes revistas literarias cubanas. Su libro *Nación y mestizaje en Nicolás Guillén* recibió el premio de ensayo de la UNEAC en 1982. Su obra poética incluye los libros: *Mutismos* (1962), *Amor, ciudad atribuida* (1963), *Richard trajo su flauta y otros argumentos* (1966) y *Piedra pulida* (1986), entre otros.

Personalidades del Mundo 21. Con un(a) compañero(a), decide a quién describen los siguientes comentarios.

1. Fue aclamado como el poeta nacional de Cuba.
2. Conoció a Picasso y a otros surrealistas en París, antes de regresar a Cuba a pintar.
3. Después de graduarse de la Universidad de La Habana, ha enseñado francés y es traductora.
4. Se inspiró en los ritmos y tradiciones afrocubanos y se comprometió con la realidad política y social de su país.
5. Se educó en escuelas católicas y se graduó de la Universidad de La Habana antes de convertirse en revolucionario.

LECCIÓN 1: CUBA

165

Gente del Mundo 21

Purpose To introduce four important Cubans: one of Latin America's best known poets, **Nicolás Guillén;** the controversial revolutionary leader, **Fidel Castro;** the post-Revolution writer, **Nancy Morejón;** and the internationally recognized artist, **Wifredo Lam.**

Suggestions Have students read the first biography silently, then ask comprehension check questions. Repeat with the remaining biographies.

Extension Have volunteers or students interested in extra credit prepare a brief written or oral presentation on one of these personalities or another famous Cuban artist, actor, playwright, musician, or politician of their own choosing.

NSS **For Native Speakers** Pídales a los estudiantes hispanohablantes que preparen preguntas originales para que luego se las hagan a sus compañeros y así verifiquen la comprensión que éstos tienen sobre esta sección. Insista en que preparen por lo menos cuatro preguntas para cada una de las personas descritas.

Si Ud. tiene estudiantes hispanohablantes que sean cubanoamericanos, pídales que discutan alguno de los siguientes temas: argumentos a favor y en contra de la Revolución Cubana, la calidad de vida actual en Cuba, el impacto de la caída de la Unión Soviética y el futuro de Cuba.

Pregúnteles a los estudiantes hispanohablantes si podrían nombrar a otros cubanos famosos. Si pueden hacerlo, que hablen brevemente sobre ellos al resto de la clase.

Personalidades del Mundo 21

Allow time for pair work. Verify answers by calling on individual students.

Answers

1 Nicolás Guillén
2 Wifredo Lam
3 Nancy Morejón
4 Nicolás Guillén
5 Fidel Castro

Del pasado al présente

Purpose In Cuba: la palma ante la tormenta, students will read a brief history of Cuba with the intention of better understanding its present and future. The **Ventana al Mundo 21** readings and activities provide a brief glimpse of José Martí, Cuba's national hero and one of the world's greatest poets and thinkers, and of the crossroads that the Cuban Revolution is facing today.

Suggestion Ask students to explain the title of this reading. Then remind them that "La palma" refers to Cuba, as does the lone palm tree on its national seal. "La tormenta" refers to the upcoming political storm.

Procedure Call on one student to read the first paragraph. Ask comprehension check questions:

1 ¿Cómo se llama el grupo de islas de las cuales Cuba es la más grande? *(El Caribe.)*

2 ¿Qué nombre le dan a Cuba? ¿Por qué? *(La Perla de las Antillas. Por su belleza natural.)*

3 ¿Hay gran diversidad en la población de Cuba? ¿Cuáles son las culturas dominantes? *(Sí. La española, la africana y la de combinaciones de muchas razas.)*

Then divide the class into seven groups and do a jigsaw activity with the rest of the reading. See page 24 for instructions on setting up a jigsaw reading.

NSS **For Native Speakers** Lea el primer párrafo de la lectura en clase como arriba se describe, y luego haga las preguntas para verificar la comprensión. Proceda entonces de la forma indicada para una variación de la actividad *jigsaw* en la página 25.

CUBA: LA PALMA ANTE LA TORMENTA

Cuba, la isla más grande del Caribe, es conocida por su belleza natural como la Perla de las Antillas. Los rostros y la cultura de los cubanos reflejan la gran diversidad étnica y cultural de su gente. Sobresale la población de origen español y africano y las combinaciones de muchas razas del mundo.

Trinidad, Cuba

LOS PRIMEROS HABITANTES

Antes del primer viaje de Cristóbal Colón a América en 1492, Cuba estaba habitada por diversas tribus nativas como los taínos y los ciboneyes. Estos pueblos vivían en bohíos, cabañas construidas con palmas. Se dedicaban a la agricultura y a la pesca.

Cristóbal Colón y los taínos

Cuba fue descubierta por Colón en su primer viaje al Nuevo Mundo. Le dio el nombre de "Juana" en honor de la hija de los Reyes Católicos conocida como Juana la Loca. Después la isla tomó el nombre de Cuba que se origina de las palabras indígenas *Coabí* o *Cubanacán*. Estas palabras designaban respectivamente a la isla y a una aldea interior.

EL PERÍODO COLONIAL

En 1511, Diego de Velázquez inició la colonización española de Cuba. Como los ciboneyes y los taínos eran indígenas relativamente pacíficos, fueron fácilmente conquistados. Para 1517, sólo seis años después del arribo de Velázquez, la mayoría de la población nativa había sido exterminada debido a las enfermedades, el suicidio y el maltrato que recibieron en las minas de oro a manos de algunos españoles que intentaron enriquecerse rápidamente.

Representación de esclavos africanos en Cuba

166

UNIDAD

FOTOS

Foto de fondo. Panorama urbano de La Habana, Cuba.

Vista de la playa desde un balcón del Hotel Ancón de Trinidad, Cuba.

Recibimiento pacífico del líder taíno Guacanagari a Cristóbal Colón.

Grabado de madera en que aparece una pareja de esclavos plantando caña de azúcar en Cuba bajo la dirección de un supervisor con látigo.

El exterminio de la población nativa les presentó un problema a los españoles que intentaban introducir el cultivo de la caña de azúcar. Debido a que necesitaban trabajadores para esta industria, los españoles decidieron importar esclavos capturados en África. Esto cambió para siempre el rostro de la sociedad cubana.

EL PROCESO DE INDEPENDENCIA

Mientras que la mayoría de los territorios españoles de América lograron su independencia en la segunda década del siglo XIX, Cuba, junto con Puerto Rico, siguió como colonia española. Durante la segunda mitad del siglo XIX, la industria azucarera cubana se convirtió en la más importante del mundo, llegando a producir por sí sola más de una tercera parte de todo el azúcar del mundo.

El 10 de octubre de 1868 comenzó la primera guerra de la independencia cubana, que iba a durar diez años y en la que 250.000 cubanos iban a perder la vida. En 1878 España consolidó de nuevo su control sobre la isla y prometió hacer reformas. Sin embargo, miles de cubanos que lucharon por la independencia salieron al exilio. El 24 de febrero de 1895, la guerra por la independencia de Cuba estalló de nuevo.

LA GUERRA HISPANO-ESTADOUNIDENSE

Con el pretexto de una inexplicable explosión del buque de guerra estadounidense *Maine* en el puerto de La Habana en 1898, EE.UU. le declaró la guerra a España. La armada estadounidense obtuvo una rápida victoria y España se vio obligada a cederle a EE.UU., por el Tratado de París firmado el 10 de diciembre de 1898, los territorios de Puerto Rico, Guam y las Filipinas y de renunciar a su control sobre Cuba.

La explosión del Maine, *1898*

La ocupación estadounidense de Cuba terminó el 20 de mayo de 1902 cuando se estableció la República de Cuba. La primera mitad del siglo XX fue un período de gran inestabilidad política y social para Cuba. Aunque ocurrieron elecciones para presidente de la república, de hecho, muchos militares tomaron el poder a través de golpes de estado. El militar Fulgencio Batista, que tomó el poder en 1952 como

FOTO

Dibujo de la explosión del barco estadounidense *Maine* en el puerto de La Habana, evento que llevó a EE.UU. a la guerra con España en 1898.

Sample T/F items

1 Cuando los españoles llegaron a Cuba encontraron varias tribus de indígenas que vivían en cabañas construidas de palmas y que se dedicaban a la pesca y a la agricultura. *(C)*

2 El origen de la palabra "Cuba" es el nombre de una tribu de indígenas, los coabí. *(F)*

3 Sesenta años después de la llegada de los españoles, la mayoría de los indígenas cubanos ya había desaparecido. *(F)*

4 Los españoles importaron esclavos de África para trabajar las grandes plantaciones de azúcar. *(C)*

5 Estados Unidos rehusó participar en la lucha por la independencia de Cuba. *(F)*

6 Fidel Castro tomó el poder en Cuba a principios de 1959, después de la caída de Che Guevara. *(F)*

7 Muchos cubanos profesionales decidieron exiliarse cuando Castro empezó a nacionalizar propiedades e inversiones privadas. *(C)*

8 Los "marielitos" fueron los primeros cubanos exiliados que llegaron a EE.UU. en 1959 y 1960. *(F)*

Additional information
Hundimiento del crucero "Maine" Cuando rebeldes cubanos empezaron su lucha contra España en 1895 para lograr la independencia, el gobierno de EE.UU. no disimuló sus simpatías con los rebeldes. El sospechoso hundimiento del crucero "Maine" en el puerto de La Habana, el 15 de febrero de 1898, causó un fervor patriótico en EE.UU. que, con el lema *"Remember the Maine"*, llevó a este país a declarar el derecho de independencia de Cuba y a insistir en que España retirara sus tropas. Aunque 260 marineros estadounidenses murieron en el "Maine", muchos creen que negociantes de EE.UU. interesados en las riquezas naturales de Cuba fueron los responsables por la explosión. No obstante, una investigación legal por abogados de la marina de EE.UU. declaró a España culpable.

resultado de un golpe de estado, fue el dictador contra el cual se levantó Fidel Castro y sus revolucionarios.

LA REVOLUCIÓN CUBANA

En 1956, el joven abogado Fidel Castro logró establecer un movimiento guerrillero en la Sierra Maestra, y finalmente provocó la caída de Batista el 31 de diciembre de 1958.

Fidel Castro

Al principio, el movimiento revolucionario había definido muy pocos proyectos y, aunque contaba con gran apoyo en el país, la experiencia política de sus líderes era escasa.

Tras un período de confusión, el gobierno revolucionario pronto se organizó según el modelo soviético bajo la dirección del Partido Comunista de Cuba, restringiendo las libertades individuales. El gobierno cubano nacionalizó propiedades e inversiones privadas, lo cual causó el rompimiento de relaciones diplomáticas y el bloqueo comercial por parte de EE.UU.

CUBANOS AL EXILIO

Miles de cubanos salieron al exilio, principalmente profesionales y miembros de las clases más acomodadas, quienes se establecieron en su mayoría en Miami

Cubanos llegando a Miami, 1965

y en el sur de Florida. El 17 de abril de 1961, una fuerza invasora de cubanos en exilio fue derrotada en la Bahía de Cochinos por el ejército cubano leal a Castro.

En 1962, las tensiones entre Cuba y el gobierno estadounidense llegaron a un nivel crítico. EE.UU. ordenó el bloqueo naval de Cuba debido al descubrimiento de misiles soviéticos instalados en la isla. El presidente John F. Kennedy y el primer ministro soviético Nikita Khrushchev llegaron a un acuerdo: la Unión Soviética decidió quitar los misiles a cambio de una promesa del presidente estadounidense de no invadir la isla.

Misiles soviéticos

SOCIEDAD EN CRISIS

En 1980, Castro permitió un éxodo masivo de más de 125.000 cubanos a EE.UU. usando Mariel como puerto de salida. Estos emigrantes cubanos son conocidos como "marielitos" y se distinguen de los primeros refugiados cubanos por ser en su mayoría de clase trabajadora.

La cultura y la sociedad contemporáneas en Cuba han sido transformadas por la Revolución Cubana que a su vez ha estado enfocada desde su inicio alrededor de la figura de su líder, Fidel Castro. La caída frontal de la Unión Soviética y de los gobiernos comunistas de Europa Oriental, ha aumentado la crisis del sistema cubano que hoy se encuentra en un verdadero dilema.

168

UNIDAD 4

FOTOS

Foto de fondo. Paisaje de un valle de la provincia de Pinar del Río, Cuba.

Fidel Castro habla a una gran multitud congregada en el parque frente al Palacio Presidencial de La Habana en enero de 1959 al inicio de la Revolución Cubana.

Refugiados cubanos llegando al aeropuerto de Miami, Florida en 1965.

Tres misiles soviéticos a bordo del barco ruso *Okhotsk* localizado en la costa norte de Cuba por un avión de reconocimiento de la Armada de EE.UU. en 1962. Éstos eran los primeros misiles de más de treinta misiles que serán removidos de bases cubanas según un acuerdo entre el presidente John F. Kennedy y el primer ministro soviético Nikita Khrushchev.

¡A ver si comprendiste!

¿Quién? ¿Qué? ¿Cuándo? ¿Recuerdas los datos más importantes de la lectura? Para asegurarte, contesta estas preguntas.

1. ¿Cuáles son dos pueblos indígenas que habitaban Cuba? ¿Cómo eran estos pueblos?
2. ¿Quién inició la colonización española de Cuba en 1511?
3. ¿Por qué la mayoría de la población nativa había desaparecido de la isla alrededor de 1517?
4. ¿Qué incidente causó que EE.UU. le declarara la guerra a España en 1898?
5. ¿En qué fecha se creó la República de Cuba?
6. ¿Quién tomó el poder en 1952 como resultado de un golpe de estado? ¿Cuánto tiempo estuvo en el poder en Cuba?
7. ¿Quién fue el líder del movimiento revolucionario que triunfó en 1959?
8. ¿A qué acuerdo llegaron el presidente Kennedy y el primer ministro soviético Khrushchev respecto a Cuba en 1962?
9. ¿A quiénes se conoce como "marielitos"?

La Habana, Cuba

LECCIÓN 1: CUBA

169

José Martí

Monumento a José Martí, La Habana

170

Ventana al Mundo 21

José Martí: héroe nacional de Cuba

José Martí (1853–1895), uno de los grandes poetas y pensadores hispanoamericanos del siglo XIX, es reconocido por todos como el héroe nacional y el apóstol de la independencia de Cuba. Su genio representa lo mejor de la cubanidad; combina la vida intelectual y literaria con la vida de acción política. Nació el 28 de enero de 1853 en La Habana.

A los dieciséis años fue puesto en una prisión por seis meses por haber colaborado en algunas publicaciones clandestinas contra las autoridades españolas. Deportado a España, José Martí permaneció allí cuatro años estudiando filosofía y derecho. En 1880 se trasladó a Nueva York, ciudad donde vivió más de quince años y donde escribió la mayoría de sus obras. En su libro de ensayos *Nuestra América* (1891), hace un examen crítico de la cultura latinoamericana de su época. Su poesía sencilla y musical es considerada precursora del modernismo.

José Martí fue uno de los líderes del movimiento independentista y en 1892 fundó el Partido Revolucionario Cubano. Cuando la guerra por la independencia estalló de nuevo el 24 de febrero de 1895, con el grito de Baire, Martí regresó a la isla y murió en la Batalla de Dos Ríos el 19 de mayo de 1895.

———————————

José Martí. Busca las respuestas a las siguientes preguntas con un(a) compañero(a).

1. ¿Por qué es reconocido José Martí como el héroe nacional y el apóstol de la independencia de Cuba?
2. ¿Por qué fue mandado a una prisión a los dieciséis años?
3. En tu opinión, ¿cuál era el propósito del periódico que fundó?
4. ¿Dónde escribió la mayoría de sus obras? ¿Por qué allí?
5. ¿Cuándo regresó a la isla? ¿Cómo murió?

Answers

1 José Martí fundó el Partido Revolucionario Cubano y murió luchando por la independencia de Cuba.
2 Fue encarcelado a los dieciséis años por colaborar en algunas publicaciones clandestinas.
3 Las respuestas van a variar. Es probable que digan que el título implica que el propósito era la liberación de Cuba.
4 Las escribió en EE.UU. donde estaba exiliado.
5 Regresó a la isla cuando empezó la guerra por la independencia y murió en la Batalla de Dos Ríos en 1895.

Y ahora, ¡a leer!

■ Anticipando la lectura

A. Las herramientas. En casi todas las casas hay muchas herramientas u objetos hechos de hierro que sirven para realizar ciertas tareas específicas. Contesta las siguientes preguntas acerca de estas herramientas.

el serrucho

el martillo

el candado

las tijeras

el hacha

la llave

los clavos

la cadena

la navaja

1. ¿Con qué se abre una puerta?
2. ¿Qué se usa para cortar madera con precisión?
3. ¿Qué se usa para cortar árboles?
4. ¿Con qué se afeitan los hombres?
5. ¿Qué se usa para cortar tela para un vestido?
6. ¿Qué se usa casi siempre con un martillo?
7. ¿Qué se usa para asegurar una bicicleta con una cadena?
8. ¿Qué herramientas se usan para construir una casa?

B. El uso de herramientas. Con un(a) compañero(a), trata de nombrar tres usos distintos para las siguientes herramientas. Decidan si los usos en su lista son apropiados o si pueden causar mucho daño.

1. el martillo
2. las tijeras
3. el hacha
4. el cuchillo
5. la cadena

LECCIÓN 1: CUBA   171

Purpose In this section students will begin with **Anticipando la lectura,** two pre-reading activities designed to focus students on a variety of common tools and their uses. Then in **Vocabulario en contexto,** a vocabulary building section, students are asked to derive the meaning of key words of the reading by using contextual clues.

Conozcamos al poeta is a brief introduction to **Eliseo Diego,** the Cuban poet that was the recent recipient of the prestigious Juan Rulfo Literature Award in Mexico and who wrote the lesson poem, **Las herramientas todas del hombre.** In **Palabras como llaves,** students learn to work with the various meanings and derivatives of the word **herramienta.**

Anticipando la lectura

A. Las herramientas. Call on individual students. Have class confirm each response. Verify that all have understood what these tools are used for by having class name other possible uses for each tool.

Answers

1 Con una llave
2 Un serrucho
3 Un hacha
4 Con una navaja
5 Las tijeras
6 Los clavos
7 Un candado
8 Un martillo, unos clavos y un serrucho

B. El uso de herramientas. Allow time for pair work. Then call on individual students to tell what they decided. Ask one or two students to keep a tally on the board of appropriate and inappropriate uses mentioned. Answers will vary.

C. Vocabulario en contexto.
This section may be done with the whole class or in pairs first. Then verify answers with the class.

Answers

1 a, b, c. All three may be correct. It is a question of individual interpretation. Ask students to explain why they select a specific answer.
2 b. la vida humana es muy delicada y fácilmente puede ser cortada
3 b. los dientes irregulares del serrucho ayudan a cortar
4 a. porque la cuchara se usa para dar de comer a niños y ancianos y representa la niñez y la vejez
5 c. calcula exactamente las cosas bellas

NSS **For Native Speakers**
Si ya saben este vocabulario, pídales a sus estudiantes hispanohablantes que pasen a la pizarra y escriban una oración original con cada palabra o frase en negrilla. Repase las oraciones con la clase entera.

C. Vocabulario en contexto.
Decide cuál es el significado de cada expresión en negrilla a base del contexto de la oración o de otras estrategias que has aprendido para llegar al significado de palabras desconocidas.

1. Éstas son las navajas con que **se afeita al tiempo.**
   a. se corta el tiempo
   b. se mata el tiempo
   c. se hace más bello el tiempo

2. Y éstas son las tijeras para cortar flores y para cortar **la vida misma del hombre, que es un hilo** *(thread).*
   a. la vida humana es muy larga y difícilmente puede ser cortada
   b. la vida humana es muy delicada y fácilmente puede ser cortada
   c. la vida humana es muy resistente y nada puede cortarla

3. Éstos son los serruchos creados de tal modo que **los defectos del borde sirven para cortar.**
   a. los dientes irregulares del serrucho no permiten cortar
   b. los dientes irregulares del serrucho ayudan a cortar
   c. los dientes irregulares del serrucho se caen al cortar

4. Y ésta es una cuchara que representa los principios **y la última hora de una vida y, en resumen, la fragilidad del hombre.**
   a. porque la cuchara se usa para dar de comer a niños y ancianos y representa la niñez y la vejez
   b. porque la cuchara junto con el tenedor forma un intrumento musical que usan niños y ancianos
   c. porque la cuchara no tiene ningún uso útil y representa la muerte

5. Éste es un compás que **determina la cantidad exacta de la belleza** para que no sea demasiada y le destruya el humilde corazón al hombre.
   a. calcula aproximadamente las cosas bellas
   b. predice si algo es bello o feo
   c. calcula exactamente las cosas bellas

6. Éstas son llaves que en realidad sólo sirven para establecer de una vez para siempre **la sólida posición del hombre.**

    a. el puesto central del hombre entre todas las cosas

    b. si un hombre está sentado o de pie

    c. si el hombre está dentro o fuera de su casa

7. Éstas son las gafas que se usan para mirar lo que se ha hecho **para tratar de asegurar que se usen bien las herramientas todas del hombre.**

    a. para guardar las herramientas en su lugar indicado

    b. para estar seguros que las herramientas no causen daño

    c. para comprar un seguro para cada una de las herramientas

8. Y éste, en fin, es el mortero en el que uniremos los pedazos **si no aprendemos a usar, amansar, dulcificar y manejar las herramientas todas del hombre.**

    a. si no guardamos las herramientas después de usarlas

    b. si no aprendemos a hacer dulces y caramelos con las herramientas

    c. si no sabemos usar las herramientas para beneficio de la humanidad

Conozcamos al poeta

Eliseo Diego, poeta y cuentista cubano, nació en La Habana en julio de 1920 y murió en marzo de 1994. Ha desempeñado varios cargos en la Unión de Artistas y Escritores de Cuba. También ha colaborado en casi todas las revistas literarias importantes de Cuba. En 1993 fue galardonado con el premio "Juan Rulfo" que se estableció en México y cuyo nombre recuerda a uno de los narradores mexicanos más aclamados.

El poema que aparece a continuación proviene del libro *Muestrario del mundo o Libro de las maravillas de Boloña.* Publicado en 1968, es uno de los libros más interesantes de toda la literatura cubana. Este libro incluye grabados de la colección de la famosa imprenta de don José Severino de Boloña del siglo XIX en La Habana y que, según Eliseo Diego, es un pequeño misterio del universo. Otras obras importantes son *En la Calzada de Jesús del Monte* (1949), *Diversiones y versiones* (1967) y *Los días de tu vida* (1977).

Conozcamos al poeta

After reading the biography, ask:

1 ¿Dónde y cuándo nació y cuándo murió Eliseo Diego?

2 ¿Qué tipo de literatura escribe Eliseo Diego?

3 ¿Qué premio importante recibió en 1993? ¿Dónde se estableció este premio? Explica el nombre del premio.

4 ¿Dónde y cuando se publicó el poema titulado "Las herramientas todas del hombre"?

5 ¿Quién fue don José Severino de Boloña?

6 ¿A qué se refiere Eliseo Diego cuando habla de "un pequeño misterio del universo"?

Read this poem in class. Help
students with the flowery
language of the poet. Set the goal
of learning the names and uses of
all the tools mentioned in the
poem.

Focus questions Ask these
questions as students read the
poem to verify that they
understand key information.
—¿Hay más herramientas o son
   éstas todas?
—¿Hizo el hombre estas
   herramientas?
—¿Las hizo para establecerse bien
   en el mundo o en su profesión?

—¿Qué son éstas, tijeras o
   navajas?
—¿Tienen buen filo o filo exacto?
—¿Se usan para afeitarse o para
   cortar el tiempo?

—¿Qué son éstas, tijeras o
   navajas?
—¿Son para cortar paños?
   ¿flores? ¿animales de tela?
   ¿máscaras?
—¿Son para cortar la vida del
   hombre?

—¿Qué es esto? *(Point to each.)*
   ¿Un serrucho? ¿Una sierra?
   ¿Un cuchillo?
—¿Qué son los "defectos del
   borde", los dientes del serrucho
   o problemas de personalidad?
—¿Para qué sirven estos defectos,
   para afeitar o para cortar?

—¿Es una cuchara o un cuchillo?
—¿Qué representa la cuchara, la
   niñez, la vejez o ambos?
—¿Representa también la
   fragilidad del hombre?

LECTURA

LAS HERRAMIENTAS TODAS DEL HOMBRE

Éstas son todas las herramientas de este mundo.
Las herramientas todas que el hombre hizo
para *afianzarse* bien en este mundo.

establecerse

 Éstas son las navajas de
filo exacto con que se
afeita al tiempo.

borde, corte

Y éstas las tijeras para cortar los
paños, para cortar los *hipogrifos* y las
flores y cortar las *máscaras* y todas las *tramas* y, en
fin, para cortar la vida misma del hombre, que es
un *hilo*.

weavings / animal imaginario
masks / plots

thread

Éstas son las sierras y
serruchos—también
cuchillos, sin duda,
pero imaginados
de tal modo que los
propios defectos del *borde* sirvan al propósito.

dientes del serrucho

Y ésta es una cuchara que *alude* a los principios y a
las *postrimerías* y   en resumen
al *incalificable des–*   *valimiento* del hombre.

se refiere
último período de la vida
sin medida / fragilidad

174   UNIDAD 4

Éste es un fuelle para *atizar el fuego*   *to stir a fire*
      que sirve para *animar* al hierro   *dar vida*
que sirve para hacer el hacha
con que se *siega* la generosa *testa*   *corta / cabeza*
del hombre.

      Éste es un compás que *mide* la belleza *justa*   *determina la cantidad / exacta*
      para que no *rebose* y quiebre y le *deshaga*   *sea demasiado / destruya*
      el humilde corazón al hombre.

 Y ésta es una paleta de *albañil* con que   *bricklayer*
se allegan los mate-   riales necesarios   *se acercan*
para que sea feliz y se *resguarde* de todo *daño*.   *proteja / mal*

Éstas son unas pesas, llaves, cortaplumas
    y anteojos

    (si es que lo son, que
          no se sabe)

que en realidad *no sirven para nada* sino para   *they are worthless*
    establecer
    de una vez para siempre la sólida posición
    del hombre.

Éstas son unas gafas que se han de usar para
    mirar .
si se ha hecho ya lo imaginable,
 lo previsible, simple e imposible
para tratar de *asegurar* las herramientas   *consolidar*
    todas del hombre.

    Y éste, en fin, es el mortero al que *fiamos* el *menjurje*   *we entrust / mezcla*
con que uniremos los pedazos, *trizas*, *minucias* y *despojos*   *fragmentos / cosas pequeñas / restos*

si es que a las últi-   mas y a tiempo, si
es que a las tontas y a las locas, si es que
a ciegas y al fin

no aprendemos a usar, *amansar*, dulcificar y manejar   *domesticar*
    las herramientas todas del hombre.

LECCIÓN 1: CUBA   **175**

Focus questions
—¿Es un fuelle o un hacha? *(point to each.)*
—¿Da vida el fuelle al fuego? ¿al hierro?
—¿Para qué sirve el hierro, para hacer coches o para hacer hachas?
—¿Para qué sirve el hacha, para ayudar al hombre o para matar al hombre?

—¿Es un compás?
—¿Qué mide el compás? ¿Cómo la mide, aproximada o exactamente?
—¿Por qué mide la belleza, para destruir o para protegerle el corazón al hombre?

—¿Es una paleta?
—¿Es una paleta de albañil o de artista?
—¿Para qué se usa, para acercar o para quitar los materiales necesarios?
—¿Cómo será el hombre con estos materiales, contento o descontento?

—¿Son pesas, llaves, cortaplumas o anteojos? *(Point to each.)*
—¿Para qué sirven, para muchas cosas o para nada?
—¿Sirven para establecer la posición del hombre?
—¿Cómo es la posición del hombre, sólida o débil?

—¿Son gafas?
—¿Se usan para mirar?
—¿Se usan para consolidar todas las herramientas del hombre?

—¿Es el mortero?
—¿Para qué se usa, para hacer una mezcla?
—¿Para qué sirve la mezcla, para crear nuevos problemas o para resolver problemas creados con las herramientas?

Allow time for pair work. Have students get accustomed to answering these questions in their own words with books closed. Do not allow reading verbatim from the text.

Answers

A. ¿Sí o no? Call on individual students. Have class confirm each response.

1 Sí.

2 Sí. *(Ask students to name all the tools.)*

3 No. Aparecen un candado, una llave, un mortero, unas tijeras, una navaja, unas gafas, una cuchara, una sierra, un serrucho, un cuchillo, una paleta, y un hacha.

4 No. Aparece una paleta de albañil.

5 Sí.

6 No. Dice que todas las herramientas del hombre tienen buenos usos y nosotros debemos aprender a usarlas.

B. Hablemos de la lectura. Call on individual students. Have class confirm each response.

1 Vienen de la famosa imprenta de don José Severino de Boloña del siglo XIX en La Habana.

2 El hombre hizo las herramientas para establecerse bien en el mundo.

3 Las tijeras sirven para cortar muchas cosas, inclusive la vida misma del hombre.

4 La cuchara le recuerda al hombre de su niñez y su vejez.

5 El hacha depende del hierro que depende del fuego que depende del fuelle. Al final, el hacha le puede cortar la cabeza al hombre.

6 La belleza puede rebosar, quebrar y deshacerle el corazón al hombre.

7 Las gafas deben usarse para mirar que se haya hecho todo lo posible para cuidar las herramientas.

8 El mortero se usa para mezclar ingredientes.

■ ¿Comprendiste la lectura?

A. ¿Sí o no? En parejas, decidan si son ciertos o falsos estos comentarios. Si son falsos, corríjanlos.

1. El poeta cubano Eliseo Diego fue galardonado con el premio "Juan Rulfo" en México en 1993.
2. Al principio del poema aparecen muchos grabados de las herramientas que se mencionan en el poema.
3. Entre estos grabados aparece una pistola.
4. También aparece en el poema una paleta de pintor.
5. "Gafas" es un sinónimo de "lentes" y "anteojos".
6. Al final, el poema dice que las herramientas son muy negativas y no ayudan al hombre.

B. Hablemos de la lectura. Contesten estas preguntas en grupos de tres o cuatro.

1. ¿De dónde provienen los grabados que aparecen en el poema?
2. Según Eliseo Diego, ¿para qué hizo el hombre las herramientas?
3. ¿Para qué sirven las tijeras, según el poema?
4. ¿Qué relación hay entre la cuchara y la infancia y la vejez del hombre?
5. ¿Qué conexión se hace en el poema entre un fuelle, el fuego, el hierro, el hacha y la testa de un hombre?
6. ¿Qué puede rebosar, quebrar y deshacerle el humilde corazón al hombre?
7. Según el poema, ¿para qué se deben usar las gafas?
8. ¿Qué uso tiene el mortero?
9. Al final del poema, ¿qué debemos hacer con las herramientas?
10. ¿Por qué utiliza el poeta Eliseo Diego grabados a través del poema? ¿Te parecen efectivos?

176

9 Debemos usarlas para hacer bien, no mal.

10 Las respuestas van a variar. Usa los grabados para ayudar a visualizar sus palabras. También los usa porque son antiguos y valiosos. Es muy efectivo.

Palabras como llaves:
herramienta

Para ampliar el vocabulario. Existen muchas palabras relacionadas con la palabra **herramienta:**

herradura	arco metálico que proteje las patas o "pies" de un caballo
herrar	poner herraduras en un caballo; marcar un animal con hierro caliente
herrero	persona que hierra caballos o trabaja con hierro
hierro	metal de color gris que tiene muchas aplicaciones en la industria

Hierro viene de la palabra latina *ferrum* de donde se derivan . . .

fierro	otra palabra para "hierro"
férreo	de hierro
ferretería	lugar donde se venden herramientas
ferrocarril	camino de trenes

Con un(a) compañero(a), responde a las siguientes preguntas.

1. ¿Por qué algunas personas colocan **herraduras** cerca de las puertas?
2. ¿Por qué los vaqueros **hierran** los toros y las vacas con **hierros** calientes para marcarlos con iniciales o símbolos?
3. ¿Qué tipo de persona tiene una voluntad **férrea**?
4. En la **ferretería** se venden objetos de **hierro** como clavos y cerraduras. ¿Puedes mencionar por lo menos otros tres objetos de hierro que se venden ahí?
5. Las líneas del **ferrocarril** o tren también se conocen como **vías férreas**. ¿Prefieres viajar por tren o por avión? ¿Por qué?

Dramatizaciones

A. **Al exilio.** En grupos de tres o cuatro, dramaticen la situación de una familia cubana de la clase media en 1960. Los padres están hablando con los hijos discutiendo los nuevos cambios socialistas del gobierno de Fidel Castro. Necesitan decidir si se quedan en Cuba o salen de la isla.

B. **Parientes.** En grupos de tres o cuatro, dramaticen la reunión de dos familias cubanas, una que se quedó en Cuba y sigue viviendo allí y otra que se vino a EE.UU. en 1968 y que está bien establecida en este país.

NSS **For Native Speakers** Pregunte a los estudiantes hispanohablantes si tienen algún amigo o pariente que haya salido de Cuba. Si algunos contestan que sí, pídales que los entrevisten y presenten sus conclusiones a la clase. Tal vez convenga que la clase participe en la preparación de las preguntas para la entrevista.

Palabras como llaves

Allow time for pair work. Then call on individual students. Have class confirm each response.

NSS **For Native Speakers** Pídales a los estudiantes hispanohablantes que escriban una oración original con las cuatro palabras derivadas de **herramienta** y de las cuatro derivadas de **hierro**. Haga que algunos escriban sus frases en la pizarra y que la clase las corrija.

Dramatizaciones

Purpose To role-play two highly significant moments in the history of Cuba and then comment on the cultural and historical authenticity of their dramatizations.

Suggestions Do only as time permits. Assign **A** to half the class and **B** to the other half. Allow time for groups to prepare their role plays. Then have each group present in front of the class without notes. Have class discuss the cultural and historical appropriateness of each dramatization.

Call on individual students and have class confirm each response. Answers will vary.

Additional Information Point out that Cuba was the vacation spot or playground of the rich before Castro. Cuba is again promoting its tourist industry to lure Europeans, Latin Americans, and Canadians. Since U.S. citizens may not travel there, Cuban travel propaganda is not heard or seen in the U.S. as it is on TV and in magazines in other countries.

Answers

1 La mayoría de los cubanos estaban a favor de Fidel Castro y la revolución cuando empezó.

2 Las clases medias se opusieron cuando comenzaron cambios radicales y se suprimieron libertades individuales bajo un sistema comunista.

3 Más de 150.000 cubanos salieron de Cuba y se fueron a EE.UU.

4 Debido al embargo y a que la Unión Soviética ya no está apoyando al gobierno de Fidel Castro, los cubanos ahora se ven sin muchos productos que necesitan importar para sobrevivir, como petróleo, comestibles, coches, etc.

5 El gobierno comunista de Fidel Castro ha facilitado la educación, vivienda y asistencia médica a toda la población. Claro que lo ha hecho a costo de los miles y miles de cubanos que han tenido que exiliarse en EE.UU. u otros países.

Ventana al Mundo 21

La Revolución Cubana en la encrucijada

La Revolución Cubana de 1959 conmocionó a todo el continente. Al principio, reflejaba las aspiraciones y el entusiasmo de la mayoría de los cubanos que deseaban cambios beneficiosos. Frente a los cambios radicales y a la falta de libertades individuales, pronto surgió la desilusión entre las clases medias, las cuales decidieron abandonar la isla. De 1959 a 1962, más de 150.000 cubanos se exiliaron en EE.UU. y desde entonces más de un millón de cubanos, casi el diez por ciento de la población, han salido al exterior. El embargo estadounidense decretado en 1960 sigue en vigencia y es uno de los principales problemas de Cuba.

Ha habido mucho progreso en el área de la educación, la vivienda y la asistencia médica para las mayorías. Esto ha reducido el índice de la mortalidad, pero las limitaciones económicas actuales son cada vez mayores. Por la falta de petróleo importado, ahora en vez de tomar *guaguas* o autobuses, los cubanos usan bicicletas como medio de transportación. La pregunta que se hacen todos, dentro y fuera de Cuba, es ¿y mañana?

Ciclistas en La Habana

La Revolución Cubana. Explica las razones, causas o efectos de los siguientes eventos.

1. A principios, la Revolución Cubana reflejaba las aspiraciones y el entusiasmo de la mayoría.
2. Pronto surgió la desilusión entre las clases medias que deciden abandonar la isla.
3. Casi el diez por ciento de la población cubana ha abandonado la isla.
4. Hoy día el embargo estadounidense es uno de los principales problemas de Cuba.
5. Ha habido mucho progreso en el área de la educación, la vivienda y la asistencia médica para las mayorías.

178

UNIDAD 4

NSS **For Native Speakers** Si Ud. tiene estudiantes cubanoamericanos, pídales que compartan con la clase su opinión sobre lo que ocurrirá en Cuba cuando Castro ya no esté en el poder. Pídales que argumenten sus opiniones. También pídales que les pregunten a sus padres si creen que regresarían a Cuba si Castro dejara el poder. Cuando informen a la clase de las opiniones de sus padres, pídales que indiquen si ellos están de acuerdo con sus padres y que expliquen por qué.

Cultura en vivo

La Nueva Trova

Este movimiento musical se inició en Cuba en la década de 1960. Tiene un fuerte parecido a las canciones norteamericanas de protesta de la misma época. Las letras de la Nueva Trova son líricas y emotivas. La música, a diferencia de los ritmos cubanos tradicionales, no es movida o bailable, sino dulce y melodiosa; creada más bien para escucharla y meditar sobre su significado.

Ahora tu profesor(a) te va a dar la letra de una canción de uno de los cantantes más importantes de la Nueva Trova, Silvio Rodríguez. Desafortunadamente, como puedes ver, faltan algunas palabras. Escucha la canción y, en una hoja de papel, escribe las palabras que faltan. Compara tus versos con los de un(a) compañero(a) para asegurarte de que escuchaste bien. Cuando ya la tengas completa, escucha la canción una vez más y acompaña al cantante.

MUNDO 21

UNIDAD **4**
LECCIÓN **1**
PÁGINA **179**

Nombre_____

Unicornio

Mi unicornio _____
ayer se me _____ ,
pastando lo dejé
y desapareció.

Cualquier _____
bien la voy a _____ .
Las flores que dejó
no me _____ _____ hablar.

A interpretar . . .

1. ¿Quién habla? ¿un hombre o una mujer? ¿un chico o una chica? ¿un niño o una niña? ¿Por qué crees eso?
2. ¿Qué le pasó al unicornio? ¿Cómo pasó esto?
3. ¿Puede la persona reemplazar el unicornio con otro? ¿Quiere reemplazarlo? ¿Por qué?
4. ¿Qué relación existía entre la persona que habla y el unicornio? ¿Por qué crees eso?
5. ¿Qué haría la persona que habla para encontrar su unicornio? ¿Por qué crees que dice eso?
6. ¿Tienes tú un unicornio azul? Si no, ¿te gustaría tener uno? ¿Por qué?

LECCIÓN 1: CUBA

179

Diario

Have students do a journal-write beginning with: **Para mí, la música es . . .** (See page 19 for journal writing instructions.)

NSS **For Native Speakers** Pídales a los estudiantes hispanohablantes que traduzcan la canción al inglés.

Purpose To learn about Cuba's recent musical trend, **La Nueva Trova**, and to do a cloze activity as they learn a song by Cuban singer Silvio Rodríguez.

Procedure

1 Distribute copies of *Unicornio* song to all students. (Use the master found in the Unit 4 *Pasaporte cultural* ancillary component.)
2 Play the song one stanza at a time, stopping and replaying the tape as students need it to fill in the missing words. (Song is found on the Unit 4 audiocassette.)
3 Once all words have been filled in, play through once more stopping after every stanza and asking class to tell what the missing words are. As you go over each stanza, ask yes/no, either/or comprehension check questions to make sure students understand the song.
4 Listen to the song one more time and answer the questions in **A interpretar...**

A interpretar... Answer questions as a class. Allow for various interpretations, pointing out how poetry is very personal and can have different meanings for different people.

Answers

1 Las respuestas van a variar.
2 Se perdió. Lo dejó en el pasto y desapareció.
3 No puede reemplazarlo, pues, sólo tiene uno. Dice que no quiere reemplazarlo, aunque pudiera hacerlo.
4 Dice que tenían una amistad basada parte en amor y parte en verdad.
5 Dice que pagará de cien mil a un millón por su unicornio. Probablemente dice esto porque lo ama tanto y no cree que puede reemplazarlo.
6 Las respuestas van a variar.

¡Ojo! This section lists the active vocabulary students are responsible for upon completing each lesson. The list does not appear as such in the Student Text. Instead, it appears in context in the **Gente** and **Del pasado al presente** culture sections. The students' active vocabulary lists appear in the *Cuaderno de actividades* in a section called **Vocabulario activo**.

Gente

adversario(a)	lanzador(a)
animador(a)	mellizo(a)
biografía	oposición
carismático(a)	pelotero(a)
derecho	programa de
desempeñar	variedades
ejercicio físico	reelegido(a)
fama	Serie Mundial
jugador(a) más	yerno
valioso(a)	

Capital del imperio español en América

bucanero	gótico(a)
cabildo	marítimo(a)
explotación	monumento
forzado(a)	pirata
fundado(a)	restos

La independencia

alternar	dominar
anexión	proclamar
colaborador(a)	quedar
corrupto(a)	

La dictadura de Trujillo y La realidad actual

asesinato	importación
catastrófico(a)	intervención
consolidación	ocupación
estado caótico	militar
exportación	

Lección 2

República Dominicana

Nombre oficial:
República Dominicana

Extensión:
48.442 km²

Principales ciudades:
Santo Domingo (capital), Santiago de los Caballeros, La Romana

Moneda:
Peso (RD$)

Gente del Mundo 21

Joaquín Balaguer, político que ha sido presidente varias veces, nació en septiembre de 1907. Estudió derecho en la Universidad de Santo Domingo y desempeñó altos cargos políticos en el régimen de Rafael Leónidas Trujillo entre 1930 y 1961. Fue nombrado presidente en 1960 y tras el asesinato de Trujillo en 1961, intentó una política reformista que provocó un golpe militar en 1962. En 1966 ganó las elecciones presidenciales y fue reelegido en 1970 y 1974. En 1978 dejó la presidencia al perder las elecciones pero en 1986 volvió a ocupar este cargo tras su victoria en las elecciones presidenciales. Fue reelegido en 1990, cuando derrotó a su antiguo adversario político Juan Bosch.

Juan Bosch, carismático político y escritor dominicano, nació en junio de 1909. Por su oposición al dictador dominicano Rafael Leónidas Trujillo, fue exiliado en varias ocasiones, alcanzando fama como intelectual y escritor desde un principio. En 1939 fundó el Partido Revolucionario Dominicano (PRD). Tras el asesinato de Trujillo en 1961, regresó a su país y fue elegido presidente en 1962. Después de sólo siete meses como presidente, fue derrocado en 1963 por un golpe militar y tuvo que volver al exilio. En 1973, se separó del PRD y formó el Partido de Liberación Dominicana (PLD). Su obra literaria incluye *Simón Bolívar,* una biografía. Sus mejores cuentos fueron recopilados en el libro *Cuentos escritos en el exilio* (1981).

180

UNIDAD 4

Corresponding Structures in *Manual de gramática*

4.3 Present Subjunctive Forms and the Use of the Subjunctive in Main Clauses G68
4.4 Formal and Familiar Commands G73

NSS **For Native Speakers** Usando la lista en el *Cuaderno de actividades,* pídales a los estudiantes hispanohablantes que seleccionen de cinco a diez palabras de la lista y que las definan con un sinónimo. Por ejemplo, **adversario-*enemigo,* fama-*buena reputación,*** etc. Luego en grupos de tres o cuatro, que tomen turnos leyendo las definiciones en su lista para ver si el grupo puede identificar la palabra en la lista.

Purpose To introduce four important Dominicans: six-time president, **Joaquín Balaguer**; politician and writer, **Juan Bosch**; major-league pitcher, **José Rijo**; and television personality, **Charytín**.

Extension Have students prepare a brief written or oral presentation on one of these personalities or another famous Dominican artist, actor, playwright, musician, politician, etc. **Temas:** La dictadura de Rafael Leónidas Trujillo; relaciones entre la República Dominicana y Haití; la República Dominicana y Cristóbal Colón.

José Rijo, gran pelotero dominicano nacido en 1965, es actualmente jugador del equipo Cincinnati Reds. Es yerno de otro gran beisbolista dominicano, Juan Marichal. En 1990, fue reconocido como el mejor lanzador de las dos ligas de béisbol de EE.UU. y también fue seleccionado como el jugador más valioso de la Serie Mundial de ese año. En repetidas ocasiones ha señalado que Juan Marichal es su inspiración. "Cada vez que trabajo un partido, intento ser perfecto, tal como era Marichal", dice Rijo. "Fue él quien me inspiró e hizo de mí el lanzador que soy".

Charytín es cantante y animadora del programa de variedades *Charytín Internacional.* Ella produce este programa desde Miami, Florida junto con su esposo, el productor puertorriqueño Elín Ortiz. Charytín debutó en televisión 1973 en Santo Domingo y ha hecho una carrera del canto, el baile y el buen humor que comparte en cada uno de sus programas cómicos. Es madre de dos mellizos y una persona dedicada al ejercicio físico— promociona un video de ejercicios que la mantiene en forma saludable.

Personalidades del Mundo 21. Completa estas oraciones y luego compáralas con las de un(a) compañero(a).

1. José Rijo fue reconocido como el mejor . . .
2. Juan Bosch fue exiliado varias veces, una por . . .
3. Charytín se dedica a . . .
4. Joaquín Balaguer ha sido presidente . . .

LECCIÓN 2:   LA REPÚBLICA DOMINICANA

181

Personalidades del Mundo 21

Allow time for class to read silently one biography at a time. Ask two or three comprehension check questions after each biography. Then, with books closed, allow time for pair work. Verify answers by calling on individual students.

Answers

1 José Rijo fue reconocido como el mejor lanzador de las dos ligas de EE.UU. en 1990 y también fue seleccionado jugador más valioso de la Serie Mundial de ese año.
2 Juan Bosch fue exiliado varias veces, una por su oposición al dictador Trujillo, otra por un golpe militar.
3 Charytín se dedica a su carrera como cantante, bailadora y cómica en la televisión.
4 Joaquín Balaguer ha sido presidente seis veces.

NSS **For Native Speakers** Pídales a los estudiantes hispanohablantes que lean las biografías individualmente. Luego, con libros cerrados, pídales que escriban un parrafito sobre cada persona. En grupos de tres permítales que comparen sus párrafos y preparen uno más completo sobre cada personaje. Pídales a varios grupos que lean sus párrafos a la clase. Después de cada lectura, pregúnteles a los otros grupos si hay información que quieran añadir.

NSS **Extension For Native Speakers** Si Ud. tiene estudiantes dominicanos interesados en extra crédito, pídales que escriban una breve composición sobre uno de estos personajes o sobre uno de los siguientes temas: La época de Trujillo en la República Dominicana, Los dominicanos en EE.UU., Relaciones entre Haití y la República Dominicana, etc.

DEL PASADO al presente

LA REPÚBLICA DOMINICANA: LA CUNA DE AMÉRICA

La Española

E l día 6 de diciembre de 1492, Cristóbal Colón descubrió la isla llamada Quisqueya por sus habitantes originales, los taínos. Con su nuevo nombre de La Española dado por Colón, la isla se convirtió en la primera colonia española y cuna del imperio español en América. Se calcula que antes de la llegada de los españoles, había alrededor de un millón de taínos en la isla; cincuenta años más tarde esta población había sido reducida a menos de quinientos.

CAPITAL DEL IMPERIO ESPAÑOL EN AMÉRICA

La ciudad de Santo Domingo fue fundada en 1496 por Bartolomé Colón, hermano de Cristóbal Colón. Se convirtió en el primer centro administrativo del imperio español en América. Con la conquista de México y el Perú, y la centralización del tráfico marítimo con Europa en La Habana, Santo Domingo perdió tanto importancia política como población.

En la República Dominicana se conservan los primeros monumentos coloniales de

Catedral y cabildo, Santo Domingo

América: la catedral gótica de Santa María del Rosario, comenzada en 1523 y terminada en 1541 y

182

UNIDAD 4

FOTOS

Foto de fondo. Arco iris sobre la bahía de Samaná en la República Dominicana.

Mapa del siglo XVI mostrando las islas del Caribe. La isla La Española que comparten la República Dominicana y Haití es la segunda en tamaño después de Cuba.

Monumento a Cristóbal Colón frente a la catedral y el cabildo de Santo Domingo, capital de la República Dominicana. En la actualidad existe una controversia sobre el lugar donde descansan los restos de Cristóbal Colón. La catedral de Santo Domingo y la de Sevilla, España se disputan ese mismo honor.

Pídale a un estudiante que lea el primer párrafo en voz alta y hágale muchas preguntas a la clase para verificar que comprendieron. Luego pídales que formen cuatro grupos grandes con el mismo número de alumnos en cada grupo. Pídale a cada grupo que lea una de las cuatro secciones de la lectura. Deben leer individualmente, solicitando ayuda de otras personas en su grupo, si la necesitan. Luego pídale a una persona de cada grupo que le diga a la clase un hecho importante mencionado en la sección que leyó. Pídale a otra persona del mismo grupo que mencione otro hecho importante, y siga llamando a personas del mismo grupo hasta que mencionen todo lo importante en en la sección. Repita el proceso con los otros grupos.

donde se dice que se guardaban los restos de Cristóbal Colón; el primer hospital; el primer cabildo (edificio de gobierno local); las ruinas de la primera ciudad española del continente, Isabela; y el palacio construido por Diego Colón, hijo de Cristóbal Colón, entre 1510 y 1514.

El bucanero Francis Drake saqueó la ciudad en 1586. En 1655 una expedición inglesa fue derrotada en La Española pero pudo tomar control de Jamaica ese año. Ocupada por corsarios (piratas) franceses, la tercera parte occidental de la isla se entregó a Francia en 1697 por el Tratado de Ryswick. Los franceses le dieron el nuevo nombre de Saint Domingue a su parte. La transformaron en una de las más ricas de las colonias, con la explotación brutal y los trabajos forzados de esclavos africanos. Entre 1795 y 1809 la totalidad de La Española le fue cedida a Francia por España y toda la isla pasó a llamarse Haití.

LA INDEPENDENCIA

Bajo la dirección del militar haitiano Toussaint Louverture, Haití, la isla entera, consiguió su independencia de Francia en 1804 después de una sangrienta guerra. En 1821, el gobernador de la zona española José Núñez de Cáceres proclamó la independencia del Haití Español, pero el año siguiente fuerzas militares de Haití ocuparon el país. Toda la isla quedó bajo el control haitiano hasta 1844.

Juan Pablo Duarte

Para resistir a la dominación haitiana, el patriota dominicano, Juan Pablo Duarte, llamado el "padre de la patria", fundó "la Trinitaria", una sociedad secreta que organizó una revolución contra los haitianos. El 27 de febrero de 1844 se logró la independencia de la parte oriental de la isla y así se estableció la República Dominicana.

Durante los primeros años de la independencia, los generales Buenaventura Báez y Pedro Santana dominaron el escenario político. Santana fue, por ejemplo, cuatro veces presidente de la república, alternando

LECCIÓN 2:   LA REPÚBLICA DOMINICANA

183

FOTO

Juan Pablo Duarte organizó en 1838 la sociedad secreta llamada "la Trinitaria" bajo el lema de "Dios, Patria y Libertad" para luchar contra la dominación haitiana.

FOTOS

Foto de fondo. Barrio popular de Santo Domingo, capital de la República Dominicana.

Rafael Leónidas Trujillo gobernó la República Dominicana como dictador de 1930 a 1961.

la presidencia con su colaborador Buenaventura Báez que después se convirtió en su enemigo. La inestabilidad política causó un prolongado caos económico, situación que fue explotada por líderes corruptos. En 1861, Santana pidió y consiguió la incorporación de la república como provincia de España y se hizo gobernador del país hasta su muerte en 1864. El año siguiente España abandonó la provincia dominicana, dejándola en un estado de caos económico y político. Una vez más, Buenaventura Báez volvió al escenario político e intentó, sin éxito, la anexión de la República Dominicana a EE.UU.

LA DICTADURA DE TRUJILLO

A finales del siglo XIX y a principios del XX, la República Dominicana se encontraba en una situación económica y política catastrófica. Entre 1916 y 1924 se produjo una ocupación militar por parte de EE.UU. que controló la importación y exportación de productos hasta 1941.

Rafael Leónidas Trujillo

Por un lado, la ocupación condujo a la reorganización de la vida política, social y económica; por otro lado, estableció el ejército que ayudaría la consolidación de la dictadura de Rafael Leónidas Trujillo que tomó el poder en 1930 tras un golpe de estado. Trujillo dominó la república durante más de tres décadas, hasta su asesinato en 1961. Bajo Trujillo, la ciudad de Santo Domingo cambió de nombre a Ciudad Trujillo. No recuperó su antiguo nombre hasta después de desaparecer Trujillo.

LA REALIDAD ACTUAL

El estado caótico que siguió al asesinato de Trujillo resultó en otra ocupación militar por EE.UU. en 1965, para proteger a los ciudadanos estadounidenses y sus propiedades. Esta vez, fuerzas internacionales, bajo los auspicios de la Organización de Estados Americanos (OEA), sustituyeron en seguida a las fuerzas norteamericanas.

En 1966, se efectuaron elecciones libres que fueron ganadas por Joaquín Balaguer quien desde entonces, excepto en 1978 y 1982, domina la vida política por medio de elecciones "democráticas". A pesar de tantas intervenciones y conflictos, el país ha mantenido a través del tiempo una cultura e identidad nacional fieles a su origen.

184

UNIDAD 4

¡A ver si comprendiste!

¿Quién? ¿Qué? ¿Cuándo? ¿Recuerdas los datos más importantes de la lectura? Para asegurarte, contesta estas preguntas.

1. ¿Cuándo descubrió Cristóbal Colón la isla donde está la República Dominicana? ¿Qué nombre le dio?
2. ¿Por qué se dice que es "la cuna de América"?
3. ¿Qué país europeo controló la tercera parte occidental de La Española en 1697 por el Tratado de Ryswick?
4. ¿Qué país controló toda La Española de 1822 a 1844?
5. ¿Quién es "el padre de la patria"? ¿Por qué lo llaman así?
6. ¿Quiénes fueron los dos políticos que dominaron el escenario político de la República Dominicana durante las primeras tres décadas de independencia?
7. ¿Quién controló la República Dominicana de 1930 a 1961? ¿Qué cambios hubo durante su gobierno?
8. ¿Cómo se llama el político dominicano que ha sido elegido presidente desde 1966 con excepción de 1978 y 1982?

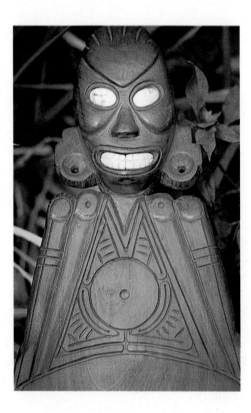

LECCIÓN 2:   LA REPÚBLICA DOMINICANA   185

FOTO
Artefacto indígena taíno de la República Dominicana.

After students have had time to ask and answer their questions working in pairs, call on a few individual students to ask their questions of the class and call on volunteers to answer each question.

NSS **For Native Speakers**
Pídales a los estudiantes hispanohablantes que preparen un debate apoyando o contradiciendo lo siguiente: *Cristóbal Colón no puede considerarse responsable por las atrocidades de los conquistadores que lo siguieron porque él ni cuenta se dio de que había descubierto un nuevo mundo.* Seleccionen a cuatro o seis personas que participen en el debate. Luego, mientras éstos discuten el tema, que el resto de la clase se siente en el centro del aula para escuchar. Al dejarse convencer por un lado o el otro, que cada alumno en el centro se mude o a la izquierda o a la derecha del aula hasta que no haya nadie en el centro.

Ventana al Mundo 21

Cristóbal Colón y "las Indias"

El 12 de octubre de 1492, Cristóbal Colón desembarcó, según se cree, en una pequeña isla de las Bahamas, llamada Guanahaní por los indígenas y que él nombró San Salvador. Desde un principio, Colón quedó convencido que había llegado a una de las numerosas islas del este de Asia que Marco Polo había descrito en el relato de sus viajes: Cathay (China), Cipango (Japón) y las Indias. De ahí proviene el nombre que Colón les dio a las tierras que exploró, "las Indias", y a sus habitantes, "indios". Después de establecer la primera colonia española en otra isla que nombró La Española, Colón volvió a España para dar noticia que había llegado a las Indias. A pesar de haber realizado cuatro viajes de exploración, Colón, al morir en 1506 en España en Valladolid, estaba convencido de que había llegado a las Indias. No podía sospechar que había abierto el camino a un nuevo mundo y que Asia quedaba a miles de millas más al oeste.

————◆◆◆————

"Las Indias". Prepara cinco preguntas sobre esta ventana. Hazle las preguntas a un(a) compañero(a) y contesta las preguntas que te haga a ti.

186

FOTO

Litografía del siglo XIX idealizando la llegada de Cristóbal Colón a la isla de Guanahaní el 12 de octubre de 1492.

Y ahora, ¡a leer!

■ Anticipando la lectura

A. ¿Quién personifica a EE.UU.? En grupos de tres o cuatro, pónganse de acuerdo en un(a) cantante de música popular o actor (actriz) de cine que, en su opinión, personifica todo lo que es Estados Unidos en la actualidad. Después de decidir eso, contesten las siguientes preguntas.

1. ¿Dónde nació el (la) artista? ¿Cómo fue su vida de niño(a)?
2. ¿Cómo es ahora en su vida privada? ¿Es casado(a) o soltero(a)? ¿rico(a) o pobre? ¿generoso(a)? ¿divertido(a)? ¿tímido(a)?
3. ¿Tiene una buena vida familiar? Expliquen su respuesta.
4. ¿Por qué creen ustedes que esta persona representa lo esencial de EE.UU.?

B. Embajadores de buena voluntad. Muchos países tienen embajadores de buena voluntad. Estas personas, cuando viajan a otros países, representan a su país en forma no oficial y crean buenas comunicaciones y buenas relaciones con los países que visitan.

1. ¿Tiene EE.UU. embajadores de buena voluntad? Si los hay, ¿quiénes son? Si no los hay, ¿crees que debería haberlos? ¿Por qué?
2. ¿A quién(es) nominarías tú para ser embajadores de buena voluntad de EE.UU.? ¿Por qué seleccionarías a esas personas?

C. Vocabulario en contexto. Decide cuál es el significado de las palabras en negrilla a base del contexto de la oración o de otras estrategias que has aprendido para llegar al significado de palabras desconocidas.

1. Juan Luis Guerra se ha hecho famoso como un **mesías** dominicano y es una figura incomparable de la música del Caribe.

    a. compositor   *b.* mensajero   *c.* dictador

2. Juan Luis sigue siendo una persona tímida y prefiere los lugares tranquilos donde él puede estar **consigo mismo.**

    a. con su familia   *b.* bien acompañado   *c.* solo

LECCIÓN 2:   LA REPÚBLICA DOMINICANA   **187**

Y ahora, ¡a leer!

Purpose In this section students will begin with **Anticipando la lectura,** where they are asked to derive the meaning of key words by using contextual clues. **Conozcamos al músico** is a brief introduction to the contemporary Dominican singer/composer who is the topic of the principal reading of the lesson, **Juan Luis Guerra: el poeta que canta al mundo.** In **Palabras como llaves,** students learn to work with the various meanings and derivatives of the word **componer.** In **Dramatizaciones** students role-play a highly significant moment in the history of the Dominican Republic and they imagine conducting a good-will tour through Latin America. In **Vocabulario personal,** students will prepare a list of useful vocabulary for the writing task that follows. Finally, in **Escribamos ahora,** students will plan and prepare a first draft of a description of a new tool they have invented.

Anticipando la lectura

This section may be done with the whole class or in pairs first; then verify answers with the class. If done in pairs, allow time for pair work.

A. ¿Quién personifica a EE.UU.? Allow time for group work. Then ask several groups to summarize their group's responses for the class. Answers will vary.

B. Embajadores de buena voluntad. Allow time for pair work. Then ask several groups to summarize their group's responses for the class. Answers will vary.

C. Vocabulario en contexto.

Answers

1 b. mensajero
2 c. solo

3. Este título se lo dio su propia gente porque se siente **reflejada en** sus canciones y su música.

    a. incluida en   *b.* indiferente a   *c.* alegre con

4. Cuando **compone,** sus metáforas y su imaginación vuelan alto, pero siempre mantiene un pie sobre la tierra, lo que le permite unir el canto al amor y la esperanza con un mensaje social.

    a. camina   *b.* lee poesía   *c.* escribe canciones

5. "Lo que más me **atrajo** de él cuando lo vi por primera vez fue su forma de ser tan dulce y tranquila, su personalidad".

    a. ofendió   *b.* interesó   *c.* sorprendió

6. La casa alquilada de Juan Luis es moderada: dos **plantas,** un patio reducido sin piscina y una cancha de baloncesto.

    a. pisos   *b.* patios   *c.* ramos

7. Cuando se cansa de trabajar en sus composiciones, se **coloca** unos *shorts* y se pone a jugar un partido de baloncesto.

    a. busca   *b.* se compra   *c.* se pone

8. Con Herbert a la cabeza, se **reúne** cada mes un grupo de médicos que salen al campo para dar consulta, regalar lentes y atender a cientos de pacientes pobres.

    a. dispersa   *b.* junta   *c.* organiza

Conozcamos al músico

Juan Luis Guerra ha causado sensación en el Caribe, Latinoamérica, EE.UU. y España como compositor e intérprete de melodiosos merengues junto con su conjunto, llamado simplemente, 4–40. El merengue, una composición musical que precede a la salsa, es tremendamente popular en la República Dominicana, su patria nativa. Este merenguero dominicano con mente de poeta y corazón de *rock and roll* nació el 6 de julio de 1956, y ha realizado las siguientes grabaciones: *Soplando, Mudanza y acarreo, Mientras más lo pienso...tú, Ojalá que llueva café, Bachata Rosa* y *Areíto.*

LECTURA

Juan Luis Guerra: el poeta que canta al mundo

por Marta Madina

Juan Luis Guerra, en relativamente poco tiempo, ha alcanzado una fama internacional, un éxito que se refleja en millones de discos vendidos, y *se ha consagrado* como un mesías dominicano y una figura incomparable de la música del Caribe.

    A pesar de tanta fama, Juan Luis sigue siendo una persona tímida y prefiere los lugares tranquilos donde puede estar consigo mismo al *bullicio* de las *ruedas de prensa* y recepciones públicas. La fama y el tener que llevar una vida pública es quizás el precio más caro que Juan Luis Guerra ha tenido que pagar por convertirse, casi de la noche a la mañana, en embajador dominicano ante el mundo. Este título se lo dio su propia gente porque se siente reflejada en sus canciones y su música.

se ha hecho famoso

ruido / entrevistas con periodistas

La vida como inspiración

Sus canciones, a pesar *del corte* poético indiscutible que poseen, tratan de *anclarse* en la realidad dominicana. Cuando compone, sus metáforas y su imaginación vuelan alto, pero siempre mantiene un pie sobre la tierra, lo que le permite unir el cielo con *el suelo,* el canto al amor y la esperanza con un mensaje social.

de la forma
anchor themselves

la tierra

    La necesidad de expresarse fue la que le impulsó a componer por primera vez siendo sólo un adolescente. Junto con su inseparable amigo Herbert Stern, hoy médico *oftalmólogo,* comenzó a tocar en los clubes sociales de Santo Domingo.

oculista

    Pero su inclinación por la música viene de más atrás. Con su familia vivía en el barrio de Gazcue, en una casa donde el patio daba frente a la Galería Nacional de Música y se podían oír los conciertos. "Mi casa siempre fue una casa muy musical, *hasta los aguacates* cantaban. Mi padre oía los boleros de *Agustín Lara,* a mi mamá le encantaba la ópera italiana, y yo deliraba por los *Beatles* aunque no entendía nada de sus *letras*".

even the avocado trees
compositor mexicano

palabras de canciones

LECCIÓN 2: LA REPÚBLICA DOMINICANA

189

Lectura

This reading may be assigned as homework or may be done in class as a jigsaw reading activity, or simply by having students read one section at a time silently and then asking the **Focus questions** to check comprehension.

Focus questions Ask these questions as students read the article to verify that they are understanding key information.
—Cuánto tiempo tardó Juan Luis Guerra en alcanzar fama internacional, mucho tiempo o poco tiempo?
—¿Qué evidencia hay de este éxito, número de discos vendidos? ¿Cuántos?
—¿Hay otros músicos caribeños con la fama de Juan Luis Guerra?

—¿Le gusta el bullicio y mucha atención y recepciones públicas a Juan Luis Guerra?
—¿Es una persona tímida o extrovertida?
—¿Qué precio ha tenido que pagar Juan Luis, la fama o la vida pública?
—¿Cuánto tiempo tardó en convertirse en el embajador dominicano ante el mundo, mucho o poco? ¿Cuánto?

—¿Incluyen todas sus canciones algo de la realidad dominicana?
—Explica la expresión que la autora usa cuando dice que él une "el cielo con el suelo".

—¿A qué edad empezó a componer música, de niño, de adolescente o de adulto?
—¿Quién era Herbert Stern, un músico o un médico?
—¿Dónde tocaban Juan Luis y Herbert, en clubes de Santo Domingo o en clubes de Cuba?

—¿Por qué oía conciertos en su casa con frecuencia?
—¿Qué tipo de música le gustaba a su padre? ¿a su madre? ¿a Juan Luis?

—¿Por qué se fue Juan Luis a estudiar en Boston, porque no fue aceptado en la universidad en Santo Domingo o porque recibió una beca?
—¿Dónde conoció a Norma Vega, su futura esposa, en Boston o en Santo Domingo?

—¿Qué le atrajo de Juan Luis a Norma inicialmente, su personalidad o su apariencia física?
—¿Qué comparten Norma y Juan Luis?
—¿Tienen hijos?

—¿Por qué tuvieron que mudarse de Gazcue a Arroyo Hondo, para proteger su privacidad o para vivir como estrellas?
—¿Dónde está Arroyo Hondo, en Santo Domingo o en *Beverly Hills*?

—¿Compró Juan Luis la casa donde viven en Arroyo Hondo o la alquiló? Describe la casa.
—¿Cuál es el deporte favorito de Juan Luis, el tenis o el baloncesto?
—¿Hay una cancha de baloncesto en su nueva casa?

Estudios universitarios y matrimonio

En 1980, Juan Luis, después de estudiar dos años en la Facultad de Filosofía y Letras en Santo Domingo, recibe una *beca* y se va a estudiar a la escuela de música de Berklee College of Music, en Boston. Ahí conoce a Nora Vega, una estudiante de diseño en la misma escuela, y quien sería su futura esposa.

"Lo que más me atrajo de él cuando lo vi por primera vez fue su forma de ser tan dulce y tranquila, su personalidad. Su físico, la verdad es que no me *llamó la atención*", comenta Nora, una dominicana de ojos claros y pelo rubio. Desde que se casó con Juan Luis lo ha *compartido* todo: el perfeccionismo de su esposo, su perseverancia, un hijo de cinco años, el sacrificio de tener que crear a diario y más recientemente, el vértigo que produce la fama.

scholarship

interesó

shared

Del barrio de Gazcue al Beverly Hills dominicano

Para *resguardar* su privacidad, han tenido que abandonar Gazcue, el barrio céntrico donde Juan Luis se reunía con sus amigos para hablar de la vida y sobre filosofía sentados en la *grama*. Su nuevo *vecindario* es Arroyo Hondo, el *Beverly Hills* dominicano, una zona residencial al noroeste de la capital, famosa por las mansiones *ocultas* y los *lujosos* coches en circulación.

La casa alquilada de Juan Luis es moderada: dos plantas, un patio reducido sin piscina y un solo lujo del cual no puede *prescindir:* una cancha de baloncesto que él mismo mandó construir. Cuando se cansa de trabajar en sus composiciones, se coloca unos *shorts* y se pone a jugar un partido de baloncesto.

proteger

grass / barrio

hidden / espléndidos

dejar de usar

190

Nora es la primera crítica

Nora es la primera persona que escucha las nuevas composiciones de Juan Luis. Él respeta mucho la opinión de su esposa; sabe que la opinión de ella será la opinión de miles de oyentes. En ocasiones ella misma se convierte en *musa* y pasa a estar presente en muchas de sus canciones. En otras ocasiones, la inspiración surge de novelas y poemas de escritores del mundo hispano como Federico García Lorca, Julio Cortázar, Pablo Neruda, César Vallejo y Nicolás Guillén.

inspiración

No se olvida de los más pobres

Juan Luis ha establecido la Fundación 4–40 para ayudar a cientos de dominicanos pobres que *carecen de* recursos médicos. El oftalmólogo Herbert Stern, su amigo de juventud, es la persona que está detrás de toda esta operación. La idea *surgió* en 1989 durante un concierto que Juan Luis ofreció en favor de enfermos de diabetes.

no tienen

salió, nació

Con Herbert a la cabeza, se reúne cada mes un grupo de médicos que salen al campo, a los pueblos de pescadores y a los barrios *periféricos* para dar consulta, regalar lentes y atender a cientos de pacientes. Cuando puede, Juan Luis va con ellos, pero es preferible que *se quede en casa,* porque cuando aparece él, todos se olvidan de sus dolencias y lo único que quieren es hablar, tocar, ver a ese dominicano que "aunque ahora es muy famoso, sigue siendo de los nuestros".

más lejanos del centro

no vaya

Adaptado de "Juan Luis Guerra: poeta y músico del pueblo", Más

Focus questions
—¿Quién es la primera persona que escucha las nuevas composiciones, su esposa o su amigo Herbert Stern?
—¿Qué representa la opinión de su esposa, la opinión de una experta crítica de música o la opinión de miles de oyentes?
—¿De dónde viene la inspiración de Juan Luis, de su esposa Nora? ¿de escritores estadounidenses? ¿de escritores del mundo 21?

—¿Qué es la Fundación 4-40, un grupo musical o una organización médica que ayuda a los pobres?
—¿Quién es el director de Fundación 4-40, Juan Luis Guerra o Herbert Stern?

—¿Qué hace la fundación cada mes, sale al campo a atender a los enfermos o a dar conciertos a los pobres?
—¿Por qué es preferible que no vaya Juan Luis al campo con la fundación, porque causa mucha distracción o porque nadie lo conoce?

LECCIÓN 2:   LA REPÚBLICA DOMINICANA

191

NSS **For Native Speakers** Pregúnteles a los estudiantes hispanohablantes si saben de otros artistas hispanos que han hecho mucho por los pobres. Si así es, pídales que informen a la clase de su generosidad.

Allow time for pair work. Have students get accustomed to answering these questions in their own words with books closed. Do not allow reading verbatim from the text.

Answers

A. ¿Sí o no?

1 No. Es un famoso poeta, compositor y cantante dominicano.

2 Sí.

3 No. Es una persona tímida y prefiere estar solo.

4 Sí.

5 No. Sus canciones unen el cielo con la tierra, el canto con el amor y la esperanza con un mensaje social.

6 No. El barrio Gazcue, donde se crió con su familia, es un barrio céntrico, no un *Beverly Hills*.

7 No. Herbert Stern es un especialista oftalmólogo.

8 Sí.

B. Hablemos de la lectura.

Call on individual students. Have class confirm each response.

1 El merengue.

2 Su gente lo llama "embajador dominicano ante el mundo" porque el pueblo dominicano se siente reflejado en sus canciones y su música.

3 Dice que siempre se oía música en su casa porque estaba frente a la Galería Nacional de Música. A su padre le gustaba la música de Agustín Lara, a su madre la ópera y a él los *Beatles*.

4 Conoció a su futura esposa en Berklee College of Music, en Boston. Lo que le atrajo de él fue su forma de ser, su personalidad.

5 Él respeta mucho la opinión de Nora. Siente que ella representa la opinión de miles de oyentes.

6 La Fundación 4–40 ayuda a los dominicanos pobres que necesitan recursos médicos.

7 Su amigo el oftalmólogo Herbert Stern está detrás de la operación.

■ ¿Comprendiste la lectura?

A. ¿Sí o no? En parejas, decidan si están de acuerdo con los siguientes comentarios. Si no, digan por qué no.

1. Juan Luis Guerra es un famoso novelista dominicano.
2. Ha creado un grupo llamado 4-40.
3. Juan Luis es una persona muy desenvuelta; le gustan mucho las ruedas de prensa y las recepciones públicas.
4. Su propia gente lo considera un embajador dominicano ante el mundo.
5. Sus canciones son sólo poéticas y no tienen ningún mensaje social.
6. Con su familia vivía en el barrio de Gazcue, que es un suburbio conocido como el *Beverly Hills* dominicano.
7. Herbert Stern, el amigo de juventud de Juan Luis, es otro cantante famoso.
8. Juan Luis estableció la Fundación 4-40 para ayudar a cientos de dominicanos pobres que no tienen recursos médicos.

B. Hablemos de la lectura. Contesta estas preguntas.

1. ¿Cómo se llama el tipo de música que ha hecho famoso a Juan Luis Guerra y es muy popular en la República Dominicana?
2. ¿Qué título le ha dado su propia gente? ¿Por qué?
3. ¿Qué dice Juan Luis de la casa donde vivía de niño en el barrio de Gazcue?
4. ¿Dónde conoció por primera vez a Nora Vega, quien después sería su esposa? Según ella, ¿qué es lo que más le atrajo de Juan Luis?
5. ¿Por qué Juan Luis le muestra sus nuevas composiciones primero a su esposa?
6. ¿Cuál es el propósito de la Fundación 4-40?
7. ¿Quién está detrás de toda esta operación?
8. ¿Por qué es preferible que Juan Luis se quede en casa y no acompañe a los doctores a los barrios periféricos dominicanos?

Santo Domingo

UNIDAD 4

8 Es mejor que se quede en casa porque cuando los enfermos lo ven se olvidan de sus dolencias y sólo quieren hablar, tocar y ver al poeta-cantante.

Palabras como llaves:
componer

Para ampliar el vocabulario. Existen muchas palabras relacionadas con la palabra **componer**: **composición, compositor, compuesto, descomponer.** Las palabras **componer** y **composición** tienen varios significados.

Con un(a) compañero(a), responde a las siguientes preguntas.

1. ¿Qué **compone** por lo general un **compositor**?
2. ¿Has **compuesto** tú una canción alguna vez?
3. ¿Qué puede **componer** un mecánico en un taller de reparación de automóviles?
4. ¿Qué es lo contrario de **componer**?
5. ¿Qué significa cuando alguien dice "el coche está **descompuesto**"?
6. ¿Te gusta escribir **composiciones** para esta clase de español?
7. ¿Cuál es la **composición** química del agua?

Dramatizaciones

A. **El hijo de Colón.** Con tres o cuatro compañeros de clase, dramaticen la llegada del hijo de Cristóbal Colón a La Española en el año 1545, más o menos cincuenta años después de la llegada de su padre. Incluyan la reacción del hijo al hablar con los oficiales españoles de la necesidad de traer trabajadores a la isla debido a que casi un millón de taínos han muerto.

B. **¡A Latinoamérica!** Tú eres un(a) artista popular (tú debes decidir cuál es tu especialidad) de EE.UU. Ahora estás organizando un viaje a Latinoamérica donde, además de varios conciertos (o exhibiciones), vas a servir de embajador(a) de buena voluntad de EE.UU. Dramatiza tu primera reunión con tres o cuatro amigos que te están ayudando a organizar tu gira a Latinoamérica. Hablen de la forma que van a tener tus conciertos (o exhibiciones) para atraer al público latinoamericano y de las actividades que piensas hacer en tu papel de embajador(a).

LECCIÓN 2: LA REPÚBLICA DOMINICANA **193**

Palabras como llaves

Allow time for pair work. Then ask the questions of individual students. Have class confirm each answer.

NSS **For Native Speakers**
Pídales a los estudiantes hispanohablantes que escriban una oración original con las palabras y expresiones derivadas de **componer**. Pídales a unos que escriban sus oraciones en la pizarra y revíselas con la clase.

Dramatizaciones

Purpose To role-play 1) the reaction of Christopher Columbus' son to changes brought about by fifty years of Spanish domination on the island of Hispaniola and 2) being a goodwill ambassador.

Extension Videotape the role plays so that students may have the opportunity to see themselves speaking Spanish.

Suggestions These role plays are optional, and should be done as time permits. Tell students to be creative in their scripts but not to lose sight of proper cultural and historical perspective. Have the class comment on cultural and historical authenticity at the end of the first role play.

Assign **A** to half the class and **B** to the other half. Allow time for groups to prepare their role plays. Then have each group present in front of the class without notes. Have class discuss the cultural and historical appropriateness of the first dramatization.

Answers

1 Es popular en la República Dominicana, Cuba, Puerto Rico, México, Centroamérica, Venezuela, Colombia, Japón, Taiwán y Corea del Sur, entre otros.

2 Diecisiete de los veintiséis equipos de las Ligas Mayores tienen academias en la República Dominicana debido al talento que se desarrolla allá.

3 Juan Marichal, Joaquín Andújar, José Rijo y Ramón Martínez, entre otros.

Ventana al Mundo 21

Los beisbolistas dominicanos

El béisbol, considerado por muchos el deporte nacional de EE.UU., es también el deporte favorito de muchas naciones caribeñas,

Joaquín Andújar

principalmente la República Dominicana, Cuba y Puerto Rico. También se practica en México, los países centroamericanos, Venezuela, Colombia, Japón, Taiwán y Corea del Sur. Desde el siglo pasado, la República Dominicana ha sido una verdadera fábrica de beisbolistas talentosos, tanto que en 1993, diecisiete de los veintiséis equipos de las Grandes Ligas tienen academias de béisbol en ese país. Desde ahí se desarrolla el talento de algunos de los mejores jugadores. Muchos de los jugadores profesionales

Ramón Martínez

de EE.UU. han salido de la República Dominicana. Juan Marichal, Joaquín Andújar, José Rijo y Ramón Martínez son sólo algunos de las docenas de beisbolistas dominicanos que le dan brillo, vitalidad y estilo a la herencia deportiva del béisbol.

Beisbolistas dominicanos. Busca las respuestas a las siguientes preguntas con un(a) compañero(a).

1. ¿En qué países es popular el béisbol fuera de EE.UU.?
2. ¿Cuántos equipos de las Grandes Ligas tienen academias de béisbol en la República Dominicana? ¿Por qué?
3. ¿Quiénes son algunos jugadores profesionales dominicanos en EE.UU. ahora?

NSS **For Native Speakers** Pídales a los estudiantes hispanohablantes que nombren otros beisbolistas hispanos que conocen y que digan de qué país vienen.

Vocabulario personal

¡Hay que ser muy trabajador! Para alcanzar la fama de un Juan Luis Guerra, un Juan Marichal o una Charytín, hay que ser muy trabajador ya que la fama no viene fácilmente. ¿Eres tú muy trabajador(a)? ¿Trabajas en casa? ¿en la escuela? ¿en otros lugares? Como todos los buenos trabajadores, debes usar ciertas herramientas o instrumentos especiales en tu trabajo. Piensa ahora en esas herramientas o instrumentos y en la función de cada uno. Prepara una lista de vocabulario que incluya lo siguiente: 1) herramientas o instrumentos que usas con frecuencia, 2) función de cada herramienta o instrumento, 3) usos inapropiados de las herramientas o instrumentos y 4) otras palabras y expresiones que te sean útiles. Tal vez debas volver al poema de Eliseo Diego, a la lectura sobre Juan Luis Guerra o al vocabulario al final de tu libro de texto.

Herramientas o instrumentos de uso frecuente	Función de herramientas o instrumentos
1. bolígrafo	1. escribir
2. peine	2. peinarse
3. . . .	3. . . .
4. . . .	4. . . .
5. . . .	5. . . .
6. . . .	6. . . .
7. . . .	7. . . .
8. . . .	8. . . .

Usos inapropiados de herramientas o instrumentos	Otras palabras y expresiones
1. ofender	1. filo
2. dañar reputación	2. clavos
3. . . .	3. . . .
4. . . .	4. . . .
5. . . .	5. . . .
6. . . .	6. . . .
7. . . .	7. . . .
8. . . .	8. . . .

LECCIÓN 2:   LA REPÚBLICA DOMINICANA

195

Purpose This section gets students to develop their own, personalized active vocabulary lists and to recycle vocabulary for writing a description of their new invention.

¡Hay que ser muy trabajador! These lists may be assigned as homework. Encourage students to look for words that are new to them and will help them expand their vocabulary. Tell students that the vocabulary lists they develop here will be used later in the writing section, **Escribamos ahora.** After lists have been done, allow time for students to compare lists with two classmates. Encourage them to borrow words from each other if they are so inclined. Additional active vocabulary lists for the Unit appear in the student workbook, *Cuaderno de actividades.*

NSS **For Native Speakers** Anime a los estudiantes hispanohablantes a ampliar su propio vocabulario identificando las palabras que todavía no conozcan. Pídales que escriban definiciones de palabras desconocidas a base del contexto. En grupos de tres o cuatro, permítales que confirmen la exactitud de sus definiciones.

Escribamos ahora

Escribamos ahora

Purpose In this section students continue to develop their writing skills using a process writing approach. In **A generar ideas,** students will learn to describe the purpose or function of things and then in **El primer borrador,** they will proceed to think of a tool or instrument they would like to invent and describe it in an application for funding to develop their invention.

A. A generar ideas: describir la función de algo

1. La función de una herramienta. Allow time for pair work. Then call on individual students to see what they wrote for each function and limitation. Ask if anyone in the class has different functions or limitations.

A. A generar ideas: describir la función de algo

1. **La función de una herramienta.** En el poema "Las herramientas todas del hombre", el poeta Eliseo Diego habla de las herramientas y la relación entre ellas y las personas. Habla de la función útil o beneficiosa de cada herramienta y, a la vez, en un sentido ético, de la limitación o peligro que cada herramienta le puede presentar a una persona. Además, identifica los beneficios y las desventajas de las herramientas.

   Para ver esto más claramente, trabaja con un(a) compañero(a) para preparar un esquema en tres columnas como el que sigue. En la primera columna aparecen todas las herramientas que mencionó el poeta. En la segunda, indiquen la función útil de cada herramienta y en la tercera, la limitación o peligro que cada herramienta puede representar. Es preferible que no traten de citar al poeta palabra por palabra; expresen más bien la función y el peligro en sus propias palabras.

Herramientas	Función	Limitación o peligro
navajas	cortar	afeitar al tiempo: acortar, abreviar la vida
tijeras		
sierras, serruchos y cuchillos		
cucharas		
fuelle		
compás		
paleta de albañil		
pesas, llaves, cortaplumas y anteojos		
gafas		
mortero		

Answers

Answers will vary.

Herramientas	Función	Limitación o peligro
tijeras	cortar tela	cortar el hilo de la vida
sierras, serruchos y cuchillos	cortar madera	pueden causar destrucción
cucharas	comer	recuerdan la niñez y la vejez
fuelle	sostener el fuego	principia un proceso
compás	medir	deshacer el corazón del hombre
paleta de albañil	acercar, juntar	crear protección
pesas, llaves, cortaplumas y anteojos	pesar, abrir, cortar y ver	valor materialista
gafas	mirar	observar al hombre
mortero	mezclar	arreglar las cosas

2. **¡A inventar!** Piensa ahora en dos o tres tareas que serían mucho más fáciles de hacer si alguien inventara una herramienta o instrumento especial. En un esquema de tres columnas describe 1) cada tarea, 2) la función de la herramienta o instrumento que te gustaría inventar y 3) el peligro que tal herramienta o instrumento podría tener para las personas. Comparte tu lista con uno o dos compañeros. Háganse preguntas, comentarios y sugerencias acerca de sus posibles invenciones.

3. **¡Mi invención!** Finalmente, selecciona una de las herramientas o instrumentos de tu lista y anota lo que tendrías que considerar antes de crear tal invento: la tarea que va a simplificar, la función de la herramienta o instrumento, materiales necesarios para hacerla, el tamaño, la forma y operación de la herramienta o instrumento y, claro, el costo. Anota también qué limitaciones o peligros podría tener tu invención para los humanos.

B. El primer borrador

1. **¡A organizar!** Vuelve ahora a la información que recogiste en la sección anterior. Usa un esquema araña o cualquier otro diagrama que prefieras. Organiza la información de tal manera que puedas desarrollar tres o cuatro párrafos que expliquen tu idea.

2. **Tema de la composición.** Acabas de encontrar en una revista un anuncio que invita a las personas con creatividad a inventar nuevas herramientas prácticas. El anuncio pide que las personas interesadas manden una breve descripción (tres o cuatro párrafos) que incluya el propósito y el funcionamiento de la herramienta. El anuncio pide que se incluya información también sobre las limitaciones y peligros que la invención pueda presentar para el medio ambiente y para la humanidad. Si la empresa decide producir tu invención, llegarás a ser famoso y rico. Por eso, es importante que tu descripción sea clara y completa. ¡Buena suerte!

LECCIÓN 2: LA REPÚBLICA DOMINICANA

2. **¡A inventar!** Allow time to prepare chart individually and for group work. Encourage students to comment and ask questions about their classmates' inventions. Do a brief brainstorming about a possible invention (i.e., a new invention for the physically challenged) with the class if necessary, to get them started.

3. **¡Mi invención!** This may be assigned as homework. In class, allow time for students to share their organizational charts with each other. Encourage them to add to, subtract from, or correct their own charts based on what they see on their classmates' charts.

B. El primer borrador

1. **¡A organizar!** Allow time for students to organize their information using whatever means of organization (clusters, diagram, outline, etc.) works best for them.

2. **Tema de la composición.** Suggest that students begin by writing for a set amount of time without stopping. This will help them focus on getting all the information they have gathered written down before they start focusing on style, editing, etc. After that time period, tell them to read what they wrote and start reorganizing the paragraphs as necessary, and adding, deleting, or correcting as needed. If necessary, this may all be assigned as homework.

Gente

entrar en vigor	saltar
escenario	sociedad
Estado Libre	contemporánea
Asociado	transformar
lema	vocalista
roquero(a)	

La colonia española y Los taínos y los esclavos africanos

bastión militar	fortaleza
Borinquen	fortificado(a)
colono(a)	gigantesco(a)
convertir	invertir
denominación	muralla
despoblar	posesión
estratégico(a)	tomar por
exterminar	asalto

La Guerra Hispano-Estadounidense de 1898 y La caña de azúcar

autonomía	minoría
caña de azúcar	permanecer
depresión	presencia
fuerza laboral	resistencia
intacto(a)	

Estado Libre Asociado de EE.UU. y La industrialización de la isla

acelerado(a)	garantizar
congreso	impuesto
federal	inmenso(a)
constitución	petroquímico(a)
electrónico(a)	proceso
farmacéutico(a)	textil

Corresponding Structures in *Manual de gramática*

4.5 Subjunctive: Noun Clauses
G77

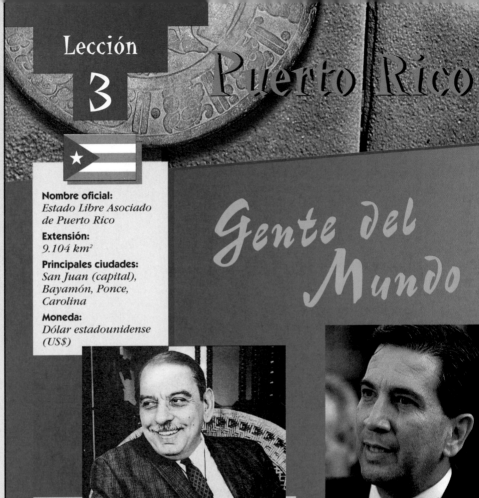

Lección 3

Puerto Rico

Nombre oficial:
Estado Libre Asociado de Puerto Rico

Extensión:
9.104 km²

Principales ciudades:
San Juan (capital), Bayamón, Ponce, Carolina

Moneda:
Dólar estadounidense (US$)

Gente del Mundo 21

Luis Muñoz Marín (1898–1980) político puertorriqueño, es hijo del antiguo líder Luis Muñoz Rivera que defendió la autonomía de la isla ante la presencia de España y Estados Unidos. Muñoz Marín, líder del Partido Popular Democrático (PPD) que tenía "Pan, tierra y libertad" como lema, se convirtió en 1948 en el primer gobernador elegido directamente por los puertorriqueños. Durante su gobierno se aprobó la constitución de Puerto Rico que entró en vigor el 25 de julio de 1952 y que transformó a Puerto Rico en Estado Libre Asociado de EE.UU. Fue elegido gobernador cuatro veces.

Pedro Rosello, cirujano pediatra y político puertorriqueño, nació en San Juan, Puerto Rico, en 1944. Se graduó con máximos honores académicos en la Universidad de Notre Dame y en 1970 terminó la carrera de medicina en la Universidad de Yale, donde fue elegido presidente de su clase. En 1985 fue nombrado director del Departamento de Salud de San Juan. En noviembre de 1992 fue elegido gobernador de Puerto Rico como candidato del Partido Nuevo Progresista (PNP). El gobernador Rosello favorece que Puerto Rico se convierta en un estado más de EE.UU.

198

UNIDAD 4

NSS **For Native Speakers** Usando la lista en el *Cuaderno de actividades,* pídales a los estudiantes hispanohablantes que seleccionen cinco de estas palabras y las definan por escrito. Luego en grupos de tres o cuatro, que comparen sus definiciones para ver si las hicieron correctamente. Pídales a varios estudiantes que lean sus definiciones para asegurarse de que todos las hayan definido correctamente.

Rosario Ferré, escritora puertorriqueña, nació en Ponce, Puerto Rico el 28 de septiembre de 1940. Dirigió la revista *Zona de carga y descarga* de 1972 a 1974. En 1976 obtuvo un premio del Ateneo Puertorriqueño por sus cuentos, los cuales aparecieron en el volumen *Papeles de Pandora* (1976). Su obra literaria incluye los libros *El medio pollito* (1978), *La muñeca menor* (1979), *Los cuentos de Juan Bobo* (1981) y *Fábulas de la garza desangrada* (1982). Sus artículos sobre escritoras del pasado y presente, y sobre la mujer en la sociedad contemporánea fueron reunidos en su libro *Sitio a Eros* (1980).

Chayanne, nombre artístico de Elmer Figueroa Arce, es un cantante puertorriqueño que nació el 28 de junio de 1969 en Río Piedras, Puerto Rico. Es uno de los vocalistas jóvenes más populares de Latinoamérica. Su álbum titulado *Provócame* (1992) ha sido uno de los más vendidos en los últimos años. Chayanne ha pasado por una transformación, ya que se inició cantando temas medio roqueros en los que saltaba en el escenario; ahora canta temas románticos a veces tocando él mismo la guitarra.

Personalidades del **Mundo 21.** Prepara dos comentarios que estas personas harían sobre sí mismas. Léeselos a un(a) compañero(a) para ver si puede identificar a la persona que los haría. Luego trata de nombrar a las personas que harían los comentarios que tu compañero(a) te haga.

MODELO   *Tú:* **Me gusta escribir sobre la mujer moderna.**
     Compañero(a): **Rosario Ferré**

LECCIÓN 3:   PUERTO RICO

199

Purpose To introduce **Luis Muñoz Marin**, Puerto Rico's first democratically elected governor; **Pedro Rosello**, Puerto Rico's current governor; **Rosario Ferré**, an internationally recognized Puerto Rican writer; and **Chayanne**, the popular Puerto Rican singer of romantic melodies.

Suggestion Have students silently read one biography at a time. Ask plenty of yes/no, either/or comprehension check questions after each one to check for understanding.

Extension Have students interested in extra credit prepare a brief written or oral presentation on one of these personalities or another famous Puerto Rican artist, actor, playwright, musician, politician, or on any of the following topics: Pros and cons of becoming the fifty-first state, Advantages of being a commonwealth state, Advantages and disadvantages of becoming and independent country.

Personalidades del Mundo 21.

Allow time for pair work. Answers will vary.

NSS **For Native Speakers** Pídales a los estudiantes hispanohablantes que en grupos de seis, cuatro de ellos decidan cuál de estas personas puertorriqueñas famosas les gustaría ser (o de cualquier puertorriqueño bien conocido) y que los otros dos los entrevisten, haciendo el papel de periodistas.

DEL PASADO al presente

PUERTO RICO: ENTRE VARIOS HORIZONTES

Selva tropical

A unas mil quinientas millas al sureste de Miami se encuentra la isla de Puerto Rico. En esta pequeña isla coinciden la cultura hispanoamericana con la economía y el gobierno de EE.UU. Muy pocos saben que Puerto Rico es el único territorio de EE.UU. donde el español es lengua oficial o que es el único país hispanohablante donde el inglés también es lengua oficial. Ignoran que viajar a la isla es como viajar a Hawai: no necesitan pasaporte ni tienen que cambiar moneda. ¡Hasta pueden sacar dinero del cajero automático con su misma tarjeta de banco! Para entender cómo ha llegado Puerto Rico a ser así, hay que explorar su rico pasado.

LA COLONIA ESPAÑOLA

En 1492 la isla era llamada Borinquen por los taínos que compartían la isla con los más agresivos caribes, originarios de las Antillas Menores y de la costa de Venezuela. Cristóbal Colón tomó posesión de la isla en su segundo viaje, el 19 de noviembre de 1493, y le dio el nombre de San Juan Bautista. En 1508, el conquistador español

La Casa Blanca, San Juan

Juan Ponce de León fundó la ciudad de Caparra que después cambió su nombre a ciudad de Puerto Rico. Con el tiempo, el uso invirtió las denominaciones: la isla pasó a llamarse Puerto Rico y la ciudad, convertida en capital, tomó el nombre de la isla, San Juan.

200

UNIDAD 4

FOTOS

Foto de fondo. Playa de Loquillo, Puerto Rico.

Selva tropical. En una época por toda la isla había selvas tropicales. Hoy se conserva la selva tropical original en el parque El Yunque, en la región oriental de la isla de Puerto Rico.

Jardines de la Casa Blanca en el viejo San Juan de Puerto Rico.

LOS TAÍNOS Y LOS ESCLAVOS AFRICANOS

Como en las otras Antillas Mayores, los taínos de Puerto Rico fueron exterminados en poco tiempo por las enfermedades y los trabajos forzados. Para mediados del siglo XVI la salida de la población hispana hacia las minas del Perú casi despobló toda la isla. No obstante, continuaron suficientes colonos para que sobreviviera la colonia. A partir de entonces, la economía de la isla se basó en la agricultura y el trabajo de los esclavos africanos, pero más aún, la isla fue convertida en un bastión militar. La capital fue fortificada con gigantescas murallas y fortalezas, como el Castillo de San Felipe del Morro que servía para defender la ciudad de piratas y armadas enemigas.

En 1595 el pirata inglés Sir Francis Drake intentó tomar por asalto la ciudad de San Juan pero fracasó. Desde entonces Puerto Rico sería una de las posesiones americanas más importantes de España por su situación militar estratégica. Esto hizo que la isla permaneciera bajo el control español por mucho tiempo, muchas décadas después de la liberación del continente sudamericano del dominio español. Para 1898, las cosas cambiarían rápidamente.

LA GUERRA HISPANO-ESTADOUNIDENSE DE 1898

Como resultado de la guerra contra España de 1898, EE.UU. tomó posesión de toda la isla sin mucha resistencia. En ese año la isla de Puerto Rico cambió de dueño, pero la cultura que se había formado allí por cuatro siglos permaneció intacta. A diferencia de Cuba, donde hubo oposición política y militar a la presencia de EE.UU., en Puerto Rico no se generó fuerte oposición. Hubo algunos que lucharon a favor de la independencia política, pero éstos permanecieron como minoría y no pudieron anticipar los cambios políticos que se aproximaban.

El Castillo de San Felipe del Morro

LECCIÓN 3: PUERTO RICO

201

FOTO

El Morro, como se conoce al Castillo de San Felipe del Morro, era la defensa principal de San Juan de Puerto Rico en tiempos de la colonia española. En la foto se observan también la bahía y el puerto de San Juan.

Foto de fondo. Vista aérea del Capitolio y del viejo San Juan de Puerto Rico.

Cosecha de la caña de azúcar usando maquinaria cerca de Manatí, Puerto Rico.

Compañía farmacéutica cerca de Arecibo, Puerto Rico.

LA CAÑA DE AZÚCAR

Tras la guerra de 1898, el café dejó de ser el producto principal y fue sustituido por la caña de azúcar. En la isla aparecieron grandes centrales azucareras donde estaba empleada la fuerza laboral. En 1917, el Congreso de EE.UU. pasó la Ley Jones que declaró a todos los residentes de la isla ciudadanos estadounidenses.

Cultivo de la caña de azúcar

Después de la depresión de la década de 1930 y de la Segunda Guerra Mundial, la economía de la isla se encontraba en crisis y los problemas políticos hicieron que EE.UU. cambiara su política hacia el territorio. Hasta entonces, los gobernadores de Puerto Rico eran nombrados por el presidente en Washington. Poco a poco, EE.UU. fue otorgándoles más autonomía a los puertorriqueños.

ESTADO LIBRE ASOCIADO DE EE.UU.

En 1952 la inmensa mayoría de los puertorriqueños aprobó una nueva constitución que garantizaba un gobierno autónomo, el cual se llamó Estado Libre Asociado (ELA) de Puerto Rico. El principal promotor de esta nueva relación fue también el primer gobernador elegido por los puertorriqueños, Luis Muñoz Marín.

Bajo el ELA, los residentes de la isla votan por su gobernador y sus legisladores estatales y, a su vez mandan un comisionado a Washington D.C. para que los represente. La situación política de la isla se ha ido acercando más y más a la de un estado de EE.UU. Pero a diferencia de un estado de EE.UU., los residentes de Puerto Rico no tienen congresistas en el congreso federal, ni pueden votar en las elecciones para presidente. Claro está, ¡tampoco tienen que pagar impuestos federales y el *IRS* no los molesta!

LA INDUSTRIALIZACIÓN DE LA ISLA

Mientras ocurrían estos cambios políticos, la economía de la isla pasó por un proceso acelerado de industrialización. Puerto Rico pasó de una economía agrícola a una industrial en unas pocas décadas. A la vez

Compañía farmacéutica

aumentó la emigración de millones de puertorriqueños a Nueva York. La industrialización de Puerto Rico se inicia con la industria textil y más recientemente incluye la farmacéutica, la petroquímica y la electrónica. Esto ha hecho de Borinquen uno de los territorios más ricos de Latinoamérica y San Juan se ha convertido en un verdadero "puerto rico".

202

UNIDAD 4

■ *¡A ver si comprendiste!*

¿Quién? ¿Qué? ¿Cuándo? ¿Recuerdas los datos más importantes de la lectura? Para asegurarte, contesta estas preguntas con un(a) compañero(a).

1. ¿Cómo llamaban los taínos a la isla que hoy llamamos Puerto Rico?
2. ¿Qué nombre le dio Cristóbal Colón a la isla?
3. ¿Quién comenzó la colonización española de la isla en 1508? ¿Dónde comenzó?
4. ¿Qué ocurrió con el tiempo con las denominaciones de la ciudad capital y de la isla?
5. ¿Para qué servía el Castillo de San Felipe del Morro?
6. ¿Existió una gran oposición a la presencia militar de EE.UU. en 1898?
7. ¿Qué producto sustituyó al café después de 1898?
8. ¿Qué ley declaró a todos los residentes de Puerto Rico ciudadanos de EE.UU.? ¿Cuándo se aprobó esta ley?
9. ¿Qué lograron los puertorriqueños con la nueva constitución de 1952?
10. ¿Qué industrias han reemplazado a la agricultura como base de la economía de Puerto Rico?

El viejo San Juan

LECCIÓN 3:   PUERTO RICO

FOTO

Balcones del viejo San Juan con la catedral en el fondo.

Ventana al Mundo 21

Puerto Rico:
entre libre asociación, estadidad o independencia

Continuar con modificaciones el Estado Libre Asociado (ELA) establecido desde 1952, convertirse en el estado cincuenta y uno de EE.UU. o alcanzar la independencia son las tres alternativas políticas de los 3,3 millones de puertorriqueños en la isla. Tanto para Puerto Rico como para EE.UU las implicaciones son enormes: el gobierno de EE.UU. gasta seis mil millones al año en ayuda federal a la isla; casi 250 corporaciones norteamericanas operan en la isla y bajo un plan de incentivo económico no pagan impuestos federales.

Un argumento en favor de la estadidad es que los puertorriqueños tendrían los mismos derechos que el resto de los norteamericanos. Sus dos senadores y siete congresistas en el Congreso constituirían el grupo hispano más poderoso en Washington. Una gran desventaja es que Puerto Rico tendría que pagar impuestos federales y aumentaría el desempleo ya que muchas empresas abandonarían la isla al verse obligadas a pagar impuestos. Tal vez el punto de mayor controversia sea que, de convertirse en

204

FOTO
Mítin político en favor de la estadidad en Bayamón, Puerto Rico en noviembre de 1993.

FOTO

El gobernador Pedro Rosello
haciendo campaña a favor de la
estadidad.

estado, el congreso norteamericano no
garantiza el derecho de Puerto Rico a
preservar sus tradiciones, ni tampoco el
idioma español. Jaime Benítez, uno de los
creadores del Estado Libre Asociado,
afirma: "El ELA es un punto intermedio que
nos permite retener el idioma, nuestra
personalidad, además de los beneficios y
ventajas de la relación con Estados Unidos".

En noviembre de 1993, los
puertorriqueños tuvieron la oportunidad
de votar sobre el sistema político de su
preferencia: el 48,4 por ciento votó por
continuar el estado libre asociado; 46.2 por
ciento por la estadidad; y el 4,4 por ciento por la independencia. El
gobernador Pedro Rosello, que propone la estadidad, reconoció
su derrota, pero dijo que el voto no era el definitivo.

Tres alternativas. Completa las siguientes oraciones. Luego
compara tus respuestas con las de tu compañero(a).
1. Las tres alternativas que los puertorriqueños tienen son . . .
2. Las ventajas y desventajas de cada alternativa son . . .
3. En mi opinión, los puertorriqueños deberían . . .

Answers
Allow time for pair work. Then
call on individual students. Have
class confirm all responses.

1 Las tres alternativas que tienen
los puertorriqueños son: estado
libre asociado, convertirse en el
estado 51 o alcanzar la
independencia.
2 Las respuestas van a variar.
3 Las respuestas van a variar.

Luz, cámara, acción

Antes de empezar el video.

Suggestions Get students to seriously think about the topic of hurricanes by focusing them first on natural disasters with which they may be more familiar: Hurricane Andrew in Florida, in 1992; fires in Los Angeles in 1993; Mississippi flooding in 1994, etc. Encourage participation of all by allowing every student to express opinions or share experiences.

Call on volunteers. Ask if others in class were involved in the same disaster, and if so, have them add to information already given. Do not insist if students are reluctant to express their feelings or opinions as they may still be learning to cope with some past event.

NSS **For Native Speakers** Pídales a los estudiantes hispanohablantes que definan en sus propias palabras lo que es un huracán, terremoto, tornado, incendio forestal, inundación.

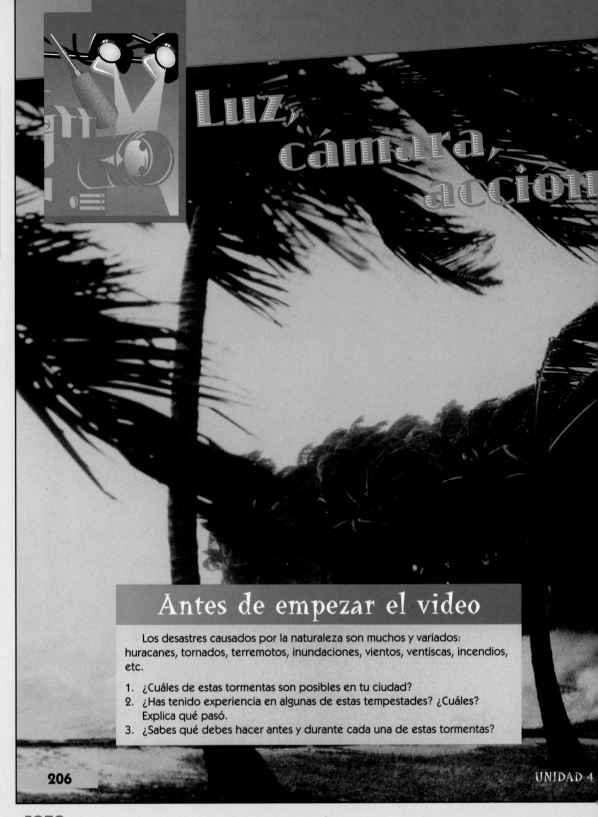

Luz, cámara, acción

Antes de empezar el video

Los desastres causados por la naturaleza son muchos y variados: huracanes, tornados, terremotos, inundaciones, vientos, ventiscas, incendios, etc.

1. ¿Cuáles de estas tormentas son posibles en tu ciudad?
2. ¿Has tenido experiencia en algunas de estas tempestades? ¿Cuáles? Explica qué pasó.
3. ¿Sabes qué debes hacer antes y durante cada una de estas tormentas?

206

UNIDAD 4

FOTO

Foto de fondo. La fuerza de un huracán tocando tierra en el Caribe se refleja en el movimiento de las palmeras.

ESCENARIO

¿Cómo se forman los huracanes?

Los huracanes que afectan las islas del Caribe y las costas del este y sur de EE.UU. se forman debido a corrientes de aire caluroso provenientes de África. Comienzan como pequeñas ráfagas de vientos que casi no se detectan en tierra. Los vientos se mueven hacia el este sobre aguas cálidas, lo cual causa que éstos se fortalezcan y se conviertan en tormentas. Los científicos han encontrado que las épocas lluviosas en África aumentan la cantidad e intensidad de tormentas que azotan la zona del Caribe y las costas del Atlántico y el Golfo de México.

La intensidad de un huracán se mide de una escala de 1 a 5, donde 5 es la categoría de mayor intensidad. Los huracanes con la categoría 3 tienen vientos de por lo menos 111 mph, y se consideran de gran intensidad y son bastante destructivos.

1 **Grupo de tronadas** aire frío
aire frío
aire frío
2 **Depresión tropical**
superficie del océano
aire cálido
aire cálido
aire cálido
3 **Tormenta tropical**
vientos huracanados
4 **Huracán**

■ ¡A ver si comprendiste!

¿Quién? ¿Qué? ¿Cuándo? ¿Recuerdas los datos más importantes de la lectura? Para asegurarte, contesta estas preguntas con un(a) compañero(a).

1. ¿Dónde se originan los vientos calurosos que forman huracanes en el océano Atlántico y el mar Caribe?
2. ¿Qué velocidad debe tener el viento de un huracán para ser clasificado en la categoría 3?
3. ¿Sabes el nombre de algún huracán reciente? ¿Qué áreas afectó?

LECCIÓN 3: PUERTO RICO

207

Escenario

In groups of four or five, have students read the selection silently. Tell students to request help from their group if they have difficulty understanding what is being read. Then call on individual students to answer the questions. Have class confirm each response.

¡A ver si comprendiste!

Answers
1 En África.
2 Ciento once millas por hora.
3 Las respuestas van a variar.

TAPE **31:47**

Purpose To give students general information on how to prepare for a hurricane and to give them the opportunity to see actual footage of hurricane Hugo in Puerto Rico.

Suggestions

1 Ask students to describe the video stills and get them to predict what they think they will be seeing on the video.

2 Play the video all the way through without stopping. Then rewind and play it through one section at a time, stopping to ask comprehension check questions—yes/no, either/or, short response questions, to help the students understand what they heard and saw. Repeat this procedure to the end. The length of each video section you show will depend on how much your students can understand and retain as they view the video.

3 Play the video all the way through one last time before asking **A ver cuánto comprendiste...** questions.

Y ahora, ¡veámoslo!

En este video verán escenas filmadas en Puerto Rico, una isla que se ve afectada por huracanes en la temporada que se extiende del 1º de junio al 30 de noviembre.

El video: Los huracanes

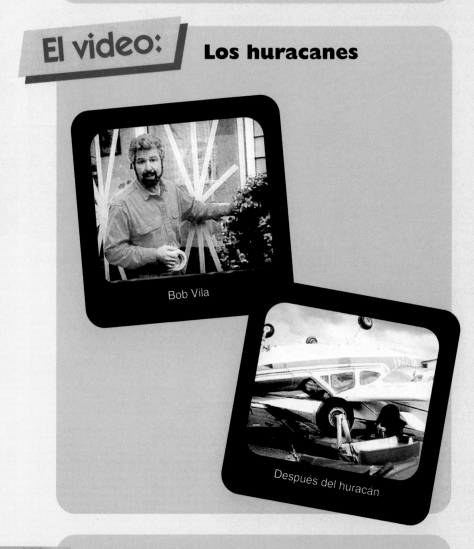

Bob Vila

Después del huracán

208

1 En clases para hispanohablantes, empiece por mostrar el video completo a la clase.

2 Luego, vuélvalo al principio y muestre una sección a la vez, deteniéndolo cada vez para hacer preguntas y asegurarse que todos están entendiendo el contenido.

3 La duración de cada sección que decida mostrar depende de sus alumnos. Siendo hispanohablantes, es probable que podrán comprender trozos más largos de lo que comprendería una clase sin hispanohablantes.

4 Cuente con que los estudiantes hispanohablantes contesten sus preguntas en detalle, ya que ellos entienden más, por lo general.

■ *A ver cuánto comprendiste . . .*

A. Dime si entendiste. Después de ver el video, contesta estas preguntas.

1. ¿Cuándo es la temporada de huracanes en Puerto Rico?
2. ¿En qué momento se le asigna un nombre a un sistema tropical?
3. ¿Qué deben hacer las personas para prepararse en caso de alerta por un huracán?
4. ¿Cómo se llama el huracán que azotó la isla de Puerto Rico el 18 de septiembre de 1989? ¿Cuál era la velocidad del viento de este huracán?
5. ¿Qué efectos tuvo este huracán en el aeropuerto de Isla Grande?

B. ¿Y qué dices tú? Contesten estas preguntas en grupos de tres o cuatro. Luego díganle a la clase cómo contestaron cada pregunta.

1. ¿Por qué es importante congelar botellas de agua y llenar con agua limpia la tina del baño?
2. ¿Qué otras acciones deben tomar las personas en caso de alerta por un huracán de gran intensidad?
3. ¿Qué es lo más destructivo de un huracán?
4. ¿Has tenido la experiencia de estar en un zona afectada por un huracán? ¿Qué es lo que más te impresionó?
5. ¿Tienen algunos efectos positivos los huracanes? ¿Crees que se deba buscar la manera de suprimirlos artificialmente?

PASAPORTE cultural

Sopa de letras. Tu profesor(a) les va a dar a ti y a un(a) compañero(a) una sopa de letras con todas las claves y un mensaje misterioso. Busquen los nombres de personas y cosas mencionadas en las claves y táchenlas (cross them out) de la sopa de letras. Luego, para identificar el mensaje misterioso, escriban las letras que sobran en el orden en que aparecen.

A ver cuánto comprendiste...

A. Dime si entendiste.

1 De julio a noviembre.
2 Al sobrepasar las 36 millas por hora, cuando se convierte en una tormenta tropical, se le asigna un nombre.
3 Pueden entrar o amarrar cosas que pudieran volarse; tapar las ventanas con paneles de madera prensada o cubrirlas con cinta adhesiva; llenar botellas plásticas de agua y congelarlas; llenar la tina de agua; llenar el tanque del auto con gasolina
4 Huracán Hugo. 125 millas por hora.
5 Fue uno de los lugares más afectados; muchos aviones resultaron en pérdida total.

B. ¿Y qué dices tú?
1–5 Las respuestas van a variar.

Pasaporte cultural

Purpose This Cooperative Word Search Puzzle incorporates a thorough review of the cultural information in the unit. It is designed to help focus students on the important facts they learned in this unit.

Procedure Allow time for work in pairs. Allow students to use their books to look up or verify answers as necessary; but encourage them to try to answer as many as possible without their books. Verify by checking to see that all were able to find the secret message.

*Escribamos
ahora*

Escribamos ahora

A. Primera revisión

Intercambia la descripción de la herramienta que tú inventaste con uno o dos compañeros. Pregúntale a tu compañero(a) si:

1. entiende bien el propósito de tu invención
2. entiende cómo funciona tu invención
3. tiene algunas sugerencias sobre cómo podrías mejorar tu descripción o cómo podrías hacer la presentación de tu invención más convincente

B. Segundo borrador

Prepara un segundo borrador de tu redacción tomando en cuenta las sugerencias de tus compañeros y las que se te ocurran a ti.

C. Segunda revisión

Trabajando en parejas, ayuden al estudiante que escribió la siguiente explicación. Cometió siete errores en el uso del subjuntivo. Encuentren los siete errores y corríjanlos.

> Por todas las razones ya mencionadas y principalmente porque estoy seguro que nunca se puedan romper, mi invento, "El muñeco de hierro", es ideal para los niños. En cuanto a peligros, es dudoso que los niños se dañen. Claro que siempre es posible que dejan caer un muñeco y se rompen el pie o los dedos del pie, pero no creo que sea muy probable. Los niños hoy en día son

210

UNIDAD 4

muy responsables y muy cuidadosos. Siempre quieren que sus padres están contentos con ellos. Por eso sólo hacen lo que sus padres les pidan y si sus padres les piden que no dejan caer los muñecos, no los van a dejar caer. Respecto al medio ambiente, dudo que haya algún peligro porque el hierro venga de la tierra y algún día debe volver a la tierra.

Ahora dale una rápida ojeada a tu cuento para asegurarte de que no haya errores en el uso del subjuntivo. Tal vez quieras pedirle a un(a) compañero(a) que te la revise también. Haz todas las correcciones necesarias, prestando atención especial no sólo al uso del subjuntivo, sino a los verbos en pasado y presente y a la concordancia.

D. Versión final

Considera las correcciones del uso del subjuntivo y otras que tus compañeros te hayan indicado y revisa la descripción de tu invención una vez más. Como tarea, escribe la copia final a máquina o en la computadora. Antes de entregarla, dale un último vistazo a la acentuación y la puntuación.

E. Publicación

Cuando tu profesor(a) te devuelva la redacción, prepara una versión para publicar, incorporando todas las sugerencias que tu profesor(a) te haga. Luego haz un dibujo de tu invención y entrégalo. (No escribas tu nombre en el dibujo sino al dorso de la hoja.) Mientras tu instructor(a) pone todos los dibujos en la pared, lee la descripción de la invención de un(a) compañero(a) y trata de identificar el dibujo apropiado.

LECCIÓN 3: PUERTO RICO

211

Cultural / Communicative

In this unit, students will use Spanish...

* *to understand and talk about historical events:* early inhabitants of the Caribbean; Copán, center of Mayan civilization in Honduras; colonial times and independence movements; U.S. intervention in Nicaragua in 1909 and 1933; the Salvadoran Civil War; the Sandinista revolution in Nicaragua; the Costa Rican constitution of 1949
* *to gain knowledge of current political and social issues:* the 1992 signing of a peace treaty between the Salvadoran government and the Frente Farabundo Martí para la Liberación Nacional (FMLN); Honduras, dealing with a national economy based primarily on agriculture; the ongoing power struggle between elected officials of the Sandinistas and the Contras in Nicaragua; the Costa Rican government's struggle with deforestation
* *to learn about major protagonists in politics, the arts, and entertainment:* José Napoleón Duarte, Óscar Arnulfo Romero, Manlio Argueta, Claribel Alegría, Rafael Leonardo Callejas, Lempira, Violeta Barrios de Chamorro, Daniel Ortega, José Figueres Ferrer, Ana Istarú, Óscar Arias Sánchez, Carmen Naranjo

FOTO

Detalle de una imponente figura de un gobernante indígena que se encuentra en las ruinas mayas de Copán en Honduras.

Unidad 5

El Salvador, Honduras, Nicaragua y Costa Rica: entre el conflicto y la paz

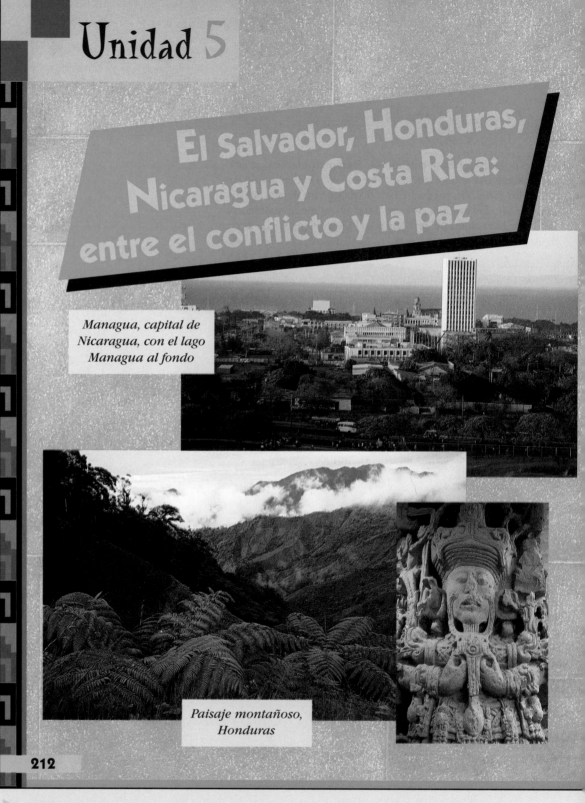

Managua, capital de Nicaragua, con el lago Managua al fondo

Paisaje montañoso, Honduras

212

Enfoque

Purpose To set the stage by focusing students on the topics of the unit: the shared history of these four countries, the tragic civil wars caused by social strife in three of these countries, and the hope for a better life with the recently signed peace accords.

Suggestions Have students locate the four countries on a map. Ask students why they think this unit is subtitled **Entre el conflicto y la paz.** After completing the chapter, come back to their responses to see if they predicted correctly.

Ruinas indígenas,
El Salvador

Vista del Golfo de Nicoya,
Costa Rica

► ENFOQUE

Estos cuatro países hermanos comparten una misma historia. En 1823, junto con Guatemala, integraron una federación que se disolvió en menos de dos décadas. Desde entonces, conflictos sociales sin resolver han provocado en algunas de estas naciones guerras civiles que han resultado en miles de víctimas. Sin embargo, a través de negociaciones, la paz ha llegado otra vez a la región, lo cual promete democracia, justicia y una vida mejor.

Linguistic

Reading
- Pre-reading: identify internationally recognized legendary figures; develop a plan for writing an educational play
- Literary selection: **"Los perros mágicos de los volcanes"** by Manlio Argueta
- Journalistic selection: **"El Grupo Teatral Cadejo: el teatro hecho vida"**

Writing
- Strategies: **Usar la imaginación para explicar lo inexplicable**
- Publication: **Leyendas modernas de nuestra región**

Speaking
- do cooperative communicative activities while getting to know famous Salvadorans, Hondurans, Nicaraguans and Costa Ricans in **Gente del Mundo 21**
- express opinions or viewpoints about historical events presented in **Del pasado al presente**
- articulate opinions and interpretations of literary and journalistic readings
- talk about **Isaías Mata: artista por la paz; Finalmente, ¡estalla la paz!, La importancia del plátano; Nicaragua: tierra de poetas;** and **Simón Bolívar** in **Ventanas al Mundo 21**
- Role plays, debates, and a one-act play

Listening
- view a video about national parks in Costa Rica
- do additional listening comprehension activities in the *Cuaderno de actividades*

Structure
- Relative Pronouns
- Present Subjunctive: Adjective and Adverbial Clauses

After reading the **Enfoque** ask:
1 ¿Qué comparten El Salvador, Honduras, Nicaragua y Costa Rica? *(Una misma historia: fueron parte de una federación por casi veinte años.)*
2 ¿Qué provocó guerras civiles en varias de estas naciones? ¿Cuál fue el resultado de estas guerras? *(Conflictos sociales sin resolver provocaron las guerras civiles. El resultado fue miles de víctimas.)*
3 ¿Cuál fue el resultado de las negociaciones en la región? *(Hay paz en la región otra vez.)*

FOTOS

Artesanías representando dos pericos, uno rojo y otro azul, provenientes de El Salvador.

Rueda de colores de un carruaje artesanal de Costa Rica.

Lección 1

El Salvador

Nombre oficial:
República de El Salvador

Extensión:
21.041 km²

Principales ciudades:
San Salvador (capital), Santa Ana, Mejicanos, San Miguel

Moneda:
Colón (₡)

Gente del Mundo 21

Óscar Arnulfo Romero (1917–1980), arzobispo católico de San Salvador, defendió a los pobres y denunció la violencia contra el pueblo por parte del gobierno y las fuerzas paramilitares. Durante los tres años que fue arzobispo, pasó de ser un religioso apolítico a convertirse en un portavoz de las aspiraciones de su pueblo. Fue influido por la teología de la liberación que se desarrolló en Latinoamérica. Fue asesinado mientras celebraba misa en una iglesia de San Salvador el 24 de marzo de 1980, una de las 22.000 víctimas de la violencia política aquel año.

José Napoleón Duarte (1925–1990), nacido en la ciudad de San Salvador en 1925, fundó en 1960 el Partido Demócrata Cristiano (PDC) que se proponía implementar reformas sociales en beneficio de las mayorías. Después de las elecciones de 1972 que consideró fraudulentas, Duarte se exilió en Venezuela. No regresó a El Salvador hasta 1979, cuando formó parte de la junta cívico-militar que tomó el poder. No pudo impedir la polarización política y la violencia que estalló en el país. Fue elegido presidente en 1984 y fracasó en su intento de negociar la paz con los guerrilleros. En 1989 su partido perdió las elecciones y entregó la presidencia al derechista Alfredo Cristiani. Duarte murió en San Salvador el 23 de febrero de 1990.

214

UNIDAD 5

NSS **For Native Speakers** Trabajando en grupos de tres o cuatro, pídales a los estudiantes hispanohablantes que escriban definiciones de unas diez de estas palabras. Luego en grupos de tres o cuatro, dígales que cada uno lea sus definiciones para ver si el grupo puede adivinar cada palabra que se define.

Manlio Argueta, escritor salvadoreño nacido en 1936, es reconocido como uno de los escritores centroamericanos contemporáneos más importantes. Comenzó su carrera literaria como poeta pero se ha distinguido como novelista. Ha publicado cuatro novelas. Fue galardonado con el Premio Nacional de Novela por *Un día en la vida*, (1980). Ésta y su última novela, *Cuzcatlán, donde bate la mar del Sur*, (1985), han sido traducidas a varias lenguas.

Claribel Alegría, escritora que aunque nació en Estelí, Nicaragua en 1924, se considera a sí misma salvadoreña, ya que desde muy niña vivió en Santa Ana, El Salvador. Hizo estudios de filosofía y letras en la Universidad de George Washington en la capital de Estados Unidos. Junto con su esposo, el escritor estadounidense Darwin J. Flakoll, Claribel Alegría ha vivido en varios países de Latinoamérica y Europa. Ha publicado diez libros de poemas, cinco novelas y un libro de cuentos infantiles. Su último libro de poemas y narraciones se titula *Luisa en el país de la realidad* (1986).

Personalidades del Mundo 21. Después de leer acerca de estos famosos salvadoreños, prepara dos preguntas sobre cada uno de ellos. Hazles las preguntas a tus compañeros de clase.

LECCIÓN 1: EL SALVADOR

215

Purpose In **El Salvador: la búsqueda de la paz,** students will read a brief history of El Salvador with the intention of better understanding its present and future. The **Ventana al Mundo 21** readings and activities provide a brief glimpse of Isaías Mata, a Salvadoran artist in exile; and of the 1992 signing of the Salvadoran peace accord.

Procedure Call on one student to read the first paragraph. Ask comprehension check questions:

1 ¿Cómo ejemplifica la historia de El Salvador la lucha de toda Latinoamérica? *(La historia de El Salvador incluye la lucha contra el subdesarrollo y la violencia política.)*

2 ¿Por qué llaman al volcán Izalco el "faro del Pacífico"? *(El Izalco siempre está encendido como una lámpara a medianoche.)*

3 ¿Por qué la capital, San Salvador, ha tenido que renacer repetidas veces de sus ruinas? *(La capital ha sido destruida repetidas veces por terremotos.)*

Then divide the class into five groups and do a jigsaw activity with the rest of the reading. See page 24 for instructions on setting up a jigsaw reading.

NSS **For Native Speakers** Lea el primer párrafo de la lectura en clase como arriba se describe, y luego haga las preguntas para verificar la comprensión. Proceda entonces de la forma indicada para la actividad *jigsaw* en la página 25.

DEL PASADO al presente

EL SALVADOR: LA BÚSQUEDA DE LA PAZ

La historia de El Salvador, el país más pequeño de Centroamérica y el más densamente poblado, ejemplifica la lucha de toda Latinoamérica contra el subdesarrollo y la violencia política.

Una serie de volcanes, algunos de ellos en actividad, atraviesa el territorio salvadoreño. Entre los veinte o más volcanes se encuentra el Izalco, llamado también el "faro del Pacífico", por estar siempre encendido como una lámpara a medianoche. Todo el país está acostumbrado a frecuentes temblores de la tierra. Por ejemplo, San Salvador, capital del país, está situada en el Valle de las Hamacas, llamado así porque la tierra se mueve constantemente como una hamaca. Esta ciudad ha sido destruida repetidas veces por terremotos y siempre ha sabido renacer de sus ruinas.

El volcán Izalco

LOS PRIMEROS HABITANTES

La región conocida como El Salvador fue habitada por diferentes pueblos indígenas que, procedentes del norte, se instalaron en sus tierras. Uno de los primeros pueblos fue el de los mayas. Levantaron templos característicos de su cultura y, después de varios siglos, se fueron hacia Yucatán. En el siglo XII comenzaron a llegar pueblos nahuas procedentes de México. El último pueblo en llegar fue el de los pipiles, quienes se establecieron en el territorio que nombraron Cuzcatlán, que significa "tierra de riquezas".

LA COLONIA

Cuzcatlán fue conquistado en 1524 por Pedro de Alvarado, después que éste conquistó Guatemala. La violencia de los invasores provocó rebeliones indígenas ese mismo año que obligaron a los españoles a irse. Una nueva expedición procedente de Guatemala, al mando de Diego de Alvarado, hermano de Pedro de Alvarado, penetró en el país. La ciudad de San Salvador fue fundada en 1525 por Diego de Alvarado, pero la ocupación del territorio no se obtuvo hasta catorce años más tarde.

216

UNIDAD 5

FOTOS

Foto de fondo. Panorama de San Salvador, capital de El Salvador.

Izalco es uno de muchos volcanes que todavía permanecen activos en El Salvador.

Sample T/F items

1 Los mayas fueron uno de los últimos pueblos que se estableció y todavía permanece en El Salvador. *(F)*
2 Durante el tiempo colonial, la región salvadoreña se incorporó a la Capitanía General de Guatemala. *(C)*
3 Por un período, El Salvador fue parte del imperio mexicano. *(C)*
4 Los productos principales de la república salvadoreña son el cacao y el café. *(C)*
5 "La guerra del fútbol" entre El Salvador y Honduras surgió cuando los dos países eran los finalistas en el Campeonato Mundial de fútbol. *(F)*
6 El Frente Farabundo Martí para la Liberación Nacional (FMLN) reunió a todos los grupos guerrilleros de izquierda en El Salvador. *(C)*
7 En 1986, un terremoto destruyó la capital y ocasionó la muerte de más personas que las que murieron en la guerra civil. *(F)*
8 En 1992 se firmó un acuerdo de paz con el FMLN que dio fin a una guerra civil que causó más de 80.000 muertos. *(C)*

El territorio salvadoreño quedó incorporado a la Capitanía General de Guatemala a lo largo del período colonial. Uno de los principales cultivos durante esta época fue el cacao. De su semilla se saca el chocolate que pronto fue un producto muy apreciado tanto en España como en toda Europa.

LA INDEPENDENCIA

La ruptura con España se consiguió en 1821 al declararse independiente la Capitanía General de Guatemala. Como toda Centroamérica, El Salvador quedó primero integrado (de 1822 a 1823) al imperio mexicano de Agustín de Iturbide, y luego a las Provincias Unidas de Centroamérica junto con Guatemala, Honduras, Nicaragua y Costa Rica.

En 1825, fue elegido el primer presidente de esta federación el salvadoreño Manuel José Arce. En 1834, la capital se trasladó de Guatemala a San Salvador. La

San Salvador

federación fue disuelta en 1839 durante el gobierno del segundo presidente, el hondureño Francisco Morazán.

LA REPÚBLICA SALVADOREÑA

El 30 de enero de 1841 se proclamó la república de El Salvador. Durante las primeras cuatro décadas existió mucha inestabilidad política en la nueva república. Sin embargo, al final del siglo XIX ocurrió un considerable desarrollo económico impulsado por el floreciente cultivo del café.

A principios del siglo XX se estableció en El Salvador una relativa paz, durante la que hubo ocho períodos presidenciales. En 1931 un modernizador, Arturo Araujo, fue elegido presidente en elecciones libres. Su impulso reformador fue detenido por un golpe militar. El año siguiente, 1932, ocurrió una insurrección popular que fue

Planta de café

FOTOS

Moderna avenida de la ciudad de San Salvador.

Planta con los granos de café madurando en racimos.

FOTOS

Foto de fondo. Las montañas y los campos cultivados forman parte del paisaje característico de El Salvador.

Conmemoración del cuarto aniversario del asesinato del arzobispo Óscar Arnulfo Romero por las madres de los desaparecidos y los prisioneros políticos de El Salvador.

sangrientamente reprimida por el ejército. Más de 30.000 personas resultaron muertas en la masacre; el propio líder de la insurrección, Agustín Farabundo Martí, fue ejecutado.

Desde entonces, la sociedad salvadoreña se fue polarizando en bandos contrarios de derechistas e izquierdistas, lo cual llevó al país a una verdadera guerra civil. En 1969 se produjo lo que se conoce como "La guerra del fútbol" entre El Salvador y Honduras. El conflicto empezó como resultado de una serie de partidos de fútbol. Esta guerra surgió debido a una reforma agraria hondureña que no reconocía a miles de salvadoreños que ocupaban tierras en el país.

LA GUERRA CIVIL

En 1972 ganó las elecciones presidenciales el candidato de la oposición, el ingeniero José Napoleón Duarte. Duarte no pudo llegar al poder debido a que intervino el ejército y tuvo que exiliarse. Una serie de gobiernos militares siguieron y se incrementó la violencia política. El 24 de marzo de 1980 fue asesinado el arzobispo de San Salvador, Óscar Arnulfo Romero. El 10 de octubre del mismo año se formó el Frente Farabundo Martí para la Liberación Nacional (FMLN) que reunió a todos los grupos guerrilleros de izquierda.

Cuando en 1984 fue elegido presidente otra vez, Napoleón Duarte inició negociaciones por la paz con el FMLN. En 1986, San Salvador sufrió un fuerte terremoto, que destruyó gran parte del centro de la ciudad, ocasionando más de mil víctimas. Pero más muertos causó, sin embargo, la continuación de la guerra civil. Alfredo Cristiani, elegido presidente en 1989, firmó en 1992 un acuerdo de paz con el FMLN después de negociaciones supervisadas por las Naciones Unidas. Así, después de una guerra que causó más de 80.000 muertos y paralizó el desarrollo económico, el país ahora se determina a garantizar la paz que tanto le ha costado.

Los funerales del arzobispo Romero

218

UNIDAD 5

NSS **For Native Speakers** Anime a los estudiantes hispanohablantes a que amplíen cualquiera de los temas presentados en la lectura. Si algunos de los estudiantes son de ascendencia salvadoreña, pídales que entrevisten a sus padres o a otros parientes para saber cómo ven ellos el papel que ha tomado el FMLN. Pídales que presenten sus conclusiones a la clase. Si el tiempo permite, sería interesante invitar a una o dos de estas personas a hablarle a la clase.

■ ¡A ver si comprendiste!

¿Quién? ¿Qué? ¿Cuándo? ¿Recuerdas los datos más importantes de la lectura? Para asegurarte, contesta estas preguntas.

1. ¿Cómo se compara la densidad de población de El Salvador con la de otros países centroamericanos?
2. ¿Cómo se explica el nombre del "Valle de las Hamacas"?
3. ¿Cuál es el nombre que le dieron los pipiles a la región central de El Salvador?
4. ¿Cómo se llama el político salvadoreño que fue elegido como el primer presidente de la federación de las Provincias Unidas de Centroamérica en 1825?
5. ¿Quién fue Arturo Araujo? ¿Qué trató de hacer? ¿Por qué no tuvo éxito?
6. ¿Cuándo se formó el Frente Farabundo Martí para la Liberación Nacional (FMLN)? ¿A quiénes reunió?
7. ¿Cuál es el significado del acuerdo de paz con el FMLN que se firmó a principios de 1992?

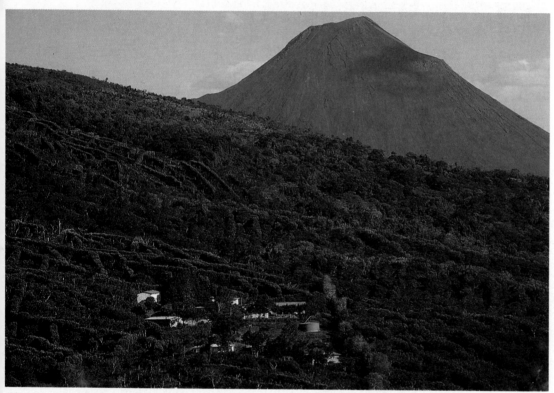

Plantación cafetalera con el Izalco al fondo

LECCIÓN 1:   EL SALVADOR

219

Have students get accustomed to answering these questions in their own words with books closed. Do not allow reading verbatim from the text.

Answers

1 A pesar de ser el país más pequeño de Latinoamérica, El Salvador es el más densamente poblado.

2 Se llama así por los muchos temblores que ocurren en la región.

3 Cuzcatlán.

4 Manuel José Arce.

5 Arturo Araujo fue un presidente modernizador salvadoreño que trató de imponer reformas pero fue detenido por un golpe militar.

6 Se formó en 1980 y reunió a todos los guerrilleros de izquierda.

7 El acuerdo de paz que se firmó en 1992 da fin a la guerra civil en la cual hubo más de 80.000 muertos.

NSS **For Native Speakers**
Pídales a sus estudiantes hispanohablantes que escriban las respuestas en la pizarra. Revise las respuestas con el resto de la clase, pidiendo a estudiantes específicos que identifiquen y corrijan los posibles errores.

Point out that *cipotes* means *niños.* Ask the class how they think Isaías Mata feels living in the U.S. now. *¿Creen que está contento? ¿Preferiría estar en El Salvador? ¿Cómo se sentirían ustedes si tuvieran que salir exiliados de EE.UU. e irse a vivir a México o a El Salvador?*

Answers

1–4 Answers will vary

Extension Have students do some serious thinking about having to live in exile. Tell them to imagine they have just arrived in another country with a total of fifty dollars in their possession and the clothes they are wearing. What would they do first? How would they eat? Where would they sleep? Who and what would they miss the most?, etc.

FOTOS

Isaías Mata, artista salvadoreño, frente a su mural titulado "500 años de resistencia" en la iglesia de San Pedro localizada en el barrio latino de la Misión en San Francisco, California.

Cipotes en la marcha por la paz es un cuadro pintado por Isaías Mata en 1992 durante su estancia en San Francisco.

Ventana al Mundo 21

Isaías Mata: artista por la paz

La vida y obra del pintor Isaías Mata refleja la realidad vivida por su país natal, El Salvador. De origen humilde, Isaías Mata nació el 8 de febrero de 1956 y se educó en la Universidad Centroamericana de San Salvador donde llegó a ser el director de la Facultad de Arte. Como muchos otros artistas, escritores e intelectuales salvadoreños, en 1989 fue detenido por el ejército (por un tiempo se temía por su vida) y se vio obligado a salir de su patria. Pasó a vivir en la Misión, el barrio latino de San Francisco, California, donde residen miles de salvadoreños. De 1989 a 1993 llevó a cabo allí una intensa producción artística, varios murales y pinturas al óleo, como la que aquí aparece, titulada "Cipotes en la marcha por la paz". Esta obra resume visualmente la esperanza de un futuro mejor en las nuevas generaciones, en los "cipotes" o sea los niños.

Isaías Mata

Cipotes en la marcha por la paz (cuadro de Isaías Mata)

Isaías Mata. Pídele a tu compañero(a) la siguiente información.

1. la edad y nacionalidad de Isaías Mata
2. algo sobre la educación del artista
3. la residencia actual del artista y por qué cree que está allí
4. cómo interpreta el cuadro "Cipotes en la marcha por la paz"

220

UNIDAD 5

NSS **For Native Speakers** Pregúnteles a los estudiantes hispanohablantes si conocen o saben de otros artistas, escritores o intelectuales que se vieron obligados a salir de sus patrias. Si así es, pídales que le cuenten las circunstancias de esas personas a la clase.

Y ahora, ¡a leer!

■ *Anticipando la lectura*

A. Personajes legendarios. Con un(a) compañero(a), completa las siguientes oraciones usando tu imaginación.

1. Cupido carga un arco y unas flechas que usa cuando . . .
2. Aladino era un chico pobre que encontró una lámpara mágica. Al frotar la lámpara, salió el Genio y éste le dijo a Aladino que . . .
3. El hada madrina de la Cenicienta convirtió una calabaza en carruaje y unos ratones en caballos para que Cenicienta pudiera . . .
4. Cenicienta perdió una zapatilla de cristal en el palacio real. El príncipe con quien ella había bailado la encontró y entonces él . . .

B. Cuentos colectivos. Ahora, ustedes van a usar su imaginación para crear un cuento colectivo. Deben ser originales e inventar situaciones muy creativas. Cada uno va a añadir una oración oralmente al desarrollar el cuento que sigue.

Los perros mágicos de mi niñez
Había una vez unos perros mágicos. Vivían con una familia que . . .

C. Vocabulario en contexto. Decide cuál es el significado de las palabras en negrilla a base del contexto de la oración o de otras estrategias que has aprendido para llegar al significado de palabras desconocidas.

1. En los volcanes de El Salvador habitan perros mágicos que se llaman cadejos. Cuando andan con hambre, **se alimentan de** esas lindas flores que cubren los volcanes.

    a. se enamoran de   *b.* se enferman de   *c.* comen

2. La gente que vive **en las faldas** de los volcanes quiere mucho a los cadejos. Dice que los cadejos son los parientes de los volcanes y que siempre han protegido a la gente de las montañas.

    a. a los lados   *b.* adentro   *c.* a gran distancia

3. Si un anciano se cansa del calor y de tanto trabajar bajo el sol **ardiente**, un cadejo lo transporta a la sombra de un árbol cercano.

    a. calmante   *b.* misterioso   *c.* caliente

LECCIÓN 1:   EL SALVADOR

221

C. Vocabulario en contexto. Call on individual students. Have class confirm each response.

Answers
1 c. comen
2 a. a los lados
3 c. caliente

Purpose In this section students will begin with **Anticipando la lectura,** two pre-reading activities designed to focus students on a number of internationally known fairy tale characters. Then in **Vocabulario en contexto,** students are asked to derive the meaning of key words of the reading by using contextual clues. **Conozcamos al autor** is a brief introduction to **Manlio Argueta,** the Salvadoran who wrote the lesson reading, **"Los perros mágicos de los volcanes"**. In **Palabras como llaves,** students learn to work with the various meanings and derivatives of the word **marchar.**

Anticipando la lectura

A. Personajes legendarios.
Call on individual students. Call on several students to complete each item.

Answers
Las respuestas van a variar.
1 ...busca a los enamorados.
2 ...le iba a conceder tres deseos.
3 ...ir al baile de etiqueta.
4 ...le puso la zapatilla de cristal.

B. Cuentos colectivos. Call on individual students to add two or three sentences to the chain story. Encourage them to use their imagination while narrating. Answers will vary.

Variation Pass a portable cassette recorder around for students to record the two or three sentences as they add to the chain story they are creating. When finished, rewind the tape and play the story all the way through for the class.

4. La gente ya no quiere trabajar. Quieren comer cuando tienen hambre. Quieren beber cuando tienen sed. Quieren descansar bajo la **sombra** de un árbol cuando brilla el sol.

   a. protección   *b.* raíz   *c.* luz

5. El volcán Tecapa es mujer y viste un **ropaje espléndido** de agua y un sombrero de nubes.

   a. lago fantástico   *b.* ropa estupenda
             c. cielo maravilloso

6. Pero no sabían que los cadejos visten un traje de luz y de aire, y **se hacen** transparentes.

   a. se declaran   *b.* se divierten   *c.* se vuelven

7. Los cadejos nunca **habían corrido** tanto peligro. Así es que tuvieron que buscar la ayuda de Tecapa y Chaparrastique.

   a. habían pasado   *b.* se habían imaginado en
             c. habían caminado tan rápido en

8. Fue así que los soldados **se dieron cuenta** que no era posible ni matar a los cadejos ni subir a los volcanes a hacer el mal. Y sabiendo esto, decidieron dedicarse a otras cosas.

   a. anunciaron   *b.* se informaron   *c.* dijeron

Conozcamos al autor

Manlio Argueta es uno de los escritores salvadoreños más importantes del momento. Ha publicado cuatro novelas sobre la vida en su país. Actualmente Argueta vive en San José, Costa Rica, y frecuentemente viaja por todas las Américas. *Los perros mágicos de los volcanes* es un cuento infantil que fue publicado en 1990 en San Francisco, California, por una editorial especializada en literatura infantil.

A través de Centroamérica existen muchas leyendas populares sobre unos perros mágicos llamados "cadejos". Estos animales, parte del rico folklore centroamericano, aparecen misteriosamente en la noche para proteger a la gente de peligros.

222

LECTURA

Los cadejos

LOS PERROS MÁGICOS DE LOS VOLCANES

En los volcanes de El Salvador habitan perros mágicos que se llaman cadejos. Se parecen a los lobos aunque no son lobos. Y tienen el *donaire* de *venados* aunque no son venados. Se alimentan de las *semillas* que caen de las *campánulas*, esas lindas flores que cubren los volcanes y parecen campanitas.

La gente que vive en las faldas de los volcanes quiere mucho a los cadejos. Dice que los cadejos son los *tataranietos* de los volcanes y que siempre han protegido a la gente del peligro y la desgracia. Cuando la gente de los volcanes viaja de un pueblo a otro, siempre hay un cadejo que las acompaña. Si un *cipote* está por pisar una *culebra* o caerse en un *agujero*, el cadejo se convierte en un *soplo* de viento que lo *desvía* del mal paso.

elegancia / deer

seeds / morning glories

great-great-grandchildren

niño
serpiente / hole
gust / aleja

LECCIÓN 1:   EL SALVADOR

223

Suggestions Call on students to read a few sentences at a time. Ask the **Focus questions** that follow to aid students understanding as they read.

Tell students to keep a list of words they might have had to look up during reading, or of key words they will need in order to discuss the story with someone.

Focus questions
Ask these questions as students read the **Lectura** to verify that they understand key information.
—¿Dónde habitan los perros mágicos de El Salvador, en los lagos o en los volcanes?
—¿A qué animal se parecen, a un venado o a un lobo?
—¿Cómo son los cadejos, como un venado o como un lobo?
—¿Qué comen los cadejos, plantas o semillas?
—¿Qué es una campánula, una semilla o una flor?
—¿A qué se parece una campánula, a una campana o a un volcán?

—¿Qué opina la gente que vive en las faldas de los volcanes de los cadejos, los quieren mucho o los odian?
—¿Por qué los quieren mucho, porque protegen a la gente o porque la gente los protege a ellos?
—Según la leyenda, ¿quiénes son los tataranietos de los volcanes?
—¿Quién acompaña a la gente cuando va a otro pueblo?
—¿Qué hacen los cadejos cuando un niño está en peligro, atacan al enemigo del niño o soplan como un viento?

Un cadejo ayuda a un hombre

Focus questions
—¿Qué hace un cadejo si ve a un anciano muy cansado de trabajar bajo el sol, hace el trabajo del anciano o lleva al anciano a la sombra?
—¿Quiere toda la gente de los volcanes a los cadejos?
—¿Quiénes eran don Tonio y sus trece hermanos, unos campesinos que trabajaban la tierra de los volcanes o los dueños de la tierra de los volcanes?

—¿Qué creían don Tonio y sus trece hermanos, que los cadejos ayudaban o controlaban a la gente de los volcanes?
—¿Por qué creían don Tonio y sus hermanos que la gente estaba hechizada, porque trabajaban demasiado o porque no trabajaban suficiente? ¿porque comían cuando tenían hambre o porque bebían constantemente? ¿porque querían descansar en la sombra o porque no querían trabajar en el sol?

—¿A quiénes llamaron don Tonio y sus hermanos, a los soldados del estado o a los soldados de plomo?
—¿Qué hicieron los soldados de plomo, buscaron los cadejos o mataron los cadejos?
—¿Cómo eran los soldados de plomo, sucios y descuidados o bellos y elegantes?

Si un anciano se cansa de tanto trabajar bajo el sol ardiente, un cadejo lo transporta a la sombra de un árbol cercano. Por todo esto, la gente de los volcanes dice que, si no fuera por la ayuda de los cadejos, no hubiera podido sobrevivir hasta hoy en día. Pero lamentablemente, no todos han querido siempre a los cadejos. ¡Qué va! A don Tonio y a sus trece hermanos, que eran los dueños de la tierra de los volcanes, no les gustaban los cadejos para nada.

—¡Los cadejos *hechizan* a la gente y la hacen perezosa! —dijo un día   *bewitch*
don Tonio a sus hermanos.

Y los trece hermanos de don Tonio contestaron: —Sí, es cierto. La gente ya no quiere trabajar duro para nosotros. Quieren comer cuando tienen hambre. Quieren beber cuando tienen sed. Quieren descansar bajo la sombra de un árbol cuando *arde* el sol. ¡Y todo eso por   *quema* los cadejos!

Entonces, don Tonio y sus hermanos llamaron a los soldados de *plomo* y los   *lead* mandaron para los volcanes a *cazar* cadejos. Los soldados   *hunt* se pusieron en camino con sus *tiendas de campaña*, sus   *tents* *cantimploras* y sus armas   *canteens* *centelleantes* y se dijeron: *brillantes*
—Vamos a ser los soldados de plomo más bellos y más respetados del mundo. Vestiremos uniformes con *charreteras* de plata, iremos a   *adornos (en el hombro)* fiestas de cumpleaños y todo el mundo obedecerá nuestras órdenes.

Don Tonio y los soldados de plomo

224

UNIDAD 5

Point out Lead toy soldiers are very common with children in El Salvador as they have been with children all over the world. The depiction here of the soldiers by Salvadoran artist Isaías Mata is very realistic, much as they would appear in the eyes of young Salvadoran children playing with them.

Tecapa

Chaparrastique

Los soldados de plomo marcharon hacia el volcán Tecapa, que es mujer y viste un ropaje espléndido de agua y un sombrero de nubes. Y marcharon hacia Chaparrastique, un volcán hermoso que lleva siempre su sombrero de *humo* caliente.

smoke

—Cazaremos a los cadejos mientras duermen —dijeron los soldados de plomo—. Así podremos tomarlos *desprevenidos* sin correr ningún *riesgo*.

descuidados

peligro

Pero no sabían que los cadejos visten un traje de luz de día y de aire, *con lo cual* se hacen transparentes. Los soldados de plomo buscaban y buscaban a los cadejos, pero no encontraban a ninguno. Los soldados se pusieron *furibundos*. Comenzaron a *pisotear* las campánulas y a *aplastar* a sus semillitas. —Ahora, los cadejos no tendrán qué comer —dijeron.

with which

furiosos / caminar en

crush

Los cadejos nunca habían corrido tanto peligro. Así es que buscaron la ayuda de Tecapa y Chaparrastique. Toda la noche los cadejos hablaron con los volcanes hasta que comentó Tecapa: —Dicen ustedes que son soldados de plomo. ¿El corazón y el *cerebro* son de plomo también?

brain

Los soldados pisotean las campánulas

LECCIÓN 1:   EL SALVADOR

225

Focus questions
—¿Adónde fueron los soldados de plomo a buscar a los cadejos, a los campos o a los volcanes?
—¿Como se llamaba el volcán hombre, Chaparrastique o Tecapa?
—¿Como se llamaba el volcán mujer, Chaparrastique o Tecapa?

—¿Cuándo pensaban cazar los cadejos, cuando los perros comían o mientras dormían?
—¿Sabían los soldados de plomo que los cadejos eran transparentes?
—¿Cuántos cadejos encontraron, tres? ¿sólo dos? ¿uno? ¿ninguno?
—¿Qué pisotearon los soldados de plomo, las flores o los cadejos que dormían?

—¿Qué peligro corrían los cadejos, el morirse de hambre o el ser matados por los soldados de plomo?
—¿A quiénes le pidieron ayuda los cadejos, a los dos volcanes o a don Tonio y sus hermanos?
—¿Tienen los soldados de plomo el corazón de plomo? ¿El cerebro de plomo?

Point out Chaparrastique and Tecapa use the *voseo* when speaking to each other: **vos tenés**, **comenzás**. This special conjugation of *tú* verb forms is widely used in the River Plate region, Argentina, Uruguay and Paraguay.

Focus questions

—¿Tienen los soldados de plomo los pies de plomo?

—¿Quién tiene un vestido de agua, Chaparrastique o Tecapa?

—¿Quién tiene un sombrero de humo, Chaparrastique o Tecapa?

—¿Qué pasó cuando Chaparrastique si quitó el sombrero de humo, empezó a llover o empezó a calentarse la tierra?

—¿Qué les pasó entonces a los soldados de plomo, se les empezó a derretir el corazón, el celebro o los pies?

—¿Qué pasó cuando Tecapa se sacudió el vestido, hubo una inundación o empezó a llover?

—¿Dónde se sentaron los soldados de plomo a llorar, sobre las rocas o sobre un sofá?

—¿Qué se les derretía cuando se sentaron, las manos y los brazos o el trasero?

—¿De qué se dieron cuenta los soldados de plomo, que podían o no podían derrotar a los cadejos?

—¿A qué decidieron dedicarse en el futuro, a pisotear campánulas o a cosas más decentes?

—¿Hay paz en los volcanes de El Salvador ahora?

—¿Aceptaron don Tonio y sus hermanos a los cadejos o se mudaron a otro lugar?

—¿Qué hicieron !os cadejos y la gente de los volcanes para celebrar, tuvieron una gran fiesta o se mudaron con don Tonio?

—¿En qué se convirtió la celebración, en una fiesta nacional o en una fiesta religiosa?

Los cadejos hablan con los volcanes

—¡Sí! —respondieron los cadejos—. ¡Hasta sus pies están hechos de plomo!

—Entonces, *¡ya está!* —dijo Tecapa.   **it's settled!**

Y Tecapa le dijo a Chaparrastique: —Mira, como yo tengo vestido de agua y *vos tenés* sombrero de *fumarolas*, simplemente *comenzás a abanicarte* con el sombrero por todo tu cuerpo hasta que se caliente la tierra y entonces yo comienzo a *sacudirme* mi vestido de agua.   **dialecto: tú tienes / humo / begin to fan yourself**   **moverme**

Y Tecapa se lo sacudió.

—Y eso, ¿qué daño les puede hacer? —preguntaron los cadejos.

—Bueno —dijo Tecapa—, *probemos y ya veremos*.   **just wait and see**

Al día siguiente, cuando los soldados de plomo venían subiendo los volcanes, comenzó el Chaparrastique a quitarse el sombrero de fumarolas y a soplar sobre todo su cuerpo, hasta que ni él mismo *aguantaba* el calor. Al principio, los soldados sentían sólo una *picazón*, pero al ratito los pies se les comenzaron a *derretir*. Entonces, Tecapa se sacudió el vestido y empezó a *remojarles*. Y los cuerpos de los soldados *chirriaban*, como cuando se le echa agua a una *plancha* caliente.   **toleraba**   **itching / liquidar, disolver**   **mojarlos (llover en ellos)**   **sizzled / iron**

Los soldados de plomo se sentían muy mal y se sentaron a llorar sobre las piedras. Pero éstas estaban tan calientes que *les derretía el trasero*. Fue así que los soldados de plomo se dieron cuenta que no era posible *derrotar* a los cadejos, ni pisotear a las campánulas, y, en fin, ni subir a los volcanes a hacer el mal. Y sabiendo que tenían la *debilidad* de estar hechos de plomo, lo mejor era cambiar de *oficio* y dedicarse a cosas más *dignas*.   **they melted their bottoms**   **defeat**   **fragilidad**   **profesión**   **decentes**

Desde entonces hay paz en los volcanes de El Salvador. Don Tonio y sus hermanos *huyeron* a otras tierras, mientras que los cadejos y la gente de los volcanes celebraron una gran fiesta que se convirtió en una inmensa fiesta nacional.   **se fueron**

Los soldados se derriten

226

UNIDAD 5

¿Comprendiste la lectura?

A. ¿Sí o no? En parejas, decidan si están de acuerdo con los siguientes comentarios. Si no lo están, digan por qué no.

1. Los cadejos son perros mágicos que habitan las playas de El Salvador.
2. Los cadejos son animales que comen semillas de flores.
3. La gente que vivía en las faldas de los volcanes odiaba a los cadejos.
4. Los cadejos protegían a la gente del peligro y la desgracia.
5. A don Tonio y sus trece hermanos les gustaban mucho los cadejos.
6. Los soldados de plomo fueron mandados a cazar cadejos.
7. Rápidamente los soldados de plomo encontraron a los cadejos cuando éstos dormían.
8. Los cadejos convencieron a los volcanes de hacer algo para defenderlos de los soldados de plomo.
9. Los volcanes no pudieron hacer nada contra los soldados de plomo.
10. Don Tonio y sus hermanos huyeron a otras tierras y los cadejos y la gente de los volcanes celebraron una gran fiesta.

B. Hablemos de la lectura. Contesten estas preguntas.

1. ¿Qué tipo de animales mágicos son los cadejos? ¿Son feroces o pacíficos?
2. ¿Por qué la gente de los volcanes quiere mucho a los cadejos?
3. ¿Qué tipo de personas eran don Tonio y sus trece hermanos?
4. ¿De qué acusaban don Tonio y sus hermanos a los cadejos?
5. ¿Para qué mandaron don Tonio y sus hermanos soldados de plomo hacia los volcanes?
6. ¿Qué le propuso Tecapa a Chaparrastique para derrotar a los soldados de plomo?
7. ¿Tiene el cuento un final feliz o triste? Explica.
8. ¿Encuentras alguna relación entre lo que sucede en este cuento y la reciente historia de El Salvador?

El perro mágico

LECCIÓN 1: EL SALVADOR

227

Allow time for pair work. Then call on individual students. Have class confirm each response.

NSS **For Native Speakers** Pídales a los estudiantes hispanohablantes que pasen a la pizarra y escriban oraciones originales con los varios significados de **marchar** y de **marcha**. Corríjalas con la clase entera.

Dramatizaciones

Purpose To role-play being an imaginative Salvadoran child and to hold a panel discussion of the possibility of peace in El Salvador.

Suggestions Do only as time permits. Assign **A** to half the class and **B** to the other half. Allow time for groups to prepare their role plays or panel discussion strategies. Then have each group present in front of the class without notes. Remind students that they are expected to present their role plays spontaneously, without notes. A brief brainstorming session with the entire class about the possibility and impossibility of peace in El Salvador would be appropriate before doing the debate.

Palabras como llaves: *marchar*

Para ampliar el vocabulario. La palabra **marchar** tiene varios significados. Con un(a) compañero(a), analiza el significado de la palabra en negrilla de cada oración.

1. Los soldados **marcharon** en el desfile militar.
2. Últimamente los negocios **marchan** bien.
3. Quiero **marcharme** de vacaciones.
4. Pensé que ya te habías **marchado**.

La palabra **marcha,** que está relacionada con **marchar,** tiene también varios significados. Con un(a) compañero(a), analiza el significado de las palabras en negrilla de cada oración.

1. El coche de mi tío funcionó muy bien cuando lo puse a toda **marcha** (velocidad).
2. Hay que ponerse en **marcha** lo antes posible.
3. La orquesta de la escuela tocó varias **marchas** durante el intermedio del partido de fútbol en el estadio.

Dramatizaciones

A. **Cipotes y cadejos.** Tú eres un(a) cipote salvadoreño(a) con una imaginación muy grande. Acabas de regresar a tu pueblo después de pasar unos días en las montañas con tus parientes. Estás muy entusiasmado(a) porque viste a tres cadejos en las faldas de una montaña. Dramatiza, con dos compañeros, lo que les dices a tus hermanos al regresar y las reacciones de ellos. Tus compañeros harán el papel de tus hermanos.

B. **¡Debate!** En grupos de cinco tengan un debate sobre la posibilidad o imposibilidad de la paz en El Salvador. Uno de los cuatro debe ser el moderador y una pareja debe defender la posibilidad de la paz, la otra insistirá en la imposibilidad después de tanta guerra y tantos muertos.

Alfredo Cristiani

Ventana al Mundo 21

Finalmente, ¡estalla la paz!

El 16 de enero de 1992, en el histórico Castillo de Chapultepec de la Ciudad de México, y ante la presencia de muchos presidentes latinoamericanos y diplomáticos, se firmaron los acuerdos de paz entre el gobierno salvadoreño y el Frente Farabundo Martí para la Liberación Nacional (FMLN). Alfredo Cristiani, presidente de El Salvador, asistió a esta histórica reunión y personalmente firmó los acuerdos de paz. Estos acuerdos intentan poner fin a una guerra de más de doce años, guerra que causó cerca de 80.000 muertes, afectó directa o indirectamente a dos millones de salvadoreños, destruyó la mitad del país y le costó a Estados Unidos más de cuatro mil millones de dólares en ayuda directa o indirecta al ejército salvadoreño. También como resultado de esta guerra, cientos de miles de salvadoreños salieron del país, muchos de los cuales actualmente residen en EE.UU.

Cristiani y el FMLN. Busca las respuestas a estas preguntas con un(a) compañero(a).

1. ¿Qué pasó el 16 de enero de 1992 en el Castillo de Chapultepec?
2. ¿Quiénes fueron los principales participantes y quiénes sirvieron de testigos?
3. ¿Cuántos salvadoreños murieron en esta guerra civil?
4. Además de los muertos, ¿cuáles fueron algunos de los resultados de esta guerra?

LECCIÓN 1:   EL SALVADOR

Ventana al Mundo 21

Have class read silently or call on individual students to read aloud a few sentences at a time. Then call on individual students to answer the questions and have class confirm each response.

Answers

1 Ese día se firmaron los acuerdos de paz entre el gobierno salvadoreño y el FMLN.
2 Los participantes principales fueron Alfredo Cristiani y los representantes del FMLN. Los testigos fueron muchos presidentes latinoamericanos y otros diplomáticos.
3 Más de 80.000.
4 Algunos resultados de esta guerra fueron la destrucción de la mitad del país, un costo de más de cuatro mil millones de dólares a EE.UU. y el exilio de cientos de miles de salvadoreños del país.

Additional Information

Point out that many Salvadoran refugees came to the U.S. and have established large concentrations in several U.S. cities including San Francisco, California and Miami, Florida.

NSS For Native Speakers

Si tiene estudiantes salvadoreños en la clase, pídales que hablen sobre la opinión de su familia respecto al presidente actual y al FMLN. ¿Están a favor o en contra de ellos? ¿Por qué? Pídale a la clase que no emita juicios sobre ninguna de las opiniones expresadas, y que simplemente permita que todos expresen sus opiniones. Si es necesario, mantengan un debate.

FOTOS

Alfredo Cristiani fue presidente de El Salvador de 1989 a 1994. Su partido conservador ARENA venció al Partido Demócrata Cristiano en 1989. En las elecciones de abril de 1994 su partido ARENA venció en las elecciones presidenciales a la coalición de izquierda que incluye al FMLN.

Manta con las iniciales del FMLN (Frente Farabundo Martí de Liberación Nacional), organización formada por los diferentes grupos de guerrilleros de izquierda que firmó el acuerdo de paz en 1992. Ya como partido político, el FMLN participó en las elecciones presidenciales de 1994 teniendo como candidato a Rubén Zamora que fue vencido por el candidato del partido conservador ARENA.

Cultura en vivo

La leyenda del Cipitío

Los seis dibujos que siguen, del artista salvadoreño Isaías Mata, ilustran otra leyenda salvadoreña muy conocida por el pueblo: el Cipitío, uno de los personajes más pintorescos del folklore salvadoreño. Es un ser fantástico que como duende tiene figura de niño travieso que sale por las noches a visitar principalmente las cocinas de las casas y a hacer travesuras. Lo más probable es que no conozcas esta leyenda, pero, en realidad, no importa. ¡Tú vas a crear tu propia leyenda! Trabaja con dos compañeros de clase y escriban una leyenda basada en los dibujos. Los dibujos no están en ningún orden específico, por lo tanto, pueden reorganizarlos como les convenga.

NSS **For Native Speakers**
Después de que todos los grupos hayan leído sus cuentos, pídales a los estudiantes salvadoreños en la clase que cuenten la leyenda del Cipitío. Si no tiene salvadoreños en la clase, cuéntesela usted:

El Cipitío es un duende que actúa como niño travieso. Siempre aparece al anochecer. Espera hasta que oscurece y luego empieza a hacer sus travesuras. Entra en las casas y con la curiosidad de un niño, se mete en todas partes y causa caos dondequiera que va. Una característica del Cipitío es que le encanta comer ceniza. Cuando la encuentra se sienta a comer hasta quedar totalmente satisfecho. Al amanecer, el Cipitío regresa a la selva a dormir hasta el anochecer del día siguiente.

Diario

Have students do a journal-write beginning with: **Yo quiero pasar el resto de mi vida con una persona que . . .** (See page 19 for instructions on journal writing.)

¡OjO! This section lists the active vocabulary students are responsible for upon completing each lesson. The students' active vocabulary lists appear in the *Cuaderno de actividades* in a section called **Vocabulario activo.**

Gente
asumir
austeridad
cacique
disparar
economía agrícola
estabilizar
junta
moneda
planificación
triunfar

Honduras: Los orígenes y La independencia
canoa
independizarse
restaurar
rivalizar

Siglo XX
beneficiar
desgraciadamente
ganadero(a)
riqueza comercial

Nicaragua: Los orígenes, La colonia y La independencia
abuso
aniquilado(a)
aventurero(a)
mulato(a)
zambo(a)

La intervención estadounidense y los Somoza y Revolución sandinista
deponer
destrozar
propiedad
proteger
renuncia
retirar
unir
victorioso(a)

Difícil proceso de reconciliación
acusar
deteriorar
gravemente

Lección 2

Honduras y Nicaragua

Honduras

Nombre oficial:
República de Honduras

Extensión:
112.088 km²

Principales ciudades:
*Tegucigalpa (capital),
San Pedro Sula,
La Ceiba, Choluteca*

Moneda:
Lempira (L)

Gente del Mundo 21

Rafael Leonardo Callejas, político hondureño nacido en Tegucigalpa en 1943, estudió economía agrícola en la Universidad de Misisipí en EE.UU. Desempeñó diversos cargos en la planificación agrícola de su país. Fue ministro de Recursos Naturales en la década de 1970. Como líder del Partido Nacional, ganó las elecciones presidenciales en 1989 y asumió el cargo en 1990. Ha aplicado una política de austeridad para estabilizar las finanzas públicas.

Lempira (¿1499?–1537) es uno de los héroes nacionales de Honduras. Fue cacique de su tribu. Su nombre Lempira significa "señor de la sierra". En la década de 1530, organizó la lucha de los indígenas contra los españoles. Resistió con éxito a las fuerzas españolas comandadas por Alonso de Cáceres. Según cuenta una leyenda, los españoles convencieron a Lempira a recibir a dos comisionados de Alfonso de Cáceres para negociar la paz. En el encuentro, uno de los soldados le disparó, matando al cacique. En su honor la Honduras independiente le dio su nombre a la moneda nacional.

232

UNIDAD 5

NSS **For Native Speakers** Usando la lista en el *Cuaderno de actividades,* pídales a los estudiantes hispanohablantes que seleccionen de cinco a diez palabras de la lista y que las definan con un sinónimo. Por ejemplo, **asumir**-*hacerse cargo,* **austeridad**-*severidad,* **cacique**-*amo,* etc. Luego en grupos de tres o cuatro, que tomen turnos leyendo las definiciones en su lista para ver si el grupo puede identificar la palabra de la lista.

Corresponding Structures in *Manual de gramática*

5.3 Present Subjunctive in Adverbial Clauses: A First Look   G90

Nicaragua

Nombre oficial:
República de Nicaragua

Extensión:
127.849 km²

Principales ciudades:
Managua (capital), León, Granada, Masaya

Moneda:
Córdoba (C$)

Purpose To introduce a contemporary and a historical Honduran personality and two contemporary Nicaraguan personalities: **Rafael Leonardo Callejas**, political leader of the Honduran National Party; **Lempira**, an indigenous national hero of Honduras; **Violeta Barrios de Chamorro**, elected president of Nicaragua in 1990; and **Daniel Ortega**, Sandinista presidential candidate.

Suggestions Divide class in fourths and assign one personality to each fourth. Have students read silently and prepare three to five comprehension check questions about the person. Then call on individuals students to read the biographies aloud. After each biography, have students that prepared questions on the person ask them of the class.

Special project Have students prepare a brief written or oral presentation on one of these personalities or another famous Honduran or Nicaraguan artist, actor, playwright, musician, politician, etc.

Violeta Barrios de Chamorro, política nicaragüense, nació en 1930. En 1950 se casó con Pedro Joaquín Chamorro, editor del periódico *La Prensa* y destacado opositor al dictador Anastasio Somoza. Tras el asesinato de su esposo en 1978, continuó en la dirección del periódico. Formó parte de la junta revolucionaria (de julio de 1979 a abril de 1980) que tomó el poder después de la caída de Somoza. Frente al sandinismo, pasó a la oposición y llegó a la presidencia en 1990 cuando derrotó en elecciones libres a Daniel Ortega, el candidato del régimen sandinista. Su gobierno logró una reconciliación de las fuerzas contrarrevolucionarias y reanudó lazos de amistad con EE.UU.

Daniel Ortega, político nicaragüense, nació en 1945 en La Libertad, Nicaragua. Su padre formó parte del ejército guerrillero del legendario líder César Augusto Sandino. Daniel Ortega interrumpió sus estudios universitarios para incorporarse en 1963 al Frente Sandinista de Liberación Nacional (FSLN). El FSLN triunfó en 1979 y dos años después Ortega fue nombrado coordinador de la junta de gobierno. En 1984 fue elegido presidente de Nicaragua. Ortega gobernó el país durante un período de dificultades económicas y políticas motivadas por una guerra contrarrevolucionaria. En febrero de 1990, perdió las elecciones frente a la candidata de la oposición, Violeta Barrios de Chamorro, quien asumió el poder en abril de ese año.

Personalidades del Mundo 21

Call on individual students to read aloud one biography at a time. Then allow time to prepare questions individually. Finally, have students work in groups of four, taking turns asking their questions with the group answering.

Personalidades del *Mundo 21*. Después de leer estas biografías, prepara dos o tres preguntas sobre cada uno para hacerles a tus compañeros de clase.

LECCIÓN 2: HONDURAS Y NICARAGUA

233

NSS **For Native Speakers** Pídales a los estudiantes hispanohablantes que en grupos de tres lean las biografías y preparen unas quince preguntas sobre estos personajes. Luego permita que haya competición entre grupos. Un grupo empieza por hacerle una pregunta a otro grupo. Si el grupo la contesta bien, recibe un punto. Luego el grupo que contestó hace una de sus preguntas y el otro grupo contesta. Continúan así hasta hacer todas sus preguntas. Tal vez quiera darle un premio a los grupos que acumulan más puntos.

Del pasado al presente

Purpose In **Honduras: con esperanza en el desarrollo**, students will read a brief history of Honduras with the intention of better understanding its present and future. The **Ventana al Mundo 21** reading provides a brief glimpse of the important role the banana has played in the development of this country.

Procedure Call on one student to read the first paragraph. Ask comprehension check questions:

1 ¿Cuáles son algunas características físicas que hacen sobresalir a Honduras del resto de Centroamérica? *(Es el país más montañoso y el segundo más grande.)*

2 ¿Cuáles son las dos ciudades principales de Honduras? *(Tegucigalpa y San Pedro Sula.)*

Then divide class into three groups and do a jigsaw activity with the rest of the reading. The procedure for this activity is explained on page 24.

Extension In groups of four, have students prepare nine true-false questions, three on each section. Then have some group competition. First one group asks their first question of another group. If they answer correctly they get one point. Then the group answering asks their first question. The competition continues until all questions have been asked.

DEL PASADO al presente

HONDURAS: CON ESPERANZA EN EL DESARROLLO

San Pedro Sula

La catedral de Tegucigalpa

Honduras es el país más montañoso de Centroamérica y es el segundo más grande de esta región, después de Nicaragua. La mayor parte de la población vive en pequeños pueblos localizados en el interior montañoso y la costa del Pacífico. A diferencia de otras naciones centroamericanas, Honduras tiene dos poblaciones de igual importancia industrial y comercial: Tegucigalpa, que es la capital, y San Pedro Sula.

LOS ORÍGENES

Honduras estuvo habitada desde muchos siglos antes de la llegada de los europeos. Las ruinas de Copán, en la parte occidental, indican que la región fue el centro de la civilización maya. En las Islas de la Bahía frente a la costa de Honduras, Colón se

Las ruinas de Copán

encontró con una gran canoa llena de variados productos que indicaban claramente que sus ocupantes eran vendedores mayas. Éste fue el primer contacto de los españoles con las avanzadas civilizaciones de Mesoamérica.

Desde un principio Honduras fue una región disputada; cuatro diferentes expediciones españolas competían por el dominio de la región en 1524. Hernán Cortés tuvo que venir personalmente de México a

234

UNIDAD 5

NSS **For Native Speakers** Lea el primer párrafo de la lectura en clase como arriba se describe, y luego haga las preguntas para verificar la comprensión. Proceda entonces de la forma indicada para la actividad *jigsaw* en la página 25.

FOTOS

Foto de fondo. Playa de Tabiyana en una de las Islas de la Bahía pertenecientes a Honduras en el mar Caribe.

Plaza principal de San Pedro Sula, segunda ciudad en importancia de Honduras.

restaurar el orden e imponer su autoridad sobre los rivales en 1525. Pero cuando Cortés regresó a México en 1526, el conflicto continuó.

Después de la muerte del cacique Lempira, la resistencia indígena fue controlada definitivamente en 1539 por Alonso de Cáceres, que fundó Santa María de Comayagua. El descubrimiento de depósitos de plata renovaron el interés por la colonia. En 1569 se fundó la ciudad de Tegucigalpa, que empezó a rivalizar con Comayagua como la ciudad más importante de la colonia.

Palacio presidencial, Tegucigalpa

LA INDEPENDENCIA

Como provincia perteneciente a la Capitanía General de Guatemala, Honduras se independizó de España en 1821. Como el resto de los países centroamericanos, se incorporó al breve imperio mexicano de Agustín de Iturbide y luego formó parte de la federación de las Provincias Unidas de Centroamérica. En la vida política de la federación sobresalió el hondureño Francisco Morazán, que fue elegido presidente en 1830 y 1834.

El 5 de noviembre de 1838 Honduras se separó de la federación y proclamó su independencia. Este período se caracterizó por la grave crisis económica que sufrió el país. Como en los otros países latinoamericanos, el mayor conflicto de Honduras fue la lucha política entre los conservadores y los liberales. Ésta se manifestó en doce guerras civiles y en numerosos cambios de gobierno.

SIGLO XX

A principios del siglo XX grandes compañías norteamericanas como la *United Fruit Company* y la *Standard Fruit*

Se lavan y se pesan las bananas

Company llegaron a controlar grandes extensiones territoriales para la producción y la exportación masiva de plátanos o bananas a EE.UU. Este producto, en manos de extranjeros, se convirtió en la base de la riqueza comercial de Honduras. Desgraciadamente, esta nueva riqueza no benefició a la mayoría de los hondureños que continuaron con sus labores tradicionales de campesinos o ganaderos. Tampoco trajo mayor estabilidad política o implementación de gobiernos democráticos.

En 1982 se proclamó una nueva constitución y en 1985 se celebraron elecciones y resultó victorioso José Azcona Hoyo del Partido Liberal, quien asumió el poder en enero de 1986. En noviembre de 1989 fue elegido presidente de Honduras el candidato Rafael Leonardo Callejas, del Partido Nacional, quien tomó posesión del cargo en enero de 1990.

A pesar de tener una economía de limitados recursos que se basa principalmente en la agricultura, Honduras se ha visto libre de las guerras civiles que afectaron a sus vecinos, El Salvador, Nicaragua y Guatemala en la segunda mitad del siglo XX.

FOTOS

Palacio presidencial localizado en el centro de Tegucigalpa, Honduras.

Mujeres lavando y pesando bananas en una de las plantaciones bananeras de la *United Fruit Company* en Honduras.

¡A ver si comprendiste!

Have students get accustomed to answering these questions in their own words with books closed. Do not allow reading verbatim from the text. Accept partial answers and sentence fragments. Restate answers in complete sentences once all elements have been offered.

Answers

1 Tegucigalpa es la capital. San Pedro Sula es de igual importancia industrial y comercial.

2 Se llamaba Copán.

3 El producto principal de exportación fue el plátano o banana; grandes compañías norteamericanas controlaban este producto.

4 El plátano se convirtió en el producto principal de Honduras. Desafortunadamente, esta riqueza no les ayudó a la mayoría de los hondureños que continuaron trabajando como campesinos.

5 Los últimos dos presidentes fueron elegidos en elecciones libres.

Ventana al Mundo 21

Allow time to read. Then working in pairs, have one student ask the questions while the other attempts to answer them in his/her own words with book closed. Have the class confirm all answers.

Answers

Las respuestas van a variar.

■ ¡A ver si comprendiste!

¿Quién? ¿Qué? ¿Cuándo? ¿Recuerdas los datos más importantes de la lectura? Para asegurarte, contesta estas preguntas.

1. ¿Cuál es la capital de Honduras? ¿Cuál es la otra ciudad hondureña de igual importancia?
2. ¿Cómo se llamaba el centro de la civilización maya en Honduras?
3. ¿Cuál fue el producto principal de exportación de Honduras? ¿Quiénes controlaban este producto?
4. ¿Qué producto agrícola se convirtió en la base de la riqueza comercial de Honduras a principios del siglo XX? ¿Qué efecto tuvo esta riqueza en la mayoría de los hondureños?
5. ¿Cómo llegaron al poder los últimos dos presidentes de Honduras? ¿a través de elecciones o como resultado de golpes militares?

Ventana al Mundo 21

LA IMPORTANCIA DEL PLÁTANO

El plátano es una planta nativa de Asia muy estimada por sus frutos denominados plátanos, bananos o bananas. Según la variedad, se consumen frescos o fritos. Aunque se produce en Asia meridional, en algunas zonas de África y en Australia, en la década de 1930, Honduras se convirtió en el principal productor de plátanos del mundo.

El cultivo del plátano en Centroamérica no empezó hasta el siglo XIX, cuando compañías norteamericanas introdujeron el fruto en la región. Las dos grandes compañías fruteras, la *United Fruit Company* y la *Standard Fruit Company,* con el tiempo pasaron a controlar líneas ferrocarrileras y marítimas, bancos, compañías hidroeléctricas y grandes extensiones de tierra, influyendo en las decisiones políticas de los países del área. Los administradores de estas grandes compañías bananeras extranjeras casi rivalizaban en influencia y poder con el presidente de la república.

EL PLÁTANO. Pídele a tu compañero(a) información sobre el origen y el cultivo del plátano y sobre el poder de las compañías fruteras.

NSS **For Native Speakers** En EE.UU. tiende a comerse sólo un tipo de banana mientras en los países hispanos se usa una gran variedad de esta fruta. Pídales a los estudiantes hispanohablantes que conocen otras variedades que se las describan a la clase y que digan cómo se preparan para comer.

DEL PASADO al presente

NICARAGUA: RECONSTRUCCIÓN DE LA ARMONÍA

Daniel Ortega felicita a Violeta Barrios de Chamorro

Por su extensión territorial, Nicaragua es el mayor de los países de Centroamérica y, excepto Belice, es el país centroamericano que tiene menos densidad de población. Después de la dictadura de la familia Somoza, que duró más de cuatro décadas, Nicaragua experimentó una rápida transformación social impulsada por el gobierno sandinista que tomó el poder en 1979.

Este gobierno fue, a su vez, atacado por grupos contrarrevolucionarios armados por EE.UU. y fue derrotado en elecciones en 1990 por Violeta Barrios de Chamorro, candidata de la oposición. Desde entonces, Nicaragua ha entrado en un difícil proceso de reconciliación que intenta lograr la armonía entre grupos antagonistas.

LOS ORÍGENES

A orillas del lago Xolotlán o Managua se encuentran las famosas huellas de

Las huellas de Acahualinca

Acahualinca que se calcula fueron impresas por nativos hace más de seis mil años. Cuando los conquistadores españoles llegaron al territorio nicaragüense, lo encontraron habitado por distintos grupos étnicos. El grupo más desarrollado era el pueblo nicarao, del que se derivó el nombre del país. Éste era un pueblo nahua procedente del norte y relacionado con la cultura mesoamericana.

En la región del Caribe existían también grupos relacionados con la familia lingüística chibcha de Sudamérica. Los misquitos y los

---

FOTOS

Foto de fondo. Vista de la rotunda histórica en Managua, Nicaragua.

Inauguración de Violeta Barrios de Chamorro como presidenta de Nicaragua. El presidente saliente Daniel Ortega le transferirá momentos después la banda presidencial a la nueva presidenta electa.

Las huellas de Acahualinca a orillas del lago Xolotlán o Managua demuestran que esta zona de América estaba ya habitada hace más de seis mil años.

Purpose In **Nicaragua: reconstrucción de la armonía,** students will read a brief history of Nicaragua with the intention of better understanding its present and future. The **Ventana al Mundo 21** reading provides a brief glimpse of several of the excellent poets Nicaragua has produced.

Procedure Call on students to read the first two paragraphs. Ask comprehension check questions:

1 Describe el tamaño y la población de Nicaragua. *(Nicaragua es el país más grande de Centroamérica y tiene menos densidad de población, con excepción de Belice.)*

2 ¿Por cuánto tiempo estuvieron los Somoza en el poder? *(Más de cuatro décadas.)*

3 ¿Cómo cambió Nicaragua bajo el gobierno sandinista? *(Hubo una rápida transformación social.)*

4 ¿Apoyó EE.UU. a los sandinistas? *(No. Apoyó a grupos contrarrevolucionarios.)*

5 ¿Cómo ha sido el proceso de reconciliación de Violeta Barrios de Chamorro y cuál ha sido su propósito? *(Ha sido un proceso difícil. Intenta lograr la armonía entre los sandinistas y los contrarrevolucionarios.)*

Then divide class into six groups and do a jigsaw activity with the rest of the reading. The procedure for this activity is explained on page 24.

NSS **For Native Speakers** Lea los primeros dos párrafos de la lectura en clase como arriba se describe, y luego haga las preguntas para verificar la comprensión. Proceda entonces de la forma indicada para la actividad *jigsaw* en la página 25.

sumos se derivan de estos grupos. La mayor parte de la población nicaragüense actual está formada por mestizos (mezcla de blancos e indígenas), zambos (mezcla de indígenas y negros) y mulatos (mezcla de blancos y negros). También existe una minoría de raza blanca y otra de raza negra.

LA COLONIA

Cristóbal Colón en 1502 exploró en barco la costa oriental de Nicaragua. Pero no fue hasta 1522 que comenzó la conquista de Nicaragua con la expedición de Gil González Dávila procedente de Panamá. Dos años más tarde se fundaron León y Granada, que después se convertirían en los dos centros principales de la vida colonial.

Granada

Como en otros países del Caribe, la población indígena fue aniquilada por las enfermedades traídas de Europa y por los abusos de los españoles. Se calcula que más de 200.000 indígenas de Nicaragua—casi un tercio de la población total—fueron forzados a trabajar en las minas de oro y plata del Perú entre 1528 y 1540.

Los españoles establecieron ricas haciendas donde cultivaban cacao, caña de azúcar, tabaco y añil. Pronto comenzó la rivalidad entre las ciudades de Granada, la más rica, y León, la capital administrativa.

LA INDEPENDENCIA

Como sus vecinos centroamericanos, Nicaragua también fue incorporada a la Capitanía General de Guatemala, que el 15 de septiembre de 1821 declaró su independencia de España. En 1822 se unió brevemente al imperio mexicano y en 1823 formó parte de la federación de Provincias Unidas de Centroamérica. El 12 de noviembre de 1838 se proclamó una nueva constitución que proclamaba a Nicaragua estado autónomo e independiente.

Aprovechando las luchas entre los liberales de León y los conservadores de Granada, un aventurero estadounidense, William Walker, tomó el poder en 1856. Fue derrotado el año siguiente por el esfuerzo combinado de las repúblicas centroamericanas. Managua fue elegida como capital de Nicaragua en 1857 a fin de terminar con el conflicto entre las ciudades de León y Granada que se diputaban el gobierno regional.

LA INTERVENCIÓN ESTADOUNIDENSE Y LOS SOMOZA

Entre 1909 y 1933 hubo varias intervenciones de *marines* norteamericanos, según se dice para proteger a ciudadanos estadounidenses y sus propiedades; estas intervenciones afectaron negativamente el desarrollo político del país. César Augusto Sandino fue el líder de un grupo de guerrilleros que luchó contra las tropas de EE.UU. Al irse los *marines* en 1933, Sandino terminó la lucha armada. Al año siguiente, Anastasio Somoza García, el jefe de la Guardia Nacional, ordenó la muerte de Sandino. Somoza depuso al presidente Juan Bautista Sacasa y se proclamó presidente el 1º de enero de 1937. Comenzaba así el período de gobierno oligárquico de la familia Somoza

César Augusto Sandino

Luis Somoza Debayle

(1937-1979) que incluye los gobiernos de Anastasio Somoza García y de sus hijos, Luis Somoza Debayle y Anastasio (Tachito) Somoza Debayle.

REVOLUCIÓN SANDINISTA

La oposición al gobierno unió a casi todos los sectores del país después del asesinato de Pedro Joaquín Chamorro, editor del diario *La Prensa*, ocurrido el 10 de enero de 1978. El Frente Sandinista de Liberación Nacional (FSLN) incrementó sus ataques militares. El gobierno estadounidense retiró su apoyo al

Los sandinistas entran a Managua, 1979

gobierno y Anastasio Somoza Debayle salió del país el 17 de julio de 1979. Dos días después entraron victoriosos a Managua los líderes de la oposición sandinista.

La guerra civil costó más de treinta mil vidas humanas y destrozó la economía del país. Una Junta de Reconstrucción Nacional de cinco miembros tomó el poder y se vio

reducida a tres en 1981 por renuncias de los miembros moderados. Aunque hubo una exitosa campaña de educación por todo el país, pronto los esfuerzos del régimen sandinista se vieron obstaculizados por continuos ataques de guerrilleros antisandinistas ("contras") apoyados por el gobierno de EE.UU. El régimen sandinista, a su vez, recibió ayuda militar y económica de Cuba y la Unión Soviética.

DIFÍCIL PROCESO DE RECONCILIACIÓN

Así en la década de 1980, las relaciones entre Nicaragua y EE.UU. se deterioraron gravemente. El régimen sandinista fue acusado de ayudar a la guerrilla salvadoreña, mientras que éste acusaba al gobierno estadounidense de intervenir en los asuntos internos de Nicaragua. La relocalización forzada de 10.000 misquitos causó un serio conflicto entre el régimen sandinista y grupos armados de misquitos y sumos.

Mineros misquitos

En noviembre de 1984 fue elegido presidente el líder del Frente Sandinista, Daniel Ortega. En las elecciones libres de 1990, Ortega fue derrotado por la candidata de la Unión Nacional Opositora (UNO), Violeta Barrios de Chamorro, cuyo programa incluía planes de pacificación de los "contras" y de superación de la crisis económica. Los ataques a la ciudad de Estelí en julio de 1993 por antiguos combatientes rearmados muestra el incremento de la crisis económica del país a pesar de la paz conseguida a través del voto.

FOTOS

Luis Somoza Debayle, hijo del presidente Anastasio Somoza García que fue asesinado en 1956, toma el juramento como presidente de Nicaragua, con el arzobispo Alejandro González Robleto a la izquierda y Ulises Nias, presidente del congreso nicaragüense, a la derecha.

El Frente Sandinista de Liberación Nacional (FSLN) entra triunfante a Managua en 1979.

Mineros misquitos de una mina situada en la costa del Atlántico de Nicaragua.

NSS **For Native Speakers** Si hay estudiantes nicaragüenses en la clase, pídales que le digan a la clase lo que recuerdan de Nicaragua o lo que sus padres o parientes les han dicho de la vida en el país.

Have students get accustomed to answering these questions in their own words with books closed. Do not allow reading verbatim from the text. Accept partial answers. Restate answers in complete sentences once all elements have been offered.

Answers

1 Nicaragua es el país más grande de Centroamérica y tiene menos densidad, con excepción de Belice.

2 Hace más de seis mil años.

3 El nombre de Nicaragua se deriva del pueblo nicarao. Era un pueblo nahua procedente del norte.

4 Los indígenas de Nicaragua fueron casi aniquilados por las enfermedades traídas por los españoles y por abusos de los mismos. Más de 200.000 indígenas de Nicaragua, un tercio de la población, fueron enviados a trabajar en las minas del Perú.

5 César Augusto Sandino fue el líder de un grupo de guerrilleros que luchó contra las tropas de EE.UU. Anastasio Somoza García ordenó su muerte.

6 Somoza García dirigió un golpe militar y depuso al presidente, declarándose presidente él mismo.

7 El Frente Sandinista de Liberación Nacional (FSLN) atacó al gobierno de Somoza Debayle. Éste huyó del país cuando EE.UU. retiró su apoyo. Entonces los sandinistas entraron victoriosos a Managua.

8 Los contras eran guerrilleros antisandinistas. Eran apoyados por EE.UU.

9 Daniel Ortega era el líder del Frente Sandinista.

10 Violeta Barrios de Chamorro fue elegida presidenta en 1990. Ella tenía planes de pacificación de los contras y de superación de la crisis económica del país.

■ ¡A ver si comprendiste!

¿Quién? ¿Qué? ¿Cuándo? ¿Recuerdas los datos más importantes de la lectura? Para asegurarte, contesta estas preguntas.

1. ¿Cómo se compara Nicaragua en tamaño con el resto de los países de Centroamérica? ¿En densidad de población?
2. ¿Cuándo se calcula que fueron impresas las huellas humanas de Acahualinca?
3. ¿Cómo se llaman los indígenas de quienes se deriva el nombre de Nicaragua? ¿De dónde eran originarios?
4. ¿Cómo trataron los colonizadores a la población indígena de Nicaragua? ¿Qué porcentaje de la población fue enviada a hacer trabajo forzado en las minas del Perú?
5. ¿Quién fue César Augusto Sandino? ¿Quién ordenó su muerte?
6. ¿Cómo llegó a la presidencia Anastasio Somoza García?
7. ¿Cuándo y cómo terminó el gobierno de los Somoza? ¿Quiénes entraron victoriosos a la capital al salir los Somoza?
8. ¿Quiénes eran los "contras"? ¿Contra quién peleaban? ¿Qué gobierno los apoyaba?
9. ¿De qué partido político era el líder Daniel Ortega?
10. ¿Quién ganó las elecciones presidenciales de 1990 en Nicaragua? ¿Qué planes de gobierno tenía?

Managua, Nicaragua

Y ahora, ¡a leer!

■ *Anticipando la lectura*

A. Teatro. Decide cuál es la respuesta adecuada.

1. Una comedia es una obra de teatro que trata un tema con . . .

   a. humor   *b.* seriedad   *c.* solemnidad

2. La persona que escribe obras de teatro se llama . . .

   a. ensayista   *b.* dramaturgo   *c.* coreógrafo

3. Actuar usando el cuerpo sin hablar es parte de la . . .

   a. pantomima   *b.* tragedia   *c.* escena

4. En esta avenida de la ciudad de Nueva York se concentran algunos de los teatros más importantes de EE.UU.

   a. Main   *b. Broadway*   *c.* Quinta Avenida

5 Un sinónimo del público que asiste a una obra de teatro es . . .

   a. masa   *b.* auditorio   *c.* gente

B. Pequeña obra de teatro. Tú y tus amigos han decidido formar un nuevo grupo teatral educativo con la meta de presentar pequeñas obras de teatro educativas en las escuelas primarias o escuelas intermedias. Por supuesto ustedes crean sus propias obras de teatro. En grupos de tres o cuatro, seleccionen un problema o una situación particular que enfrentan los jóvenes en la escuela. Desarrollen un plan para un drama de un acto que trate el tema seleccionado. Los problemas o situaciones pueden ser serios o cómicos.

LECCIÓN 2:   HONDURAS Y NICARAGUA

241

NSS **Variation for Native Speakers** Pídales a los estudiantes hispanohablantes que incluyan en sus dramatizaciones algunos de los problemas con que se enfrentan los niños hispanohablantes en una clase en que sólo se habla inglés. Puede ser igualmente serio o cómico.

Y ahora, ¡a leer!

Purpose In this section students will begin with **Anticipando la lectura,** designed to elicit students' previous knowledge about the theater and educational theater groups. **Vocabulario en contexto** is a vocabulary building activity, and **Conozcamos a los teatristas** is a brief introduction to **el Grupo Teatral Cadejo,** the Nicaraguan acting group that is the topic of the principal reading of the lesson, **El Grupo Teatral Cadejo: el teatro hecho vida.** In **Palabras como llaves,** students learn to work with the various meanings of the suffixes **-ito, -illo, -ico, -ote, -azo, -ejo,** and **-ucho.** In **Dramatizaciones** students prepare and present their own educational play and debate the need for continuing U.S. involvement in Nicaragua.

Anticipando la lectura

A. Teatro. Call on individual students. Have class confirm each response.

Answers

1 a. humor
2 b. dramaturgo
3 a. pantomima
4 b. *Broadway*
5 b. auditorio

B. Pequeña obra de teatro. Have students work in groups of three or four. Allow adequate time for planning. Tell them to arrange to meet outside of class to finish their planning for a one-act play.

C. Vocabulario en contexto. Decide cuál es el significado de las palabras en negrilla a base del contexto de la oración o de otras estrategias que has aprendido para llegar al significado de palabras desconocidas.

1. Cuando todos se encontraron en la misma situación económica desesperada debido al desempleo fue cuando decidieron **juntarse** y dedicarse al teatro.

   a. exiliarse   *b.* formar un grupo   *c.* separarse

2. "Intentamos enseñar a través del entretenimiento y entretener por medio **de la enseñanza**".

   a. de la lectura   *b.* de la educación
       c. de la diversión

3. Así el público aprende **algunos hechos de la vida** a la vez que se divierte en el espectáculo. "De esta manera hacemos al público pensar sobre la actualidad".

   a. algunos versos   *b.* algunos chistes
       c. algunas realidades

4. "Desmistificamos a los personajes que aparecen en la televisión para **revertir** el daño y la deformación que muchos programas de la tele causan".

   a. deshacer   *b.* restablecer   *c.* confirmar

5. Los temas desarrollados por el grupo son muy variados y se presentan por medio de la **farsa**. ". . . nosotros siempre encontramos el lado cómico de cada situación".

   a. comedia   *b.* farmacia   *c.* fantasía

6. "Nosotros queremos mostrar que esta situación se repite u ocurre en otros sectores de la sociedad, entre mujeres trabajadoras, mujeres del campo y mujeres con **entrenamiento** profesional".

   a. preparación   *b.* comportamiento   *c.* interés

7. "También tratamos el tema de la guerra, a través de un mundo imaginario, y **mostramos** cómo la guerra destruye los valores humanos y transforma a la gente en animales que matan por matar".

   a. proclamamos   *b.* preguntamos
       c. enseñamos

8. "Muchas veces nadie quiere pagar por ver teatro porque es prácticamente **un lujo**".

   a. una necesidad   *b.* una riqueza no necesaria
       c. un mal uso del tiempo

Conozcamos a los teatristas

El Grupo Teatral Cadejo. En octubre de 1989, siete teatristas decidieron unir sus aptitudes para el drama con la meta de llevar un mensaje diferente al público de Nicaragua. Algunos de los miembros, los de más edad, tenían entrenamiento académico y eran profesionales del teatro; otro miembro había aprendido "por medio de pura práctica", representando en barrios y aldeas "sociodramas" sobre la situación social del país y los problemas de la comunidad; y el último miembro simplemente quería "hacer teatro". Son de diferentes países: un chileno, un colombiano, un salvadoreño y cuatro nicaragüenses. Han puesto en escena seis diferentes obras, y a pesar de la grave crisis económica del país, han podido sobrevivir, "trabajando con un presupuesto mínimo en un país donde nadie quiere o puede pagar por ir al teatro".

LECTURA

El Grupo Teatral Cadejo:

el *teatro hecho vida*

por GUILLERMO FERNÁNDEZ AMPIÉ

Todos eran teatristas pero hacían diferentes cosas. Algunos eran promotores culturales, uno trabajaba como *mago* en un circo y había otro que estaba desempleado. Luego cuando vinieron *los despidos* en el sector público todos se encontraron en la misma situación económica desesperada. Fue cuando decidieron juntarse y dedicarse a su vocación que satisface una necesidad personal.

persona que hace magia
layoffs

"Decidimos tomar el nombre de ese animalito mitológico nicaragüense, el cadejo, que *vaga* por dondequiera y va *marcando con sus huellas* los caminos de los pueblos más remotos del país, y porque todos nosotros en el grupo éramos cadejos: íbamos de un lado a otro, buscando algo qué hacer y cómo poder sobrevivir", afirmó Asdrúbal Ocampo, un músico.

anda / dejando su
impresión en

Temas muy variados

Los temas desarrollados por el grupo son muy variados y se presentan por medio de la farsa. "Intentamos enseñar a través del entretenimiento y entretener por medio de la enseñanza. Aunque algunos de los temas pueden ser muy serios, como los problemas que *enfrenta* la mujer o los

tiene

LECCIÓN 2:   HONDURAS Y NICARAGUA

243

Suggestions This reading may be done in class by calling on individual students to read a few lines at a time or may be assigned as homework. If done in class, ask the **Focus questions** that follow to check comprehension as students read. If done as homework, have students write answers to exercise **A** on page 246.

Focus questions
Ask these questions as students read the **Lectura** to verify that they understand key information.
—¿Eran teatristas los miembros del Grupo Teatral Cadejo antes de empezar con este grupo?
—¿Eran unos promotores culturales? ¿profesores de drama? ¿magos en el circo?
—¿Cuándo decidieron juntarse y dedicarse al teatro, cuando recibieron dinero del gobierno nicaragüense o cuando fueron despedidos de sus puestos?

—¿Por qué decidieron llamarse "Cadejo"?
—¿Qué es un cadejo, un animal mitológico o un animal verdadero?
—¿Por qué son estos teatristas como cadejos, porque vagan por dondequiera o porque son como los perros transparentes?

—¿Cómo son los temas que presentan, muy variados o no muy variados?
—¿Tienen temas serios? ¿cómicos?

—¿Presentan sobre los problemas
de la salud? ¿de la mujer?

—¿Presentan sobre la realidad o
lo absurdo?

—Según *Molière*, ¿cómo se dan
cuenta las personas de sus
defectos, por la crítica o por la
sátira?

—¿Trabaja el grupo con niños
también?

—¿Qué tipo de recreación provee
para niños, canciones? ¿juegos?
¿comida? ¿imágenes?

—¿Interpreta el grupo a
personajes de la televisión de
una manera negativa o
positiva?

—¿Representan obras sociales o
feministas?

—¿Cómo representan a la mujer
típica, como una estrella de
Hollywood o como una persona
explotada y abusada?

—¿Sólo las mujeres campesinas
son explotadas y abusadas? ¿Lo
son también las mujeres
trabajadoras? ¿las mujeres
profesionales?

—¿Tratan el tema de la guerra?

—¿Apoyan la guerra o se oponen
a la guerra?

—¿Dicen que la gente se
convierte en animales o los
animales se convierten en
gente?

—¿Tratan el tema del SIDA?

—¿Con qué relacionan el SIDA,
con el machismo o con mujeres
de entrenamiento profesional?

—¿Tratan el tema del SIDA de
una manera seria o cómica?

problemas de la salud,
nosotros siempre
encontramos el lado
cómico de cada
situación. Así el público
aprende algunos hechos
de la vida a la vez que
goza del espectáculo.   aprovecha, se divierte
De esta manera los
hacemos pensar sobre
la realidad que los
rodea. Intentamos   surrounds
aplicar lo que *Molière*   dramaturgo y actor francés
dijo, que las personas *se dan cuenta de* sus *fallas* o defectos cuando   (1622–1673) / reconocen /
son satirizadas", añadió Pedro Quiroz, uno de los miembros fundadores   errores
del grupo.

El grupo también busca *proveer* recreación para los niños a través de   facilitar
canciones, juegos e imágenes. "Tratamos de mostrar que hay escuelas
diferentes a las tradicionales y les enseñamos a los niños a organizar sus
propios juegos. Les ayudamos a dejar que vuele su imaginación.
Desmistificamos a los personajes que aparecen en la televisión para
revertir el daño y la deformación que muchos programas de la tele
causan", dijo Ocampo.

El Grupo Cadejo también ha presentado obras más serias sobre temas
sociales o feministas, combinando textos de autores como Darío Fo,
Frances Carrame, Sean Casey y Alfonsina Storni.

"Representamos la historia de la mujer típica que vive en los suburbios
que es explotada por un hombre que se pasa la vida abusándola
físicamente y que *a pesar de todo*, ella continúa viviendo con él porque   in spite of everything
ella 'lo ama'. Nosotros queremos mostrar que esta situación se repite u
ocurre en otros sectores de la sociedad, entre mujeres trabajadoras,
mujeres *campesinas* y mujeres con entrenamiento profesional".   del campo

"También tratamos el tema de la guerra, a través de un mundo *irreal*, y   ilusorio
mostramos cómo la guerra destruye los valores humanos y transforma a la
gente en animales que matan por matar", explicó Quiroz, el actual
director del grupo.

Al momento, en coordinación con otros teatristas, el Grupo Cadejo
está presentando una obra de teatro sobre el SIDA, "pero también se
enfoca sobre el machismo de esos hombres que *juzgan* su masculinidad   determinan
por el número de mujeres con quienes se acuestan y que no *protegen* el   sostienen
amor. Es una obra trágica pero llena de humor", indicó el director.

244

Sin subsidios del estado

En la *esfera* económica, la historia del Grupo Cadejo es típica de muchos grupos teatrales en Nicaragua y de la situación del teatro nicaragüense como movimiento. La mayoría de los grupos pasaron de estar en la *nómina* del estado, a verse totalmente abandonados por las instituciones culturales y sin el más mínimo apoyo económico. "Esto significó que muchos grupos, aun aquéllos que habían *alcanzado* una proyección internacional como Nixtayolero, han desaparecido de la escena", *se quejó* Quiroz.

área

lista de pago

obtenido

lamentó

Quiroz reconoció que el problema empezó a finales del gobierno sandinista en 1989 pero cuando el gobierno de UNO tomó el poder en 1990 "el colapso fue completo". "Es un problema histórico y *no se trata* de *echarle la culpa* a alguien en particular".

it's not about

acusar

Promesas y más promesas

Quiroz dijo que la política cultural del actual gobierno "ha constituido en hacer promesas y más promesas". "Para sobrevivir tenemos que hacer cosas muy diversas: un compañero hace y vende piñatas, otro presenta *shows* de magia. Frecuentemente lo que ganamos en nuestras presentaciones *ni siquiera* cubre lo que gastamos en el escenario".

doesn't even

"Ahora hay más oportunidades pero cada grupo tiene que encontrar *el modo* de financiar sus propias obras, hasta para rentar el local donde quieran presentarse y muchas veces nadie quiere pagar por ver teatro porque es prácticamente un lujo", afirmó Quiroz.

la manera

"Sin embargo, seguimos ofreciendo nuestro trabajo. Nos presentamos en escuelas secundarias, en algunas nos reciben bien, en otras no, debido a las circunstancias financieras de los padres de familia; y aunque no nos paguen, nos presentamos de todas formas porque queremos ofrecer una recreación sana alternativa a los estudiantes. Esto nos motiva a llevar nuestro teatro de una escuela a otra, y seguimos trabajando con un *presupuesto* mínimo", dijeron los cadejos.

budget

Adaptado de "Acting on a Shoe-string"
en Barricada Internacional

LECCIÓN 2: HONDURAS Y NICARAGUA

245

Focus questions

—¿Recibe el Grupo Cadejo apoyo económico del estado? ¿de instituciones culturales?

—¿Qué les ha pasado a muchos grupos teatrales en Nicaragua, se han ido a otros países o han desaparecido?

—¿A quién le echan la culpa por este problema económico, al gobierno o a nadie?

—¿Qué hace el gobierno actual para promover la cultura, establece centros culturales o sólo hace promesas?

—¿Qué hacen los teatristas para sobrevivir, inventan otros empleos o dependen totalmente del gobierno?

—¿Ganan mucho en sus presentaciones?

—¿Por qué no quiere pagar el público por las obras de teatro, porque simplemente no tiene dinero o porque no le gusta el teatro?

—¿Son recibidos bien en todas las escuelas donde se presentan?

—¿Qué causa que no sean recibidos bien en unas escuelas, la falta de dinero para pagarles o la falta de interés en teatro cómico?

—¿Se presentan en escuelas que no tienen dinero para pagarles?

¿Comprendiste la lectura?

■ ¿Comprendiste la lectura?

A. ¿Sí o no? En parejas, decidan si son ciertos o falsos estos comentarios. Si son falsos, corríjanlos.

1. Todos los miembros del Grupo Teatral Cadejo son nicaragüenses.
2. Decidieron juntarse y establecer el grupo después de los despidos que hubo en el sector público de Nicaragua.
3. Tomaron el nombre de Grupo Teatral "Cadejo" porque ése es el apellido de uno de los miembros fundadores.
4. En sus obras, siempre encuentran el lado cómico de cada situación.
5. Usan los personajes que aparecen en la televisión porque les parecen que éstos son muy buenos modelos para los niños.
6. El grupo ha desarrollado una obra de teatro sobre el SIDA donde se critica el machismo de muchos hombres.
7. Los grupos teatrales siguen recibiendo subsidios del gobierno nicaragüense en la actualidad.
8. Nunca presentan sus obras si no reciben pago por adelantado.

B. Hablemos de la lectura. Contesten estas preguntas.

1. ¿Qué significa que intentan "enseñar a través del entretenimiento y entretener por medio de la enseñanza"?
2. ¿Para qué usan el humor en sus obras teatrales?
3. ¿Qué temas serios han presentado a través de sus obras?
4. ¿Qué pasó con la mayoría de los grupos teatrales en Nicaragua después de 1989 y con la salida del gobierno sandinista?
5. ¿Qué es lo que hacen algunos miembros del Grupo Teatral Cadejo para mantenerse económicamente?
6. ¿Dónde presentan sus obras?
7. ¿Es fácil o difícil sobrevivir haciendo teatro en Nicaragua hoy día? Explica tu respuesta.
8. ¿Qué tipo de personas son estos teatristas? ¿Son idealistas? ¿Ganan mucho dinero? ¿Por qué siguen con el teatro?

El Grupo Teatral Cadejo

Palabras como llaves:
animalito

Para ampliar el vocabulario. Existen muchos sufijos o terminaciones de palabras que comunican un sentido de ánimo del hablante. Por ejemplo, a la palabra **animal** se le pueden añadir los sufijos **-ito, -illo, -ico** (animal**ito**, animal**illo**, animal**ico**). Son diminutivos que comunican no sólo el tamaño sino también una relación de cariño con lo que se habla.

También hay sufijos aumentativos como **-ote, -azo** (animal**ote**, animal**azo**) que pueden hacer referencia al gran tamaño de lo que se habla.

Finalmente hay sufijos despectivos como **-ejo, -ucho** (animal**ejo**, animal**ucho**) que denotan una actitud negativa del hablante hacia lo que se refiere.

Usa los sufijos **-illo(a), ito(a), -ico(a), -ote(a), -ucho(a)** para escribir los derivados de **papel, libro** y **elefante.** Luego haz tres oraciones originales con algunos de tus derivados que muestren:

1. tamaño grande
2. tamaño pequeño
3. cariño
4. una actitud negativa

Dramatizaciones

A. **Pequeña obra de teatro.** Presenten el drama en un acto que prepararon en **Anticipando la lectura,** sobre un problema o una situación particular que enfrentan los jóvenes en la escuela.

B. **¡Debate!** En grupos de cinco tengan un debate sobre la necesidad de tener el apoyo y participación del gobierno de EE.UU. en Nicaragua. Uno de los cuatro debe ser el moderador y una pareja debe hablar del punto de vista de los que están en favor de mantener la participación de EE.UU., la otra del punto de vista de los que están en contra de tal participación. Al final, el moderador hará un resumen de los argumentos de su grupo.

LECCIÓN 2:   HONDURAS Y NICARAGUA

247

Allow students time to read to themselves. Then working in pairs, have one student ask the questions while the other attempts to answer them in his/her own words with book closed. Have the class confirm all answers.

Ventana al Mundo 21

Nicaragua: tierra de poetas

Nicaragua es conocida en Latinoamérica como la "tierra de los poetas". En general, para los nicaragüenses, ser "poeta" es una distinción como ser "doctor" o "sacerdote". En este país nació y se crió el gran poeta Rubén Darío (1897–1916), considerado el creador del modernismo que renovó las formas tradicionales en lengua castellana. Su primer libro *Azul* (1888) señaló el nacimiento de una nueva poesía llena de imágenes luminosas. Rubén Darío fue un hombre de letras cosmopolita que viajó a varios países de Latinoamérica y vivió en España y Francia.

Gioconda Belli

En una época más reciente, el poeta y sacerdote Ernesto Cardenal renovó la poesía y fue influido por poetas norteamericanos como Ezra Pound y Allen Ginsberg que hacen de la realidad cotidiana un tema poético. En 1979, Ernesto Cardenal fue nombrado Ministro de Cultura y en poco tiempo estableció una red de "talleres de poesía" por todo el país. Cerca de setenta talleres llegaron a funcionar, con alrededor de dos mil participantes. En la obra de Cardenal se destaca su poesía comprometida donde se denuncia la injusticia como sus *Salmos* (1964).

Ernesto Cardenal

En la última generación de poetas nicaragüenses se destacan varias mujeres como Gioconda Belli, cuyo libro *De la costilla de Eva* (1987) ha sido traducido al inglés, y Daisy Zamora, autora de *En limpio se escribe la vida* (1988). La poesía de ambas poetas refleja la nueva conciencia que ha surgido entre las mujeres comprometidas al cambio social.

La poesía nicaragüense. Pídele a tu compañero(a) que te explique el título de la lectura y que te diga quiénes son Rubén Darío, Ernesto Cardenal, Gioconda Belli y Daisy Zamora.

Answers

Nicaragua es conocida como la "tierra de los poetas" por el gran número de poetas . . . o por la distinción que se pone en ser poeta. Rubén Darío, reconocido como uno de los grandes poetas hispanos de todos los tiempos, fue el creador del modernismo y uno de los grandes poetas de Nicaragua. Ernesto Cardenal es un poeta y sacerdote nicaragüense contemporáneo; estableció una red de talleres de poesía por todo el país. Gioconda Belli y Daisy Zamora son poetas nicaragüenses de la última generación.

248

NSS **For Native Speakers** Pídales a los estudiantes hispanohablantes de ascendencia nicaragüense que le pregunten a algún pariente sobre la importancia de estos poetas en Nicaragua. Pueden referirse a los nombres de éstos en hospitales, monumentos, teatros, plazas, calles, etc. Pídales que comenten sus observaciones a la clase.

Vocabulario personal

La madre naturaleza. En todas las culturas los cuentos y leyendas se han usado para explicar lo inexplicable, en particular para explicar fenómenos de la naturaleza o del tiempo. En la sección que sigue, vas a escribir sobre algo inexplicable de la madre naturaleza. Prepárate para esa tarea sacando listas de ocho a diez palabras que podrías usar para describir 1) un fenómeno geográfico, 2) un fenómeno del tiempo y 3) otras palabras y expresiones que te sean útiles. Tal vez debas volver a la lectura de "Los perros mágicos de los volcanes" y a la de "El Grupo Teatral Cadejo" para encontrar nuevas palabras apropiadas.

Fenómenos de la naturaleza

1. tierra
2. cadejo
3. volcán
4. . . .
5. . . .
6. . . .
7. . . .
8. . . .

Fenómenos del tiempo

1. nubes
2. luz
3. remojar
4. . . .
5. . . .
6. . . .
7. . . .
8. . . .

Otras palabras y expresiones útiles

1. un ratito
2. derretir
3. mago
4. vagar
5. . . .
6. . . .
7. . . .
8. . . .

Purpose This section gets students to develop their own functional vocabulary lists and to recycle vocabulary previously learned that may be used in the writing task that follows.

La madre naturaleza. These lists may be assigned as homework. Encourage students to look for words that are new to them and will help them expand their vocabulary. Tell students that the vocabulary lists they develop here will be used later in the writing section, **Escribamos ahora.** After lists have been done, allow class time for students to compare lists with two classmates. Encourage them to borrow words from each other to make their lists as complete as possible. The active vocabulary lists for the Unit appear in the student workbook, *Cuaderno de actividades.*

NSS **For Native Speakers** Anime a los estudiantes hispanohablantes a ampliar su propio vocabulario identificando las palabras que todavía no conozcan. Pídales que escriban definiciones de palabras desconocidas a base del contexto. En grupos de tres o cuatro, permítales que confirmen la exactitud de sus definiciones.

Escribamos
ahora

A. A generar ideas: explicar lo inexplicable

Answers

1 Leyendas y folklore. Have students briefly tell the story of the *Tortoise and the Hare*.

Las respuestas van a variar. Tal vez digan que la moraleja es que no debemos asumir el resultado de nada hasta haberlo comprobado.

2 Explicar lo inexplicable. You may want to have students answer the questions in pairs first. Then call on individual students and have class confirm each response. Answers will vary.
a. Tal vez mencionen los volcanes y digan que el viento de las montañas aulla como los perros.
b. Pueden decir que el bien siempre triunfa sobre el mal.
c. Las respuestas van a variar.

3 Ideas y organización. Students may answer these questions individually or in pairs. You may want to give an example using some local natural phenomena to help students get started.

A. A generar ideas: explicar lo inexplicable

1. **Leyendas y folklore.** Como ya sabes, todas las culturas tienen sus propios cuentos y leyendas que son parte de la tradición oral. Mientras muchos de estos cuentos son divertidos y nos entretienen, es fácil ver que también tienen un propósito educativo. Algunos cuentos, como el de "La tortuga y la liebre", nos enseñan una moraleja o lecciones de valores sociales. En tu opinión, ¿cuál es la moraleja de "La tortuga y la liebre"?

2. **Explicar lo inexplicable.** Otros cuentos y leyendas representan un esfuerzo de la cultura para explicar lo inexplicable, en particular respecto a fenómenos de la naturaleza o de las estaciones del año. Ya que la mayoría de estos cuentos se crearon en un pasado muy remoto, muchos están basados en creencias religiosas y sobrenaturales.

   a. ¿Qué fenómenos de la naturaleza se explican en el cuento que leíste en la primera lección, "Los perros mágicos de los volcanes"?
   b. ¿Tiene alguna moraleja este cuento? ¿Cuál es?
   c. En grupos de tres o cuatro, piensen en cuentos o leyendas que ustedes conocen y decidan qué fenómenos de la naturaleza se explican y si hay una moraleja en esos cuentos y leyendas.

3. **Ideas y organización.** ¿Hay fenómenos de la naturaleza (o relacionados con las estaciones del año) en donde tú vives que algunas personas sin conocimiento científico tratarían de explicar con un cuento o una leyenda? ¿Puedes pensar en una moraleja o en alguna lección social que se les podría enseñar a los niños fácilmente con un cuento o una leyenda? Prepara una lista de tales fenómenos y otra de lecciones o moralejas que podrías incorporar en un cuento. Comparte tus listas con uno o dos compañeros de clase. Añádeles a tus listas elementos de las listas de tus amigos que tú no incluiste en las tuyas.

4. **Recoger información.** Estudia las listas que preparaste en la sección anterior y piensa en cómo se podría explicar cada fenómeno que aparece en tu lista en un cuento o una leyenda. No hace falta desarrollar todo el cuento en este momento, simplemente piensa en cuál sería la idea principal. Usa tu imaginación o incluye algunas leyendas o explicaciones que hayas oído. Mira los ejemplos que siguen.

   a. la montaña: un monumento construido por extraterrestres
   b. el lago: el baño de gigantes que vivían en la región
   c. la tempestad del año: lágrimas y furia de una diosa cuando se le murió un hijo

B. El primer borrador

Selecciona una de las ideas que sacaste en la sección anterior y desarróllala en un cuento. Recuerda que el propósito del cuento es explicar un fenómeno o enseñar una lección de una manera interesante y divertida. Tus personajes pueden pensar de una manera poco científica. Incluye una descripción del lugar y de lo que precedió el evento que explicas. Piensa en el orden cronológico y en las relaciones entre tus personajes. Nota que este tipo de cuento tiende a explicar lo que pasó hace muchísimos años, y por eso el último párrafo muchas veces resume el efecto del evento en los tiempos modernos.

4 Recoger información. This may be assigned as homework. In class, ask individual students to share their ideas. Encourage all to add to, subtract from, or correct their own ideas based on what their classmates share.

B. El primer borrador. This may all be assigned as homework.

¡OjO! This section lists the active vocabulary students are responsible for upon completing each lesson. The students' active vocabulary lists appear in the *Cuaderno de actividades* in a section called **Vocabulario activo.**

Gente
acomodado(a)
acuerdo de paz
anulación
culminar
disolver
encabezar
irreverente
negociación
ocultar
posteriormente

Los orígenes y La independencia
abundancia
aumentar
desigualdad
enterrado(a)
erupción
explotar
meseta
plantación bananera
subsistencia

Siglo XX
anular
autoritario(a)
beneficioso(a)
marginación
monopolio
presupuesto

Corresponding Structures in *Manual de gramática*
5.4 Present Subjunctive in Adverbial Clauses: A Second Look   G93

Lección 3

Costa Rica

Gente del Mundo 21

Nombre oficial:
República de Costa Rica

Extensión:
51.100 km²

Principales ciudades:
San José (capital), Cartago, Limón, Alajuela

Moneda:
Colón (₡)

José Figueres Ferrer (1906–1990), político costarricense, nació en San Ramón, Costa Rica. Realizó estudios en su país y en EE.UU., y posteriormente se dedicó a administrar la hacienda familiar. Tras la anulación de las elecciones de 1948, Figueres encabezó una rebelión armada que estableció una junta de gobierno que disolvió al ejército. Figueres fue elegido presidente para el período de 1953 a 1958 en el que impulsó reformas económicas. Fue elegido presidente de nuevo en 1970. Murió en San José, Costa Rica, el 8 de junio de 1990.

Ana Istarú, escritora y actriz costarricense nacida en 1960, es autora de varios libros de poemas galardonados con premios literarios. Entre sus obras se encuentran: *Palabra nueva* (1975), *Poemas para un día cualquiera* (1976) y *La estación de fiebre* (1983). Su poesía apareció en la antología bilingüe *Ixok amargo: poesía de mujeres centroamericanas por la paz* (1987). También ha escrito obras de teatro como *El vuelo de la grúa* y ha realizado una película titulada *Evangelina*. En dos ocasiones ha sido ganadora del premio a la mejor actriz de teatro en Costa Rica.

252

NSS **For Native Speakers** Usando la lista en el *Cuaderno de actividades,* pídales a los estudiantes hispanohablantes que seleccionen cinco de estas palabras y las definan por escrito. Luego en grupos de tres o cuatro, que comparen sus definiciones para ver si las hicieron correctamente. Pídales a varios estudiantes que lean sus definiciones para asegurarse de que todos las hayan definido correctamente.

Óscar Arias Sánchez, político costarricense, fue galardonado con el Premio Nóbel de la Paz en 1987 mientras era presidente de su país. Nació en San José de Costa Rica en 1941, de una acomodada familia dedicada a la exportación cafetalera. Hizo sus estudios en Inglaterra y en 1986 fue elegido presidente por un amplio margen. Arias Sánchez mereció el Premio Nóbel por su activa participación en las negociaciones por la paz en Centroamérica. Las negociaciones culminaron en la Ciudad de Guatemala, donde se firmó, el 7 de agosto de 1987, un acuerdo de paz entre los diferentes países de la región.

Carmen Naranjo, escritora costarricense, nació en 1930 y es autora de una amplia obra narrativa. También se ha destacado como poeta. Naranjo posee una prosa fresca, irreverente, y no oculta su ironía escéptica ante el espectáculo social. Entre sus libros destacan *Memorias de un hombre palabra* (1968) y *Hoy es un largo día* (1974). Fue embajadora de Costa Rica ante Israel (1972-1974) y Ministra de Cultura (1974-1976). Actualmente es directora de la editorial EDUCA.

Personalidades del Mundo 21. Pídele a tu compañero(a) que te diga quién hizo lo siguiente.

1. Fue el principal responsable de un acuerdo de paz firmado por tres países centroamericanos en 1987.
2. Fue Ministra de Cultura de su país y directora de una editorial. También se destaca como autora y poeta.
3. Fue quien en 1948 estableció una junta de gobierno que disolvió al ejército en Costa Rica.
4. Además de ser poeta, se ha dedicado a escribir y actuar en obras de teatro.
5. Recibió el Premio Nóbel de la Paz en 1987 mientras era presidente de su país.

LECCIÓN 3: COSTA RICA

253

Gente del Mundo 21

Purpose To introduce four important Costa Rican personalities: two highly visible politicians, **José Figueres Ferrer** and **Óscar Arias Sánchez**; and two highly acclaimed writers, **Ana Istarú** and **Carmen Naranjo**.

Suggestions Have students read the first biography silently, then ask comprehension check questions. Repeat with the remaining biographies.

Extension Have students prepare a brief written or oral presentation on one of these personalities or another famous Costa Rican artist, actor, playwright, musician, politician, etc.

NSS **For Native Speakers** Pídales a los estudiantes hispanohablantes que preparen preguntas originales para que luego se las hagan a sus compañeros de clase y así verifiquen la comprensión que éstos tienen sobre esta sección. Insista en que preparen por lo menos seis preguntas para cada una de las personas descritas.

Variation for Native Speakers Pídales a los estudiantes hispanohablantes que en grupos de seis, cuatro de ellos representen el papel de estos personajes importantes, y que los otros dos los entrevisten, haciendo el papel de periodistas. Anime a los estudiantes a que hagan preguntas adicionales, si lo desean.

Personalidades del Mundo 21

Allow time for pair work. Verify answers by repeating exercise with class.

Answers

1 Óscar Arias Sánchez
2 Carmen Naranjo
3 José Figueres Ferrer
4 Ana Istarú
5 Óscar Arias Sánchez

DEL PASADO al presente

COSTA RICA: ¿UTOPÍA AMERICANA?

San José

Una relativa prosperidad económica y una cierta estabilidad política caracterizan a la pequeña república de Costa Rica. La población de la meseta central, donde habitan la mitad de los costarricenses, es de origen principalmente europeo, y de manera más específica español. Debido a la acelerada desforestación de las selvas que cubrían la mayor parte del territorio de Costa Rica, se ha establecido un sistema de zonas protegidas y parques nacionales. En proporción a su área, es ahora uno de los países que tiene más zonas protegidas (el 26% del territorio tiene algún tipo de protección, el 8% está dedicado a parques nacionales). EE.UU., por ejemplo, ha dedicado a parques nacionales cerca del 3,2% de su superficie.

A pesar de su nombre, Costa Rica no es un país opulento, aunque tampoco se dan ahí las condiciones extremas de pobreza frecuentes en otras naciones centroamericanas. El ingreso nacional per cápita es el mayor de la zona y los ingresos están distribuidos de manera relativamente justa. Esto les ha proporcionado a los costarricenses un alto nivel de vida con los índices más bajos de analfabetismo o personas que no pueden leer ni escribir (7,2%) y de mortalidad infantil (19,4 por mil) en Latinoamérica.

Niños indígenas de las montañas Talamanca, Puntarenas

254

UNIDAD 5

FOTOS

Foto de fondo. Panorama de San José de Costa Rica.

Calle de San José, capital de Costa Rica.

Niños indígenas nadando en la preservación indígena bribrí en las montañas Talamanca en la provincia de Puntarenas de Costa Rica.

LOS ORÍGENES

Antes de 1492, el territorio de Costa Rica sufrió una gran reducción de su población nativa, quizás a causa de alguna erupción volcánica que pudo haber enterrado las tierras fértiles bajo la lava. Cuando Cristóbal

Colón descubrió Costa Rica en 1502, se calcula que sólo había unos treinta mil indígenas en el país a los cuales se les añadían tres colonias militares aztecas que recogían tributos para Tenochtitlán. El

Artefacto de oro

nombre de Costa Rica seguramente se deriva de la abundancia de objetos de oro que Colón encontró en la costa.

En 1574 Costa Rica fue integrada a la Capitanía General de Guatemala hasta su independencia. La reducida población de colonos españoles se vio obligada a establecerse en las mesetas centrales debido a una falta de pueblos indígenas que explotar y también para defenderse de ataques de piratas ingleses. Allí, se dedicaron a una agricultura de subsistencia. Nunca existieron las grandes concentraciones de tierras ni tampoco las pronunciadas desigualdades sociales que causaron explosivos conflictos en otras regiones de Centroamérica.

LA INDEPENDENCIA

En 1821, el capitán general español Gabino Gaínza proclamó la independencia de la Capitanía General de Guatemala, de la que a su vez dependía Costa Rica. Al año siguiente, la región quedó integrada en el imperio mexicano de Agustín de Iturbide, aunque esto sólo duró un año.

Costa Rica elaboró su propia constitución en 1823. Ese mismo año la ciudad de San José venció a la ciudad rival de Cartago, y le quitó el control del gobierno convirtiéndose en la capital. Costa Rica formó parte de las Provincias Unidas de Centroamérica de 1823 a 1838, y proclamó su independencia absoluta el 31 de agosto de 1848. El primer presidente de la nueva república fue José María Castro Madroz.

Durante la segunda mitad del siglo XIX aumentaron considerablemente las exportaciones de café y se establecieron las primeras plantaciones bananeras. En 1878, el empresario estadounidense Minor C. Keith obtuvo del gobierno costarricense unas

Plantación bananera

Plantación cafetalera

LECCIÓN 3   COSTA RICA

1 El día siguiente en clase, agrupe a los alumnos en tres grupos, numerados del 1 al 3, y con más o menos el mismo número de personas en cada grupo.

2 Pídale al primer grupo que prepare cinco o seis preguntas para verificar la comprensión de la información presentada en la primera sección: **Los orígenes**. Haga lo mismo con los otros grupos y las dos secciones que faltan.

3 Pídales a individuos en cada grupo que hagan sus preguntas y a personas de otros grupos que las contesten.

FOTOS

Artefacto de oro proveniente de la colección de arte precolombino del Museo Nacional del Oro localizado en San José de Costa Rica.

Bananas transportadas en un sistema de líneas móviles (*conveyors*) en una plantación bananera de la *United Fruit Company* en Fullito, Costa Rica.

Plantación cafetalera en la región de Cartago, Costa Rica.

grandes concesiones territoriales para el cultivo del plátano con el compromiso de construir un ferrocarril entre San José y Puerto Limón. Debido a la unificación de *Tropical Trading*, la compañía de Minor C. Keith y *Boston Fruit Co.*, la compañía de Lorenzo Baker, nació la *United Fruit Company* que los campesinos pronto nombraron "Mamita Yunai".

SIGLO XX

Sólo en dos ocasiones se interrumpió la legalidad constitucional en Costa Rica en este siglo. La primera correspondió al régimen del general Federico Tinoco Granados, cuyo gobierno autoritario (1917–1919) causó una insurrección popular. Con esto comenzó la marginación de los militares de la vida política del país.

José Figueres Ferrer

La segunda ocasión es la breve guerra civil que estalló cuando el gobierno anuló las elecciones presidenciales de 1948 y en la que José Figueres Ferrer derrotó a las fuerzas gubernamentales. El país retornó a la vida constitucional con el gobierno de Otilio Ulate, de 1949 a 1953, quien había ganado las elecciones. En 1949 se aprobó una nueva constitución que disolvió al ejército y dedicó el presupuesto militar a la educación. Costa Rica es el único país latinoamericano que no tiene ejército y con ello ha podido evitar los golpes de estado promovidos por militares ambiciosos.

En 1953, José Figueres fue elegido presidente; su política moderadamente nacionalista consiguió renegociar los contratos con la *United Fruit Company* de forma beneficiosa para Costa Rica. La compañía debió invertir en el país el 45% de sus ganancias, perdió el monopolio sobre los ferrocarriles, las compañías eléctricas y las plantaciones de cacao y caña. Figueres fue elegido presidente otra vez en 1970.

Con la caída de Anastasio Somoza Debayle en Nicaragua en 1979, volvieron a Costa Rica numerosos exiliados de aquel país. Las guerras civiles centroamericanas, en especial la de El Salvador y la de los "contras" antisandinistas, presentaron un grave peligro para el gobierno costarricense.

Óscar Arias Sánchez, elegido presidente en 1986, jugó un activo papel en la resolución de los conflictos centroamericanos a través de la negociación. Fue galardonado con el Premio Nóbel de la Paz en 1987. En 1990 fue sustituido por Rafael Ángel Calderón Fournier, quien estableció una política más conservadora.

Óscar Arias Sánchez (centro)

UNIDAD 5

FOTO

Foto de fondo. Palmas de cocoteros (*coconut palms*) en el Golfo Dulce, Costa Rica.

■ *¡A ver si comprendiste!*

¿Quién? ¿Qué? ¿Cuándo? ¿Recuerdas los datos más importantes de la lectura? Para asegurarte, contesta estas preguntas.

1. ¿Cómo se compara el área dedicada a parques nacionales en Costa Rica con el área con el mismo propósito en EE.UU.?
2. ¿Cómo se compara el ingreso nacional costarricense con el de otros países de la misma zona?
3. ¿Cuál es el origen del nombre de Costa Rica?
4. ¿Qué obligó a los españoles a establecerse en las mesetas centrales del país?
5. ¿En qué año se convirtió San José en la capital?
6. ¿Cuándo y cómo se fundó la *United Fruit Company*?
7. ¿Cuándo se disolvió el ejército? ¿Crees que esto fue positivo para Costa Rica? ¿Por qué?
8. ¿Quién fue galardonado con el Premio Nóbel de la Paz en 1987? ¿Por qué?
9. ¿Por qué crees que no ha habido guerras civiles en Costa Rica durante las dos últimas décadas como en otros países centroamericanos?

San José, Costa Rica

Have students get accustomed to answering these questions in their own words with books closed. Do not allow reading verbatim from the text.

Answers

1 El 8% de la superficie de Costa Rica está dedicado a parques nacionales. En EE.UU. sólo el 3,2% está dedicado a parques nacionales.
2 El ingreso nacional de Costa Rica es mayor que el de otros países de la región.
3 El nombre de Costa Rica se deriva de la abundancia de objetos de oro que Colón encontró en la costa.
4 La falta de pueblos indígenas que explotar y la necesidad de defenderse de los ataques de los piratas ingleses obligaron a los colonos españoles a establecerse en las mesetas centrales.
5 En 1823, el mismo año que se elaboró su constitución, San José se convirtió en la capital.
6 "Mamita Yunai" se fundó en 1878, cuando el empresario estadounidense Minor C. Keith obtuvo del gobierno costarricense unas grandes concesiones territoriales para el cultivo del plátano con el compromiso de construir un ferrocarril entre Cartago y Puerto Limón.
7 El ejército se disolvió en 1949. Sin tener que mantener un ejército, Costa Rica ha podido dedicar una gran parte de su presupuesto a la educación de sus ciudadanos.
8 Óscar Arias Sánchez fue galardonado con el Premio Nóbel de la Paz en 1987 por haber logrado un acuerdo de paz entre los países centroamericanos.
9 No ha habido guerras civiles en las últimas dos décadas porque Costa Rica no tiene ejército y por lo tanto no puede haber golpes de estado. También la población es más educada y de veras practica la democracia.

Ventana al Mundo 21

Allow students time to prepare questions individually and for pair work. Then call on students randomly to ask and answer questions

Extension Have students discuss the pros and cons of doing away with the military in all of Central America. Would South American countries, Mexico and the U.S. also have to get rid of their armies for the plan to work? If not, what would keep the country or countries with armies from attacking the unarmed countries?

Ventana al Mundo 21

Educación en vez de ejército

La siguiente letra fue premiada el 15 de octubre de 1989 en un concurso convocado por la Municipalidad de San José, Costa Rica. Este himno celebra la constitución de 1949 de Costa Rica que disolvió al ejército y le dio prioridad a la educación. Desde 1950 se ha producido una gran expansión de la educación que refleja el aumento de la población en el país. En 1950, Costa Rica tenía alrededor de 800.000 habitantes y en 1973, más de 1.800.000. El crecimiento más espectacular fue el de la enseñanza secundaria, que aumentó de 4.251 estudiantes y 33 liceos en 1950 a 142.144 estudiantes y 244 liceos en 1987. El acceso a la educación ha resultado en un descenso de la tasa de analfabetismo, de un 21% en 1950, al 7% en 1986. El porcentaje del presupuesto que el Estado le dedica a la educación ha descendido en los últimos años debido a la crisis económica. Bajó de un 30% a finales de la década de 1970 a más del 20% en la década de 1990. A pesar de esto, este porcentaje es todavía el más alto en toda Centroamérica.

"Himno a la abolición del ejército"
por Viriato Camacho Vargas

Al trocar° por la azada° y el libro   cambiar / hoe
los rencores° y el arma mortal   el resentimiento
Costa Rica proclama ante el mundo   futuro
que el destino° del hombre es la paz.

Mire el mundo la hazaña° gloriosa   acción
de este pueblo valiente y viril
que ha plantado una rama de olivo
donde antes había un fusil°.   rifle

Oiga el mundo el batir cadencioso
de alas blancas que en blanco tropel°   banda
son° enseña del sueño bendito   sonido
donde el aula reemplaza al cuartel°.   residencia militar

De Capítulo IV: "La educación y la cultura" de Historia General de Costa Rica, por Vladimir de la Cruz de Lemos

La educación en Costa Rica. Prepara cinco preguntas sobre esta lectura para hacérselas a tu compañero(a). Luego contesta las preguntas que te haga a ti.

Luz, cámara, acción

Antes de empezar el video

A. Los parques nacionales y tú. Contesta estas preguntas para ver cuánto sabes de los parques nacionales en EE.UU.

1. ¿Cuántos parques nacionales puedes nombrar?
2. ¿Cuántos parques nacionales hay en tu estado? ¿Los puedes nombrar?
3. ¿Cuáles parques nacionales has visitado? ¿Cuál te gustó más? ¿Por qué?
4. ¿Son accesibles los parques nacionales a todo el mundo? ¿Hay que pagar para usarlos? ¿Hay que hacer reservaciones de antemano? ¿Hay restricciones?
5. ¿Has visitado parques nacionales en otros países? ¿Dónde? ¿Cuáles? ¿Te gustaron? ¿Por qué?
6. ¿Es la diversión del público la función principal de los parques nacionales? Si dices que no, ¿cuál otra función tienen?

B. La desforestación. La desforestación sigue siendo un problema serio del siglo actual. ¿Por qué creen ustedes que hay tanta desforestación de la selva tropical? ¿Qué la impulsa? ¿Qué daño causa?

LECCIÓN 3: COSTA RICA

259

Purpose In this section students will view an excerpt from the authentic video, **Costa Rica—los parques nacionales.** In **Antes de empezar el video** students will begin with some previewing activities designed to elicit their previous knowledge about national parks and deforestation. Then in **Escenario,** they will get some background information on Costa Rican national parks and reserves.

Antes de empezar el video
Get students to seriously think about the topic of national parks and deforestation by having them answer these questions:

A. Los parques nacionales y tú. Have students answer these questions in pairs, so that every student gets to express opinions and share experiences. Answers will vary.

B. La desforestación. Call on individual students. Have class expand on each answer given. Point out how the fast food industry in the U.S. promotes deforestation abroad by requiring more clear land for raising cattle that eventually goes into our hamburgers.

FOTO
Foto de fondo. Selva tropical de Costa Rica.

NSS **For Native Speakers** Pregúnteles a los estudiantes hispanohablantes si saben algo de la desforestación en el país de sus antepasados. ¿Existe? ¿qué daño o qué beneficios ha causado? ¿Hay algún esfuerzo a controlarlo? Si no saben ellos, pídales que les pregunten a sus padres o a sus parientes y que informen a la clase.

In groups of four or five, have students alternate reading one paragraph at a time to each other. Tell students to request help from their group if they have difficulty understanding what is being read. Then answer the questions in **¡A ver si comprendiste!** as a class.

NSS **For Native Speakers** Pregúnteles a los estudiantes hispanohablantes si hay parques nacionales en el país de sus antepasados. Si los hay, pídales que describan uno de ellos. Si no lo saben, pídales que lo indaguen con sus padres o sus parientes y que informen a la clase de los resultados.

ESCENARIO

Parques nacionales y reservas biológicas

Costa Rica no ha sido una excepción en el mundo respecto al catastrófico deterioro del medio ambiente. Por ejemplo, el 72 por ciento del país estaba cubierto de selva en 1950, en 1973 sólo el 49 por ciento, en 1978 era el 34 por ciento y en 1985, ¡el 25 por ciento!

A pesar de que las circunstancias actuales son preocupantes, se debe indicar que el país ha tomado medidas concretas para la preservación de los recursos naturales, especialmente a partir de 1969. Ese año se aprobó la Ley Forestal que organizaría el Servicio de Parques Nacionales.

En 1970, se inició el programa para el establecimiento sistemático en Costa Rica de parques nacionales y reservas biológicas. Así, al iniciarse la década de 1980 había más de una docena de parques y reservas que cubrían 200.000 hectáreas, un 4% del territorio nacional.

En 1988, casi un millón y medio de hectáreas se encontraban protegidas en siete formas distintas: reservas forestales, zonas protectoras, refugios de fauna, parques nacionales, reservas biológicas, reservas indígenas y zonas fronterizas. Existen dieciséis parques nacionales, entre los que se encuentran, por orden de extensión: La Amistad, Chirripó, Braulio Carrillo y Corcovado.

No hay duda que estas medidas ecológicas han tenido beneficiosas consecuencias para Costa Rica: científicas, educativas, recreativas, turísticas y económicas.

260

UNIDAD 5

FOTOS

El quetzal es un resplandeciente pájaro que está entre las especies en peligro de extinción.

El jaguar es otro animal en peligro de extinción.

■ *¡A ver si comprendiste!*

¿Quién? ¿Qué? ¿Cuándo? ¿Recuerdas los datos más importantes de la lectura? Para asegurarte, contesta estas preguntas con un(a) compañero(a).

1. ¿Qué ha pasado con la selva en Costa Rica? ¿Cómo se comparan las áreas cubiertas de selva en el país durante 1950, 1973, 1978 y 1985?
2. ¿En qué año se aprobó la Ley Forestal que estableció el Servicio de Parques Nacionales?
3. ¿Cuántas hectáreas se encontraban protegidas en 1988?
4. ¿Cuáles son las siete formas distintas como se protege la tierra en Costa Rica?
5. ¿Cómo se llaman los tres parques nacionales más grandes del país?
6. ¿Qué importancia tienen, según tu opinión, las medidas que protegen los bosques en Costa Rica?

LECCIÓN 3:   COSTA RICA

Answers

1 Desde 1950, casi el 50 por ciento del país ha sufrido la desforestación. En 1950 el 72 por ciento estaba cubierto de selva, en 1973 sólo el 49 por ciento, en 1978 el 34 por ciento y en 1985 el 25 por ciento.
2 La Ley Forestal se estableció en 1969.
3 En 1988, casi un millón y medio de hectáreas se encontraban protegidas.
4 Las siete formas distintas son: reservas forestales, zonas protectoras, refugios de fauna, parques nacionales, reservas biológicas, reservas indígenas y zonas fronterizas.
5 Los tres parques nacionales más grandes de Costa Rica son La Amistad, Chirripó y Braulio Carrillo.
6 Las respuestas van a variar.

FOTO

Los macacos melena de león son monos que están en peligro de extinción.

Y ahora, ¡veámoslo!

TAPE **37:44**

Purpose To give students an opportunity to see actual footage of Costa Rican tropical and rain forests; to make students realize how important it is to preserve our forests by having them see how the tiny country of Costa Rica is protecting its ecology.

Suggestions

1 Ask students to describe the video stills and get them to predict what they think they will be seeing on the video.

2 Play the video all the way through without stopping. Then rewind and play it through one section at a time, stopping to ask comprehension check questions—yes/no, either/or, short response questions—to help the students understand what they heard and saw. Repeat this procedure to the end. The length of each video section you show will depend on how much your students can understand and retain as they view the video.

3 Play the video all the way through one last time before asking **A ver cuánto comprendiste...** questions.

NSS For Native Speakers

1 En clases para estudiantes hispanohablantes, empiece por mostrar el video completo a la clase.

2 Luego, vuélvalo al principio y muestre una sección a la vez, deteniéndolo cada vez para hacer preguntas y asegurarse que todos están entendiendo el contenido.

3 La duración de cada sección que decida mostrar depende de sus alumnos. Siendo hispanohablantes, es probable que podrán comprender trozos más largos de lo que comprendería una clase sin hispanohablantes.

Y ahora, ¡veámoslo!

En este video conocerán algunos de los parques nacionales y reservas biológicas que se han establecido en Costa Rica para proteger la riqueza natural de los bosques tropicales. El Dr. Rodrigo Gámez del Instituto Nacional de Biodiversidad establecido en 1989 hablará sobre la importancia de mantener y estudiar los bosques. Verán muchas especies de animales que viven en los bosques caducifolios, o sea, los bosques que pierden sus hojas durante la temporada sin lluvias, y en los bosques perennifolios, o los bosques siempre verdes.

El video: Costa Rica — los parques nacionales

Mariposa

Lapa

262

UNIDAD 5

4 Cuente con que los estudiantes hispanohablantes contesten sus preguntas en detalle, ya que ellos entienden más, por lo general.

■ *A ver cuánto comprendiste . . .*

A. Dime si entendiste. Después de ver el video, contesta estas preguntas.

1. ¿Cómo se caracteriza el clima de Costa Rica? ¿Qué es lo que favorece el desarrollo de la vida en ese país?   *agua/ríos*
2. ¿Cuántas especies de pájaros hay en Costa Rica?   *+800   350 anfibios*
3. ¿Cómo se compara la diversidad biológica de Costa Rica con las de EE.UU. y Canadá?   *10.000 plantas*
4. ¿Qué porcentaje de las especies de mariposas conocidas en el mundo se encuentran en Costa Rica?   *5%*
5. ¿Cuántos kilómetros de bosque tropical seco había en las costas mesoamericanas del océano Pacífico antes de la llegada de los españoles a América? ¿Qué porcentaje queda hoy?   *"gran espectáculo de la vida"*
6. ¿Por qué la destrucción de los bosques adquiere dimensiones de tragedia?

B. ¿Y qué dices tú? Contesten estas preguntas en grupos de tres o cuatro. Luego díganle a la clase cómo contestaron cada pregunta.

1. ¿Cuáles son algunas causas de la gran diversidad biológica que existe en Costa Rica?
2. ¿Por qué se compara el bosque tropical con una gran biblioteca?
3. ¿Puedes nombrar por lo menos cinco especies de animales que aparecen en el video?
4. ¿Por qué es importante establecer parques nacionales y regiones biológicas?
5. ¿Cuál es el mayor peligro que enfrentan los animales de los bosques del mundo?

PASAPORTE cultural

¡Veinte preguntas! Trabajen en grupos de cuatro o seis. Divídanse en dos equipos y usen las tarjetas que su profesor(a) les va a dar para jugar **¡Veinte preguntas!** Hay dos juegos de tarjetas: el juego **A** para un equipo y el juego **B** para el otro. En cada juego hay un total de veinte preguntas. Los equipos deben turnarse al hacerse las preguntas. Todos los miembros de un equipo pueden participar en contestar las preguntas. Cada respuesta correcta vale un punto. Las respuestas correctas aparecen al dorso de cada tarjeta. ¡Buena suerte!

A. Primera revisión

Intercambia el primer borrador de tu cuento con el de un(a) compañero(a) y lee su cuento cuidadosamente. Empieza por decirle a tu compañero(a) lo que más te gusta de su cuento—una descripción, la selección de palabras, el humor, el drama, su creatividad, etc. Sugiérele cambios o adiciones que puede hacer para mejorar su cuento. ¿Está completa la descripción? ¿Es lógica la secuencia? ¿Se entiende la moraleja? ¿Es aceptable la explicación? Presta atención a las sugerencias que tu compañero(a) te haga a ti.

B. Segundo borrador

Corrige tu redacción tomando en cuenta las sugerencias de tu compañero(a) y las que se te ocurran a ti.

C. Segunda revisión

Antes de corregir tu segundo borrador asegúrate de que puedes reconocer las conjunciones y de que entiendes su uso.

1. Encuentra todas las conjunciones en el párrafo que sigue y explica el uso o falta de uso del subjuntivo en las oraciones donde ocurren.

luego	a menos que	sin que	en cuanto
entonces	antes (de) que	aunque	hasta que
porque	con tal (de) que	cuando	tan pronto como
para que			después de que

Si haces lo que dices antes de que empieces tu plan, las personas más conservadoras van a protestar. Además, tan pronto como se reunan los médicos, los administradores del hospital van a organizar una huelga. Sin embargo, hasta que una propuesta como la tuya no sea aprobada, no habrá paz en la ciudad. Tu proyecto nos gusta, y lo aceptaremos aunque sabemos que va a tener críticas de nuestros clientes.

---

2. Ahora lee tu cuento una vez más fijándote en el uso de las conjunciones, así como en el empleo apropiado del subjuntivo o indicativo. Asegúrate de que puedes explicar todos los usos de estas estructuras en tu cuento. Luego intercambia cuentos con un(a) compañero(a) y mira con cuidado qué conjunciones ha usado y si las ha usado correctamente. Si hay errores, coméntaselos y menciona también errores de ortografía, uso de acentos, concordancia y uso de pretérito e imperfecto.

D. Versión final

Repasa los errores que tú encontraste y los que tus compañeros te han indicado y revisa tu cuento por última vez. Como tarea, escribe la copia final a máquina o en la computadora. Antes de entregarla, dale un último vistazo a la acentuación y la puntuación.

E. Publicación

Cuando tu profesor(a) te devuelva tu cuento, prepara una versión final sin errores y añade ilustraciones. Puedes dibujarlas tú o recortarlas de revistas o pedirle a un(a) amigo(a) con talento artístico que te las haga. Encuadernen todos los cuentos en un libro y denle un título apropiado como, *Leyendas modernas de nuestra región.*

D. Versión final. Have students do this as homework. Insist that they type the final version or write it very legibly.

E. Publicación. Allow two or three days for students to illustrate their stories. Then bind all the illustrated stories and drawings together into one or two class books titled **Leyendas modernas de nuestra región.** Make the book available to students who finish group activities or chapter exams early.

Cultural/ Communicative

In this unit, students will use Spanish...

- *to understand and talk about historical events:* pre-Columbian cultures; the effect of the legend of El Dorado; colonial times and independence movements; the wave of violence in Colombia, 1948 to 1993; the role played by the building of the Panama Canal in securing independence for the country; the role of Venezuela in establishing a world oil cartel

- *to gain knowledge of current political and social issues:* the 1993 death of Pablo Escobar, Colombian cartel leader; the upcoming return of the Panama Canal to the Panamanian government; the rise and fall of Manuel Antonio Noriega; economic problems in Venezuela brought about by recent reductions in the price of oil

- *to learn about major protagonists in politics, the arts, and entertainment:* César Gaviria Trujillo, Fernando Botero, Beatriz González, Gabriel García Márquez, Omar Torrijos, Rubén Blades, Guillermo Endara, Bertalicia Peralta, José Luis Rodríguez, Teresa de la Parra, Rómulo Betancourt, Rafael Caldera Rodríguez

FOTOS

Detalle de arte folklórico de Cartagena, Colombia.

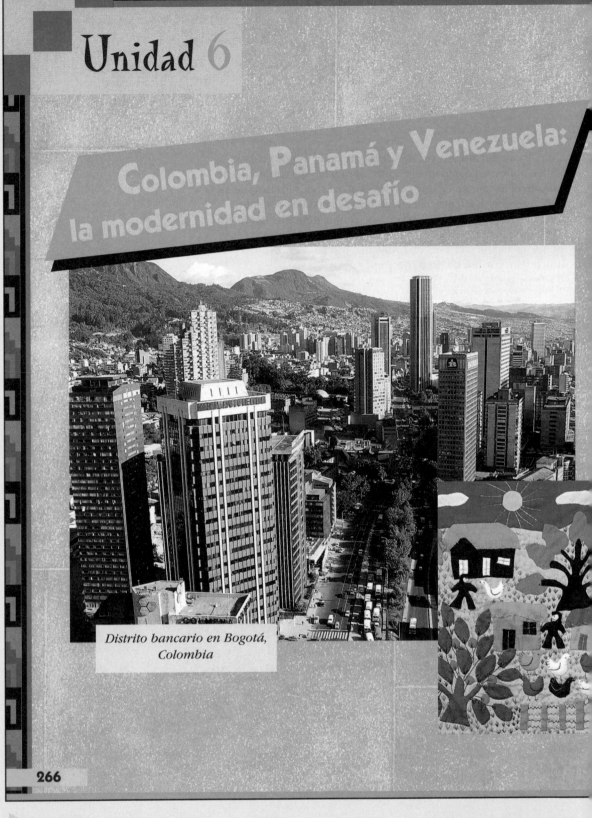

Unidad 6

Colombia, Panamá y Venezuela: la modernidad en desafío

Distrito bancario en Bogotá, Colombia

266

Enfoque

Purpose To set the stage by focusing students on the topics of the unit: the membership of these three countries in the *Virreinato de Nueva Granada* and the *República de la Gran Colombia,* the high standard of living attained in all three countries in the 20th century and the crises facing these countries as the 21st century approaches.

Suggestions Ask students why they think this unit is subtitled **La modernidad en desafío.** After completing the chapter come back to their responses to see if they predicted correctly.

*Paisaje urbano,
Caracas, Venezuela*

*Puente de las Américas
sobre el Canal de Panamá
en la ciudad de Balboa, en
la costa del océano Pacífico
de Panamá*

ENFOQUE

Con características propias que los distinguen, estos tres países comparten un mismo origen que se remonta al pasado prehispánico. Las tres naciones también formaron parte del Virreinato de Nueva Granada, cuando éste se formó en 1739, y de la República de la Gran Colombia (1821-1830) cuyo principal promotor fue Simón Bolívar. En el siglo XX, estas naciones latinoamericanas se han convertido en unas de las más desarrolladas económicamente, aunque en los últimos años también han representado la modernidad en crisis.

After reading the **Enfoque**, ask:

1 ¿Qué comparten estos tres países? *(Un mismo origen prehispánico.)*

2 ¿De qué gobierno formaron parte estos tres países en 1739? ¿Entre 1821 y 1830? *(Primero fueron parte del Virreinato de Nueva Granada, luego de la República de la Gran Colombia.)*

3 ¿Quién fue la persona responsable por la fundación de la Gran Colombia? *(Simón Bolívar.)*

4 ¿Cuál ha sido el estado económico de estas tres naciones durante el siglo XX? *(Están entre las más desarrolladas económicamente de Latinoamérica.)*

ACTIVE VOCABULARY

¡OjO! This section lists the active vocabulary students are responsible for upon completing each lesson. The list does not appear as such in the Student Text. Instead, it appears in context in the **Gente** and **Del pasado al presente** culture sections.

The students' active vocabulary lists appear in the *Cuaderno de actividades* in a section called **Vocabulario activo.**

Gente
aprobación
bronce
creciente
elaborar
enorme
escultor(a)
exagerar
grabador(a)
imaginario(a)
muebles
residir
sátira
superficie
volumen

Culturas precolombinas hasta **El proceso de independencia**
audiencia
barco
depender
desacuerdo
disminuir
mestizaje
motivar
renunciar
sumergirse
vencido(a)
virrey

Luchas entre conservadores y liberales y **La violencia**
efectuarse
exhausto(a)
istmo
ola
prosperidad

La década de 1990
aliado(a)
atacado(a)
fugitivo(a)
mostrar
narcotraficante
narcotráfico

Lección
1

Colombia

Nombre oficial:
República de Colombia
Extensión:
1.138.914 km²
Principales ciudades:
Santa Fe de Bogotá (capital), Medellín, Cali, Barranquilla
Moneda:
Peso (Col$)

Gente del Mundo 21

César Gaviria Trujillo, político colombiano, fue elegido presidente en 1990 como candidato del Partido Liberal. Nació en 1947 y fue Ministro de Hacienda y Crédito Público y Ministro del Interior en el gobierno de Virgilio Barco Vargas (1986-1990). Reformó el sistema político de su país con la aprobación de una nueva constitución en 1991. También ha elaborado el nuevo Código Procesal Penal y su gobierno ha enfrentado la creciente violencia desplegada por los carteles de la droga colombianos.

Fernando Botero, pintor y escultor colombiano, nació en Medellín en 1932. Realizó su primera exposición en la capital, Bogotá, en 1951, y el año siguiente inició un viaje a Europa. Estudió primero en España y entre 1953 y 1955 residió en París y Florencia.

Partidario de una corriente pictórica figurativa y realista, a partir de 1950, Fernando Botero exageró los volúmenes de la figura humana en sus composiciones. Posteriormente estas figuras adoptaron la forma de sátiras de tipo político y social. En 1960, Botero estableció su residencia en Nueva York y en 1992 sus enormes esculturas de bronce fueron exhibidas a lo largo de los Campos Elíseos de París y en la Avenida Park de Nueva York.

268

UNIDAD 6

Corresponding Structures in *Manual de gramática*

6.1 Future: Regular and Irregular Verbs   G96

NSS **For Native Speakers** Trabajando en grupos de tres o cuatro, pídales a los estudiantes hispanohablantes que escriban definiciones de unas diez de estas palabras. Luego en grupos de tres o cuatro, dígales que cada uno lea sus definiciones para ver si el grupo puede adivinar cada palabra que se define.

Suggestions Have students read the first biography silently, then ask comprehension check questions. Repeat with the remaining biographies.

Extension Have students prepare a brief written or oral presentation on one of these personalities, any other famous Colombian, or on a recent news item regarding Colombia.

NSS **For Native Speakers** Pídales a los estudiantes hispanohablantes que preparen preguntas originales para que luego se las hagan a sus compañeros de clase y así verifiquen la comprensión que éstos tienen sobre esta sección. Insista en que preparen por lo menos seis preguntas para cada una de las personas descritas.

Personalidades del Mundo 21

Allow time to complete the sentences individually and then to compare them with those of a classmate. Then call on individual students to read their sentences to the class. Answers will vary.

NSS **Variation for Native Speakers** En grupos de seis, haga que cuatro estudiantes tomen la identidad de una de estas personalidades sin decirle a nadie la identidad que han escogido. Los otros dos estudiantes en el grupo deben hacer preguntas de sí/no hasta que descubran la nueva identidad de los otros cuatro miembros del grupo. Es posible que varios estudiantes escojan ser la misma persona.

Beatriz González, pintora y grabadora colombiana, nació en Bucaramanga en 1938. Se ha hecho conocida por sus "muebles" sobre los cuales pinta, en colores brillantes, copias de cuadros célebres. Una crítica social explícita llena de un humor negro es evidente en su arte. Sus obras no son, en general, simplemente cuadros sino verdaderos "objetos" de uso diario, como una mesa con una escena patriótica sobre su superficie. Su actuación como artista se inscribe en una línea colombiana contemporánea de denuncia y exigencia. Actualmente vive en Bogotá.

Gabriel García Márquez, escritor colombiano galardonado con el Premio Nóbel de Literatura en 1982, nació en Aracataca el 6 de marzo de 1928. Cursó estudios de derecho y periodismo en las universidades de Bogotá y Cartagena de Indias. En su primera novela, *La hojarasca* (1955), aparece por primera vez Macondo, pueblo imaginario en que se sitúan la mayoría de sus narraciones. La consagración como novelista se produjo con la publicación de *Cien años de soledad* (1967) con la que culmina la historia del pueblo de Macondo y de sus fundadores, la familia Buendía. Entre sus obras más recientes están *Crónica de una muerte anunciada* (1981), *El amor en los tiempos del cólera* (1985) y *Doce cuentos peregrinos (1992).*

Personalidades del Mundo 21. Completa las siguientes oraciones. Luego compara tus oraciones con las de un(a) compañero(a).

1. Los cuadros de Fernando Botero con frecuencia causan risa porque . . .
2. El arte de Beatriz González es verdaderamente práctico porque . . .
3. Macondo es un pueblo imaginario que . . .
4. En *Cien años de soledad* . . .
5. El gobierno de César Gaviria Trujillo ha tenido que enfrentarse a . . .

LECCIÓN 1:   COLOMBIA

269

DEL PASADO al presente

COLOMBIA-LA ESMERALDA DEL CONTINENTE

Colombia es a la vez un país caribe, andino y amazónico. Es la única nación de Sudamérica con costa tanto en el mar Caribe como en el océano Pacífico. Su cultura es intensamente española. Es el país de las esmeraldas, pues su producción de estas piedras preciosas supera en varias veces a la del resto del mundo.

CULTURAS PRECOLOMBINAS

Diferentes pueblos indígenas ocupaban el territorio colombiano antes de la conquista española. La cultura conocida como la de San Agustín, desaparecida muchos siglos antes de la llegada de los europeos, todavía causa admiración por sus enormes ídolos de piedra. Los pueblos chibchas ocupaban las tierras altas de la región central y cultivaban el maíz, la papa y el algodón. Su centro más importante se llamaba Bacatá, nombre del cual se deriva Bogotá, capital de Colombia.

Escultura precolombina de San Agustín

EXPLORACIÓN Y CONQUISTA ESPAÑOLAS

Aunque la costa del mar Caribe de Colombia fue explorada en 1499, la colonización de la región se inicia en 1525 con la fundación del puerto de Santa Marta. El conquistador español Gonzalo Jiménez de Quesada invadió el centro de la poderosa confederación chibcha y encontró la capital chibcha abandonada. En sus cercanías fundó la ciudad de Santa Fe de Bogotá en 1538, dándole a la región el nombre de Nueva Granada.

Pronto se conoció la leyenda de El Dorado sobre un reino fabulosamente rico donde el jefe se bañaba en oro antes de sumergirse en un lago. Esto motivó la exploración y conquista de los territorios del interior de Colombia en la década de 1530. En 1550 se creó la Real Audiencia de Santa Fe de Bogotá, el centro administrativo de Nueva Granada que a su vez dependía del Virreinato del Perú establecido sobre las ruinas del imperio inca.

La leyenda de El Dorado

270

FOTOS

Foto de fondo. Panorama nocturno de la ciudad de Medellín en Colombia.

Escultura de piedra representando a un guerrero de la cultura precolombina de San Agustín en Colombia.

LA COLONIA

Después de la conquista española, la población indígena del país disminuyó considerablemente. En pocos años el español y el catolicismo reemplazaron a las lenguas y religiones nativas. Con gran rapidez se produjo también el proceso de mestizaje racial. En la costa del Caribe se instalaron esclavos africanos para trabajar en las minas y en las plantaciones de caña de azúcar.

De 1719 a 1723 y después, definitivamente a partir de 1740, se estableció el Virreinato de Nueva Granada, el cual incluía aproximadamente el territorio de las que hoy son las repúblicas de Venezuela, Colombia, Ecuador y Panamá.

*Iglesia colonial,
Villa de Leiva*

Esmeraldas

Mina de esmeraldas

EL PROCESO DE INDEPENDENCIA

El 20 de julio de 1810, el último virrey español, Antonio Amar y Borbón, fue destituido de su cargo y conducido con su familia a Cartagena donde se le obligó a tomar un barco para España. Ésta es la fecha en que se conmemora la independencia de Colombia.

Los españoles no se dieron por vencidos e invadieron Nueva Granada en 1816. Simón Bolívar, líder de las fuerzas independentistas, derrotó a los españoles en la batalla de Boyacá, el 7 de agosto de 1819. Así, el 17 de diciembre de ese año se proclamó la República de la Gran Colombia que incluía los territorios hoy llamados Venezuela, Colombia, Ecuador y Panamá. Bolívar fue nombrado presidente.

Simón Bolívar

Bolívar luego consiguió en el Perú la expulsión definitiva de los españoles del continente en 1826. Pero desacuerdos entre los diferentes sectores políticos obligaron a Bolívar a renunciar a la presidencia en abril de 1827. Poco después, lo que había sido el Virreinato de la Nueva Granada quedó dividido en tres estados independientes: Venezuela, Ecuador y la República de Nueva Granada, hoy Colombia, que incluía el territorio de Panamá.

271

FOTOS

Exterior e interior de una iglesia colonial en la Villa de Leiva, en el altiplano colombiano.

Mina de esmeraldas de Muzo, Colombia, está localizada en lo alto de los Andes a cien millas al norte de Bogotá y es una de las minas más ricas de esmeraldas en el mundo. Originalmente fue trabajada por los chibchas quienes ofrecían esmeraldas como ofrendas a sus dioses en el lago de Guatavita donde nació la leyenda de El Dorado.

Esmeraldas sin cortar y ya cortadas tal como se venden en el mercado de esmeraldas de Bogotá, Colombia.

El Libertador Simón Bolívar al frente de sus tropas en una batalla por la independencia de Colombia; ésta es una acuarela (*watercolor*).

LUCHAS ENTRE CONSERVADORES Y LIBERALES

Entre 1899 y 1903, tuvo lugar la más sangrienta de las guerras civiles colombianas, la "guerra de los mil días", que dejó al país exhausto. En noviembre de ese último año, Panamá declaró su independencia. El gobierno estadounidense apoyó esta acción pues facilitaba considerablemente su plan de abrir un canal a través del istmo centroamericano. En 1914, Colombia reconoció la independencia de Panamá y recibió una compensación de 25 millones de dólares por parte de EE.UU.

El café fue el producto que trajo una relativa prosperidad económica después de la Primera Guerra Mundial. Pero la gran depresión de la década de 1930 ocasionó un colapso de la economía colombiana y, paradójicamente, impulsó la industrialización del país. Muchos productos manufacturados que se importaban tuvieron que ser sustituidos por productos elaborados en el país.

Cafetal en Caldas, Colombia

LA VIOLENCIA

El asesinato de José Eliécer Gaitán, popular líder del Partido Liberal, el 9 de abril de 1948 resultó en una ola de violencia generalizada que se llama "el bogotazo". La violencia continuó por varios años resultando en un golpe de estado en junio de 1953 y un golpe militar en 1957. Desde 1958 se han efectuado regularmente elecciones para presidente en Colombia. Los candidatos del Partido Liberal han resultado triunfadores en estas elecciones desde 1974.

LA DÉCADA DE 1990

En 1990 César Gaviria Trujillo, el candidato del Partido Liberal, fue elegido presidente. Su gobierno se vio atacado por la violencia tanto de grupos guerrilleros que rehusan pactar como por grupos de narcotraficantes, principalmente de Medellín. En 1991 se proclamó una nueva constitución. Aunque los jefes del narcotráfico y sus aliados han acelerado sus ataques terroristas en las ciudades colombianas, el gobierno colombiano tiene el respeto de la opinión pública por su defensa de las instituciones del país. La muerte de Pablo Escobar, líder fugitivo del cartel de Medellín, en un violento encuentro con la policía en diciembre de 1993, le ha mostrado al mundo entero la determinación del gobierno colombiano de controlar a los narcotraficantes.

Arresto de narcotraficantes

Campaña contra el narcotráfico

FOTOS

Foto de fondo. Paisaje de un ladera montañosa con sembradíos en el campo de Colombia.

Cafetales cubren las verdes colinas en Caldas, Colombia.

Arresto de narcotraficantes, esta escena se repite en la lucha del gobierno colombiano contra los diferentes carteles que controlan el tráfico de drogas en el país.

Soldado colombiano hace guardia en la quema de seis toneladas de cocaína en una localidad a veinte kilómetros de Bogotá en mayo de 1990.

■ ¡A ver si comprendiste!

¿Quién? ¿Qué? ¿Cuándo? ¿Recuerdas los datos más importantes de la lectura? Para asegurarte, contesta estas preguntas.

1. ¿En qué se distingue la cultura prehispánica de Colombia conocida como la de San Agustín?
2. ¿Qué pueblos indígenas ocupaban las tierras altas de la región central de Colombia? ¿De qué nombre indígena se deriva el nombre Bogotá?
3. ¿Cuál era el nombre de Colombia durante el período colonial?
4. ¿En qué consiste la leyenda de El Dorado? ¿Qué importancia tiene esta leyenda en la historia de Colombia?
5. ¿Para qué se importaron esclavos africanos durante la colonia?
6. ¿En qué fecha se conmemora la independencia de Colombia? ¿Qué sucedió ese día?
7. ¿Quién fue elegido presidente de la República de la Gran Colombia? ¿Qué países formaron parte de la Gran Colombia?
8. ¿Qué producto agrícola le trajo prosperidad a Colombia después de la Primera Guerra Mundial?
9. ¿En qué consistió lo que se conoce como "el bogotazo"?
10. ¿Qué tipo de gobierno ha tenido Colombia desde 1958?

Campesina cosechando café

LECCIÓN 1:   COLOMBIA

`273`

Have students read silently, then allow time for pair work. Call on individual students to answer the questions and have class confirm each response.

Answers

1 Lleva el título de Libertador porque él fue responsable por la independencia de gran parte de América: Panamá, Colombia, Venezuela, Ecuador, Perú y Bolivia.
2 Panamá, Colombia, Venezuela, Ecuador.
3 Su sueño fue la unión de las repúblicas hispanoamericanas. Nunca lo logró.
4 La primera Cumbre Iberoamericana, realizada en Guadalajara, México, en 1991, fue la primera vez que se unieron todas las repúblicas hispanoamericanas, y por lo tanto, la primera vez que se logró el sueño de Bolívar.

Extension Ask students why they think it has taken so long for the Latin American republics to come together. They should conclude that with all the international strife that had preceded (border disputes, actual wars between countries, emigration problems, etc.), it is difficult to come together as equals and even more difficult to accept the leadership of one that may have been a mortal enemy.

Extra Credit Offer extra credit to a student who volunteers to read the article "El Libertador Simón Bolívar" in *National Geographic*, Vol. 185, No. 3, March 1994. Have the student give the class an oral summary of the article. Others wanting extra credit may be asked to write a report on Sucre o San Martín.

Ventana al Mundo 21

La Gran Colombia: sueño de Simón Bolívar

Nacido en Caracas en 1783, Simón Bolívar se convirtió en el Libertador de América. Su sueño era liberar las colonias españolas y unirlas en una gran patria. Bolívar se acercó a su sueño cuando, después de alcanzar muchos éxitos militares, en 1819, el congreso de Angostura proclamó la República de la Gran Colombia y lo nombró presidente. La Gran Colombia incluía los territorios que hoy son Colombia, Venezuela, Panamá y Ecuador. En 1821, el congreso de Cúcuta promulgó la constitución definitiva de la nueva república y ratificó la presidencia de Bolívar. En 1826, Bolívar convocó en Panamá un congreso para promover la unión de las repúblicas hispanoamericanas, su ideal último. Bolívar había llegado al punto culminante de su poder: era presidente de la Gran Colombia, jefe supremo del Perú y presidente de Bolivia. Este congreso fracasó debido a divisiones entre las nuevas naciones. En 1827, Bolívar se vio obligado a renunciar la presidencia del Perú, y en 1828, en un último intento de evitar la separación de la Gran Colombia, se proclamó dictador. Pero en 1829, Bolivia se independizó, y poco después Venezuela se separó de Colombia. El 17 de diciembre de 1830, Bolívar murió en una hacienda cerca de Santa Marta sin realizar su sueño.

La primera Cumbre Iberoamericana que tuvo lugar en Guadalajara, México, en 1991, fue la primera ocasión en la cual se reunieron todos los gobernantes de las diecinueve repúblicas hispanoamericanas, junto con Brasil, España y Portugal. Esta cumbre hizo realidad el antiguo sueño de Bolívar.

Simón Bolívar

La Gran Colombia. Busca las respuestas a estas preguntas.

1. ¿Por qué lleva Simón Bolívar el título de Libertador?
2. ¿Cuáles de los países hispanoamericanos actuales formaron parte del territorio de la Gran Colombia?
3. ¿Cuál fue el sueño de Bolívar? ¿Lo logró?
4. ¿Qué relación hay entre la primera Cumbre Iberoamericana realizada en Guadalajara, México en 1991 y el antiguo sueño de Bolívar?

274

FOTO

Simón Bolívar según una pintura de Gil que se encuentra en el Palacio Federal de Caracas, Venezuela.

NSS **For Native Speakers** Pregúnteles a sus estudiantes hispanohablantes quién puede ser un héroe comparable del país de sus antepasados. Pídales que le digan a la clase lo que estas personas hicieron. Si Ud. tiene algunos estudiantes de los países que liberó Bolívar, pregúnteles si conocen algunos incidentes particulares e interesantes de la vida de Bolívar que podrían relatar a la clase.

Y ahora, ¡a leer!

■ *Anticipando la lectura*

A. Una visita al dentista. Al pensar en una visita al dentista, algunas personas reaccionan con terror, otras con indiferencia y unas cuantas con gusto o alegría. ¿A qué categoría perteneces tú? Decídelo, luego con dos o tres compañeros que piensan como tú, preparen una lista de todo lo que los hace reaccionar de esa manera.

Vocabulario útil
sacar rayos equis
sacar un diente/una muela
rellenar una muela
limpiar/pulir los dientes
tener un dolor de diente/muela
tener un absceso
insistir en/odiar la anestesia
temer la fresa *(drill)*
hacer buches de agua *(to rinse one's mouth)*

B. Profesionales deshonestos. En el cine y en la televisión, a veces se presenta a los dentistas como villanos o asesinos. ¿Cuáles son algunos escenarios donde ocurre esto? En grupos de tres, describan unos dos o tres escenarios de este tipo. Digan si hay algunas circunstancias donde se pueden justificar las acciones de los dentistas en sus escenarios.

C. Vocabulario en contexto. Decide cuál es el significado de las palabras en negrilla a base del contexto de la oración o de otras estrategias que has aprendido para llegar al significado de palabras desconocidas.

1. Parecía no pensar en lo que hacía, pero trabajaba con **obstinación,** sin pausas.

   a. dificultad   *b.* mucho cuidado   *c.* determinación

2. Se había afeitado la mitad izquierda de la cara, pero en la otra, tenía **una barba** de cinco días. El dolor no le permitía afeitarse allí.

   a. un dolor   *b.* pelo facial   *c.* una mancha

LECCIÓN 1:   COLOMBIA

275

Y ahora, ¡a leer!

Purpose In this section students will begin with **Anticipando la lectura**, two pre-reading activities designed to focus students on how they react in a dentist's office and on the stereotyping of dentists as villains. Then in **Vocabulario en contexto,** a vocabulary building section, students are asked to derive the meaning of key words of the reading by using contextual clues. **Conozcamos al autor** is a brief introduction to **Gabriel García Márquez,** the Colombian who wrote the lesson reading, **"Un día de estos".** In **Palabras como llaves,** students learn to work with the various meanings and derivatives of the word **cuenta.**

Anticipando la lectura

A. Una visita al dentista. Ask who in the class reacts with terror, with indifference, with fright. Form groups of two or three students with similar reactions. Allow time for group work, then ask several groups how they react. Answers will vary.

B. Profesionales deshonestos. Allow time for group work. Then have several groups describe the scenes they discussed. Responses will vary.

C. Vocabulario en contexto. Call on individual students. Have class confirm each response.

Answers
1 c. determinación
2 b. pelo facial

Answers

3 a. cuidadosa
4 c. esterilizados
5 c. no dejó de mirarlo
6 a. algo para limpiarse
7 b. se levantó

Conozcamos al autor

After reading the biography, ask:
1 ¿Qué premio ganó Gabriel García Márquez en 1982?
2 ¿Qué es el realismo mágico?
3 ¿Cuándo tiene lugar este cuento? ¿Qué pasaba en Colombia en esta época?

3. Después de observar el diente dañado, le ajustó la boca con una **cautelosa** presión de los dedos.

    a. cuidadosa   *b.* dolorosa   *c.* horrible

4. Llevó a la mesa de trabajo la cacerola con los instrumentos **hervidos** y los sacó del agua, todavía sin apresurarse.

    a. musicales   *b.* viejos   *c.* esterelizados

5. Hizo todo sin mirar al alcalde. Pero el alcalde **no lo perdió de vista.**

    a. no quiso mirarlo   *b.* no pudo mirarlo
        c. no dejó de mirarlo

6. Inclinado sobre el lavamanos, buscó **el pañuelo** en el bolsillo del pantalón. El dentista le dio uno limpio.

    a. algo para limpiarse   *b.* algo para pagarle al dentista
        c. algo para comer

7. El alcalde **se puso de pie,** se despidió con un saludo militar y se dirigió a la puerta.

    a. levantó un pie   *b.* se levantó   *c.* se puso los zapatos

Conozcamos al autor

Gabriel García Márquez, ganador del Premio Nóbel de Literatura en 1982, es uno de los principales narradores latinoamericanos del siglo XX. En muchas de las narraciones de García Márquez convergen el humor y la crítica social con una visión fabulada de la historia que se ha llamado realismo mágico. El cuento "Un día de estos" es parte de la colección titulada *Los funerales de la Mamá Grande* (1962). El contexto histórico del cuento se sitúa en el período conocido como "La Violencia", una década de terror que comienza en 1948 y que dividió a Colombia en dos bandos y causó miles de muertos.

276

FOTO

Gabriel García Márquez al recibir el Premio Nóbel de Literatura de 1982 en Estocolmo, Suecia.

LECTURA

Don Aurelio Escovar, dentista sin título

Un día de estos

por Gabriel García Márquez

El lunes *amaneció tibio* y sin lluvia. Don Aurelio Escovar, dentista sin título y buen *madrugador,* abrió su *gabinete* a las seis. Sacó de la *vidriera* una *dentadura postiza* montada aún en el molde de *yeso* y puso sobre la mesa un *puñado* de instrumentos que ordenó de mayor a menor, como en una exposición. Llevaba una camisa a rayas, sin cuello, cerrada arriba con un botón dorado, y los pantalones sostenidos con *cargadores* elásticos. Era rígido, *enjuto,* con una mirada que raras veces correspondía a la situación, como la mirada de los *sordos.*

Cuando tuvo las cosas dispuestas sobre la mesa rodó la *fresa* hacia el sillón y se sentó a *pulir* la dentadura postiza. Parecía no pensar en lo que hacía, pero trabajaba con obstinación, *pedaleando* en la fresa incluso cuando *no se servía de ella.*

el día empezó ni frío ni caluroso

persona que se levanta temprano / oficina / *display case* / dientes artificiales / *plaster of Paris* / *handful*

suspenders / delgado

personas que no pueden oír
dentist's drill
polish
pedaling
no la usaba

LECCIÓN 1: COLOMBIA

277

—¿Qué vio por la ventana, unas gallinas o a su hijo?

—¿Qué lo distrajo cuando miraba por la ventana, la voz de un gallo que cantaba o la voz de su hijo?

—¿Quién dijo el hijo que estaba en la oficina, el alcalde o un general?

—¿Qué quería el alcalde, limpiarse los dientes o sacarse una muela?

—¿Quería ver don Aurelio al alcalde?

—¿Qué estaba puliendo don Aurelio, una dentadura o un diente de oro?

—¿Cómo examinó el diente que pulía, bajo una luz o con los ojos medio cerrados?

—¿Cómo sabía el alcalde que el dentista estaba en la oficina, porque lo podía ver o porque lo podía oír?

—¿Sabía el dentista que el alcalde lo podía oír? ¿Le importaba que lo oyera?

—Cuando don Aurelio supo que el alcalde lo oyó, ¿decidió asistirlo o siguió trabajando?

—¿Cómo reaccionó el alcalde, decidió esperar o se puso furioso?

—¿Qué dijo el alcalde que iba a hacer si no lo atendía el dentista, que le iba a pegar un tiro o que lo iba a arrestar?

—¿Cómo reaccionó don Aurelio, con calma o rápidamente?

—¿Qué había en el cajón de la mesa, una dentadura postiza o una pistola?

Después de las ocho hizo una pausa para mirar el cielo por la ventana y vio dos gallinas que se secaban al sol en el techo de la casa vecina. Siguió trabajando hasta que la voz *destemplada* de su hijo de once años lo sacó de su abstracción. *disonante*

—Papá.

—Qué.

—Dice el *alcalde* que si le sacas una *muela*. *mayor / molar*

—Dile que no estoy aquí.

Estaba puliendo un diente de oro. Lo *retiró* a la distancia del brazo y lo examinó con los ojos a medio cerrar. En la salita de espera volvió a gritar su hijo. *alejó*

—Dice que sí estás porque te está oyendo.

El dentista siguió examinando el diente. Sólo cuando lo puso en la mesa con los trabajos terminados, dijo:

—Mejor.

Volvió a operar la fresa. De una *cajita de cartón* donde guardaba las cosas por hacer, sacó un puente de varias piezas y empezó a pulir el oro. *cardboard box*

—Papá.

—Qué.

Aún no había cambiado de expresión.

—Dice que si no le sacas la muela *te pega un tiro*. *he'll shoot you*

Sin *apresurarse*, con un movimiento extremadamente tranquilo, dejó de pedalear en la fresa, la retiró del sillón y abrió por completo *la gaveta* inferior de la mesa. Allí estaba el revólver. *darse prisa* *el cajón (drawer)*

—*Dice que sí estás porque te está oyendo.*

UNIDAD 6

—Bueno —dijo—. Dile que venga a pegármelo.

Hizo *girar* el sillón hasta quedar de frente a la puerta, la mano *apoyada* en el borde de la gaveta. El alcalde apareció en *el umbral.* Se había afeitado la *mejilla* izquierda, pero en la otra, *hinchada* y dolorida, tenía una barba de cinco días. El dentista vio en sus ojos *marchitos* muchas noches de desesperación. Cerró la gaveta con la punta de los dedos y dijo suavemente:

—Siéntese.

—Buenos días —dijo el alcalde.

—Buenos —dijo el dentista.

Mientras *hervían* los instrumentos, el alcalde apoyó *el cráneo* en el *cabezal* de la silla y se sintió mejor. *Respiraba* un *olor glacial.* Era un gabinete pobre: una vieja silla de madera, la fresa de pedal, y una vidriera con *pomos de loza.* Frente a la silla, una ventana con *un cancel* de tela hasta la altura de un hombre. Cuando sintió que el dentista se acercaba, afirmó los *talones* y abrió la boca.

Don Aurelio Escovar le movió la cara hacia la luz. Después de observar la muela dañada, ajustó la *mandíbula* con una *cautelosa* presión de los dedos.

—Tiene que ser sin anestesia —dijo.

—¿Por qué?

—Porque tiene un absceso.

El alcalde lo miró en los ojos.

—Está bien —dijo, y trató de sonreír. El dentista no le *correspondió.* Llevó a la mesa de trabajo la cacerola con los instrumentos hervidos y los sacó del agua con unas *pinzas* frías, todavía sin apresurarse. Después *rodó* la *escupidera* con la punta del zapato y fue a lavarse las manos. Hizo todo sin mirar al alcalde. Pero el alcalde no lo perdió de vista.

	rotar
	sostenida
	la entrada
	cheek
	inflamada
	debilitados
	boiled
	la cabeza
	headrest
	Inhalaba / aroma frígido
	earthenware bottles
	una división
	heels
	jaw / moderada
	devolvió (la sonrisa)
	tongs
	movió / *spittoon*

Focus questions

—¿Le tenía miedo don Aurelio al alcalde?

—¿Cuánto tiempo hacía que el alcalde no se afeitaba la mejilla izquierda? ¿la derecha?

—¿Cuál mejilla se había afeitado el alcalde, la dolorida o la no dolorida?

—¿Podía ver don Aurelio el dolor y sufrimiento del alcalde?

—¿Cómo se sintió el alcalde cuando se sentó y descansó la cabeza en el cabezal, muy enfermo o mejor?

—¿Era una oficina pobre o elegante?

—¿Qué hizo el alcalde cuando el dentista se acercó, cerró lo ojos o abrió la boca?

—¿Qué observó don Aurelio bajo la luz, la anestesia o la muela dañada?

—¿Qué le dijo don Aurelio, que no tenía nada o que tenía un absceso?

—¿Dijo el dentista que iba a sacarle la muela bajo anestesia o sin anestesia?

—¿Cómo reaccionó el alcalde al saber que iba a ser sin anestesia, insistió en la anestesia o trató de sonreír?

—¿Sonrió el dentista también?

—¿Qué hizo el alcalde mientras el dentista se preparaba, ignoró al dentista o lo observó cuidadosamente?

LECCIÓN 1: COLOMBIA

279

—*Aquí nos paga veinte muertos, teniente.*

Focus questions

—¿Qué hizo el alcalde mientras el dentista le sacaba la muela, gritó o no dijo nada? ¿Saltó de la silla o se aferró a la silla?

—¿Qué dijo don Aurelio al sacarle la muela dañada, aquí nos paga las cuentas o aquí nos paga las personas que mató?

—¿Lloró el alcalde cuando salió la muela?

—¿Cuántos días había sufrido con la muela dañada?

—¿Qué le dio el dentista al alcalde, un pañuelo o un trapo limpio?

—¿Para qué era el trapo, para secarse la boca o para secarse las lágrimas?

—¿Qué le recomendó el dentista al alcalde, que se lavara la boca o las manos con agua de sal?

—¿Qué pidió el alcalde al salir, su guerrera o la cuenta?

—¿Adónde le dijo el alcalde a don Aurelio que mandara la cuenta, a su casa o al municipio?

Era una *cordal* inferior. El dentista abrió las piernas y *apretó* la muela con *el gatillo caliente*. El alcalde *se aferró* a las barras de la silla, *descargó* toda su fuerza en los pies y sintió un *vacío helado* en los *riñones*, pero *no soltó* un suspiro. El dentista sólo movió la *muñeca*. Sin rencor, más bien con una *amarga ternura*, dijo:

—Aquí nos paga veinte muertos, *teniente*.

El alcalde sintió un *crujido de huesos* en la mandíbula y sus ojos se llenaron de *lágrimas*. Pero no suspiró hasta que no sintió salir la muela. Entonces la vio a través de las lágrimas. Le pareció tan extraña a su dolor, que no pudo entender la tortura de sus cinco noches anteriores. Inclinado sobre la escupidera, *sudoroso, jadeante, se desabotonó la guerrera* y buscó *a tientas* el pañuelo en el bolsillo del pantalón. El dentista le dio un *trapo* limpio.

—Séquese las lágrimas —dijo.

El alcalde lo hizo. Estaba *temblando*. El dentista regresó secándose las manos.

—Acuéstese —dijo— y *haga buches de agua* de sal. —El alcalde se puso de pie, se despidió con un *displicente* saludo militar y se dirigió a la puerta *estirando* las piernas, sin *abotonarse* la guerrera.

—Me pasa la cuenta —dijo.

—¿A usted o al *municipio*?

El alcalde no lo miró. Cerró la puerta, y dijo, a través de la *red metálica*:

—*Es la misma vaina.*

De Los funerales de la Mamá Grande,
Buenos Aires, 1982.

Glosas (margen derecho):
- wisdom tooth / he squeezed
- forceps / he grasped
- bajó / cold emptiness
- kidneys / no hizo / wrist
- bitter tenderness
- lieutenant
- cracking of bones
- tears
- sweaty / panting / se abrió la chaqueta militar / gropingly
- paño
- trembling
- rinse your mouth
- indiferente
- extendiendo / buttoning up
- city hall
- screen door
- It's all the same thing.

UNIDAD 6

NSS **For Native Speakers** Si Ud. tiene estudiantes hispanohablantes de ascendencia colombiana, pídales que narren algunas experiencias que ellos o sus familiares tuvieron cuando vivían en Colombia: recuerdos de la infancia, experiencias escolares, de la vida diaria...

¿Comprendiste la lectura?

A. **¿Sí o no?** Decide si estás de acuerdo o no con los siguientes comentarios. Si no lo estás, explica por qué no.

1. Don Aurelio Escovar había recibido el título de dentista.
2. Comenzaba a trabajar muy temprano antes del almuerzo.
3. Inmediatamente aceptó recibir al alcalde cuando éste llegó a su gabinete.
4. El dentista guardaba un revólver en la gaveta inferior de la mesa.
5. El alcalde se había afeitado la mejilla izquierda, pero en la otra, hinchada y dolorida, tenía una barba de cinco días.
6. El dentista y el alcalde no se saludaron cuando el segundo entró al gabinete del primero.
7. El alcalde tenía dañada una muela.
8. El dentista decidió darle anestesia al alcalde antes de sacarle la muela.
9. El dentista le dio un trapo limpio para que el alcalde se secara las lágrimas.
10. El alcalde le pagó ahí mismo al dentista.

B. **Hablemos de la lectura.** Contesten estas preguntas en grupos de tres o cuatro.

1. ¿A qué horas comenzaba a trabajar el dentista don Aurelio Escovar?
2. ¿Qué hacía el dentista cuando lo interrumpió la voz de su hijo?
3. ¿Qué le dijo a su hijo cuando éste le informó que el alcalde quería que le sacara una muela?
4. ¿Cómo amenazó el alcalde al dentista si éste no le sacaba la muela?
5. ¿Por qué guardaba el dentista un revólver en una gaveta de la mesa?
6. ¿Por qué le dijo el dentista al alcalde que no podía usar anestesia? ¿Crees que dijo esto por precaución médica o por venganza?
7. ¿Por qué le dijo el dentista al alcalde: "Aquí nos paga veinte muertos, teniente"?
8. ¿Qué pueden significar las últimas líneas del cuento?
9. ¿Hasta qué punto crees que la venganza del dentista es algo lógico y aceptable?

LECCIÓN 1: COLOMBIA

281

¿Comprendiste la lectura?

Allow time for pair work. Have students get accustomed to answering these questions in their own words with books closed. Do not allow reading verbatim from the text.

Answers

A. ¿Sí o no? Call on individual students. Have class confirm each response.
1 No. No tenía título.
2 Sí.
3 No. Le dijo a su hijo que le dijera que no estaba.
4 Sí.
5 Sí.
6 Sí.
7 Sí.
8 No. Le dijo que tenía que ser sin anestesia porque tenía un absceso.
9 Sí.
10 No. El alcalde le pidió que mandara la cuenta al municipio.

B. Hablemos de la lectura. Call on individual students. Have class confirm each response.
1 Comenzaba a trabajar muy temprano, a las seis de la madrugada.
2 Estaba puliendo una dentadura postiza cuando lo llamó su hijo.
3 Le dijo que le dijera al alcalde que no estaba.
4 El alcalde dijo que le iba a pegar un tiro si no le sacaba la muela.
5 Por vivir durante esta época violenta.
6 Dijo que no podía usar anestesia porque tenía un absceso. Probablemente lo dijo por venganza.
7 Lo dijo porque sabía que el alcalde iba a sufrir un tremendo dolor.
8 Las respuestas van a variar. En efecto significa que no importa si le manda la cuenta a él o al municipio, el municipio la va a pagar debido a la corrupción en el gobierno.
9 Las respuestas van a variar.

Palabras como llaves

Allow time for pair work. Then call on individual students. Have class confirm each response.

NSS **For Native Speakers** Pídales a sus estudiantes hispanohablantes que escriban una oración original con cada uno de los cinco usos de **cuenta**. Pídales que algunos de ellos escriban sus frases en la pizarra y que la clase las corrija.

Dramatizaciones

Purpose To role-play an interesting visit to the dentist and to request help from a doctor, dentist, or another professional whom you don't trust.

Suggestions Do only as time permits. Assign **A** to half the class and **B** to the other half. Allow time for groups to prepare their role plays. Then have each group present in front of the class without notes. If necessary, do a brainstorming activity with the entire class to produce ideas for both role plays.

Palabras como llaves: *cuenta*

Para ampliar el vocabulario. La palabra **cuenta** tiene varios significados en español según el contexto y la expresión idiomática en que se use. Discutan en parejas los diferentes significados de cada expresión en negrilla.

1. Camarero, páseme la **cuenta**.
2. Ayer abrí una **cuenta** de cheques en el banco local.
3. **Cuenta** conmigo para la fiesta del domingo. Definitivamente pienso ir.
4. No te olvides. Hay que tener en **cuenta** que entre la Ciudad de México y Los Ángeles existen dos horas de diferencia.
5. Podemos inventar muchas excusas, pero en resumidas **cuentas**, no tuvimos tiempo de terminar la tarea.

Dramatizaciones

A. **Una visita al dentista.** En grupos de tres o cuatro, dramaticen una visita al dentista. Traten de inventar una situación interesante, como la de "Un día de estos".

B. **¡No quiero ir!** En grupos de tres o cuatro, dramaticen una situación en la cual alguien tiene que pedirle ayuda o un servicio a un profesional (un médico, abogado, policía, etc.) en quien no confían.

Don Aurelio Escovar

Ventana
al Mundo 21

El Museo del Oro

El Museo del Oro del Banco de la República en Bogotá se fundó en 1939 con el propósito de coleccionar y preservar las obras metalúrgicas de oro prehispánicas que permanecían sin ser verdaderamente apreciadas. A pesar de su indudable valor arqueológico, muchas de estas piezas prehispánicas eran valoradas sólo por su contenido de oro y muchas veces eran derretidas en barras. Actualmente el Museo tiene una colección de 20.000 piezas. Varias exposiciones, tanto en el interior de Colombia como en el exterior, han sido organizadas por el Museo del Oro.

La elaboración de objetos de oro se inicia en lo que ahora es Colombia hace más de 2.000 años. La mayoría de los objetos de oro prehispánicos eran para el adorno personal y los más comunes eran los adornos que se colgaban de la nariz. Pero el oro también tenía un sentido religioso para los indígenas. Por ejemplo, el mito de El Dorado se originó de un antiguo ritual de los chibchas en el que envolvían a su jefe en polvo de oro para después lavarlo en un baño ceremonial en el lago Guatavita. Los chibchas habían abandonado esta costumbre mucho tiempo antes de la llegada de los españoles pero la leyenda aún subsistía. Los objetos que se exhiben en el museo demuestran que los artistas indígenas habían alcanzado un avanzado nivel técnico y estético al crear estas hermosas obras de arte.

El Museo del Oro. Explica las siguientes oraciones.

1. El Museo del Oro colecciona y preserva obras de oro prehispánicas que antes no habían sido verdaderamente apreciadas.
2. A pesar de su valor arqueológico, muchas de estas piezas prehispánicas eran derretidas en barras.
3. Varias exposiciones en el exterior han sido organizadas por el Museo del Oro.
4. El oro también tenía un sentido religioso para los indígenas.
5. Estos objetos demuestran que los artistas indígenas habían alcanzado un alto nivel técnico y estético.

LECCIÓN 1:   COLOMBIA

283

Ventana al Mundo 21

Have class read silently or call on individual students to read aloud a few sentences at a time. Then call on individual students to explain each statement and have class confirm each response. Explanations will vary.

Extension Ask class if they think history woud have changed had the Spaniards not found any gold in the New World. How would they have reacted to the Native Americans? Would they still have destroyed their cities? Would so many Native Americans have died?

NSS **For Native Speakers** Pregunte si algunos estudiantes hispanohablantes saben de algunas exhibiciones importantes de oro precolombino en los países de sus antepasados. Pregúnteles por qué hay tan pocas colecciones en existencia. Haga notar que muchos objetos de oro hallados por los españoles fueron derretidos y enviados a España. La mayoría de las piezas que ahora se encuentran en los museos han sido descubiertas en tumbas que no han sucumbido a los profanadores de tumbas, antiguos y modernos.

FOTOS

Niños admirando la extensa colección de artefactos de oro del Museo del Oro del Banco de Colombia en Bogotá.

Pectoral de oro precolombino, parte de la colección del Museo del Oro.

Cultura en vivo

Purpose To give students the opportunity to adapt a short story to a readers' theater format and then to present it.

Suggestions Make this a class project; have various groups of students be responsible for different tasks: one or two groups to prepare the script (you may want more than one version prepared), a group of actor-readers, a group of stage personnel—director, stage manager, props person, prompter, stage hands, etc. Arrange to present the finished program to another school in the district, at a Hispanic community center, or to other Spanish classes in your school.

Teatro para ser leído

Siguiendo la tradición del teatro colombiano, ahora ustedes van a adaptar el cuento de Gabriel García Márquez, "Un día de estos", a un guión de teatro para ser leído. Luego, ¡van a presentarlo!

¿Qué es el *teatro para ser leído*? Es una forma de teatro en el cual los actores no tienen que memorizar sus líneas porque las leen en el escenario. Tampoco tienen que actuar mucho porque generalmente están sentados mientras leen. Por lo tanto, ¡todos ustedes pueden ser actores!

Preparación del guión. Todos pueden ser dramaturgos también, porque simplemente van a adaptar un cuento que ya está escrito. Empiecen a preparar el guión siguiendo estas instrucciones.

1. Reduzcan el cuento, "Un día de estos", a sólo el diálogo, nada más.
2. Luego añadan un poco de narración para mantener transiciones lógicas entre los diálogos. Es muy importante mantener la narración a un mínimo.
3. Añadan indicaciones para la escenificación, informando a los lectores-actores de todos los movimientos o acciones que tendrán que hacer. A continuación hay una lista parcial de indicaciones útiles.

Gira a la derecha.	Finge operar la fresa.
Gira a la izquierda	Sin cambiar de expresión.
Gira media vuelta.	Finge dolor de muela.
Cara al público.	Finge afirmar los talones y abrir la boca.
De espaldas al público.	
Con énfasis.	Finge presión de los dedos.
Quejándose.	Finge sacarle la muela.
Con amarga ternura.	Finge llorar del dolor.
Temblando.	Finge darle un trapo limpio.
Se pone de pie.	Finge darle un saludo militar.
Sonriendo.	Finge abotonarse la guerrera.
Finge pulir una dentadura postiza.	

4. Preparen de seis a ocho copias del guión: para cada lector-actor, para los narradores, para el (la) director(a) y para su profesor(a). La siguiente es una muestra de cómo debe aparecer su guión.

284

UNIDAD 6

NSS **For Native Speakers** Averigüe o pídales a sus estudiantes hispanohablantes que averigüen si hay algunas funciones de la comunidad hispana, como un bazar de la iglesia, celebraciones del centro comunitario, celebraciones festivas, reuniones de jubilados, etc., donde puedan presentar su lectura dramática de "**Un día de estos**". Si quieren, pueden presentarla a su propio colegio durante el mes de octubre cuando se celebra la herencia hispana.

Un día de estos   por *Gabriel García Márquez*
Adaptación de los estudiantes de *(nombre de su profesor[a])*
Reparto: **Narrador 1   Dentista   Alcalde   Hijo   Narrador 2**

Al empezar, Narrador 1 está de pie a la izquierda del escenario, cara al público. El dentista, el alcalde y el hijo están sentados en bancos, de espaldas al público. El narrador 2 está de pie a la derecha del escenario, de espaldas al público.

Narrador 1: El dentista, don Aurelio Escovar, está en su gabinete a las ocho de la mañana.
(Dentista gira media vuelta a la izquierda y finge pulir una dentadura postiza.)
Su hijo de once años lo interrumpe.
(Hijo gira media vuelta a la izquierda. Cara al público.)

Hijo: —Papá.

Dentista: *(Desinteresado.)* —Qué.

Hijo: —Dice el alcalde que si le sacas una muela.

Dentista: —Dile que no estoy aquí.

Narrador 2: El dentista sigue puliendo la dentadura postiza, hasta que oye a su hijo gritar de la salita de espera.

Hijo: *(Gritando.)* —Papá.

Dentista: *(Desinteresado.)* —Qué.

Ensayo para la obra de teatro. Prepárense para el primer ensayo siguiendo estas intrucciones.

1. Decidan quién va a dirigir la obra y cuántos narradores y lectores-actores van a necesitar para el reparto: el dentista, el hijo del dentista, el alcalde y uno o dos narradores (depende de la cantidad de narración).
2. Decidan cómo va a aparecer el reparto en el escenario. Una posibilidad sería:
   Narrador 1   Dentista   Alcalde   Hijo   Narrador 2
3. Decidan quiénes se van a sentar y quiénes van a estar de pie en el escenario. Una sugerencia sería que los dos narradores estén de pie y el dentista, el hijo y el alcalde estén sentados en un banco con asientos rotativos, como los bancos de piano.
4. Ensayen los movimientos primeros: girar en los bancos, cara al público, de espaldas al público, etc.
5. Ensayen sus líneas en voz alta, sin movimiento.
6. Luego, ensayen las líneas y los movimientos apropiados a la vez.

Presentación. Túrnense en presentarle la obra a la clase. Seleccionen a los mejores lectores-actores para que les presenten la obra a otras clases de español o a la comunidad, si es apropiado.

Diario

Have students do a journal-write on one of the following topics: **la crueldad, el orgullo o la felicidad**.
(See page 19 for journal writing instructions.)

ACTIVE VOCABULARY

¡OJO! This section lists the active vocabulary students are responsible for upon completing each lesson. The list does not appear as such in the Student Text. Instead, it appears in context in the **Gente** and **Del pasado al presente** culture sections.

The students' active vocabulary lists appear in the *Cuaderno de actividades* in a section called **Vocabulario activo.**

Gente

candidatura	llaves de la
derecho	ciudad
internacional	maestría
derrocamiento	presidencia
enfrentamiento	profesorado
exitoso(a)	teniente
ingresar	coronel
literatura	trayectoria
infantil	

Los primeros exploradores y La colonia

atraer	océano
atravesar	opulento(a)
construcción	pez/peces
decaer	puerto
denominado(a)	restablecer
intensificar	saquear
mar	suprimir
mercancía	tocar

La independencia y El istmo en el siglo XIX

aislado(a)	fallido(a)
conmemorar	fracaso
contrario(a)	interoceánico(a)
convocar	obligado(a)
descubrimiento	ratificar
desintegración	revitalizar
encargado(a)	

La República de Panamá

conceder	perpetuidad
desorden	protectorado
franja	resentimiento
impedir	separatista

La época contemporánea

cesión	molesto(a)
corte	traficante de
culpable	drogas
descontento(a)	transferencia

Nombre oficial:
República de Panamá

Extensión:
77.082 km²

Principales ciudades:
Ciudad de Panamá (capital), San Miguelito, Colón, David

Moneda:
Balboa (B) y (dólar) estadounidense)

Gente del Mundo 21

Omar Torrijos (1929-1981), militar y político panameño, tuvo como objetivo principal renegociar el control nacional del canal de Panamá. Después de realizar estudios en Venezuela y EE.UU., ingresó a la Guardia Nacional panameña. En 1966 fue nombrado teniente coronel. En octubre de 1968 participó en el golpe de estado que derrocó al presidente Arnulfo Arias. Consolidó su poder y en 1972 una asamblea constituyente lo nombró jefe de gobierno. Después de un largo proceso de negociación, Torrijos y el presidente estadounidense Jimmy Carter firmaron dos tratados que le devolverían el canal a Panamá en el año 2000. Torrijos murió en un accidente de aviación el 1º de agosto de 1981.

Rubén Blades, músico, compositor y político panameño, nació en 1948, hijo de una cantante cubana y de un músico/atleta/policía panameño. Se recibió de abogado en Panamá antes de venir a Nueva York en 1974. Dejó su exitosa carrera musical por un año para completar una maestría en derecho internacional de la Universidad de Harvard. Ha realizado presentaciones musicales en Europa y toda América con su grupo musical, Seis del Solar. También ha actuado en muchas películas como *Crossover Dreams* y *Milagro Beanfield War.* En diciembre de 1993, anunció su candidatura a la presidencia de Panamá.

286

UNIDAD 6

Corresponding Structures in *Manual de gramática*

6.2 Conditional: Regular and Irregular Verbs   G99

NSS **For Native Speakers** Usando la lista en el *Cuaderno de actividades,* pídales a los estudiantes hispanohablantes que seleccionen de cinco a diez palabras de la lista y que las definan con un sinónimo. Por ejemplo, **candidatura-***aspiración,* **derecho-***ley,* **derrocamiento-***expulsión,* etc. Luego en grupos de tres o cuatro, que tomen turnos leyendo las definiciones en su lista para ver si el grupo puede identificar la palabra de la lista.

Gente del Mundo 21

Purpose To introduce four contemporary Panamanians of international renown: chief of state **Omar Torrijos;** the multi-talented performer **Rubén Blades;** current president **Guillermo Endara;** and author and teacher **Bertalicia Peralta.**

Extra credit Have students interested in extra credit prepare a brief written presentation on one of these personalities or another famous Panamanian artist, actor, playwright, musician, politician, etc. **Temas:** El Canal de Panamá: presente y futuro, Intervención de EE.UU. en Panamá en el siglo XX, La caída de Manuel Antonio Noriega u otros temas en los periódicos recientes relacionados con Panamá.

Personalidades del Mundo 21

Call on individual students to read aloud one biography at a time. Then allow time for pair work. Finally, check answers by calling on individual students.

Answers

1 Rubén Blades
2 Omar Torrijos
3 Bertalicia Peralta
4 Rubén Blades
5 Guillermo Endara

NSS **For Native Speakers** Pídales a los estudiantes hispanohablantes que en grupos de tres lean las biografías y preparen unas quince preguntas sobre estos personajes. Luego permita que haya competición entre grupos. Un grupo empieza por hacerle una pregunta a otro grupo. Si el grupo la contesta bien, recibe un punto. Luego el grupo que contestó hace una de sus preguntas y el otro grupo contesta. Continúan así hasta hacer todas sus preguntas. Tal vez quiera darle un premio a los grupos que acumulan más puntos.

Guillermo Endara, político panameño, en las elecciones de 1989 se presentó como candidato de Alianza Democrática de Oposición Civil. Estas elecciones, calificadas de fraudulentas, llevaron a un enfrentamiento que culminó con la invasión del país por las tropas estadounidenses y el derrocamiento del dictador Manuel Antonio Noriega, en diciembre de 1989. Endara fue reconocido como ganador y se hizo cargo de la presidencia del país.

Bertalicia Peralta, escritora panameña, nació en la Ciudad de Panamá en 1939. Ha tenido una trayectoria muy activa en la poesía, la narrativa, el periodismo y el profesorado. Ha publicado más de quince libros de poemas y colecciones de cuentos. Ha sido directora de muchas revistas literarias y secciones literarias de varios periódicos. Es la organizadora del concurso nacional de literatura infantil. En reconocimiento de sus valiosas actividades culturales, la Ciudad de Panamá la ha declarado "Hija Meritoria", otorgándole las llaves de la ciudad.

Personalidades del Mundo 21. Después de leer las biografías, pídele a tu compañero(a) que cierre su libro y te diga quién diría lo siguiente: Omar Torrijos, Rubén Blades, Guillermo Endara o Bertalicia Peralta.

1. Me interesan muchas profesiones. Soy compositor, cantante, abogado y actor de cine.
2. Junto con el presidente Carter, yo firmé dos tratados para asegurar que el Canal de Panamá volviera a Panamá en el año 2000.
3. Soy persona de muchas carreras. Soy poeta, novelista, periodista y profesora.
4. Mi padre fue un hombre de mucho talento. Fue policía, atleta y músico.
5. Yo soy indirectamente responsable de la caída de Manuel Noriega en 1989.

LECCIÓN 2:   PANAMÁ

287

Procedure Call on one student to read the first paragraph. Ask comprehension check questions:

1 ¿Qué ha dominado la historia, vida social, economía y política de Panamá? *(Su posición geográfica.)*

2 ¿Cuánto mide la parte más estrecha que une Norteamérica con Sudamérica? *(Cincuenta kilómetros.)*

3 Explica el título de esta lectura. *(Panamá es un puente entre dos continentes y dos océanos.)* Then divide class into six groups and do a jigsaw activity with the rest of the reading. The procedure for this activity is explained on page 24.

NSS **For Native Speakers** Lea el primer párrafo de la lectura en clase como arriba se describe, y luego haga las preguntas para verificar la comprensión. Proceda entonces de la forma indicada en la página 25.

DEL PASADO al presente

PANAMÁ: EL PUENTE ENTRE LAS AMÉRICAS

La historia de Panamá así como su vida social, económica y política contemporánea ha sido dominada por su determinante posición geográfica. Su territorio está formado por un istmo que en la parte más estrecha es de sólo 50 kilómetros y une Norteamérica con Sudamérica. Por siglos, Panamá ha servido de puente y zona de tránsito entre continentes y océanos. Es un país de muchas culturas: hispana, africana e indígena.

LOS PRIMEROS EXPLORADORES

Entre los principales grupos indígenas que habitaban el istmo antes de la llegada de los europeos se encontraban los cunas, los guaymíes y los chocoes. Sus descendientes forman los tres grupos de indígenas más numerosos que continúan viviendo en la región.

Rodrigo de Bastidas fue el primer explorador del istmo de Panamá en 1501. Un año después en su cuarto viaje, Cristóbal Colón tocó varios puntos del istmo, entre ellos el puerto natural después conocido como Portobelo. En 1508, Diego de Nicuesa fue nombrado gobernador de la Castilla del Oro, como fue denominado el territorio. Dos años después, Nicuesa fundó el puerto de Nombre de Dios.

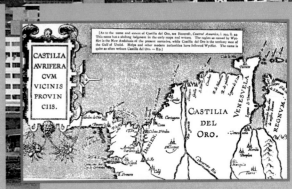

Mapa de Castilla del Oro, 1597

Vasco Núñez de Balboa consiguió cruzar el istmo y en septiembre de 1513 descubrió el océano Pacífico, al que llamó mar del Sur. Pedrarias Dávila, gobernador de la Castilla del Oro, fundó en 1519 la Ciudad de Panamá. "Panamá" en la lengua indígena del lugar significa "donde abundan los peces".

LA COLONIA

La Ciudad de Panamá experimentó un gran desarrollo gracias a la construcción del Camino Real que la unía con Nombre de Dios, en la costa del Caribe. El tráfico de mercancías por el istmo se intensificó. En 1538 se creó la Real Audiencia de Panamá para administrar el territorio que iba de

288

FOTO

Foto de fondo. Panorama de la Ciudad de Panamá frente a la bahía.

Nicaragua al Cabo de Hornos. Esta audiencia fue suprimida en 1543, pero veinte años más tarde se restableció con jurisdicción sobre el territorio que corresponde a lo que sería la nación panameña.

El oro enviado desde el Perú a España y todas las mercancías y personas que transitaban entre esa rica colonia y la metrópoli tenían que pasar por Panamá atravesando el camino entre la Ciudad de Panamá y Nombre de Dios. La Ciudad de Panamá era considerada como una de las ciudades más bellas y opulentas del Nuevo Mundo.

Las riquezas que pasaban por el istmo atrajeron a piratas que atacaban tanto puertos como barcos. En 1671, la Ciudad de Panamá fue saqueada y quemada por el pirata Henry Morgan. Dos años más tarde, una nueva ciudad fue fundada a ocho kilómetros al oeste de las ruinas de la antigua ciudad. El tráfico marítimo se vio seriamente afectado y decayó. En 1739, Panamá pasó a

El pirata Henry Morgan en Portobelo

formar parte del Virreinato de Nueva Granada que se había separado del Virreinato del Perú.

LA INDEPENDENCIA Y LA VINCULACIÓN CON COLOMBIA

Panamá permaneció aislada de los movimientos independentistas ya que su único medio de comunicación por barco estaba controlado por las autoridades españolas. La independencia se produjo sin violencia cuando una junta de notables declaró la independencia en la Ciudad de Panamá el 28 de noviembre de 1821, que se conmemora como la fecha oficial de la independencia de Panamá. Pocos meses más tarde, Panamá se integró a la República de la Gran Colombia, junto con Venezuela, Colombia y Ecuador.

En la Ciudad de Panamá se realizó el primer Congreso Interamericano, convocado por Simón Bolívar en 1826. Después de la desintegración de la Gran Colombia, Panamá siguió siendo parte de Colombia aunque entre 1830 y 1840 hubo tres intentos fallidos de separar el istmo de ese país.

EL ISTMO EN EL SIGLO XIX

El descubrimiento de oro en California en 1848 revitalizó el istmo, convirtiéndolo en la vía marítima obligada entre las costas oriental y occidental de EE.UU. En 1855, la "Panama Railroad Company" de capital norteamericano completó la construcción

LECCIÓN 2: PANAMÁ

289

FOTO

El pirata inglés Henry Morgan en Portobelo, un puerto en el mar Caribe de donde salían los barcos hacia La Habana y finalmente a España.

1 De los tres grupos principales de indígenas que los europeos encontraron en Panamá, los cunas, los guaymíes y los chocoes, sólo los cunas siguen viviendo en el istmo. *(F)*

2 Durante la colonia, todo el oro del Perú tanto como todas las mercancías enviadas a España, tenían que pasar por la Ciudad de Panamá. *(C)*

3 Panamá se independizó de la República de la Gran Colombia el 28 de noviembre de 1821. *(F)*

4 Antes de la construcción del canal, toda la mercancía se trasladaba por el ferrocarril interoceánico del istmo de Panamá. *(C)*

5 Se contrató a la compañía francesa que construyó el Canal de Suez para construir el Canal de Panamá, el cual se terminó en 1889. *(F)*

6 El Tratado Hay-Bunau Varilla que se firmó en 1903, le concedía a Panamá el uso, control y ocupación a perpetuidad de la Zona del Canal. *(F)*

7 En 1977 Torrijos y el presidente estadounidense Carter firmaron dos tratados que aseguraban la cesión permanente del canal a Panamá en el año 2000. *(C)*

8 En diciembre de 1989, hubo una intervención militar estadounidense en Panamá. *(C)*

del ferrocarril interoceánico por el istmo de Panamá. El ferrocarril creó la nueva ciudad de Colón en la costa del mar Caribe.

Entre 1848 y 1869, más de 375.000 personas cruzaron el istmo del Caribe al Pacífico y 225.000 cruzaron en dirección contraria. Este nuevo tráfico le trajo prosperidad a Panamá.

La construcción abandonada de la compañía francesa

En 1880, se iniciaron las obras para la construcción de un canal bajo la dirección del constructor del canal de Suez, Ferdinand de Lesseps. La compañía encargada de las obras, de capital principalmente francés, no

pudo resolver muchas de las dificultades que se presentaron y abandonó la obra en 1889.

Poco después de este fracaso, el gobierno de EE.UU. y el de Colombia concluyeron un tratado para la construcción del canal, aunque el Senado colombiano se negó a ratificarlo.

LA REPÚBLICA DE PANAMÁ

Un movimiento separatista apoyado por EE.UU. proclamó la independencia de Panamá respecto a Colombia el 3 de noviembre de 1903. EE.UU. reconoció de inmediato al nuevo estado y envió fuerzas navales para impedir la llegada de tropas colombianas al istmo.

Pocos días más tarde, el Secretario de Estado estadounidense John Hay firmó el Tratado Hay-Bunau Varilla. El representante diplomático de Panamá, el ciudadano francés Philippe Bunau-Varilla, también representaba

"The Biggest Obstacle Removed", caricatura sobre la construcción del Canal de Panamá

FOTOS

Foto de fondo. Panorama del Casco Viejo, la zona más antigua de la Ciudad de Panamá.

Ilustración de la maquinaria abandonada por la compañía francesa en la fracasada excavación del Canal de Panamá.

Caricatura del Tío Sam representando a EE.UU. removiendo el obstáculo principal para la construcción del Canal de Panamá: la disputa por el título de propiedad.

FOTOS

Firma de los tratados del Canal de Panamá realizada en la sede de la Organización de Estados Americanos (OEA) en Washington, D.C., en septiembre de 1977; en la foto aparecen el presidente Jimmy Carter de EE.UU., Alejandro Orfila , secretario general de la OEA, y el general Omar Torrijos, jefe de estado de Panamá.

Manuel Antonio Noriega fue jefe de las fuerzas armadas de Panamá de 1983 a 1989.

los intereses de la compañía de Lesseps. Este tratado le concedía a EE.UU. el uso, control y ocupación a perpetuidad de la Zona del Canal, una franja de 16 kilómetros de ancho a través del istmo panameño. Este tratado ha sido la causa de mucho resentimiento entre Panamá y EE.UU.

En 1904 se reanudó la construcción del canal, que fue abierto al tráfico el 15 de agosto de 1914. Panamá se convirtió de hecho en un protectorado de EE.UU., pues la constitución de 1904 autorizaba la intervención de las fuerzas armadas de EE.UU. en la república en caso de desórdenes públicos.

LA ÉPOCA CONTEMPORÁNEA

En 1968 un golpe de estado estableció una junta militar dirigida por Omar Torrijos. El 7 de septiembre de 1977 Torrijos y el presidente Carter firmaron dos tratados por los cuales EE.UU. concedía la cesión

El presidente Carter, el Secretario General y Omar Torrijos

permanente del canal a Panamá en el año 2000. Torrijos, como jefe de la Guardia Nacional, controló el gobierno hasta su

Manuel Antonio Noriega

muerte en un accidente de aviación en 1981.

Manuel Antonio Noriega tomó, en 1983, la jefatura de la Guardia Nacional y aunque con diferente nombre (Fuerzas de Defensa de Panamá—FDP) siguió siendo el verdadero poder político de Panamá. En 1987 fue acusado por un coronel de haber ordenado el asesinato del líder de la oposición y de la muerte del general Omar Torrijos, ocurrida en un accidente aéreo. Estas revelaciones aumentaron el descontento general entre los panameños, molestos por la crisis económica y la corrupción oficial. Por otro lado, cuando en 1988 Noriega fue acusado de ayudar a traficantes de drogas y otros crímenes en una corte estadounidense, la oposición a su gobierno creció.

Esta oposición culminó en las elecciones nacionales de 1989, cuando Noriega las anuló después de un aparente triunfo de la oposición. En diciembre de 1989, Noriega fue derrocado por una intervención militar estadounidense. Guillermo Endara, aparente vencedor de las elecciones de mayo, fue nombrado presidente. En 1992, un tribunal de Miami encontró culpable a Noriega y lo sentenció a cuarenta años de prisión. El fortalecimiento de la democracia en el país ayudará a Panamá durante la transferencia del control del canal prevista para el año 2000.

NSS **For Native Speakers** Si hay estudiantes panameños en la clase, pídales que le digan a la clase lo que recuerdan de Panamá o lo que sus padres o parientes les han dicho de la vida en el país.

¡A ver si comprendiste!

Have students get accustomed to answering these questions in their own words with books closed. Do not allow reading verbatim from the text.

Answers

1 Panamá forma un istmo que ha servido de puente y zona de tránsito entre dos continentes y dos océanos.
2 Se llamaba Castilla del Oro.
3 Vasco Núñez de Balboa fue el primer europeo en ver el océano Pacífico, al cual llamó el mar del Sur.
4 Panamá significa "donde abundan los peces".
5 Todo el comercio tenía que pasar por Panamá para poder llegar del océano Pacífico al mar Caribe.
6 En 1671 la Ciudad de Panamá fue saqueada y quemada por el pirata inglés Henry Morgan. Por eso se reconstruyó a ocho kilómetros de su sitio original.
7 En 1826 Simón Bolívar convocó el primer Congreso Interamericano, que resultó en la desintegración de la Gran Colombia.
8 El descubrimiento de oro en California trajo prosperidad al istmo en la segunda mitad del siglo XIX.
9 Ha causado resentimiento porque el tratado le concedía a EE.UU. el uso, control y ocupación a perpetuidad de la Zona del Canal.
10 En 1977 Omar Torrijos y el presidente Carter firmaron los dos tratados.

NSS **For Native Speakers**
Pregúnteles a sus estudiantes hispanohablantes cómo piensan que se sienten los panameños acerca de la reciente intervención de los militares estadounidenses en su capital. Pregúnteles si ellos piensan que Estados Unidos tenía algún derecho de entrar en Panamá a capturar a Noriega. Pregunte bajo cuáles circunstancias sería apropiado que un ejército extranjero entrara en Estados Unidos a capturar a nuestro presidente.

■ ¡A ver si comprendiste!

¿Quién? ¿Qué? ¿Cuándo? ¿Recuerdas los datos más importantes de la lectura? Para asegurarte, contesta estas preguntas.

1. ¿Qué posición geográfica ha determinado la historia de Panamá?
2. ¿Cómo fue denominado el territorio de Panamá durante el período colonial?
3. ¿Quién fue el primer europeo que cruzó el istmo de Panamá y vio por primera vez el océano Pacífico? ¿Cómo llamó a este océano?
4. ¿Qué significa "Panamá" en la lengua indígena del lugar donde se estableció esta ciudad?
5. ¿Por qué todo el comercio entre el Perú y España tenía que pasar por Panamá durante el período colonial?
6. ¿Qué causó que la Ciudad de Panamá fuera movida en 1673 a ocho kilómetros de su localidad original?
7. ¿Qué congreso tuvo lugar en la Ciudad de Panamá en 1826? ¿Quién lo organizó? ¿Qué resultados tuvo?
8. ¿Qué trajo prosperidad al istmo de Panamá en la segunda mitad del siglo XIX?
9. ¿Por qué ha causado el Tratado Hay-Bunau Varilla resentimiento entre Panamá y EE.UU.?
10. ¿Quiénes firmaron los dos tratados por los cuales EE.UU. le cederá el canal a Panamá el 31 de diciembre de 1999? ¿Cuándo fueron firmados estos tratados?

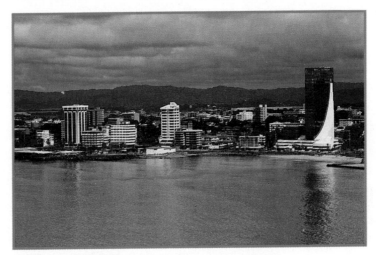

Ciudad de Panamá

FOTO
Panorama de la Ciudad de Panamá frente a la bahía.

Ventana al Mundo 21

Los cunas

En 1989, se calculaba que la población de los cunas de Panamá era aproximadamente 30.000 personas, o sea, un tercio de la totalidad de la población indígena del país. Este grupo indígena se concentra en las islas de San Blas al oeste de Colón en la costa del mar Caribe. Los cunas han mantenido con mucho éxito su independencia y su manera tradicional de vivir. Resistieron la autoridad del gobierno panameño con la misma tenacidad con que antes habían resistido la autoridad de España y Colombia. En 1925, después de una rebelión, el gobierno panameño firmó un tratado de paz con los cunas que, en efecto, reconoce a San Blas como un territorio semiautónomo. La constitución de 1972 estableció una reserva indígena cuna en la Comarca de San Blas. Muchos de los hombres cunas trabajan en forma temporal fuera de la región mientras que una encuesta hecha a mediados de la década de 1970 indicaba que sólo el 4% de las mujeres cunas de la comarca vivía fuera de ella. La cultura cuna sigue teniendo un sentido de identidad muy fuerte a fines del siglo XX. El arte cuna conocido a través de textiles con bordados multicolores es ahora muy apreciado en el mundo, especialmente las *molas* o blusas en lengua cuna. Los diseños de las *molas* muchas veces incluyen símbolos religiosos de una antigua visión indígena junto con elementos de la vida contemporánea.

>—◇—⬦—◇—<

Los cunas. Imagínate que eres un(a) indígena cuna. Tu compañero(a) es un(a) estudiante estadounidense que está de visita en Panamá. Preparen una dramatización en la cual el (la) estadounidense entrevista al representante de la nación cuna para tratar de entender cómo ha sobrevivido su pueblo cuando tantos grupos de indígenas han desaparecido totalmente.

LECCIÓN 2: PANAMÁ

293

Ventana al Mundo 21

Allow time to read silently and then to prepare the role plays. Then, in groups of eight or ten, have each pair present their role play to the group. Each group will select the best role play, which will then be presented to the class.

NSS **For Native Speakers**
Pregúnteles a sus estudiantes hispanohablantes si hay grupos indígenas que han podido mantener sus tradiciones como los cunas, en el país de sus antepasados. Si así es, pídales que hablen de ellos a la clase.

FOTOS

Niñas cunas de las islas de San Blas vestidas con las tradicionales *molas* y con pericos como mascotas *(pets)*.

Mujer cuna con vestido tradicional exhibiendo las coloridas *molas* que forman parte del arte ritual de los cunas de Panamá.

Anticipando la lectura

A. Músicos favoritos. Allow time for writing in pairs. Then call on several pairs to read what they wrote.

Variation Ask students to think of a multi-talented performer who has reached the top in various arenas. Have the group inform the class of the person's name and his or her arenas of success. For example, you may want to mention Ronald Reagan who was successful in Hollywood and also reached the top in U.S. politics.

NSS Variation for Native Speakers Pídales a sus estudiantes hispanohablantes que piensen en artistas hispanos al hacer esta actividad.

Y ahora, ¡a leer!

■ *Anticipando la lectura*

A. Músicos favoritos. La vida de los músicos siempre es muy interesante y animada; pero aun más interesante es saber cómo llegaron a ser músicos. En parejas, escojan un músico favorito de ambos y escriban un párrafo sobre su vida y de cómo llegó a ser músico. Léanle su párrafo a la clase.

B. Vocabulario en contexto. Decide cuál es el significado de las palabras en negrilla a base del contexto de la oración o de otras estrategias que has aprendido para llegar al significado de palabras desconocidas.

1. A principios de los años setenta, un joven flaco y medio rubio empezó a **destacar** en los lugares salseros de Panamá. Este muchacho no sólo proyectaba un carisma muy diferente a los músicos tradicionales sino que era fuente de composiciones originales.

    a. tocar   *b.* sobresalir   *c.* cantar

2. Poco después de su graduación, el joven abogado, que ya era un salsero reconocido en su país, hizo sus maletas, **agarró** su guitarra y se fue a Nueva York, donde la compañía Fania le había ofrecido un contrato.

    a. desempacó   *b.* abandonó   *c.* tomó

UNIDAD 6

B. Vocabulario en contexto. This section may be done with the whole class or in pairs first; then verify answers with the class. If done in pairs, allow time for pair work.

Answers

1 b. sobresalir
2 c. tomó

FOTO
Cubierta de un álbum de Rubén Blades.

3 b. afirmó
4 a. jurisprudencia
5 a. Después de
6 c. una expresión
7 a. posición

3. "Llegó tan entusiasmado", recuerda Víctor Gallo, vicepresidente de la compañía, "que se le olvidó la guitarra en el aeropuerto". El panameño le **aseguró** a la empresa disquera que él venía a Nueva York a trabajar con ellos.

   a. mintió   *b.* afirmó   *c.* escribió

4. En medio de tanto triunfo decide posponer su carrera artística y se matricula en un programa de maestría en **derecho** internacional de la prestigiosa Universidad de Harvard.

   a. jurisprudencia   *b.* política   *c.* negocio

5. **Tras** graduarse, regresa a la música y al cine. Pero ya está armado para una cercana fase de su vida, la fase política.

   a. Después de   *b.* Antes de   *c.* Para

6. En 1991 Rubén formó un nuevo partido político panameño, cuyo nombre es **un vocablo** indígena que significa Madre Tierra: *Papá Egoró.*

   a. una lista de palabras   *b.* un diccionario
           c. una expresión

7. Su "Canción a la muerte", con percusión de rumba cubana, proclama la nobleza de la **postura** hispana ante la muerte.

   a. posición   *b.* tristeza   *c.* gente

Conozcamos a un panameño multifacético

Rubén Blades se ha convertido en una de las figuras máximas de la salsa, destacándose, a la vez, en el cine y en la política. Ahora, todos se preguntan: ¿adónde va este salsero abogado que ha vivido en EE.UU. desde 1974 pero que nunca ha perdido el amor por su patria? Blades le dio a la salsa, esa música bailable de origen afroantillano, un tono social y político con canciones que tratan de la vida que enfrentan los habitantes de las ciudades latinoamericanas. Su disco *Siembra* es el disco de salsa que más se ha vendido en el mundo.

LECCIÓN 2:   PANAMÁ   **295**

NSS **For Native Speakers**
Si el vocabulario resulta, en general, conocido para sus estudiantes hispanohablantes, pídales que individualmente identifiquen dos o tres palabras desconocidas de la lectura y que tampoco han sido glosadas. En grupos de tres o cuatro, que lean las frases que contienen esas palabras para ver si entre todos pueden concluir qué significan. Pídales que cada grupo presente sus conclusiones a la clase.

Conozcamos a un panameño multifacético

After reading the biography, ask:
1 ¿En qué se ha destacado Rubén Blades?
2 ¿Qué tono le dio Rubén Blades a la salsa?
3 ¿De qué tratan las canciones de Rubén Blades?
4 ¿Cuál ha sido el éxito de su disco *Siembra*?

FOTO
Rubén Blades después de ser galardonado con un Premio "Grammy".

LECTURA

La encrucijada° de Rubén Blades

°crossroads

por ENRIQUE FERNÁNDEZ

A principios de los años setenta, un joven flaco y medio rubio empezó a destacar en los *ámbitos* salseros de Panamá. El país del Canal siempre había sido un *hervidero* musical caribeño, *escala* obligatoria de las grandes orquestas cubanas y puertorriqueñas. Años atrás, en una de esas *giras,* una intérprete cubana de boleros que asumía sólo un nombre, Anoland, se había enamorado de un *apuesto bongosero* panameño de ascendencia anglocaribeña y *apellido* inglés, Blades, que era además *as* del baloncesto y miembro de la policía secreta. Se casaron.

Conociendo bien *las penas* del artista popular, ni la bolerista ni el bongosero quisieron que su hijo Rubén siguiera sus pasos y lo *alentaron* para que terminara una carrera de abogado. Así lo hizo el muchacho, pero tampoco abandonó su vocación artística. Poco después de su graduación, el joven abogado, que ya era un salsero reconocido en su país, hizo sus maletas, agarró su guitarra y se fue a Nueva York, donde la compañía Fania, reina entonces del *boom* de la salsa, le había ofrecido un contrato.

ambientes, lugares
centro activo
parada
excursiones
guapo tocador del bongó /
 last name / campeón

los dolores

animaron, convencieron

296

UNIDAD 6

FOTO

El artista tocando la guitarra en la sala de su residencia.

Suggestions Point out that Blades' "Pedro Navaja" was inspired by the very popular 1950's song "Mack the Knife" by Bobby Darin. This reading may be done in class by calling on individual students to read a few lines at a time or may be assigned as homework. If done in class, ask the **Focus questions** that follow to check comprehension as students read. If done as homework, have students write answers to exercise **A** on page 300.

Focus questions
Ask these questions as students read the **Lectura** to verify that they understand key information.
—¿Cuándo empezó a ganar fama en Panamá Rubén Blades, en los años sesenta o en los setenta?
—¿Cuál era un centro de música obligatorio para las grandes orquestas caribeñas, Panamá, Cuba o Puerto Rico?
—¿Quién era Anoland, una cantante cubana o una ciudad cubana?
—¿Qué hacía el hombre con quien se enamoró Anoland, tocaba los bongos? ¿Jugaba al béisbol? ¿Era miembro de la policía secreta?
—¿Eran músicos los padres de Rubén Blades?
—¿Querían que él fuera músico?
—¿Creían que la vida de un músico popular era fácil o difícil?
—¿Para qué carrera se preparó Rubén Blades, para música o para abogado?
—¿Abandonó su vocación artística?
—Cuando se fue a trabajar en Nueva York, ¿había terminado sus estudios para abogado?

Salsero en Nueva York

"Llegó tan entusiasmado", recuerda Víctor Gallo, vicepresidente de la compañía *disquera*, "que se le olvidó la guitarra en el aeropuerto". El panameño le aseguró a la disquera que él venía a Nueva York *"a meter mano"* con ellos. Por el momento la única mano que la compañía le pidió que metiera era como *mensajero*, no había trabajo musical. En uno de sus viajes por los estudios de *grabación*, Rubén conoció al gran *conguero* Ray Barreto y, por suerte para el panameño, el Manos Duras neorriqueño necesitaba un *sonero*.

de discos

a trabajar
persona que lleva mensajes
recording
persona que toca congas
músico salsero

Fue un éxito inmediato. Este muchacho no sólo proyectaba un carisma muy diferente a los soneros tradicionales sino que era fuente *inagotable* de composiciones originales. Al pasar a la orquesta de Willie Colón, Rubén Blades *se consagra. La portada* del álbum *Willie Colón Presents Rubén Blades* de 1977 muestra a estas dos figuras en la pose de entrenador (Colón) y boxeador (Blades). La canción *"Pablo Pueblo"* define el estilo de Blades: la *viñeta de barriada,* el personaje popular y la observación social crítica.

interminable
triunfa / cubierta

escena de barrios

Al año siguiente los dos socios *lanzaron* el LP que haría historia en la salsa, *Siembra,* con el tema que hoy se canta en todos los barrios populares latinoamericanos *"Pedro Navaja"*—el apellido *alude* al del propio Blades. "Me decían que *Pedro Navaja* no podía funcionar", recuerda Rubén, *saboreando* la ironía. "Era muy largo y contaba una historia *compleja* de una manera poética". Pero los pesimistas *se equivocaron. Siembra* fue el álbum que más se vendió en la historia de la salsa. *"Pedro Navaja"* fue un éxito sin precedente que inspiró otras versiones, películas y obras de teatro.

sacaron

se refiere

gozando de
complicado
erraron

LECCIÓN 2: PANAMÁ

FOTO

El cantante panameño tocando las maracas en una presentación musical.

Focus questions
—¿Fue Blades a Nueva York para trabajar de abogado o de músico?
—¿Cuál fue su primer puesto en Nueva York, de guitarrista o de mensajero?
—¿Quién le dio su primer puesto como músico salsero en Nueva York, Víctor Gallo o Manuel Barreto?

—¿Por qué fue un éxito inmediato, por su talento de bonguero? ¿por su carisma? ¿por sus composiciones?
—¿Cuándo triunfa Rubén Blades, al pasar a la orquesta de Willie Colón o a la de Manos Duras?
—¿Qué define el estilo de Blades, la canción *"Pablo Pueblo"* o la portada en el álbum con Willie Colón?

—¿En qué álbum aparece *"Pedro Navaja"*, en *Siembra* o en *Willie Colón presenta a Rubén Blades"*?
—¿Creían todos que *"Pedro Navaja"* iba a ser un éxito?
—¿Por qué no, porque era muy larga o porque era muy complicada?
—¿Cómo se llama el álbum de música salsa que más se vendió?
—¿Qué inspiró *"Pedro Navaja"*, una ópera? ¿canciones? ¿películas?

Focus questions
—¿Cuál fue la primera película de Rubén Blades?

—¿De qué trata *Crossover Dreams*, de un salsero pesimista u optimista?

—¿Cómo muestra *Crossover Dreams* a la industria disquera, positiva o negativamente?

—¿Era Rubén Blades exactamente como el salsero en la película?

—¿Cuál era la diferencia principal, que Rubén era esquinero o que era inteligente?

—¿Qué hizo Rubén en medio de su triunfo en la música y el cine, volvió a la universidad o se dedicó totalmente al cine?

—¿Se graduó de la universidad? ¿Qué universidad? ¿Qué título sacó?

Pronto, a Rubén Blades lo buscaba un director que quería producir una película basada en las experiencias de la salsa neorriqueña. De ese encuentro nació la película que lanzó a Rubén en el cine, *Crossover Dreams*.

Como indica el título, *Crossover Dreams* era el drama de un salserito de barrio que sueña con algo más. También esta película muestra la cara negativa de la industria disquera que hace que un artista abandone sus raíces para perseguir el soñado *crossover*. Como el personaje de la película, Rubén era un salsero y sus orígenes eran también de barriada, aunque Rubén Blades era abogado y, algo inconcebible en la salsa, intelectual. "Yo era un *esquinero*", dice recordando su juventud, "pero era un esquinero que leía".

persona que se la pasa en las esquinas

En medio de tanto triunfo decide posponer por un año su carrera artística y se matricula en un programa de maestría en derecho internacional de la prestigiosa Universidad de Harvard. Tras graduarse, regresa a la música y al cine. Pero ya está armado para una cercana *etapa* de su vida, la etapa política.

fase

Con Freddie Fender y Sonia Braga en Milagro Beanfield War

Con Whoopi Goldberg en Fatal Beauty

Antecedentes familiares y el llamado de la patria

Los antecedentes familiares de Rubén Blades son tan ricos como los de su patria. Tiene familiares que vienen de Colombia y Nueva Orleáns. Un abuelo apellidado Blades de la isla de Trinidad, que sitúa a Rubén en la corriente cultural que nutre la música antillana panameña. Una abuela llamada Emma que *militó* en las vanguardias de su época como el feminismo y que introduce al joven Rubén en las ideas más avanzadas.

participó

Su interés se ha inclinado cada vez más hacia la política de su país que atraviesa momentos difíciles. En 1991 Rubén formó un nuevo partido político panameño, cuyo nombre es un vocablo indígena que significa Madre Tierra: *Papá Egoró*. Comenzaron de nuevo las especulaciones sobre sus aspiraciones presidenciales. "En ningún momento he dicho que voy a ser un candidato presidencial", insiste Rubén.

Su vida doméstica es tranquila. Él y su esposa, la actriz norteamericana Lisa Lebenzon, viven cerca, pero no dentro de Hollywood y quieren tener hijos. En Panamá su partido está *inscrito* y prepara un programa para futuras elecciones. En 1992, su carrera cinematográfica se vio coronada con una nominación al premio máximo de la televisión, el premio "Emmy", por la película *Crazy from the Heart*.

registrado

Con su esposa Lisa Lebenzon

También en 1992 lanzó su nuevo álbum, *Amor y control*, que incluye *conmovedoras* canciones dedicadas a Anoland, su madre que murió de cáncer en 1991. Su *"Canción a la muerte"*, con *arrolladora* percusión de rumba *guaguancó*, proclama la nobleza de la postura hispana ante la muerte: aquí el que más sufre más baila, aquí no triunfa la tristeza sino *la sabrosura* de la vida, aquí la pelea la gana el amor.

emocionantes

rolling
ritmo cubano

el sabor

Adaptado de "La encrucijada de Rubén Blades", Más

Focus questions

—¿De dónde son los antecedentes familiares de Rubén Blades, de Colombia o de Venezuela? ¿de Nueva Orleáns o de Nueva York? ¿de Trinidad o del África?

—¿Quién fue una de las personas que más influyó a Rubén Blades, su abuela o su abuelo?

—¿Qué es *Papá Egoró*, una nueva canción de Blades o un partido político?

—¿Había rumores que él iba a ser candidato presidencial?

—¿Confirmó él los rumores?

—¿Cómo es su vida doméstica, muy complicada o calmada?

—¿Es casado o soltero Rubén Blades?

—¿Recibió una nominación "Emmy" por la película *Crossover Dreams* o *Crazy from the Heart*?

—¿A quién dedicó su álbum *Amor y control*, a su madre o a su abuela?

Allow time for pair work. Have students get accustomed to answering these questions in their own words with books closed. Do not allow reading verbatim from the text.

Answers

A. ¿Sí o no?
1 Sí.
2 No. Su madre era una cantante cubana llamada *Anoland*.
3 No. Se recibió de abogado en Panamá.
4 Sí.
5 Sí.
6 No. *Siembra* fue el álbum que más se vendió en la historia de la salsa.
7 Sí.
8 No. *Crossover Dreams* tenía mucho que ver con la vida de Blades.
9 Sí.
10 No. Está muy interesado en la política. Formó un nuevo partido político.

B. Hablemos de la lectura.
Call on individual students. Have class confirm each response.
1 La salsa.
2 Su padre era un bongosero panameño y su madre una cantante cubana.
3 Fue a Nueva York porque tenía un contrato con la compañía Fania, reina del *boom* de la salsa.
4 El primer álbum con Willie Colón se llama *Willie Colón Presents Rubén Blades* y tiene en la portada a Colón de entrenador y Blades de boxeador.
5 "Pedro Navaja".
6 Su primera película se llama *Crossover Dreams*. Esta película representa lo negativo de la industria disquera que hace abandonar a los artistas sus raíces para lograr el *crossover*.
7 En *Crossover Dreams* un salsero de barrio sueña con algo más, lo que refleja la vida de Blades aunque éste también tiene título de abogado.

■ ¿Comprendiste la lectura?

A. ¿Sí o no? Con un(a) compañero(a), decide si estás de acuerdo o no con los siguientes comentarios. Si no, di por qué no.

1. Rubén Blades se ha destacado como salsero y actor de cine.
2. La madre de Rubén Blades se llamaba Anoland y era inglesa.
3. Rubén Blades se recibió de ingeniero en Panamá.
4. Poco después de su graduación, Blades se fue a Nueva York a proseguir su carrera de salsero.
5. Tuvo que trabajar como mensajero para una compañía disquera porque no había trabajo musical.
6. El álbum que hizo con Willie Colón, *Siembra,* que incluía su canción *"Pedro Navaja"* no tuvo éxito y vendió pocas copias.
7. La primera película de Rubén Blades se titula *Crossover Dreams*.
8. El personaje de esta película no tenía nada que ver con la vida de Rubén Blades.
9. Decide tomar un año para terminar una maestría en derecho internacional en la Universidad de Harvard.
10. No tiene ningún interés en participar en la política de su país.

B. Hablemos de la lectura. Contesten estas preguntas en grupos de tres o cuatro.

1. ¿Cómo se llama el tipo de música que hizo famoso a Rubén Blades?
2. ¿Quiénes fueron sus padres? ¿A qué se dedicaban?
3. ¿Por qué se fue Rubén Blades a Nueva York después de graduarse?
4. ¿Cómo se llama el primer álbum que Rubén Blades hizo con Willie Colón en 1977? ¿Qué poses tomaron ambos en la portada del disco?
5. ¿Cómo se llama la canción de su álbum *Siembra* que alude a su nombre y que se ha convertido en una de sus más famosas canciones?
6. ¿Cómo se llama la primera película de Blades? ¿Qué significado tiene este título para los cantantes latinos y afroamericanos en EE.UU.?
7. ¿Existe conexión entre el personaje de esta primera película y la vida real de Rubén Blades?
8. ¿Cuáles son los antecedentes familiares de Blades?
9. ¿Cómo se llama el partido político panameño que Blades fundó en 1991? ¿Qué significa este nombre?
10. ¿Qué proclama su "Canción para la muerte" de su último álbum *Amor y control* de 1992?

300

UNIDAD 6

8 Sus antecedentes incluyen familiares de Colombia y de Nueva Orleáns, también un abuelo de la isla de Trinidad y una abuela que participó en la vanguardia feminista.
9 Rubén Blades formó el partido político *Papá Egoró* o Madre Tierra.
10 La "Canción para la muerte" proclama la nobleza hispana frente a la muerte.

NSS **For Native Speakers** Pregúnteles a sus estudiantes hispanohablantes si el sueño del *crossover* está limitado a las estrellas musicales de *pop* o si se puede aplicar a otras áreas. Hágalos concluir que el mismo sueño existe en relación con los deportes, la actuación en el teatro o en el cine, el modelaje, la política, etc. Pregúnteles si tienen amigos o saben de alguien que haya seguido el sueño del *crossover*. Si así es, pídales que describan los sueños de estas personas y digan hasta qué punto los han alcanzado o no.

Palabras como llaves: *sabor*

Para ampliar el vocabulario. De la palabra **sabor** se derivan varias palabras como el verbo **saborear,** el adjetivo **sabroso** y el sustantivo **sabrosura.**

En parejas, contesten las siguientes preguntas.

1. ¿Qué prefieres, **saborear** o sentarte a comer en seguida?
2. En tu familia, ¿quién cocina la comida más **sabrosa,** tu madre o tu padre?
3. En tu opinión, ¿qué ingrediente le da más **sabrosura** a la comida?
4. ¿Qué **sabores** de helado puedes mencionar? ¿Cuál es tu favorito?

Dramatizaciones

A. El Canal de Panamá. En grupos de tres o cuatro, dramaticen la participación de EE.UU. en la decisión a construir el Canal de Panamá después del fallido canal francés. Tal vez quieran leer un poco más sobre el canal en alguna enciclopedia, antes de preparar su dramatización.

B. Rubén Blades. En grupos de tres o cuatro, dramaticen algún aspecto de la vida de Rubén Blades: su llegada a Nueva York y primera grabación, su vida de actor de cine o su vida en la política.

Rubén Blades

LECCIÓN 2:   PANAMÁ

Palabras como llaves

Allow time for pair work. Then ask the questions of individual students. Have class confirm each answer. Answers will vary.

NSS **For Native Speakers** Pídales a sus estudiantes hispanohablantes que escriban oraciones originales con los diversos significados y derivaciones de la palabra **sabor.** Pídales que algunos de ellos escriban sus oraciones en la pizarra y que la clase las corrija.

Dramatizaciones

These role plays are optional, and should be done as time permits. Tell students to be creative in their scripts. Assign **A** to half the class and **B** to the other half. Have students present in front of the class without notes.

¡OJO! You may want to ask a student or two to read in the encyclopedia about how the U.S. became involved in the building of the Panama Canal and report to the class before doing this role play.

Suggestions Suggest various possibilities for doing role play **B**: (1) as a teenager trying to decide whether to continue as a musician or go to law school, (2) his arrival in New York City expecting to be a performer and ending up a messenger boy, (3) the day he was asked to play the lead role in his first movie, (4) his decision to return to law school at the peak of his musical and movie career, etc.

NSS **For Native Speakers** Pregúnteles a sus estudiantes hispanohablantes si conocen algo de la música de Rubén Blades. Si así es, pídales que describan su canción favorita o mejor aún, que traigan un CD o una cinta de su música para que toda la clase pueda disfrutar de su canción favorita.

Have students read silently or call on individual students to read aloud a few sentences at a time. Then allow time to prepare questions. Call on individual students to ask their questions of their classmates. Have the class confirm all answers.

Extension Ask class if anyone has actually crossed the Panama Canal. If so, have them describe the event.

FOTOS

Buque carguero pasando por la esclusa de Pedro Miguel del Canal de Panamá.

La entrada a las esclusas del lago de Gatún que comunica el Canal de Panamá con el mar Caribe.

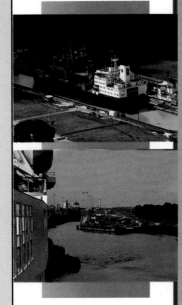

Ventana al Mundo 21

El Canal de Panamá

Con el Tratado Hay-Bunau Varilla de 1903 el gobierno de EE.UU. obtuvo el derecho de construir el canal de Panamá. Los constructores estadounidenses rechazaron los planes de construir un canal a nivel del mar como el que habían intentado los franceses; decidieron usar un sistema de compuertas y esclusas. El canal de Panamá es uno de los mayores logros de la ingeniería del siglo XX. Se construyó entre 1904 y 1914. Tiene una longitud de 82 kilómetros y una anchura mínima de 33,5 metros.

La construcción del canal incluyó la creación del enorme lago artifical de Gatún en medio del istmo y la excavación de canales desde cada costa. Se instalaron tres grupos de esclusas para elevar y bajar los barcos. El primer grupo de tres esclusas eleva los barcos al nivel del lago Gatún, 26 metros sobre el nivel del mar Caribe. Luego la esclusa de Pedro Miguel y las dos de Miraflores hacen descender los barcos al nivel del Pacífico.

Su construcción costó 400 millones de dólares y, sólo en 1913, más de 65.000 trabajaron en ella. Las cámaras de las esclusas son de 304 metros de largo por 33 metros de ancho; estas dimensiones no permiten que pasen por el canal los supertanques y los grandes barcos de carga. En 1986, 11.925 barcos cruzaron el canal, generando $321 millones de dólares en cuotas. Pueden cruzar el canal 42 barcos al día como máximo. En 1987, los barcos tomaban un promedio de 15 horas en cruzar; la mitad de este tiempo era en espera.

En 1977, los dos tratados Torrijos-Carter establecieron la transferencia a Panamá, a partir del 1º de octubre de 1979, de ciertas responsabilidades para el funcionamiento de la Zona del Canal. La cesión completa del canal tendrá lugar el 31 de diciembre de 1999.

El Canal de Panamá. Prepara cinco preguntas sobre el Canal de Panamá. Hazles las preguntas a tus compañeros de clase.

302

Vocabulario personal

¿Qué te pasa? Tú estás bien dormido(a) cuando de repente te despiertas gritando, ¡Ahhhhh! Tus padres entran corriendo a tu cuarto a preguntarte qué te pasa y tú les dices que estabas soñando . . . , que estabas en una situación muy incómoda . . . , que . . . Ellos te piden que escribas todos los detalles de tus sueños para poder analizarlos mejor. En preparación para hacer eso, prepara una lista de vocabulario que podrías usar para describir las siguientes situaciones incómodas: 1) una visita al dentista, 2) un examen final dificilísimo, 3) la primera visita con los padres de tu novio(a) y 4) otras palabras y expresiones útiles. Tal vez debes volver a las lecturas "Un día de estos" y "La encrucijada de Rubén Blades" para encontrar vocabulario apropiado.

Una visita al dentista

1. cauteloso(a)
2. la fresa
3. una muela
4. . . .
5. . . .
6. . . .
7. . . .
8. . . .

Un examen final dificilísimo

1. lágrimas
2. apresurarse
3. amargo(a)
4. . . .
5. . . .
6. . . .
7. . . .
8. . . .

La primera visita con los padres de mi novio(a)

1. entusiasmado(a)
2. se equivocaron
3. aspiraciones
4. . . .
5. . . .
6. . . .
7. . . .
8. . . .

Otras palabras y expresiones

1. conmovedor(a)
2. puñado
3. pulir
4. . . .
5. . . .
6. . . .
7. . . .
8. . . .

LECCIÓN 2: PANAMÁ

303

Purpose This section gets students to develop their own functional vocabulary lists and to recycle vocabulary previously learned that may be used in the writing task that follows.

¿Qué te pasa? These lists may be assigned as homework. Encourage students to look for words that are new to them and will help them expand their vocabulary. Tell students that the vocabulary lists they develop here will be used later in **Escribamos ahora.** After lists have been done, allow class time for students to compare lists with two classmates. Encourage them to borrow words from each other if they are so inclined. The active vocabulary lists for the unit appear in the student workbook *Cuaderno de actividades.*

NSS **For Native Speakers** Anime a los estudiantes hispanohablantes a ampliar su propio vocabulario identificando las palabras que todavía no conozcan. Pídales que escriban definiciones de palabras desconocidas a base del contexto. En grupos de tres o cuatro, permítales que confirmen la exactitud de sus definiciones.

A. A generar ideas: diálogo por escrito

1. Usos de diálogo. Lead students to conclude that dialogue is able to do everything listed in this section and have them give examples of each item listed. Answers will vary.

2. Influencia del diálogo. You may want to have students answer the questions in pairs first. Then call on individual students and have class indicate if they agree or disagree with each response. Answers will vary.

Answers

a. Tal vez digan que sugiere que el padre es rudo, no respeta al alcalde, odia al alcalde, no tiene miedo, etc.

b. Tal vez digan que sugiere que el hijo es obediente, conoce bien a su padre, no se preocupa por el alcalde, tiene ciertas actitudes del padre, etc.

c. Tal vez digan que sugiere que el padre y el hijo se conocen bien, se respetan, acostumbran estar en el gabinete juntos, etc.

d. Tal vez digan que el diálogo acaba por desarrollar a los tres personajes.

Escribamos ahora

A. A generar ideas: diálogo por escrito

1. **Usos de diálogo.** El diálogo por escrito tiene muchos usos al escribir. Lee los comentarios que aparecen a continuación y di si estás de acuerdo con ellos o no.

   a. El diálogo facilita la participación del lector en el cuento.

   b. Con frecuencia el diálogo revela la personalidad o actitud de los personajes.

   c. El diálogo ayuda a establecer el ambiente o tono de la obra.

   d. Por medio del diálogo, el autor puede expresar su filosofía, sus opiniones o su punto de vista.

   e. El diálogo permite adelantar la acción del cuento con cierta rapidez.

   ¿Estás de acuerdo con todos los comentarios? Explica por qué estás o no estás de acuerdo. Piensa en ejemplos de diálogo que muestren cómo el diálogo puede lograr lo dicho.

2. **Influencia del diálogo.** Lee estos trozos del diálogo del cuento de García Márquez, "Un día de estos" y contesta las preguntas que siguen.

   —Papá.
   —Qué.
   —Dice el alcalde si le sacas una muela.
   —Dile que no estoy aquí.

   —Dice que sí estás porque te está oyendo . . .
   —Mejor.

   —Papá.
   —Qué.
   —Dice que si no le sacas la muela te pega un tiro . . .
   —Bueno. Dile que venga a pegármelo.

   a. ¿Qué le sugiere el diálogo al lector acerca del padre?

   b. ¿Qué le sugiere el diálogo al lector acerca del hijo?

   c. ¿Qué le sugiere el diálogo al lector acerca de la relación que existe entre padre e hijo?

   d. ¿Qué efecto tiene el diálogo en todo el cuento?

3. Diálogo en las tiras cómicas. El diálogo en las tiras cómicas es de suma importancia. El humor casi siempre se basa en una terminación o reacción verbal inesperada. Las tiras que aparecen a continuación son de **Mafalda,** un personaje cómico popular por toda Latinoamérica. Las dos tiras tratan de la visita al dentista del padre de Mafalda. Ahora, crea tus propios diálogos para estas dos tiras.

4. Incómodo. En las tiras cómicas de Mafalda, el tema central era lo incómodo que se sentía su padre al ir al dentista. ¿Cuándo te sientes incómodo tú? Piensa en situaciones en que tú y tus amigos se sienten incómodos. Anótalas en una columna y en otra, indica por qué.

Situación	Problema
Una visita al dentista / médico	
Primera visita a los padres de mi novio(a)	
Un examen final dificilísimo	
¿ . . . ?	

B. El primer borrador

Escribe un diálogo basado en una de las situaciones incómodas de la lista que preparaste en la actividad anterior. Tal vez tengas que usar una que otra oración narrativa para presentar a los personajes principales y para establecer el escenario, pero debes tratar de desarrollar el tema central y tus personajes (edad, actitud, estado emocional, acción, reacción, etc.), por medio de lo que ellos dicen.

LECCIÓN 2:   PANAMÁ   305

3. Diálogo en las tiras cómicas. Allow time for students to create their own dialogues for the comic strips. Anything they write, provided it is appropriate and humorous, is valid. Have students read each other's comic strips in groups of five or six. Have each group select the best one in the group to be read to the class.

Tira cómica original

A.
1. M: ¡Buen día, papá! ¿Cómo es que no has ido a trabajar?
   P: ¡Porque tengo dolor de muelas!
2. M: ¡Ah! ¿Cuando uno tiene dolor de muelas no va a trabajar?
   P: Así es.
3.—
4. M: ¡Pobres! . . . ¡Qué mal deben andar de las muelas últimamente algunos gremios!

B.
1. M: Mi papá me contó una visita al dentista.
   F: ¡Siempre quise saber cómo es un consultorio de ésos!
2. M: Bueno, te diré, . . . No es nada original.
3. M: Es uno de esos tantos lugares a los que la gente va, se sienta, . . .
4. M: . . . y abre la boca para no decir nada.

4. Incómodo. This may be assigned as homework. In class, have students share their lists in groups of two or three. Encourage all to add to or subtract from their own lists based on what their classmates shared.

B. El primer borrador. This may all be assigned as homework.

¡OJO! This section lists the active vocabulary students are responsible for upon completing each lesson. The list does not appear as such in the Student Text. Instead, it appears in context in the **Gente** and **Del pasado al presente** culture sections.

The students' active vocabulary lists appear in the *Cuaderno de actividades* in a section called **Vocabulario activo.**

Gente

aplicar
atentado
coalición
democratización
distanciarse
dúo
finalizar
industrialización

interpretar
perspectiva
postular
romper
únicamente

Los primeros exploradores

apoderarse
habitar
orilla
perla
pilotes

pisar
retirarse
riqueza
tierra firme

La colonia y La independencia

declarar
desilusionado(a)
establecerse
flotas
lejano(a)
llanero(a)
nacionalismo

proveer
reafirmar
rendirse
resentir
seguridad
semilla

Un siglo de caudillismo

aristocracia
caudillo
ejercer
reprimido(a)

sanguinario(a)
sucesión
terrateniente
urbano(a)

La consolidación y El desarrollo industrial

alianza
corrupción
cuadruplicar
ingreso

partido político
propuesto(a)
socio(a)
transición

Lección 3

Venezuela

Nombre oficial:
República de Venezuela
Extensión:
912.050 km²
Principales ciudades:
Caracas (capital), Maracaibo, Valencia, Barquisimeto, Maracay
Moneda:
Bolívar (Bs.)

Gente del Mundo 21

José Luis Rodríguez, cantante venezolano es conocido popularmente como "El Puma" después de interpretar un personaje de ese nombre en una telenovela. Ha grabado más de veinte discos logrando un gran éxito a través de todos los países de habla hispana. Su último álbum titulado *Piel de hombre* de 1992, incluye una canción, "Torero", cantada a dúo con el famoso cantante español, Julio Iglesias.

Teresa de la Parra (1890–1936), novelista venezolana, nació en París de padres venezolanos. Se crió desde los dos años en una hacienda cercana a Caracas. Fue educada en España después de los ocho años y no volvió a su patria hasta los dieciocho años. En 1923, a los treinta y cuatro años, se estableció en París. Aunque únicamente publicó dos novelas, *Ifigenia* (1924) y *Las memorias de Mamá Blanca* (1929), Teresa de la Parra es actualmente reconocida como una de las primeras novelistas hispanoamericanas que refleja la perspectiva de la mujer. En 1980, la televisión venezolana realizó, logrando gran éxito, una telenovela basada en *Ifigenia.*

306

UNIDAD 6

Corresponding Structures in *Manual de gramática*

6.3 Imperfect Subjunctive and **Si**-clauses   G102

NSS **For Native Speakers** Usando la lista en el *Cuaderno de actividades,* pídales a los estudiantes hispanohablantes que seleccionen cinco de estas palabras y las definan por escrito. Luego en grupos de tres o cuatro, que comparen sus definiciones para ver si las hicieron correctamente. Pídales a varios estudiantes que lean sus definiciones para asegurarse de que todos las hayan definido correctamente.

Purpose To introduce four important Venezuelan personalities: two highly visible politicians, **Rómulo Betancourt** and **Rafael Caldera Rodríguez**; an internationally acclaimed pop singer, **José Luis Rodríguez—"El Puma";** and acclaimed writer, **Teresa de la Parra.**

Suggestions Have students read the first biography silently, then ask comprehension check questions. Repeat with the remaining biographies.

NSS **For Native Speakers** Pídales a los estudiantes hispanohablantes que preparen preguntas originales para que luego se las hagan a sus compañeros de clase y así verifiquen la comprensión que éstos tienen sobre esta sección. Insista en que preparen por lo menos cuatro preguntas para cada una de las personas descritas.

Extra credit Have volunteers or students interested in extra credit prepare a brief written or oral presentation on one of these personalities or another famous Venezuelan artist, actor, playwright, musician, politician, etc. **Temas:** Venezuela's role in the development of OPEC, How oil affects the Venezuelan economy, Contemporary efforts at economic diversification in Venezuela, etc.

Personalidades del Mundo 21

Allow time to prepare questions and for pair work. Verify by calling on several students to ask their questions and have class respond.

Rafael Caldera Rodríguez, abogado y político venezolano, nació en San Felipe, Venezuela, en 1916. Fue secretario general de la Juventud Católica venezolana de 1932 a 1934. En 1939, Caldera finalizó sus estudios de derecho y en 1942, fundó su propio partido, Acción Nacional. Después se distanció de este partido y en 1946 fundó el Comité de Organización Política Electoral Independiente (COPEI), que lo postuló para la presidencia en cuatro ocasiones sin éxito. Finalmente, fue elegido presidente en 1968, siendo candidato de COPEI. Su gobierno impulsó la industrialización y en general, aplicó una política social reformista. En diciembre de 1993 fue elegido presidente por segunda vez, esta vez como candidato independiente de una coalición de diecisiete pequeños partidos políticos.

Rómulo Betancourt, político venezolano, fue líder del partido político denominado Acción Democrática y es reconocido como el guía de la democratización de Venezuela. En 1958 Betancourt fue elegido presidente y gobernó hasta 1964. En 1960 su gobierno rompió relaciones diplomáticas con la República Dominicana después de un atentado contra su vida. En 1961 también rompió relaciones con Cuba por el apoyo del gobierno de Fidel Castro a las guerrillas venezolanas.

Personalidades del Mundo 21. Prepara dos o tres preguntas sobre cada persona y luego hazle las preguntas a un(a) compañero(a) de clase. Contesta las preguntas que te haga a ti.

LECCIÓN 3: VENEZUELA

307

DEL PASADO al presente

VENEZUELA: LOS LÍMITES DE LA PROSPERIDAD

A fines de la década de 1970, Venezuela alcanzó un alto nivel de crecimiento económico debido al incremento del precio del petróleo, su principal producto de exportación. En relativamente poco tiempo, se convirtió en el país con el ingreso per cápita más alto de Sudamérica. Pero en la década de 1990, la economía venezolana no ha podido asegurar esta prosperidad y esto ha puesto en crisis al sistema económico y político del país.

LOS PRIMEROS EXPLORADORES

En las tierras que hoy pertenecen a Venezuela no existieron grandes civilizaciones como las de otros países andinos y mesoamericanos. Las costas del Caribe fueron pobladas por los indígenas arawak que habían sido progresivamente conquistados por los caribes.

En su tercer viaje, Cristóbal Colón fue el primer europeo en pisar tierra firme en la península de Paria en Venezuela el 1º de agosto de 1498. Un año después, Américo Vespucio denominó al país "Venezuela", o sea, "pequeña Venecia". Se dice que seleccionó este nombre al ver que las casas sobre pilotes que habitaban los indígenas de las orillas del lago de Maracaibo eran como las que existían en Venecia, Italia.

Casas puestas sobre pilotes

Al principio, las perlas y los rumores de metales preciosos atrajeron exploradores. Santa Ana de Coro, primera ciudad de la Venezuela continental fue fundada en 1528. Pero el territorio les fue concedido un año después a los banqueros alemanes de la casa de Welser por el emperador Carlos V. Los alemanes se retiraron en 1546 cuando no pudieron encontrar las fabulosas riquezas de El Dorado.

Años después, Diego de Losada consiguió apoderarse de la región ocupada por los indígenas caracas, donde fundó la ciudad de Santiago de León de Caracas en 1567. Pronto Caracas se convirtió en la ciudad más importante de la región. Estaba situada en un fértil valle y cerca del puerto conocido

UNIDAD 6

Plantación de cacao cerca de El Clavo, en el estado de Miranda, Venezuela.

Pintura que se encuentra en el Palacio Federal de Venezuela en la que aparecen Francisco de Miranda y Simón Bolívar abogando por la firma de la Declaración de la Independencia de Venezuela el 5 de julio de 1811.

después como La Guaira. En reconocimiento a su crecimiento, Caracas fue convertida en la sede de la Capitanía General de Venezuela.

LA COLONIA

Durante los próximos doscientos años, el gobierno español no le prestó mucha atención a este territorio. Su principal valor para los conquistadores era geográfico, pues les proveía seguridad a las flotas españolas. En 1719 la colonia pasó a depender del Virreinato de Nueva Granada.

En 1728 se creó la Compañía Guipuzcoana de Caracas que pronto estableció un monopolio del cacao, lo cual en 1749 causó la primera rebelión en la colonia, la cual fue sofocada. El cultivo y el comercio del cacao, semilla de donde proviene el chocolate, tuvo un extraordinario desarrollo en la colonia. Se establecieron plantaciones que empleaban esclavos africanos.

Helado de chocolate

Plantación de cacao

Chocolate

LA INDEPENDENCIA

Venezuela fue el primer país en que tuvo lugar una rebelión para lograr la independencia de España. En 1806 Francisco de Miranda fracasó en su primer intento de

Miranda y Bolívar declaran la independencia

rebelión. Pero el 5 de julio de 1811, un congreso en Caracas declaró la independencia de Venezuela y en diciembre promulgó la constitución de la primera república. Este gobierno duró sólo once meses y Miranda, jefe de las fuerzas republicanas, se vio obligado a rendirse. Fue hecho prisionero y llevado a España, donde murió en 1816.

Simón Bolívar, un criollo nacido en Caracas, continuó la lucha y consiguió tomar Caracas en agosto de 1813, con lo que le dio comienzo a la segunda república. En septiembre de 1814 tropas de llaneros mestizos leales a España obligaron a Bolívar a abandonar Caracas dándole fin a la segunda república.

LECCIÓN 3: VENEZUELA

Sample T/F items

1 Venezuela fue nombrada así por un italiano, Américo Vespucio. *(C)*

2 Desde la colonia, el petróleo ha sido el producto principal de Venezuela. *(F)*

3 En camino a la independencia, Venezuela formó tres distintas repúblicas. *(C)*

4 La Gran Colombia, que incluía los territorios de Colombia, Venezuela, Ecuador y Panamá, tenía su capital en Caracas. *(F)*

5 La región de Maracaibo es la región principal petrolera en Venezuela. *(C)*

6 El novelista Rómulo Gallegos fue uno de los presidentes más conservadores de Venezuela. *(F)*

7 Venezuela ha tenido elecciones libres, sin ninguna interrupción, desde 1958. *(C)*

8 La idea de un cartel mundial del petróleo vino originalmente del Ministro de Minas e Hidrocarburos de Venezuela. *(C)*

En 1816 Bolívar tomó control de la parte oriental de la colonia. El congreso de Angostura de 1819, estableció la tercera república y nombró a Bolívar presidente. En 1821 el congreso de Cúcuta promulgó la constitución de la República de la Gran Colombia y reafirmó a Bolívar como presidente. La Gran Colombia, que incluía los territorios de Colombia, Venezuela, Ecuador y Panamá, estableció su capital en Bogotá. El nacionalismo venezolano resentía este gobierno centrado en la lejana Bogotá y en 1829 el general José Antonio Páez consiguió la independencia de Venezuela. Bolívar murió desilusionado en Santa Marta, Colombia, el 17 de diciembre de 1830.

UN SIGLO DE CAUDILLISMO

Después de su independencia, Venezuela fue gobernada durante más de un siglo por una sucesión de dictadores y por una aristocracia de terratenientes. Los caudillos o jefes que tomaban el poder a la fuerza ejercían un poder autoritario y represivo. De 1908 a 1935, Venezuela estuvo gobernada por el dictador más sanguinario de todos ellos, Juan Vicente Gómez. El verdadero desarrollo económico y social se inicia con la explotación de petróleo en la región de Maracaibo después de 1918. Una nueva clase media urbana comienza a crecer alrededor de los servicios prestados a la industria petrolera.

En 1928 unos estudiantes de la Universidad Central de Venezuela en Caracas organizaron protestas y fueron duramente reprimidos por el gobierno de Gómez. De

Universidad Central de Venezuela

esta llamada "generación de 1928" salieron muchos de los líderes de los diferentes movimientos políticos posteriores como Rómulo Betancourt, Rafael Caldera Rodríguez y Raúl Leoni. El dictador Gómez murió en 1935.

LA CONSOLIDACIÓN DE LA DEMOCRACIA MODERNA

En 1945 triunfó una rebelión popular dirigida por oficiales jóvenes del ejército y por Rómulo Betancourt del partido Acción Democrática (AD). El candidato propuesto por este partido, el famoso novelista Rómulo Gallegos, fue elegido presidente y tomó el

Rómulo Gallegos

310

UNIDAD 6

FOTOS

Foto de fondo. Las cataratas de Hacha en Canaima, Venezuela.

Universidad Central de Venezuela localizada en Caracas.

Portada de la novela titulada *Canaima* de Rómulo Gallegos publicada originalmente en 1935.

Romúlo Gallegos (1884-1969), uno de los novelistas más reconocidos de la literatura latinoamericana, autor de la famosa novela *Doña Bárbara* (1929) que inicia un ciclo de narrativa regionalista . Fue elegido presidente de Venezuela, puesto que ocupó por nueve meses en 1948 pues sus reformas radicales causaron un golpe de estado militar.

poder en febrero de 1948. Pero sus reformas radicales causaron mucha oposición y nueve meses después fue derrocado por el ejército. En el país se impuso una dictadura militar que duró diez años hasta 1958 cuando, a su vez, fue derrocada.

Rómulo Betancourt fue elegido presidente en 1958. Su gobierno consolidó las instituciones democráticas a través de una alianza de su partido AD, con el Comité de Organización Política Electoral Independiente (COPEI), el segundo partido político del país. En 1961 fue aprobada una nueva constitución para el país. Desde entonces no se ha roto el orden constitucional y han habido transiciones pacíficas del poder presidencial en Venezuela.

EL DESARROLLO INDUSTRIAL

En la década de 1960 Venezuela alcanzó un gran desarrollo económico que atrajo a muchos inmigrantes de Europa y de otros países sudamericanos. En 1973 los precios del petróleo se cuadruplicaron como

La industria petrolera en el lago de Maracaibo

resultado de la guerra árabe-israelí y la política de la Organización de Países Exportadores de Petróleo (OPEP), de la cual Venezuela era socio desde su fundación en 1960. La idea de un cartel del petróleo había sido propuesta primero por Juan Pablo Pérez de Alfonso, Ministro de Minas e Hidrocarburos de Venezuela. En 1976 el presidente Carlos Andrés Pérez nacionalizó la industria petrolera, lo que proveyó al país mayores ingresos para impulsar el desarrollo industrial.

El crecimiento económico de Venezuela disminuyó durante los siguientes dos gobiernos: el de Luis Herrera Campins del COPEI que ganó las elecciones de 1978 y el de Jaime Lusinchi de AD que triunfó en las elecciones de 1983. Cuando Carlos Andrés Pérez fue nuevamente elegido y tomó la presidencia en 1989, Venezuela atravesaba por una seria crisis económica debido a la baja de los precios del petróleo y a la recesión económica mundial. En 1993, Andrés Pérez renunció a la presidencia acusado de corrupción. En diciembre de 1993, Rafael Caldera Rodríguez,

Carlos Andrés Pérez

político con fama de honesto, fue elegido presidente, apoyado por una coalición de diecisiete pequeños partidos políticos. Los límites de la prosperidad petrolera han sido reconocidos por muchos observadores como el dilema principal que enfrenta la sociedad venezolana contemporánea.

LECCIÓN 3:   VENEZUELA

311

NSS **For Native Speakers** Anime a los estudiantes hispanohablantes a que amplíen cualquiera de los temas presentados en la lectura. Si algunos son de ascendencia venezolana, pídales que le cuenten al resto de la clase cómo es Venezuela de la forma en que ellos o sus padres la conocen.

¡A ver si comprendiste!

Have students get accustomed to answering these questions in their own words with books closed. Do not allow reading verbatim from the text.

Answers

1 Américo Vespucio, un italiano, la llamó Venezuela cuando vio, alrededor del lago Maracaibo, casas en pilotes que se parecían a las de Venecia, Italia.

2 Caracas, cuyo nombre viene de los indígenas del mismo nombre, fue fundada por Diego de Losada en 1567.

3 El chocolate, el producto venezolano más importante durante la colonia, proviene de la semilla del cacao.

4 Simón Bolívar fue el libertador de Venezuela y de varios otros países latinoamericanos. Él fue presidente de la tercera república venezolana y de la República de la Gran Colombia. Venezuela decidió separarse de la República de la Gran Colombia porque resentía que la capital de ésta estuviera en Bogotá.

5 Los caudillos eran jefes que tomaban el poder a la fuerza y luego gobernaban con un autoritarismo represivo.

6 La industria petrolera.

7 De la "Generación de 1928" salieron muchos de los líderes posteriores de Venezuela.

8 El último dictador venezolano fue derrocado en 1958. Desde entonces, ha habido una transición pacífica del poder presidencial.

9 Carlos Andrés Pérez nacionalizó la industria petrolera en 1976. Esto resultó en mayores ingresos para el país, lo cual impulsó el desarrollo industrial.

10 La dependencia de un producto, el petróleo, es el dilema principal de la Venezuela contemporánea.

■ ¡A ver si comprendiste!

¿Quién? ¿Qué? ¿Cuándo? ¿Recuerdas los datos más importantes de la lectura? Para asegurarte, contesta estas preguntas con un(a) compañero(a).

1. ¿Cuál es el origen del nombre de "Venezuela"?
2. ¿Quién fundó la ciudad de Caracas? ¿En qué año? ¿Cuál es el origen del nombre "Caracas"?
3. ¿Cómo se llama la semilla de donde proviene el chocolate? ¿Qué importancia tiene su cultivo y comercio en la historia de Venezuela?
4. ¿Quién fue Simón Bolívar? ¿Por qué fracasó su sueño de incorporar Venezuela a la República de la Gran Colombia?
5. ¿A quiénes se conoce como "caudillos" en la historia de Venezuela? ¿Cómo tomaban el poder? ¿Eran democráticos o autoritarios?
6. ¿Qué industria crea una nueva clase media urbana en Venezuela?
7. ¿Por qué es importante la llamada "Generación de 1928" en Venezuela?
8. ¿En qué año fue derrocado el último dictador venezolano? ¿Cómo han sido desde entonces los gobiernos venezolanos?
9. ¿Qué presidente venezolano nacionalizó la industria petrolera? ¿En qué año? ¿Por qué es importante este hecho?
10. ¿Cuál es el dilema principal que enfrenta la sociedad venezolana contemporánea?

Caraballeda, Venezuela

NSS **For Native Speakers** Pídales a sus estudiantes hispanohablantes que escriban las respuestas en casa. En clase, pídales que las corrijan ellos mismos al repasarlas con la clase entera.

Ventana al Mundo 21

Have students read silently. Then allow time for pair work. Have individual students present their descriptions to the class. Descriptions will vary.

NSS **For Native Speakers**
Pregúnteles a sus estudiantes hispanohablantes el nombre de la ciudad más grande en el país de sus antepasados o de su estado ahora. Pídales que la comparen con Caracas.

Ventana al Mundo 21

Caracas:
una ciudad ultramoderna

Caracas, la capital de Venezuela es una ciudad llena de contrastes. El centro histórico de la ciudad incluye una catedral reconstruida en 1674 frente a la típica Plaza Bolívar. Cerca de ahí se encuentra la Casa Natal, la residencia colonial donde nació y vivió Simón Bolívar y que ahora es un museo nacional. Pero las torres gemelas del Centro Simón Bolívar que se elevan a una altura de 32 pisos representan la nueva Caracas que se levanta hacia el cielo. Este complejo de edificios incluye una gigantesca zona comercial y de negocios, entrecruzada por rampas subterráneas para automóviles y peatones. Modernas autopistas y rascacielos se levantan por toda la ciudad, muchas veces a sólo unos pasos de los "ranchitos" o casas improvisadas construidas por inmigrantes llegados a la capital de las zonas rurales, y que forman el cinturón urbano de población marginada. Por otra parte, el metro de Caracas o Cametro fue inaugurado en 1983 y es uno de los más modernos del mundo. Un teleférico parte del terminal Maripérez y va desde la ciudad hasta el Cerro Ávila, a una altura de 2.111 metros sobre el nivel del mar, desde donde se puede apreciar la rápida transformación de la ciudad. Elegantes casas y "ranchitos" se extienden por las laderas de este pulmón verde de la megalópoli.

Caracas: ultramoderna ciudad. Pídele a un(a) compañero(a) que haga dos de estas descripciones y haz las otras dos tú mismo(a).

1. Describe el centro histórico de Caracas. Nombra por lo menos tres sitios históricos allí.
2. Describe el Centro Simón Bolívar.
3. ¿Qué son los "ranchitos" de Caracas?
4. Describe el metro de Caracas.

LECCIÓN 3: VENEZUELA

313

FOTO
Vista de las modernas torres gemelas del Centro Simón Bolívar de Caracas, Venezuela.

Luz, cámara, acción

Purpose In this section students will view an excerpt from the authentic video **La realización de la Línea 2 Caricuao-Centro.** In **Antes de empezar el video** students will begin with some previewing activities designed to elicit their previous knowledge about subways as an important means of mass transportation. Then in the **Escenario,** they will get some background information on the metro in Caracas.

Antes de empezar el video Find out how much students know about metro systems by having them answer these questions. Answers will vary.

Antes de empezar el video

Contesta estas preguntas para ver qué contacto has tenido tú con el metro.

1. ¿Te has paseado alguna vez en el metro?
   Si contestas que sí: ¿Dónde? ¿Te gustó? ¿Por qué?
   Si contestas que no: ¿Te gustaría hacerlo alguna vez? ¿Por qué?
2. ¿Qué has visto tú personalmente o en películas en los metros que te ha dejado una impresión negativa? ¿una impresión positiva? Explica tu respuesta.
3. En tu imaginación, ¿con qué relacionas un paseo en el metro? ¿Es como otras experiencias que has tenido? ¿Cuáles? ¿Por qué?
4. En tu opinión, ¿qué es esencial para que el metro llegue a ser aceptado como el medio de transporte principal de la mayoría de los ciudadanos en cualquier ciudad?

314

UNIDAD 6

FOTO

Foto de fondo. Una de las entradas a la estación Sabana Grande del Metro de Caracas.

ESCENARIO

El metro de Caracas

Como muchas ciudades modernas, la ciudad de Caracas tiene un transporte colectivo llamado "metro" que comunica diferentes zonas residenciales con el centro de la ciudad. La Línea 1, que fue la primera línea del metro caraqueño en construirse, corre de oeste a este. La Línea 2, que se comenzó a construir en 1977, corre de norte a sur. Una línea adicional unida a la línea principal para formar una "Y" llegaría también a las estaciones Ruiz Pineda y Las Adjuntas. Las obras realizadas durante la construcción de la Línea 2 incluyen grandes túneles, plataformas elevadas, trece estaciones diferentes y un conjunto de edificios para el servicio y mantenimiento de los trenes.

■ ¡A ver si comprendiste!

¿Quién? ¿Qué? ¿Cuándo? ¿Recuerdas los datos más importantes de la lectura? Para asegurarte, contesta estas preguntas con un(a) compañero(a).

1. ¿En qué dirección corre la Línea 1 del metro de Caracas?
2. ¿Cuándo se comenzó a planificar la Línea 2?
3. ¿Cómo se llaman las estaciones hasta donde llega la línea adicional?
4. ¿A cuántas diferentes estaciones comunica la Línea 2?

LECCIÓN 3: VENEZUELA

315

Y ahora, ¡veámoslo!

TAPE **47:51**

Purpose To give students an opportunity to see actual footage of the completion of Line #2 of the Caracas metro.

Procedure

1 Ask students to describe the video stills and get them to predict what they think they will be seeing on the video.

2 Play the video all the way through without stopping. Then rewind and play it through one section at a time, stopping to ask comprehension check questions—yes/no, either/or, short response questions, to help the students understand what they heard and saw. Repeat this procedure to the end. The length of each video section you show will depend on how much your students can understand and retain as they view the video.

3 Play the video all the way through one last time before asking **A ver cuánto comprendiste...** questions.

NSS For Native Speakers

1 En clases para estudiantes hispanohablantes, empiece por mostrar el video completo a la clase.

2 Luego, vuélvalo al principio y muestre una sección a la vez, deteniéndolo cada vez para hacer preguntas y asegurarse que todos están entendiendo el contenido.

3 La duración de cada sección que decida mostrar depende de sus alumnos. Siendo hispanohablantes, es probable que podrán comprender trozos más largos de lo que comprendería una clase sin hispanohablantes.

4 Cuente con que los estudiantes hispanohablantes contesten sus preguntas en detalle, ya que ellos entienden más, por lo general.

Y ahora, ¡veámoslo!

En este video se hará un recuento de cómo se construyó la Línea 2 del metro de Caracas, uno de los más modernos del mundo. También se visitará el conjunto de edificios localizados al final de la Línea 2 que incluyen áreas de servicio y mantenimiento para los trenes y una torre de control. Junto con el narrador, tomarán uno de los cómodos trenes con aire acondicionado de la Línea 2 hasta llegar a la estación El Silencio que es el punto de transferencia con la Línea 1.

El video: La realización de la Línea 2 Caricuao-Centro

El tren

Caracas

■ A ver cuánto comprendiste . . .

A. Dime si entendiste. Después de ver el video, contesta estas preguntas.

1. ¿Cuáles son las dos estaciones finales de la Línea 2?
2. ¿Por qué fue necesario construir subestaciones eléctricas a lo largo del metro de Caracas? ¿Qué tipo de energía usan los trenes del metro?
3. ¿Por qué es importante tener un gran patio al final de la Línea 2?
4. ¿Qué hay dentro de la torre de control del patio de mantenimiento? ¿Por qué son importantes estos instrumentos?

B. ¿Y qué dices tú? Contesten estas preguntas en grupos de tres o cuatro. Luego díganle a la clase cómo contestaron cada pregunta.

1. ¿Crees que es preferible construir una línea de metro a construir una autopista para coches en una ciudad populosa como Caracas? Explica tu respuesta.
2. ¿Por qué fue necesario construir una torre en el patio donde se les da servicio y mantenimiento a los trenes del metro?
3. ¿Por qué existen máquinas automáticas expendoras de boletos y de cambio en todas las estaciones del metro de Caracas?
4. ¿Por qué hay aire acondicionado en los vagones de los trenes del metro de Caracas?
5. ¿Qué piensas del metro de Caracas después de ver el video? ¿Usarías este medio de transporte en vez de manejar un coche?

PASAPORTE cultural

Un crucigrama cooperativo. Tu profesor(a) te va a dar un crucigrama con las claves verticales y a tu compañero(a) le va a dar uno con las claves horizontales. Haz tu parte del crucigrama mientras tu compañero(a) hace la suya. Luego para completarlo, pídele las claves que necesitas a tu compañero(a) y dale las que te pida a ti. No se permite comparar crucigramas hasta terminar la actividad.

Answers

A. Dime si entendiste. Call on individual students.

1 La Línea 2 va a El Silencio y al Zoológico.
2 Fue necesario construir subestaciones eléctricas porque los trenes del metro de Caracas usan energía eléctrica.
3 El patio es necesario para estacionar los trenes y darles servicio y mantenimiento a los mismos. También hay una vía para probar los nuevos trenes o los que han sido reparados.
4 Dentro de la torre están el tablero de control óptico y la mesa de control que registran el movimiento de trenes en el patio.

B. ¿Y qué dices tú? Allow time for group work. Then call on several groups to give their responses and have other groups elaborate on answers given.

1 Las respuestas van a variar.
2 Fue necesario construir la torre en el patio para poder observar las actividades que se desarrollan en el patio.
3 Las máquinas automáticas expendedoras de boletos y de cambio son para que los usuarios puedan comprar boletos sin ninguna dificultad.
4 Hay aire acondicionado en los vagones para ofrecerles un clima fresco a los cientos de personas que viajan en cada tren.
5 Las respuestas van a variar.

NSS **For Native Speakers** Espere a que los estudiantes hispanohablantes den más detalles y recuerden más hechos mientras esté haciendo estas preguntas.

Pasaporte cultural

Purpose This cooperative crossword puzzle incorporates a thorough review of the cultural information in the unit. It is designed to help focus students on the important facts they have learned in this unit.

*Escribamos
ahora*

Escribamos ahora

A. Primera revisión

Intercambia tu redacción con la de un(a) compañero(a), léela cuidadosamente y contesta las preguntas que siguen.

1. ¿Sabes quiénes son los personajes?
2. ¿Sabes qué relación hay entre ellos?
3. ¿Se establece bien el ambiente y la situación en la cual se encuentran los personajes?
4. ¿Sabes cómo se sienten los personajes y cómo reaccionan a lo que está pasando?
5. ¿Es natural el diálogo? ¿Va bien con cada personaje y con la situación?
6. ¿Es lógica la conclusión a la cual llegan los personajes? ¿Quedas convencido(a)?

No dejes de decirle a tu compañero(a) lo que más te gusta de su redacción y lo que consideras muy efectivo. Hazle sugerencias específicas para mejorar su diálogo.

B. Segundo borrador

Antes de escribir el segundo borrador, compara este trozo de diálogo escrito en español con el inglés para ver cuántas diferencias encuentras.

—Siéntese.	*"Sit down."*
—Buenos días —dijo el alcalde.	*"Good morning," said the mayor.*
—Buenos —dijo el dentista.	*"Good morning," answered the dentist.*

Ahora escribe una segunda versión de tu comparación teniendo en cuenta la puntuación del diálogo escrito en español y las sugerencias que te hizo tu compañero(a).

C Segunda revisión

Ahora intercambia redacciones con un(a) compañero(a) de clase y dale una rápida ojeada a su diálogo para asegurarte de que no haya errores. Fíjate en particular en la puntuación y en el uso de verbos en tiempo futuro o condicional.

1. ¿Usa guiones (—) en vez de comillas ("")?
2. ¿Evita el uso de comas antes de un guión?
3. ¿Evita el uso de guiones en oraciones donde no se especifica quién habla?
4. ¿Usa un acento escrito en todos los verbos en futuro, menos en la primera persona plural?
5. ¿Usa acento escrito en todos los verbos en condicional?

D Versión final

Considera los comentarios de tus compañeros sobre la puntuación y el uso de verbos en el futuro y el condicional y revisa tu redacción por última vez. Como tarea, escribe la copia final a máquina o en la computadora. Antes de entregarla, dale un último vistazo a la concordancia.

E Publicación

Cuando tu profesor(a) te devuelva la redacción corregida, léesela a tres compañeros y escucha mientras ellos leen las suyas. Luego decidan cuál de los cuatro diálogos les gusta más y prepárense para hacerle una lectura dramática de ese diálogo a la clase.

LECCIÓN 3:   VENEZUELA

Cultural/ Communicative

In this unit, students will use Spanish . . .

• *to understand and talk about historical events:* pre-Columbian Andean cultures; the effect of the legend of El Dorado; colonial times and independence movements; the War of the Pacific: border conflicts between Perú, Bolivia, and Chile; the struggle for power between Quito and Guayaquil; Bolivia's territorial wars with Chile, Argentina, Paraguay and Brazil

• *to gain knowledge of current political and social issues:* contemporary problems in Perú— economics, drug trafficking, and the *Sendero Luminoso;* the new Ecuadorian economic stability—oil refineries; the Bolivian National Revolution—progress for the lower classes

• *to learn about today's protagonists in politics, the arts, and entertainment:* Javier Pérez de Cuéllar, Alberto Fujimori, Mario Vargas Llosa, Tania Libertad, Jorge Icaza, Sixto Durán Ballén, Gilda Holst, Enrique Tábara, Víctor Paz Estenssoro, Jaime Paz Zamora, María Luisa Pacheco, Alcides Arguedas

FOTO

Textiles en el mercado de Otavalo, Ecuador.

Unidad 7

Perú, Ecuador y Bolivia: camino al sol

Panorama de la catedral de Cuenca en Ecuador

320

Enfoque

Purpose To set the stage by focusing students on the topics of the unit: pre-Incan cultures, the Incan Empire, the Peruvian Viceroyalty, Quechua and Aymara cultures today, and the slow and difficult road to economic development for Perú, Ecuador, and Bolivia.

Suggestions Ask students why they think this unit is subtitled **Camino al sol.** After completing the chapter, come back to their responses to see if they predicted correctly.

Edificios de apartamentos y oficinas en La Paz, Bolivia

Panorama de Cuzco, Perú, con la Plaza de Armas en el centro

ENFOQUE

Los Andes le dan una unidad geográfica a estos tres países cuyos territorios de oriente también forman parte de la Amazonia. La extensión de las lenguas indígenas quechua y aymara por toda esta región andina es prueba de una larga historia común. Magníficas civilizaciones precolombinas se sucedieron hasta llegar al imperio inca que unificó vastos territorios. Esta unidad política perduró en el Virreinato del Perú durante la colonia. Pero desde la independencia, su desarrollo como naciones ha sido un proceso lento y difícil. Sus pueblos marcan el camino al sol y la unidad cultural se sigue celebrando en su música andina.

After reading the **Enfoque,** ask:

1 ¿A qué se debe la unidad geográfica de estos tres países? *(A los Andes y a la selva amazónica.)*

2 ¿Cuáles son las lenguas indígenas más comunes de estos tres países? *(El quechua y el aymara.)*

3 ¿Qué unificó estos territorios antes de la llegada de los europeos? *(El imperio inca.)*

4 ¿Cómo se mantuvo esta unidad territorial durante la época colonial? *(Se mantuvo por el Virreinato del Perú.)*

FOTOS

Pendiente ceremonial hecho de concha, piedras preciosas, plata y cobre, proveniente de la cultura de Tiahuanaco, de alrededor de 500-600 d.C.

Vaso de turquesa y oro, representativo de la cultura chimú y ahora parte de la colección del Museo del Oro de Lima, Perú.

Lección 1

Perú

Nombre oficial:
República del Perú

Extensión:
1.285.216 km²

Principales ciudades:
Lima (capital), Arequipa, El Callao, Trujillo

Moneda:
Nuevo sol (S/.)

Gente del Mundo 21

Javier Pérez de Cuéllar, diplomático peruano, fue secretario general de la Organización de las Naciones Unidas (ONU) de 1982 a 1992. Nació en 1920 en Lima. Estudió en la Universidad Católica de su ciudad natal. En 1944 inició su carrera diplomática. De 1964 a 1968 fue embajador de su país en Suiza y, después de desempeñar el cargo de primer embajador peruano en la Unión Soviética entre 1969 y 1971, fue nombrado representante permanente peruano en las Naciones Unidas. Como secretario general de las Naciones Unidas, puso gran énfasis en la resolución de diferentes conflictos armados a través de negociaciones.

Alberto Fujimori, ingeniero y político peruano de origen japonés, nació en 1938. En 1990 triunfó en las elecciones presidenciales al frente de una agrupación independiente (Cambio 90). Empezó un programa de reformas económicas en el Perú. En 1991 disolvió el congreso y comenzó a gobernar por decreto, insistiendo en la necesidad de un gobierno más eficaz para controlar la ola de violencia promovida por los guerrilleros izquierdistas. En 1992 se capturó al líder del grupo guerrillero "Sendero Luminoso". Este hecho constituyó una gran victoria para el gobierno de Fujimori.

322

UNIDAD 7

Corresponding Structures in *Manual de gramática*

7.1 Imperfect Subjunctive: Noun and Adjective Clauses G106

NSS **For Native Speakers** Trabajando en grupos de tres o cuatro, pídales a los estudiantes hispanohablantes que escriban definiciones de unas diez de estas palabras. Luego en grupos de tres o cuatro, dígales que cada uno lea sus definiciones para ver si el grupo puede adivinar cada palabra que se define.

Purpose To introduce four important Peruvians: the former Secretary General of the United Nations, **Javier Pérez de Cuéllar;** the highly visible politician, **Alberto Fujimori;** the internationally recognized writer, **Mario Vargas Llosa;** and the contemporary vocalist, **Tania Libertad.**

Suggestion Have students read the first biography silently, then ask comprehension check questions. Repeat with the remaining biographies.

Extension Have students prepare a brief written or oral presentation on one of these personalities, any other famous Peruvian, or on a recent news item regarding Perú.

NSS **For Native Speakers** Pídales a los estudiantes hispanohablantes que preparen preguntas originales para que luego se las hagan a sus compañeros de clase y así verifiquen la comprensión que éstos tienen sobre esta sección. Insista en que preparen por lo menos seis preguntas para cada una de las personas descritas.

Personalidades del Mundo 21

Allow time to prepare questions individually. Then call on individual students to ask their questions of others in the class.

NSS **For Native Speakers** Pídales a los estudiantes hispanohablantes que en grupos de seis, cuatro de ellos representen el papel de estos personajes importantes, y que los otros dos los entrevisten, haciendo el papel de periodistas. Anime a los estudiantes a que hagan preguntas que van más allá del texto, si lo desean.

Mario Vargas Llosa, escritor peruano, nació en Arequipa en 1936. En 1950 se estableció en Lima, donde pasó dos años en una academia militar e hizo estudios en la Universidad de San Marcos. Se doctoró en la Universidad de Madrid. Su primera novela, *La ciudad y los perros* (1963) basada en experiencias personales en una escuela militar, lo consagró como novelista. Desde entonces ha sido considerado uno de los escritores más representativos del llamado "boom" de la novela latinoamericana. Entre sus otras novelas se encuentran: *La casa verde* (1966), *Conversación en la catedral* (1969) y *La tía Julia y el escribidor* (1977). En 1990, fue candidato del bloque conservador Frente Democrático (FREDEMO) a las elecciones presidenciales en las que triunfó el ingeniero Alberto Fujimori.

Tania Libertad, cantante peruana, es representante del canto nuevo latinoamericano en el que el lirismo musical se une al compromiso social. Ha grabado más de veinte discos. Entre sus últimas grabaciones está *Boleros hoy*. Sus canciones surgen de su vida y sus experiencias. El ritmo de muchas de sus composiciones no es bailable pero es muy popular. La cantante explica: "A la música que yo canto le han puesto muchas etiquetas, pero yo propongo que se le llame simplemente música popular latinoamericana".

Personalidades del Mundo 21. Después de leer cada biografía, prepara cuatro o cinco preguntas para hacerles a tus compañeros de clase.

LECCIÓN 1: PERÚ

323

DEL PASADO al presente

EL PERÚ: PIEDRA ANGULAR DE LOS ANDES

Su territorio está dividido en tres zonas principales, cada una con sus propias características: el desierto en la costa, las tierras altas de la cordillera de los Andes y las selvas amazónicas. El Perú tiene una de las historias más ricas del continente: fue cuna de notables civilizaciones precolombinas, parte central del imperio inca y joya colonial del imperio español.

Muralla inca, Cuzco

LAS GRANDES CIVILIZACIONES ANTIGUAS

Miles de años antes de la conquista española, las tierras que hoy forman el Perú estaban habitadas por sociedades complejas y refinadas. La primera gran civilización de la región andina se conoce con el nombre de Chavín y floreció entre los años 900 y 200 a.C. en el altiplano y la zona costera del norte del Perú. Después siguió la cultura mochica

Cerámica mochica

(200 a.C-700 d.C), que se desarrolló en una zona más reducida de la costa norte del Perú. Los mochicas construyeron las dos grandes pirámides de adobe que se conocen como Huaca del Sol y Huaca de la Luna. Una extraordinaria habilidad artística caracteriza las finas cerámicas de los mochicas.

La cultura chimú (¿1330 –1490?) surgió en la misma zona costera de la cultura mochica anterior. A finales del siglo XV, los incas conquistaron la ciudad de Chan Chan, la capital del reino chimú. De allí se llevaron sus riquezas y artesanos a su capital, Cuzco, localizada a 600 millas al sureste. Desde la segunda mitad del siglo XV y en menos de cien años, los incas lograron dominar a sus pueblos vecinos y formaron el mayor de los imperios conocidos en la Sudamérica precolombina. A la llegada de los españoles, el imperio inca, también llamado Tahuantinsuyo o "las cuatro direcciones",

Las ruinas de Chan Chan

324

FOTOS

Foto de fondo. Paisaje de picos nevados en el altiplano del Perú.

Muralla de una fortaleza inca con muchas piedras angulares y que fue utilizada en la construcción de edificios coloniales en Cuzco, la antigua capital del imperio inca.

Cerámica mochica que muestra diferentes diseños de textiles del siglo VII d.C., pieza de la colección del Museo Nacional de Arqueología de Lima, Perú.

Ruinas de la ciudad de Chan Chan, capital del reino chimú que antecedió al establecimiento del imperio inca. La foto inferior es de una sección restaurada de Tschudi, uno de los once pequeños centros urbanos que formaban la gran ciudad de Chan Chan.

incluía los territorios de lo que ahora son el Perú, Ecuador, Bolivia, y el norte de Argentina y de Chile. Las ruinas de Machu Picchu, descubiertas en 1911, son un bello ejemplo de la arquitectura inca.

LA CONQUISTA

Entre 1524 y 1527 Francisco Pizarro y sus seguidores exploraron la costa occidental de Sudamérica y dieron al nuevo país el nombre de Perú, que tomaron posiblemente del cercano río Virú. A comienzos de 1531, Pizarro, al mando de 180 hombres y 37 caballos, desembarcó en la costa y se dirigió al encuentro del emperador inca en Cajamarca. Atahualpa acababa de asumir el poder y estaba en guerra civil contra su medio hermano Huáscar. Pizarro aprovechó las circunstancias y capturó a Atahualpa. Éste, desde su cautiverio, mandó matar a

Koricancha, fortaleza inca en Cuzco

Huáscar. Además ofreció una enorme cantidad de oro por su propia libertad. Pizarro, en lugar de liberarlo, lo condenó a la muerte en 1533. Ese mismo año, los españoles ocuparon Cuzco y se apoderaron del imperio inca.

LA COLONIA

Cerca de la costa central, Pizarro fundó la ciudad de Lima el 6 de enero de 1535, el día de los Reyes Magos, por eso Lima se conoce como "la Ciudad de los Reyes". Su nombre se deriva del río Rímac en cuya desembocadura se encuentra el puerto marítimo de El Callao. Lima se convertiría en la capital del Virreinato del Perú que se estableció en 1543

y llegó a ser una de las principales ciudades del imperio español. En Lima se estableció la Universidad de San Marcos, una de las primeras universidades del continente. La extracción de oro y plata y su embarque a Europa fueron las actividades económicas más importantes de la colonia.

Estatua de Pizarro, Lima

En 1739, la creación del Virreinato de Nueva Granada separó de la autoridad de

Catedral Plaza de Armas, Lima

Lima los territorios de lo que después serían Panamá, Colombia y Ecuador. En 1776, el establecimiento del Virreinato del Río de la Plata, con capital en Buenos Aires, disminuyó aún más el territorio gobernado desde Lima. Una gran revuelta indígena en la cual murió el líder Túpac Amaru II, duró de 1780 a 1783, cuando fue suprimida violentamente por las autoridades españolas.

LA INDEPENDENCIA

Tras la invasión francesa de España en 1808, el Perú se mantuvo fiel a la monarquía española. Mientras que en otras regiones del imperio ocurrían rebeliones de líderes criollos contra las autoridades peninsulares, en el Perú los aristócratas criollos permanecieron ajenos al conflicto pues temían más una rebelión de la mayoría indígena.

Después de lograr la liberación de Argentina y Chile, el general José de San

FOTOS

Koricancha, parte del templo inca del Sol con la iglesia colonial de Santo Domingo arriba, en el centro de Cuzco, Perú.

Estatua de Francisco Pizarro, el conquistador del Perú, que se encuentra en la Plaza de Armas de Lima, Perú.

Catedral y Plaza de Armas de Lima, Perú.

1 Tres grandes civilizaciones peruanas que florecieron antes de la conquista española son la de Chavín, la mochica y la chimú. *(C)*
2 Francisco Pizarro capturó a Atahualpa, el rey de los incas, y antes de liberarlo lo forzó a mandar a matar a su hermano y enemigo Huáscar. *(F)*
3 Lima se conoce como "la Ciudad de los Reyes" debido a todos los reyes incas que están enterrados allí. *(F)*
4 La extracción de oro y plata y su embarque a Europa fueron las actividades económicas más importantes del Virreinato del Perú. *(C)*
5 Simón Bolívar y José de San Martín son los dos héroes de la independencia del Perú. *(C)*
6 El "alto Perú" se refiere al altiplano de los Andes, donde los incas establecieron el centro de su imperio. *(F)*
7 Como resultado de la Guerra del Pacífico, el Perú tuvo que cederle dos provincias a Chile. *(F)*
8 En 1992 el presidente Alberto Fujimori disolvió el congreso peruano y asumió poderes autoritarios. *(C)*

NSS **For Native Speakers** Anime a los estudiantes hispanohablantes a que amplíen cualquiera de los temas presentados en la lectura. Si algunos son de ascendencia peruana, pídales que le cuenten al resto de la clase cómo es el Perú que ellos o sus padres conocen. Si hay tiempo para hacerlo, invite a unos peruanos a la clase para que hablen de su país.

Martín decidió atacar el poder español en el Perú. San Martín tomó Lima en julio de 1821 y regresó a Chile después de entrevistarse con Simón Bolívar en el puerto de Guayaquil en 1822. Bolívar acababa de liberar el Virreinato de Nueva Granada y tomó la iniciativa contra los españoles. En diciembre de 1822 se proclamó la República del Perú, y tras las batallas de Junín y Ayacucho en 1824, las fuerzas españolas fueron definitivamente derrotadas.

LA JOVEN REPÚBLICA

Los primeros años de vida independiente fueron difíciles para el Perú. Las principales figuras del movimiento independentista no fueron peruanos y por lo tanto no había una figura central que uniera al país. En 1826, el Alto Perú se declaró independiente con el nombre de República de Bolívar (Bolivia). Bolívar, quien había sido nombrado presidente vitalicio renunció al cargo en 1827. Conflictos fronterizos causaron varias guerras con Colombia, Bolivia y Chile.

A mitad del siglo XIX, el Perú logró una cierta estabilidad política durante la presidencia del general Ramón Castilla que tuvo dos períodos: de 1845 a 1851 y de 1855 a 1862. El país gozó de una expansión económica debido a la explotación del guano, excremento dejado por los pájaros en las islas de la costa del Pacífico que se usa como fertilizante.

LA GUERRA DEL PACÍFICO

La importancia de los depósitos minerales de nitrato localizados en el desierto de Atacama provocó conflictos entre Chile y Bolivia, pues ambos tenían interés en ellos. El Perú había firmado un tratado secreto de defensa mutua con Bolivia que Chile interpretó como un acto hostil. Al fracasar las negociaciones, Chile les declaró la guerra al Perú y a Bolivia, el 5 de abril de 1879. El

ejército chileno rápidamente derrotó a los del Perú y Bolivia y ocupó durante dos años la capital peruana.

Por el Tratado de Ancón, firmado en 1883, el Perú le cedió a Chile la provincia de Tarapacá y dejó bajo administración chilena durante diez años las de Tacna y Arica. No fue hasta 1929 cuando este asunto se resolvió finalmente con la mediación de EE.UU. Por el Tratado de Tacna-Arica, Chile le devolvió la provincia de Tacna al Perú y conservó la de Arica.

LA ÉPOCA CONTEMPORÁNEA

Desde la década de 1920, un partido izquierdista conocido como APRA (Alianza Popular Revolucionaria Americana) ha sido un factor importante en la política peruana. Con apoyo del APRA Fernando Belaúnde Terry fue elegido presidente en 1963 e impulsó reformas sociales. Un golpe militar en 1968 derrocó al gobierno de Belaúnde Terry y marcó el inicio de una década de gobiernos militares de tipo nacionalista y populista. Después de aprobarse una nueva constitución, en mayo de 1980 fue elegido presidente una vez más Fernando Belaúnde Terry.

A finales de la década de 1980, la crisis económica, la penetración del narcotráfico y el terrorismo del grupo guerrillero Sendero Luminoso agobiaban cada vez más al Perú. Alberto Fujimori triunfó en las elecciones presidenciales de 1990; dos años después, Fujimori disolvió el congreso peruano y asumió poderes autoritarios. Al final del siglo XX, la sociedad peruana trata de recobrar la confianza en su desarrollo.

La captura del líder del Sendero Luminoso

FOTOS

Foto de fondo. Panorama de la ciudad de Huarás en Ancash, Perú.

Encabezados de los periódicos de Lima del 13 de septiembre de 1992, un día después que Abimael Guzmán, líder del grupo guerrillero Sendero Luminoso fuera capturado junto con otros miembros del grupo en una casa en un suburbio de Lima.

■ ¡A ver si comprendiste!

¿Quién? ¿Qué? ¿Cuándo? ¿Recuerdas los datos más importantes de la lectura? Para asegurarte, contesta estas preguntas.

1. ¿Cuáles son las tres zonas principales del Perú? ¿Qué características tienen?
2. ¿Con qué nombre se conoce la primera gran civilización de la región andina? ¿En qué años floreció?
3. ¿Quiénes construyeron las grandes pirámides que se conocen como Huaca del Sol y Huaca de la Luna?
4. ¿Cuál era la capital del imperio inca? ¿Cuánto tiempo tardaron los incas en establecer su gran imperio?
5. ¿Quién fue el conquistador español que capturó a Atahualpa, el emperador inca? ¿Cómo trataron los españoles al emperador inca?
6. ¿Por qué se conoce a Lima como la "Ciudad de los Reyes"?
7. ¿Por qué no se rebelaron los criollos de Lima contra los españoles como lo hicieron los criollos de otras partes del imperio español en la década de 1810?
8. ¿Qué producto trajo al Perú una expansión económica a mediados del siglo XIX? ¿Para qué se usa este producto?
9. ¿Qué resultados trajo para el Perú la Guerra del Pacífico?
10. ¿Quién ganó las elecciones presidenciales de 1990 en el Perú? ¿Cuáles son algunas de las medidas que ha tomado este presidente?

La fortaleza de Sacsahuamán en Cuzco

LECCIÓN 1: PERÚ

FOTO

Muralla de piedra de la fortaleza inca de Sacsahuamán en Cuzco. Aquí se puede observar la enorme dimensión de las piedras que forman esta muralla. También se ven los diversos ángulos en que las piedras fueron labradas.

¡A ver si comprendiste!

Have students get accustomed to answering these questions in their own words with books closed. Do not allow reading verbatim from the text.

NSS For Native Speakers
Pídales a sus estudiantes hispanohablantes que escriban las respuestas en la pizarra. Revise las respuestas con el resto de la clase, pidiendo a estudiantes específicos que identifiquen y corrijan los posibles errores.

Answers

1 Las tres zonas principales son el desierto en la costa, las tierras altas de los Andes y las selvas amazónicas.
2 La civilización de Chavín fue la primera gran civilización que floreció en el Perú entre los años 900 y 200 a.C.
3 Los mochicas construyeron las dos grandes pirámides de adobe, Huaca del Sol y Huaca de la Luna.
4 Cuzco era la capital del gran imperio inca que se estableció en menos de cien años.
5 Francisco Pizarro capturó a Atahualpa y mandó que lo mataron aunque éste le había ofrecido una enorme cantidad de oro por su libertad.
6 Lima se conoce como "la Ciudad de los Reyes" porque fue fundada el 6 de enero, día de los Reyes Magos.
7 Los criollos en Lima no se rebelaron porque temían una rebelión de la mayoría indígena.
8 El guano, que se usa como fertilizante, trajo una expansión económica a mediados del siglo XIX.
9 En la Guerra del Pacífico, el Perú tuvo que cederle a Chile una provincia y dejar bajo administración chilena otras dos provincias.
10 Alberto Fujimori ganó las elecciones de 1990. Dos años después, disolvió el congreso peruano y asumió poderes autoritarios.

Have students read silently, then allow time for pair work. Call on individual students to tell what the director would say about each item and have class confirm each response. Descriptions will vary.

Extension Ask students why they think there are grave robbers and why tombs such as the ones at Sipán have gone unnoticed for so much time.

Extra Credit Offer extra credit to a student who volunteers to read the article "New Tomb of Royal Splendor" in *National Geographic,* Vol. 177, No. 6, June 1990. Have them give the class an oral summary of the article. Others wanting extra credit may be asked to write a report on the other article on the Moche in the same volume.

NSS **For Native Speakers** Pregúnteles a sus estudiantes hispanohablantes si saben de algún hallazgo similar en sus países de origen o el de sus antepasados. Si así es, pídales que compartan lo que conocen con la clase. También pregúnteles si se sienten ligados a la historia de su país a través de los monumentos arqueológicos. Pregúntele al resto de la clase si en Estados Unidos ocurre el mismo fenómeno.

Una de las tumbas

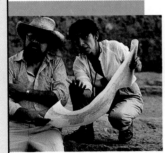
Los arqueólogos Susana Meneses y Walter Alva

Figurilla de oro encontrada en una de las tumbas

328

Ventana al Mundo 21

LOS TESOROS DE SIPÁN

Durante casi dos mil años, los Señores de Sipán permanecieron enterrados en el olvido, hasta que *huaqueros* o ladrones de tumbas encontraron una de las tumbas en 1987 y comenzaron a saquearla. Cuando los tesoros empezaron a aparecer en el mercado del arte, el gobierno del Perú tomó medidas decisivas para acabar con este saqueo. Pronto se localizó el sitio arqueológico cerca del pueblo de Sipán y se realizó una excavación cuidadosa de la tumba. Sipán ha sido identificado con la civilización mochica que prosperó en el norte del Perú, entre los años 100 y 600 d.C., siglos antes del establecimiento del imperio inca. El arqueólogo peruano Walter Alva, del Museo Brüning, en Lambayeque, Perú, encontró y excavó en este sitio otra tumba, una de las más ricas que se hayan encontrado jamás en las Américas. Contenía los restos adornados en oro de un gobernador muerto a los treinta y cinco años de edad. Junto a él se había enterrado también a su perro y a varias mujeres y hombres que seguramente eran miembros de su familia o sirvientes suyos. En un cofre junto a su momia había un fabuloso tesoro de sombreros emplumados, ornamentos de oro, una armadura dorada, exóticos caracoles, bellísimos ropajes y gran número de finas armas.

Los mochicas no dejaron documentos escritos, pero se puede reconstruir su organización social por medio de los dibujos que dejaron en sus piezas de cerámica y objetos de metal. Las obras de la civilización mochica dejaron de reproducirse alrededor del 750 d.C., lo cual indica que este pueblo desapareció debido quizás a drásticos cambios climatológicos o rebeliones internas.

LOS TESOROS DE SIPÁN. Si visitaras el Museo Arqueológico Brüning en Lambayeque, Perú, ¿qué diría su director de lo siguiente? Decídelo con un(a) compañero(a).

1. Los Señores de Sipán
2. Los huaqueros
3. Los mochicas
4. El gobernador muerto

FOTO

Los arqueólogos Susana Meneses y Walter Alva forman una pareja que además del matrimonio comparten un profundo interés por el pasado precolombino del Perú.

Y ahora, ¡a leer!

■ Anticipando la lectura

A. Personajes buenos y malos. Los cuentos populares, en particular las leyendas, siempre permiten a unos personajes representar el bien y a otros el mal. Pero parece haber alguna fórmula que determina qué personajes pueden ser buenos y cuáles deben ser malos. ¿Cómo clasificas a los siguientes personajes?

1. una familia rica
2. una princesa
3. un caballo
4. una serpiente
5. un lobo
6. una niña
7. una familia pobre
8. un hombre con barba y bigotes

B. Personajes con otras características. Hay otros personajes que representan otras características muy específicas. ¿Qué característica (a–h) asocias con los siguientes personajes? ¿Te acuerdas de algún cuento o leyenda donde aparecen?

1. el búho

2. el cisne

3. el cuervo

4. el hada madrina

5. el zorro

6. el tío rico

7. el unicornio

8. la madrastra

a. mala suerte
b. poderes mágicos
c. avaricia
d. maldad
e. elegancia
f. gran felicidad
g. inteligencia
h. astucia

LECCIÓN 1: PERÚ

329

Y ahora, ¡a leer!

Purpose In this section students will begin with **Anticipando la lectura,** two pre-reading activities designed to focus students on how certain persons and animals are used in stories and legends to represent specific characteristics. Then in **Vocabulario en contexto,** students are asked to derive the meaning of key words of the reading by using contextual clues. **Conozcamos la tradición oral quechua** is a brief introduction to Quechua literature and the lesson reading, **"El hombre y la víbora".** In **Palabras como llaves,** students learn to work with various derivatives of the word **picar.**

Anticipando la lectura

Suggestions Ask students why they think certain animals or physical types are stereotyped into good or evil characters.

Answers

A. Personajes buenos y malos. Call on individual students. Have class indicate if they agree or disagree with each response. Answers may vary.
1 el mal
2 el bien
3 el bien
4 el mal
5 el mal
6 el bien
7 el bien
8 el mal

B. Personajes con otras características. Call on individual students. Have class indicate if they agree or disagree with each response. Responses may vary.
1 g. inteligencia
2 e. elegancia
3 a. mala suerte
4 b. poderes mágicos
5 h. astucia
6 c. avaricia
7 f. gran felicidad
8 d. maldad

Answers

1 b. denso de árboles
2 a. daré las gracias
3 a. se devuelve
4 c. jefe
5 a. hacerme viejo
6 b. protegí
7 c. energía
8 b. esta dimensión

NSS **For Native Speakers** Si el vocabulario resulta, en general, conocido para sus estudiantes hispanohablantes, pídales que individualmente identifiquen dos o tres palabras desconocidas de la lectura y que tampoco han sido glosadas. En grupos de tres o cuatro, que lean las frases que contienen esas palabras para ver si entre todos pueden concluir qué significan. Pídales que cada grupo presente sus conclusiones a la clase.

Conozcamos la tradición oral quechua

After reading the biography, ask:

1 ¿Quién es Max Uhle? ¿Cómo coleccionó la versión original de "El hombre y la víbora"?
2 ¿Quién es Edmundo Bendezú? ¿Dónde y cuándo publicó "El hombre y la víbora"?
3 ¿Quién es el autor de "El hombre y la víbora"?

C. Vocabulario en contexto. Decide cuál es el significado de las palabras en negrilla a base del contexto de la oración o de otras estrategias que has aprendido para llegar al significado de palabras desconocidas.

1. Un hombre llevaba una carta por un lugar **boscoso** y vio una serpiente debajo de una gran piedra.

   a. lleno de animales   *b.* denso de árboles   *c.* peligroso

2. —No te vayas todavía —le dijo la serpiente—. Te **agradeceré** todavía pues. ¿Con qué retornaré el favor que me has hecho?

   a. daré las gracias   *b.* cobraré   *c.* necesitaré

3. Te lo pagaré pues con un mal, porque cuando a uno le hacen un bien justamente **se paga** con un mal, y un mal se retorna con un bien.

   a. se devuelve   *b.* se ahorra   *c.* se siente

4. Yo le he servido a mi **patrón** durante nueve años. Me mandó a trabajar a todas partes.

   a. primo   *b.* padre   *c.* jefe

5. Yo serví a mi patrón hasta **envejecer.**

   a. hacerme viejo   *b.* hacerme joven   *c.* hacerme guapo

6. Lo **salvé** muchas veces de la muerte cuando fue a las guerras.

   a. llevé   *b.* protegí   *c.* acompañé

7. Y ahora que ya no tengo **fuerzas**, me abandona a este lugar.

   a. dinero   *b.* amigos   *c.* energía

8. —¡A ver! –dijo el juez—. ¿Debajo de qué clase de piedra estaba la serpiente?
   —Una piedra de **este tamaño** —dijo el hombre.

   a. este rancho   *b.* esta dimensión   *c.* este material

Conozcamos la tradición oral quechua

El relato "El hombre y la víbora" fue recogido por el etnógrafo alemán Max Uhle a finales del siglo XIX en el Perú. La versión original le fue comunicada a Uhle en quechua, la lengua indígena hablada en el altiplano peruano. La traducción del quechua al español fue realizada por Edmundo Bendezú y publicada por primera vez en su libro *Literatura quechua* (Caracas, Venezuela: Biblioteca Ayacucho, 1980). Este cuento es una muestra de la rica tradición oral que sobrevive entre el pueblo quechua hasta la época contemporánea. Este cuento no sale de la pluma de un autor específico sino de la memoria colectiva de un pueblo.

UNIDAD 7

NSS **For Native Speakers** Pregunte si alguien en la clase conoce leyendas similares de los grupos indígenas en el país de sus antepasados. Si es así, pídales que resuman alguna de ellas para la clase.

LECTURA

El hombre ve a la víbora

El hombre y la víbora

Un hombre llevaba una carta por un lugar boscoso y vio una *víbora* casi *aplastada* por una gran piedra. El hombre pasó por ahí y, cuando ya se iba, la víbora lo llamó:

—¡Señor! ¡Señor!

—¿Quién me llama ahí? —preguntó el hombre y siguió su camino. Otra vez lo llamó la víbora; entonces, el hombre regresó mirando a un lado y a otro. En eso la víbora le dijo:

—Señor. Hazme un gran favor. Sácame de esta piedra que me va a matar aplastándome.

—¡*De ningún modo* te sacaría! —le contestó el hombre—. Si te saco, *me picarás*. Además estoy muy de prisa.

—Así pues sácame por favor —le *rogó* la víbora—. No te voy a picar.

Entonces el hombre *a duras penas quitó* la piedra. La víbora *se estiró* y *se encogió* y el hombre le dijo:

—Ahora sí, ya debo irme, he *retirado* ya la piedra que te aplastaba.

serpiente
crushed

Definitivamente no

you will bite me

pleaded

con dificultad
movió
stretched/ coiled up

movido

El hombre salva a la víbora

LECCIÓN 1:   PERÚ

331

Suggestion Make sure students understand that this story was translated to Spanish from Quechua. This will account for some awkward structures that students, especially NSS will notice. You may want to ask NSS to look for and identify some of these passages. Reading may be assigned as homework or done in class.

Focus questions Ask these questions as students read the **Lectura** to verify that they understand key information.
—¿Qué llevaba el hombre, una carta o un burro?
—¿Dónde caminaba el hombre, en el bosque o en el desierto?
—¿Qué vio el hombre, una serpiente u otra carta?
—¿Dónde estaba la serpiente, debajo o encima de una roca?
—¿Quién llamó primero, el hombre o la víbora?

—¿Qué le pidió la víbora al hombre, agua para beber o un gran favor?
—¿Qué favor pidió la víbora, ayuda para salir de debajo de la piedra?
—¿Aceptó ayudarle inmediatamente el hombre?
—¿Qué temía el hombre, que la víbora lo iba a picar o que la víbora iba a morir?
—¿Cómo quitó la piedra el hombre, con dificultad o fácilmente?
—¿Qué hizo la víbora inmediatamente cuando el hombre quitó la piedra, se estiró o se encogió?

El hombre y la víbora discuten

—No te vayas todavía —le dijo la víbora—. Te agradeceré todavía pues. ¿Con qué retornaré el favor que me has hecho? Te lo pagaré pues con un mal, porque cuando a uno le hacen un bien justamente se paga con un mal, y a un mal se retorna con un bien. Así es pues y, por eso, te voy a picar ahora.

—¿Por qué me vas a picar? —le dijo el hombre—. ¿Por el favor que te hice? Si es así, antes tenemos que pasar por la decisión de tres *jueces*. Tienes que ganarme en los tres jueces y entonces me picarás.

judges

Y así, se fueron donde un juez. Ese juez era un *buey* muy viejo en figura de hombre.

ox

—Señor —le dijo el hombre—. Al estar caminando por un bosque, vi a esta *culebra* aplastada por una enorme piedra. Ella me llamó hasta tres veces cuando ya me iba. Regresé y me dijo que le hiciera el favor de sacarla de debajo de la piedra. Yo le dije que de ninguna manera lo haría porque podía picarme. Ella dijo que no me picaría. Cuando quité la piedra se estiró y *se puso de lado*. Yo le dije que ya me iba en ese momento. Y ella me dijo que me iba a picar por el favor que le había hecho explicándome que un bien se devuelve con un mal. Me quiere pues picar, señor; por eso, he venido a pedir tu justicia.

serpiente

se acostó

Cuando el hombre le dijo todo eso, el buey le replicó:

—¡Oh! Tú has venido a *quejarte* de esas *zonceras*. Yo le he servido a mi patrón durante

lamentarte / tonterías

El primer juez

UNIDAD 7

Focus questions

—¿Qué dijo la víbora que iba a hacer, retornar el favor con un bien o con un mal?

—Según la víbora, ¿se retorna un mal con un bien o con un mal? ¿Y un bien se retorna con un mal o con un bien?

—¿Dijo la víbora que iba a picar al hombre?

—¿Qué contestó el hombre, que lo picara o que era necesario hablar con tres jueces?

—¿Quién era el primer juez, un indígena o un buey?

—¿Cuántas veces llamó la culebra al hombre?

—¿Qué le dijo la culebra al hombre, que lo picaría o que no lo picaría?

—¿Por qué decidió la culebra picar al hombre, porque un bien se devuelve con un mal o porque un mal se devuelve con un bien?

El juez buey

nueve años. Me mandó a trabajar a todas partes. Y ahora que ya no tengo fuerzas me ha *botado* a este *cerro* seco, sin agua y sin *pasto*. Así por desagradecimiento. ¡Y tú me vienes a quejarte de zonceras! *¡Que te coma pues la culebra!* —diciendo le dijo el buey al hombre. Éste se marchó pensando que era un buey muy viejo. La víbora lo *detuvo* y le dijo:

—¡Vamos a ver! ¿Cómo, no te he ganado *acaso*? Ahora te voy a picar pues.

—Todavía no puedes picarme —le dijo el hombre— Cuando hayamos pasado por los tres jueces podrás hacerlo.

Se fueron y el hombre se quejó ante un caballo viejo:

—Señor, a esta culebra *la libré de que muriera* aplastada por una piedra y ahora ya me quiere comer. Señor: ¿está bien que me pague con ese *malagradecimiento*?

Y el juez le respondió:

—¡Oh! ¿Y de eso vienes a quejarte tú? Si yo te contara lo que he pasado. Yo serví a mi patrón hasta envejecer. Lo salvé muchas veces de la muerte cuando fue a las guerras. Cuando *me alquiló* a otras gentes, me hicieron andar sin comer. Yo *mantuve* a toda su familia cuando me alquilaban. Y ahora que ya no tengo fuerzas, me hace botar a este arroyo *seco*. Hasta el cóndor ya no me quiere por esa ingratitud. Y tú me vienes con esas zonceras de quejas. ¡Que la culebra te *pique*, pues!

Y el hombre se fue diciendo que *al fin y al cabo* era sólo un caballo viejo. Pero la víbora ya se preparaba para devorarlo:

—Ya te gané pues con dos jueces. Ahora sí te he de comer porque ya tengo hambre.

—¿Por qué me vas a comer? —le dijo el hombre—. Si solamente hemos pasado por dos jueces. Todavía tenemos que pasar por el tercero. Cuando hayamos pasado por los tres jueces, entonces me comerás.

El segundo juez

expulsado/*hill*

grass

Let the snake eat you!

paró
por casualidad

I freed it from dying

falta de gratitud

hired me out

I supported
sin agua

bite
after all

LECCIÓN 1: PERÚ

333

Focus questions
—¿Cuántos años sirvió el buey a su dueño, siete o nueve?
—¿Cómo es el buey, joven o viejo?
—¿Adónde ha mandado el dueño al buey, a un cerro con o sin agua y pasto?
—¿Cree el buey que el pedido del hombre es un pedido tonto o un pedido lógico?
—¿Qué decide el buey, que la culebra pique o no pique al hombre?

—¿Luego se quejó el hombre con un caballo o con un toro?
—¿Cuánto tiempo sirvió el caballo a su dueño, nueve años o hasta envejecer?
—¿Dónde salvó a su dueño de la muerte, en un accidente con un auto o en las guerras?
—Cuando el dueño alquiló al caballo a otras gentes, ¿lo trataron bien o mal?
—¿Cómo es el caballo ahora, joven o viejo?
—¿Adónde ha botado el dueño al caballo, a un cerro seco o a un arroyo seco?
—¿Qué decide el caballo, que la culebra pique o no pique al hombre?
—¿Quería la culebra picar al hombre ya?
—¿Cuántos jueces tenían que pasar?

El tercer juez

—¿Dónde entró el hombre antes de continuar, en un café a comer o en una capilla a rezar?

—¿Con quién se encontraron, con un señor o con una señora?

—¿Aceptó el señor la queja del hombre?

—¿Qué pidió el señor por aceptar la queja, dos pesos o dos borregos?

—¿Quién dijo que la piedra era más grande, el hombre o la víbora?

—¿Le dijo el zorro al hombre, que machucara o que no machucara a la culebra?

—¿Aplastó el hombre a la víbora?

—¿La aplastó con una piedra más grande o más pequeña que la original?

—¿Salvó el zorro al hombre?

Así se fueron donde otro juez. Entonces el hombre entró en una *capilla* y allí *rezó* muy bien para ganarle a la víbora en la última queja. Al partir de nuevo se encontraron con un señor vestido de marrón. El hombre lo saludó con mucha atención y luego le dijo:

   —Señor, le voy a pedir un favor. *Atiéndame* pues una queja. A esta culebra la salvé de la muerte, empujando a duras penas una piedra grande que la aplastaba, porque me lo pidió mucho, y ahora me quiere comer porque, dice ella, yo le hice ese favor.

   —Bueno, te aceptaré la queja si me das dos de tus *borregos* —le dijo al hombre el juez, que no era otro sino el *zorro*.

   —¡Cómo no señor! —dijo el hombre—. Te los daré.

   —¡A ver! —dijo el juez—. ¿En qué estado la encontraste y con qué clase de piedra estaba aplastada esta culebra?

   —Con una piedra de este tamaño —dijo el hombre— estaba aplastada, señor juez.

   —¡Oh! —exclamó la víbora—. No era de este tamañito la piedra. Era mucho más grande.

   —¡A ver! —dijo el juez—. ¡*Machúcala* ahora con una piedra grande! ¡Así! Con eso haré justicia luego.

   El hombre aplastó a la víbora con una piedra aún más grande que la original. Y el juez zorro *sentenció*:

   -¡Tú! *Tal como la encontraste, así la dejarás.* Y luego: ¡*Salta!* ¡*Vete!* —le dijo el zorro.quien había salvado al hombre.

iglesia pequeña/ he prayed

Escúcheme

sheep
fox

Crush it

proclamó
Leave things as they are./ Jump! Go away!

El juez zorro

UNIDAD 7

■ *¿Comprendiste la lectura?*

A. **¿Sí o no?** Con un(a) compañero(a), decide si estás de acuerdo o no con los siguientes comentarios. Si no, di por qué no.

1. Al principio del cuento un hombre se encontró con una víbora casi aplastada por un árbol caído.
2. La víbora amenazó picar al hombre si no la ayudaba.
3. El hombre rehusó ayudar a la víbora y siguió su camino.
4. La víbora le dijo al hombre que lo iba a picar porque un bien se paga con un mal.
5. El hombre le propuso a la víbora que tres jueces hicieran la decisión.
6. El primer juez fue un buey que estuvo de acuerdo con el hombre y le prohibió a la culebra que mordiera al hombre.
7. Un caballo viejo que fue el segundo juez, después de quejarse que su patrón lo botó a un arroyo seco, le dijo al hombre: "¡Que la culebra te pique, pues!"
8. El último juez fue un zorro que le pidió al hombre dos borregos antes de escuchar su queja.
9. Al final del cuento, la víbora ganó y picó al hombre.

B. Hablemos de la lectura. En grupos de tres o cuatro, contesten estas preguntas.

1. ¿Cuántas veces llamó la víbora al hombre al comienzo del cuento?
2. ¿Por qué el hombre no quería ayudar a la víbora?
3. ¿Qué le aseguró la culebra al hombre?
4. ¿Cómo iba a recompensar la culebra al hombre por ayudarla?
5. ¿Por qué el buey estuvo de acuerdo con la culebra?
6. ¿Qué le había pasado al segundo juez que era un caballo viejo?
7. ¿A qué lugar entró el hombre antes de buscar al tercer juez? ¿Qué hizo una vez adentro?
8. ¿Cómo salvó al hombre el zorro de la víbora?
9. ¿Cuál es la moraleja de este cuento? Explica.

La víbora

LECCIÓN 1: PERÚ

335

Allow time for pair work. Have students get accustomed to answering these questions in their own words with books closed. Do not allow reading verbatim from the text.

Answers

A. ¿Sí o no? Call on individual students. Have class confirm each response.
1. No. La víbora había sido casi aplastada por una piedra.
2. No. La víbora le dijo al hombre que no lo iba a picar si le ayudaba.
3. No. El hombre decidió ayudar a la víbora.
4. Sí.
5. Sí.
6. No. El buey estuvo de acuerdo con la víbora.
7. Sí.
8. Sí.
9. No. Al final el hombre ganó y aplastó a la víbora con una gran piedra.

B. Hablemos de la lectura. Call on individual students. Have class confirm each response.
1. Lo llamó tres veces.
2. Temía que lo picara.
3. La víbora le aseguró que no lo iba a picar.
4. Iba a recompensarle con un mal. Lo iba a picar.
5. El buey estuvo de acuerdo con la víbora porque estaba furioso con su dueño que por nueve años lo mandó a trabajar a todas partes y ahora lo había botado a un cerro seco, sin agua y sin pasto.
6. El caballo dijo que había servido a su dueño hasta envejecer y a pesar de lo mucho que había hecho por él, su dueño lo había abandonado junto a un arroyo seco.
7. Antes de buscar el tercer juez, el hombre entró en una capilla a rezar.
8. El zorro mandó al hombre a aplastar la víbora con una piedra más grande que la original.
9. Las respuestas van a variar. Tal vez digan que es mejor dejar las cosas tal como están.

Allow time for pair work. Then call on individual students. Have class confirm each response.

NSS **For Native Speakers** Pídales a sus estudiantes hispanohablantes que escriban una frase original con cada uno de los seis derivados de **picar**. Pídales que algunos de ellos escriban sus frases en la pizarra y que la clase las corrija.

Purpose To role-play having a discussion on the Mochica culture and to have a debate on the various interpretations or morals of *"El hombre y la víbora."*

Suggestions Do only as time permits. Assign the role play to half the class and the debate to the other half. Allow time for groups to prepare, then have each group present in front of the class without notes. For activity **A,** bring a copy of the June 1990 *National Geographic* to show students photos of the Sipán dig.

FOTO

Tumba de uno de los tres gobernadores que encontraron enterrados en Sipán.

Palabras como llaves: *picar*

Para ampliar el vocabulario. De la palabra **picar** se derivan muchas palabras como **picadillo, picadura, picante, picazón.** Con un(a) compañero(a), analiza el significado de la palabra en negrilla de cada oración.

1. La víbora quiere **picar** al hombre en el cuento.
2. Para hacer salsa, es necesario **picar** tomates, cebollas y chiles.
3. Para prepara el **picadillo** hay que **picar** finamente la carne y después guisarla con verduras**.**
4. Usa este repelente para evitar la **picadura** de mosquitos.
5. ¿Te gusta el **picante** sobre los tacos?
6. No sé qué insecto me dejó una **picazón** en las piernas.

Dramatizaciones

A. **Las tumbas reales de Sipán.** En preparación para visitar la exhibición "Las tumbas reales de Sipán" que viaja por cinco ciudades de EE.UU., tú y un(a) amigo(a) están tratando de recordar todo lo que ya saben sobre la cultura mochica. Dramaticen su conversación.

B. **Interpretación.** El cuento "El hombre y la víbora" se presta para varias interpretaciones y moralejas. En grupos de cuatro, preparen un debate sobre las posibles interpretaciones y preséntenselo a la clase.

Los tesoros de Sipán

Ventana al Mundo 21

Have class read silently or call on individual students to read aloud a few sentences at a time. Allow time for pair work. Ask several students to provide the descriptions and explanations required to the class.

Ventana al Mundo 21

La papa

La papa es una planta originaria de la región andina donde comenzó a cultivarse hace unos cinco mil años. Su nombre original, *papa,* proviene del quechua y así se le conoce por toda Hispanoamérica.

La primera referencia por escrito a la papa la hace Cieza de León en la *Crónica del Perú,* publicada en Sevilla en 1553. Se sabía que los quechuas en el Perú y Bolivia cultivaban la papa en el altiplano, donde hacía demasiado frío para cultivar maíz o trigo. Ya cosechada, estos indígenas caminaban sobre la papa para sacarle el agua y la ponían al sol a secar. De la papa seca, hacían una especie de harina que llamaban *chuño.* Del chuño hacían pan. Esta manera de preservar la papa sigue usándose hoy día entre los indígenas del Perú y Bolivia.

La papa fue una bendición para los pueblos del centro y norte de Europa donde el rigor del clima y del suelo hizo siempre difícil el cultivo del trigo. Hoy día la papa tiene un papel muy importante en la alimentación de la humanidad. "Actualmente es el arma principal en la guerra contra el hambre", asegura el doctor Richard Sawyer, director del Centro Internacional de la Papa en Lima; "en Asia y África la producción de papas está creciendo más rápidamente que la de cualquier otro alimento". Se calcula que en 1988 el volumen mundial habría sido de 297 millones de toneladas de papas.

Hoy, explorando los más remotos rincones de los Andes, los científicos del Centro Internacional de la Papa han logrado reunir unas cinco mil variedades silvestres y semisilvestres de la especie que, cruzadas con los tipos domesticados, están dando variedades resistentes a virus y enfermedades.

Adaptado de Conocer y saber, *Buenos Aires*

La papa. Con el libro cerrado, descríbele el origen de la papa y algunos de sus usos a tu compañero(a) y escucha mientras te explica la importancia mundial de la papa en el siglo XXI. Pueden ayudarse al hablar, si es necesario.

NSS **For Native Speakers**
Pregúnteles si pueden nombrar otros alimentos que tengan su origen en las Américas y si alguna de ellos ha obtenido la importancia mundial de la papa (patata). Pregúnteles también si saben otros nombres en español para las siguientes comidas: frijoles (porotos, judías), chabacano (albaricoque, damasco), ejotes (porotos verdes, habichuelas), chile (ají, picante), chícharos (arvejas, guisantes), aguacate (palta), betabel (remolacha), durazno (melocotón), piña (ananá).

LECCIÓN 1: PERÚ   **337**

FOTOS

Canasta que muestra la variedad de papas que se encuentran en el Perú.

Gran variedad de tipos y colores de papas que se encuentran en un mercado peruano.

Cultura en vivo

Los incas: arquitectos e ingenieros por excelencia

Los incas fueron excelentes arquitectos. Lograron construir impresionantes ciudades y caminos en total armonía con la naturaleza que los rodeaba, en uno de los terrenos más difíciles, los Andes. Lo hicieron principalmente tallando piedras gigantescas a pesar de que no tenían el uso de la rueda ni existía la maquinaria moderna que facilita ese trabajo hoy día. Es impresionante ver que esas construcciones sobreviven todavía, a pesar de estar en una zona de frecuentes terremotos.

Lo extraordinario de los incas no se limitaba a su arquitectura solamente. También fueron excelentes ingenieros. Las cuatro fotos que siguen, son muestras de la sobresaliente arquitectura e ingeniería de los incas. En grupos de tres, decidan cuál fue el uso práctico de lo que ven en cada foto y explíquenselo a la clase. Si no saben, tendrán que adivinar.

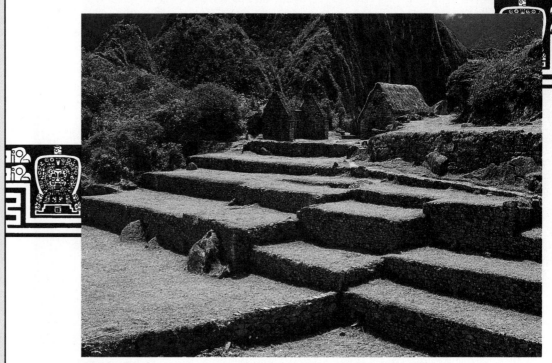

Machu Picchu

FOTO

Terrazas dedicadas a la agricultura en Machu Picchu, Perú. Con estas terrazas se aprovechan las laderas de las montañas para el cultivo de diversas especies de plantas.

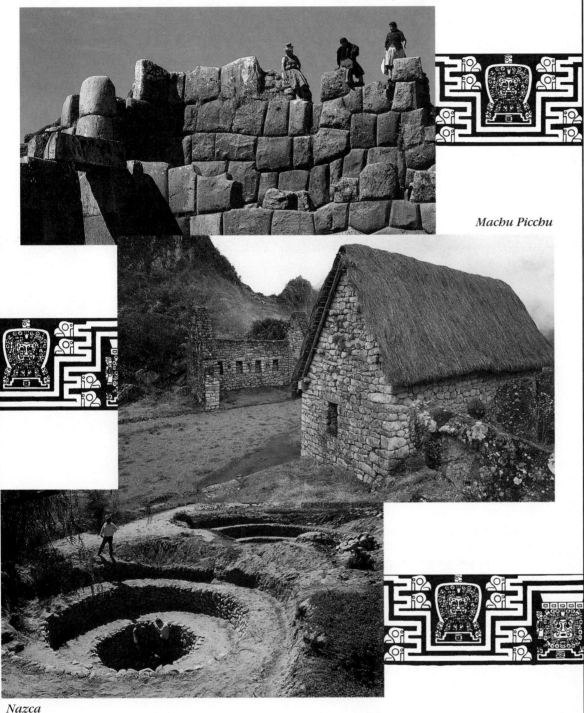

Sacsahuamán, Cuzco

Machu Picchu

Nazca

FOTOS

Muralla de la fortaleza de Sacsahuamán en las que se observan los ángulos en que fueron talladas las piedras. Esta fortaleza inca defendía la ciudad de Cuzco, capital del imperio inca.

Casa hecha de piedra en Machu Picchu, Perú. El techo de paja ha sido reconstruido.

Sistema de irrigación utilizado para conservar y distribuir el agua en la zona desértica de la costa del Perú.

339

Diario

Have students do a journal-write beginning with: **Si no existiera ni el teléfono ni la televisión, yo...** (See page 19 for journal writing instructions.)

¡OJO!

This section lists the active vocabulary students are responsible for upon completing each lesson. The students' active vocabulary lists appear in the *Cuaderno de actividades* in a section called **Vocabulario activo.**

Gente

abstraer
deformar
infrahumano(a)
juventud
pigmento
practicante

Época prehispánica e hispánica

anexar
guerrero
heredar
heredero(a)
reemplazar

Proceso independentista

asamblea
enviar
reunión
tener lugar

Ecuador independiente

amazónico(a)
coincidir
cosmopolita
empresa
hacendado(a)
oponerse
reclamar
rivalidad

Época más reciente

construir
corazón
estructura
modificar
palpitar
refinería
renovar

NSS For Native Speakers

Usando la lista en el *Cuaderno de actividades,* pídales a los estudiantes hispanohablantes que seleccionen de cinco a diez palabras de la lista y que las definan con un sinónimo. Por ejemplo, **abstraer-***sacar,* **deformar-***desfigurar,* **juventud-***adolescencia,* etc. Luego en grupos de tres o cuatro, que tomen turnos leyendo las definiciones en su lista para ver si el grupo puede identificar la palabra en la lista.

340   UNIDAD 7   Lección 2

Lección 2

Ecuador

Nombre oficial:
República del Ecuador
Extensión:
269.178 km²
Principales ciudades:
*Quito (capital),
Guayaquil, Cuenca,
Portoviejo*
Moneda:
Sucre (S/.)

Gente del Mundo 21

Jorge Icaza (1906–1978), novelista y dramaturgo ecuatoriano, nacido en Quito, es uno de los escritores más reconocidos de su país. Después de trabajar como actor en su juventud se inició como escritor de obras teatrales y novelas. Su obra más conocida es la novela *Huasipungo* (1934) donde describe las condiciones infrahumanas de explotación en que vivían los indígenas ecuatorianos. A partir de 1973, Icaza desempeñó cargos diplomáticos y fue embajador de su país en el Perú y en la Unión Soviética.

Sixto Durán Ballén, arquitecto y político ecuatoriano, nació en 1921 en Boston, EE.UU., cuando su padre era Cónsul de Ecuador en esa ciudad. Desde chico se sintió inclinado a la arquitectura y en esa área realizó sus estudios universitarios en la Universidad de Columbia en Nueva York. Retornó a Ecuador a ejercer su carrera de arquitecto urbanista. A los 35 años fue nombrado Ministro de Obras Públicas y años después fue elegido alcalde de Quito. En las elecciones presidenciales del 5 julio de 1992 resultó triunfador con 58 por ciento de los votos siendo candidato de la coalición de los Partidos Unión Republicana y Conservador.

340   UNIDAD 7

Corresponding Structures in
Manual de gramática

7.2 Imperfect Subjunctive: Adverbial Clauses   G108

Purpose To present four accomplished Ecuadorians: writer and diplomat **Jorge Icaza;** architect and president **Sixto Durán Ballén;** author **Gilda Holst;** and painter **Enrique Tábara.**

Extra credit Have students interested in extra credit prepare a brief written presentation on one of these personalities or another famous Ecuadorian artist, actor, playwright, musician, politician, or on any topic related to Ecuador recently addressed in news magazines or newspapers.

Enrique Tábara, pintor ecuatoriano, nació en Guayaquil en 1930. Fue practicante del "informalismo" a partir de 1955 y durante su permanencia, de varios años, en Barcelona. Esta escuela de pintura moderna usaba únicamente los pigmentos y los materiales básicos de la pintura para comunicar literalmente "sin forma". Ahora prefiere deformar y abstraer a partir de las imágenes naturales. Actualmente vive en Guayaquil.

Gilda Holst, escritora ecuatoriana, nació en 1952. Forma parte de una nueva generación de escritores que prefieren cultivar el cuento. Narraciones suyas fueron incluidas en el libro *Cuatro escritoras,* publicado en Bogotá, Colombia. Su primer libro de cuentos se titula *Salpico de tinta al lector distraído.*

Personalidades del Mundo 21

Call on individual students to read aloud one biography at a time. Then allow time for pair work. Finally, call on individual students to read their comments to the class and have class identify the person that would make the comment.

NSS **For Native Speakers** Pídales a los estudiantes hispanohablantes que en grupos de tres lean las biografías y preparen unas quince preguntas sobre estos personajes. Luego permita que haya competición entre grupos. Un grupo empieza por hacerle una pregunta a otro grupo. Si el grupo la contesta bien, recibe un punto. Luego el grupo que contestó hace una de sus preguntas y el otro grupo contesta. Continúan así hasta hacer todas sus preguntas. Tal vez quiera darle un premio a los grupos que acumulan más puntos.

Personalidades del Mundo 21. Prepara dos o tres comentarios que cada una de estas personas harían de sí mismo. Luego léeselos a tu compañero(a) para que adivine la persona que lo diría.

MODELO *Tú:* **Yo creo que el cuento es la mejor manera de comunicarse con el público. Es corto y directo.**
Compañero(a): **Gilda Holst**

LECCIÓN 2: ECUADOR   341

NSS **For Native Speakers** Si hay estudiantes ecuatorianos en la clase, pídales que le digan a la clase lo que recuerdan de Ecuador o lo que sus padres o parientes les han dicho de la vida en el país.

DEL PASADO al presente

ECUADOR CORAZÓN DE AMÉRICA

"La mitad del mundo", monumento en Ecuador

La línea imaginaria que divide la Tierra en los hemisferios norte y sur le da su nombre a este pequeño país. Dos cadenas paralelas pertenecientes a los Andes dividen el país en tres regiones principales: la costa, la sierra o zona montañosa, y el oriente, perteneciente a la Amazonia. En Ecuador se encuentra el volcán en actividad más alto del mundo, el Cotopaxi, con 5.897 metros de altitud.

El volcán Cotopaxi

ÉPOCA PREHISPÁNICA

Antes de la llegada de los españoles, el territorio ecuatoriano estaba ocupado por diversos pueblos indígenas. En las tierras altas del norte se encontraban los pueblos de lengua chibcha, similares a los que habitaban la región central de lo que ahora es Colombia, y en las del sur, los pueblos de lengua quichua, parecidos a los quechuas del Perú y Bolivia. Otros grupos indígenas que todavía sobreviven son los colorados y los cayapas, estos últimos en la zona de la costa, y los záparos y los jíbaros, que son particularmente guerreros, en la región oriental.

A mediados del siglo XV, los shiris conquistaron Quito y establecieron un reino que se extendió hacia el sur de la sierra. Aproximadamente en 1480, los incas conquistaron el reino de los shiris y anexaron al imperio inca a los pueblos del norte y sur de Ecuador. Cuando había resistencia fuerte a su dominio, los incas reemplazaban la población aborigen por

Los colorados

342

UNIDAD 7

FOTOS

Foto de fondo. Panorama de Quito, capital de Ecuador.

Monumento que marca la línea ecuatorial y divide al mundo en los hemisferios norte y sur en Ecuador.

Volcán Cotopaxi ahora convertido en parte del Parque Nacional Cotopaxi en Ecuador.

Indígenas colorados de Ecuador llamados así por llevar el pelo de ese color.

Atahualpa

Huáscar

colonos traídos del Perú y Bolivia.

El inca Huayna Cápac, hijo del conquistador Túpac Yupanqui, dividió su imperio antes de su muerte en 1525, entre su hijo Atahualpa, heredero shiri por parte de su madre, y Huáscar, su otro hijo, nacido de una princesa inca. Atahualpa heredó el norte del imperio, cuyo centro principal era Quito, y Huáscar recibió el dominio de Cuzco. Entre ambos medios hermanos se declaró la guerra y Atahualpa acabó por dominar todo el imperio.

ÉPOCA HISPÁNICA

En 1526, llegaron a Ecuador los españoles, dirigidos por Bartolomé Ruiz, que formaba parte de la expedición de Francisco Pizarro. Un capitán de Pizarro, Sebastián de Benalcázar, se apoderó de Quito y continuó su expedición hasta lo que hoy es Colombia. Después de la conquista, el territorio ecuatoriano pasó a ser parte del Virreinato del Perú, creado en 1543. Felipe II estableció, en 1563, la Real Audiencia de Quito, que gozó de bastante autonomía. En 1718, la audiencia fue suprimida—aunque por un período la audiencia fue restablecida—y Ecuador pasó a formar parte del Virreinato de Nueva Granada. En la sierra, los españoles establecieron grandes haciendas trabajadas por peones indígenas. En la costa, donde la población indígena era escasa y el clima muy cálido, se desarrolló una cultura muy diferente de la que existía en la sierra.

PROCESO INDEPENDENTISTA

Entre 1794 y 1812 hubo varias rebeliones independentistas que fueron vencidas por las autoridades españolas. El 9 de octubre de 1820, una revolución militar proclamó la independencia en Guayaquil. Simón Bolívar envió al general Antonio José de Sucre para que ayudara a Guayaquil contra el dominio español. La victoria de Sucre el 24 de mayo de 1822 en Pichincha terminó con el poder español en el territorio ecuatoriano que pasó a ser una provincia de la Gran Colombia. En 1822 tuvo lugar en Guayaquil la famosa reunión entre Simón Bolívar y José de San Martín que resultó en la liberación de toda la región andina. El 13 de mayo de 1830, poco después de la renuncia de Bolívar como presidente de la Gran Colombia, una asamblea de notables proclamó en Quito la independencia y promulgó una constitución de carácter conservador.

ECUADOR INDEPENDIENTE

En el siglo XIX, Ecuador pasó por un largo período de lucha entre liberales y conservadores. La rivalidad entre ambos partidos reflejaba la diferencia entre la sierra y la costa, representadas por las dos principales ciudades, Quito en la sierra y Guayaquil en la costa. Quito era el centro conservador de los grandes hacendados que se beneficiaban del trabajo de los indígenas y

LECCIÓN 2: ECUADOR

343

Sample T/F items

1 Cuatro de los pueblos indígenas que todavía sobreviven en Ecuador son los colorados, los cayapas, los záparos y los jíbaros. *(C)*

2 Huáscar, el medio hermano de Atahualpa, heredó y gobernó el norte del imperio inca que tenía su centro en Quito. *(F)*

3 Ecuador nunca pasó a formar parte del Virreinato del Perú. *(F)*

4 La reunión de Simón Bolívar y José de San Martín, que resultó en la liberación de toda la región andina, tuvo lugar en Guayaquil, Ecuador. *(C)*

5 En Ecuador, Quito pronto se convirtió en el centro conservador mientras que Guayaquil era el centro liberal. *(C)*

6 Desde la década de 1970, Ecuador ha tenido un buen desarrollo económico, el cual ha traído estabilidad política al país. *(C)*

El río Guayas en Guayaquil

se oponían a los cambios sociales. Por otro lado, Guayaquil se convirtió en un puerto cosmopolita, controlado principalmente por comerciantes y nuevos industriales interesados en la libre empresa e ideas liberales. A finales del siglo XIX, el gobierno fue ejercido por los liberales y durante esta época se construyó el ferrocarril entre Quito y Guayaquil que ayudó a la integración del país.

Después de un período de desarrollo económico que coincidió con la Primera Guerra Mundial, se produjo una fuerte crisis en la década de 1920 que llevó a la intervención del ejército en 1925. Durante estos años de dificultades económicas y violencia política, ocurrió la guerra de 1941 con el Perú, que se apoderó de la mayor parte de la región amazónica de Ecuador. Una conferencia de paz celebrada en Río de Janeiro en 1942 ratificó la pérdida del territorio, pero Ecuador no cesó de reclamar su retorno.

ÉPOCA MÁS RECIENTE

A partir de 1972, cuando se inició la explotación de sus reservas petroleras,

Ecuador ha tenido un acelerado desarrollo industrial. Esto ha modificado substancialmente las estructuras económicas tradicionales basadas en la agricultura. Aunque la exportación de plátanos sigue siendo importante, la actividad económica principal está relacionada ahora con el petróleo. Se han construido refinerías, la más importante de las cuales es la de Esmeraldas. El desarrollo económico ha traído al país una mayor estabilidad política. Desde 1979 cuando se promulgó la actual constitución, se ha renovado el gobierno a través de elecciones democráticas. Ecuador, el corazón de América, parece palpitar con salud a pesar de los grandes problemas que enfrenta ahora que se acerca el siglo XXI.

Industria petrolera, Napo, Ecuador

Guayaquil, Ecuador

UNIDAD 7

FOTOS

Foto de fondo. Paisaje en el altiplano de Ecuador.

El río Guayas como medio de transporte en Guayaquil, Ecuador.

Pozo petrolero de Conoco en la región amazónica en Napo, Ecuador.

Panorama de edificios modernos de Guayaquil, el principal puerto de Ecuador y ciudad que rivaliza con Quito, la capital del país.

¡A ver si comprendiste!

¿Quién? ¿Qué? ¿Cuándo? ¿Recuerdas los datos más importantes de la lectura? Para asegurarte, contesta estas preguntas con un(a) compañero(a).

1. ¿Por qué Ecuador se llama así?
2. ¿Cuáles son las tres regiones en que se divide Ecuador? ¿Qué características tienen?
3. ¿Qué lengua hablaban los indígenas que habitaban las tierras altas del norte del actual territorio ecuatoriano?
4. ¿Qué territorio heredó Atahualpa de su padre? ¿y Huáscar?
5. ¿Qué estableció el rey español Felipe II en la ciudad de Quito en 1563? ¿Cuál fue su importancia?
6. ¿Para qué envió Simón Bolívar al general Antonio José de Sucre a Guayaquil? ¿Cuál fue el resultado?
7. ¿Cuál era la ciudad rival de Quito en el siglo XIX? ¿Qué modos de vida reflejaban estas dos ciudades?
8. ¿Cuál fue el resultado de la guerra de 1941 contra el Perú?
9. ¿Qué ha causado un acelerado desarrollo económico en Ecuador en los últimos treinta años? ¿Qué efecto ha tenido este desarrollo en el país?

Quito, Ecuador

LECCIÓN 2:   ECUADOR

345

FOTO

Panorama de Quito, capital de Ecuador.

Allow time to read silently. Then have students prepare and ask their questions working in pairs. Finally, call on individual students to ask questions of anyone in class.

Suggestion Ask students to try to imagine that they are Ecuadorian citizens. From that point of view, have them answer the question: Should the economic development of the country continue full speed ahead or should it be considerably reduced to protect the tropical forests?

Torre de perforación petrolera

El río Napo

Indígena jíbaro

Ventana al Mundo 21

La zona amazónica: ¿desarrollo o destrucción?

La cuenca del río Amazonas es la más grande de Sudamérica. Venezuela, Colombia, el Perú, Ecuador, Bolivia y Brasil comparten esta vasta región natural llamada Amazonia. Entre 1541 y 1542 el explorador español Francisco de Orellana dirigió una expedición que salió de Quito hacia el oriente en busca de la región de donde se creía que provenía la canela, una especie muy preciada. No cumplió su intención original pero se convirtió en el primer europeo en explorar el gran río desde su origen en la región andina hasta su desembocadura en el Atlántico. Orellana lo nombró "Amazonas" debido a que su expedición fue atacada por una tribu de mujeres guerreras a las que comparó con las legendarias amazonas de la antigüedad.

A lo largo de ríos afluentes como el Napo, los españoles intentaron establecer pueblos aunque sin éxito debido a la oposición de los indígenas locales. La fiebre del oro fue lo que atrajo a muchos inmigrantes a la región. A la fiebre del oro sucedió la del caucho para satisfacer la gran demanda de la industria automovilística. En la actualidad, la migración hacia las tierras del oriente de Ecuador ha llevado consigo una expansión de la agricultura y la ganadería. También se ha iniciado la explotación del petróleo de la zona. Este desarrollo económico ha traído también una destrucción acelerada de los bosques tropicales. Los indígenas también han visto su vida tradicional cada día más amenazada. Uno de los debates internacionales más importantes del momento es: ¿cómo lograr el desarrollo de la Amazonia y al mismo tiempo preservar sus recursos naturales y culturales?

Amazonia. Prepara cuatro o cinco preguntas sobre esta lectura para hacérselas a un(a) compañero(a). Luego contesta las preguntas que te haga a ti.

Y ahora, ¡a leer!

■ *Anticipando la lectura*

A. Charles Darwin. ¿Cuánto sabes del famoso científico Charles Darwin, considerado por algunos el padre de la biología moderna? Trabaja con un(a) compañero(a). Preparen una lista de todo lo que recuerden de este personaje histórico. Luego, pongan un asterisco (*) al lado de las cosas de su lista que esperan encontrar en esta lectura. Las siguientes preguntas pueden servirles de guía al preparar su lista.

1. ¿Dónde nació Charles Darwin?
2. ¿Adónde viajó?
3. ¿Cómo se llamaba su barco?
4. ¿Cuál fue el propósito de su viaje?
5. ¿Qué descubrió?
6. ¿A qué conclusiones llegó?
7. ¿Cómo llegó a esas conclusiones?
8. ¿Dónde publicó el resultado de su investigación?
9. ¿Cómo se llama su libro más famoso?
10. ¿Crees que Darwin tuvo una vida interesante? Explica tu respuesta.

B. Vocabulario en contexto. Decide cuál es el significado de las palabras en negrilla a base del contexto de la oración o de otras estrategias que has aprendido para llegar al significado de palabras desconocidas.

1. Las islas Galápagos, oficialmente **denominadas** Archipiélago de Colón, también han sido conocidas como las Islas Encantadas.

    a. encontradas por el   *b.* nombradas   *c.* condenadas

2. El navegante inglés Ambrosio Cowley fue el primero en **trazar** mapas de navegación en que aparecen las islas.

    a. dibujar   *b.* cruzar   *c.* comprar

3. Estos reptiles al **alcanzar su madurez** pesan unos 280 kilos y tienen una longevidad que promedia los 250 años.

    a. nacer   *b.* llegar a ser adultos   *c.* morir

Purpose In this section students will begin with **Anticipando la lectura,** a pre-reading activity designed to get students to recall what they may know about Charles Darwin's famous trip to the Galapagos Islands. **Vocabulario en contexto** is a vocabulary building activity, and **Conozcamos al autor** is a brief introduction to **Gustavo Vásconez,** the author of the reading of the lesson, **"Las islas Galápagos: gran zoológico del mundo".** In **Palabras como llaves,** students learn to work with the derivatives of the word **isla.** In **Dramatizaciones** students role-play two important moments in history: the dividing of the Incan empire into two halves and the reaction to Darwin's theory by his contemporaries.

Anticipando la lectura

Answers

A. Charles Darwin. Allow time for pair work. Then call on individual students and have class confirm each response.

1. Nació en Inglaterra (en Shrewsbury).
2. Viajó a las islas Galápagos. (También visitó Tenerife, Brasil, Montevideo, Tierra del Fuego, Buenos Aires, Valparaíso, Chile, Tahiti, Nueva Zelandia, Tasmania y las islas Keeting).
3. Viajó en el barco *H.M.S. Beagle*.
4. Fue un viaje científico, para medir y hacer un mapa de las aguas que rodean Sudamérica.
5. Descubrió una gran variedad en la fauna y la flora de los lugares que visitó.
6. Llegó a la famosa teoría de la "selección natural". Esta teoría dice que hay un proceso de selección natural por el cual sólo los más fuertes o inteligentes en todas las especies sobreviven.

B. Vocabulario en contexto. This section may be done with the whole class or in pairs first, then verifying answers with the class. If done in pairs, allow time for pair work.

1. b. nombradas
2. a. dibujar
3. b. llegar a ser adultos

7. Llegó a esas conclusiones observando detalladamente una tremenda cantidad de fauna y flora a lo largo de su viaje.
8. Publicó su investigación en Inglaterra en noviembre de 1859.
9. El libro más famoso de Darwin se llama *The Origin of Species by Means of Natural Selection.*
10. Las respuestas van a variar.

Conozcamos al autor

After reading the biography, have students close their books and ask:

1 ¿Dónde y cuándo nació Gustavo Vásconez?
2 ¿Dónde estudió?
3 Describe su vida pública.
4 ¿Cuántas novelas ha publicado?
5 ¿Es esta lectura parte de una de sus novelas?

---

4. Se calcula que en **el transcurso de los siglos** se capturaron aproximadamente 100.000 galápagos.

    a. sólo cien años   *b.* los primeros diez años
             c. el paso de los años

5. Los vientos y **las corrientes marinas** transportaron, a lo largo de una docena de millones de años, vegetales y animales que fueron creando las más raras especies.

    a. el flujo del mar   *b.* los barcos militares
             c. los indígenas corriendo

6. En la isla Española predominan los albatros dómines, aves errantes que **sobrepasan los millares** y permanecen ocho meses.

    a. viven miles de años   *b.* suman miles y miles
             c. pesan muchísimo

7. El gobierno ecuatoriano **promulgó** una ley en 1971 que exigía que todas las personas que visitaran este parque nacional fueran acompañadas por un guía competente.

    a. proclamó   *b.* se opuso a   *c.* consideró

8. Actualmente se ofrecen cursos sistemáticos de **capacitación** en la Estación de Investigación Charles Darwin.

    a. protección   *b.* evolución   *c.* instrucción

Conozcamos al autor

Gustavo Vásconez nació en Quito en 1911. Realizó estudios en Inglaterra, Francia y Suiza. Ha mantenido una destacada actividad en la vida pública ecuatoriana. Fue subsecretario de gobierno y embajador de su país en el Vaticano y en Colombia. Ha sido presidente del Ateneo ecuatoriano. Ha publicado cuatro novelas y es un gran conocedor de la historia y la realidad de Ecuador.

LECTURA

Las islas Galápagos: gran zoológico del mundo

por Gustavo Vásconez

Las islas Galápagos, oficialmente denominadas Archipiélago de Colón, también han sido conocidas como las Islas *Encantadas* por la exótica belleza de sus paisajes y por la extraordinaria riqueza de su *fauna* y su *flora*. Ésta ha constituido un laboratorio viviente para los científicos de todas las épocas.

enchanted

animales / plantas

Refugio de piratas y balleneros

Las islas fueron descubiertas en 1535 por el obispo español fray Tomás de Berlanga que venía de Castilla del Oro—hoy Panamá. Quedaron abandonadas y olvidadas—excepto por escasas expediciones posteriores— hasta que piratas y bucaneros ingleses las redescubrieron para convertirlas en su refugio y base para sus ataques contra *naves* y puertos españoles en América. El navegante inglés Ambrosio Cowley fue el primero en trazar mapas de navegación en que aparecen las islas, a las que puso nombres de nobles y reyes ingleses.

barcos

Más tarde, entre los siglos XVIII y XIX, los *balleneros* y otros marineros llegaban a las islas por la carne fresca y el excelente *aceite* que proveían las enormes tortugas terrestres llamadas galápagos. Estos reptiles al alcanzar su madurez pesan unos 280 kilos, tienen una longevidad que promedia los 250 años, y pueden vivir hasta un año sin agua ni *alimento*. Se calcula que en el transcurso de los siglos se capturaron aproximadamente 100.000 galápagos. De las quince variedades distintas que

cazadores de ballenas (enormes mamíferos marinos) / líquido graso

comida

LECCIÓN 2:   ECUADOR

349

FOTOS

Vista de una formación rocosa en las islas Galápagos.

Grabado de alrededor de 1860 ilustrando a balleneros en el Mar del Sur.

Galápagos se les llama a estas enormes tortugas que viven en las islas.

Suggestions This reading may be done in class by calling on individual students to read a few lines at a time or may be assigned as homework. If done in class, ask the **Focus questions** that follow to check comprehension as students read. If done as homework, have students write answers to exercise **A** on page 352.

Focus questions Ask these questions as students read the **Lectura** to verify that they understand key information.
—¿Cuál es el nombre oficial de las islas Galápagos, Archipiélago de Colón o las Islas Encantadas?
—¿Por qué también se les ha llamado las Islas Encantadas, por su fauna y su flora o por sus habitantes indígenas?

—¿Cuándo se descubrieron las islas?
—¿Quién las descubrió?
—¿A quiénes les sirvieron de refugio, a piratas y bucaneros ingleses o a los misioneros españoles?
—¿También sirvieron de base para ataques contra los españoles o los ingleses?
—¿Quién fue Ambrosio Cowley, un navegante inglés o francés?
—¿Qué hizo Ambrosio Cowley, mapas del interior o de la costa de Ecuador?
—¿Nombró las islas "Galápagos"?

—¿Por qué se detenían los balleneros y otros marineros en las islas, para casar las tortugas o para estudiarlas?
—¿Qué es un galápago? ¿Cuánto pesa en su madurez? ¿Cuántos años vive, aproximadamente?
—¿Cuántos galápagos se calcula que murieron a manos de los marineros?

—¿Cuántas variedades de las quince originales desaparecieron?

—¿Cuál autor famoso visitó las islas en un ballenero?

—¿A qué distancia están las islas Galápagos de la línea ecuatorial? ¿De Ecuador?

—¿Cuántas islas hay en total?

—¿Cómo se llama la isla más grande? ¿la más pequeña?

—¿Son de origen volcánico las islas?

—¿Cómo llegaron las especies más raras a las islas, por vientos y corrientes marinas o por naves de piratas y bucaneros?

—¿Cuándo se convirtieron las islas Galápagos territorio de Ecuador, el doce de enero de 1892 o de 1792?

—¿Han tratado de establecer colonias en las islas?

—¿Están pobladas la mayoría de las islas hoy día?

—¿Qué presenta un peligro para el balance ecológico, los animales domesticados o los animales originarios a las islas?

—¿Qué tipos de animales pueblan las islas Galápagos, **elefantes**? ¿**leones**? ¿**leones marinos**? ¿**águilas**? ¿**albatros**? ¿**pingüinos**? ¿**osos polares**? ¿**iguanas**?

se *hallaron* en las islas, cuatro desaparecieron. Herman Melville, autor de la famosa novela *Moby Dick,* visitó las islas a su paso en algún barco ballenero durante esta época.

encontraron

Las islas Galápagos se extienden al norte y sur de la línea ecuatorial, a 600 millas de la República del Ecuador. El archipiélago está compuesto por diecinueve islas que tienen *una superficie* total de 7844 km². Isabel, la más extensa, tiene 4588 km² y Seymur, una de las más pequeñas, tiene sólo 5 km² . Las islas son de origen volcánico y surgieron de erupciones en el océano. Los vientos, las corrientes marinas y otros factores *arrastraron*, en el transcurso de una docena de millones de años, vegetales y animales que fueron creando las más raras especies. Algunas son únicas en el mundo, con características muy singulares.

un área

transportaron

Territorio del Ecuador

El 12 de enero de 1832 el primer presidente del Ecuador, el general Juan José Flores, mandó una expedición militar comandada por el coronel Ignacio Hernández a tomar posesión del archipiélago. Desde entonces ha sido un territorio ecuatoriano aunque muchos intentos de colonización fracasaron en el siglo XIX. Aun hoy, la mayoría de las islas siguen despobladas.

Los animales introducidos a la isla por los primeros visitantes como el ganado, *cabras, cerdos,* burros, ratas, perros y otros animales domesticados se han reproducido con relativa facilidad y ahora presentan un peligro para el balance ecológico de las islas.

goats / pigs

Especies animales muy singulares

Los verdaderos señores de las islas son las raras clases de animales que las pueblan como las numerosas *manadas* de leones marinos que se extienden entre las piedras de las orillas. Son animales únicos, aunque conservan algún parecido con los leones marinos de California.

grupos

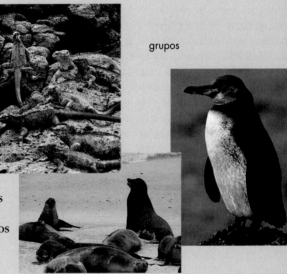

En la isla Española predominan los albatros dómines, aves errantes que sobrepasan los millares y permanecen ocho meses en la isla. Luego vuelan al sureste y regresan cuatro meses después a poner sus huevos. Son exclusivos del archipiélago y de las trece especies conocidas, la única que habita el trópico. En las islas Galápagos existen muchas especies de pájaros que han desarrollado características especiales para adaptarse al medio ambiente. Por ejemplo,

350

FOTOS

Iguanas en las islas Galápagos.

Leones marinos en una playa de las islas Galápagos.

Pingüinos, únicos de su clase, adaptados a vivir en la zona tropical de las islas de Galápagos.

los pingüinos —únicos en su clase— llegaron de la Antártida a través de la corriente fría de Humboldt y se han adaptado a vivir en esa zona tropical.

En la tierra y en el mar abundan las iguanas —también de selección galapaguense— que llegaron de color amarillo y verde para tornarse negras en ciertas islas cuando la ley de la supervivencia las obligó a alimentarse de *algas* y como propia defensa de camuflarse en las rocas de lava.

plantas acuáticas

Las Galápagos y Charles Darwin

Es probable que estas islas hayan inspirado más que ningún otro lugar el pensamiento de un joven inglés, modesto y genial, que es considerado por muchos el padre de la biología moderna. En octubre de 1835, el *HMS Beagle,* buque de investigación británico, echó ancla en las Galápagos. Charles Darwin (1809–1882) venía a bordo como naturalista del barco. De los 36 días que el *Beagle* estuvo en las islas, Darwin bajó a tierra sólo veinte. Pero fueron suficientes. En 1859, después de veinte años de reflexión e investigación cuidadosa, Darwin publicó *El origen de las especies.* Esta obra monumental conmovió al mundo y cambió la visión que la humanidad tenía de sí misma y de los organismos con los que comparte la Tierra. *Fundamentaba* su teoría de la evolución de las especies en los cambios experimentados por animales y plantas al adaptarse al ambiente en el cual fueron desarrollándose.

Establecía

Para conmemorar *el centenario* de la publicación de *El origen de las especies,* el gobierno del Ecuador, en conjunción con un *consorcio* multinacional de organizaciones científicas y de conservación, estableció el Parque Nacional de las Islas Galápagos. La Estación de Investigación Charles Darwin se fundó también en 1959. Con gran previsión, el gobierno ecuatoriano promulgó una ley en 1971 que exigía que todas las personas que visitaran este parque nacional fueran acompañadas por un guía *capacitado.* Actualmente se ofrecen cursos sistemáticos de *capacitación* en la Estación de Investigación Charles Darwin, cuya meta principal es la preservación y estudio de uno de los lugares más encantados del mundo para beneficio de toda la humanidad.

los cien años

grupo

competente
instrucción

*Adaptado de "Las islas Galápagos",
publicado en* Maravilloso Ecuador

LECCIÓN 2:   ECUADOR

351

Focus questions
—¿Hay pingüinos adaptados a vivir en el trópico en las islas Galápagos?
—¿De dónde vinieron estos pingüinos, de la Antártida o del Polo Norte?

→¿Quién es considerado por muchos el padre de la biología moderna?
—¿Qué es el *HMS Beagle,* un buque o un perro?
—¿Quién viajó a las islas Galápagos en el *HMS Beagle*?
—¿Cuánto tiempo estuvo el *HMS Beagle* en las islas, veinte días o treinta y seis días?
—¿Cuándo publicó Darwin *El origen de las especies,* inmediatamente después de regresar a Inglaterra o veinte años después de regresar?
—¿Qué cambió esta obra, la visión que la humanidad tenía de la evolución de la tierra o del hombre mismo?
—¿Qué establecía la teoría de Darwin, la evolución de hombres y animales o de los cielos y el universo?

—¿Cómo conmemoró el centenario de la publicación de *El origen de las especies* el gobierno ecuatoriano, estableció un parque nacional o declaró a las tortugas galápagos en peligro de extinción?
—¿Es posible visitar las islas Galápagos sin guía?
—¿Cuándo se estableció la ley que no lo permite, en 1951 o en 1971?
—¿Cuál es la meta de la Estación de Investigación Charles Darwin, la preservación de las islas o la preservación de todas las especies del mundo?

FOTOS

Charles Darwin, el naturalista inglés que visitó las islas Galápagos en 1835.

Letrero de la Estación Científica Charles Darwin en las islas Galápagos.

Allow time for pair work. Have students get accustomed to answering these questions in their own words with books closed. Do not allow reading verbatim from the text.

Answers

A. ¿Sí o no?
1 Sí.
2 No. Fueron descubiertas en 1535 por el obispo español Fray Tomás de Berlanga.
3 Sí.
4 No. Se calcula que mataron más de 100.000 tortugas galápagos e hicieron desaparecer a cuatro de las quince variedades distintas que se hallaban en las islas.
5 Sí.
6 Sí.
7 No. En 1832 Ecuador tomó posesión de las islas como territorio.
8 Sí.
9 No. Darwin estuvo en las islas solo veinte días.
10 No. El Parque Nacional de las Islas Galápagos se fundó en 1959, para conmemorar el centenario de la publicación de *El origen de las especies*.

B. Hablemos de la lectura.
Call on individual students. Have class confirm each response.
1 Se conocen también como las Islas Encantadas por la exótica belleza y extraordinaria riqueza de fauna y flora.
2 Las islas Galápagos fueron descubiertas por el obispo español Fray Tomás de Berlanga en 1535.
3 Los piratas ingleses usaban las islas como refugio y base para sus ataques contra los españoles.
4 Capturaban a las tortugas galápagos por su carne y su aceite.
5 Los vientos y las corrientes marinas llevaron a las islas una gran variedad de plantas y animales.
6 Muchas iguanas cambiaron de amarillo y verde a negro cuando la ley de supervivencia las obligó a camuflarse en las rocas de lava.

■ ¿Comprendiste la lectura?

A. ¿Sí o no? Con un(a) compañero(a), decide si estás de acuerdo o no con los siguientes comentarios. Si no, di por qué no.

1. El nombre oficial de las islas Galápagos es Archipiélago de Colón.
2. Las islas nunca fueron descubiertas por los españoles.
3. Las islas sirvieron de base a piratas y bucaneros ingleses.
4. Los balleneros que visitaron las islas entre los siglos XVIII y XIX en ninguna manera afectaron la fauna de las islas.
5. Las tortugas terrestres llamadas galápagos tienen un promedio de vida de 250 años.
6. Herman Melville, el autor de la famosa novela *Moby Dick,* visitó las islas Galápagos.
7. Las islas Galápagos se convirtieron en una colonia inglesa en 1832.
8. Los animales traídos por los primeros visitantes ahora son un problema para el balance ecológico de las islas.
9. Charles Darwin, el naturalista inglés, vivió en las islas Galápagos más de un año.
10. El gobierno de Ecuador estableció el Parque Nacional de las Islas Galápagos en 1992.

B. Hablemos de la lectura. Contesten estas preguntas en grupos.

1. ¿Por qué se conocen las islas Galápagos también como las Islas Encantadas?
2. ¿Quién las descubrió? ¿En qué año?
3. ¿Para qué utilizaban los piratas ingleses las islas Galápagos?
4. ¿Por qué capturaban los balleneros y otros marinos a las tortugas llamadas galápagos?
5. ¿Cómo llegaron las plantas y los animales a las islas Galápagos?
6. ¿Por qué muchas iguanas cambiaron de color?
7. ¿Quién fue Charles Darwin? ¿Por qué es famoso?
8. ¿Cómo fundamentaba su teoría de la evolución de las especies?
9. ¿Qué piensas que observó Darwin en su visita a las islas Galápagos? ¿Qué importancia tuvo esto en el desarrollo de su pensamiento?
10. ¿En qué consistió la ley que el gobierno ecuatoriano promulgó en 1971 respecto al Parque Nacional de las Islas Galápagos?

352

UNIDAD 7

---

7 Charles Darwin fue el famoso naturalista que desarrolló la teoría de la selección natural y escribió el libro *El origen de las especies*.
8 Fundamentaba su teoría de la evolución en los cambios observados en las plantas y animales al adaptarse al ambiente de las islas.
9 Las respuestas van a variar. Deberían mencionar que observó plantas y animales en proceso de cambio o ya totalmente cambiados de su forma natural para sobrevivir en las islas.
10 La ley que el gobierno promulgó en 1971 insiste en que todas las personas que visitan las islas tengan que ser acompañadas por un(a) guía entrenado(a).

Palabras como llaves: *isla*

Para ampliar el vocabulario. De la palabra **isla** se derivan muchas palabras añadiendo sufijos, como **isleño, isleta** e **islote.** También usando el prefijo **a-** se derivan palabras como **aislar** y **aislamiento.** Con un(a) compañero(a), analiza el significado de la palabra en negrilla de cada oración.

1. En las Galápagos existen pocos **isleños.**
2. La **isleta** llamada Seymur sólo tiene 5 km^2.
3. Los aztecas fundaron su capital Tenochtitlán sobre un **islote** en el lago de Texcoco en 1325.
4. ¿Es necesario **aislar** a los enfermos de tuberculosis?
5. Muchas personas en las grandes ciudades viven en un **aislamiento** psicológico.

Dramatizaciones

A. Atahualpa y Huáscar. Tú haces el papel del joven Atahualpa y dos compañeros van a hacer los papeles del medio hermano Huáscar, y el padre de ambos Huayna Cápac. Dramaticen el momento en el cual el padre les dice a sus dos hijos que va a dividir el imperio, y les especifica qué recibirá cada uno. Incluyan la reacción de los dos hijos frente a su padre y la conversación que ellos tuvieron después de la audiencia con él.

B. Un laboratorio viviente. Es el año 1835 y tú eres un joven Charles Darwin que acaba de regresar a Inglaterra después de un viaje que incluye un mes en las islas Galápagos. Has desarrollado una nueva teoría con respecto al origen del hombre. ¿Cómo reaccionan tus colegas científicos cuando les hablas de tu teoría? Dramatiza la situación con dos o tres compañeros.

LECCIÓN 2:   ECUADOR

Palabras como llaves

Allow time for pair work. Then call on individual students. Have class confirm each answer. Answers will vary.

NSS **For Native Speakers** Pídales a sus estudiantes hispanohablantes que escriban frases originales con los derivados de la palabra **isla**. Haga que los estudiantes escriban sus frases en la pizarra y revíselas con la clase.

Dramatizaciones

These role plays are optional, and should be done as time permits. Tell students to be creative in their scripts but not to lose sight of the pedagogical goals. Assign **A** to half the class and **B** to the other half. Have students present in front of the class without notes.

You may want to do brainstorming activities with the entire class before doing the role plays. For the first one ask: **¿Cuáles son algunas reacciones que los dos hijos podrían tener al oír la decisión del padre?** Write their suggestions on the board. For the second one ask: **¿Cuáles son algunas reacciones positivas y negativas que los colegas de Darwin podrían tener?**

Ventana al Mundo 21

Have students read silently or call on individual students to read aloud a few sentences at a time. Then allow time to prepare descriptions and for pair work. Call on a couple of volunteers to share their descriptions with the class.

Extension Ask class if anyone has actually visited Quito. If so, have them describe it to the class.

NSS **For Native Speakers** Pregúnteles a sus estudiantes hispanohablantes si esta descripción de Quito los hace pensar en alguna ciudad en particular en el país de sus antepasados. Si así es, pídales que digan qué ciudad y que la describan.

Ventana al Mundo 21

Quito: tesoro colonial

Capital de la República del Ecuador y de la provincia de Pichincha, la ciudad de San Francisco de Quito está situada a 2.850 metros de altitud, y al sur de la línea ecuatorial. El nombre de Quito se deriva de los indígenas quitus que estaban establecidos en la región. La ciudad colonial fue fundada en 1534 y se convirtió en un importante centro artístico y una de las más hermosas ciudades del imperio español. La ciudad de Quito está situada en un estrecho valle de inigualable belleza natural. El nevado Pichincha sirve de marco a las torres de iglesias y monasterios de una ciudad que ha sabido preservar el carácter del pasado colonial a pesar de también incluir modernos edificios como el nuevo palacio legislativo.

El monumental convento de San Francisco —comenzado en 1538 por fray Jodoco Ricke, primo del emperador Carlos V— es el primer gran edificio religioso que se construyó en Sudamérica y se le conoce como El Escorial del Nuevo Mundo. Entre sus más preciados tesoros están las expresivas estatuas de santos esculpidas por Manuel Chili, un artista indígena conocido por su nombre quichua de Caspirara. La iglesia de la Compañía de Jesús, con su interior revestido de hojas de oro, es una de las mayores obras del barroco hispanoamericano y da testimonio del influjo social que ejercían los jesuitas en el siglo XVII. Para el visitante de nuestros días, el pasado se refleja en el arte y la arquitectura sin paralelo que sobreviven en abundancia. Quito es quizás la ciudad más histórica de Sudamérica y en realidad funciona como un gigantesco museo al aire libre.

Tesoro colonial. Con el libro cerrado, descríbele el Quito colonial a un(a) compañero(a). Luego escucha mientras te describe el convento de San Francisco. Pueden ayudarse al hacer sus descripciones, si es necesario.

Convento de San Francisco

Interior de la iglesia de la Compañía de Jesús

354

Vocabulario personal

Leyendas. En el folklore de cualquier país hay leyendas con moralejas o lecciones basadas en la relación de los humanos con los animales, o a veces, entre personas. En la sección que sigue, vas a escribir una leyenda original con una moraleja que tú escojas. Prepárate para esa tarea sacando listas de ocho a diez palabras que podrías usar para describir las acciones 1) de un animal, 2) de un hombre y 3) otras palabras y expresiones útiles. Vuelve a la lectura de "El hombre y la víbora" y de "Las islas Galápagos: gran zoológico del mundo" para encontrar nuevas palabras apropiadas.

Acciones de animales

1. picar
2. estirar
3. tener una longevidad
4. . . .
5. . . .
6. . . .
7. . . .
8. . . .

Acciones de humanos

1. retirar
2. machucar
3. quejarse
4. . . .
5. . . .
6. . . .
7. . . .
8. . . .

Otras palabras y expresiones útiles

1. zonceras
2. al fin y al cabo
3. . . .
4. . . .
5. . . .
6. . . .
7. . . .
8. . . .

LECCIÓN 2:   ECUADOR

Purpose This section gets students to develop their own functional vocabulary lists and to recycle vocabulary previously learned that may be used in the writing task that follows.

Leyendas. These lists may be assigned as homework. Encourage students to look for words that are new to them and will help them expand their vocabulary. Tell students that the vocabulary lists they develop here will be used later in the writing section, **Escribamos ahora.** After lists have been done, allow class time for students to compare lists with two classmates. Encourage them to borrow words from each other if they are so inclined. The active vocabulary lists for the unit appear in the student workbook, *Cuaderno de actividades.*

NSS **For Native Speakers** Anime a los estudiantes hispanohablantes a ampliar su propio vocabulario identificando las palabras que todavía no conozcan. Pídales que escriban definiciones de palabras desconocidas a base del contexto. En grupos de tres o cuatro, permítales que confirmen la exactitud de sus definiciones.

355

Escribamos ahora

A. A generar ideas: las moralejas

1. **La moraleja del cuento.** Tal vez te haga pensar el cuento de "El hombre y la víbora" en uno similar donde la serpiente sí muerde al hombre que la rescata diciéndole:

   —¿Por qué te sorprende que te muerda? Ya sabías que yo era serpiente.

   a. ¿Cuál sería entonces la moraleja o lección que deberíamos aprender en esta versión del cuento?
   b. ¿Cuál sería la moraleja de "El hombre y la víbora"?
   c. ¿En qué se parecen las dos moralejas?
   d. ¿Hay algo en los dos cuentos que sugiera cómo deben tratarse los seres humanos?
   e. ¿Puedes pensar en otros cuentos, dichos o leyendas que tengan la misma moraleja?
   f. ¿Puedes pensar en algunos cuentos o leyendas que sugieran todo lo opuesto?

2. **Leyendas.** Ahora vas a crear tu propia leyenda similar a la que acabas de leer. Primero tienes que escoger una moraleja apropiada, como: "No (o Sí) se puede cambiar la naturaleza del hombre o del animal". Luego piensa en algunas confrontaciones posibles entre un ser humano y un animal que ilustren tu moraleja. Tal vez quieras usar un formulario como el siguiente.

Moraleja 1: Debes ayudar a las personas necesitadas.	
Confrontación	**Resultado**
Persona/pájaro en el jardín	Pájaro se come todas las semillas

Moraleja 2: Sí quieres tener amigos, debes ayudar a los que necesiten ayuda.	
Confrontación	**Resultado**
Persona/perro lastimado	Perro fiel a la persona

356

UNIDAD 7

3. Antes de escribir. Ahora selecciona una de las moralejas que indicaste en la sección anterior y prepárate para escribir una nueva leyenda. Antes de empezar, piensa un poco acerca de las circunstancias de la confrontación.

    a. ¿Quiénes serán los personajes principales?
    b. ¿Dónde ocurrirá la acción?
    c. ¿Cuál será el problema de la confrontación?
    d. ¿Cómo reaccionará cada personaje?
    e. ¿Qué espera cada personaje de los otros?

B. El primer borrador

1. ¡A organizar! Escribe ahora un primer borrador de tu leyenda, usando la información que recogiste en la sección anterior. No olvides la moraleja al desarrollar el diálogo y circunstancias entre tus personajes.

2. ¡A escribir! En "El hombre y la víbora", la víbora y los otros animales tienen un talento que no es común en los animales. ¿Cuál es? En el folklore, es muy común que todos los animales tengan este talento. Sin duda, los animales en tu leyenda necesitarán esta habilidad para poder expresar sus deseos, preocupaciones y reacciones. Al escribir, también ten presente la técnica de la repetición. Esta técnica es muy común en los cuentos con moralejas porque permite al cuentista insistir en el punto clave. ¿Cuántas veces se repite la situación entre el hombre y la serpiente? Tal vez tú quieras usar la misma técnica en tu cuento.

Lección 3

Bolivia

Nombre oficial:
República de Bolivia
Extensión:
1.098.581km²
Principales ciudades:
La Paz (administrativa), Sucre (judicial), Santa Cruz, Cochabamba
Moneda:
Boliviano ($b)

Gente del Mundo 21

Víctor Paz Estenssoro, político boliviano y presidente de Bolivia en tres ocasiones, nació en 1907 en Tarija, Bolivia. Cursó la carrera de derecho y fue profesor de la Universidad de San Andrés, en La Paz. En 1941 fundó el Movimiento Nacionalista Revolucionario (MNR), partido con el que ganó las elecciones presidenciales de 1951 aunque no asumió el poder hasta 1952, después de una revolución contra una junta militar que había tomado el poder. Este primer gobierno de Paz Estenssoro realizó una serie de reformas que forman la Revolución Nacional Boliviana de 1952. Volvió a ser elegido presidente en 1960 y en 1985.

Jaime Paz Zamora, político boliviano, nació en 1939. Fundó el Movimiento de Izquierda Revolucionaria (MIR) como partido de oposición. Fue encarcelado, se exilió y regresó a Bolivia en 1978. En 1980 fue elegido vicepresidente, después de sobrevivir a un accidente aéreo. En 1989 accedió a la presidencia con el apoyo de la Alianza Democrática Nacionalista. Durante su gobierno aplicó una política de liberación económica.

358

Corresponding Structures in *Manual de gramática*

7.3 Present Perfect: Indicative and Subjunctive G111

NSS **For Native Speakers** Usando la lista en el *Cuaderno de actividades*, pídales a los estudiantes hispanohablantes que seleccionen cinco de estas palabras y las definan por escrito. Luego en grupos de tres o cuatro, que comparen sus definiciones para ver si las hicieron correctamente. Pídale a varios estudiantes que lean sus definiciones para asegurarse de que todos las hayan definido correctamente.

Purpose To introduce four important Bolivian personalities: two highly visible politicians, **Víctor Paz Estenssoro** and **Jaime Paz Zamora;** an internationally known artist, **María Luisa Pacheco;** and acclaimed writer, **Alcides Arguedas.**

Suggestion Have students read the first biography silently, then ask comprehension check questions. Repeat with the remaining biographies.

Extra credit Have volunteers or students interested in extra credit prepare a brief written or oral presentation on one of these personalities or another famous Bolivian artist, actor, playwright, musician or politician, or on a topic pertaining to Bolivia which recently appeared in the newspapers.

NSS **For Native Speakers** Pídales a los estudiantes hispanohablantes que preparen preguntas originales para que luego se las hagan a sus compañeros de clase y así verifiquen la comprensión que éstos tienen sobre esta sección. Insista en que preparen por lo menos cuatro preguntas para cada una de las personas descritas.

María Luisa Pacheco (1919–1982), pintora boliviana, nació en La Paz. Realizó sus primeros estudios de pintura en 1938, en la Escuela de Bellas Artes de su ciudad natal. En 1951 con una beca del gobierno viajó a España a continuar sus estudios. Fue aprendiz del cubista español Daniel Vásquez Díaz. Vivió muchos años en Nueva York donde fue becaria de la fundación Guggenheim en tres ocasiones. Muchos de sus cuadros, más que representaciones de la realidad boliviana, son verdaderas interpretaciones personales de su tierra natal donde los colores funcionan para reconstruir memorias.

Alcides Arguedas (1879–1946), escritor boliviano, nació en La Paz y se educó originalmente en Bolivia y más tarde en Francia. Después de graduarse en derecho en 1903, representó a Bolivia como diplomático. Su libro *Pueblo enfermo* (1909) es un importante tratado sociológico, aunque incluye afirmaciones controvertidas sobre la inferioridad psíquica del cholo o mestizo. Su *Raza de bronce* (1919) es considerada una de las mejores novelas indigenistas. Arguedas también ensayó la novela de la ciudad con *Vida criolla* (1905), aunque sin mucho éxito. Arguedas dejó instrucciones que sus memorias no se publicaran sino cincuenta años después de su muerte.

Personalidades del Mundo 21

Allow time to prepare questions and for pair work. Verify by calling on several students to ask their questions and have class respond.

Personalidades del Mundo 21. Prepara dos o tres preguntas sobre cada una de estas personas. Hazle las preguntas a un(a) compañero(a).

LECCIÓN 3: BOLIVIA

359

DEL PASADO al presente

BOLIVIA DESDE LAS ALTURAS DE AMÉRICA

Purpose In **Bolivia: desde las alturas de América,** students will read a brief history of Bolivia with the intention of better understanding its present and future. The **Ventana al Mundo 21** reading and activity provide a brief glimpse of Andean music.

Procedure Begin by calling on one student to read the first paragraph. Ask comprehension check questions:

1 ¿Qué distingue a la capital nacional de Bolivia y al lago Titicaca? *(Son la capital nacional y el lago navegable más altos del mundo.)*

2 ¿Por qué puede considerarse Bolivia "el techo del mundo"? *(Por tener la capital nacional más alta del mundo.)*

3 ¿Dónde se concentra la mayor parte de la población boliviana? *(En el altiplano central.)*

Then divide class into five groups and do a jigsaw activity with the rest of the reading. The procedure for jigsaw activities is explained on page 24.

NSS **For Native Speakers** Lea el primer párrafo de la lectura en clase como arriba se describe, y luego haga las preguntas para verificar la comprensión. Proceda entonces de la forma indicada en la página 25.

Variation for Native Speakers Pídale a un estudiante que lea el primer párrafo de la lectura. Hágales las preguntas de arriba para verificar la comprensión. Luego pídales que lean el resto de la lectura en casa de tarea.

1 El día siguiente en clase, agrupe a los alumnos en cinco grupos, numerados del 1 al 5, y con más o menos el mismo número de personas en cada grupo.

2 Pídale al primer grupo que prepare cinco o seis preguntas para verificar la comprensión de la información presentada en la primera sección: **Período prehispánico.** Haga lo mismo con los otros grupos y las cuatro secciones que faltan.

3 Pídales a individuos en cada grupo que hagan sus preguntas y a personas de otros grupos que las contesten.

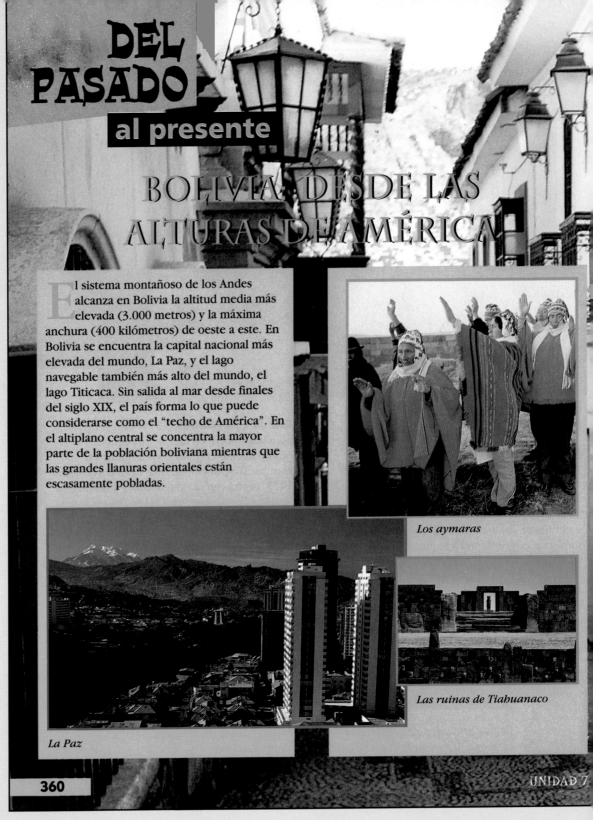

El sistema montañoso de los Andes alcanza en Bolivia la altitud media más elevada (3.000 metros) y la máxima anchura (400 kilómetros) de oeste a este. En Bolivia se encuentra la capital nacional más elevada del mundo, La Paz, y el lago navegable también más alto del mundo, el lago Titicaca. Sin salida al mar desde finales del siglo XIX, el país forma lo que puede considerarse como el "techo de América". En el altiplano central se concentra la mayor parte de la población boliviana mientras que las grandes llanuras orientales están escasamente pobladas.

Los aymaras

Las ruinas de Tiahuanaco

La Paz

360

UNIDAD 7

FOTOS

Foto de fondo. Vista de una calle en el centro colonial de La Paz, Bolivia.

Vista aérea de La Paz, con el pico nevado de Illimani en la parte superior izquierda.

Indígenas aymaras con sus vestidos tradicionales en la fiesta dedicada al verano en Tiahuanaco, Bolivia.

Escalinatas del Santuario de Calasaya en Tiahuanaco, Bolivia.

Puerta del Sol, Tiahuanaco

FOTOS

Puerta del Sol, monolito de Tiahuanaco, Bolivia.

Vista aérea de la ciudad de Potosí, ciudad minera desde la época colonial.

Estrecha calle en el centro colonial de La Paz.

PERÍODO PREHISPÁNICO

Varios siglos antes de la conquista española, el altiplano boliviano estaba ya densamente poblado. Fue desde el siglo VII centro de la cultura de Tiahuanaco, primer imperio andino que dominó las mesetas y costas del Perú. Se cree que los habitantes de Tiahuanaco fueron los collas, que ahora llamamos aymaras. Las ruinas de Tiahuanaco se hallan a dieciséis kilómetros al sur de las orillas del lago Titicaca. Ahí se encuentra el famoso monumento conocido como Puerta del Sol, un monolito de tres metros de altura y cuatro de ancho que refleja la importancia religiosa del lugar.

Hacia el siglo XI, varios estados regionales reemplazaron a esta gran cultura. En el siglo XV, los reinos aymaras fueron conquistados por los incas y pasaron a integrar una de las cuatro provincias del imperio inca: el Collasuyo. Como parte de la política imperial, se establecieron colonos quechuas en su territorio. Desde entonces, el aymara y el quechua han sido las dos principales lenguas indígenas de Bolivia.

CONQUISTA Y COLONIA

En 1535 Diego de Almagro, el socio de Francisco Pizarro en la conquista del imperio inca, entró al territorio boliviano. Tres años más tarde, Pedro Ansúrez fundó la ciudad de

Chuquisaca hoy conocida como Sucre. En 1545 se descubrieron los grandes depósitos de plata en el cerro de Potosí, al pie del cual, el siguiente año, se fundó la ciudad del mismo nombre. Potosí llegaría a rivalizar con Lima gracias a la gran riqueza minera. A mediados del siglo XVII era la mayor ciudad de América.

Se fundaron otras ciudades en las zonas mineras: La Paz (1548) y Cochabamba (1570). En 1559 se creó la

Potosí

Centro colonial de La Paz

Audiencia de Charcas bajo el Virreinato del Perú. Las minas de plata de Charcas o el Alto Perú, nombre dado por los españoles a la región que ahora llamamos Bolivia, fueron el principal tesoro de los españoles durante la colonia, pero para los indígenas de la región andina estas mismas minas eran lugares donde se les explotaba inhumanamente bajo el sistema de trabajo forzado llamado "mita", que también se aplicaba a la agricultura y al comercio.

1 Tiahuanaco fue el primer imperio inca en Bolivia. *(F)*
2 La lengua aymara coexistió con la quechua por decreto del emperador inca. *(C)*
3 La ciudad de Potosí llegó a rivalizar con Lima debido a la gran riqueza minera en la región. *(C)*
4 La "mita" era el nombre dado al sistema de trabajo forzado que los españoles imponían a los indígenas. *(C)*
5 El nombre original de Bolivia fue Chuquisaca, pero fue cambiado en honor de Simón Bolívar. *(F)*
6 Bolivia salió victoriosa en la Guerra del Pacífico y Chile tuvo que cederle una de sus provincias. *(F)*
7 Después de la Guerra del Chaco, Bolivia le cedió territorio a Paraguay. *(C)*
8 Víctor Paz Estenssoro y Hernán Siles Zuazo son dos de las figuras políticas más importantes en la segunda mitad del siglo XX. *(C)*

LA INDEPENDENCIA Y EL SIGLO XIX

En 1809 hubo rebeliones en contra de las autoridades españolas en las ciudades de Chuquisaca y La Paz que fueron rápidamente derrotadas por tropas enviadas por los virreyes del Río de la Plata y del Perú. El Alto Perú fue la última región importante que se liberó del dominio español. La independencia se declaró el 6 de agosto de 1825 y se eligió el nombre de República Bolívar, en honor de Simón Bolívar, aunque después prevaleció el de Bolivia. El general Antonio José de Sucre, vencedor de los españoles en la decisiva batalla de Ayacucho (1824), ocupó la presidencia de 1826 a 1828. La ciudad de Chuquisaca cambió su nombre a Sucre en 1839 en honor de este héroe de la independencia, quien murió asesinado en 1830.

La independencia trajo pocos beneficios para la mayoría de los habitantes de Bolivia. El control del país pasó de una minoría española a una minoría criolla, muchas veces en conflicto entre sí por intereses personales. A finales del siglo XIX, las ciudades de Sucre y La Paz se disputaron la sede de la capital de la nación. Ante la amenaza de una guerra civil, se optó por una solución de compromiso. La sede del gobierno y el poder legislativo se trasladaron a La Paz, mientras que la capitalidad oficial y el Tribunal Supremo permanecieron en Sucre.

GUERRAS TERRITORIALES

Durante su vida independiente, Bolivia perdió una cuarta parte de su territorio original a través de disputas fronterizas con países vecinos. Como resultado de la Guerra del Pacífico (1879–1883), Bolivia tuvo que cederle a Chile la provincia de Atacama, rica en nitratos y su única salida al Pacífico. Para compensar la pérdida, Chile construyó un ferrocarril de La Paz al puerto chileno de Arica. Cuando Argentina se anexó una parte de la región del Chaco, también construyó un ferrocarril que comunicaba a los dos países. Coincidiendo con el auge del caucho, Bolivia le otorgó a Brasil en 1903 la rica

Antonio José de Sucre

Sucre

FOTOS

Foto de fondo. Gran plaza de Tiahuanaco, ciudad precolombina localizada cerca de La Paz.

Grabado del general y libertador venezolano Antonio José de Sucre (1795-1830). Fue uno de los militares que ayudó a Simón Bolívar a derrotar a los españoles; ocupó la presidencia de Bolivia de 1826 a 1828.

Panorama de la ciudad de Sucre, Bolivia. En 1839, la ciudad de Chuquisaca cambió de nombre a Sucre en honor al general venezolano Antonio José de Sucre que tuvo un papel importante en la lucha por la independencia de Bolivia.

Pérdida de territorios
- Chile
- Argentina
- Paraguay
- Brasil

Bolivia

Océano Pacífico

región amazónica de Acre. La Guerra del Chaco con Paraguay (1933-1935) provocó enormes pérdidas humanas y territoriales para Bolivia.

DE LA REVOLUCIÓN DE 1952 AL PRESENTE

La derrota del ejército boliviano en la Guerra del Chaco causó un profundo malestar y descontento que llevó a la creación de nuevos partidos en la década de 1940, como el Movimiento Nacionalista Revolucionario (MNR) y el Partido de Izquierda Revolucionaria (PIR). En abril de 1952, se inició la llamada Revolución Nacional Boliviana bajo la dirección del MNR. Víctor Paz Estenssoro, líder del MNR, quien gobernó de 1952 a 1956, impulsó una ambiciosa reforma agraria que benefició a los campesinos indígenas, nacionalizó las principales empresas mineras y en general, abrió las puertas para el avance social del grupo formado por los mestizos.

En 1956 ascendió a la presidencia Hernán Siles Zuazo, quien llevó a cabo una política de estabilización económica. Hernán Siles Zuazo ha sido presidente en dos ocasiones: 1956-1960 y 1982-1984. Por su parte, Víctor Paz Estenssoro ha sido presidente en tres ocasiones: 1952-1956, 1960-1964 y 1985-1989. Ambos han sido las figuras políticas más importantes de Bolivia de las últimas tres décadas.

Hernán Siles Zuazo y Víctor Paz Estenssoro

En 1989 un sobrino de Paz Estenssoro, Jaime Paz Zamora, militante de un partido de oposición, el Movimiento de Izquierda Revolucionario, (MIR) fue elegido presidente. En las últimas décadas la población de oriente ha logrado un mayor desarrollo. En Bolivia se ha fortalecido la democracia que le promete a la nación boliviana un mejor futuro a pesar de las graves injusticias del pasado.

NSS **For Native Speakers**
Anime a los estudiantes hispanohablantes a que amplíen cualquiera de los temas presentados en la lectura. Si algunos son de ascendencia boliviana, pídales que le cuenten al resto de la clase cómo es Bolivia de la forma en que ellos o sus padres la conocen.

¡A ver si comprendiste!

Have students get accustomed to answering these questions in their own words with books closed. Do not allow reading verbatim from the text.

Answers

1 3.000 metros.

2 La mayoría de la población boliviana se concentra en el altiplano central.

3 Tiahuanaco fue el primer imperio andino. Sus ruinas están situadas a dieciséis kilómetros al sur de las orillas del lago Titicaca. Se cree que sus habitantes, los collas, fueron los primeros aymaras.

4 Los aymaras.

5 En el cerro de Potosí se descubrieron grandes depósitos de plata. Esto resultó en la fundación de la ciudad del mismo nombre.

6 Durante la colonia Bolivia tuvo los nombres de la Audiencia de Charcas y el Alto Perú.

7 Antonio José de Sucre fue el héroe de la independencia de Bolivia. Él fue el general que ganó la batalla de Ayacucho, que fue decisiva para vencer a los españoles.

8 Para evitar una guerra civil, se decidió establecer dos capitales, la sede del gobierno y el poder legislativo en La Paz y la capital oficial y el Tribunal Supremo en Sucre.

9 Bolivia perdió la provincia de Atacama (cedida a Chile), una región del Chaco (cedida a Argentina), la región de Acre (cedida a Brasil) y varios territorios cedidos a Paraguay.

10 Los efectos de la Revolución de 1952 fueron una reforma agraria a beneficio de los campesinos, la nacionalización de las principales empresas mineras y el avance social de los mestizos.

■ ¡A ver si comprendiste!

¿Quién? ¿Qué? ¿Cuándo? ¿Recuerdas los datos más importantes de la lectura? Para asegurarte, contesta estas preguntas con un(a) compañero(a).

1. ¿Cuál es la altitud media de Bolivia?
2. ¿En qué región se concentra la mayoría de la población boliviana?
3. ¿Qué es Tiahuanaco? ¿Dónde está situado? ¿Cuál fue su importancia?
4. ¿Cómo se llaman los indígenas que habitan las orillas del lago Titicaca?
5. ¿Qué se descubrió en el cerro de Potosí en 1545? ¿Cuál fue el resultado de este hallazgo?
6. ¿Qué nombres tuvo Bolivia durante la colonia española?
7. ¿Quién fue Antonio José de Sucre? ¿Cuál es su importancia en Bolivia?
8. ¿Por qué Bolivia tiene actualmente dos capitales?
9. ¿Qué territorios perdió Bolivia en conflictos fronterizos con los países vecinos?
10. ¿Cuáles son algunos de los efectos de la Revolución de 1952?

364

UNIDAD ?

NSS **For Native Speakers** Pídales a sus estudiantes hispanohablantes que escriban las respuestas en la pizarra. Revise las respuestas con el resto de la clase, pidiendo a estudiantes específicos que identifiquen y corrijan los posibles errores.

FOTO

Músicos andinos tocando dos instrumentos tradicionales, la quena y los tambores.

Ventana al Mundo 21

Ventana al Mundo 21

Suggestions Have students read silently. Then allow time for pair work. Have individual students tell the class what they recall. Descriptions will vary. If available, play a recording of "El condor pasa" or of other Andean music for the class.

NSS **For Native Speakers** Pregúnteles a sus estudiantes hispanohablantes si conocen algunos instrumentos precolombinos que han sobrevivido en los países de sus antepasados. Si así es, pídales que los describan a la clase.

La música andina

Los pueblos de las mesetas andinas comparten una tradición cultural que además de Bolivia incluye Ecuador, el Perú, el norte de Chile y de Argentina. Existe un folklore andino que incluye los usos, las costumbres, la vestimenta, la tradición oral, la danza y la música. Aunque la realidad que representa el folklore es muy antigua, es un campo de estudio relativamente reciente. La música folklórica es anónima, oralmente transmitida de abuelos a padres y de éstos a sus hijos como patrimonio familiar.

El folklore musical de los pueblos andinos es sumamente rico. Existe una gran variedad de instrumentos de viento hechos de cañas como las quenas y los sicus o flautas indígenas. Estos instrumentos parecen imitar el sonido del viento en lo alto de los Andes. Los instrumentos de percusión incluyen los bombos, las cajas y los tambores. Un instrumento mestizo muy utilizado por conjuntos andinos es el charango, una especie de pequeña guitarra hecha de la concha de un armadillo o de madera.

Existe una revitalización de la música andina fomentada por grupos con proyección internacional como el grupo chileno Inti-Illimani e intérpretes populares como el argentino Atahualpa Yupanqui (Héctor Roberto Chavero, 1908–1992). Una composición musical que ejemplifica la melodía andina llena de melancolía fue hecha popular en 1970 en EE.UU. por los cantantes Simon y Garfunkel bajo el título "El cóndor pasa".

***

La música andina. Con el libro cerrado, dile a tu compañero(a) todo lo que recuerdes del folklore andino en general y escucha mientras te dice lo que recuerda de la música andina en particular.

LECCIÓN 3:   BOLIVIA

365

FOTOS

Instrumentos autóctonos andinos incluyen quenas que parecen muchas flautas unidas y están hechas de diferentes cañas.

La música andina también incluye instrumentos de origen europeo como esta arpa que aquí aparece.

Luz, cámara, acción

Purpose In this section students will view an excerpt from the authentic video, *A orillas del lago Titicaca con los aymaras.* In **Antes de empezar el video,** students will begin with previewing activities designed to create some cross-cultural comparisons of weddings in the U.S. and in Bolivia. Then in the **Escenario,** they will get some background information on the Aymaras.

Antes de empezar el video

A. ¡Bodas! Get students to focus on all aspects of weddings in the U.S.

Extension Have students write a wedding invitation in Spanish.

B. Una boda aymara. Have students come back to their lists after they have viewed the video to check if they predicted correctly.

Luz, cámara, acción

Antes de empezar el video

A. ¡Bodas! En Estados Unidos, tanto como en cualquier otro país, las bodas son tradiciones rituales que tienen que ver con el novio, la novia, los padres de los novios y que siguen ciertos ritos legales, religiosos y no tan religiosos. Trabajando en parejas, preparen una lista de tradiciones comunes en las bodas que ustedes han observado.

B. Una boda aymara. Con tu compañero(a), revisa la lista que prepararon en la actividad anterior y decide cuáles de las actividades en su lista ocurrirían en una boda aymara. Pongan un asterisco al lado de esas actividades.

366

FOTO

Foto de fondo. Panorama del lago Titicaca, cuna de la cultura aymara en el altiplano de Bolivia.

NSS **For Native Speakers** Pídales a sus estudiantes hispanohablantes que le pregunten a sus padres o parientes si alguna vez han visto o presenciado una boda de indígenas en el país de sus antepasados. Si así es, pídales que se la describan para luego describírsela a la clase.

ESCENARIO

*L*os aymaras

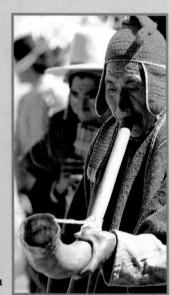

En las altas montañas de Sudamérica surgió una de las culturas más antiguas del continente: los aymaras. Los arqueólogos generalmente indican que los aymaras aparecieron como un grupo distinto alrededor de 1100 d.C. y que son descendientes de la gran cultura centrada en la ciudad de Tiahuanaco al sur del lago Titicaca. La cultura de Tiahuanaco se desarrolló por casi dos mil años hasta cerca de 1200 d.C., fecha en que desapareció. Muchos de los avances de la civilización inca posterior se basa en la cultura de Tiahuanaco.

Los aymaras constituyen aproximadamente el 25 por ciento de la población actual de Bolivia. Han mantenido su lengua y su cultura a pesar de la imposición cultural que han sufrido desde la conquista española. Han podido hacer esto gracias a la continuidad del ayllu o comunidad que practica una agricultura colectiva y a la aplicación cotidiana de sus creencias, costumbres e idiosincracias. Por ejemplo, en este video vas a ver como siguen construyendo balsas, con el junco que crece a orillas del lago Titicaca, tal como lo hicieron sus antepasados hace más de dos mil años. Verás también otra de las tradiciones que siguen vivas, el ritual del matrimonio.

■ *¡A ver si comprendiste!*

¿Quién? ¿Qué? ¿Cuándo? ¿Recuerdas los datos más importantes de la lectura? Para asegurarte, contesta estas preguntas con un(a) compañero(a).

1. ¿Dónde surgió la antigua cultura aymara?
2. ¿Por qué es importante Tiahuanaco?
3. ¿Qué porcentaje de la población de Bolivia constituyen los aymaras actualmente?
4. ¿Cómo han podido mantener los aymaras su lengua y su cultura desde la conquista española?

LECCIÓN 3: BOLIVIA 367

FOTO

Músico aymara tocando un instrumento tradicional hecho del cuerno de un animal.

Escenario

In groups of four or five, have one student read to the others in the group (others have books closed). Tell students to request help from their group if they have difficulty understanding what is being read. Then answer the questions first in pairs, then as a class.

¡A ver si comprendiste!

Answers

1 Se cree que los aymaras surgieron de la gran cultura de Tiahuanaco.
2 Tiahuanaco es importante porque fue una cultura que se desarrolló por casi dos mil años y porque se cree que muchos de los avances de los incas se basa en la cultura de Tiahuanaco.
3 Actualmente, los aymaras constituyen aproximadamente el 25 por ciento de la población de Bolivia.
4 Los aymaras han podido mantener su lengua y su cultura debido a su sentido de comunidad. Practican una agricultura colectiva y mantienen vivas sus creencias, costumbres e idiosincracias.

NSS **For Native Speakers** Pregúnteles a sus estudiantes hispanohablantes si hay grupos indígenas similares a los aymaras en EE.UU. o en los países de sus antepasados.

Y ahora, ¡veámoslo!

Y ahora, ¡veámoslo!

En este video visitarán la región de los Andes donde está localizado el lago Titicaca y donde han vivido los aymaras y sus antepasados por miles de años. Verán cómo los aymaras han mantenido sus antiguas tradiciones y asistirán a la celebración de una boda aymara.

El video:

A orillas del lago Titicaca con los aymaras

Los aymaras

La boda

■ *A ver cuánto comprendiste...*

A. Dime si entendiste. Después de ver el video, contesta estas preguntas.

1. ¿Qué material usan los aymaras para construir sus balsas en el lago Titicaca?
2. ¿Cuáles son las actividades económicas más importantes de las comunidades aymaras?
3. ¿Qué animal tiene las condiciones necesarias para vivir en el altiplano andino? ¿Qué hacen los aymaras con su lana?
4. ¿Qué representan los muñecos que llevan los amigos a la celebración de la boda?
5. ¿Qué creencia aymara encarna una pareja de recién casados?

B. ¿Y qué dices tú? Contesten estas preguntas en grupos de tres o cuatro. Luego díganle a la clase cómo contestaron cada pregunta.

1. ¿Qué piensas de la manera como los aymaras hacen sus balsas tradicionales?
2. ¿Por qué crees que una de las civilizaciones más antiguas del continente americano surgió precisamente a orillas del lago Titicaca?
3. ¿Qué papel tiene la música andina en los rituales y festivales aymaras? ¿Reconoces algunos de los intrumentos que aparecen en el video?
4. ¿Por qué crees que participa toda la comunidad en la construcción de la nueva casa para los recién casados?
5. Según tú, ¿qué es lo más importante en una boda? ¿Crees que esta boda incluyó eso?

Sopa de letras. Tu profesor(a) les va a dar a ti y a un(a) compañero(a) una sopa de letras con todas las claves y un mensaje misterioso. Busquen los nombres de personas y cosas mencionadas en las claves y táchenlas de la sopa de letras. Luego, para identificar el mensaje misterioso, escriban las letras que sobran en el orden en que aparecen.

Answers

A. Dime si entendiste. Call on individual students.

1 Usan el junco que crece a orillas del lago Titicaca.
2 La pesca, la agricultura y la cría de rebaños son las actividades económicas más importantes.
3 La llama. Con su lana los aymaras hacen mantas, ponchos y sombreros.
4 Los muñecos representan al novio y a la novia y sus bienes.
5 Encarnan la creencia que de la pareja nace la familia y que de la familia nace la comunidad.

B. ¿Y qué dices tú? Allow time for group work. Then call on several groups to give their responses and have other groups elaborate on answers given.

1 Las respuestas van a variar.
2 Las respuestas van a variar. Quizás digan porque el lago Titicaca podía facilitar la agricultura.
3 El papel de la música es muy importante en los rituales y festivales. En el video aparecen tambores y quenas.
4 Las respuestas van a variar. Participan porque reconocen la importancia de la familia en la comunidad.
5 Las respuestas van a variar.

NSS **For Native Speakers** Manténgase a la expectativa de que los estudiantes hispanohablantes den más detalles y recuerden más datos al hacer estas preguntas.

Pasaporte cultural

Purpose This cooperative word search puzzle incorporates a thorough review of the cultural information in the unit. It is designed to help focus students on the important facts they learned in this unit.

Procedure Allow time for work in pairs. Allow students to use their books to look up or verify answers as necessary; but encourage them to try to answer as many as possible without their books. Verify by checking to see that all were able to find the secret message.

NSS **For Native Speakers** Forme parejas con estudiantes hispanohablantes y no-hispanohablantes para esta actividad. Tal vez los hispanohablantes puedan ayudar a los estudiantes no-hispanohablantes ya que mucha de la información se refiere a un conocimiento que aquéllos ya poseen.

Escribamos ahora

A. Primera revisión. Tell students to focus only on content at this point. Point out that as they learn to spot content gaps in their classmates' compositions, they will be able to find the same gaps in their own writing more easily.

B. Segundo borrador. Tell students to seriously consider their peers' comments and accept those that they agree with and ignore those they don't. This rewrite can be done as homework.

C. Segunda revisión. Tell students they must learn to become good editors. In this section they will practice editing verbs in the subjunctive or perfect tenses. Allow time to do the paragraphs individually and go over correct answers with class. Then allow time to edit their partner's paper. Circulate among students answering any questions and checking on their editing.

Answers

1 hablaba, sacara, ayudara, picaría, pudiera, iba, esperara, pudieran

A. Primera revisión

Intercambia el primer borrador de tu leyenda con el de un(a) compañero(a) y lee su leyenda cuidadosamente. Empieza por decirle a tu compañero(a) lo que más te gusta de su cuento—los personajes, la moraleja, un incidente en particular, su creatividad, etc. Sugiérele cambios o adiciones que puede hacer para mejorar su leyenda. ¿Queda clara la moraleja? ¿Es lógica la secuencia? ¿Son naturales las reacciones de los personajes? ¿Es comprensible el lenguaje? ¿Hay algunos cambios que quieres sugerir?

B. Segundo borrador

Corrige tu redacción tomando en cuenta las sugerencias de tu compañero(a) y las que se te ocurran a ti.

C. Segunda revisión

Para ayudarte enfocar en el uso del subjuntivo y de los tiempos compuestos, haz las siguientes actividades con un(a) compañero(a).

1. Completa el siguiente párrafo con la forma correcta del imperfecto de subjuntivo o del pretérito, imperfecto o condicional del indicativo.

En "El hombre y la víbora", un hombre se encontró con una víbora que (hablar). La víbora le pidió que la (sacar) de debajo de una piedra donde estaba aplastada. Él contestó que temía que si le (ayudar), la víbora lo mordería. La serpiente le aseguró que no lo (picar). Entonces el hombre quitó la piedra para que la víbora (poder) salir. Cuando ésta se vio libre, le dijo al hombre que lo (ir) a picar. El hombre la convenció que (esperar) hasta que ellos (poder) hablar con tres jueces.

Answers

2 habían encontrado, Habían descubierto, han indicado, han alcanzado, han vivido, ha descubierto, han sido, han desaparecido

2. Completa los siguientes párrafos con la forma correcta de los verbos en paréntesis en presente perfecto o pasado perfecto.

La historia de los balleneros y otros marineros que llegaron a las islas Galápagos en los siglos XVIII y XIX es muy interesante. Ellos (encontrar) que las islas eran una buena fuente de alimentos necesarios. (Descubrir) que las enormes tortugas terrestres llamadas galápagos les proveían no sólo de deliciosa carne fresca sino también de un excelente aceite.

Estudios hechos en el siglo XX (indicar) que esos reptiles (alcanzar) 300 kilos en su madurez y que (vivir) casi 300 años. También se (descubrir) que pueden vivir hasta un año sin alimentación. Se calcula que más de 100.000 galápagos (ser) capturados desde los tiempos de los balleneros. Cuatro de las quince variedades que se encontraban en las islas (desaparecer) por completo.

Ahora lee tu leyenda una vez más fijándote en el uso del subjuntivo y de los tiempos compuestos. Tal vez quieras pedirle a un(a) compañero(a) que te la revise también. Haz todas las correcciones necesarias, prestando especial atención no sólo al uso del subjuntivo y los tiempos compuestos, sino también a los verbos en pasado y presente y a la concordancia.

D. Versión final

Considera las correcciones del uso del subjuntivo y los tiempos compuestos y otras que tus compañeros te hayan indicado y revisa tu leyenda por última vez. Como tarea, escribe la copia final a máquina o en la computadora. Antes de entregarla, dale un último vistazo a la acentuación, a la puntuación y a la concordancia.

E. Publicación

Cuando tu profesor(a) te devuelva la redacción, prepara una versión ilustrada de tu leyenda. Puedes ilustrarla con tus propios dibujos o con ilustraciones recortadas de revistas, tiras cómicas, periódicos, etc. El número de ilustraciones depende de tu talento como artista.

LECCIÓN 3: BOLIVIA

371

Cultural/ Communicative

In this unit, students will use Spanish…

- *to understand and talk about historical events:* pre-Columbian cultures; colonial times and independence movements; Peronism in Argentina; Uruguay's conflicts between urbanists and large land owners; the dictatorships of José Gaspar Rodríguez de Francia and Alfredo Stroessner in Paraguay; the Allende years in Chile
- *to gain knowledge of current political and social issues:* the seven-year period of military rule in Argentina resulting in what some estimate to be 30,000 "desaparecidos"; the recent twelve-year period of military rule in Uruguay resulting in the exile of more than 300,000 citizens; the economic impact of the Itaipú Hydroelectric Project in Paraguay; the return of democracy in Chile
- *to learn about today's protagonists in politics, the arts, and entertainment:* Jorge Luis Borges, Gabriela Sabatini, Mario Benedetti, Cristina Peri Rossi, Augusto Roa Bastos, Alfredo Stroessner, Josefina Plá, Andrés Rodríguez, Roberto Matta, Isabel Allende, Salvador Allende, Pablo Neruda

FOTOS

Cerro Fitzroy sobre el Valle Chorrillo del Salto al amanecer, Parque Nacional Los Glaciares, Patagonia, Argentina.

Tapete bordado con diseños proveniente de Paraguay.

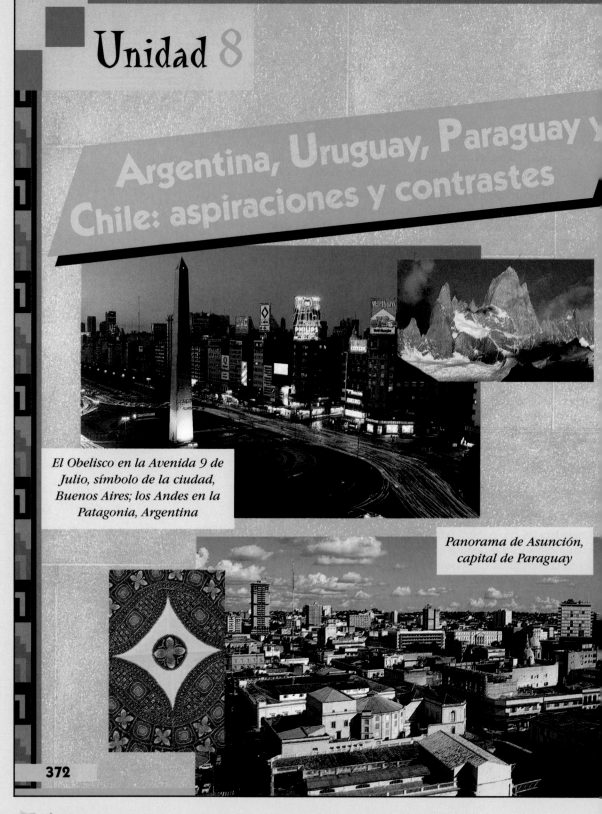

Unidad 8

Argentina, Uruguay, Paraguay y Chile: aspiraciones y contrastes

El Obelisco en la Avenida 9 de Julio, símbolo de la ciudad, Buenos Aires; los Andes en la Patagonia, Argentina

Panorama de Asunción, capital de Paraguay

372

Enfoque

Purpose To set the stage by focusing students on the topics of the unit: the membership of the first three countries in the *Virreinato del Río de la Plata,* the large number of European immigrants in Argentina and Uruguay, the wide-spread use of the Guaraní language in Paraguay, and how recently democracy has replaced dictatorships in all four of these countries.

Suggestions Ask students why they think this unit is subtitled **Aspiraciones y contrastes.** After completing the chapter, come back to their responses to see if they predicted correctly.

Balneario de Punta del Este, Uruguay

Pueblo de Puerto Varas, Chile, con el lago Llanquihue y el volcán Osorno en el fondo

ENFOQUE

ENFOQUE En estos cuatro países, gobiernos democráticos han reemplazado a las dictaduras que estaban en el poder hasta hace unos pocos años. En el río de la Plata desembocan los ríos que marcan la historia y los límites de Argentina, Uruguay y Paraguay. Estos tres países comparten una historia común que incluye haber sido parte del Virreinato del Río de la Plata creado en 1776. Argentina y Uruguay son países que además recibieron una gran inmigración europea a finales del siglo XIX y a principios del XX. Por su parte, Paraguay es una nación bilingüe donde sigue viva la lengua guaraní. La cordillera de los Andes separa a Chile del continente y conforma su geografía alargada. Un dinámico crecimiento económico ha revitalizado a esta nación que ha vuelto a encontrar su tradición democrática.

After reading the **Enfoque,** ask:
1 ¿Cuál es un ejemplo de historia común que comparten Argentina, Uruguay y Paraguay? *(Los tres fueron parte del Virreinato del Río de la Plata.)*
2 ¿Cuándo fue la gran inmigración europea a Argentina y Uruguay? *(Fue a finales del siglo XIX y a principios del XX.)*
3 ¿Qué lengua, además del español, sigue viva en Paraguay? *(El guaraní.)*
4 ¿Qué separa a Chile del continente? *(La cordillera de los Andes.)*
5 ¿Qué tienen en común estos cuatro países? *(En los cuatro, gobiernos democráticos han reemplazado a dictaduras recientemente.)*

Linguistic

Reading
- Pre-reading: thinking about imagined incidents that became reality; expressing appreciation for being honored with a Nobel Prize
- Literary selection: **"Continuidad de los parques"** by Julio Cortázar
- Journalistic selection: **Discurso de Augusto Roa Bastos en la entrega del Premio Cervantes 1989**

Writing
- Strategies: **La realidad y la imaginación**
- Publication: An original short story

Speaking
- do cooperative communicative activities in **Gente del Mundo 21**
- express opinions or viewpoints on historical events presented in **Del pasado al presente**
- articulate opinions and interpretations of literary and journalistic readings
- talk about the significance of **Eva Duarte de Perón, Fútbol: el deporte sudamericano, Los guaraníes, Itaipú, Chile: frutería del mundo** in **Ventanas al Mundo 21**
- Role plays, a speech, and a debate

Listening
- view a video about democracy in Chile
- do additional listening comprehension activities in the *Cuaderno de actividades*

Structure
- Other Perfect Tenses
- Sequence of Tenses: Indicative and Subjunctive
- Imperfect Subjunctive in Main Clauses

FOTOS

Cerámica precolombina que se encuentra en el Museo Chileno de Arte Precolombino en Santiago de Chile.

¡Ojo! This section lists the active vocabulary students are responsible for upon completing each lesson. The students' active vocabulary lists appear in the *Cuaderno de actividades* in a section called **Vocabulario activo.**

Gente

asociarse	docencia
bibliotecario(a)	entrenamiento
cajero(a)	licenciatura en
capaz	letras
ciego(a)	reposar
contador(a)	taquígrafo(a)

Argentina: Descubrimiento y colonización

cazador(a)
ganadería
gaucho
llanura
pampa

El "granero del mundo" y La era de Perón

acceder
autoritarismo
congelado(a)
dependencia
legalización
poner en evidencia
populismo
red

Las últimas décadas

externo(a)
privatización
recorte

Uruguay: La Banda Oriental del Uruguay

caballo
despoblado(a)
yegua

El proceso de la independencia y Los blancos y los colorados

bienestar
enfrentarse
hostilidad
incapaz
propietario(a)

Avances y retrocesos

bancarrota	paralización
consenso	prensa
contener	represión
desempleo	reprimir

Lección 1

Argentina y Uruguay

Nombre oficial:
República Argentina
Extensión:
2.776.654 km²
Principales ciudades:
Buenos Aires (capital), Córdoba, Rosario, La Plata
Moneda:
Peso ($)

Gente del Mundo

Jorge Luis Borges (1899–1986), escritor argentino, nació en Buenos Aires y en 1914 se trasladó a Ginebra, Suiza. Allá estudió el bachillerato y aprendió francés y alemán; desde pequeño dominaba el inglés. Viajó por España y otros países europeos asociándose con un movimiento que proponía una forma experimental de escribir. De vuelta a Buenos Aires en 1921, trabajó de bibliotecario y fundó revistas literarias. Publicó varios libros de poesía y de ensayos literarios a partir de 1923. Su fama mundial se debe a las colecciones de cuentos como *Ficciones* (1944), *El Aleph* (1949) y *El hacedor* (1960), donde el autor cuestiona con ironía y gran inteligencia la concepción habitual de la realidad. Hacia 1955 una enfermedad lo dejó ciego y lo obligó a dictar sus textos a partir de entonces. Sus obras han sido traducidas a muchas lenguas extranjeras y son reconocidas como unas de las más importantes del siglo XX. Murió en Ginebra, donde reposan sus restos.

Gabriela Sabatini, tenista argentina, nació en Buenos Aires en 1970. Es una de las figuras deportivas más populares de su país y la única capaz de suplantar a los astros del fútbol, el deporte nacional argentino. Está clasificada entre las diez primeras jugadoras de la WITA (Asociación Internacional de Jugadoras de Tenis). Sabatini emplea todo su tiempo y sus recursos en constantes entrenamientos, poseída por esa fiebre que la hace soñar con llegar a ser la mejor tenista del mundo: "Mi meta es llegar a ser la 'número uno' de este deporte".

374

UNIDAD 8

Corresponding Structures in *Manual de gramática*

8.1 Other Perfect Tenses   G114

NSS **For Native Speakers** Trabajando en grupos de tres o cuatro, pídales a los estudiantes hispanohablantes que escriban definiciones de unas diez de estas palabras. Luego en grupos de tres o cuatro, dígales que cada uno lea sus definiciones para ver si el grupo puede adivinar cada palabra que se define.

Nombre oficial:
República Oriental del Uruguay

Extensión:
176.215 km²

Principales ciudades:
Montevideo (capital), Salto, Paysandú, Las Piedras

Moneda:
Nuevo peso uruguayo (NUr$)

Mario Benedetti, escritor uruguayo, nació en Paso de los Toros, Uruguay, en 1920. Durante su juventud en Montevideo, ejerció empleos muy diversos, como contador, cajero, taquígrafo, empleado público y traductor. Su primer libro de cuentos *Esta mañana* (1949) ya incluye la problemática que desarrollará a través de novelas, cuentos y poemas: los conflictos sociales y la solidaridad comprometida con la realidad de su país y de Latinoamérica. Entre 1945 y 1960 colaboró con el prestigioso semanario uruguayo *Marcha,* del cual fue director en tres ocasiones. Benedetti vivió en Cuba de 1967 a 1971, y después de regresar a su país, tuvo que salir al exilio como resultado del golpe de estado de 1973.

Cristina Peri Rossi, escritora uruguaya, nació en Montevideo, en 1941. Al completar su licenciatura en letras en la Universidad de Montevideo, ejerció la docencia y el periodismo. Alternó su producción de narradora con la de poeta. Su primera colección de cuentos, *Viviendo* (1963), inició su prolífica obra narrativa que incluye una docena de colecciones de relatos y una novela, *El libro de mis primos* (1969). Entre sus libros de poemas se encuentra *Diáspora* (1976), poemario audaz e irónico, con una fuerte dosis de pasión y crítica social. Salió exiliada en 1972 para radicarse en Barcelona donde continuó su carrera literaria.

Personalidades del *Mundo 21.* Prepara tres o cuatro preguntas sobre cada uno de estos personajes. Hazle las preguntas a tu compañero(a). Luego contesta las preguntas que te haga a ti.

LECCIÓN 1: ARGENTINA Y URUGUAY

375

Gente del Mundo 21

Purpose To introduce four important personalities: the internationally recognized Argentine writer, **Jorge Luis Borges;** Argentine superstar tennis player, **Gabriela Sabatini;** the two highly acclaimed Uruguayan writers, **Mario Benedetti** and **Cristina Peri Rossi.**

Suggestions Have students read the first biography silently, then ask comprehension check questions. Repeat with the remaining biographies.

Extra credit Have volunteers or students interested in extra credit prepare a brief written or oral presentation on one of these personalities or another famous Argentine or Uruguayan artist, actor, playwright, musician, politician, etc., or on a topic about Argentina or Uruguay recently addressed in the newspapers.

NSS **For Native Speakers** Pídales a los estudiantes hispanohablantes que en grupos de tres lean las biografías y preparen unas quince preguntas sobre estos personajes. Luego permita que haya competición entre grupos. Un grupo empieza por hacerle una pregunta a otro grupo. Si el grupo la contesta bien, recibe un punto. Luego el grupo que contestó hace una de sus preguntas y el otro grupo contesta. Continúan así hasta hacer todas sus preguntas. Tal vez quiera darle un premio a los grupos que acumulan más puntos.

Personalidades del Mundo 21

Allow time to prepare questions and for pair work. Verify by calling on several students to ask their questions and have the class respond.

DEL PASADO al presente

ARGENTINA: UN GRAN PAÍS CON UN NUEVO COMIENZO

Argentina es el país de habla hispana con la mayor extensión territorial. La tercera parte de su población y dos terceras partes de su producción industrial se concentran en el área metropolitana de Buenos Aires, la capital argentina y la segunda ciudad más grande del mundo hispano. Es el puerto principal del país, razón por la cual sus habitantes son llamados "porteños".

DESCUBRIMIENTO Y COLONIZACIÓN

En la época del descubrimiento el territorio de la actual Argentina estaba poblado por grupos indígenas de diversos niveles culturales. En las sierras del interior y en los valles de los ríos Paraná y Paraguay se hallaban indígenas que conocían la agricultura. Éstos fueron colonizados a través de reducciones o misiones de jesuitas. La región de la Pampa o gran llanura, la Patagonia en el sur y las zonas costeras estaban habitadas por tribus de cazadores que resistieron a los colonizadores y fueron en su mayoría exterminadas.

En 1516 Juan Díaz de Solís descubrió lo que llamó el mar Dulce. Solís fue atacado y muerto por una tribu guaraní. Diez años después, Sebastiano Caboto exploró los ríos Paraná y Paraguay y confirmó entre los indígenas la leyenda de la "ciudad de los césares" y la sierra hecha de plata. Desde entonces el mar Dulce pasó a ser conocido como el río de la Plata.

Sebastiano Caboto

Ante la perspectiva de obtener grandes riquezas, Carlos V le encargó a Pedro de Mendoza la conquista y colonización del territorio. Mendoza fundó en 1536 el fuerte de Nuestra Señora Santa María del Buen Aire, la futura ciudad de Buenos Aires, el cual fue abandonado cinco años después como consecuencia de los ataques de los indígenas querandíes. En 1580, el gobernador de Asunción le encargó a Juan de Garay el

Buenos Aires, 1602

376

UNIDAD 8

FOTOS

Foto de fondo. Panorama de la Avenida 9 de Julio, una de las más anchas del mundo, en Buenos Aires, Argentina.

Ilustración histórica de Sebastiano Caboto quien exploró Argentina en 1526.

Ilustración de Buenos Aires durante la época colonial, en 1602.

Los gauchos

restablecimiento de la ciudad de Buenos Aires que se edificó siguiendo un diseño cuadricular.

En 1617, la gobernación de Paraguay y el Río de la Plata se dividió en dos provincias cuyas capitales fueron Asunción y Buenos Aires, respectivamente. En 1776 la región quedó convertida en el Virreinato del Río de la Plata con Buenos Aires como capital. La ganadería fue la actividad principal durante la colonización. El gaucho o vaquero de las pampas fue la figura predominante de esta época.

LA INDEPENDENCIA Y EL SIGLO XIX

A principios de 1806, una pequeña fuerza expedicionaria británica ocupó Buenos Aires, que fue reconquistada por sus propios habitantes, sin ayuda de las tropas españolas. En 1807 el virrey Rafael Sobremonte fue reemplazado por el jefe de los militares bonaerenses que habían defendido la ciudad. El 25 de mayo de 1810 se formó la primera junta de gobierno en sustitución del virrey. El 9 de julio de 1816, el congreso de Tucumán proclamó la independencia de las Provincias Unidas del Río de la Plata.

Una guerra con Brasil, que se había anexado la Banda Oriental (Uruguay), concluyó con un acuerdo entre Argentina y Brasil que reconoció la independencia de Uruguay en 1828. En 1865, la Triple Alianza formada por Argentina, Brasil y Uruguay tuvo una sangrienta guerra contra Paraguay. Los aliados vencieron y Argentina adquirió el territorio de Misiones.

Las provincias y Buenos Aires se disputaron durante muchas décadas la supremacía política. El conflicto entre los que pretendían centralizar el poder en Buenos Aires (unitarios) y los que defendían los intereses de las provincias (federalistas) se resolvió en 1880 con la creación del territorio federal de Buenos Aires. La ciudad de La Plata pasó a ser la capital de la provincia de Buenos Aires.

EL "GRANERO DEL MUNDO"

A finales del siglo XIX y comienzos del XX se incrementó notablemente la llegada de inmigrantes europeos, principalmente españoles e italianos, que convirtieron a Buenos Aires en una gran ciudad que recordaba a las capitales europeas. Una extensa red ferroviaria unió las provincias con el gran puerto de Buenos Aires facilitando la exportación de carne congelada y cereales. Argentina pasó a ser el "granero del mundo" y parecía tener asegurada una prosperidad económica.

La crisis económica mundial de 1929 tuvo graves consecuencias sociales en Argentina y puso en evidencia que la prosperidad argentina estaba basada en la dependencia hacia Inglaterra. En 1930 una rebelión militar derrocó al régimen constitucional que se había mantenido durante casi setenta años. Sin embargo, los conflictos sociales y políticos no fueron resueltos por los varios gobiernos militares y civiles que siguieron.

LA ERA DE PERÓN

Como ministro de trabajo, el coronel Juan Domingo Perón se hizo muy popular y cuando fue encarcelado en 1945, las masas obreras consiguieron que fuera liberado. En 1946, tras una campaña en la que participó

Grabado que ilustra la captura de caballos salvajes realizada por los gauchos originales de Argentina en el siglo XVIII. Para los gauchos, los caballos tenían un alto valor ya que era medio de transporte imprescindible en las extensas pampas argentinas.

Gaucho cantor con guitarra; la música tradicional era una de las principales distracciones de la vida del gaucho de los siglos XVIII y XIX muy activamente su segunda esposa María Eva Duarte de Perón (Evita), Perón fue elegido presidente con el 55% de los votos. Durante los nueve años que estuvo en el poder, desarrolló un programa político denominado justicialismo que incluía medidas en las que se mezclaba el populismo (política que busca apoyo en las masas con acciones muchas veces demagógicas) y el autoritarismo (imposición de decisiones antidemocráticas).

Juan Domingo Perón

En 1951 Perón fue reelegido, pero la muerte de su esposa en 1952 lo privó del apoyo de una de las figuras más populares de Argentina. El deterioro progresivo de la economía a partir de 1950 y un enfrentamiento con la Iglesia Católica como consecuencia de la abolición de la enseñanza religiosa obligatoria y la legalización del divorcio, causaron una sublevación militar que obligó la salida de Perón del país en 1955. Esto comenzó un período de inestabilidad política en la que ningún presidente constitucional terminaría su mandato.

En 1972, Perón pudo regresar a su país donde tuvo un gran recibimiento popular. En 1973, fueron elegidos por una gran mayoría Perón y su tercera esposa María Estela Martínez (conocida como Isabel Perón) como presidente y vicepresidenta de la república, respectivamente. Perón murió en 1974 y así su esposa se convirtió en la primera mujer latinoamericana en acceder al cargo de presidenta.

LAS ÚLTIMAS DÉCADAS

Los conflictos sociales, la acentuación de la crisis económica y una ola de terrorismo

NO AL PUNTO FINAL
MADRES DE PLAZA DE MAYO
RICION

Las madres de la Plaza de Mayo

urbano condujeron a un golpe militar en 1976. Con esto se inició un período de siete años de gobiernos militares en los que la deuda externa aumentó drásticamente, el aparato productivo del país se arruinó y se estima que entre 9.000 y 30.000 personas "desaparecieron".

En 1983, después de la derrota argentina en la guerra por la recuperación de las islas Malvinas (en poder de los británicos), asumió el gobierno Raúl Alfonsín, líder de la Unión Cívica Radical, después de elecciones. Durante su gobierno diversos miembros de los regímenes militares acusados de abusos de poder fueron procesados penalmente. Con la inflación sin control, la Unión Cívica Radical fue derrotada por los peronistas en las elecciones de 1989. Carlos Saúl Menem asumió la presidencia ese año y de inmediato promovió una reforma económica con recortes en el gasto público y privatización de empresas estatales. La inflación ha sido reducida y la economía se ha reactivado, bajando considerablemente el desempleo. Argentina ha entrado con mucho optimismo a una nueva

Carlos Menem

etapa de modernización en la que podría cumplir finalmente su promesa: ser una nación en verdad desarrollada.

Carlos Saúl Menem, político argentino, nació en 1930, hijo de inmigrantes sirios, estudió leyes en la Universidad de Córdoba y comenzó sus actividades políticas en el Partido Peronista como gobernador de La Rioja en 1973, cargo en el que fue elegido en 1983 y 1987. En 1988 fue candidato peronista a la presidencia y ganó las elecciones al año siguiente. Ha

podido revertir la crisis económica promoviendo una mayor liberalización y apertura y reduciendo la hiperinflación. Aunque la constitución prohibe la reelección, se ha propuesto una enmienda que permita la re-elección de Menem en1995 y reduzca el período presidencial de seis a cuatro años.

■ ¡A ver si comprendiste!

¿Quién? ¿Qué? ¿Cuándo? ¿Recuerdas los datos más importantes de la lectura? Para asegurarte, contesta estas preguntas.

1. ¿Quiénes son los "porteños"?
2. ¿Qué sucedió con la mayoría de las tribus de cazadores que habitaban la Pampa, la Patagonia y la costa del Atlántico?
3. ¿Cuál es el origen del nombre "río de la Plata"?
4. ¿Cuándo se estableció el Virreinato del Río de la Plata? ¿Cuál fue su capital?
5. ¿Cómo adquirió Argentina el territorio de Misiones?
6. ¿Por qué Argentina pasó a ser conocida como el "granero del mundo" a finales del siglo XIX y comienzos del XX?
7. ¿Quién fue Juan Domingo Perón?
8. ¿Quién asumió la presidencia de Argentina en 1974?
9. ¿Qué tipo de gobierno tuvo Argentina entre 1976 y 1983?
10. ¿Qué sucedió con la inflación y la economía durante el gobierno de Carlos Saúl Menem?

Avenida 9 de Julio, Buenos Aires

LECCIÓN 1: ARGENTINA Y URUGUAY

379

Have students read silently. Then allow time for pair work. Have individual students share their explanations with the class. Explanations will vary.

Extra Credit Offer extra credit to a student who volunteers to read about Eva Perón in the encyclopedia and report to the class. Others wanting extra credit may be asked to write a report on Juan Perón.

NSS **For Native Speakers** Pregúnteles a los estudiantes hispanohablantes si conocen a algunas de las mujeres que destacan en la historia de los países de sus antepasados (e.g. la emperatriz Carlota en México, Violeta Barrios de Chamorro en Nicaragua, Rigoberta Menchú en Guatemala, etc.).

Ventana al Mundo 21

Eva Duarte de Perón: la mujer y el mito

Popularmente conocida como Evita, Eva Duarte de Perón, la segunda esposa del tres veces presidente argentino Juan Domingo Perón, es una de las figuras más importantes en la historia argentina contemporánea. Nació en 1919 en Los Toldos en la provincia de Buenos Aires. De humilde origen, en su juventud trabajó como actriz y consiguió mucha popularidad gracias a la radio, demostrando una gran habilidad en la oratoria. En 1945 contrajo matrimonio con el entonces coronel Juan Domingo Perón y desempeñó un papel importante en la campaña electoral de su esposo que fue elegido a la presidencia en 1946. Evita participó activamente en su gobierno en favor de los más pobres, a los que ella llamaba sus "descamisados". En 1947 logró que las mujeres argentinas obtuvieran el derecho al voto. Dos años después, fueron elegidas siete mujeres al senado y veinticuatro mujeres a la cámara de diputados. Su labor como mediadora entre el gobierno y los sindicatos aumentó su prestigio y en 1951 fue propuesta como vicepresidenta de la república. No aceptó este puesto porque se encontraba gravemente enferma. Víctima del cáncer, murió en Buenos Aires el 26 de julio de 1952. Su prematura muerte contribuyó a que se convirtiera en un verdadero mito, en una patrona secular de las causas sociales. Igualmente hay quienes critican la efectividad de sus medidas y señalan que muchas de ellas eran pura propaganda. Sus restos, que permanecieron secretamente en Italia durante años, fueron definitivamente sepultados en Argentina en 1976 con grandes honores. Una obra musical titulada "Evita" alcanzó mucho éxito en EE.UU. y Europa a principios de la década de 1980.

Evita. Explica el título de esta ventana con la ayuda de un(a) compañero(a). Di qué papel tuvo Eva Perón en la historia de Argentina y explica en qué consiste el mito de esta extraordinaria mujer.

FOTOS

Eva Perón saluda a las masas desde un balcón de la Casa Rosada en Buenos Aires en octubre de 1950.

En trajes de gala. Eva Perón y su esposo, el presidente Juan Domingo Perón, en su casa oficial de Buenos Aires antes de asistir a la celebración en el Teatro Colón para conmemorar el aniversario de la independencia argentina el 25 de mayo de 1951.

DEL PASADO al presente

URUGUAY: LA "SUIZA DE AMÉRICA" EN RECUPERACIÓN

La República Oriental del Uruguay es el segundo país más pequeño de Sudamérica. Es un país de praderas y colinas donde había árboles nativos sólo en las orillas de los ríos. Se puede decir que es una ciudad-estado pues su capital, Montevideo, concentra casi la mitad de la población y la gran mayoría de las actividades administrativas, económicas y culturales del país. Debe su nombre al río Uruguay que marca su frontera al oeste con la República Argentina.

Avenida 18 de Julio, Montevideo

LA BANDA ORIENTAL DEL URUGUAY

A la llegada de los europeos, este territorio estaba poblado por diversas tribus, en su mayoría nómadas charrúas, que resistieron la penetración europea. Esto dificultó la colonización española de la región. En 1603 el gobernador de Paraguay, Hernando Arias de Saavedra exploró el territorio y comprendió la inmensa riqueza ganadera potencial del país. Ordenó soltar a un centenar de cabezas de ganado vacuno y otro centenar de yeguas y caballos que se multiplicaron prodigiosamente en pocos años. Bruno Mauricio de Zabala, el gobernador de Buenos Aires, fundó el fuerte de San Felipe de Montevideo para consolidar el dominio español sobre el territorio en 1726. A excepción de Montevideo y unos pequeños poblados costeros, el país continuó prácticamente despoblado durante el período colonial. En 1777, la llamada Banda Oriental quedó incorporada al Virreinato del Río de la Plata, con capital en Buenos Aires.

EL PROCESO DE LA INDEPENDENCIA

José Gervasio Artigas dirigió una rebelión en 1811, que terminó con el dominio español cuando éstos les entregaron la ciudad de Montevideo a los rebeldes en 1815. Por su parte, Artigas no reconoció a las autoridades de Buenos Aires que pretendían dominar la Banda Oriental. Fuerzas venidas desde Buenos Aires derrotaron a las de Artigas en 1816 pero fueron incapaces de controlar el país. Esta circunstancia fue aprovechada por los portugueses que tomaron Montevideo en 1817 y anexaron la provincia a Brasil en 1821.

381

Purpose In Uruguay: la "Suiza de América" en recuperación, students will read a brief history of Uruguay with the intention of better understanding its present and future. The **Ventana al Mundo 21** reading and activities provide a brief glimpse of **fútbol,** the national sport of Uruguay and many other South American countries.

Procedure Call on one student to read the first paragraph. Ask comprehension check questions:

1 ¿Cómo se destaca Uruguay entre los países sudamericanos? *(Es el segundo país más pequeño de Sudamérica.)*
2 ¿Por qué se puede decir que Uruguay es una ciudad-estado? *(Porque casi la mitad de su población y la gran mayoría de las actividades culturales y del gobierno se concentran allí.)*
3 ¿A qué debe su nombre? *(Al río Uruguay que marca su frontera con la República Argentina.)*

Then divide the class into four groups and do a jigsaw activity with the rest of the reading. See page 24 for instructions on setting up a jigsaw reading.

NSS **For Native Speakers** Lea el primer párrafo de la lectura en clase como arriba se describe, y luego haga las preguntas para verificar la comprensión. Proceda entonces de la forma indicada en la página 25.

1 Cuando llegaron los españoles, encontraron una multitud de ganado, caballos y yeguas en el llano uruguayo. *(F)*

2 El territorio de Uruguay fue uno de los más poblados durante la colonia española. *(F)*

3 Se puede considerar José Gervasio Artigas como el héroe de la independencia de Uruguay. *(C)*

4 Juan Antonio Lavalleja inició una rebelión antibrasileña para liberar a Uruguay de Brasil. *(C)*

5 El Partido Colorado y el Partido Blanco son los dos partidos políticos que dominan la historia de Uruguay. *(C)*

6 El presidente José Batlle y Ordóñez estableció un seguro social que cubría a los ciudadanos desde el nacimiento hasta la muerte. *(C)*

7 A fines del siglo XIX y a principios del siglo XX hubo una gran inmigración de europeos a Uruguay. *(C)*

8 En 1972 empezó un período de doce años de gobierno militar que devastó la economía y reprimió toda forma de oposición. *(C)*

En 1825 se produjo la expedición de los "33 orientales" procedentes de Buenos Aires, donde estaban exiliados. Estos "uruguayos" iniciaron una rebelión antibrasileña bajo la dirección de Juan Antonio Lavalleja. Argentina y Brasil firmaron un tratado en 1828 en que reconocían la independencia uruguaya. El general Fructuoso Rivera fue elegido presidente ese mismo año y pronto tuvo que enfrentarse a rebeliones dirigidas por Lavalleja.

LOS BLANCOS Y LOS COLORADOS

Las hostilidades entre los riveristas, integrados por las clases medias urbanas, y los lavallejistas, defensores de los intereses de los grandes propietarios, dieron origen a las dos fuerzas políticas que iban a dominar la historia del Uruguay: el Partido Colorado y el Partido Nacional, popularmente conocido como el de los blancos.

Palacio Legislativo, Montevideo

En 1903 fue elegido presidente el colorado José Batlle y Ordóñez, quien dominó la política uruguaya hasta su muerte en 1929. Impresionado por el consejo ejecutivo de Suiza, Batlle y Ordóñez estableció un consejo nacional modificado y desarrolló un estado de bienestar social que cubría a los ciudadanos desde la cuna hasta la tumba.

AVANCES Y RETROCESOS

A finales del siglo XIX y comienzos del XX, el país se benefició con la inmigración de europeos, principalmente italianos y españoles. Pasó de 450.000 habitantes en 1875 a un millón al finalizar el siglo. Montevideo se convirtió en una gran ciudad.

En la década de 1920, el país conoció un período de gran prosperidad económica y estabilidad institucional. Uruguay comenzó a ser llamado la "Suiza de América". Pero la crisis económica mundial de 1929 provocó en Uruguay bancarrotas, desempleo y paralización de la actividad productiva.

Un golpe de estado en 1933 inició un período de represión política. Sin embargo, la "Suiza de América" y los ideales optimistas del batllismo resurgen durante los años 1947–1958 con la presidencia de Luis Batlle Berres, sobrino de Batlle y Ordóñez. Las elecciones de 1958 llevaron al poder, por primera vez en 93 años, al Partido Nacional o de los blancos. Pero dos gobiernos de los blancos no consiguieron contener el malestar económico y social que existía en el país.

En 1972, el presidente Juan María Bordaberry declaró un "estado de guerra interna" para contener a la guerrilla urbana conocida como los Tupamaros. En 1976 Bordaberry fue sustituido por una junta de militares y civiles, quienes reprimieron toda forma de oposición representada por la prensa, los partidos políticos y los sindicatos. Los doce años de gobierno militar devastaron la economía y más de 300.000 uruguayos salieron del país por razones económicas o políticas. La normalidad constitucional retornó en 1984 con la elección de Julio María Sanguinetti, el candidato propuesto por el Partido Colorado. Las elecciones presidenciales de 1989 le dieron la victoria al candidato del Partido Nacional, Luis Alberto Lacalle. En el país ha surgido un consenso político que busca restaurar el viejo sueño de una democracia con progreso.

Punta del Este

FOTOS

Foto de fondo. Costa del Uruguay con montaña en el fondo.

Palacio Legislativo, hermoso edificio que refleja el compromiso al sistema democrático de la sociedad uruguaya desde principios del siglo XX.

Punta del Este es una ciudad uruguaya localizada en la costa del Atlántico y famosa por ser el lugar preferido de miles de vacacionistas.

■ *¡A ver si comprendiste!*

¿Quién? ¿Qué? ¿Cuándo? ¿Recuerdas los datos más importantes de la lectura? Para asegurarte, contesta estas preguntas con un(a) compañero(a).

1. ¿Por qué se puede decir que el Uruguay es una ciudad-estado?
2. ¿Quién fundó Montevideo? ¿Cuándo?
3. ¿Cómo fue conocido el territorio uruguayo durante la época colonial?
4. ¿Quién fue José Gervasio Artigas?
5. ¿Qué países firmaron un tratado en 1828 que reconocía la independencia uruguaya?
6. ¿Cuáles son los orígenes del Partido Colorado y del Partido Nacional? ¿Qué intereses defendía cada uno en el siglo XIX?
7. ¿Por qué comenzó a ser llamado Uruguay la "Suiza de América" en la década de 1920?
8. ¿Qué tipo de gobierno tuvo Uruguay de 1976 a 1984? ¿Qué efecto tuvo en la economía del país?
9. En tu opinión, ¿ha sido bueno o malo que el candidato del Partido Colorado haya ganado las elecciones de 1984 y el del Partido Nacional las de 1989? Explica tu respuesta.

La marina de Punta del Este

LECCIÓN 1:   ARGENTINA Y URUGUAY

383

Have students read silently, then allow time for pair work. Call on individual students to answer the questions and have class confirm each response.

Answers

1 El fútbol también se llama balompié o *soccer*. La versión que se juega hoy día se originó en Inglaterra.

2 La primera Copa Mundial se jugó en 1930. Tres países sudamericanos han ganado la Copa Mundial siete veces: Uruguay ganó en 1930 y en 1950. Brasil ganó en 1958, 1962 y 1970. Argentina ganó en 1978 y 1986.

3 El efecto de llegar a ser finalista, ganar o perder la Copa Mundial se extiende tanto a la psicología de los individuos como al bienestar político y económico de las naciones sudamericanas.

Extension Ask students if U.S. sports can have similar effects. Have them give examples if they answer yes.

Uruguay contra Bolivia, 1989

Ventana al Mundo 21

Fútbol: el deporte sudamericano

El fútbol, balompié o *soccer* —como también es conocido—, es el deporte más popular del mundo. Aunque la versión del deporte que actualmente se practica tiene su origen en Inglaterra, es en Sudamérica donde el fútbol se ha convertido en un verdadero arte y una pasión colectiva. En 1904 se fundó la Federación Internacional de Fútbol Asociación (FIFA), el organismo internacional que reglamenta el deporte y supervisa la celebración de los campeonatos mundiales de fútbol cada cuatro años. La primera Copa Mundial se celebró en Montevideo, Uruguay en 1930. Los grandes rivales de la final de ese campeonato fueron las selecciones de Argentina y Uruguay, ganando la copa los uruguayos. Uruguay también se coronó campeón en 1950 venciendo a Brasil. Por su parte, los brasileños se quedaron permanentemente con la Copa "Jules Rimet" como resultado de haber ganado tres veces el campeonato: en 1958, 1962 y 1970. Los argentinos han sido los campeones en dos ocasiones: en 1978 y 1986. Cuando los equipos sudamericanos se enfrentan en partidos de eliminatoria o de campeonato, las ciudades se encuentran desiertas; las grandes masas se encuentran pegadas a los televisores siguiendo con emoción y angustia cada jugada. Los efectos del triunfo o la derrota se extienden no sólo a la psicología de los individuos sino también al bienestar político y económico de naciones enteras.

Fútbol. Contesta las preguntas con un(a) compañero(a).

1. ¿Cuáles son otros nombres para el fútbol? ¿Dónde se originó la versión que se juega hoy día?

2. ¿Cuándo se jugó la primera Copa Mundial? De los catorce campeonatos mundiales desde su comienzo, ¿cuántas veces han ganado países sudamericanos? ¿Qué países?

3. ¿Qué efecto tiene el llegar a ser finalista, el ganar o el perder la Copa Mundial en los países sudamericanos?

NSS **For Native Speakers** Pregúnteles a los estudiantes de ascendencia centroamericana y mexicana si el fútbol tiene la misma influencia en sus países. Pídales que expliquen por qué o por qué no. Si hay unos alumnos que han asistido a partidos de fútbol y de fútbol americano, pídales que comparen los dos, tanto a los aficionados como el deporte mismo.

Y ahora, ¡a leer!

■ *Anticipando la lectura*

A. Imaginación y realidad. A veces lo que nos imaginamos se convierte en realidad. Por ejemplo, puedes imaginarte que está lloviendo y de repente empieza a llover. O a otro nivel, te puedes imaginar una tragedia y luego te dicen que un amigo, un pariente o aun tú mismo(a) estás en un accidente. Piensa si alguna vez te ha ocurrido algo similar a ti y cuéntaselo a la clase.

B. Así se explica. Las leyendas con frecuencia explican la existencia de algún animal particular, o de una flor, de un río o de cualquier otro fenómeno natural. Por ejemplo, la leyenda de Narciso cuenta cómo un joven muy guapo se enamoró de su propia imagen a orillas de un lago y se ahogó. En ese lugar brotó el narciso, una bella flor que nos hace pensar en la hermosura del joven que "se enamoró de sí mismo". ¿Cuáles son otras leyendas similares?

C. Vocabulario en contexto. Decide cuál es el significado de las palabras en negrilla a base del contexto de la oración o de otras estrategias que has aprendido para llegar al significado de palabras desconocidas.

1. Se sentó cómodamente en su sillón favorito, **de espaldas** a la puerta para evitar intrusiones.

    a. con la cara   *b.* al lado de   *c.* en dirección opuesta

2. Su memoria retenía **sin esfuerzo** los nombres y las imágenes de los protagonistas; la ilusión novelesca lo ganó casi en seguida.

    a. fácilmente   *b.* difícilmente   *c.* parcialmente

3. Él **rechazaba** sus besos, pues no había venido para repetir la ceremonia de una pasión secreta.

    a. recibía   *b.* no aceptaba   *c.* apreciaba

4. Hasta sus besos dibujaban abominablemente la figura de **otro cuerpo** que era necesario destruir.

    a. otro documento   *b.* otro animal   *c.* otra persona

LECCIÓN 1:   ARGENTINA Y URUGUAY

Purpose In this section students will begin with **Anticipando la lectura,** two pre-reading activities designed to get students to recall a time when what they imagined became reality and to recall any legends they know that explain the existence of specific things. Then in **Vocabulario en contexto,** students are asked to derive the meaning of key words of the reading by using contextual clues. **Conozcamos al autor** is a brief introduction to **Julio Cortázar,** the Argentine who wrote the lesson reading, **"Continuidad de los parques".** In **Palabras como llaves,** students learn to work with the various meanings and derivatives of the word **molestar.**

Anticipando la lectura

A. Imaginación y realidad. Ask for volunteers. Insist that the class respect the stories that students share.

B. Así se explica. Encourage students to summarize legends they already know. Get class to help them express themselves.

C. Vocabulario en contexto. Call on individual students. Have class confirm each response.

Answers

1 c. en dirección opuesta
2 a. fácilmente
3 b. no aceptaba
4 c. otra persona

Conozcamos al autor

After reading the biography, ask:
1 ¿Dónde nació y dónde se crió Julio Cortázar?
2 ¿Por qué se puede decir que *Rayuela* es una novela experimental?
3 ¿Cuál ha sido la contribución de Cortázar a la literatura latinoamericana?

5. A partir de esa hora cada instante tenía su empleo minuciosamente **atribuido.**

  a. pagado *b.* asignado *c.* eliminado

6. Empezaba a **anochecer** y los dos, pensando en la tarea que los esperaba, se separaron en la puerta de la cabaña.

  a. salir el sol *b.* hacerse oscuro *c.* hacer calor

7. Desde **la sangre** galopando en sus oídos le llegaban las palabras de la mujer: primero una sala azul, luego un . . .

  a. la circulación *b.* el caballo *c.* el cabello

8. Nadie estaba en la primera **habitación,** nadie en la segunda.

  a. casa *b.* clóset *c.* cuarto

Conozcamos al autor

Julio Cortázar (1914–1984), es uno de los escritores argentinos más reconocidos de la segunda mitad del siglo XX. Nació en Bruselas, Bélgica, de padres argentinos, pero se crió en las afueras de Buenos Aires. En 1951 publicó su primer libro de relatos, *Bestiario*, para poco después trasladarse a París, donde residió desde entonces. En 1963 apareció *Rayuela*, novela experimental ambientada en París y Buenos Aires y considerada su obra maestra. En este libro el autor invita al lector a tomar parte activa sugiriéndole diferentes alternativas en el orden de la lectura. Cortázar murió en 1984 en París tras haber contribuido decisivamente a la difusión de la literatura latinoamericana en el mundo.

"Continuidad de los parques" está tomado de su segundo libro de cuentos, *Final del juego* (1956). Este cuento, como muchas otras obras de Cortázar, se desarrolla alrededor de una contraposición entre lo real y lo ficticio, como el mundo "inventado" de la literatura puede afectar el mundo "real" de los lectores.

LECTURA

Había empezado a leer la novela unos días antes.

Continuidad de los parques

por Julio Cortázar

Había empezado a leer la novela unos días antes. La abandonó por negocios urgentes, volvió a abrirla cuando regresaba en tren a la *finca;* se dejaba interesar lentamente por la *trama,* por el dibujo de los personajes. Esa tarde, después de escribir una carta a su *apoderado* y discutir con su *mayordomo* una cuestión de *aparcerías,* volvió al libro en la tranquilidad del estudio que miraba hacia el parque de los *robles.*

farm

plot

administrador

foreman / contratos laborales

oak trees

Arrellanado en su sillón favorito, de espaldas a la puerta que lo hubiera *molestado* como una irritante posibilidad de intrusiones, dejó que su mano izquierda *acariciara* una y otra vez el *terciopelo* verde y se puso a leer los últimos capítulos. Su memoria retenía sin esfuerzo los nombres y las imágenes de los protagonistas;

Extendido cómodamente

irritado

caress

velvet

Arrellanado en su sillón favorito . . .

LECCIÓN 1: ARGENTINA Y URUGUAY

387

Suggestions Reading may be assigned as homework or done in class. If done as homework, have students write the answers to Activity **A** on page 390.

Focus questions Ask these questions as students read the the **Lectura** to verify that they understand key information.

—¿Acababa de empezar a leer la novela o hacían unos días que la había empezado?

—¿Por qué la había dejado de leer, porque no le interesó mucho al principio o porque estaba ocupado con otros negocios?

—¿Dónde empezó a leerla otra vez, en la finca o en el tren?

—¿Qué hizo en la finca antes de volver a leer su novela, escribió una carta? ¿Preparó la cena? ¿Habló con su administrador?

—¿Dónde se sentó a leer la novela, en el estudio que miraba hacia el parque o en la recámara?

—¿Se sentó en un sillón o en el sofá?

—¿Se sentó de espaldas a la ventana o a la puerta?

—¿Qué acariciaba, su perro o el sillón?

—¿De qué color era el sillón, verde o azul?

—¿Recordaba los nombres de los protagonistas?

—¿Qué hacía mientras leía, descansaba la cabeza en el respaldo del sillón? ¿Fumaba? ¿Escuchaba la radio? ¿Miraba los árboles del parque? ¿Se concentraba totalmente en los personajes?

—¿Dónde ocurrió el último incidente de la novela, en una cabaña o en un parque?

—¿Quién llegó a la cabaña primero, el amante o la mujer?

—¿Cómo se lastimó la cara el amante, con una rama de un árbol o en un accidente de bicicleta?

—¿Cómo le quitó la sangre de la cara la mujer, con agua y una toallita o con besos?

—¿Aceptó el amante las atenciones de la mujer?

—¿Qué llevaba el hombre en el pecho, una pistola o un puñal?

—¿De qué hablaban los amantes, del amor que se tenían o del hombre que iban a matar?

—¿Tenían un plan detallado y bien pensado o simplemente fue decisión del momento?

—¿Repasaron su plan cuidadosamente o rápidamente?

---

la ilusión novelesca lo ganó casi en seguida. *Gozaba* del placer casi perverso de irse *desgajando* línea a línea de lo que *lo rodeaba,* y sentir a la vez que su cabeza descansaba cómodamente en el terciopelo del alto *respaldo,* que los cigarrillos seguían *al alcance* de la mano, que más allá de los *ventanales* danzaba el aire del atardecer bajo los robles. Palabra a palabra, absorbido por la *sórdida disyuntiva* de los héroes, dejándose ir hacia las imágenes que se *concertaban* y adquirían color y movimiento, fue testigo del último encuentro en la cabaña del monte. Primero entraba la mujer, *recelosa,* ahora llegaba el amante, lastimada

Gustaba
separando / *surrounded him*

back (of chair) / cerca
ventanas grandes
indecentes problemas
establecían

temerosa

Ahora llegaba el amante . . .

la cara por el *chicotazo* de la rama. Admirablemente *restañaba ella la sangre* con sus besos, pero él rechazaba sus *caricias,* no había venido para repetir la ceremonia de una pasión secreta, *protegida* por un mundo de hojas secas y *senderos* furtivos. El *puñal se entibiaba* contra su pecho y debajo *latía* la libertad *agazapada.* Un diálogo *anhelante* corría por las páginas como un arroyo de serpientes, y se sentía que todo estaba decidido desde siempre. Hasta esas caricias que *enredaban* el cuerpo del *amante* como queriendo retenerlo y disuadirlo, dibujaban abominablemente la figura de otro cuerpo que era necesario destruir. Nada había sido olvidado: *coartadas, azares,* posibles errores. A partir de esa hora cada instante tenía su empleo minuciosamente atribuido. El doble *repaso despiadado* se interrumpía

whiplash / she stopped the flow of the blood / cariño
abrigada
caminitos / *cuchillo se calentaba*
palpitaba / *hidden*
expectante

netted / lover

excusas / circunstancias

revisión cruel

Empezaba a anochecer.

apenas para que una mano acariciara una *mejilla*. Empezaba a anochecer. Sin mirarse ya, *atados* rígidamente a la tarea que los esperaba, se separaron en la puerta de la cabaña. Ella debía seguir por la *senda* que iba al norte. Desde la senda opuesta él se volvió un instante para verla correr con el pelo *suelto*. Corrió a su vez, *parapetándose* en los árboles y los *setos,* hasta distinguir en la *bruma malva* del *crepúsculo* la alameda que llevaba a la casa. Los perros no debían *ladrar,* y no ladraron. El mayordomo no estaría a esa hora, y no estaba. Subió los tres *peldaños* del porch y entró. Desde la sangre galopando en sus oídos le llegaban las palabras de la mujer: primero una sala azul, después una galería, una *escalera* alfombrada. En lo alto, dos puertas. Nadie en la primera habitación, nadie en la segunda. La puerta del salón, y entonces el puñal en la mano, la luz de los ventanales, el alto respaldo de un sillón de terciopelo verde, la cabeza del hombre en el sillón leyendo una novela.

un poquito

cheek

unidos

caminito

libre
protegiéndose
bushes / violet fog
anochecer
bark
steps

stairway

Focus questions
—Cuando salieron de la cabaña, ¿se fueron juntos o separados?
—Cuando corría hacia la casa, ¿ladraron los perros? ¿Debían ladrar?
—¿Estaba el administrador en la casa? ¿Debía estar allí?
—¿Por dónde entró en la casa, por la sala o por el porch?
—¿Además del hombre que leía y el amante, había otras personas en la casa?
—¿Dónde estaba sentado el hombre que leía, en un sillón o en un sofá?

La cabeza del hombre en el sillón leyendo una novela

LECCIÓN 1:   ARGENTINA Y URUGUAY

389

¿Comprendiste la lectura?

Allow time for pair work. Have students get accustomed to answering these questions in their own words with books closed. Do not allow reading verbatim from the text.

Answers

A. ¿Sí o no? Call on individual students. Have class confirm each response.

1 Sí.
2 No. El lector está leyendo en un sillón cómodo en el estudio de su casa.
3 Sí.
4 Sí.
5 No. El último encuentro tuvo lugar en la cabaña del monte.
6 No. Llevaba un puñal escondido en el pecho.
7 Sí.
8 Sí.

B. Hablemos de la lectura. Call on individual students. Have class confirm each response.

1 Hacía unos días que empezó a leer la novela.
2 La abandonó porque tenía negocios urgentes en la ciudad.
3 Se sentó en su sillón favorito en el estudio de su casa a leer.
4 Era una novela de misterio. Se sabe que alguien va a morir pero no se sabe quién hasta el final de la novela.
5 Eran amantes.
6 El hombre se dirigió a la casa del protagonista.
7 El mayordomo no estaba a esa hora porque no debía estar.
8 El amante encontró a un hombre sentado en un sillón de terciopelo verde leyendo una novela.
9 Las respuestas van a variar. Tal vez digan que fue cuando el amante entró en la casa del protagonista.
10 Las respuestas van a variar.

■ ¿Comprendiste la lectura?

A. ¿Sí o no? Con un(a) compañero(a), decide si estás de acuerdo o no con los siguientes comentarios. Si no, di por qué no.

1. El protagonista que lee una novela al principio del cuento no tiene nombre.
2. El lector se encuentra leyendo esta novela en una biblioteca pública de Buenos Aires.
3. El lector está sentado en su sillón favorito de terciopelo verde.
4. En la novela que absorbía al lector aparecían una mujer y su amante.
5. El último encuentro de esta pareja tuvo lugar en el último piso de un gran edificio de apartamentos.
6. El amante llevaba un revólver escondido en el pecho.
7. El amante entró sin ser visto a una casa siguiendo las indicaciones que le había dado la mujer.
8. Al final del cuento, vemos al amante con un cuchillo en la mano acercándose por detrás a un hombre que está sentado en un sillón de terciopelo verde leyendo una novela.

B. Hablemos de la lectura. Contesten estas preguntas en grupos de tres o cuatro.

1. ¿Cuándo comenzó el protagonista a leer la novela?
2. ¿Por qué abandonó la lectura de la novela?
3. ¿Qué hizo después de ver a su mayordomo?
4. ¿Qué tipo de novela leía? ¿de misterio? ¿de amor? Explica.
5. ¿Qué relación tenían la mujer y el hombre de la novela?
6. ¿Adónde se dirigió el hombre después que la pareja se separó?
7. ¿Por qué no estaba el mayordomo a esa hora?
8. ¿A quién encontró el amante al final del cuento?
9. ¿En qué momento del cuento lo "ficticio" se convierte en lo "real"?
10. ¿Qué sugiere el título del cuento "Continuidad de los parques"?

En el tren

Palabras como llaves: *molestar*

Para ampliar el vocabulario. De la palabra **molestar**, un cognado falso que significa "irritar" o "disgustar", se derivan varias palabras como **molestia, molesto(a)** y **molestamente.** Con un(a) compañero(a), responde a las siguientes preguntas.

1. ¿Qué les **molesta** a tus padres de tus amigos(as)?
2. ¿Te **molesta** que en el cine alguien hable junto a ti?
3. Si no duermes una noche, ¿andas **molesto(a)** al día siguiente?
4. ¿Cuándo le dices a una persona "**no te molestes**"?
5. ¿Hay alguna actividad escolar que consideras una verdadera **molestia**?
6. Si eres vendedor, ¿por qué no puedes hablarles **molestamente** a los clientes?

Dramatizaciones

A. **Drama en un drama.** Con tres compañeros, prepara la dramatización de una situación similar a la de "Continuidad de los parques". Debe ser un drama dentro de un drama.

B. **El balompié.** La ventana sobre el fútbol dice que el balompié es el deporte más popular del mundo. ¿Será posible? ¿Y qué del fútbol americano y del béisbol? En grupos de cinco preparen un debate sobre el tema. Una persona puede servir de moderador, dos deben insistir en que el balompié es el más popular y las otras dos en que el béisbol o el fútbol americano es más popular.

LECCIÓN 1:   ARGENTINA Y URUGUAY

Palabras como llaves

Allow time for pair work. Then call on individual students. Have class confirm each response.

NSS **For Native Speakers** Pídales a sus estudiantes hispanohablantes que escriban una oración original con cada una de las derivaciones de **molestar**. Pídales que algunos de ellos escriban sus frases en la pizarra y que la clase las corrija.

Dramatizaciones

Purpose To role-play a situation where the imaginary becomes real and to debate the world importance of soccer.

Suggestion Allow students to select either **A** or **B**. Tell those that select **A** to be creative as they come up with situations where the imaginary becomes real. You may want to do a brainstorming activity with the students doing **B** to help them focus on some of the arguments they may use.

Cultura en vivo

El padre de la criatura

Quino es el nombre artístico del argentino Joaquín Lavado, uno de los dibujantes más importantes del mundo hispano. Su creación, **Mafalda**, es una niña de pelo negro, curiosa y respondona. Aunque Quino dejó de publicar nuevas tiras cómicas en 1973, éstas siguen siendo tan populares que continúan apareciendo en diarios, revistas y libros. Cuando a Julio Cortázar le preguntaron qué pensaba de Mafalda, el escritor contestó: "Bueno, me parece más interesante saber lo que Mafalda piensa de mí".

Conozcamos ahora a las personas importantes en la vida de Mafalda. Luego, en parejas, inventen sus propios personajes y hagan una tira cómica sobre ellos.

LIBERTAD
Es portavoz de la izquierda.

MAFALDA

MANOLITO
Es bruto y materialista.

SUSANITA
Siempre sueña con ser madre.

MIGUELITO
Es un personaje en crisis de adolescencia anticipada.

EL PADRE
Es un oficinista orgulloso.

FELIPE

No está seguro de nada.

LA MADRE

Mafalda está obsesionada por la falta de horizontes de su madre.

GUILLE

Mafalda se ve ante él como una adulta.

Suggestion Have students practice writing comic strip dialogs in Spanish. White out the speech bubbles in several well-known comic strips and photocopy them so that students may fill them in creating their own dialogs. In groups of three or four, have them read each other's comic strips and select the best one in the group. Have each group present their best one to the class.

Diario

Have students do a journal-write beginning **Si yo pudiera ser cualquier otra persona, yo...** (See page 19 for journal writing instructions.)

Gente
alcance
ascendencia
ceramista
comandante en jefe
expulsado(a)
protagonizar
reelegir

El pueblo guaraní y la colonización
abundar
aldea
caza
colina
nave
nómada

Las reducciones jesuíticas
decretar
esclavista
esplendor
evangelización
jesuita
llevar a cabo
rechazar
reducción
repartirse

La independencia y las dictaduras y Los colorados y los liberales
desastre
enfrentar
intercambio
negarse
perpetuo(a)
patriotismo

Época contemporánea
cantidad
emprender
hidroeléctrico(a)
presa

Corresponding Structures in *Manual de gramática*

8.2 Sequence of Tenses: Indicative   G117

Lección 2

Paraguay

Nombre oficial:
República del Paraguay
Extensión:
406.752 km²
Principales ciudades:
Asunción (capital), San Lorenzo, Ciudad del Este, Concepción
Moneda:
Guaraní (₲)

Gente del Mundo 21

Augusto Roa Bastos, escritor paraguayo, es una de las figuras de mayor alcance internacional en la literatura latinoamericana del siglo XX. Nació en Asunción, Paraguay, en 1917, hijo de padre brasileño de ascendencia francesa y de madre guaraní. Vivió veinte años de exilio en Buenos Aires donde ejerció diversos oficios. En 1970 regresó a su país pero fue expulsado por el gobierno paraguayo seis años después. En 1976 se estableció como profesor universitario en Tolosa, Francia. La historia de violencia política de su país es el tema central de sus dos novelas, *Hijo de hombre* (1960) y *Yo, el supremo* (1974). En 1989 fue galardonado con el prestigioso Premio Miguel de Cervantes otorgado por el gobierno español.

Alfredo Stroessner durante 35 años ocupó la presidencia de Paraguay, lo que constituyó uno de los gobiernos personales más largos de la historia latinoamericana. Hijo de un inmigrante alemán, Stroessner nació en Encarnación en 1912. En 1929 ingresó en la Escuela Militar de Asunción e hizo una carrera militar que lo llevó a ocupar, en 1951, el cargo de comandante en jefe del ejército paraguayo. En 1954, participó en un golpe de estado contra el presidente Federico Chávez. Poco después, resultó vencedor en las elecciones presidenciales en las que él era el único candidato. Fue reelegido siete veces. En 1989 fue derrocado por un golpe de estado y marchó al exilio.

394

UNIDAD 8

Purpose To present four Paraguayans of great importance: the acclaimed writers **Augusto Roa Bastos** and **Josefina Plá**; and politicians **Alfredo Stroessner** and **Andrés Rodríguez.**

Extra credit Have students interested in extra credit prepare a brief written presentation on one of these personalities or another famous Paraguayan artist, actor, playwright, musician, politician, etc., or on a topic concerning Paraguay that has been in the newspapers recently.

Personalidades del Mundo 21

Call on individual students to read aloud one biography at a time. Then allow time for pair work. Finally, check answers by calling on individual students.

Answers

Las respuestas van a variar.
1 ser el único candidato garantiza la victoria.
2 temía la violencia política de mi país.
3 es en Paraguay donde he vivido, trabajado y escrito la mayoría de mi obra intelectual.
4 ser reelegido en las próximas elecciones presidenciales.
5 fui derrocado por un golpe de estado.

NSS **For Native Speakers** Pídales a los estudiantes hispanohablantes que en grupos de tres lean las biografías y preparen unas quince preguntas sobre estos personajes. Luego permita que haya competición entre grupos. Un grupo empieza por hacerle una pregunta a otro grupo. Si el grupo la contesta bien, recibe un punto. Luego el grupo que contestó hace una de sus preguntas y el otro grupo contesta. Continúan así hasta hacer todas sus preguntas. Tal vez quiera darle un premio a los grupos que acumulan más puntos.

Josefina Plá, aunque nació en España en 1909 es en Paraguay donde ha realizado su labor intelectual y es reconocida como una de las escritoras paraguayas más importantes. Igualmente se ha destacado como ceramista. La actividad literaria de esta brillante poeta comprende también el periodismo, el teatro, la narrativa y la crítica. Entre sus libros se destacan el poemario *El precio de los sueños* (1934) y una colección de relatos *El espejo* (1957). Ha publicado varios libros sobre la cultura y literatura paraguaya como *Apuntes para una historia de la cultura paraguaya* (1967) y *Voces femeninas en la poesía paraguaya* (1987).

Andrés Rodríguez, militar y político paraguayo, nació en 1923. Inició la carrera militar en 1942 y en 1970 alcanzó el grado de general. En 1989 protagonizó el golpe de estado que depuso al dictador Alfredo Stroessner y fue elegido presidente, en mayo de 1989, como candidato del conservador Partido Colorado. En 1992 juró la nueva constitución de su país que le impedirá ser reelegido en las próximas elecciones presidenciales.

Personalidades del *Mundo 21.*
Completa las siguientes oraciones. Luego compara tus oraciones con las de un(a) compañero(a).

1. El hecho de que fui reelegido siete veces prueba que . . .
2. El que yo haya tenido que vivir gran parte de mi vida en exilio prueba que . . .
3. Aunque nací en España, me considero paraguaya porque . . .
4. La nueva constitución que yo aprobé en 1992 no me permitirá . . .
5. Salí al exilio en 1989 porque . . .

LECCIÓN 2: PARAGUAY

395

NSS **For Native Speakers** Si hay estudiantes paraguayos en la clase, pídales que le digan a la clase lo que recuerdan de Paraguay o lo que sus padres o parientes les han dicho de la vida en el país.

DEL PASADO al presente

PARAGUAY: LA NACIÓN GUARANÍ SE MODERNIZA

Las cataratas de Iguazú

Paraguay se distingue de otras naciones latinoamericanas en la persistencia de la cultura guaraní mezclada con la hispánica. La mayoría de la población paraguaya habla ambas lenguas. El guaraní se emplea como lenguaje familiar, mientras que el español se habla en la vida comercial. El nombre de Paraguay proviene de un término guaraní que quiere decir "aguas que corren hacia el mar" y que hace referencia al río Paraguay que, junto con el río Uruguay, desemboca en el río de la Plata.

EL PUEBLO GUARANÍ Y LA COLONIZACIÓN

Siglos antes de la llegada de los europeos, el territorio situado entre los ríos Paraguay y Paraná estaba habitado por tribus guaraníes seminómadas que habitaban en aldeas fortificadas llamadas *tavas.* Se dedicaban a la caza y al cultivo del maíz, la mandioca y otros productos. La región conocida como el Gran Chaco estaba poblada por grupos nómadas como los guaicurúes, que con frecuencia atacaban a los guaraníes.

Una expedición portuguesa dirigida por Aleixo García en busca de un mítico "Rey Blanco" partió por tierra de la costa brasileña y cruzó el Chaco hasta encontrar fortificaciones incas al pie de los Andes en 1524. Aunque García y otros europeos murieron durante la expedición, la noticia de un reino donde abundaba la plata llegó a los oídos de exploradores españoles. En 1526, las naves de Sebastiano Caboto exploraron los ríos Paraná y Paraguay.

En agosto de 1537, Juan Salazar de Espinosa fundó, en una colina junto al río Paraguay, el fuerte de Nuestra Señora de la Asunción, que en pocos años se convirtió en

396

UNIDAD 8

FOTOS

Foto de fondo. Panorama urbano de Asunción, capital de Paraguay.

Las cataratas de Iguazú marcan la frontera entre Paraguay, Brasil y Argentina.

el núcleo de lo que se conoció como la Provincia Gigante de Indias. En la región los españoles encontraron una población guaraní amistosa con la que de inmediato comenzó un proceso de mestizaje.

LAS REDUCCIONES JESUÍTICAS

Desde el siglo XVII, los jesuitas llevaron a cabo una intensa labor de evangelización y colonización. Organizaron un total de treinta y dos reducciones, o misiones, que llegaron a tener más de cien mil indígenas. Las reducciones jesuíticas llegaron a constituir un verdadero estado prácticamente independiente. La riqueza de las reducciones se basaba en una próspera producción agrícola y artesanal. En 1639, el Virrey del Perú autorizó el uso de armas por los indígenas de las reducciones que, bajo el mando de jesuitas lograron rechazar a los esclavistas brasileños que atacaban las misiones.

Varios enfrentamientos ocurrieron entre los terratenientes de Asunción que querían apoderarse de las reducciones y los jesuitas que las administraban. En 1750, España y Portugal decidieron repartirse las reducciones. Esto resultó en una guerra que duró once años y fue apoyada por jesuitas que se oponían a este reparto. Con la intención de apoderarse de la riqueza de las reducciones, el rey Carlos III de España decretó en 1767 la expulsión de los jesuitas de todo el imperio español. Debido a esto, en unas pocas décadas la mayoría de las reducciones perdieron su esplendor y se convirtieron en ruinas.

Reducciones jesuíticas

LECCIÓN 2: PARAGUAY

397

FOTOS

Iglesia de la Misión de Jésus, una de las reducciones jesuíticas ahora en ruinas en Paraguay.

Portal de la sacristía de la misión jesuítica de Trinidad también en ruinas en Paraguay.

LA INDEPENDENCIA Y LAS DICTADURAS DEL SIGLO XIX

Asunción pasó a depender del Virreinato del Río de la Plata establecido en 1776, con capital en Buenos Aires. Cuando en 1810 Buenos Aires declaró la independencia, Asunción se negó a hacer lo mismo. La independencia de Paraguay se declaró formalmente el 12 de octubre de 1813 y fue el primer país latinoamericano en proclamarse como república. El abogado José Gaspar Rodríguez de Francia gobernó Paraguay primero como cónsul junto con el capitán Fulgencio Yegros durante un año. En 1814 fue declarado dictador supremo y en 1816, dictador perpetuo, cargo que ocupó hasta su muerte en 1840.

José Gaspar Rodríguez de Francia

El prolongado gobierno de Francia, llamado el Supremo, cerró casi completamente el país a la influencia extranjera y estableció el modelo autoritario que seguiría el gobierno de Paraguay en el siglo XIX. El dictador Carlos Antonio López gobernó como primer cónsul en 1841 y como presidente de la república de 1844 hasta su muerte en 1862. López abrió Paraguay al exterior y favoreció el desarrollo de intercambios comerciales. Su hijo Francisco Solano López gobernó de 1862 hasta su muerte en 1870.

En 1864, el gobierno de Solano López se enfrentó a Brasil y causó un conflicto conocido como la Guerra de la Triple Alianza en la que Brasil, Argentina y Uruguay unieron sus fuerzas contra Paraguay. La guerra fue un desastre para Paraguay. El propio Solano López murió en una batalla en 1870. El ejército paraguayo fue destruido y la población paraguaya, calculada en medio millón a mitad del siglo XIX, fue reducida a menos de 200.000 en la década de 1870. Grandes porciones de territorio paraguayo

Panteón Nacional de los Héroes, Asunción

398

UNIDAD 8

FOTOS

Foto de fondo. Vista del Palacio Presidencial en Asunción, Paraguay.

Panteón Nacional de los Héroes que incluye el Oratorio de la Virgen de la Asunción. Este edificio fue construido de 1863 a 1936 para conmemorar a los caídos en las diferentes guerras que ha librado Paraguay en su vida independiente.

fueron anexadas por Brasil y por Argentina y el país fue ocupado por tropas brasileñas durante seis años.

LOS COLORADOS Y LOS LIBERALES

Después de la salida de las fuerzas brasileñas de ocupación, el país se reconstruyó lentamente. Los grandes partidos políticos se formaron en ese tiempo: el Colorado y el Liberal. Los colorados, que se proclamaban herederos del patriotismo de Solano López, gobernaron desde 1887 hasta 1904. Ese año, los liberales tomaron el poder a través de una revuelta y lo conservaron durante tres décadas.

Un conflicto fronterizo entre Bolivia y Paraguay resultó en la Guerra del Chaco entre 1932 y 1935, en la que murieron más de 100.000 paraguayos. A través de un tratado de paz firmado tres años más tarde, Paraguay quedó en posesión de tres cuartas partes del Chaco.

ÉPOCA CONTEMPORÁNEA

El 17 de febrero de 1936, una rebelión militar llevó al poder a un grupo de oficiales que emprendió una reforma agraria. Tras un período de inestabilidad política el general Alfredo Stroessner, con el apoyo del ejército

Alfredo Stroessner

y los colorados, fue nombrado presidente en 1954. Stroessner conservó este cargo por sucesivas elecciones hasta que fue derrocado en 1989 por un movimiento militar encabezado por el general Andrés Rodríguez, quien poco después fue elegido presidente.

Un período de gran desarrollo económico se inició en 1973 con la construcción, junto con Brasil, de la enorme presa de Itaipú en el río Paraná. Este proyecto hidroeléctrico binacional le permite a Paraguay la exportación de grandes cantidades de electricidad a su gran vecino. Se han creado nuevos polos de desarrollo y colonización agrícola en la provincia de Alto Paraná. Todo indica que Paraguay se moderniza a paso acelerado e intenta retener lo mejor de su pasado.

La presa de Itaipú

FOTO

La presa de Itaipú constituye la planta hidroeléctrica más grande de Sudamérica.

NSS **For Native Speakers** Anime a los estudiantes hispanohablantes a que amplíen cualquiera de los temas presentados en la lectura. Si algunos son de ascendencia paraguaya, pídales que le cuenten al resto de la clase cómo es el Paraguay que ellos o sus padres conocen. Si hay tiempo para hacerlo, invite a unos paraguayos a la clase para que hablen de su país.

Have students get accustomed to answering these questions in their own words with books closed. Do not allow reading verbatim from the text.

Answers

1 La mayoría de la población paraguaya habla tanto guaraní como español.

2 El río Paraguay y el río Paraná son los dos ríos principales de Paraguay.

3 El portugués Aleixo García fue el primer europeo que exploró Paraguay. García y otros europeos murieron durante la expedición.

4 Los jesuitas fundaron las reducciones.

5 José Gaspar Rodríguez de Francia fue declarado dictador supremo de Paraguay y luego dictador perpetuo. Lo llamaba el Supremo porque tenía poder absoluto.

6 En la Guerra de la Triple Alianza, Brasil, Argentina y Uruguay unieron fuerzas contra Paraguay. Fue un desastre total para Paraguay: el presidente murió en una batalla, el ejército fue destruido y casi la mitad de la población murió, grandes territorios fueron anexados por Brasil y Argentina y el país fue ocupado por tropas brasileñas.

7 En la Guerra del Chaco Paraguay luchó contra Bolivia. El resultado fue que Paraguay perdió un cuarto del Chaco y más de 100.000 paraguayos perdieron su vida.

8 Alfredo Stroessner es un militar que fue nombrado presidente en 1954 y conservó el cargo por treinta y cinco años.

9 En Itaipú se ha construido una enorme presa con una planta hidroeléctrica. Ésta ayuda el desarrollo económico de Paraguay ya que le permite exportar grandes cantidades de electricidad.

■ ¡A ver si comprendiste!

¿Quién? ¿Qué? ¿Cuándo? ¿Recuerdas los datos más importantes de la lectura? Para asegurarte, contesta estas preguntas.

1. ¿Cómo distingue la lengua guaraní a Paraguay de otras naciones latinoamericanas?
2. ¿Cuáles son los dos principales ríos de este país?
3. ¿Quién fue el primer explorador europeo de Paraguay? ¿Qué ocurrió durante esta expedición?
4. ¿Qué religiosos fundaron las reducciones?
5. ¿Quién fue José Gaspar Rodríguez de Francia? ¿Cómo lo llamaban? ¿Por qué lo llamaban así?
6. ¿En qué consistió la Guerra de la Triple Alianza? ¿Qué resultados tuvo para Paraguay?
7. ¿Contra qué país luchó Paraguay en la Guerra del Chaco? ¿Qué efectos tuvo esta guerra?
8. ¿Quién es Alfredo Stroessner? ¿Cuánto tiempo estuvo en el poder?
9. ¿Qué se ha construido en Itaipú? ¿Cómo ha afectado esto a la economía paraguaya?

Asunción, Paraguay

400

UNIDAD 8

Los guaraníes

Los guaraníes de Paraguay son miembros de la familia lingüística tupí-guaraní que incluye a muchos grupos indígenas que habitaban grandes extensiones de Sudamérica. A la llegada de los europeos estas tribus vivían en la región al sur del río Amazonas y a lo largo de la costa del Atlántico desde la desembocadura de este río en el actual Brasil hasta Uruguay. Los guaraníes poblaban principalmente el territorio comprendido entre el río Paraná y el Paraguay. Tradicionalmente las mujeres se encargaban del cultivo del maíz, el poroto, la mandioca, la batata y el maní. Por su parte, los hombres se dedicaban a la caza y la pesca. La práctica de la agricultura de roza (*cortar y quemar la selva*) requería que los guaraníes cambiaran de lugar cada cinco o seis años y llevaran una vida seminómada. Con la llegada de los españoles se inició un proceso de rápido mestizaje. Los jesuitas desarrollaron una forma de escritura para la lengua guaraní en el siglo XVI. Esta lengua se ha mantenido a través de los siglos y les da un sentido de identidad nacional a los paraguayos. La mayoría de la población contemporánea en Paraguay es mestiza y habla guaraní.

En la actualidad existen cuatro grupos de indígenas guaraníes en la región oriental de Paraguay que habían permanecido aislados por muchos años. En las últimas décadas su modo tradicional de vida ha cambiado radicalmente con la pérdida de sus tierras. Eso los ha obligado a convertirse en trabajadores de las plantaciones y los pueblos que han surgido con el desarrollo de la región. Es posible que el mundo moderno finalmente destruya una antigua cultura que tiene miles de años en Sudamérica.

Los guaraníes. Con un compañero(a), compara los recientes cambios en la vida de los guaraníes con los cambios que han sufrido los indígenas en EE.UU.

Ventana al Mundo 21

Allow time to read silently and then for pair work. Have several groups report their conclusions to the class.

NSS **For Native Speakers**
Pregúnteles a los estudiantes hispanohablantes qué semejanzas ven entre lo que les ha pasado a los guaraníes y lo que les está pasando a los grupos indígenas en EE.UU. o en el país de sus antepasados.

LECCIÓN 2: PARAGUAY

401

FOTOS

Ilustración de guaraníes durante la época colonial trabajando en la cosecha y preparación de la yerba mate, la bebida tradicional de Paraguay.

Guaraníes contemporáneos siguen participando en la agricultura de Paraguay.

Anticipando la lectura

A. ¿Nosotros? ¿Los galardonados? Tell students to think seriously about whom they would want to thank under these circumstances. Allow time for writing in pairs. Then call on several pairs to read what they wrote.

B. Vocabulario en contexto. This section may be done with the whole class or in pairs first; then verify answers with the class. If done in pairs, allow time for pair work.

Answers

1 a. mi apreciación
2 c. lugar de nacimiento
3 b. la concesión
4 c. a la vez
5 a. subyugada

Y ahora, ¡a leer!

■ Anticipando la lectura

A. ¿Nosotros? ¿Los galardonados? Es el año 2020 y tú y dos compañeros acaban de recibir una noticia fabulosa. ¡Acaban de ser seleccionados para recibir el Premio Nóbel por el excelente trabajo que han hecho en su área de especialización! Obviamente las cadenas de televisión quieren entrevistarlos inmediatamente. ¿Qué van a decir en la entrevista? Preparen los comentarios que harán, agradeciéndoles a los individuos apropiados y a la Fundación Nóbel al ser seleccionados para este gran honor.

B. Vocabulario en contexto. Decide cuál es el significado de las palabras en negrilla a base del contexto de la oración o de otras estrategias que has aprendido para llegar al significado de palabras desconocidas.

1. Me inclino, pues, ante sus majestades, con **mi reconocimiento** y gratitud. En este homenaje va implícito el de mi pueblo paraguayo, lejano y presente a la vez.

    a. mi apreciación   *b.* mis recuerdos
          c. mis memorias

2. Es un verdadero placer estar aquí en esta ciudad ilustre, en esta Universidad de Alcalá de Henares, **patria chica** de Cervantes, sede de su inmortal presencia y foco de su proyección universal.

    a. antepasados   *b.* padre   *c.* lugar de nacimiento

3. La segunda afortunada circunstancia que realiza para mí **el otorgamiento** del máximo galardón es su coincidencia con un cambio histórico, político y social de gran trascendencia para el futuro de Paraguay.

    a. el anuncio   *b.* la concesión   *c.* la competición

4. Señala este hecho el comienzo de la restauración moral y material de mi país. Significa, **asimismo,** el fin del exilio para el millón de ciudadanos, que ahora pueden volver a la tierra natal.

    a. difícilmente   *b.* al contrario   *c.* a la vez

5. La concesión del Premio Cervantes, en la iniciación de esta nueva época para mi patria **oprimida** durante tanto tiempo, es para mí un hecho tan significativo que no puedo atribuirlo a una mera casualidad.

   a. subyugada   *b.* libre   *c.* opulenta

6. Son como profetas que operan en el contexto de una familia de naciones con la función de sobrepasar los hechos **anormales** y restablecer su equilibrio.

   a. reconocidos   *b.* regulares   *c.* no normales

7. El Premio Cervantes —el más eminente galardón en el mundo de nuestras letras castellanas— viene a **coronar** una larga batalla de mi vida.

   a. crear   *b.* honrar   *c.* cuestionar

8. La concesión del premio me confirmó la **certeza** de que también la literatura es capaz de ganar batallas contra la adversidad.

   a. seguridad   *b.* duda   *c.* incertidumbre

Conozcamos al autor

Augusto Roa Bastos es el escritor paraguayo que ha alcanzado más proyección internacional. Forzado a vivir en el exilio, siguió unido a su país a través de sus obras literarias. Es autor de dos novelas, siete colecciones de cuentos, tres libros de cuentos para niños y tres poemarios en los que está incluido uno escrito en guaraní y español, *El génesis de los apapokuva-guaraní* (1971). Su novela *Yo, el supremo* (1974), considerada su obra maestra, está inspirada en la vida del dictador José Gaspar Rodríguez de Francia que gobernó Paraguay de 1814 a 1840. En 1976 Roa Bastos se estableció en Tolosa, Francia, donde fue profesor universitario de literatura latinoamericana y de lengua guaraní. En 1983 retornó a Paraguay donde fue recibido con gran despliegue de medios informativos. Ese mismo año el gobierno paraguayo lo expulsó violentamente y le retiró el pasaporte. Fue entonces cuando España le concedió su nacionalidad. Fue galardonado con el Premio Miguel de Cervantes 1989. Este prestigioso premio fue instituido en 1976 por el gobierno español para reconocer la obra de los mejores escritores de lengua castellana de uno y otro lado del Atlántico.

A continuación aparece la parte inicial de su discurso pronunciado al recibir el premio en el Paraninfo de la Universidad de Alcalá de Henares en marzo de 1990.

Conozcamos al autor

After reading the biography, ask:
1 ¿Cuál es la obra maestra de Augusto Roa Bastos y cuál fue su inspiración para escribirla?
2 ¿Por qué no vive Roa Bastos en Paraguay?
3 ¿Cuándo decidió España concederle nacionalidad española a Augusto Roa Bastos?
4 ¿Cuál es el significado del Premio Miguel de Cervantes?

Lectura

Suggestions This reading may be done in class by calling on individual students to read a few lines at a time or may be assigned as homework. If done in class, ask the **Focus questions** that follow to check comprehension as students read. If done as homework, have students write answers to exercise **A** on page 406.

Focus questions Ask these questions as students read the **Lectura** to verify that they understand key information.

—¿Quién dio este discurso? ¿Dónde lo dio, al saber que recibió un premio o en la entrega del premio?

—¿Fue este el primer premio que recibió Augusto Roa Bastos? ¿Fue el premió más importante que recibió?

—¿Cuántas razones da por sentirse tremendamente satisfecho?

—¿Cuál es la primera razón, la presencia del rey de España o la cantidad de dinero que va a recibir?

—¿Hay otras personas de la familia real presentes en el discurso de Augusto Roa Bastos? ¿Quiénes son?

—¿Quién dijo "la serenísima reina enaltece este acto con el honor de su presencia", Cervantes o el rey Juan Carlos?

—¿Cree Augusto Roa Bastos que el Premio Cervantes reconoce a la gente de Paraguay también?

—¿Dónde tuvo lugar la entrega del Premio Cervantes, en el Palacio Real o en una universidad?

LECTURA

Discurso de Augusto Roa Bastos en la entrega del Premio Cervantes 1989 (Fragmento)

Cervantes

El Premio Cervantes es el más alto honor que se ha concedido a mi obra. Tres razones principales le dan un *realce* extraordinario ante mi espíritu. La primera es el hecho mismo de recibirlo de manos de su majestad don Juan Carlos I, rey de España, que nuestros pueblos admiran y respetan por sus virtudes de gobernante, por su *infatigable* tarea en favor de la amistad y unidad de nuestros pueblos de habla hispánica.

Junto al rey Juan Carlos, en preeminente *sitial,* su majestad la reina doña Sofía, que ama las artes, las letras y las ciencias, que *religa* su devoción hacia las obras del espíritu con su preocupación por el bien social: la serenísima reina —para invocarla con palabras de Cervantes—, *enaltece* este acto con el honor de su presencia.

Me inclino, pues, ante sus majestades, con mi reconocimiento y gratitud. En este homenaje va implícito el de mi pueblo paraguayo, lejano y presente a la vez en este acto con su *latido multitudinario;* aquí en esta ciudad ilustre, en esta Universidad de Alcalá de Henares, patria chica de Cervantes, sede de su inmortal presencia y foco de su proyección universal.

Por otra parte, esta toga que visto es también un símbolo: corresponde al doctorado *honoris causa* en Letras Humanas por la Universidad de Toulouse-Le Mirail —que me ha sido concedido en significativa coincidencia el mismo día del otorgamiento del Premio Cervantes—. Ello me permite, por tanto, reunir simbólicamente a tres países muy *caros a mi afecto,* España, Francia y Paraguay, lo que imparte una significación internacional e interuniversitaria a este acto.

importancia

incansable

trono
combina

exalta

palpitación / de toda la gente

honorary degree

queridos por mí

404

UNIDAD 8

—¿Qué simboliza la toga que llevó Augusto Roa Bastos la noche de la entrega del Premio Cervantes, un doctorado honorario de la Universidad de Alcalá de Henares o de una universidad francesa?

—¿Cuándo recibió el doctorado honorario, antes o después de la entrega del Premio Cervantes?

—¿Cuáles son los tres países muy queridos de Augusto Roa Bastos?

404 UNIDAD 8 Lección 2

Augusto Roa Bastos en
su estudio

La segunda afortunada circunstancia que realiza para mí el otorgamiento del máximo galardón es su coincidencia con un cambio histórico, político y social de gran trascendencia para el futuro de Paraguay: el derrocamiento, en febrero del pasado año, de la más larga y *oprobiosa* dictadura que registra la cronología de los regímenes de fuerza en suelo sudamericano.

humillante

Señala este hecho el comienzo de la restauración moral y material de mi país en un sistema de pacífica *convivencia;* la entrada de Paraguay en el concierto de naciones democráticas del continente. Significa, asimismo, el fin del exilio para el millón de ciudadanos de la *diáspora* paraguaya, que ahora pueden volver a la tierra natal, *derrumbado* el muro del poder totalitario que hizo de Paraguay un país aislado.

coexistencia

dispersión
caído

La concesión del Premio Cervantes, en la iniciación de esta nueva época para mi patria oprimida durante tanto tiempo, es para mí un hecho tan significativo que no puedo atribuirlo a una mera casualidad. Pienso que es el resultado —en todo caso es el símbolo— de una conjunción de esas fuerzas que operan en el contexto de una familia de naciones con la función de sobrepasar los hechos anormales y restablecer su equilibrio, en la solidaridad y en el mutuo respeto de sus similitudes y diferencias.

El tercer motivo *enlaza* para mí la satisfacción espiritual con un cierto escrúpulo moral —acaso un prejuicio—, fundado en la desproporción que siento que existe entre el valor intrínseco del premio y la conciencia de mis limitaciones como autor de obras literarias. Me satisface el pensar que mi obra fuera premiada por haber sido creada teniendo como modelo la obra maestra cervantina.

une

La concesión del premio me confirmó la certeza de que también la literatura es capaz de ganar batallas contra la adversidad sin más armas que la letra y el espíritu, sin más poder que la imaginación y el lenguaje. No es entonces la literatura —me dije con un definitivo *deslumbramiento*— un mero y solitario pasatiempo para los que escriben y para los que leen, separados y a la vez unidos por un libro, sino también un modo de influir en la realidad y de transformarla con las fábulas de la imaginación que en la realidad se inspiran. Ésa es la primera gran lección de las obras de Cervantes . . .

iluminación

LECCIÓN 2: PARAGUAY

405

NSS **For Native Speakers** Pregúnteles a los estudiantes hispanohablantes si saben de algún escritor o artista exiliado, en el presente o el pasado, del país de sus antepasados. Si así es, pídales que le hablen a la clase sobre ellos.

Focus questions

—¿Cuál es la segunda razón que el premio lo hace sentirse tremendamente satisfecho, el comienzo o el final de una dictadura en Paraguay?

—¿Qué significa la caída de la dictadura en Paraguay, el comienzo de la democracia o del socialismo en el país? ¿el comienzo o el final del exilio para millones de paraguayos? ¿el comienzo o el final del aislamiento de Paraguay?

—¿Considera Augusto Roa Bastos la concesión del Premio Cervantes una mera casualidad?

—¿Considera el premio la acción de una familia de naciones interesadas en dictaduras o en respeto mutuo?

—¿Cuál es la tercera razón que el premio lo hace sentirse tremendamente satisfecho, el gran valor intrínseco del premio o el gran valor monetario del mismo?

—¿Fue premiada la obra del Augusto Roa Bastos por seguir o no seguir el modelo de Miguel de Cervantes?

—¿Cree Augusto Roa Bastos que la literatura puede ganar batallas contra la adversidad sin armas?

—En efecto, ¿cuáles son las armas de la literatura, la letra y el espíritu?

—¿Cuál es el poder de la literatura, las bibliotecas y las librerías o la imaginación y el lenguaje?

—¿Es la literatura un mero y solitario pasatiempo?

—¿Puede la literatura influir y transformar la realidad?

—¿Cuál fue la primera gran lección de las obras de Cervantes, que la literatura puede o no puede cambiar la realidad?

Allow time for pair work. Have students get accustomed to answering these questions in their own words with books closed. Do not allow reading verbatim from the text.

Answers

A. ¿Sí o no?

1 Sí.

2 No. Recibió noticias de que se le había otorgado el Premio Cervantes mientras estaba en Tolosa pero lo recibió en la Universidad de Alcalá de Henares en España.

3 Sí.

4 Sí.

5 No. Dijo que significa el fin del exilio para un millón de ciudadanos.

6 No. Él cree que la literatura es capaz de ganar batallas sin armas, sólo con la imaginación y el lenguaje.

7 Sí.

B. Hablemos de la lectura.

Call on individual students. Have class confirm each response.

1 Augusto Roa Bastos es el escritor paraguayo que fue galardonado con el Premio Cervantes en 1989. Es el escritor paraguayo que ha alcanzado más fama internacional.

2 En Tolosa fue profesor universitario de literatura latinoamericana y de la lengua guaraní.

3 Las respuestas van a variar. Tal vez digan que lleva el nombre de Cervantes por ser éste el más grande escritor de la lengua española.

4 Las respuestas van a variar. Tal vez digan que asistieron los reyes de España porque es el premio literario más prestigioso de España.

5 Viste una toga porque es un símbolo del doctorado que acaba de recibir.

■ ¿Comprendiste la lectura?

A. ¿Sí o no? Con un(a) compañero(a), decide si estás de acuerdo o no con los siguientes comentarios. Si no, di por qué no.

1. El Premio Cervantes es otorgado por el gobierno español para reconocer la obra de los mejores escritores de lengua castellana de España y Latinoamérica.
2. Roa Bastos recibió el Premio Cervantes en Tolosa, Francia.
3. A la entrega del Premio Cervantes asistieron los reyes de España.
4. Ese mismo día, Roa Bastos también recibió un doctorado *honoris causa* concedido por la Universidad de Toulouse-Le Mirail.
5. Roa Bastos dijo que el derrocamiento de la dictadura en Paraguay significaba el fin del exilio de diez mil ciudadanos paraguayos.
6. Según Roa Bastos, la literatura no puede ganar ninguna batalla porque no ofrece armas efectivas para pelear.
7. Al final de este fragmento de su discurso, Roa Bastos afirmó que la literatura no es sólo un pasatiempo sino también un modo de influir en la realidad y que ésa era la primera gran lección de las obras de Cervantes.

B. Hablemos de la lectura. Contesten estas preguntas en grupos de tres o cuatro.

1. ¿Quién es Augusto Roa Bastos?
2. ¿Qué enseñó como profesor en la Universidad de Toulouse-Le Mirail en Francia?
3. ¿Por qué crees que el premio otorgado a los mejores escritores en lengua castellana lleva el nombre de "Premio Cervantes"?
4. ¿Por qué piensas que asistieron los reyes de España a la entrega del premio?
5. ¿Por qué viste Roa Bastos toga universitaria en esa ocasión?
6. ¿Por qué España, Francia y Paraguay son países muy queridos por él?
7. Según Roa Bastos, ¿cuáles son las tres razones principales por las que este premio tiene mucha importancia para él?
8. ¿Admira el autor paraguayo la obra de Miguel de Cervantes Saavedra? ¿Qué indicación de esto hay en el discurso?

---

6 Francia y España son países muy queridos de Roa Bastos porque ambos lo aceptaron con manos abiertas cuando tuvo que salir de su país exiliado. Ama a Paraguay por ser éste su país natal.

7 Según él, las tres razones son: 1) el recibir el premio directamente del rey de España, 2) la coincidencia del otorgamiento con el derrocamiento del dictador del Paraguay y 3) el que su obra haya seguido el modelo de las obras de Cervantes.

8 Admira muchísimo la obra de Cervantes. Lo indica al expresar la tercera razón de importancia de este premio y al citar las lecciones de la obra maestra de Cervantes.

Palabras como llaves: *fortuna*

Para ampliar el vocabulario. De la palabra **fortuna** se derivan varias palabras como **afortunado(a), afortunadamente, desafortunado(a), desafortunadamente** y expresiones como **por fortuna,** un sinónimo de **afortunadamente.** Con un(a) compañero(a), responde a las siguientes preguntas.

1. ¿A cuánto asciende la **fortuna** de Ross Perot?
2. ¿Cuándo te sientes más **afortunado(a),** cuando recibes una "A" en un examen o cuando recibes una carta de un(a) amigo(a)?
3. ¿Por qué dice todo el mundo que **afortunadamente** el terremoto en Los Ángeles de enero de 1994 ocurrió a las 4:30 de la mañana?
4. El año pasado, ¿tuviste alguna experiencia que te hizo sentir **desafortunado(a)?** Explica brevemente.

Dramatizaciones

A. La misión. Tú y un(a) compañero(a) son jesuitas en una reducción de Paraguay a principios del siglo XVIII. Viendo como los colonizadores españoles están tratando a los guaraníes, deciden hacer una defensa de los indígenas frente al gobernador español. Dramatiza la audiencia frente al gobernador con dos compañeros de clase. Uno puede hacer el papel de gobernador mientras los otros dos hacen el de los jesuitas.

B. Elocuencia. El discurso de Augusto Roa Bastos cuando recibió el Premio Cervantes 1989 fue un discurso muy elocuente. La retórica en tales situaciones es una parte muy importante de la cultura latina. Con un(a) compañero(a), prepara una lista de expresiones retóricas que usó Roa Bastos en su discurso, y úsenlas para elaborar un discurso elocuente que pudieran darles a su familia y a sus amigos en la ocasión de su graduación.

Misión jesuítica

LECCIÓN 2: PARAGUAY

407

Palabras como llaves

Allow time for pair work. Then ask the questions of individual students. Have class confirm each answer. Answers will vary.

NSS **For Native Speakers** Pídales a sus estudiantes hispanohablantes que escriban frases originales con las derivaciones de la palabra **fortuna.** Haga que los estudiantes escriban sus frases en la pizarra y revíselas con la clase.

Dramatizaciones

These role-plays are optional, and should be done as time permits. Tell students to be creative in their scripts but not to lose sight of the pedagogical goals. Assign **A** to half the class and **B** to the other half. Have students present in front of the class without notes.

You may want to do brainstorming activities with the entire class before doing the role play in **A.** For the first one ask: **¿Cuáles son algunos argumentos que usarían los jesuitas? ¿el gobernador?** Write their suggestions on the board.

Ventana al Mundo 21

Have students read silently or call on individual students to read aloud a few sentences at a time. Then allow time to prepare summaries. Call on individual students to read their summaries to the class.

Ventana al Mundo 21

La presa gigante de Itaipú

El río Paraná forma la frontera suroriental de Paraguay, primero con Brasil y luego con Argentina, y es su única salida al mar. Es un río que marca la historia paraguaya desde el establecimiento de aldeas guaraníes en sus márgenes. También es ahora fuente de energía y de riqueza con la construcción de la gran presa de Itaipú, la planta hidroeléctrica más grande del mundo. Este gigantesco proyecto resultó de un acuerdo entre Paraguay y Brasil, firmado en abril de 1973. Este acuerdo estableció Itaipú Binacional, una empresa que ambos países comparten por partes iguales.

La construcción de la presa comenzó ese mismo año y terminó en 1982, con un costo calculado de 19 mil millones de dólares. Durante la "euforia de Itaipú" se crearon más de 100.000 empleos en Paraguay y la presa se convirtió en la locomotora del desarrollo de la región. Aunque el tratado binacional especificaba que el 50% de todos los grandes contratos serían para compañías paraguayas, muchos observadores piensan que las compañías brasileñas realizaron el 75% de las obras.

La presa que retiene las aguas del Paraná es tan alta como un edificio de sesenta pisos y tiene una longitud de punta a punta de cinco millas. En octubre de 1984 se comenzó a producir electricidad. Existen dieciocho enormes generadores de electricidad en Itaipú. Como Paraguay sólo puede utilizar una fracción de la electricidad que le corresponde, le vende el resto a Brasil a un precio predeterminado. Muchos analistas piensan que Paraguay podría obtener una mayor compensación. En un futuro cercano, Paraguay también se beneficiará de otros proyectos hidroeléctricos situados en el río Paraná, como el de Yacyretá, que comparte con Argentina.

Itaipú. Con un(a) compañero(a), prepara un resumen de esta ventana. Incluye en el resumen los acontecimientos más importantes en el orden en que ocurrieron.

Vocabulario personal

La realidad mágica. En **Escribamos ahora,** vas a escribir un cuento original en el que la realidad y la imaginación se van a combinar y hacerse una nueva realidad mágica. En preparación para esa tarea, prepara una lista de vocabulario que crees que vas a necesitar para darle mucho colorido 1) a la realidad de la situación inicial, 2) a lo imaginario de la situación resultante y 3) otras palabras o expresiones útiles. Tal vez debas volver a la lectura "Continuidad de los parques" para encontrar vocabulario apropiado.

La realidad

1. robles
2. terciopelo
3. ventanales
4. . . .
5. . . .
6. . . .
7. . . .
8. . . .

Lo imaginario

1. furtivo(a)
2. bruma malva
3. crepúsculo
4. . . .
5. . . .
6. . . .
7. . . .
8. . . .

Otras palabras y expresiones

1. receloso(a)
2. chicotazo
3. mejilla
4. . . .
5. . . .
6. . . .
7. . . .
8. . . .

Purpose This section gets students to develop their own functional vocabulary lists and to recycle vocabulary previously learned that may be used in the writing task that follows.

Suggestions These lists may be assigned as homework. Encourage students to look for words that are new to them and will help them expand their vocabulary. Tell students that the vocabulary lists they develop here will be used later in the writing section, **Escribamos ahora.** After lists have been done, allow class time for students to compare lists with two classmates. Encourage them to borrow words from each other. The active vocabulary lists for the Unit appear in the student workbook, *Cuaderno de actividades.*

NSS **For Native Speakers** Anime a los estudiantes hispanohablantes a ampliar su propio vocabulario identificando las palabras que todavía no conozcan. Pídales que escriban definiciones de palabras desconocidas a base del contexto. En grupos de tres o cuatro, permítales que confirmen la exactitud de sus definiciones.

Escribamos
ahora

Escribamos ahora

(sidebar)

Escribamos ahora

Purpose In this section students continue to develop their writing skills using a process writing approach. In **A generar ideas,** students will learn to do written dialogue and then in **El primer borrador,** they will to write a story in which the imagined becomes real.

A. A generar ideas: la realidad y la imaginación
1. **El realismo mágico.** Allow time for pair work. Then call on individual students to answer the questions. Answers will vary.

A. A generar ideas: la realidad y la imaginación

1. **El realismo mágico.** En esta unidad, la lectura "Continuidad de los parques" combina la realidad y la imaginación para crear una nueva realidad en la que el lector de una novela en la primera escena se convierte en la víctima en la escena final.

Juanito en la laguna de Antonio Berni

Este cuadro también representa contrastes de la realidad y la imaginación. Estúdialo y luego contesta las preguntas que siguen con un(a) compañero(a). Compartan sus ideas con la clase.

a. ¿Quién es Juanito Laguna? ¿Qué representa?
b. En el cuadro de Berni, ¿qué representa la realidad y qué representa lo imaginario?
c. ¿Dónde está Juanito en el cuadro? ¿En qué consiste "la tierra"? En tu opinión, ¿qué sugiere Berni en este cuadro?

410

UNIDAD 8

ARTE

Juanito en la laguna es un cuadro de Antonio Berni realizado en 1979 donde aparece un niño con un perro entre basura muy común al mundo contemporáneo del consumo.

2. **Desarrollo de ideas.** En esta unidad vas a redactar un cuento que combine la realidad y la imaginación. El cuento puede basarse en algún cuadro de arte que tu selecciones de cualquier libro de arte o, si prefieres, en tus propias experiencias. Piensa en algunas experiencias personales y prepara una lista de "realidades". Luego, en una segunda columna, suelta tu imaginación e interpreta las "realidades" de una manera diferente e imaginativa.

Realidad	Imaginación
Estás en casa, cenando con la familia.	Estás en otro planeta. Eres el (la) invitado(a) de honor en un banquete.
Estás en tu clase de literatura.	Hay un titiritero (puppeteer) tirando las cuerdas y controlando a todos en la clase. Profesor(a) y estudiantes, todos son títeres.
. . .	. . .

Comparte tus ideas para un cuento con uno o dos compañeros de clase. Explica lo que piensas desarrollar y escucha sus ideas y sugerencias. Haz comentarios también acerca del cuento que ellos piensan desarrollar y ofrece ideas para ayudarlos elaborar sus ideas.

3. **Organización antes de escribir.** Ahora selecciona una de las ideas que desarrollaste en la sección anterior y empieza a organizar tu cuento. Tal vez quieras empezar por hacer un esquema o diagrama que te ayude a ordenar los elementos principales y los detalles de tu cuento.

B. El primer borrador

Siguiendo el esquema o diagrama que desarrollaste en la sección anterior, prepara un primer borrador de tu cuento. No olvides de incluir suficientes detalles descriptivos y de seleccionar palabras que le den colorido a lo que quieras comunicar.

LECCIÓN 2:   PARAGUAY

411

2. **Desarrollo de ideas.** Allow time for students to share ideas. Encourage students to borrow from their classmates' ideas if they believe that it will improve their original ideas.

3. **Organización antes de escribir.** Encourage students to create an outline of their story to help them keep track of all important elements.

B. El primer borrador. This may be assigned as homework.

¡OjO! This section lists the active vocabulary students are responsible for upon completing each lesson. The students' active vocabulary lists appear in the *Cuaderno de actividades* in a section called **Vocabulario activo.**

Gente
carrera de medicina
célebre
cobre
cursar
deterioro
exponente
inspirar
perseguir

La conquista y la colonia española
decepcionado(a)
estrecho(a)
terreno

La independencia, El siglo XIX y Los gobiernos radicales
caos
distinguirse
equilibrar
interrumpir
salitre
porcentaje
reformista
suceder

El experimento socialista y El regreso de la democracia
asalto
boicoteo
desfavorecido(a)
junta militar
obtener
precedente
prohibir
revocar
triunfo
recuperación
referéndum

Lección
3

Chile

Nombre oficial:
República de Chile
Extensión:
736.905 km²
Principales ciudades:
*Santiago (capital),
Concepción,
Valparaíso,
Viña del Mar*
Moneda:
Peso (Ch$)

Gente del Mundo 21

Roberto Matta, artista chileno de ascendencia vasca, nació en 1911 en Santiago. Finalizó la carrera de arquitectura y de 1934 a 1935 trabajó en Francia con el famoso arquitecto Le Corbusier. Comenzó a pintar en 1938 uniéndose al movimiento surrealista centrado en París. Emigró después a Nueva York en tiempos de la Segunda Guerra Mundial. Ha vivido en París y actualmente reside en Italia. Tuvo un gran impacto en el desarrollo del movimiento del expresionismo abstracto en EE.UU. En sus pinturas existe una verdadera explosión de colores y sirven para crear analogías intuidas del mundo. Es considerado como el máximo exponente del surrealismo latinoamericano.

Isabel Allende, escritora chilena, nació en 1942. Se dio a conocer con su novela *La casa de los espíritus* (1982), que constituye un resumen de la vida chilena del siglo XX. También ha publicado una colección de cuentos, *Eva Luna* (1987). Su última novela, *El plan infinito* (1991), tiene lugar en EE.UU., país donde ha residido desde 1988. Comenzó a escribir en 1981, cuando se encontraba en Venezuela como resultado del golpe militar que había derrocado al gobierno de su tío, Salvador Allende. Se ha filmado una película basada en su primera novela.

412

UNIDAD 8

Corresponding Structures in *Manual de gramática*

8.3 Sequence of Tenses: Indicative and Subjunctive   G120
8.4 Imperfect Subjunctive in Main Clauses   G124

NSS **For Native Speakers** Usando la lista en el *Cuaderno de actividades,* pídales a los estudiantes hispanohablantes que seleccionen cinco de estas palabras y las definan por escrito. Luego en grupos de tres o cuatro, que comparen sus definiciones para ver si las hicieron correctamente. Pídales a varios estudiantes que lean sus definiciones para asegurarse de que todos las hayan definido correctamente.

Purpose To introduce four important Chilean personalities: the surrealist painter, **Roberto Matta**; contemporary writer, **Isabel Allende**; the much admired politician, **Salvador Allende**; and the Nobel Prize recipient, poet **Pablo Neruda**.

Extra credit Have volunteers or students interested in extra credit prepare a brief written or oral presentation on one of these personalities or another famous Chilean artist, actor, playwright, musician, politician, etc. or on a topic about Chile recently addressed in the newspapers.

Suggestions Have students read the first biography silently, then ask comprehension check questions. Repeat with the remaining biographies.

NSS **For Native Speakers** Pídales a los estudiantes hispanohablantes que preparen preguntas originales para que luego se las hagan a sus compañeros de clase y así verifiquen la comprensión que éstos tienen sobre esta sección. Insista en que preparen por lo menos cuatro preguntas para cada una de las personas descritas.

Salvador Allende (1908-1973), médico y político chileno, nació en Valparaíso. Cursó la carrera de medicina en la Universidad de Chile en Santiago donde desarrolló sus ideas progresistas. En 1933, tomó parte en la fundación del Partido Socialista de Chile. Fue elegido diputado en 1937 y fue Ministro de Sanidad en el gobierno de Pedro Aguirre Cerda entre 1939 y 1942. Fue elegido senador en 1945. En cuatro ocasiones fue candidato a la presidencia hasta que finalmente, en 1970, logró la victoria electoral al frente de la coalición Unidad Popular. Su gobierno nacionalizó las minas de cobre y repartió tierras de latifundios entre familias campesinas, pero el deterioro de la economía contribuyó a aumentar el descontento de las clases medias y acomodadas. El 11 de septiembre de 1973 murió defendiendo el Palacio de la Moneda, sede presidencial en Santiago, ante un golpe militar dirigido por el general Augusto Pinochet.

Pablo Neruda (1904-1973), poeta chileno, nació en Parral. Su nombre original era Neftalí Ricardo Reyes Basoalto pero desde la publicación de su primer libro, *Crepusculario* (1923), usó el nombre de Pablo Neruda tomado de un poeta checo. Su segundo libro de poemas, *Veinte poemas de amor y una canción desesperada* (1924), publicado cuando tenía sólo veinte años, lo hizo uno de los más célebres escritores chilenos. Como diplomático chileno vivió en varios países de Asia donde escribió su libro *Residencia en la tierra* (1933). También vivió en España donde la Guerra Civil Española lo inspiró a escribir *España en el corazón* (1937). En 1945, fue elegido senador chileno por el Partido Comunista pero tres años después el gobierno lo persiguió y se vio obligado a salir del país. En su obra *Canto general* (1950) hace un recorrido poético por el continente. En 1971 recibió el Premio Nóbel de Literatura y dos años más tarde murió en su residencia de Isla Negra, trece días después de la caída del gobierno de Salvador Allende.

Personalidades del Mundo 21. Prepara tres preguntas sobre cada personaje. Luego hazle las preguntas a un(a) compañero(a) de clase y contesta las preguntas que te haga a ti.

Personalidades del Mundo 21

Allow time to prepare questions and for pair work. Verify by calling on several students to ask their questions and have the class respond.

LECCIÓN 3: CHILE

413

Del pasado al presente

DEL PASADO al presente

Purpose In **Chile: un largo y variado desafío al futuro,** students will read a brief history of Chile with the intention of better understanding its present and future. The **Ventana al Mundo 21** reading and activity provide a brief glimpse of how Chile has become a principal exporter of fruit.

Procedure Call on one student to read the first paragraph. Ask comprehension check questions:

1 ¿Cuál es el origen y qué significa el nombre de Chile? *(El nombre proviene de la palabra aymara* chilli, *que significa "confines de la Tierra".)*

2 ¿Qué causa el natural aislamiento de Chile del resto de Sudamérica? *(Los Andes.)*

Then divide class into six groups and do a jigsaw activity with the rest of the reading. The procedure for jigsaw activities is explained on page 24.

NSS **For Native Speakers** Lea el primer párrafo de la lectura en clase como arriba se describe, y luego haga las preguntas para verificar la comprensión. Proceda entonces de la forma indicada en la página 25.

Variation for Native Speakers Pídale a un estudiante que lea el primer párrafo. Hágales las preguntas de arriba para verificar la comprensión. Luego pídales que lean el resto de la lectura en casa de tarea.

1 El día siguiente en clase, agrupe a los alumnos en seis grupos, numerados del 1 al 6, y con más o menos el mismo número de personas en cada grupo.

2 Pídale al primer grupo que prepare cinco o seis preguntas para verificar la comprensión de la información presentada en la primera sección: **La conquista y la colonia española.** Haga lo mismo con los otros grupos y las cinco secciones que faltan.

3 Pídales a individuos en cada grupo que hagan sus preguntas y a personas de otros grupos que las contesten.

CHILE: UN LARGO Y VARIADO DESAFÍO AL FUTURO

Chile es un estrecho y largo país que se extiende entre la ladera occidental de la cordillera de los Andes y el océano Pacífico. El nombre de Chile proviene de la palabra aymara *chilli,* que significa "confines de la Tierra" y describe a este país que se encuentra prácticamente aislado del resto de Sudamérica por los impenetrables Andes.

Santiago de Chile con Los Andes en el fondo

414

LA CONQUISTA Y LA COLONIA ESPAÑOLA

A la llegada de los españoles, el territorio chileno estaba habitado por unos 500.000 indígenas. El norte estaba ocupado por pueblos incorporados al imperio inca, como los atacameños y diaguitas. En la zona central y al sur del río Bío-Bío vivían los mapuches —llamados araucanos por los españoles— que resistieron durante siglos a la colonización.

Fernando de Magallanes fue el primer europeo que vio las tierras chilenas durante su viaje alrededor del mundo. Un estrecho en el extremo sur lleva su nombre. En 1536, Diego de Almagro, un colaborador de Francisco Pizarro, exploró el territorio esperando conquistar "otro Perú", pero regresó decepcionado al no encontrar metales preciosos. En 1540, Pedro de Valdivia inició la colonización de la región y al siguiente año fundó Santiago, que pronto se vio atacada por los indígenas. En 1553, el cacique araucano Lautaro logró capturar y matar a Valdivia en la zona sur del país. A pesar de formar parte del Virreinato del Perú, la

Pedro de Valdivia

UNIDAD 8

FOTOS

Foto de fondo. Panorama urbano de Santiago de Chile.

Ilustración de Pedro de Valdivia, conquistador y colonizador de Santiago de Chile.

colonia permaneció muy aislada y era pobre en comparación con otras colonias del imperio español. Esto se debió a la falta de metales preciosos y al aislamiento del terreno.

LA INDEPENDENCIA

En 1810, se estableció en Santiago un gobierno provisional que realizó importantes reformas como la proclamación de la libertad económica y la promoción de la educación. Pero cuatro años más tarde Chile volvió a quedar bajo el dominio español. El general argentino José de San Martín y el chileno Bernardo O'Higgins, comandaron un ejército que atravesó los Andes y derrotó a los españoles en 1817. O'Higgins tomó Santiago y pasó a gobernar el país con el título de director supremo. El 12 de febrero de 1818 se proclamó la independencia y Chile se convirtió en una república. En 1822, O'Higgins promulgó la primera constitución pero ante una creciente oposición abandonó el poder el siguiente año.

Bernardo O'Higgins

EL SIGLO XIX

Entre 1823 y 1830 existió un caos político; en siete años treinta gobiernos tomaron el poder. La crisis terminó cuando Diego Portales tomó control del país en 1830 y promulgó, tres años más tarde, una nueva constitución con un sistema político centralizado. De 1830 a 1973 la historia política de Chile se distingue de otras naciones latinoamericanas por tener gobiernos constitucionales democráticos y civiles interrumpidos únicamente por dos interludios de gobiernos militares.

Mina de nitrato

La necesidad de equilibrar la balanza de pagos llevó al gobierno chileno a interesarse por las minas de nitrato o salitre de la frontera norte, de la provincia boliviana de Antofagasta, y las peruanas de Arica y Tarapacá. Chile inició la Guerra del Pacífico (1879–1883), y su victoria sobre la coalición peruano-boliviana le permitió la anexión de estos territorios.

FOTOS

Ilustración de Bernardo O'Higgins, militar chileno de origen irlandés que participó en la lucha por la independencia y gobernó Chile de 1817 a 1822,

Mina de nitrato en el norte de Chile según una ilustración de la década de 1880.

LECCIÓN 3: CHILE

415

1 Fernando de Magallanes fue el primer europeo que vio Chile. *(C)*

2 Bernardo O'Higgins es un pirata inglés que en 1817 atacó y controló Santiago. *(F)*

3 Empezando en 1830 y por casi ciento cincuenta años, Chile tuvo gobiernos constitucionales democráticos con sólo dos interludios de gobiernos militares. *(C)*

4 Durante un período de catorce años de gobiernos radicales y socialistas, Chile vio un claro desarrollo industrial y un aumento en población urbana. *(C)*

5 El presidente Salvador Allende logró una pacífica transición al socialismo con la ayuda de EE.UU. *(F)*

6 Cuando el general Augusto Pinochet tomó el poder, revocó muchas medidas políticas de Allende, disolvió el congreso, y prohibió todos los partidos políticos. *(C)*

7 Bajo el gobierno de Pinochet, la economía chilena empeoró. (F)

8 En 1990, el nuevo presidente Patricio Aylwin, continuó la política represiva de Pinochet. *(F)*

NSS **Variation for Native Speakers** Pídales a los estudiantes hispanohablantes que preparen sus propias preguntas cierto/falso en grupos de tres o cuatro. Luego haga a los grupos intercambiar preguntas antes de contestarlas. Cada grupo acabará por contestar las preguntas que otro grupo preparó.

LOS GOBIERNOS RADICALES Y EL DEMOCRISTIANO

Comenzando en 1924 se inició un período de caos político causado por una crisis económica; entre 1924 y 1932 se sucedieron veintiún gabinetes. En 1938, tomó el poder una coalición de izquierda que incluía el partido Radical, Socialista y Comunista. Durante los catorce años de gobierno radical se produjo un claro desarrollo industrial y aumentó el porcentaje de población urbana, que alcanzó el 60% en 1952.

Valparaíso, Chile

Eduardo Frei Montalva en 1964

En 1957, se fundó el partido Demócrata Cristiano, que era un partido reformista de centro. Eduardo Frei Montalva, candidato de este partido, ganó las elecciones de 1964 con la consigna "revolución en libertad" e impulsó una reforma agraria que limitaba las propiedades agrícolas a ochenta hectáreas.

EL EXPERIMENTO SOCIALISTA Y EL GOBIERNO MILITAR

La coalición de izquierda denominada Unidad Popular, fundada en 1969, obtuvo el triunfo para su candidato, el socialista Salvador Allende, en las elecciones de 1970.

416

FOTOS

Foto de fondo. Cafés al aire libre junto a un edificio histórico en Santiago de Chile.

Panorama de Valparaíso, el puerto principal de Chile.

Eduardo Frei Montalva dirige un discurso en junio de 1956 a jóvenes que participaron en una marcha desde el norte de Chile a Santiago. El senador Frei era candidato a la presidencia por el Partido Demócrata Cristiano.

Allende se proponía una transición pacífica al socialismo que incluía mejoras sociales para el beneficio de las clases más desfavorecidas. Pero la hiperinflación, la paralización de la producción y el boicoteo del capital extranjero, principalmente estadounidense, aumentaron la oposición de las clases medias y altas al gobierno.

El 11 de septiembre de 1973, las fuerzas armadas tomaron el poder. Allende murió durante el asalto al palacio presidencial de la Moneda. Una junta militar, presidida por Augusto Pinochet, jefe del ejército, revocó las decisiones políticas de Allende. El congreso fue disuelto—acción sin precedente en la historia de 150 años de Chile como país independiente. Todos los partidos políticos fueron prohibidos y miles de intelectuales y artistas salieron al exilio. Se calcula que cerca de 4.000 personas "desaparecieron".

Augusto Pinochet

En 1981, una nueva constitución prolongó hasta 1989 el régimen existente, después de lo cual se regresaría a un gobierno civil.

EL REGRESO DE LA DEMOCRACIA

A finales de la década de 1980 el país gozó de una intensa recuperación económica. En 1988 el gobierno perdió un referéndum que habría mantenido a Pinochet en el poder hasta 1997. En 1990 asumió el poder un nuevo presidente elegido democráticamente, el demócrata-cristiano Patricio Aylwin, quien mantuvo la exitosa estrategia económica del régimen anterior, pero buscó liberalizar la

Patricio Aylwin y Eduardo Frei Ruiz-Tagle

vida política. En diciembre de 1993, fue elegido presidente con un alto porcentaje de la votación el candidato del partido Demócrata Cristiano Eduardo Frei Ruiz-Tagle, hijo del presidente Eduardo Frei Montalva que gobernó Chile de 1964 a 1970. Chile se ha constituido en un ejemplo latinoamericano donde florecen el progreso económico y la creciente democratización del país.

FOTOS

General Augusto Pinochet, dictador de Chile de 1973 a 1989.

El presidente Patricio Aylwin saluda a Eduardo Frei Ruiz-Tagle, hijo del presidente Eduardo Frei Montalva y ganador de las elecciones presidenciales de diciembre de 1993.

LECCIÓN 3: CHILE 417

NSS **For Native Speakers** Anime a los estudiantes hispanohablantes a que amplíen cualquiera de los temas presentados en la lectura. Si algunos son de ascendencia chilena, pídales que le cuenten al resto de la clase cómo es el Chile que ellos o sus padres conocen. Si hay tiempo para hacerlo, invite a unos chilenos a la clase para que hablen de su país.

¡A ver si comprendiste!

Have students get accustomed to answering these questions in their own words with books closed. Do not allow reading verbatim from the text.

NSS **For Native Speakers**
Pídales a sus estudiantes hispanohablantes que escriban las respuestas en la pizarra. Revise las respuestas con el resto de la clase, pidiendo a estudiantes específicos que identifiquen y corrijan los posibles errores.

Answers

1 Proviene de la palabra *chilli*, que significa "confines de la Tierra".

2 Los españoles nombraron a los mapuches "araucanos".

3 Pedro de Valdivia, que fundó Santiago en 1541, fue capturado y murió a manos del cacique araucano Lautaro en 1553.

4 Bernardo O'Higgins es el chileno que, junto con José de San Martín, derrotó a los españoles en 1817. O'Higgins tomó Santiago y pasó a gobernar el país con el título de director supremo.

5 La Guerra del Pacífico fue iniciada por Chile contra el Perú y Bolivia. Como resultado, Chile anexó grandes territorios peruanos y bolivianos.

6 La consigna de Eduardo Frei Montalva era "revolución en libertad" y se refería a la reforma agraria.

7 Salvador Allende proponía una transición pacífica al socialismo.

8 El 11 de septiembre de 1973, las fuerzas armadas tomaron el poder y Allende murió durante el asalto. Esto empezó un gobierno militar opresivo que duró quince años.

9 Las respuestas van a variar. Tal vez digan que el pueblo chileno estaba cansado de la opresión política y quería volver a la democracia.

■ ¡A ver si comprendiste!

¿Quién? ¿Qué? ¿Cuándo? ¿Recuerdas los datos más importantes de la lectura? Para asegurarte, contesta estas preguntas.

1. ¿De qué palabra aymara proviene el nombre de Chile? ¿Qué significa?
2. ¿Cómo llamaron los españoles a los indígenas mapuches?
3. ¿Quién fundó Santiago? ¿Qué fin tuvo este conquistador español?
4. ¿Quién fue Bernardo O'Higgins?
5. ¿En qué consistió la Guerra del Pacífico? ¿Qué territorios adquirió Chile como resultado de esta guerra?
6. ¿Cuál era la consigna de Eduardo Frei Montalva, el candidato del partido Demócrata Cristiano en las elecciones presidenciales de 1964?
7. ¿Qué proponía Salvador Allende, candidato de la coalición de izquierda Unidad Popular?
8. ¿Qué ocurrió el 11 de septiembre de 1973? ¿Qué consecuencias tuvo este evento en la historia de Chile?
9. ¿Por qué piensas que el gobierno del general Pinochet perdió el referéndum de 1988 en que proponía extender su poder hasta 1997?

Mercado en Valdivia

418

FOTOS

Mercado en Valdivia en donde se pueden observar diferentes frutas producidas en Chile como manzanas, peras, duraznos, limones, entre otros productos agrícolas.

Ventana al Mundo 21

Have students read silently. Then allow time for pair work. Call on individual students to answer each question. Have class confirm each response. Answers will vary.

Ventana
al Mundo 21

Chile: frutería del mundo

Desde finales de la década de 1980, la economía chilena ha crecido a un paso acelerado. En 1974 la inflación alcanzó un 505%, mientras que en 1993 sólo llegó a 12%. Ese mismo año el porcentaje de desempleo en Chile era del 4%, el más bajo de toda Latinoamérica. Este éxito económico se basa, en parte, en un aumento de las exportaciones. Hace 20 años las exportaciones contribuían alrededor del 20% del producto doméstico bruto; en la década de 1990 eran típicamente el 35%. Los productos agrícolas, especialmente frutas y hortalizas, han sido unas de las áreas de exportación de mayor crecimiento.

Aprovechando que está situado en el hemisferio sur y por lo tanto sus estaciones del año difieren de las del hemisferio norte, Chile manda por barco y avión frutas que por lo general no se pueden conseguir en el norte a precios competitivos. Así, es posible encontrar en supermercados de EE.UU., en pleno invierno, muchas frutas frescas chilenas como uvas, manzanas, peras, melocotones, frambuesas, guayabas y papayas. Las frutas chilenas han conquistado un gran mercado en los países industrializados del norte. Chile se ha convertido en una verdadera frutería del mundo. ¡Quizás hasta el próximo kiwi que comas provenga de los valles templados chilenos!

Frutería del mundo. Contesta estas preguntas con un(a) compañero(a) y comparen sus respuestas con las del resto de la clase.
1. ¿Qué frutas se pueden comprar en los supermercados de su ciudad en el invierno?
2. ¿De dónde vienen estas frutas? (Si no lo saben, pregúntenle a la persona encargada de la sección de frutas y verduras.)
3. ¿Por qué creen Uds. que EE.UU. importa frutas de Chile, el país sudamericano más lejano, en vez de importarlas de otros países más cercanos?

LECCIÓN 3: CHILE

419

Luz, cámara, acción

Luz, cámara, acción

Purpose In this section students will view an excerpt from the authentic video, **Chile—los frutos de la paz.** In **Antes de empezar el video** students will begin by reflecting on what democracy means to them. Then in the **Escenario,** they will get some background information on how democracy has fared recently in Chile.

Antes de empezar el video
Have students focus on what democracy really means to them by having them answer these questions. Answers will vary.

NSS **For Native Speakers**
Pídales a sus estudiantes hispanohablantes que han vivido fuera de EE.UU. que hablen con sus padres o parientes de sus impresiones de la democracia en esos países en comparación con la democracia en EE.UU. ¿Cómo afectaba la democracia a su vida diaria? ¿Tenían los mismos derechos que tienen aquí? ¿Hay algunos aspectos de la democracia que eran mejores allá?

Antes de empezar el video

Poco después de independizarse de España, la mayoría de las naciones hispanoamericanas optaron por un sistema republicano de gobierno, con separación de poderes (ejecutivo, legislativo y judicial) y con elecciones democráticas. La práctica de la democracia ha sido una de las aspiraciones más anheladas no sólo de los pueblos hispanohablantes sino del mundo entero. ¿Por qué será esto?

1. Con uno o dos compañeros de clase, piensa en los muchos aspectos de la democracia y prepara una lista de todo lo que la democracia es para ustedes. Luego combinen su lista con las de otros dos grupos para ver cuántos elementos distintos de la democracia pueden nombrar.
2. Si en EE.UU. se perdiera la democracia, ¿qué es lo que más echarías de menos? Explica tu respuesta.
3. En tu opinión, ¿cuál poder es más importante en una democracia, el ejecutivo, el legislativo o el judicial? ¿Por qué crees eso?

420

UNIDAD 8

FOTO
Foto de fondo. Edificios localizados en el centro de Santiago de Chile.

ESCENARIO

El retorno de la democracia

La larga historia de democracia en Chile se vio violentada por el golpe militar contra el presidente Salvador Allende en 1973. El general Augusto Pinochet impuso una dictadura que fue rechazada por los votantes chilenos en 1988, cuando votaron en contra de una enmienda a la constitución chilena que le permitiría al general Pinochet permanecer en el poder hasta 1997.

En diciembre de 1989, Patricio Aylwin, candidato del partido Demócrata Cristiano, fue elegido presidente y en marzo de 1990 tomó el poder en una emotiva ceremonia en el Estadio Nacional de Santiago de Chile. Eduardo Frei Ruiz-Tagle, candidato del partido Demócrata Cristiano e hijo del presidente Eduardo Frei Montalva (1964–1970), fue a su vez elegido presidente en las elecciones de diciembre de 1993.

■ ¡A ver si comprendiste!

¿Quién? ¿Qué? ¿Cuándo? ¿Recuerdas los datos más importantes de la lectura? Para asegurarte, contesta estas preguntas con un(a) compañero(a).

1. ¿Quién es Augusto Pinochet?
2. ¿Qué rechazaron los votantes chilenos en 1988?
3. ¿Cuándo fue elegido presidente Patricio Aylwin? ¿Cuándo y en dónde tomó posesión del cargo de presidente?
4. ¿Qué relación hay entre Eduardo Frei Montalva y Eduardo Frei Ruiz-Tagle?

LECCIÓN 3:   CHILE

421

NSS **For Native Speakers** Pregúnteles a los estudiantes hispanohablantes si han estado en el país de sus antepasados durante una campaña política o durante las elecciones. Si así es, pídales que describan cómo fue, a la clase.

Escenario

In groups of four or five, have one student read to the others in the group (others have books closed). Tell students to request help from their group if they have difficulty understanding what is being read. Then answer the questions as a class.

Extension Have an election! Have students run for **Presidente del Mundo 21.** Have them make election posters, prepare speeches, etc.

¡A ver si comprendiste!

1 Augusto Pinochet es el general que impuso una dictadura en Chile en 1972.
2 El pueblo chileno rechazó la dictadura de Pinochet en 1988 cuando votaron contra una enmienda a la constitución que le permitiría continuar en el poder a Pinochet.
3 Patricio Aylwin fue elegido presidente en 1989. Tomó posesión del cargo de presidente en una emotiva ceremonia en el Estadio Nacional de Santiago.
4 Eduardo Frei Ruiz-Tagle, elegido presidente en 1993 es hijo del ex-presidente Eduardo Frei Montalva.

Y ahora, ¡veámoslo!

Purpose To give students an opportunity to see actual footage of President Patricio Aylwin's inaugural speech.

Procedure Play the video all the way through without stopping. Then rewind and play it through one section at a time, stopping to ask comprehension check questions. Continue showing one section at a time and asking comprehension check questions to the end. The length of each video section will depend on how much your students can understand and retain as they view the video. Play the video all the way through one last time before asking the **A ver cuánto comprendiste...** questions.

NSS **Procedure for Native Speakers** Visione una sección del video a la vez, deteniéndose para hacer preguntas de comprensión. Continúe mostrando las secciones una a una, y haga preguntas de comprensión. Los estudiantes hispanohablantes deberían comprender, progresivamente, secciones cada vez más grandes. Muestre todo el video una última vez y después haga las preguntas de **A ver cuánto comprendiste...**

Pasaporte cultural

Purpose This game incorporates a thorough review of the cultural information in the unit. It is designed to help focus students on the important facts they learned in the unit. If you have NSS in the class, try to have at least one in each group.

Y ahora, ¡veámoslo!

En este video verán un segmento de la ceremonia de la toma de posesión de Patricio Aylwin como presidente de Chile que se realizó en el Estadio Nacional de Santiago de Chile en marzo de 1990. El discurso del presidente Aylwin está acompañado de diversas imágenes que ilustran la reciente historia y la vida cotidiana de Chile.

El video: Chile— los frutos de la paz

La bandera chilena en el Estadio Nacional

El presidente Patricio Aylwin

Suggestion Allow students to use their books to look up or verify answers as necessary; but encourage them to try to answer as many as possible without their books.

Procedure
1 Divide class in groups of four or six.
2 Have each group divide itself into an **A** team and a **B** team.
3 Place the appropriate set of cards within reach of each team. Always keep a blank card at the top of the deck so that no one can see the next question.

■ *A ver cuánto comprendiste . . .*

A. Dime si entendiste. Después de ver el video, contesta estas preguntas.

1. ¿Qué expresión usa el presidente Aylwin al tomar posesión de la presidencia?
2. ¿Qué formaron cientos de chilenos en el campo del Estadio Nacional durante la inauguración presidencial? ¿Qué formas y colores utilizaron?
3. ¿Qué significa el dicho mencionado por el presidente Aylwin: "lo cortés no quita lo valiente"?
4. ¿Qué hace un joven al mismo tiempo que dice "los jóvenes no tenemos un pelo de tontos"? ¿Por qué piensas que hizo esto?
5. Después de ver el video, ¿qué visión tienes de Chile? ¿Es diferente de la que tenías antes?

B. ¿Y qué dices tú? Contesten estas preguntas en grupos de tres o cuatro. Luego díganle a la clase cómo contestaron cada pregunta.

1. ¿Por qué se titula la primera sección del video: "Aprender a caminar de nuevo"?
2. ¿Por qué al comienzo del video aparecen unos caballos encerrados que luego rompen su encierro y corren libres por una colina?
3. ¿Por qué dice el presidente Aylwin "Chile es uno solo"?
4. ¿Cómo interpretas el lema: "Por el derecho de vivir en paz, Chile da la cara"?
5. ¿Qué imágenes aparecen en la penúltima sección titulada "Abrimos todas las ventanas"?
6. ¿Cuál es la imagen que más te impresionó de todo el video? ¿Por qué?

PASAPORTE cultural

¡Veinte preguntas! Trabajen en grupos de cuatro o seis. Divídanse en dos equipos y usen las tarjetas que su profesor(a) les va a dar para jugar **¡Veinte preguntas!** Hay dos juegos de tarjetas: el juego **A** para un equipo y el juego **B** para el otro. En cada juego hay un total de veinte preguntas. Los equipos deben turnarse al hacerse las preguntas. Todos los miembros de un equipo pueden participar en contestar las preguntas. Cada respuesta correcta vale un punto. Las respuestas correctas aparecen al dorso de cada tarjeta. ¡Buena suerte!

LECCIÓN 3:   CHILE

423

4 Flip a coin to see which team begins. The first team takes a card from its stack, reads the question aloud, and the opposing team has to answer it. If unable to answer the question, the team asking the question may get the points if they can answer it correctly.
5 If no one can answer a question, the card is set aside and the opposing team takes its turn by picking up the next card and continuing as before. Answers to all the questions are on the back side of the cards.
6 The game ends when all the cards have been used or when the instructor calls time.
7 If time allows, or if some groups finish very quickly, simply have them begin playing with a new set of cards.

Answers

A. Dime si entendiste. Call on individual students.
1 El presidente Patricio Aylwin dice "Sí, juro".
2 Forman una bandera chilena con una estrella blanca y tres colores: rojo, blanco y azul.
3 Las respuestas van a variar. Significa que una persona puede ser respetuosa y valiente a la vez.
4 Se corta el pelo para demostrar de una manera muy gráfica que los jóvenes no son tontos y saben lo que hacen.
5 Las respuestas van a variar.

B. ¿Y qué dices tú? Allow time for group work. Then call on several groups to give their responses and have other groups elaborate on answers given.
1 Porque el presidente Aylwin fue el primer presidente elegido democráticamente en diecisiete años.
2 Las respuestas van a variar. Pueden decir que son símbolos de la democracia y reflejan cómo los chilenos salieron del encierro de la dictadura de Pinochet cuando el presidente Aylwin tomó el cargo de presidente.
3 Las respuestas van a variar. Lo dice porque había muchas divisiones políticas en Chile y tanto los civiles como los militares son parte de Chile.
4 Las respuestas van a variar. Puede significar que la violencia clandestina no se va a permitir y que para que haya paz, las cosas tienen que ocurrir en una manera pública y transparente.
5 Son imágenes que tienen que ver con la cultura que incluye la música, el teatro y la poesía.
6 Las respuestas van a variar.

NSS **For Native Speakers** Forme parejas con estudiantes hispanohablantes y no-hispanohablantes para esta actividad. Tal vez los hispanohablantes puedan ayudar a ios estudiantes no-hispanohablantes ya que mucha de la información se refiere a un conocimiento que aquéllos ya poseen.

Escribamos
ahora

Escribamos ahora

A. Primera revisión

Intercambia tu redacción (de la página 411) con la de un(a) compañero(a), léela cuidadosamente y considera las siguientes preguntas.

1. ¿Es clara y comprensible la primera situación? ¿Parece estar completa o te gustaría tener más información?
2. ¿Puedes sugerir algunas palabras descriptivas que le den más colorido a la primera situación?
3. ¿Es fácil seguir la transición de la primera situación a la segunda?
4. ¿Puedes sugerir más detalles o información para darle más colorido a la situación resultante?

Menciona lo que te gusta del cuento de tu compañero(a) tanto como lo que sugieres que haga para mejorarlo.

B. Segundo borrador

Escribe una segunda versión de tu cuento incorporando algunas de las sugerencias que tu compañero(a) te hizo y otras que se te ocurran a ti.

C. Segunda revisión

Prepárate para revisar tu cuento con las siguientes actividades.

1. Hojea el cuento de Julio Cortázar e indica cuáles de los siguientes tiempos verbales usa en "Continuidad de los parques".

presente indicativo	pretérito
futuro	imperfecto
presente de subjuntivo	condicional
presente progresivo	presente perfecto
mandatos	pluscuamperfecto

   Hay algunas oraciones donde el autor usa varios tiempos verbales en la misma oración. ¿Puedes encontrar unos ejemplos? ¿Qué tiempos verbales tienden a aparecer juntos?

---

*Escribamos
ahora*

Purpose In this section students continue the writing process as they complete the writing task begun in the previous lesson. Here they will provide each other with peer review of content before doing a second draft. Then they will edit each other's composition and make final revisions before they turn them in for grading. Finally, in **Publicación,** they will prepare two illustrations, one of the imaginary aspect and one of the real aspect of their stories.

A. Primera revisión. Tell students to focus only on content at this point. Point out that as they learn to spot content gaps in their classmates' compositions, they will be able to find the same gaps in their own writing more easily.

B. Segundo borrador. Tell students to seriously consider their peers' comments and accept those that they agree with and ignore those they don't. This rewrite can be done as homework.

C. Segunda revisión. Tell students that they must learn to become good editors. In this section they will focus on sequence of tenses. Allow time to do the activities individually and then go over with the class. Then allow time to edit their partner's paper. Circulate among students answering any questions and checking on their editing.

2. Ahora indica qué tiempos verbales usa el cuentista uruguayo Mario Levrero en este trozo del cuento "Siukville".

> —No esté tan seguro, Karl. Y, de todos modos, se necesita tanto valor para tomar una decisión como para no tomar ninguna. Recuérdelo, Karl: el tiempo pasa, y no tomar decisiones equivale a tomar la decisión más terrible.
> El viejo ríe entre dientes, sin alegría.
> —Tal vez, un día, Siukville llegue a usted, mágicamente —dijo.
> —Tal vez —respondí, y regresé a mi silla, tomé las cartas del viejo sin mirarlas y se las alcancé—. Es su turno —dije.

¿Usa sólo tiempos verbales en el pasado o usa el presente también? ¿Qué determina los tiempos verbales que se usan?

3. Ahora dale una rápida ojeada a tu composición para asegurarte de que no haya errores en el uso de tiempos verbales. Luego intercambia composiciones con un(a) compañero(a) y revisa su uso de tiempos verbales.

D. Versión final

Considera los comentarios de tu compañero(a) sobre el uso de tiempos verbales y revisa tu cuento por última vez. Como tarea, escribe la copia final a máquina o en la computadora. Antes de entregarla, dale un último vistazo a la acentuación, la puntuación y la concordancia.

E. Publicación

Cuando tu profesor(a) te devuelva la composición corregida, prepara una versión para publicar. Incluye dos ilustraciones, una representando la situación inicial y la otra la situación imaginativa. Tal vez encuentres unas fotos o dibujos que puedas usar o quizás quieras pedirle a un(a) amigo(a) que dibuja bien que te ayude.

D. Versión final Have students do this as homework. Insist that they type the final version or write it very legibly.

E. Publicación. On the day that the publication versions are turned in, post the artwork on the board and read several papers to the class to see if they can identify the artwork that accompanies each paper. Do this for several days until all papers have been read.

Manual de gramática

Point out Students should memorize the gender of nouns that vary from the **-a, -o** rule.

NSS For Native Speakers La mayoría de excepciones mencionadas a lo largo de esta sección son problemáticas para los estudiantes hispanohablantes. Por eso, conviene darles pruebas enfocadas en la traducción del inglés al español de este vocabulario para ayudarles a internalizar estas excepciones.

Gender of Nouns

Nouns in Spanish are either masculine or feminine. The gender of most nouns is arbitrary, but there are some rules that can help to guide you.

■ The majority of the nouns ending in **-a** are feminine; those ending in **-o** are masculine.

la gracia	el mundo
la literatura	el premio

The following are common exceptions:

la mano	el día
la foto (=la fotografía)	el mapa
la moto (=la motocicleta)	el cometa

■ Nouns referring to males are masculine and those referring to females are feminine.

el enfermero	la enfermera
el escritor	la escritora
el hombre	la mujer
el padre	la madre

■ Some nouns, such as those ending in **-ista,** have the same form for the masculine and the feminine. The article or the context identifies the gender.

el artista	la artista
el cantante	la cantante
el estudiante	la estudiante
el pianista	la pianista

■ Most nouns ending in **-d, -ión,** and **-umbre** are feminine.

la realidad	la confusión	la costumbre
la comunidad	la cuestión	la muchedumbre
la pared	la tradición	la certidumbre

Some exceptions to this rule are:

el césped *(the lawn)*	el avión
el ataúd *(the coffin)*	el camión

■ The nouns **persona** and **víctima** are always feminine, even if they refer to a male.

Matilde es una persona muy creativa.	*Matilde is a very creative person.*
Pedro es una persona muy imaginativa.	*Pedro is a very imaginative person.*

- Nouns of Greek origin ending in **-ma** are masculine.

el idioma	el problema	el clima
el poema	el programa	el tema

- Most nouns ending in **-r** or **-l** are masculine.

el favor	el papel
el lugar	el control

  Some exceptions to this rule are:

la flor	la catedral
la labor	la sal

- Nouns referring to months and days of the week are masculine, as are those referring to oceans, rivers, and mountains.

el jueves	el Pacífico
el cálido agosto	el Everest

  The word **sierra** *(mountain range)* is feminine: **la** sierra Nevada.

- Some nouns have two genders; the gender is determined by the meaning of the noun.

el capital *the capital (money)*	la capital *the capital (city)*
el corte *the cut*	la corte *the court*
el guía *the (male) guide*	la guía *the guidebook; the (female) guide*
el modelo *the model; the (male) model*	la modelo *the (female) model*
el policía *the (male) police officer*	la policía *the police (force); the (female) police officer*

Ahora, ¡a practicar!

A. La tarea. Ayúdale a Pepito a hacer la tarea. Tiene que identificar el sustantivo de género diferente, según el modelo.

> **MODELO**   opinión, avión, satisfacción, confusión
> **el avión** (los otros usan el artículo **la**)

1. mapa, literatura, ciencia, lengua
2. ciudad, césped, variedad, unidad
3. problema, tema, cama, poema
4. calor, color, clamor, labor
5. metal, catedral, canal, sol
6. moto, voto, estilo, proceso

G3

PRELIMINAR

Margin (answer key)

B. ¿Fascinante? Las respuestas pueden variar.

1 El artista Wifredo Lam es fascinante.
2 El idioma español es fascinante.
3 La diversidad multicultural de EE.UU. es fascinante.
4 La capital de nuestro estado no es fascinante.
5 El programa "El espejo enterrado" es fascinante.
6 La guía turística de mi estado no es fascinante.
7 La pintura "El jaguar y la serpiente" de Rufino Tamayo es fascinante.
8 La foto de Machu Picchu es fascinante.

NSS For Native Speakers Algunos estudiantes hispanohablantes tienden a añadir **-es** al formar el plural de palabras como *lunes* y *crisis*. Haga hincapié en el hecho de que estas palabras forman el plural sólo con el uso del artículo plural.

Main column

B. ¿Fascinante? Indica si en tu opinión lo siguiente es fascinante o no.

MODELO   variedad cultural
La variedad cultural es fascinante. o
La variedad cultural no es fascinante.

1. artista Wifredo Lam
2. idioma español
3. diversidad multicultural de EE.UU.
4. capital de nuestro estado
5. programa "El espejo enterrado"
6. guía turística de mi estado
7. pintura "El jaguar y la serpiente" de Rufino Tamayo
8. foto de Machu Picchu

Plural of Nouns

To form the plural of nouns, follow these basic rules.

■ Add **-s** to nouns that end in a vowel.

candidato	candidatos
instante	instantes
lengua	lenguas

■ Add **-es** to nouns that end in a consonant.

escritor	escritores
origen	orígenes

■ Nouns that end in an unstressed **-es** or **-is** have identical singular and plural forms.

el lunes	los lunes
la crisis	las crisis

Spelling changes

■ Nouns ending in **-z** change the **z** to **c** in the plural.

la voz	las vo**c**es
la raíz	las raí**c**es

■ Nouns ending in an accented vowel + **-n** or **-s** lose their accent mark in the plural.

la misión	las misiones
el interés	los intereses

G4

Ahora, ¡a practicar!

Contrarios. Tú y tu mejor amigo(a) son completamente diferentes. ¿Qué dices tú cuando tu amigo(a) hace estos comentarios?

MODELO   Yo no asisto a ninguna fiesta.
           Yo asisto a muchas fiestas.

1. No tengo ningún interés.
2. No asisto a ningún festival folklórico.
3. No reconozco a ninguna actriz hispana.
4. No escribo sobre ningún tema.
5. No conozco a ningún hablante de náhuatl.
6. No paso por ninguna crisis ahora.
7. No tratamos ninguna cuestión importante.
8. No me gusta ninguna ciudad grande.

LP.2 Definite and Indefinite Articles

Definite Articles

Forms

	masculine	feminine
singular	el	la
plural	los	las

■ The gender and number of a noun determines the form of the article.

nombre	→	*masculine singular*	→	**el** nombre
calle	→	*feminine singular*	→	**la** calle
colores	→	*masculine plural*	→	**los** colores
labores	→	*feminine plural*	→	**las** labores

■ Note the following contractions.

a + el = al
de + el = del

¿Conoces **al** autor **del** cuento
  "El Aleph"?
La diversidad es una **de las**
  cuestiones centrales **del** siglo XXI.

*Do you know the author of the
  short story "The Aleph"?*
*Diversity is one of the central
  topics of the twenty-first century.*

G5

■ The article **el** is used with singular feminine nouns beginning with stressed **a-** or **ha-** when it immediately precedes the noun; otherwise, the form **la** is used. The plural of these nouns always takes the feminine article **las.**

El arma más poderosa para combatir la pobreza es la educación.	*The most powerful weapon to fight poverty is education.*
El agua de este lago está contaminada.	*The water of this lake is contaminated.*
Las aguas de muchos ríos están contaminadas.	*The waters of many rivers are contaminated.*

Some common feminine nouns beginning with stressed **a-** or **ha-** are:

águila *(eagle)*	área
agua	aula *(classroom)*
ala *(wing)*	habla
alba *(dawn)*	hada *(fairy)*
alma *(soul)*	hambre

Uses

The definite article is used in the following cases:

■ with nouns conveying a general or abstract sense. Note that English omits the article in these cases.

Las culturas nacen y renacen en el contacto con los otros.	*Cultures are born and reborn in their contact with others.*
Las lenguas son más vastas que **las** naciones.	*Languages are vaster than nations.*
Respetamos **la** diversidad cultural.	*We respect cultural diversity.*

■ with parts of the body and articles of clothing when preceded by a reflexive verb or when it is clear who the possessor is. Note that English uses a possessive adjective in these cases.

¿Puedo sacarme **la** corbata?	*May I take off my tie?*
Me duele **el** hombro.	*My shoulder hurts.*

■ with the names of languages, except when they follow **en, de,** or forms of the verb **hablar.** The article is often omitted after the verbs **aprender, enseñar, entender, escribir, estudiar, saber,** and **leer.**

El español y **el** quechua son las lenguas oficiales de Perú.	*Spanish and Quechua are Peru's official languages.*
Este libro está escrito en portugués. Yo no entiendo (**el**) portugués, pero un amigo mío es profesor de portugués.	*This book is written in Portuguese. I don't understand Portuguese, but a friend of mine is a Portuguese teacher.*

■ with titles, except **San / Santa** and **don / doña,** when speaking *about* someone. It is omitted when speaking directly *to* someone.

Necesito hablar con **el** profesor Núñez.	*I need to talk to Professor Núñez.*
—Doctora Cifuentes, ¿cuáles son sus horas de oficina?	*Doctor Cifuentes, what are your office hours?*
¿Conoces a **don** Eugenio?	*Do you know don Eugenio?*
Hoy es el día de **Santa** Teresa.	*Today is Saint Teresa's feast day.*

■ with the days of the week to mean *on.*

Te veo **el** martes.	*I'll see you on Tuesday.*

■ with times of day and dates.

Son **las** nueve de la mañana.	*It's 9 in the morning.*
Salimos **el** dos de septiembre.	*We are leaving September 2nd.*

■ in the names of certain cities and countries such as **Los Ángeles, La Habana, Las Antillas, El Salvador,** and **La República Dominicana.** The definite article is optional with the following countries:

(la) Argentina	(el) Ecuador	(el) Perú
(el) Brasil	(los) Estados Unidos	(el) Uruguay
(el) Canadá	(el) Japón	
(la) China	(el) Paraguay	

■ with proper nouns modified by an adjective or a phrase.

Quiero leer sobre **el** México colonial.	*I want to read about colonial Mexico.*
¿Dónde está **la** pequeña Lucía?	*Where is little Lucía?*

■ with units of weight or measurement.

Las naranjas cuestan dos dólares **el kilo**.	*Oranges cost two dollars a kilo.*

Ahora, ¡a practicar!

A. Viajero. Vas a visitar algunos países hispanos. Indica por qué te interesa visitar estos países.

> MODELO Argentina / Buenos Aires, capital
> **Voy a visitar (la) Argentina porque quiero conocer Buenos Aires, la capital.**

1. Bolivia / Sucre, antigua capital
2. México / Teotihuacán, Ciudad de los Dioses
3. Ecuador / Guayaquil, puerto principal
4. Brasil / Amazonas, río más largo de América
5. Perú / Machu Picchu, ruinas incas
6. Venezuela / Caracas, cuna del Libertador Simón Bolívar
7. Chile / Isla de Pascua, lugar misterioso lleno de gigantescos monolitos de piedra

Ahora, ¡a practicar!

These exercises may be done as oral or written work.

Additional Exercises
Cuaderno: Lección preliminar

A. Viajero.
1 Voy a visitar Bolivia porque quiero conocer Sucre, la antigua capital.
2 Voy a visitar México porque quiero conocer Teotihuacán, la Ciudad de los Dioses.
3 Voy a visitar Ecuador porque quiero conocer Guayaquil, el puerto principal.
4 Voy a visitar el Brasil porque quiero conocer el Amazonas, el río más largo de América.
5 Voy a visitar el Perú porque quiero conocer Machu Picchu, las ruinas incas.
6 Voy a visitar Venezuela porque quiero conocer Caracas, la cuna del Libertador Simón Bolívar.
7 Voy a visitar Chile porque quiero conocer la Isla de Pascua, el lugar misterioso lleno de gigantescos monolitos de piedra.

B. Preparativos.
1 —
2 —
3 el
4 El
5 —
6 las

C. ¿Eres bilingüe? Las respuestas van a variar.

B. **Preparativos.** ¿Quién es responsable de enviar las invitaciones? Para saberlo, escribe el artículo definido en los espacios sólo cuando es necesario.

—___1___ Señora Olga, ¿cuándo es la próxima exposición de ___2___ doña Carmen?

—Es ___3___ viernes próximo.

—___4___ señor Cabrera se ocupa de las invitaciones, ¿verdad?

—¿Enrique Cabrera? No, ___5___ pobre Enrique está enfermo. Tú debes enviar ___6___ invitaciones esta vez.

C. **¿Eres bilingüe?** Da tus respuestas a las siguientes preguntas que te hace el(la) reportero(a) del periódico estudiantil.

1. ¿Qué lenguas hablas?
2. ¿Qué lenguas lees?
3. ¿Qué lenguas escribes?
4. ¿Qué lenguas consideras difíciles? ¿Por qué?
5. ¿Qué lenguas consideras importantes? ¿Por qué?

Indefinite Articles
Forms

	masculine	feminine
singular	un	una
plural	unos	unas

■ The indefinite article, just like the definite article, agrees in gender and number with the noun it modifies.

| Eso es **un** error. | *That is a mistake.* |
| "Gracias" es **una** palabra importante en todas las lenguas. | *"Thanks" is an important word in all languages.* |

■ When immediately preceding singular feminine nouns beginning with stressed **a-** or **ha-**, the form **un** is used.

| Ese joven tiene **un** alma noble. | *That young man has a noble spirit.* |

Uses

As in English, the indefinite article indicates that a noun is not known to the listener or reader. Once the noun has been introduced, the definite article is used. In general, the indefinite article is used much less frequently in Spanish than in English.

| —Hoy en el periódico aparece **un** artículo sobre Gloria Estefan. | *Today in the newspaper there is an article on Gloria Estefan.* |
| —¿Y qué dice **el** artículo? | *And what does the article say?* |

G8

P R E L I M I N A R

Omission of the Indefinite Article

The indefinite article is not used:

- after **ser** and **hacerse** when followed by a noun referring to profession, nationality, religion, or political affiliation.

Carlos Fuentes es escritor.	*Carlos Fuentes is a writer.*
Mi primo es profesor, pero quiere hacerse abogado.	*My cousin is a teacher, but he wants to become a lawyer.*

However, the indefinite article is used when the noun is modified by an adjective or a descriptive phrase.

Octavio Paz es **un** escritor **mexicano**. Es **un** escritor **de renombre mundial**.	*Octavio Paz is a Mexican writer. He is a world-famous writer.*

- with **cien(to), cierto, medio, mil, otro,** and **tal** (*such*).

¿Quieres que te preste mil dólares?	*Do you want me to lend you a thousand dollars?*
¿De dónde voy a sacar tal cantidad?	*Where am I going to get such an amount?*

- after the prepositions **sin** and **con**.

Nunca sale **sin sombrero**.	*He never leaves without a hat.*
Vive en una casa **con piscina**.	*She lives in a house with a swimming pool.*

- in negative sentences and after certain verbs such as **tener, haber,** and **buscar** when the numerical concept of **un(o)** or **una** is not important.

No tenemos coche. Necesitamos coche esta noche.	*We don't have a car. We need a car tonight.*
Busco solución a mi problema.	*I am looking for a solution to my problem.*

Other Uses

- Before a number, the indefinite articles **unos** and **unas** indicate an approximate amount.

Unas cuatro mil palabras españolas se derivan del árabe.	*About (Approximately) four thousand Spanish words are derived from Arabic.*

- The indefinite articles **unos** and **unas** may be omitted before plural nouns, when they are not the subject of a sentence.

Necesitamos (unos) voluntarios para este fin de semana.	*We need (some) volunteers for this weekend.*
Veo (unos) errores en ese artículo.	*I see (some) mistakes in that article.*

This point is often confusing for students. Make sure they understand that the indefinite article is only used in these cases when the noun is modified.

G9

LP

When the idea of *some* needs to be emphasized, **algunos** or **algunas** is used.

El náhuatl, el zapoteca y el zoque son **algunas** de las lenguas indígenas de México.

Nahuatl, Zapotec and Zoque are some of the indigenous languages of Mexico.

Ahora, ¡a practicar!

A. Personajes. Di quiénes son las siguientes personas. Sigue el modelo.

MODELO   Camilo José Cela / español / novelista / novelista español
Camilo José Cela es español. Es novelista. Es un novelista español.

1. Jorge Luis Borges / argentino / escritor / escritor argentino
2. Pablo Neruda / chileno / poeta / poeta chileno
3. Gloria Estefan / cubanoamericana / cantante / cantante cubanoamericana
4. Frida Kahlo / mexicana / pintora / pintora mexicana

B. Fiesta. Completa este párrafo con los artículos definidos o indefinidos apropiados, si son necesarios.

Me gusta asistir a __1__ fiestas y me encanta preparar __2__ postres. __3__ sábado próximo voy a asistir a __4__ fiesta y voy a preparar __5__ torta. Vienen __6__ (=aproximadamente) veinticinco personas a __7__ fiesta. Debo llevar __8__ cierta torta de frutas que es mi especialidad. Tengo __9__ mil cosas que hacer, pero __10__ postre va a estar listo.

C. Un científico. Completa este párrafo para conocer a Luis Walter Álvarez, un científico hispano. Presta atención porque en algunos casos debes usar la contracción **del.**

Luis Walter Álvarez es __1__ profesor de origen hispano que enseña en __2__ Universidad de California en Berkeley. En 1968 recibió __3__ Premio Nóbel de Física. __4__ profesor Álvarez es más conocido por su teoría sobre __5__ desaparecimiento de __6__ dinosaurios. Según __7__ teoría de __8__ profesor Álvarez, __9__ dinosaurios desaparecieron a causa de __10__ choque de __11__ gran meteoro contra __12__ tierra.

Forms

	-ar **verbs**	*-er* **verbs**	*-ir* **verbs**
	comprar	**vender**	**decidir**
yo	compr**o**	vend**o**	decid**o**
tú	compr**as**	vend**es**	decid**es**
Ud., él, ella	compr**a**	vend**e**	decid**e**
nosotros(as)	compr**amos**	vend**emos**	decid**imos**
vosotros(as)	compr**áis**	vend**éis**	decid**ís**
Uds., ellos, ellas	compr**an**	vend**en**	decid**en**

■ To form the present indicative of regular verbs, drop the **-ar, -er,** or **-ir** from the infinitive and add the appropriate endings to the verb stem, as shown in the chart.

■ Verbs are made negative by placing **no** directly before the verb.

A veces **leo** periódicos hispanos, pero **no compro** revistas hispanas.

Sometimes I read Hispanic newspapers, but I do not buy Hispanic magazines.

■ When the context or endings make clear who the subject is, subject pronouns are normally omitted in Spanish. Subject pronouns are, however, used to emphasize, to clarify, or to establish a contrast.

—¿Son mexicanos Gabriela Mistral y Octavio Paz?
—No, **él** es mexicano, pero **ella** es chilena.

Are Gabriela Mistral and Octavio Paz Mexican?
No, he is a Mexican, but she is a Chilean.

■ The English subject pronouns *it* and *they,* when referring to objects or concepts, do **not** have an equivalent form in Spanish.

Es necesario consultar con expertos.
Mira esas cosas que brillan. ¿Son medallas de oro?

It is necessary to consult with experts.
*Look at those shining things. Are **they** gold medals?*

G11

PRELIMINAR P

Uses

■ To express actions that occur in the present, including actions in progress.

Soy estudiante. Me **interesa** la biología.	*I am a student. I am interested in biology.*
—¿Qué **haces** en este momento?	*What are you doing right now?*
—**Estudio** para mi examen de química.	*I am studying for my chemistry exam.*

■ To indicate when scheduled activities take place in the near future.

El miércoles próximo nuestra clase de ciencias **visita** el Museo de Historia Natural.	*Next Wednesday our science class is visiting the Museum of Natural History.*

■ To replace the past tenses in narrations, so they come alive.

Octavio Paz **nace** el 31 de marzo de 1914 en el barrio Mixcoac de la Ciudad de México.	*Octavio Paz is born March 31, 1914 in Mixcoac, a district of Mexico City.*

Ahora, ¡a practicar!

A. Primer Premio Nóbel hispanoamericano. Para aprender sobre la poeta chilena Gabriela Mistral, completa el párrafo que sigue. Usa el presente de indicativo.

Lucila Godoy Alcayaga, más conocida como Gabriela Mistral, ___1___ (nacer) en Chile, en el valle de Elqui, en 1889. Primero se ___2___ (dedicar) a la enseñanza; ___3___ (practicar) su profesión de maestra en muchas escuelas de Chile. Más tarde, ___4___ (aceptar) cargos consulares en Europa y en América. ___5___ (Publicar) su primer libro, *Desolación,* en 1922. En 1945 ___6___ (recibir) el Premio Nóbel de Literatura. ___7___ (Ser) la primera vez que alguien de Hispanoamérica ___8___ (recibir) este premio. ___9___ (Dejar) de existir en 1957, en un hospital de Nueva York.

B. Información personal. Estás en una fiesta y hay una persona muy interesada en conocerte. ¿Cómo contestas sus preguntas?

1. ¿Dónde vives?
2. ¿Con quién vives?
3. ¿Trabajas en algún lugar? ¿Ah, sí?, ¿dónde?
4. ¿Tomas el autobús para ir a clase?
5. ¿Miras mucha o poca televisión?
6. ¿Qué tipos de libros lees?
7. ¿Qué tipos de música escuchas?
8. … (inventen otras preguntas)

Ahora, ¡a practicar!

These exercises may be done as oral or written work.

> **Additional Exercises**
> *Cuaderno:* Lección preliminar

A. Primer Premio Nóbel hispanoamericano.
1 nace
2 dedica
3 practica
4 acepta
5 Publica
6 recibe
7 Es
8 recibe
9 Deja

B. Información personal.
Las respuestas van a variar.

C. Planes. Tú y dos amigos(as) van a pasar una semana en la Playa Juan Dolio, en la costa de la República Dominicana. Di qué planes tienen para esa semana de vacaciones.

MODELO   lunes / salir hacia la República Dominicana
          El lunes salimos hacia la República Dominicana.

1. martes / nadar y descansar en la playa
2. miércoles / practicar deportes submarinos
3. jueves / visitar el acuario en el Faro de Colón
4. viernes / comprar regalos para la familia
5. sábado / regresar a casa
6. domingo / descansar todo el día

D. Presente histórico. Narra de nuevo la vida de Octavio Paz que aparece a continuación, esta vez usando el presente de indicativo.

   Octavio Paz nació en un barrio de la Ciudad de México en 1914. Se educó en la Universidad Nacional Autónoma de México. En 1933 publicó *Luna silvestre,* su primer libro de poemas. En 1937 viajó a España donde participó en un congreso de escritores antifascistas. En 1943 recibió una beca Guggenheim y viajó a Estados Unidos; se quedó en este país dos años. A fines de 1945 entró en el servicio diplomático de México. En 1950 apareció *El laberinto de la soledad,* su libro de ensayos más famoso. En 1968 renunció a su cargo de embajador en la India. En 1981 recibió el Premio Cervantes de España y en 1990 el Premio Nóbel de Literatura.

E. Mi vida actual. Describe tu situación personal en este momento.

MODELO   **Vivo en San José. Asisto a clases por la mañana y por la tarde.
          Una de las materias que más me fascina es la historia . . .**

C. Planes.
1 El martes nadamos y descansamos en la playa.
2 El miércoles practicamos deportes submarinos.
3 El jueves visitamos el acuario en el Faro de Colón.
4 El viernes compramos regalos para la familia.
5 El sábado regresamos a casa.
6 El domingo descansamos todo el día.

D. Presente histórico.
1 nace
2 Se educa
3 publica
4 viaja
5 participa
6 recibe
7 viaja
8 se queda
9 entra
10 aparece
11 renuncia
12 recibe

E. Mi vida actual. Las respuestas van a variar.

G13

Lección 1

1.1 Uses of the Verbs ser and estar

Uses of ser

■ To identify, describe, or define a subject.

Henry Cisneros **es** un político hispano.

Henry Cisneros is a Hispanic politician.

Aztlán **es** la tierra originaria de los antiguos aztecas.

Aztlán is the original land of the ancient Aztecs.

■ To indicate origin, ownership, or the material of which something is made.

Sabine Ulibarrí **es** de Nuevo México.

Sabine Ulibarrí is from New Mexico.

Esos muebles antiguos **son** de mi abuelita. **Son** de madera.

Those old pieces of furniture are my grandma's. They are made of wood.

■ To describe inherent qualities or characteristics of people, animals, and objects.

Adolfo Miller **es** rubio; **es** listo y amable. **Es** pobre y su ropa **es** vieja.

Adolfo Miller is blond; he is smart and kind. He is poor and his clothes are old.

■ With the past participle to form the passive voice. (See *Unidad 4, p. G66* for the passive voice.)

El Suroeste **fue** poblado por anglosajones en el siglo XIX.

The Southwest was settled by anglosaxons in the nineteenth century.

La ciudad de Albuquerque **fue** fundada en el siglo XVIII.

The city of Albuquerque was founded in the eighteenth century.

■ To indicate time, dates, and seasons.

Hoy **es** miércoles. **Son** las diez de la mañana.

Today is Wednesday. It is ten o'clock in the morning.

Es octubre; **es** otoño.

It is October; it is fall.

■ To indicate the time or location of an event.

La próxima reunión del sindicato de trabajadores **es** el jueves a las siete de la noche.

The next meeting of the workers' union is Thursday at 7 p.m.

La fiesta de los estudiantes hispanos **es** en el Centro Estudiantil.

The Hispanic students' party is at the Student Union.

- To form certain impersonal expressions.

Es importante luchar por los
derechos de los grupos
minoritarios.

*It is important to fight for the
rights of minority groups.*

Es fácil olvidar que muchas familias
chicanas han vivido en este país
por tres siglos.

*It is easy to forget that many
Chicano families have lived in
this country for three centuries.*

Uses of estar

- To indicate location.

Mis padres son de California, pero
ahora **están** en Texas.

*My parents are from California,
but they are now in Texas.*

Nuevo México **está** al sur de
Colorado.

New Mexico is south of Colorado.

- With the present participle (**-ndo** verb ending) to form the progressive tenses.

La población hispana en California
está aumenta**ndo** cada día.

*The Hispanic population in
California is increasing every
day.*

- With an adjective to describe states and conditions or to describe a change in a
characteristic.

Adolfo Miller **está** triste porque
Francisquita se va a casar con
Víctor.

*Adolfo Miller is sad because
Francisquita is going to marry
Victor.*

No puedes comerte esa banana
porque no **está** madura todavía.

*You can't eat that banana because
it is not ripe yet.*

¡Este café **está** frío!

This coffee is cold!

- With a past participle to indicate the condition that results from an action. In this
case, the past participle functions as an adjective and agrees in gender and number
with the noun to which it refers.

Action:
Pedrito rompió la taza.
Pedrito broke the cup.
Adolfo terminó sus quehaceres.
Adolfo finished his chores.

Resultant condition:
La taza **está rota.**
The cup is broken.
Sus quehaceres **están terminados.**
His chores are done (=finished).

G15

Ser and estar with adjectives

■ Some adjectives convey different meanings depending on whether they are used with **ser** or **estar**. The most common ones are as follows:

ser	*estar*
aburrido *(boring)*	**aburrido** *(bored)*
bueno *(good)*	**bueno** *(healthy, good)*
interesado *(selfish)*	**interesado** *(interested)*
limpio *(tidy)*	**limpio** *(clean–now)*
listo *(smart, clever)*	**listo** *(ready)*
loco *(insane)*	**loco** *(crazy, frantic)*
malo *(evil)*	**malo** *(sick)*
verde *(green–color)*	**verde** *(green–not ripe)*
vivo *(alert, lively)*	**vivo** *(alive)*

Ese muchacho **es** aburrido. Como no tiene nada que hacer, **está** aburrido.	*That boy is boring. Since he does not have anything to do, he is bored.*
Ese estudiante **es** listo. Pero nunca **está** listo para sus exámenes.	*That student is clever. But he is never ready for his exams.*
Esas manzanas **son** verdes, pero no **están** verdes.	*Those apples are green (color), but they are not green (unripe).*

Ahora, ¡a practicar!

A. Los chicanos. Completa la siguiente información acerca de los méxicoamericanos con la forma apropiada de **ser** o **estar**.

___1___ el grupo hispano más numeroso. Los chicanos ___2___ en este país desde hace más de tres siglos. La población chicana ___3___ concentrada en los estados del suroeste de EE. UU. Ésta ___4___ una región que antes fue de México. Muchos creen que los chicanos actuales ___5___ descendientes de los antiguos aztecas, originarios de Aztlán. Este grupo hispano ___6___ participando activamente en la vida política del país. Aumentan cada vez más los chicanos que ___7___ en puestos políticos importantes.

B. Comienzos de Adolfo Miller. Completa la información sobre el personaje principal del cuento de Sabine Ulibarrí con la forma apropiada de **ser** o **estar**.

Adolfo Miller ___1___ un gringo simpático y listo. Siempre ___2___ listo para hacer todos los quehaceres que le pide don Anselmo. No ___3___ aburrido porque siempre cuenta historias divertidas. Siempre tiene mucho trabajo que hacer; nunca ___4___ aburrido. ___5___ generoso, no ___6___ interesado; ___7___ interesado en progresar y en cumplir bien sus responsabilidades. ___8___ ordenado y limpio; la caballeriza donde vive siempre ___9___ limpia.

Ahora, ¡a practicar!

These exercises may be done as oral or written work.

> **Additional Exercises**
> *Cuaderno:* Unidad 1, Lección 1

A. Los chicanos.
1 Es
2 están
3 está
4 es
5 son
6 está
7 están

B. Comienzos de Adolfo Miller.
1 es
2 está
3 es
4 está
5 Es
6 es
7 está
8 Es
9 está

C. Preguntas personales. Un(a) compañero(a) quiere saber más de ti. Responde a sus preguntas.

1. ¿De dónde es tu familia?
2. ¿Son pocos o muchos los miembros de tu familia?
3. ¿Cómo estás tú hoy?
4. ¿Eres pesimista u optimista?
5. ¿Eres realista o idealista?
6. ¿Estás interesado(a) en el arte chicano?

1.2 Descriptive Adjectives

1.2

Forms

■ Adjectives that end in **-o** in the masculine singular have four forms: masculine and feminine, and singular and plural.

	masculine	feminine
singular	hispano	hispana
plural	hispanos	hispanas

■ Adjectives that end in any other vowel in the singular have two forms: singular and plural.

pesimista	pesimistas
arrogante	arrogantes

■ Adjectives of nationality that end in a consonant in the masculine singular have four forms.

español	española	españoles	españolas
francés	francesa	franceses	francesas

■ Adjectives that end in **-án, -ín, -ón,** or **-dor** in the masculine singular also have four forms.

holgazán	holgazana	holgazanes	holgazanas	*(lazy)*
pequeñín	pequeñina	pequeñines	pequeñinas	*(tiny)*
juguetón	juguetona	juguetones	juguetonas	*(playful)*
hablador	habladora	habladores	habladoras	*(talkative)*

G17

■ Other adjectives that end in a consonant in the masculine singular have only two forms.

cultural	culturales	feliz	felices
cortés	corteses	común	comunes

■ A few adjectives have two masculine singular forms: a shortened form is used when the adjective precedes a masculine singular noun. Common adjectives in this group include:

bueno:	**buen** viaje	hombre **bueno**
malo:	**mal** amigo	individuo **malo**
primero:	**primer** hijo	artículo **primero**
tercero:	**tercer** capítulo	artículo **tercero**

The adjective **grande** *(big, large)* also has a shortened form, **gran**, which when used before a singular noun has a different meaning—*great:* **un gran amor, una gran idea, un gran hombre.**

Agreement of Adjectives

■ Adjectives agree in gender and number with the noun they modify.

Francisquita y su madre son **bellas** y **atractivas**.   *Francisquita and her mother are beautiful and attractive.*

Víctor es **orgulloso** y quizás **vanidoso.**   *Victor is proud and maybe vain.*

■ If a single adjective follows and modifies two or more nouns, and one of them is masculine, the masculine plural form of the adjective is used.

En esta calle hay tiendas y negocios hispan**os**.   *On this street there are Hispanic stores and businesses.*

■ If a single adjective precedes and modifies two or more nouns, it agrees with the first noun.

Al comienzo, Adolfo hace pequeñ**as** tareas y trabajos para don Anselmo.   *At the beginning, Adolfo does small tasks and jobs for don Anselmo.*

Position of Adjectives

■ Descriptive adjectives normally follow the noun they modify; they usually restrict, clarify, or specify the meaning of the noun.

Nuestra familia es de origen **mexicano**.   *Our family is of Mexican origin.*

Vivimos en una casa **amarilla.**   *We live in a yellow house.*

La industria **ganadera** es importante todavía en Nuevo México.   *The cattle industry is still important in New Mexico.*

G18

■ Descriptive adjectives are placed before the noun to stress a characteristic normally associated with that noun.

En ese cuadro se ve un **fiero** león que descansa entre **mansas** ovejas.	*In that picture one sees a ferocious lion resting among meek sheep.*
Vemos un ramo de **bellas** flores sobre la mesa.	*We see a bouquet of beautiful flowers on top of the table.*

■ Some adjectives change their meaning depending on their position. When the adjective follows the noun, it often has a concrete or objective meaning; when the adjective precedes the noun, it often has a figurative or abstract meaning. The following is a list of these kinds of adjectives:

	Before the noun	After the noun
antiguo	*former, old*	*ancient, old*
cierto	*some, certain*	*sure, certain*
medio	*half*	*middle*
mismo	*same*	*the thing itself*
nuevo	*another, different*	*brand new*
pobre	*pitiful, poor*	*destitute, poor*
propio	*own*	*proper*
viejo	*former, of old standing*	*old, aged*

Don Federico no es un hombre **viejo.** Él y mi tío Miguel son **viejos** amigos.	*Don Federico is not an old (=aged) man. He and my uncle Miguel are old (=of old standing) friends.*
A veces veo a mi **antiguo** profesor de historia; le gustaba hablar de la Roma **antigua.**	*I sometimes see my former history professor; he liked to talk about ancient Rome.*

■ When several adjectives modify a noun, the same rules used with a single adjective apply. Adjectives follow the noun to restrict, clarify, or specify the meaning of the noun. They precede the noun to stress inherent characteristics, a value judgment, or subjective attitude.

En 1869 terminan de construir la vía **ferroviaria transcontinental.**	*In 1869 they finish building the transcontinental railroad track.*
Adolfo tiene un **hondo** y **violento** resentimiento contra Víctor.	*Adolfo has a deep and violent resentment toward Víctor.*
Sabine Ulibarrí es un **distinguido** escritor **chicano.**	*Sabine Ulibarrí is a distinguished Chicano writer.*

Ahora, ¡a practicar!

These exercises may be done as oral or written work.

Additional Exercises
Cuaderno: Unidad 1, Lección 1

A. Tierra Amarilla.
1 pequeño
2 norte
3 agitada
4 apacible
5 agrícolas
6 animados
7 jóvenes
8 alegres
9 divertidas

B. Un escritor nuevomexicano.
1 Sabine Ulibarrí es un **profesor universitario.**
2 Es también un **excelente escritor nuevomexicano.**
3 Es autor de **importantes ensayos críticos.**
4 Es un **famoso cuentista chicano.**
5 Muchos de sus cuentos están inspirados en **episodios familiares.**
6 Sus historias reflejan la **larga tradición hispana** de Nuevo México.

C. Continuación de la historia.
1 nueva vida
2 propio rancho
3 propio destino
4 muchacho pobre
5 pobre hombre
6 gran amor
7 hombre viejo

Lo + Masculine Singular Adjectives

■ **Lo,** the neuter form of the definite article, is used with a masculine singular adjective to describe abstract ideas or general qualities. This construction is more common in Spanish than in English.

Lo bueno es que el muchacho es trabajador.

The good thing is that the boy is hard-working.

Lo indiscutible es que los grupos hispanos enriquecen el mosaico cultural de EE.UU.

The undeniable thing is that the Hispanic groups enrich the cultural mosaic of the U.S.

Ahora, ¡a practicar!

A. Tierra Amarilla. Completa el texto para saber más de la vida en Tierra Amarilla durante la época de Adolfo Miller. Presta atención a la forma correcta del adjetivo que debes usar.

Tierra Amarilla es un pueblo __1__ (pequeño) que está en la parte __2__ (norte) de Nuevo México. La gente no lleva una vida __3__ (agitado); lleva una vida muy __4__ (apacible). La mayoría de las personas tienen trabajos __5__ (agrícola). Los sábados por la noche hay bailes __6__ (animado) que atraen a los muchachos y muchachas __7__ (joven) del lugar. A veces, se forman grupos __8__ (alegre) donde se cuentan historias __9__ (divertido).

B. Un escritor nuevomexicano. Usa la información dada entre paréntesis para hablar de Sabine Ulibarrí, autor del cuento Adolfo Miller.

MODELO Sabine Ulibarrí tiene una _____. (carrera/distinguida/literaria)
Sabine Ulibarrí tiene una distinguida carrera literaria.

1. Sabine Ulibarrí es un _____. (profesor / universitario)
2. Es también un _____. (escritor / excelente / nuevomexicano)
3. Es autor de _____. (ensayos / críticos / importantes)
4. Es un _____. (cuentista / chicano / famoso)
5. Muchos de sus cuentos están inspirados en _____. (episodios / familiares)
6. Sus historias reflejan la _____ (tradición / hispana / larga) de Nuevo México.

C. Continuación de la historia. Completa el siguiente texto sobre una posible continuación de la historia de Adolfo Miller. Pon atención a la posición del adjetivo.

Muchos creen que con los $30.000 Adolfo comienza una __1__ (vida; nueva). Tiene ahora su __2__ (rancho; propio) y cree que es dueño de su __3__ (destino; propio). Ya no es el __4__ (muchacho; pobre) que vive con don Anselmo; pero es un __5__ (hombre; pobre) porque no vive con él Francisquita, su __6__ (amor; gran/grande). Pasan los años y es un __7__ (hombre; viejo) que no vive en el presente; vive de los recuerdos de aquellos bellos tiempos en Tierra Amarilla.

D. Impresiones. Expresa tus impresiones sobre los méxicoamericanos.

MODELO   Pocos saben que los méxicoamericanos tienen una larga historia.
(malo)
Lo malo es que pocos saben que los méxicoamericanos tienen una larga historia.

1. Los chicanos llevan mucho tiempo en EE.UU. (cierto)
2. La población chicana es joven. (positivo)
3. La edad promedio de los chicanos es de diecinueve años. (sorprendente)
4. La cultura hispana enriquece la vida norteamericana. (bueno)
5. La participación política de las minorías continúa. (importante)

Lección 2

1.3   Stem-changing Verbs

In the present indicative, the last vowel of the stem of certain verbs changes from **e** to **ie**, from **o** to **ue**, or from **e** to **i** when stressed. This change affects all singular forms and the third-person plural form. The first- and second-person plural forms (**nosotros** and **vosotros**) are regular because the stress falls on the ending, not on the stem.

	pensar	**recordar**	**pedir**
	e → ie	*o → ue*	*e → i*
yo	pienso	recuerdo	pido
tú	piensas	recuerdas	pides
Ud., él, ella	piensa	recuerda	pide
nosotros(as)	pensamos	recordamos	pedimos
vosotros(as)	pensáis	recordáis	pedís
Uds., ellos, ellas	piensan	recuerdan	piden

Stem-changing verbs are indicated in this text with the specific change written in parentheses after the infinitive: **pensar (ie), recordar (ue), pedir (i).**

D. Impresiones.

1 Lo cierto es que los chicanos llevan mucho tiempo en EE.UU.
2 Lo positivo es que la población chicana es joven.
3 Lo sorprendente es que la edad promedio de los chicanos es diecinueve años.
4 Lo bueno es que la cultura hispana enriquece la vida norteamericana.
5 Lo importante es que la participación política de las minorías continúa.

1.3

NSS **For Native Speakers** El deletreo correcto de estos verbos que cambian de ortografía en la radical presenta un extenso problema para muchos estudiantes hispanohablantes. A estos estudiantes se les debe dar bastante trabajo con estos verbos: escribir oraciones originales, conjugar los verbos irregulares, traducir, etc.

■ The following are frequently used stem-changing verbs.

e → ie	o → ue	e → i (-ir verbs only)
cerrar	almorzar	conseguir
empezar	aprobar	corregir
nevar	contar	despedir(se)
recomendar	mostrar	elegir
	probar	medir
atender	sonar	reír
defender	volar	repetir
entender		seguir
perder	devolver	servir
querer	llover	sonreír
	mover	vestir(se)
convertir	poder	
divertir(se)	resolver	
mentir	volver	
preferir		
sentir(se)	dormir	
sugerir	morir	

■ The verbs **adquirir** *(to acquire)*, **jugar** *(to play)*, and **oler** *(to smell)* are conjugated like stem-changing verbs.

adquirir (i → ie)	jugar (u → ue)	oler (o → hue)
adqu**ie**ro	**jue**go	**hue**lo
adqu**ie**res	**jue**gas	**hue**les
adqu**ie**re	**jue**ga	**hue**le
adquirimos	jugamos	olemos
adquirís	jugáis	olís
adqu**ie**ren	**jue**gan	**hue**len

Ahora, ¡a practicar!

A. Un gringo listo. Completa el texto en el presente para contar la vida de Adolfo Miller cuando llega a Tierra Amarilla.

Adolfo le __1__ (pedir) trabajo a don Anselmo. __2__ (Conseguir) trabajo y __3__ (comenzar) a hacer pequeñas tareas. __4__ (sentirse) como un miembro de la familia; __5__ (almorzar) con don Anselmo y su hija; __6__ (dormir) en la caballeriza. __7__ (Adquirir) más experiencia y __8__ (atender) los negocios de su patrón.

Ahora, ¡a practicar!

These exercises may be done as oral or written work.

Additional Exercises
Cuaderno: Unidad 1, Lección 2

A. Un gringo listo.
1 pide
2 Consigue
3 comienza
4 Se siente
5 almuerza
6 duerme
7 Adquiere
8 atiende

B. Almas gemelas. Indica que eres como los hermanos Ramírez.

MODELOS Entendemos muy bien   No entendemos el francés,
el español hablado.   ni hablado ni escrito.
Yo también entiendo muy **Yo tampoco entiendo el**
bien el español hablado.   **francés, ni hablado ni escrito.**

1. Reímos cuando contamos chistes.
2. No mentimos nunca.
3. Jugamos al básquetbol por las tardes.
4. Elegimos cursos interesantes.
5. No olemos las rosas porque sentimos comezón *(itching)* en la nariz.
6. Conseguimos buenos trabajos durante el verano.
7. Dormimos hasta tarde los domingos.
8. No resolvemos muy rápidamente los problemas matemáticos.

C. Obra teatral. Tu compañero(a) te hace preguntas acerca de *Zoot Suit,* una obra del Teatro Campesino que acabas de ver.

MODELO ¿Muestra esta obra la realidad de los chicanos? (sí, de algunos chicanos)
        Sí, muestra la realidad de algunos chicanos.

1. ¿A qué hora comienza la obra? (7:00 p.m.)
2. ¿Se divierte la gente con la obra? (sí, muchísimo)
3. ¿Entienden los angloamericanos la obra? (sí, completamente)
4. ¿Se duermen los espectadores? (no)
5. ¿Se ríen los espectadores? (sí, bastante)
6. ¿Vuelven algunos espectadores a ver la obra de nuevo? (sí, varias veces)
7. ¿Recomiendas la obra a todo el mundo? (sí, sin reserva)

1.4   Verbs with Spelling Changes and Irregular Verbs

Verbs with Spelling Changes*

Some verbs require a spelling change to maintain the pronunciation of the stem.

■ Verbs ending in **-ger** or **-gir** change **g** to **j** in the first person singular.

dirigir   diri**j**o, diriges, dirige, dirigimos, dirigís, dirigen
proteger   prote**j**o, proteges, protege, protegemos, protegéis, protegen

Other **-ger** or **-gir** verbs:
corregir (i)   **elegir (i)**   **recoger** *(to gather)*
coger *(to catch)*   **exigir**

---

* If you are unsure of the meaning of one of these verbs, refer to the **Vocabulario** section in the back of the book.

B. Almas gemelas.
1 Yo también río cuando contamos chistes.
2 Yo tampoco miento nunca.
3 Yo también juego al básquetbol por las tardes.
4 Yo también elijo cursos interesantes.
5 Yo tampoco huelo las rosas porque siento comezón en la nariz.
6 Yo también consigo buenos trabajos durante el verano.
7 Yo también duermo hasta tarde los domingos.
8 Yo tampoco resuelvo muy rápidamente los problemas matemáticos.

C. Obra teatral.
1 Comienza a las siete de la noche.
2 Sí, se divierte muchísimo.
3 Sí, la entienden completamente.
4 No, no se duermen.
5 Sí, se ríen bastante.
6 Sí, vuelven a verla varias veces.
7 Sí, la recomiendo sin reserva.

1.4

NSS **For Native Speakers** Estos cambios de deletreo son particularmente problemáticos para estudiantes hispanohablantes. Atención especial se debe dar a estos estudiantes para ayudarles a internalizar las reglas que gobiernan los cambios ortográficos.

■ Verbs ending in **-guir** change **gu** to **g** in the first person singular.

distinguir   distin**g**o, distingues, distingue, distinguimos, distinguís, distinguen

Other **-guir** verbs:

conseguir (i) *(to obtain)*   **proseguir (i)** *(to pursue, to proceed)*
extinguir *(to extinguish)*   **seguir (i)**

■ Verbs ending in **-cer** or **-cir** preceded by a consonant, change **c** to **z** in the first person singular.

convencer   conven**z**o, convences, convence, convencemos, convencéis, convencen

Other verbs in this category:

ejercer *(to practice, to exert)*   **vencer** *(to vanquish, to overcome)*
esparcir *(to spread)*

■ Verbs ending in **-uir** change **i** to **y** before **o** and **e**.

construir   constru**y**o, construyes, construye, construimos, construís, construyen

Other **-uir** verbs:

atribuir	**distribuir**	**obstruir**	**destruir**	**influir**
contribuir	**incluir**	**concluir**	**excluir**	**substituir**

■ Some verbs ending in **-iar** and **-uar** change the **i** to **í** and the **u** to **ú** in all forms except **nosotros** and **vosotros.**

enviar   env**í**o, envías, envía, enviamos, enviáis, envían
acentuar   acent**ú**o, acentúas, acentúa, acentuamos, acentuáis, acentúan

Other verbs in this category:

ampliar *(to enlarge)*	**enfriar** *(to cool down)*	**situar**
confiar	**guiar**	**graduar(se)**
efectuar *(to carry out, to perform)*		

The following **-iar** and **-uar** verbs are regular:

anunciar	**cambiar**	**estudiar**
apreciar	**copiar**	**limpiar**
averiguar *(to find out)*		

Verbs with Irregular Forms

■ The following common verbs have several irregularities in the present indicative.

decir	estar	ir	oír	ser	tener	venir
digo	estoy	voy	oigo	soy	tengo	vengo
dices	estás	vas	oyes	eres	tienes	vienes
dice	está	va	oye	es	tiene	viene
decimos	estamos	vamos	oímos	somos	tenemos	venimos
decís	estáis	vais	oís	sois	tenéis	venís
dicen	están	van	oyen	son	tienen	vienen

Verbs derived from any of these words have the same irregularities:

decir	**contradecir** *(to contradict)*
tener	**contener, detener, mantener, obtener**
venir	**convenir** *(to be convenient)*, **intervenir, prevenir**

■ The following verbs have an irregular first person singular form only.

caber	**quepo**		saber	**sé**
dar	**doy**		traer	**traigo**
hacer	**hago**		valer	**valgo**
poner	**pongo**		ver	**veo**
salir	**salgo**			

Derived verbs show the same irregularities:

hacer	**deshacer, rehacer, satisfacer**
poner	**componer, imponer, oponer, proponer, reponer, suponer**
traer	**atraer, contraer, distraer(se)**

■ Verbs ending in **-cer** or **-cir** preceded by a vowel, add **z** before **c** in the first person singular.

ofrecer ofre**zc**o, ofreces, ofrece, ofrecemos, ofrecéis, ofrecen

Other verbs in this category:

agradecer	**establecer**	**conducir**
aparecer	**obedecer**	**deducir**
complacer *(to please)*	**parecer**	**introducir**
conocer	**permanecer** *(to stay)*	**producir**
crecer *(to grow)*	**pertenecer** *(to belong)*	**reducir**
desconocer	**reconocer**	**traducir**

Ahora, ¡a practicar!

A. Retrato de un puertorriqueño. Walter nos habla de su vida. Completa lo que dice con la forma apropiada del verbo que aparece entre paréntesis.

Me llamo Walter Martínez. __1__ (ser) puertorriqueño. Como todo puertorriqueño, yo __2__ (tener) ciudadanía estadounidense. __3__ (vivir) ahora en Nueva York, pero __4__ (ir) con frecuencia a San Juan, donde __5__ (estar) mi familia. Me __6__ (mantener) en contacto con mis parientes y amigos de la isla. Aquí en Nueva York __7__ (conocer) a muchos amigos de San Juan con quienes __8__ (salir) a menudo. Los fines de semana me __9__ (distraer) escuchando música y bailando salsa en una discoteca.

Ahora, ¡a practicar!

These exercises may be done as oral or written work.

Additional Exercises
Cuaderno: Unidad 1, Lección 2

A. Retrato de un puertorriqueño.
1 Soy
2 tengo
3 Vivo
4 voy
5 está
6 mantengo
7 conozco
8 salgo
9 distraigo

B. Somos individualistas.

1 Traduzco del español al francés.
2 Sé hablar portugués.
3 Construyo barcos en miniatura.
4 Doy lecciones de guitarra.
5 Distingo el acento de los cubanos y de los puertorriqueños.
6 Conduzco un Toyota de 1985.
7 Compongo canciones de amor.
8 Satisfago a mis profesores en mis clases.
9 Reconozco de dónde son muchas personas por su modo de hablar.
10 Convenzo a mis compañeros en nuestros debates.

C. Club Latino.

1 Sí, soy miembro.
2 Yo lo dirijo.
3 Tiene cerca de cuarenta.
4 No, nos reunimos todos los meses.
5 Sí, atraemos a muchos.
6 Sí, traemos a dos o tres cada año.
7 Las anunciamos en el periódico universitario.
8 Proponemos un mejor conocimiento de la cultura hispana.

1.5

NSS **For Native Speakers** Los estudiantes hispanohablantes a veces tienen problemas con los pronombres demostrativos. Existe una confusión en saber cuándo estas formas llevan acento escrito. Asegúrese de explicar claramente la diferencia que existe entre un adjetivo demostrativo y un pronombre demostrativo para así ayudar a estos estudiantes a entender este concepto.

B. Somos individualistas. Cada uno de los miembros de la clase menciona algo especial acerca de sí mismo(a). ¿Qué dicen?

MODELO   pertenecer al Club de Español
          Pertenezco al Club de Español

1. traducir del español al francés
2. saber hablar portugués
3. construir barcos en miniatura
4. dar lecciones de guitarra
5. distinguir el acento de los cubanos y de los puertorriqueños
6. conducir un Toyota de 1985
7. componer canciones de amor
8. satisfacer a mis profesores en mis clases
9. reconocer de dónde son muchas personas por su modo de hablar
10. convencer a mis compañeros en nuestros debates

C. Club Latino. Contesta las preguntas que te hace un(a) amigo(a) que quiere informarse acerca del Club Latino.

MODELO   ¿Dónde se reúne el Club Latino? (Centro Estudiantil)
          Generalmente nos reunimos en el Centro Estudiantil.

1. ¿Eres miembro del Club Latino? (sí)
2. ¿Quién dirige el club este año? (yo)
3. ¿Cuántos miembros tiene el club? (cerca de cuarenta)
4. ¿Se reúnen todas las semanas? (no, todos los meses)
5. ¿Atraen a estudiantes angloamericanos? (sí, a muchos)
6. ¿Traen a conferenciantes hispanos? (sí, dos o tres cada año)
7. ¿Dónde anuncian las actividades del club? (periódico universitario)
8. ¿Qué se proponen con el club? (mejor conocimiento de la cultura hispana)

Lección 3

1.5 Demonstrative Adjectives and Pronouns

Demonstrative Adjectives

	near		not too far		far	
	this	*these*	*that*	*those*	*that*	*those*
	singular	plural	singular	plural	singular	plural
masculine	este	estos	ese	esos	aquel	aquellos
feminine	esta	estas	esa	esas	aquella	aquellas

■ Demonstrative adjectives are used to point out people, places, and objects. **Este** indicates that something is near the speaker. **Ese** points out persons or objects not too far from the speaker and that often are near the person being addressed. **Aquel** refers to persons and objects far away from both speaker and the person addressed.

Este edificio no tiene tiendas; **ese** edificio que está enfrente sólo tiene apartamentos. Las tiendas que buscamos están en **aquel** edificio, al final de la avenida.

This building does not have any stores; that building across the street only has apartments. The stores we are looking for are in that building over there, at the end of the avenue.

Note that demonstrative adjectives precede the noun they modify. They also agree in gender and number with that noun.

Demonstrative Pronouns

	this (one)	these (ones)	that (one)	those (ones)	that (one)	those (ones)
	singular	plural	singular	plural	singular	plural
masculine	éste	éstos	ése	ésos	aquél	aquéllos
feminine	ésta	éstas	ésa	ésas	aquélla	aquéllas
neuter	esto	—	eso	—	aquello	—

■ The masculine and feminine demonstrative pronouns have the same form as the demonstrative adjectives and, with the exception of the neuter forms, they have a written accent mark. They also agree in number and gender with the noun to which they refer.

—¿Vas a comprar este periódico?

Are you going to buy this newspaper?

—No, **ése** no; quiero **éste** que está aquí.

No, not that one. I want this one right here.

■ The neuter pronouns **esto, eso,** and **aquello** are invariable. They are used to refer to non-specific or inidentified objects, abstract ideas, or actions and situations in a general sense.

—¿Qué es **eso** que llevas en la mano?
—¿**Esto**? Es un afiche de mi artista favorito.
Ayer en el show de Cristina hablaron de los matrimonios interculturales. ¡Qué polémico fue **eso**!
Hace un mes asistí a un concierto de rock. **Aquello** fue muy ruidoso.

What is that (thing) you are carrying in your hand?
This? It is a poster of my favorite artist.
Yesterday on Cristina's show they talked about intercultural marriages. Was that controversial!
A month ago, I attended a rock concert. That was very noisy.

G27

A. Decisiones, decisiones.
1 Quiero ésas. *o*
Deseo aquéllas.
2 Me voy a llevar aquéllos. *o*
Me voy a llevar éstos.
3 Voy a comprar éstos. *o*
Voy a comprar ésos.
4 Prefiero ésos. *o*
Prefiero aquéllos.
5 Dame éstos. *o*
Dame ésos.

B. Sin opinión.
1 Eso es controvertido. No sé mucho de eso.
2 Eso es discutible. No comprendo mucho de eso.
3 Eso es complejo. No estoy informado(a) de eso.
4 Eso es difícil. No entiendo nada de eso.
5 Eso es problemático. No tengo opinión acerca de eso.

A. Decisiones, decisiones. Estás en una tienda de comestibles junto a Tomás Ibarra, el dueño. Él siempre te pide que decidas qué producto vas a comprar.

MODELO

¿Deseas estos aguacates o aquéllos?
Deseo aquéllos. o **Deseo éstos.**

1. ¿Quieres esas tortillas o aquéllas?
2. ¿Te vas a llevar aquellos frijoles o éstos?
3. ¿Vas a comprar estos limones o ésos?
4. ¿Prefieres esos chiles verdes o aquéllos?
5. ¿Te doy estos jitomates o ésos?

B. Sin opinión. Tu compañero(a) contesta de modo muy evasivo tus preguntas.

MODELO ¿Qué opinas de la economía nacional? (complicado; no entender mucho)
Eso es complicado. No entiendo mucho de eso (acerca de eso).

1. ¿Crees que Puerto Rico se va a independizar de EE.UU.? (controvertido; no saber mucho)
2. ¿Crees que los chicanos son descendientes de los aztecas? (discutible; no comprender mucho)
3. ¿Qué sabes de los sudamericanos en Nueva York? (complejo; no estar informado/a)
4. ¿Van a controlar la inmigración ilegal? (difícil; no entender)
5. ¿En tu opinión deben pagar impuestos federales los puertorriqueños? (problemático; no tener opinión)

Comparisons of Inequality

■ The following are the patterns used to express superiority or inferiority.

más / menos + $\left\{\begin{array}{l}\text{adjective}\\ \text{adverb}\\ \text{noun}\end{array}\right\}$ **+ que**	
verb + **más / menos + que**	

Adolfo es **menos** educado **que** Víctor.

Adolfo se ríe **más** a menudo **que** Víctor.

Adolfo tiene **más** experiencia **que** Víctor.

Adolfo trabaja **más que** Víctor.

Adolfo is less educated than Víctor.

Adolfo laughs more often than Víctor.

Adolfo has more experience than Víctor.

Adolfo works more than Víctor.

■ When making comparisons with **más** or **menos,** the word **de** is used instead of **que** before a number.

Nueva York tiene **más de** doce periódicos en español.

New York has more than twelve Spanish newspapers.

Comparisons of Equality

■ The following constructions are used to express equality.

tan + $\left\{\begin{array}{l}\text{adjective}\\ \text{adverb}\end{array}\right\}$ **+ como**
tanto(a / os / as) + noun **+ como**
verb + **tanto como**

Soy **tan** alta **como** mi madre.

Hablo **tan** lentamente **como** mi padre.

Tengo **tantos** amigos **como** mi hermano.

Camino **tanto como** mi tío Julio.

I am as tall as my mother.

I speak as slowly as my father.

I have as many friends as my brother.

I walk as much as uncle Julio.

NSS **For Native Speakers** Explique a los estudiantes hispano-hablantes que **más** siempre lleva acento escrito cuando se usa al hacer comparaciones. También pídales a estos estudiantes que escriban en la pizarra palabras o expresiones con las terminaciones -**ísimo/a/os/as**, asegurándose que siempre usen un acento escrito en las terminaciones y que apliquen las reglas de cambio ortográfico que sean apropiadas.

G29

Superlatives

■ The superlative expresses the highest or lowest degree of a quality when comparing people or things to many others in the same group or category. Note that **de** is used in this construction.

> **el / la / los / las** + noun + **más / menos** + adjective + **de**

Tomás es **el estudiante más alto de** la clase.

Miami es **la ciudad más próspera de** todo el mundo hispano-hablante.

Tomás is the tallest student in the class.

Miami is the most prosperous city of the whole Spanish-speaking world.

■ To indicate the highest degree of a quality, adverbs such as **muy, sumamente,** or **extremadamente** can be placed before the adjective, or the suffix **-ísimo/a/os/as** can be attached to the adjective.

The chart that follows shows the most common spelling changes that occur when the suffix **-ísimo** is added to an adjective.

final vowel is dropped	alto	→	altísimo
written accent is dropped	fácil	→	facilísimo
-ble becomes *-bil-*	amable	→	amabilísimo
c becomes *qu*	loco	→	loquísimo
g becomes *gu*	largo	→	larguísimo
z becomes *c*	feroz	→	ferocísimo

San Antonio es una ciudad **sumamente (muy/ extremadamente)** atractiva.

Cristina Saralegui siempre está **ocupadísima**.

Algunos de los invitados de Cristina parecen **loquísimos.**

San Antonio is a highly (very/extremely) attractive city.

Cristina Saralegui is always extremely busy.

Some of Cristina's guests seem to be extremely crazy.

Irregular Comparative and Superlative Forms

A few adjectives have, in addition to their regular forms, irregular comparative and superlative forms. The irregular forms are the most frequently used.

G30

Comparative and Superlative Forms of bueno and malo

Comparative		Superlative	
Regular	**Irregular**	**Regular**	**Irregular**
más bueno(a)	mejor	el(la) más bueno(a)	el(la) mejor
más buenos(as)	mejores	los(las) más buenos(as)	los(las) mejores
más malo(a)	peor	el(la) más malo(a)	el(la) peor
más malos(as)	peores	los(las) más malos(as)	los(las) peores

■ To indicate a degree of excellence, the irregular comparative and superlative forms **mejor(es)** and **peor(es)** are normally used. The regular comparative and superlative forms **más bueno(a/os/as)** and **más malo(a/os/as),** when used, refer to moral qualities.

Según tu opinión, ¿cuál es **el mejor** programa de televisión esta temporada?	*In your opinion, what's the best TV program this season?*
El Desfile Puertorriqueño fue **mejor** este año que el año anterior.	*The Puerto Rican parade was better this year than last year.*
Este es el **peor** invierno que he pasado en esta ciudad.	*This is the worst winter I have spent in this city.*
Tu padre es el hombre **más bueno** que conozco.	*Your father is the kindest person I know.*

Comparative and Superlative Forms of grande and pequeño

Comparative		Superlative	
Regular	**Irregular**	**Regular**	**Irregular**
más grande	mayor	el(la) más grande	el(la) mayor
más grandes	mayores	los(las) más grandes	los(las) mayores
más pequeño(a)	menor	el(la) más pequeño(a)	el(la) menor
más pequeños(as)	menores	los(las) más pequeños(as)	los(las) menores

G31

UNIDAD

- The irregular comparative and superlative forms **mayor(es)** and **menor(es)** refer to age in the case of people or to degree of importance in the case of things. The regular comparative and superlative forms **más grande(s)** and **más pequeño(a/os/as)** usually refer to size.

Mi hermana es **mayor** que yo.	*My sister is older than I am.*
Mi hermano **menor** es **más grande** que yo.	*My younger brother is taller than I.*
La representación política es una de las **mayores** preocupaciones de las minorías.	*Political representation is one of the biggest concerns of minorities.*
Guadalajara es una ciudad **más pequeña** que la Ciudad de México.	*Guadalajara is a smaller city than Mexico City.*

Ahora, ¡a practicar!

A. Dos estados del Suroeste. Lee las estadísticas que siguen acerca de Arizona y Colorado y contesta las preguntas que aparecen a continuación.

Estado	Área (millas cuadradas)	Población (1991)	Hispanos (%)	Ingreso per capita	Ingresos por turismo
Arizona	114.000	3.749.693	19	$16.401	$5.600.000.000
Colorado	104.091	3.376.669	13	$19.440	$5.600.000.000

1. ¿Cuál estado es más grande?
2. ¿Cuál estado tiene más habitantes?
3. ¿En qué estado hay menos hispanos?
4. ¿En qué estado ganan las personas menos dinero como promedio *(average)*?
5. ¿Gastan más dinero los turistas en Colorado que en Arizona?

B. Hispanos en Estados Unidos. Lee las estadísticas que aparecen a continuación y contesta las preguntas que siguen.

Minoría hispana	Población (1990)	Cuatro o más años de educación universitaria	Menos de doce años de escolaridad	Negocios por cada 1000 personas
Chicanos	13.495.938	6 %	56 %	19
Puertorriqueños	2.727.754	10 %	42 %	11
Cubanos	1.043.932	19 %	39 %	63

Ahora, ¡a practicar!

These exercises may be done as oral or written work.

> **Additional Exercises**
> *Cuaderno:* Unidad 1, Lección 3

A. Dos estados del Suroeste.
1 Arizona es más grande.
2 Arizona tiene más habitantes.
3 Hay menos hispanos en Colorado.
4 Ganan menos en Arizona.
5 No. Gastan tanto en Colorado como en Arizona.

1. ¿Cuál es el grupo hispano más numeroso?
2. ¿Cuál es el grupo hispano con la menor población?
3. ¿Qué grupo hispano tiene más personas con educación universitaria?
4. ¿Cuál es el grupo hispano con el más alto porcentaje de personas que terminan la educación secundaria?
5. ¿Cuál es el grupo hispano con menor escolaridad?
6. ¿Cuál es el grupo hispano más activo en los negocios?
7. De todos los grupos hispanos, ¿cuál tiene menos negocios que los otros?

C. **Disciplinas.** Los estudiantes dan su opinión acerca de las materias que estudian. Atención: el símbolo "=" indica una comparación de igualdad; "+", una comparación de superioridad y "–", una comparación de inferioridad.

MODELO   matemáticas / = difíciles / física
             Para mí las matemáticas son tan difíciles como la física.

1. antropología / + interesante / ciencias políticas
2. química / = complicada / física
3. historia / – aburrida / geografía
4. literatura inglesa / + fácil / filosofía
5. psicología / = fascinante / sociología
6. español / – difícil / alemán
7. biología / + entretenida / informática

B. Hispanos en Estados Unidos.
1 Los chicanos es el grupo más numeroso.
2 Los cubanos es el grupo con la menor población.
3 Los cubanos tienen más personas con educación universitaria.
4 Los cubanos es el grupo con el porcentaje más alto de personas que terminan la educación secundaria.
5 Los chicanos tienen menor escolaridad.
6 Los cubanos son más activos en los negocios.
7 Los puertorriqueños tienen menos negocios que los otros.

C. Disciplinas.
1 Para mí la antropología es más interesante que las ciencias políticas.
2 Para mí la química es tan complicada como la física.
3 Para mí la historia es menos aburrida que la geografía.
4 Para mí la literatura inglesa es más fácil que la filosofía.
5 Para mí la psicología es tan fascinante como la sociología.
6 Para mí el español es menos difícil que el alemán.
7 Para mí la biología es más entretenida que la informática.

G33

Lección 1

2.1 Preterite: Regular Verbs

Forms

-ar verbs	*-er* verbs	*-ir* verbs
preparar	**comprender**	**recibir**
preparé	comprendí	recibí
preparaste	comprendiste	recibiste
preparó	comprendió	recibió
preparamos	comprendimos	recibimos
preparasteis	comprendisteis	recibisteis
prepararon	comprendieron	recibieron

- The preterite endings of regular **-er** and **-ir** verbs are identical.

- The **nosotros** forms of regular **-ar** and **-ir** verbs are identical in the preterite and present indicative. Context usually clarifies the meaning.

Gozamos ahora con las aventuras de don Quijote. Y también **gozamos** cuando las leímos por primera vez.	*We now enjoy Don Quijote's adventures. And we also enjoyed them when we read them for the first time.*

Spelling Changes in the Preterite

Some regular verbs require a spelling change to maintain the pronunciation of the stem.

- Verbs ending in **-car**, **-gar**, **-guar**, and **-zar** have a spelling change in the first person singular.

c → qu	buscar: busqué
g → gu	llegar: llegué
u → ü	averiguar *(to find out):* averigüé
z → c	alcanzar *(to reach; to achieve):* alcancé

Other verbs in these categories:

almorzar (ue)	entregar	pagar
atestiguar *(to testify)*	indicar	sacar
comenzar (ie)	jugar	tocar

G34

Comencé mi trabajo de investigación sobre los visigodos hace una semana y lo **entregué** ayer.

I began my paper on the Visigoths a week ago and I handed it in yesterday.

■ Certain -**er** and -**ir** verbs with the stem ending in a vowel change **i** to **y** in the third person singular and plural endings.

> leer: leí, leíste, le**yó**, leímos, leísteis, le**yeron**
> oír: oí, oíste, o**yó**, oímos, oísteis, o**yeron**

Other verbs in this category:

> caer
> creer
> influir
> construir
> huir

Los estudiantes **leyeron** acerca de la cultura árabe, la cual **influyó** en toda Europa.

The students read about Arabic culture, which influenced all of Europe.

Use

■ The preterite is used to describe an action, event, or condition seen as completed in the past. It may indicate the beginning or the end of an action.

Los árabes **llegaron** a España en el año 711. **Salieron** del territorio español en 1492. Su estadía en el país **duró** casi ocho siglos.

The Arabs arrived in Spain in 711. They left Spanish territory in 1492. Their stay in the country lasted almost eight centuries.

Ahora, ¡a practicar! _____

A. Lectura. Usa el pretérito para completar la siguiente narración acerca de la historia que leyó un estudiante.

Ayer __1__ (llegar/yo) a casa un poco antes de las seis. Después de cenar, __2__ (buscar) mi libro de español. __3__ (Comenzar) a leer. __4__ (Leer) la aventura de los molinos de don Quijote. Este caballero andante __5__ (creer) ver unos gigantes en el campo, pero su escudero Sancho Panza sólo __6__ (ver) unos molinos de viento y __7__ (tratar) de corregir a su amo. Don Quijote no __8__ (escuchar) las palabras de Sancho. Montado en su caballo Rocinante, __9__ (correr) hacia los molinos y los __10__ (atacar). Pero __11__ (caer) al suelo cuando el viento __12__ (agitar) las aspas de los molinos. __13__ (Reír/yo) un poco con la aventura, pero también me __14__ (causar) un poco de pena el caballero.

G35

Ahora, ¡a practicar!

These exercises may be done as oral or written work.

Additional Exercises
Cuaderno: Unidad 2, Lección 1

A. Lectura.
1 llegué
2 busqué
3 Comencé
4 Leí
5 creyó
6 vio
7 trató
8 escuchó
9 corrió
10 atacó
11 cayó
12 agitó
13 Reí
14 causó

B. Hacer la tarea de nuevo.
1 pasaron
2 se instalaron
3 llegaron
4 fundaron
5 comenzó
6 gobernaron
7 dieron
8 construyeron
9 establecieron
10 contribuyeron

C. Semestre en Sevilla.
1 Llegué en septiembre.
2 Viví con una familia.
3 Comencé el lunes 15 de septiembre.
4 Estudié literatura medieval e historia de España.
5 Sí, conocí a varios.
6 Sí, me gustó muchísimo.
7 Sí, visité Granada, Córdoba y Madrid.
8 Sí, influyó bastante.

2.2

UNIDAD 2

B. **Hacer la tarea de nuevo.** Tu profesor(a) te pide que escribas de nuevo la tarea acerca de los primitivos habitantes de la península ibérica. Esta vez quiere que emplees el pretérito en vez del presente histórico.

Muchos pueblos pasan por el territorio español. Antes del siglo XI a.C., los fenicios se instalan en el sur del país. Hacia el siglo VII llegan los griegos, quienes fundan varias colonias. En el año 206 a.C. comienza la dominación romana. Los romanos gobiernan el país por más de seis siglos. Le dan al país su lengua; construyen anfiteatros, puentes y acueductos; establecen un sistema legal y contribuyen al florecimiento cultural del país.

C. **Semestre en Sevilla.** Contesta las preguntas que te hace un(a) amigo(a) acerca del semestre que pasaste en Sevilla.

MODELO   ¿Cuánto tiempo viviste en Sevilla? (cinco meses)
        Viví allí cinco meses.

1. ¿Cuándo llegaste a Sevilla? (en septiembre)
2. ¿Con quién viviste? (con una familia)
3. ¿Qué día comenzaste las clases? (el lunes 15 de septiembre)
4. ¿Qué materias estudiaste? (la literatura medieval, la historia de España)
5. ¿Conociste a jóvenes españoles de tu edad? (sí, a varios)
6. ¿Te gustó tu estadía en Sevilla? (sí, muchísimo)
7. ¿Visitaste otras ciudades? (sí; Granada, Córdoba y Madrid)
8. ¿Influyó en tu vida esta experiencia? (sí, bastante)

2.2 Direct and Indirect Object Pronouns and the Personal a

Forms

Direct	Indirect
me	me
te	te
lo* / la	le
nos	nos
os	os
los* / las	les

*In some regions of Spain, **le** and **les,** and not **lo** and **los,** are used as direct object pronouns when they refer to people.

Los musulmanes atacaron al rey Rodrigo y **le** derrotaron.　　*The Muslims attacked King Rodrigo and defeated him.*

■ The direct object of a verb answers the question *what* or *whom;* the indirect object, answers the question *to whom* or *for whom.*

	Direct object noun	Direct object pronoun
I saw ... (what?)	*I saw the movie.*	*I saw it.*
	Vi **la película.**	**La** vi.
I saw ... (whom?)	*I saw the actor.*	*I saw him.*
	Vi **al actor.**	**Lo** vi.
	Indirect object noun	**Indirect object pronoun**
I spoke ... (to whom?)	*I spoke to the actress.*	*I spoke to her.*
	Hablé **a la actriz.**	**Le** hablé.

■ Direct and indirect object pronoun forms are identical, except for the third person singular and plural forms.

El profesor **nos** *(direct)* saludó. Luego **nos** *(indirect)* habló de la aventura de los molinos.
Cuando Sancho vio a don Quijote, **lo** *(direct)* llamó y **le** *(indirect)* describió los molinos.

The teacher greeted us. Then he spoke to us about the adventure of the windmills.
When Sancho saw Don Quijote, he called him and described the windmills to him.

■ Object pronouns immediately precede conjugated verbs and negative commands.

La historia de España **me** fascina.
Las aventuras de don Quijote no **nos** han aburrido en absoluto.
Sancho, no **me** hables de molinos.

The history of Spain fascinates me.
Don Quijote's adventures have not bored us at all.
Sancho, don't talk to me about windmills.

■ Object pronouns are attached to the end of affirmative commands. A written accent is needed if the stress falls before the next-to-last syllable.

Cuénta**me** tu visita a la Mancha.
Di**me** qué lugar te impresionó más.

Tell me about your visit to La Mancha.
Tell me which place impressed you more.

G37

■ When an infinitive or a present participle follows a conjugated verb, object pronouns may be attached to the end of the infinitive or present participle, or they may precede the conjugated verb. When pronouns are attached to the end of an infinitive or present participle, a written accent is needed if the stress falls before the next-to-last syllable.

El profesor va a explicar**nos** un poema de Santa Teresa. (El profesor **nos** va a explicar un poema de Santa Teresa.)

The teacher is going to explain a poem by Santa Teresa to us.

—¿Terminaste el informe sobre los romanos en España?

Did you finish the report about the Romans in Spain?

—No, todavía estoy escribiéndo**lo**. (No, todavía **lo** estoy escribiendo.)

No, I'm still writing it.

■ Indirect object pronouns precede direct object pronouns when the two are used together.

—¿Nos mostró la profesora las diapositivas sobre la Alhambra?

Did the teacher show us the slides of the Alhambra?

—Sí, **nos las** mostró ayer.

Yes, she showed them to us yesterday.

■ The indirect object pronouns **le** and **les** change to **se** when used with the direct object pronouns **lo, la, los,** and **las.** The meaning of **se** can be clarified by using **a él / ella / usted / ellos / ellas / ustedes.**

—Mi hermano quiere saber dónde está su libro sobre las pinturas de Picasso.

My brother wants to know where his book on Picasso's paintings is.

—**Se lo** devolví hace una semana.

I returned it to him a week ago.

Mónica y Eduardo quieren que yo les muestre las cuevas de Altamira, pero no pueden ir juntos. **Se las** mostraré **a ella** primero.

Monica and Eduardo want me to show them the caves of Altamira, but they can't go together. I'll show them to her first.

■ Indirect object pronouns may be emphasized or, if needed, clarified with phrases such as **a mí / ti / él / nosotros,** and so on.

¿**Te** gustó **a ti** la película *Los reyes del mambo*? **A mí me** pareció fascinante.

Did you like the movie The Mambo Kings? *It seemed fascinating to me.*

Irene dice que no le devolví las fotos de la Mancha, pero yo estoy segura de que **se las** di **a ella** hace una semana.

Irene says that I did not return the photos of La Mancha to her, but I am sure that I gave them to her a week ago.

■ In Spanish, sentences with an indirect object noun also usually include an indirect object pronoun which refers to that noun.

Sancho **le** dio buenos consejos **a don Quijote.**

Sancho gave good advice to Don Quijote.

Don Quijote **les** pidió **a los gigantes** que no huyeran.

Don Quijote asked the giants not to flee.

G38

UNIDAD

The personal a

■ The personal **a** is used before a direct object referring to a specific person or persons. It is not translated in English.

Los árabes derrotaron **a Rodrigo,** el último rey visigodo.

The Arabs defeated Rodrigo, the last Visigoth king.

Don Quijote atacó **a los gigantes.**

Don Quijote attacked the giants.

■ The personal **a** is not used before nouns referring to non-specific, anonymous persons.

Necesito **un voluntario.**

I need a volunteer.

Don Quijote ve **magos** por todas partes.

Don Quijote sees magicians everywhere.

■ The personal **a** is always used before **alguien, alguno, ninguno, nadie,** and **todos** when they refer to people.

Don Quijote ve **a algunos gigantes** en el campo; pero Sancho no ve **a nadie;** él sólo ve molinos.

Don Quijote sees some giants in the field; but Sancho does not see anyone; he only sees windmills.

■ The personal **a** is normally not used after the verb **tener.**

Tengo **varios amigos** que se han alojado en paradores.

I have several friends who have stayed in paradors.

Ahora, ¡a practicar!

A. Ausente. Como no asististe a la última clase de Historia de España, tus compañeros te cuentan lo que pasó.

MODELO profesor / hablarnos de la civilización musulmana
El profesor nos habló de la civilización musulmana.

1. profesor / entregarnos el último examen
2. dos estudiantes / mostrarnos fotos de Córdoba
3. profesor / explicarnos la importancia de la cultura árabe en España
4. Rubén / contarle a la clase su visita a Granada
5. unos estudiantes / hablarle a la clase de la arquitectura árabe

B. Estudios. Contesta las preguntas que te hace un(a) amigo(a) acerca de tus estudios.

MODELO ¿Te aburren las clases de historia?
Sí, (a mí) me aburren esas clases. o **No, (a mí) no me aburren esas clases. Me fascinan esas clases.**

1. ¿Te interesan las clases de ciencias naturales?
2. ¿Te parecen importantes las clases de idiomas extranjeros?
3. ¿Te es difícil memorizar información?
4. ¿Te falta tiempo siempre para completar tus tareas?
5. ¿Te cuesta mucho trabajo obtener buenas notas?

G39

Ahora, ¡a practicar!

These exercises may be done as oral or written work.

Additional Exercises
Cuaderno: Unidad 2, Lección 1

A. Ausente.
1 El profesor nos entregó el último examen.
2 Dos estudiantes nos mostraron fotos de Córdoba.
3 El profesor nos explicó la importancia de la cultura árabe en España.
4 Rubén le contó a la clase su visita a Granada.
5 Unos estudiantes le hablaron a la clase de la arquitectura árabe.

B. Estudios.
1 Sí, me interesan esas clases. o No, no me interesan, me aburren.
2 Sí, me parecen importantes. o No, no me parecen importantes, me parecen innecesarias.
3 Sí, me es difícil memorizar. o No, no me es difícil, me es fácil.
4 Sí, siempre me falta tiempo. o No, no me falta tiempo, me sobra.
5 Sí, me cuesta mucho. o No, no me cuesta mucho, me es fácil.

C. Trabajo de jornada parcial.

1 Sí, se las pidieron.
2 Sí, le sirvieron mucho.
3 Sí, se lo dieron.
4 Se lo dieron el jueves.
5 Le van a pagar ocho dólares.
6 No, no lo conoce.
7 Porque le fascinan las leyes.

D. El edicto de 1492.

1 Fernando e Isabel son los Reyes Católicos que gobiernan el país.
2 En general la gente admira y respeta a los Reyes.
3 Por razones de intolerancia religiosa, algunos no quieren a los judíos.
4 Los Reyes firman un edicto el 31 de marzo de 1492.
5 El edicto expulsa de España a todos los judíos.
6 Los judíos abandonan su patria y se dispersan por el Mediterráneo.

C. Trabajo de jornada parcial. Han entrevistado a tu amiga para un trabajo en la oficina de unos abogados. Un amigo quiere saber si ella obtuvo ese trabajo.

> MODELO   ¿Cuándo entrevistaron a tu amiga? (el lunes pasado)
> **La entrevistaron el lunes pasado.**

1. ¿Le pidieron recomendaciones? (sí)
2. ¿Le sirvieron sus conocimientos de español? (sí, mucho)
3. ¿Le dieron el trabajo? (sí)
4. ¿Cuándo se lo dieron? (el jueves)
5. ¿Cuánto le van a pagar por hora? (ocho dólares)
6. ¿Conoce a su jefe? (no)
7. ¿Por qué quiere trabajar con abogados? (fascinarle las leyes)

D. El edicto de 1492. Usando el presente histórico, narra un momento de intolerancia religiosa en la historia de España.

> MODELO   un gran número de judíos / habitar / España
> muchos / admirar / los judíos
> **Un gran número de judíos habitan España.**
> **Muchos admiran a los judíos.**

1. Fernando e Isabel, los Reyes Católicos / gobernar / el país
2. en general, la gente / admirar y respetar / los Reyes
3. por razones de intolerancia religiosa algunos / no querer / los judíos
4. los Reyes / firmar / un edicto el 31 de marzo de 1492
5. el edicto / expulsar de España / todos los judíos
6. los judíos / abandonar / su patria / y / dispersarse por el Mediterráneo

Lección 2

2.3   Preterite: Stem-changing and Irregular Verbs

Stem-changing Verbs

■ Stem-changing **-ar** and **-er** verbs in the present tense are completely regular in the preterite. (See *Unidad 1, p. G21* for stem-changing verbs in the present.)

Antes de la batalla, don Quijote **pens**ó en Dulcinea; en realidad, a menudo **piens**a en ella.

Before the battle, Don Quijote thought of Dulcinea; actually, he often thinks about her.

■ Stem-changing **-ir** verbs are also regular in the preterite, except for the third person singular and plural. In these two forms, they change **e** to **i** and **o** to **u.**

sentir	pedir	dormir
e → i	**e → i**	**o → u**
sentí	pedí	dormí
sentiste	pediste	dormiste
sintió	pidió	durmió
sentimos	pedimos	dormimos
sentisteis	pedisteis	dormisteis
sintieron	pidieron	durmieron

Los moros siempre **si**ntieron mucho respeto por el Cid.

Cristóbal Colón m**u**rió en Valladolid.

The Moors always felt a lot of respect for the Cid.

Christopher Columbus died in Valladolid.

Irregular Verbs

■ Some common verbs have an irregular stem in the preterite. Note that the **-e** and **-o** ending of these verbs are irregular as they are not accented.

Verb	*-u-* and *-i-* Stems	Endings	
andar	anduv -		
caber	cup -		
estar	estuv -		
haber	hub -	e	imos
poder	pud -	iste	isteis
poner	pus -	o	ieron
querer	quis -		
saber	sup -		
tener	tuv -		
venir	vin -		

Verb	*-j-* Stems	Endings	
decir	dij -	e	imos
producir	produj -	iste	isteis
traer	traj -	o	**eron**

G41

Verbs derived from the ones above have the same irregularities, for example:

| decir: | contradecir, predecir | tener: | detener, mantener, sostener |
| poner: | componer, proponer | venir: | convenir, intervenir |

Córdoba **tuvo** una gran importancia cultural en la Edad Media.

Córdoba had a great cultural importance during the Middle Ages.

Los dramaturgos del Siglo de Oro **produjeron** un nuevo tipo de teatro.

The Golden Age playwrights produced a new kind of theater.

Cervantes **compuso** poesías además de novelas.

Cervantes composed poetry in addition to novels.

■ Other irregular verbs:

dar		hacer		ir / ser	
di	dimos	hice	hicimos	fui	fuimos
diste	disteis	hiciste	hicisteis	fuiste	fuisteis
dio	dieron	hizo	hicieron	fue	fueron

Note that **ir** and **ser** have the same preterite forms. Context usually clarifies the meaning intended.

Me **dieron** tantas tareas ayer que no las **hice** todas.

They gave me so much homework yesterday that I didn't do it all.

Una amiga mía **fue** a Córdoba por unos días. **Fue** una visita muy interesante, me dijo.

A friend of mine went to Córdoba for a few days. It was a very interesting visit, she told me.

Ahora, ¡a practicar!

A. **Mala noche.** Tú les cuentas a tus padres lo que que te contó un amigo.

MODELO   *Amigo:*   Dormí mal la noche anterior.
          Tú: **Durmió mal la noche anterior.**

—Dormí mal la noche anterior. Dormí muy pocas horas. Me desperté temprano. Me vestí rápidamente. Preferí tomar desayuno en el café de enfrente. Pedí café con leche y pan tostado. Después de comer, me sentí mejor. Luego, pedí la cuenta. Me despedí del camarero.

NSS **For Native Speakers** La ortografía del verbo *hacer* les presenta serios problemas a algunos estudiantes hispanohablantes. Hay una tendencia a deletrear *hacer* con *-s* o con *-z* como en *haser, hise, hisiste,* o *hazer, hiziste, hizimos.* Estos alumnos también tienden a escribir este verbo con acentos en primera y tercera persona singular y a añadir una *-s* final a la forma de la segunda persona singular informal (tú). Llámeles la atención a esto si tienen este problema.

Ahora, ¡a practicar!

These exercises may be done as oral or written work.

Additional Exercises
Cuaderno: Unidad 2, Lección 2

A. Mala noche.
—**Durmió** mal la noche anterior. **Durmió** muy pocas horas. **Se despertó** temprano. **Se vistió** rápidamente. **Prefirió** tomar desayuno en el café de enfrente. **Pidió** café con leche y pan tostado. Después de comer, **se sintió** mejor. Luego, **pidió** la cuenta. **Se despidió** del camarero.

B. Fecha clave. Completa la siguiente información acerca de la importancia del año 1492 en la historia de España usando el pretérito.

El año 1492 es muy importante en la historia de España. Ese año los árabes ___1___ (ser) derrotados en la batalla de Granada; así ___2___ (terminar) la dominación árabe que ___3___ (durar) casi ocho siglos. Ese año el pueblo judío ___4___ (ser) expulsado de España; esta comunidad ___5___ (repartirse) por el Mediterráneo, pero nunca ___6___ (olvidar) sus raíces hispanas y tampoco ___7___ (perder) su lengua, el sefardí o judeo-español, idioma de base española. Ese mismo año Cristóbal Colón ___8___ (salir) del puerto de Palos y ___9___ (llegar) a las Antillas; América ___10___ (incorporarse) al reino español, lo cual ___11___ (aumentar) las riquezas de España.

C. Museo interesante. Una amiga escribe en su diario las impresiones de su visita al Centro de Arte Reina Sofía (CARS). Completa este fragmento usando el pretérito.

Unos amigos me ___1___ (decir): "Debes visitar el CARS". Yo me ___2___ (proponer) hacer la visita el martes pasado, pero no ___3___ (poder), porque ___4___ (tener) muchas otras cosas que hacer ese día. Finalmente, el jueves ___5___ (ir) al museo. Lo primero que ___6___ (hacer) ___7___ (ser) ir a la sala central. ___8___ (Ver) por mí misma el *Guernica* de Picasso. ___9___ (saber) por qué le gusta tanto a la gente. ___10___ (Querer) quedarme más tiempo, pero no ___11___ (poder). Como recuerdo le ___12___ (traer) a mi padre un libro sobre la historia de ese cuadro famoso.

D. Lucha entre hermanos. En la siguiente información acerca de la Guerra Civil Española, cambia el presente histórico al pretérito.

La guerra civil es uno de los acontecimientos más traumáticos en la historia reciente de España. Comienza en 1936 y concluye casi tres años más tarde, en 1939. Sus antecedentes inmediatos empiezan en 1931. Ese año, después que los republicanos obtienen la victoria en las elecciones municipales, el rey Alfonso XIII abandona España, sin abdicar. A continuación se proclama la república. En 1936, el general Francisco Franco se rebela contra el gobierno republicano. Se inicia así una confrontación que opone a los nacionalistas contra los republicanos. Los nacionalistas vencen y el general Franco se convierte en el nuevo jefe de gobierno. Gobierna España con mano de hierro hasta 1975.

B. Fecha clave.
1 fueron
2 terminó
3 duró
4 fue
5 se repartió
6 olvidó
7 perdió
8 salió
9 llegó
10 se incorporó
11 aumentó

C. Museo interesante.
1 dijeron
2 propuse
3 pude
4 tuve
5 fui
6 hice
7 fue
8 Vi
9 Supe
10 Quise
11 pude
12 traje

D. Lucha entre hermanos.
1 fue
2 Comenzó
3 concluyó
4 empezaron
5 obtuvieron
6 abandonó
7 proclamó
8 rebeló
9 inició
10 opuso
11 vencieron
12 convirtió
13 Gobernó

G43

The Verb gustar

- The verb **gustar** means *to be pleasing (to someone);* it is also equivalent to the English verb *to like.* The word order in sentences with **gustar** is different from English sentences with *to like.* In Spanish, the indirect object is the person or persons who like something. The subject is the person(s) or thing(s) that is(are) liked.[*]

Indirect Object	Verb	Subject		Subject	Verb	Direct Object
Me	gustan	los cuadros de Picasso.		*I*	*like*	*Picasso's paintings.*

- When the indirect object is a noun, the sentence also includes the indirect object pronoun.

  A mi hermano no **le** gustaron las tapas.

  My brother didn't like tapas.

- To clarify or emphasize the indirect object pronoun, the phrase **a** + *prepositional pronoun* is used.

  Hablaba con los Morales. **A ella le** gusta mucho caminar por las calles, pero **a él** no **le** gustan esas caminatas.

  I was talking with Mr. and Mrs. Morales. She likes to walk along the streets a lot, but he doesn't like those walks.

  A mí me gustó la última película de Almodóvar, pero **a ti** no **te** gustó nada.

  I liked Almodóvar's last movie, but you didn't like it at all.

- The following verbs function like **gustar.**

agradar	fascinar	molestar
disgustar	importar	ofender
doler(ue)	indignar	preocupar
encantar	interesar	sorprender
enojar		

  —¿Te **agrada** el *Guernica* de Picasso?

  Do you like Picasso's Guernica?

  —Me **gusta** muchísimo. También me **fascinan** los bocetos del *Guernica.*

  I like it a lot. The sketches for Guernica also fascinate me.

  A los españoles todavía les **duele** la experiencia de la última guerra civil.

  The experience of the last civil war still grieves Spaniards.

---

[*]To identify the subject and the indirect object of the verb **gustar,** think of the English expression *to be pleasing to:*

Me gustan los cuadros de Picasso.   *Picasso's paintings are pleasing to me.*

■ The verbs **faltar, quedar,** and **parecer** are similar to **gustar** in that they may be used with an indirect object. However, unlike **gustar,** they often appear without an indirect object in impersonalized statements. Note the translation of the sentences that follow.

Nos faltan recursos para promover las bellas artes.

We are lacking resources to promote the fine arts.

Faltan recursos para promover las bellas artes.

Resources are lacking to promote the fine arts.

A mí me parecen incomprensibles muchas pinturas surrealistas.

Many surrealist paintings seem incomprehensible to me.

Muchas pinturas surrealistas **parecen** incomprensibles.

Many surrealist paintings seem incomprehensible.

Ahora, ¡a practicar!

A. Gustos. Tú y tus amigos hablan de sus gustos personales.

MODELO gustar / viajar a otros países
A mí me gusta viajar a otros países.

1. fascinar / los bailes folklóricos españoles
2. agradar / leer acerca de la civilización romana
3. gustar / ir a fiestas con mis amigos
4. interesar / la fotografía
5. encantar / las películas de amor

B. Cine español. Tú y tus amigos hacen comentarios acerca del cine español.

MODELO a todo el mundo / fascinar las películas de Buñuel
A todo el mundo le fascinan las películas de Buñuel.

1. a algunos / encantar las películas de Pedro Almodóvar
2. a otros / ofender Almodóvar
3. a los norteamericanos / agradar el cine de Almodóvar
4. a mí / disgustar algunas películas de Buñuel
5. a mucha gente / encantar los temas gitanos de Carlos Saura

C. Picasso y el *Guernica.* Una amiga tuya entiende mucho de pintura. Tú le haces algunas preguntas.

MODELO ¿Por qué te interesa Picasso? (por su gran originalidad)
Me interesa por su gran originalidad.

1. ¿Le dolió a Picasso el bombardeo de Guernica? (sí, mucho)
2. Le indignó también, ¿verdad? (sí, por supuesto, enormemente)
3. ¿Cuánto tiempo le tomó terminar el *Guernica*? (un poco más de un mes)
4. ¿Le gustó a la gente el *Guernica*? (sí, y todavía gusta)
5. ¿Qué otros cuadros de Picasso te agradan? (los cuadros del período azul)

Ahora, ¡a practicar!

These exercises may be done as oral or written work.

Additional Exercises
Cuaderno: Unidad 2, Lección 2

A. Gustos.
1 A mí me fascinan los bailes folklóricos españoles.
2 A mí me agrada leer acerca de la civilización romana.
3 A mí me gusta ir a fiestas con mis amigos.
4 A mí me interesa la fotografía.
5 A mí me encantan las películas de amor.

B. Cine español.
1 A algunos les encantan las películas de Pedro Almodóvar.
2 A otros les ofende Almodóvar.
3 A los norteamericanos les agrada el cine de Almodóvar.
4 A mí me disgustan algunas películas de Buñuel.
5 A mucha gente le encantan los temas gitanos de Carlos Saura.

C. Picasso y el *Guernica.*
1 Sí, le dolió mucho.
2 Sí, por supuesto, le indignó enormemente.
3 Le tomó un poco más de un mes.
4 Sí, y todavía le gusta.
5 Me agradan los cuadros del período azul.

2.5

NSS **For Native Speakers**
Por lo general, los estudiantes hispanohablantes no tienen problemas con el uso del imperfecto. Lo que sí se da es el problema de olvidar poner el acento escrito de verbos en *-er* o *-ir* y de la primera personal plural de verbos en *-ar*. También hay unos que se confunden en la ortografía y tienden a usar la *v corta* en vez de la *b larga* en las terminaciones de los verbos en *-ar*.

2.5 Imperfect

Forms

-ar verbs	*-er* verbs	*-ir* verbs
ayudar	**aprender**	**escribir**
ayud**aba**	aprend**ía**	escrib**ía**
ayud**abas**	aprend**ías**	escrib**ías**
ayud**aba**	aprend**ía**	escrib**ía**
ayud**ábamos**	aprend**íamos**	escrib**íamos**
ayud**abais**	aprend**íais**	escrib**íais**
ayud**aban**	aprend**ían**	escrib**ían**

■ Note that the imperfect endings of **-er** and **-ir** verbs are identical.

■ Only three verbs are irregular in the imperfect tense: **ir, ser,** and **ver.**

ir:	iba, ibas, iba, íbamos, ibais, iban
ser:	era, eras, era, éramos, erais, eran
ver:	veía, veías, veía, veíamos, veíais, veían

Uses

The imperfect is used to:

■ express actions that were in progress in the past.

Ayer, cuando tú viniste a verme, yo **leía** un libro sobre la Guerra Civil Española.

Yesterday, when you came to see me, I was reading a book on the Spanish Civil War.

■ relate descriptions in the past. This includes the background or setting of actions as well as mental, emotional, and physical conditions.

Después de pasar tres horas en el CARS me **sentía** cansado, pero **estaba** contento porque **tenía** la cabeza llena de bellas imágenes.
Era un sábado. El cielo **estaba** despejado y **hacía** bastante calor. De pronto, …

After spending three hours at the CARS, I was feeling tired, but I was happy because my head was full of beautiful images.
It was a Saturday. The sky was clear and it was fairly hot. Suddenly, …

■ relate habitual, customary actions in the past.

Cuando yo vivía en Salamanca, **iba** a
clases por la mañana. Por la tarde
me **juntaba** con mis amigos y
salíamos a pasear, **íbamos** al
cine o **charlábamos** en un café.

*When I was living in Salamanca, I
used to go to classes in the morning.
In the afternoon I would join my
friends and we would go for walks or
to the movies or we would chat at a
coffee house.*

■ tell the time of day in the past.

Eran las nueve de la mañana
cuando la encontré.

*It was nine o'clock in the morning
when I met her.*

Ahora, ¡a practicar!

A. Periodista. Completa la descripción de un periodista que vio la manifestación de
apoyo a los republicanos españoles en París.

El año 1937 yo __1__ (estar) en París. __2__ (Vivir) en el Barrio Latino. El
sábado 11 de mayo hubo una manifestación. Durante la manifestación yo __3__
(marchar) junto con obreros, artistas, estudiantes, profesionales y otras
personas. __4__ (Ser/nosotros) miles y miles y miles de manifestantes; todos
nosotros __5__ (apoyar) la causa de la república española. __6__ (Caminar)
hacia la Plaza de la Bastilla. __7__ (Cantar), __8__ (gritar) y en general __9__
(protestar) contra el bombardeo de Guernica cometido __10__ (hacer)
cinco días.

B. Un barrio de Madrid. Completa la siguiente descripción del barrio madrileño de
Argüelles que aparece en el poema "Explico algunas cosas" del chileno Pablo
Neruda, quien vivía en España durante la Guerra Civil Española.

Yo __1__ (vivir) en un barrio
de Madrid, con campanas,
con relojes, con árboles.
Desde allí se __2__ (ver)
el *rostro* seco de Castilla   *face, surface*
como un océano de *cuero*.   *leather*
Mi casa __3__ (ser) llamada
la casa de las flores, porque por todas partes
__4__ (*estallar*) geranios: __5__ (ser)   *to burst out*
una bella casa
con perros y *chiquillos*.   *kids*

*Ahora, ¡a
practicar!*
These exercises may be done
as oral or written work.

Additional Exercises
Cuaderno: Unidad 2,
Lección 3

A. Periodista.
1 estaba
2 Vivía
3 marché
4 Éramos
5 apoyábamos
6 Caminábamos
7 Cantábamos
8 gritábamos
9 protestábamos
10 hacía

B. Un barrio de Madrid.
1 vivía
2 veía
3 era
4 estallaban
5 era

UNIDAD
2

C. Al teléfono. Answers may vary.

1 Mi hermanita escuchaba música en su alcoba.
2 Mi hermano hacía la tarea en su alcoba y mi perro miraba la tele.
3 Papá hablaba con alguien en la puerta principal de la casa.
4 Mamá leía una revista en la sala.
5 Yo escribía una carta en la sala.
6 Mi gato dormía debajo de la mesita en la sala.

D. Un semestre como los otros.

1 Ponía mucha atención en la clase de español.
2 Asistía a muchos partidos de básquetbol.
3 Iba a dos clases los martes y jueves.
4 Leía en la biblioteca.
5 No tenía tiempo para almorzar a veces.
6 Trabajaba los fines de semana.
7 Estaba ocupado(a) todo el tiempo.

2.6

C. Al teléfono. Di lo que hacías tú y los miembros de tu familia cuando recibieron una llamada telefónica.

MODELO **Mi perro miraba la televisión en el cuarto de mi hermano.**

1. hermanita	3. papá	5. yo
2. hermano	4. mamá	6. gato

D. Un semestre como los otros. Di lo que hacías de costumbre el semestre pasado.

MODELO estudiar todas las noches
Estudiaba todas las noches.

1. poner mucha atención en la clase de español
2. asistir a muchos partidos de básquetbol
3. ir a dos clases los martes y jueves
4. leer en la biblioteca
5. no tener tiempo para almorzar a veces
6. trabajar los fines de semana
7. estar ocupado(a) todo el tiempo

2.6 The Infinitive

The infinitive may be used:

■ as the subject of a sentence. The definite article **el** may precede the infinitive.

El leer sobre el bombardeo de Guernica indignó a Picasso. (A Picasso le indignó **leer** sobre el bombardeo de Guernica.)

Reading about the bombing of Guernica infuriated Picasso.

Me fascina **escuchar** zarzuelas.

Listening to zarzuelas (operettas) fascinates me.

■ as the object of a verb. In this case, some verbs require a preposition before the infinitive.

Verb + *a* + Infinitive	Verb + *de* + Infinitive	Verb + *con* + Infinitive
aprender a	acabar de *(to have just)*	contar con *(to count on)*
ayudar a *(to help)*	acordarse de *(to remember)*	soñar con *(to dream of)*
comenzar a	dejar de *(to fail, to stop)*	
decidirse a	quejarse de *(to complain)*	**Verb + *en* + Infinitive**
empezar a	tratar de *(to try to, attempt to)*	
enseñar a	tratarse de *(to be about)*	pensar en *(to think about)*
volver a *(to do [an action)] again)*		insistir en

Algunas novelas de Hemingway me **ayudaron a entender** mejor a los españoles.

Some of Hemingway's novels helped me understand Spaniards better.

Víctor **insiste en volver a ver** la película *Tristana* de Buñuel.

Víctor insists on seeing once more the film Tristana *by Buñuel.*

Sueño con pasar mis vacaciones en la Costa Brava.

I dream of spending my vacation on the Costa Brava.

■ as the object of a preposition. Note that Spanish uses an infinitive after prepositions, whereas English often uses an *-ing* form of the verb.

España usó el oro y la plata de América **para financiar** guerras **en vez de desarrollar** la economía.

Spain used the gold and silver from America (in order) to finance wars instead of developing the economy.

Ayer, **después de cenar,** mis amigos y yo salimos a dar un paseo.

Yesterday, after having dinner, my friends and I went out to take a walk.

The construction **al** + infinitive indicates that two actions occur at the same time. It means *at the (moment of), upon, on,* or *when.*

Al llegar al Museo del Prado, descubrí que estaba cerrado.

When I reached (Upon reaching) the Prado Museum, I discovered that it was closed.

■ as an impersonal command. This construction appears frequently on signs.

No **fumar.**   *No smoking.*
No **estacionar.**   *No parking.*

G49

Ahora, ¡a practicar!

These exercises may be done as oral or written work.

Additional Exercises
Cuaderno: Unidad 2, Lección 3

A. Valores.

1 Es esencial respetar a los amigos.
2 Es necesario seguir sus ideas.
3 Es indispensable tener una profesión.
4 Es fundamental luchar por sus ideales.
5 Es bueno saber divertirse.

B. Letreros.

1 No hacer ruido.
2 Guardar silencio.
3 No tocar los muebles.
4 No fumar.
5 No sacar fotografías en la sala.

C. Opiniones.

1 Los pueblos necesitan entenderse mejor.
2 El fanatismo ayuda a prolongar las guerras.
3 Todo el mundo desea evitar las guerras.
4 La gente sueña con vivir en un mundo sin guerras.
5 Los diplomáticos tratan de resolver los conflictos.
6 Los fanáticos insisten en imponer un nuevo sistema político.
7 La gente aprende a convivir en situaciones difíciles durante una guerra.

Ahora, ¡a practicar!

A. Valores. Tú y tus amigos mencionan valores que son importantes.

> MODELO   importante / tener objetivos claros
> **Es importante tener objetivos claros.**

1. esencial / respetar a los amigos
2. necesario / seguir sus ideas
3. indispensable / tener una profesión
4. fundamental / luchar por sus ideales
5. bueno / saber divertirse

B. Letreros. Trabajas en un museo y tu jefe te pide que prepares nuevos letreros *(signs)*, esta vez usando mandatos impersonales.

> MODELO   No abra esta puerta.
> **No abrir esta puerta.**

1. No haga ruido.
2. Guarde silencio.
3. No toque los muebles.
4. No fume.
5. No saque fotografías en la sala.

C. Opiniones. Tú y tus amigos expresan diversas opiniones acerca de la guerra.

> MODELO   todos nosotros / tratar / evitar las guerras
> **Todos nosotros tratamos de evitar las guerras.**

1. los pueblos / necesitar / entenderse mejor
2. el fanatismo / ayudar / prolongar las guerras
3. todo el mundo / desear / evitar las guerras
4. la gente / soñar / vivir en un mundo sin guerras
5. los diplomáticos / tratar / resolver los conflictos
6. los fanáticos / insistir / imponer un nuevo sistema político
7. la gente / aprender / convivir en situaciones difíciles durante una guerra

D. Robo. Algunas personas han presenciado el robo al Banco de Santander y comentan lo que vieron o escucharon al entrar o al salir del banco.

> MODELO   ver a los sospechosos
> **Vi a los sospechosos al entrar en el banco.** o
> **Al salir del banco vi a los sospechosos.**

1. ver a dos hombres con máscaras
2. escuchar unos ruidos extraños
3. oír a alguien que gritaba: "¡Quietos todos!"
4. notar a un hombre que corría hacia la salida
5. reconocer el vehículo en que los hombres huían

D. Robo. Las respuestas van a variar.
1 Al entrar en el banco, vi a dos hombres con máscaras.
2 Escuché unos ruidos extraños al entrar en el banco.
3 Al entrar en el banco, oí a alguien que gritaba: "¡Quietos todos!"
4 Noté a un hombre que corría hacia la salida al salir del banco.
5 Al salir del banco reconocí el vehículo en que los hombres huían.

Lección 1

3.1 Preterite and Imperfect: Completed and Background Actions

■ When narrating, the imperfect gives background information and the preterite reports completed actions or states.

Eran las ocho de la mañana. **Hacía** un sol hermoso. **Cogí** el periódico, me **instalé** en mi sillón favorito y **empecé** a leer.

It was eight o'clock. It was a beautiful sunny day. I grabbed the newspaper, sat in my favorite armchair and began to read.

■ The imperfect is used to describe a physical, mental, or emotional state or condition; the preterite is used to indicate a change in physical, mental, or emotional condition.

Ayer, cuando tú me viste, **tenía** un dolor de cabeza terrible y **estaba** muy nervioso.

Yesterday, when you saw me, I had a terrible headache and I was very nervous.

Ayer, cuando **leí** una noticia desagradable en el periódico, me **sentí** mal y me **puse** muy nervioso.

Yesterday, when I read an unpleasant bit of news in the newspaper, I felt ill and I became very nervous.

■ Following is a list of time expressions that tend to signal either the preterite or the imperfect.

Usually preterite
anoche
ayer
durante
el (verano) pasado
la (semana) pasada
hace (un mes)
hace (media hora)

Usually imperfect
a menudo *(often)*
cada día
frecuentemente
generalmente, por lo general
mientras *(while)*
muchas veces
siempre
todos los (días)

Hace dos días me **sentí** mal. **Durante** varias horas **estuve** con mareos. **Ayer noté** una cierta mejoría.

Two days ago I felt ill. I was dizzy for several hours. Yesterday I noticed a certain improvement.

Todos los días compraba el diario local. **Generalmente** lo **leía** por la mañana **mientras tomaba** el desayuno.

Every day I would buy the local newspaper. I generally would read it in the morning while I was having breakfast.

Point out Although these expressions frequently signal either the preterite or the imperfect, the meaning of the whole sentence ultimately determines the use of preterite or imperfect: **Ayer, a las tres de la tarde, leía un libro de aventuras.** (Imperfect: action in progress)

NSS **For Native Speakers** Por lo general, los estudiantes hispanohablantes no tienen dificultad con el uso del pretérito y el imperfecto en estas situaciones. Lo que sí les presenta problemas a algunos es el querer añadir **-s** a las terminaciones de **tú** en el pretérito. Otros hispanohablantes tienden a transferir la **-s** del radical a la terminación. Por ejemplo:

| Norma | Variación | |
	1	2
dijiste	dijistes	dijites
fuiste	fuistes	fuites
llamaste	llamastes	llamates

Si sus estudiantes usan estas variaciones, insista en que hagan las adaptaciones de los ejercicios sugeridos en las siguientes páginas.

NSS **For Native Speakers** Insista en que los estudiantes hispanohablantes escriban las respuestas a los ejercicios en **Ahora, ¡a practicar!** como tarea. En clase, pídales que intercambien tareas y corrijan la tarea de un(a) compañero(a) de clase mientras unos alumnos escriben la tarea en la pizarra.

Ahora, ¡a practicar!

These exercises may be done as oral or written work.

Additional Exercises
Cuaderno: Unidad 3, Lección 1

A. De viaje.
1 Estaba inquieto(a).
2 Me sentía un poco nervioso(a).
3 Caminaba de un lado para otro en el aeropuerto.
4 Quería estar ya en la Ciudad de México.
5 No podía creer que salía hacia México.
6 Esperaba poder usar mi español.
7 Tenía miedo de olvidar mi cámara.

NSS For Native Speakers
A. De viaje.
Indíqueles a los estudiantes hispanohablantes que todos los verbos en **-er** y **-ir** llevan acento escrito en el imperfecto.

B. Sumario.
1 Pasé por la aduana.
2 Llamé un taxi para ir al hotel.
3 Decidí no deshacer las maletas todavía.
4 Salí a dar un paseo por la Zona Rosa.
5 Me sentí muy cansado(a) después de una hora.
6 Regresé al hotel.
7 Dormí hasta el día siguiente.

NSS For Native Speakers
B. Sumario. Cambie el contexto a: Pregúntale a tu compañero(a) si hizo lo siguiente su primer día en la Ciudad de México.

¿Llegaste a la Ciudad de México a las cuatro de la tarde?

Answers
1 ¿Pasaste...? 4 ¿Te sentiste...?
2 ¿Llamaste...? 5 ¿Regresaste...?
3 ¿Decidiste...? 6 ¿Dormiste...?

Ahora, ¡a practicar!

A. De viaje. Tu amigo(a) te pide que le digas cómo te sentías la mañana de tu viaje a México.

MODELO   sentirse entusiasmado(a)
Me sentía muy entusiasmado(a).

1. estar inquieto(a)
2. sentirse un poco nervioso(a)
3. caminar de un lado para otro en el aeropuerto
4. querer estar ya en la Ciudad de México
5. no poder creer que salía hacia México
6. esperar poder usar mi español
7. tener miedo de olvidar mi cámara

B. Sumario. Cuenta tu primer día en la Ciudad de México.

MODELO   llegar a la Ciudad de México a las cuatro de la tarde
Llegué a la Ciudad de México a las cuatro de la tarde.

1. pasar por la aduana
2. llamar un taxi para ir al hotel
3. decidir no deshacer las maletas todavía
4. salir a dar un paseo por la Zona Rosa
5. sentirse muy cansado(a) después de una hora
6. regresar al hotel
7. dormir hasta el día siguiente

C. Mito. Completa la siguiente narración para descubrir el mito de cómo fue fundada la Ciudad de México.

Los aztecas ___1___ (buscar) un sitio donde establecerse. Un día, en el año 1325, mientras ___2___ (pasar) por el lago Texcoco, ___3___ (ver) un espectáculo impresionante. Encima de un cactus llamado nopal ___4___ (haber) un águila con las alas extendidas. ___5___ (Tener) en su pico una serpiente que todavía se ___6___ (mover). Los jefes ___7___ (decidir) que ése ___8___ (ser) el signo anunciado por los profetas antiguos y allí ___9___ (fundar) la ciudad de Tenochtitlán.

D. México colonial. Completa la siguiente narración sobre la época colonial en México.

La época colonial en México ___1___ (durar) tres siglos: ___2___ (comenzar) en 1521 y ___3___ (terminar) en 1821. En ese tiempo, México ___4___ (formar) parte del Virreinato de la Nueva España y ___5___ (ser) una de las regiones más ricas del imperio español, pues ___6___ (haber) mucho oro y plata que se ___7___ (enviar) a España. Hacia el fin del período, las luchas entre los gachupines y los criollos ___8___ (terminar) con la victoria de los criollos, quienes ___9___ (declarar) la independencia del país en 1821.

C. Mito.
1. buscaban, 2. pasaban, 3. vieron, 4. había,
5. Tenía, 6. movía, 7. decidieron, 8. era,
9. fundaron

D. México colonial.
1. duró, 2. comenzó, 3. terminó, 4. formaba,
5. era, 6. había, 7. enviaba, 8. terminaron,
9. declararon

3.2 Possessive Adjectives and Pronouns

Short form: Adjectives		Long form: Adjectives / Pronouns	
Singular	**Plural**	**Singular**	**Plural**
mi	mis	mío(a)	míos(as)
tu	tus	tuyo(a)	tuyos(as)
su	sus	suyo(a)	suyos(as)
nuestro(a)	nuestros(as)	nuestro(a)	nuestros(as)
vuestro(a)	vuestros(as)	vuestro(a)	vuestros(as)
su	sus	suyo(a)	suyos(as)

This may be the first time students work with the long forms.

NSS **For Native Speakers** Los estudiantes hispanohablantes no tienden a tener problemas con los posesivos. Lo que sí es importante es que aprendan la nomenclatura y puedan distinguir entre un adjetivo posesivo y un pronombre posesivo. Tal vez valga repasar lo que es un adjetivo y un pronombre.

Point out Only **mío(a)**, **míos(as)** require written accents.

■ All possessive forms agree in gender and number with the noun they modify—that is, they agree with the object or person that is possessed, not with the possessor.

> **Tus** abuelos son de Michoacán. *Your grandparents are from*
> **Los míos** son de Jalisco. *Michoacán. Mine are from Jalisco.*
> Él escribe la letra de **las canciones** *He writes the lyrics for his songs.*
> **suyas.**
> Ella escribe la letra de **las** *She writes the lyrics for her songs.*
> **canciones suyas.**

Possessive Adjectives

■ The short forms of the possessive adjectives are used more frequently than the long forms. They precede the noun they modify.

> **Mi** casa está en un barrio popular *My house is located in a popular*
> de la capital. *neighborhood of the capital.*

■ The long forms are often used for emphasis or contrast, or in constructions with the definite or indefinite article: **el / un (amigo) mío.** They follow the noun they modify which is preceded by the article.

> **La** región **nuestra** produce frutas *Our region produces tropical fruit.*
> tropicales.
> Según el médico, mi malestar era *According to the doctor, my malaise*
> sólo **una** fantasía **mía.** *was only a fantasy of mine.*

■ The forms **su, sus, suyo(a), suyos(as)** may be ambiguous since they have multiple meanings.

> ¿Dónde vive **su** hermano? (de él, *Where does his (her, your, their)*
> de ella, de Ud., de Uds., de ellos, *brother live?*
> de ellas)

In most cases, the context determines which meaning is intended. To clarify the intended meaning of a possessive adjective or pronoun, phrases such as **de él, de ella, de usted,** etc. may be used after the noun. The corresponding definite article precedes the noun.

¿Dónde trabaja **el** hermano **de él**?
La familia **de ella** vive cerca de la capital.

Where does his brother work?
Her family lives near the capital.

■ In Spanish, the definite article is generally used instead of a possessive form when referring to parts of the body and articles of clothing.

Me duele **el** brazo.
La gente se quita **el** sombrero cuando entra en la iglesia.

My arm aches.
People take off their hats when they enter a church.

Possessive Pronouns

■ The possessive pronouns, which use the long possessive forms, replace a possessive adjective + a noun: **mi casa** → **la mía.** They are generally used with a definite article.

—Mi familia vive en una aldea de Jalisco. ¿Y **la tuya**?

My family lives in a small village in (the state of) Jalisco. And yours?

—**La mía** vive en la capital, en Guadalajara.

Mine lives in the capital, in Guadalajara.

■ The article is usually omitted when the possessive pronoun immediately follows the verb **ser.**

Esas fincas **son nuestras.**

Those farms are ours.

Ahora, ¡a practicar!

A. ¿El peor? Compartes tu cuarto con un hermano. Los dos son bastante desordenados. ¿Quién es el peor?

MODELO   libros (de él) / estar por el suelo
           Sus libros están por el suelo.

1. sillón (de él) / estar cubierto de manchas
2. calcetines (míos) / estar por todas partes
3. pantalones (de él) / aparecer en la cocina
4. álbum de fotografías (mío) / estar sobre su cama
5. zapatos (de él) / aparecen al lado de los míos

B. Gustos diferentes. Tú y tu hermano(a) no tienen las mismas preferencias. ¿Cómo varían?

MODELO   Su muralista favorito es Rivera. (Siqueiros)
           El mío es Siqueiros.

1. Su ciudad favorita es Morelia. (Guadalajara)
2. Mi período histórico favorito es la Revolución. (la Colonia)
3. Su novelista favorito es Mariano Azuela. (Carlos Fuentes)
4. Mi autora favorita es Rosario Castellanos. (Elena Poniatowska)
5. Su lugar favorito para vacaciones es Cancún. (Guaymas)

C. Comparaciones. Tú hablas con Emilio Bustamante, un estudiante extranjero. ¿Qué diferencias le dices que notas entre su cultura y la tuya?

MODELO   costumbres
Nuestras costumbres son diferentes a las tuyas.

1. lengua
2. gestos
3. modo de caminar
4. manera de escribir el número "7"
5. uso del cuchillo y del tenedor

Lección 2

3.3 Indefinite and Negative Expressions

Indefinite	Negative
algo *something, anything* **alguien** *someone, somebody, anybody* **alguno** *some, any* **alguna vez** *some time, ever* **siempre** *always* **o** *or* **o . . . o** *either . . . or* **también** *also, too* **cualquiera** *any, whatever*	**nada** *nothing, anything* **nadie** *no one, nobody, anybody* **ninguno** *no, any, none* **nunca, jamás** *never, ever* **nunca jamás** *never ever* **ni** *nor* **ni . . . ni** *neither . . . nor* **tampoco** *neither, not . . . either*

—¿Sabes **algo** de los mayas?

—Antes no sabía **nada** de ellos, pero ahora sé un poco más.

—¿Ha leído **alguien** una novela de Miguel Ángel Asturias?

—No, **nadie** ha leído a ese autor guatemalteco.

—¿Has visitado las ruinas de Tikal **o** de Chichén Itzá?

—No he estado **ni** en Tikal **ni** en Chichén Itzá. **Tampoco** he estado en Palenque.

Do you know anything about the Mayas?

Before I didn't know anything about them, but now I know a little more.

Has anybody read a novel by Miguel Ángel Asturias?

No, nobody has read that Guatemalan author.

Have you visited the ruins in Tikal or Chichén Itzá?

I haven't been to Tikal nor to Chichén Itzá. I haven't been to Palenque either.

C. Comparaciones.
Las respuestas pueden variar.
1 Nuestra lengua es diferente a la tuya.
2 Nuestros gestos son diferentes a los tuyos.
3 Nuestro modo de caminar es similar al tuyo.
4 Nuestra manera de escribir el número siete es diferente a la tuya.
5 Nuestro uso del cuchillo y del tenedor es diferente al tuyo.

3.3

NSS **For Native Speakers** Las expresiones indefinidas y negativas no tienden a ser problemáticas para los estudiantes hispanohablantes. Lo que sí les causa problema a algunos es la ortografía de *nadie*. Unos tienden a decir y escribir *naide* o *naiden*.

Para ayudarles a sus estudiantes a evitar esta tendencia a transferir las vocales o crear un plural, pídales que lean esta explicación y que hagan las actividades correspondientes aquí y en el *Cuaderno de actividades*.

Alguno and ninguno

■ **Alguno** varies in gender and number: **alguno, alguna, algunos, algunas; ninguno** is used in the singular only: **ninguno, ninguna.** As adjectives, they agree with the noun they modify.

¿Has visto **algunas** muestras de la escritura maya?	*Have you seen some samples of Mayan writing?*
He visto **algunos** símbolos, pero no tengo **ninguna** idea de cómo interpretarlos.	*I have seen some symbols, but I have no idea how to interpret them.*

■ **Alguno** and **ninguno** lose the final **-o** before a masculine singular noun.

Ningún presidente ha resuelto el problema de la inflación.	*No president has solved the inflation problem.*
¿Conoces **algún** pueblo de la región del Quiché?	*Do you know any village from the Quiché region?*

■ When **alguien, nadie, alguno/a/os/as** or **ninguno/a** introduce a direct object referring to people, they are preceded by the personal **a.**

¿Conoces **a alguien** de Guatemala?	*Do you know anyone from Guatemala?*
No conozco **a nadie** de allá.	*I don't know anyone from there.*

Nunca and jamás

■ **Nunca** and **jamás** both mean *never*. **Nunca** is more frequently used in everyday speech. **Jamás** or **nunca jamás** are used for emphasis.

Nunca he estado en Quetzaltenango.	*I have never been to Quetzaltenango.*
¡**Jamás** pensé que Guatemala me gustara tanto!	*I never thought I'd like Guatemala so much!*
—¿Has probado el café guatemalteco?	*Have you ever tried Guatemalan coffee?*
—¡**Nunca jamás**!	*Never ever!*

■ In questions, **jamás** or **alguna vez** may be used to mean *ever;* **jamás** is preferred when a negative answer is expected.

¿Te has interesado **alguna vez** (**jamás**) por la arqueología?	*Have you ever been interested in archeology?*
—¿Has visto **jamás** artesanías de Guatemala?	*Have you even seen handicrafts from Guatemala?*
—**Nunca jamás.**	*Never ever.*

G56

No

■ **No** is placed before the verb in a sentence. Object pronouns are placed between **no** and the verb.

No recibí la tarjeta postal que mandaste desde Quetzaltenango. **No la** enviaste a mi dirección antigua, ¿verdad?	*I didn't receive the post card you sent from Quetzaltenango. You didn't send it to my old address, did you?*

■ Negative sentences in Spanish can contain one or more negative words. The word **no** is omitted when another negative expression precedes the verb.

—Yo **no** he leído **nada** sobre la astronomía maya.	*I have not read anything on Mayan astronomy.*
—Yo **tampoco** he leído nada.	*I haven't read anything either.*
Ella **no** toleró **nunca ninguna** injusticia social.	*She never tolerated any social injustice.*
Ella **nunca** toleró **ninguna** injusticia social.	

Cualquiera

■ **Cualquiera** *(any, whatever)* may be used as an adjective or a pronoun. When used as an adjective before a singular noun, **cualquiera** is shortened to **cualquier.**

Cualquier pirámide maya muestra la grandeza de esa civilización.	*Any Mayan pyramid shows the greatness of that civilization.*
Gozamos de libertad de expresión y **cualquiera** puede expresar sus opiniones.	*We enjoy freedom of speech and anyone can express his or her views.*

Ahora, ¡a practicar!

A. ¿Cuánto sabes? Contesta estas preguntas para ver cuánto sabes sobre la cultura guatemalteca.

> MODELO ¿Has visitado alguna vez el Quiché?
> **Nunca he visitado el Quiché. o Sí, visité el Quiché en 1991.**

1. ¿Has leído alguna vez acerca de las matemáticas mayas?
2. ¿Conoces alguna lengua indígena guatemalteca?
3. ¿Has estudiado mucho acerca de la astronomía maya?
4. ¿Has leído algo de Miguel Ángel Asturias?
5. ¿Has leído algunos cuentos guatemaltecos?
6. ¿Entiendes algo de la política actual de Guatemala?
7. ¿Sabes mucho de la reforma agraria en Guatemala?
8. ¿Has visitado alguna vez algunas ruinas mayas?
9. ¿Has estado en Escuintla o en Quetzaltenango?

G57

Ahora, ¡a practicar!

These exercises may be done as oral or written work.

Additional Exercises
Cuaderno: Unidad 3, Lección 2

NSS **For Native Speakers** Algunos estudiantes hispanohablantes se sienten inseguros con el uso de **cualquiera**, por lo tanto, lo evitan. El problema parece ser reconocer cuando es un adjetivo y, por lo tanto, cuando debe usarse la forma corta **cualquier.** Asegúrese de que sus alumnos entiendan esto en los ejemplos.

A. ¿Cuánto sabes?
Las respuestas pueden variar.
1 Nunca he leído acerca de las matemáticas mayas. o Sí, leí acerca de las matemáticas mayas el año pasado.
2 No conozco ninguna lengua indígena guatemalteca. o Sí, conozco algunas lenguas indígenas guatemaltecas.
3 No he estudiado nada acerca de la astronomía maya. o Sí, estudié la astronomía maya el año pasado.
4 No he leído nada de Miguel Ángel Asturias. o Sí, leí una novela de Asturias este año.
5 No he leído ningún cuento guatemalteco. o Sí, leí un cuento guatemalteco el año pasado.
6 No entiendo nada de la política actual de Guatemala. o Sí, entiendo algo de la política actual de Guatemala.
7 No sé nada de la reforma agraria en Guatemala. o Sí, sé un poco de la reforma agraria en Guatemala.
8 Nunca he visitado ninguna ruina maya. o Sí, visité unas ruinas mayas hace tres años.

NSS **For Native Speakers** Insista en que los estudiantes hispanohablantes escriban las respuestas a los ejercicios en **Ahora, ¡a practicar!** como tarea. En clase, pídales que intercambien tareas y corrijan la tarea de un(a) compañero(a) de clase mientras unos alumnos ponen la tarea en la pizarra.

9 No he estado ni en Escuintla ni en Quetzaltenango. o Sí, estuve en Quetzaltenango el verano pasado.

B. Opiniones opuestas.

1 Nunca se va a encontrar solución a un conflicto.

2 Un gobernante no debe consultar con nadie.

3 La economía no ha mejorado nada.

4 El gobierno no debe conversar con ningún grupo político.

5 No ha habido ningún avance en la lucha contra el narcotráfico.

3.4

NSS **For Native Speakers** Por lo general, los estudiantes hispanohablantes no tienen dificultad en saber cuando usar el pretérito y el imperfecto en estas situaciones. Lo que sí les presenta problemas a algunos es el querer añadir **-s** a las terminaciones de **tú** en el pretérito. Hágalos conscientes de estas variaciones.

Point out The speaker may decide to give a view of the past as a sequence of completed actions (preterite) or as a series of habitual actions (imperfect).

UNIDAD

B. Opiniones opuestas. Tu compañero(a) contradice cada afirmación que tú haces.

MODELO Todos quieren resolver los problemas ecológicos.
Nadie quiere resolver los problemas ecológicos.

1. Siempre se va a encontrar solución a un conflicto.
2. Un gobernante debe consultar con todos.
3. La economía ha mejorado algo.
4. El gobierno debe conversar con todos los grupos políticos.
5. Ha habido algunos avances en la lucha contra el narcotráfico.

3.4 Preterite and Imperfect: Simultaneous and Recurrent Actions

■ When two or more past events or conditions are viewed together, it is common to use the imperfect in one clause to describe the setting, the conditions, or actions that were in progress; the preterite is used in the other clause to tell what happened. The clauses may occur in either order.

Cuando nuestro avión **aterrizó** en el aeropuerto de la Ciudad de Guatemala, **eran** las cuatro de la tarde y **estaba** un poco nublado.
Unos amigos nos **esperaban** cuando **bajamos** del avión.

When our plane landed in the Guatemala City airport, it was four in the afternoon and it was a bit cloudy.
Some friends were waiting for us when we got off the plane.

■ When describing recurrent actions or conditions, the preterite indicates that the actions or conditions have taken place and are viewed as completed in the past; the imperfect emphasizes habitual or repeated past actions or conditions.

El verano pasado **seguimos** un curso de Historia de México en la Universidad Nacional Autónoma de México. Por las tardes, **asistimos** a muchas conferencias y conciertos.
El verano pasado, **íbamos** a un curso de Historia de México en la Universidad Nacional Autónoma de México y por las tardes **asistíamos** a conferencias o conciertos.

Last summer we took a course on the History of Mexico at the Universidad Nacional Autónoma de México. In the afternoons, we attended many conferences and concerts.
Last summer we used to go to a course on the History of Mexico at the Universidad Nacional Autónoma de México and in the afternoons we would attend conferences or concerts.

G58

■ **Conocer, poder, querer,** and **saber** change their meaning when used in the preterite.

Verb	Imperfect	Preterite
conocer	*to know*	*to meet* (first time)
poder	*to be able to*	*to manage*
querer	*to want*	*to try* (affirmative); *to refuse* (negative)
saber	*to know*	*to find out*

Yo no **conocía** a ningún guatemalteco; pero anoche **conocí** a una joven de Quetzaltenango.

I did not know any Guatemalans, but last night I met a young woman from Quetzaltenango.

Anoche yo **quería** alquilar un video, pero mi compañero de cuarto **no quiso** llevarme a la tienda porque nevaba. **Quise** ir a pie, pero abandoné la idea porque hacía mucho frío.

Last night I wanted to rent a video, but my roommate refused to take me to the store because it was snowing. I tried to walk there, but I abandoned the idea because it was too cold.

Ahora, ¡a practicar!

A. Último día. Explica lo que hiciste el último día de tu estadía en Guatemala.

MODELO salir del hotel después del desayuno
Salí del hotel después del desayuno.

1. ir a muchas tiendas de artesanías
2. comprar regalos para mi familia y mis amigos
3. tomar mucho tiempo en encontrar algo apropiado
4. pasar tres horas en total haciendo compras
5. regresar al hotel
6. hacer las maletas rápidamente
7. llamar un taxi
8. ir al aeropuerto

B. Verano guatemalteco. Le cuentas a tu compañero(a) lo que tú y tus amigos hacían el verano pasado cuando estudiaban en Antigua, Guatemala.

MODELO ir a clases por la mañana
Íbamos a clases por la mañana.

1. vivir con una familia guatemalteca
2. regresar a casa a almorzar
3. por las tardes, pasear por la ciudad
4. a veces ir de compras
5. de vez en cuando cenar en restaurantes típicos
6. algunas noches ir a bailar a alguna discoteca
7. salir de excursión los fines de semana

G59

C. Arte mural.
1. sabía, 2. aprendí, 3. hice,
4. dijo, 5. había, 6. quise,
7. pude, 8. Vi, 9. contaban,
10. Supe

D. Sábado.
The use of **cuando** and
mientras may vary.
1 Mientras miraba un partido de básquetbol en la televisión, llamó por teléfono mi abuela.
2 Mientras preparaba un informe sobre el Premio Nóbel, llegaron unos amigos a visitarme.
3 Cuando escuchaba a mi grupo favorito de rock, me pidieron los vecinos que bajara el volumen.
4 Cuando andaba de compras en el supermercado, me encontré con unos viejos amigos.
5 Cuando caminaba por la calle, vi un choque entre una motocicleta y un automóvil.
6 Mientras estaba en casa de unos tíos, vi unas fotografías de cuando yo era niño(a).
7 Mientras tomaba refrescos en un café, presencié una discusión entre dos novios.

3.5

C. Arte mural. Completa la historia con la forma del verbo más apropiado para saber del arte mural en una ciudad norteamericana.

Hasta hace poco yo no __1__ (sabía-supe) nada de pinturas murales. Pero la semana pasada __2__ (aprendía-aprendí) mucho durante una corta visita que __3__ (hacía-hice) a San Francisco. Cuando alguien me __4__ (decía-dijo) que __5__ (había-hubo) pinturas murales en el barrio de la calle *Mission*, de inmediato __6__ (quería-quise) verlas. Afortunadamente, durante una tarde libre, __7__ (podía-pude) por fin admirar los murales. __8__ (Veía-Ví) paredes y más paredes con pinturas de colores brillantes que __9__ (contaban-contaron) la historia de los latinos. __10__ (Sabía-Supe) entonces que el arte mural es un arte vivo, que forma parte de la experiencia diaria de esa comunidad.

D. Sábado. Los miembros de la clase dicen lo que hacían el sábado por la tarde.

MODELO   estar en el centro comercial / ver a mi profesor de historia
Cuando (Mientras) estaba en el centro comercial, vi a mi profesor de historia.

1. mirar un partido de básquetbol en la televisión / llamar por teléfono mi abuela
2. preparar un informe sobre el Premio Nóbel / llegar unos amigos a visitarme
3. escuchar mi grupo favorito de rock / los vecinos pedirme que bajara el volumen
4. andar de compras en el supermercado / encontrarme con unos viejos amigos
5. caminar por la calle / ver un choque entre una motocicleta y un automóvil
6. estar en casa de unos tíos / ver unas fotografías de cuando yo era niño(a)
7. tomar refrescos en un café / presenciar una discusión entre dos novios

Lección 3

3.5   The Prepositions **para** and **por**

Para is used:

■ to express movement or direction toward a destination or goal.

Salgo **para** la Ciudad de México el viernes próximo.	*I am leaving for Mexico City next Friday.*

■ to indicate a specific time limit or a fixed point in time.

Ese mural ya estará terminado **para** Navidad.	*That mural will already be finished by Christmas.*

■ to express a purpose, goal, use, or destination.

Queremos ir a México **para** visitar las pirámides de Teotihuacán.	*We want to go to Mexico to visit the pyramids of Teotihuacán.*
En esta pared hay espacio **para** un mural.	*On this wall there is room for a mural.*
Esta tarjeta postal es **para** ti.	*This postcard is for you.*

■ to express an implied comparison of inequality.

México está bastante industrializado **para** un país del Tercer Mundo.	*Mexico is fairly industrialized for a Third World country.*
Para ser tan joven, tú entiendes bastante de política internacional.	*For someone so young, you understand quite a lot about international politics.*

■ to indicate the person(s) holding an opinion or making a judgment.

Para muchas personas, los murales de Diego Rivera reflejan la esencia de la cultura mexicana. **Para** mí, expresan un fuerte mensaje social.	*For many people, Diego Rivera's murals reflect the essence of Mexican culture. For me, they express a strong social message.*

Por is used:

■ to express movement along or through a place.

Es agradable caminar **por** el Parque de Chapultepec.	*It is pleasant to walk through Chapultepec Park.*

■ to indicate duration of time. **Durante** may also be used, or no preposition at all.

La cultura de Teotihuacán dominó Mesoamérica **por casi ocho siglos** (**durante** casi ocho siglos/casi ocho siglos).	*Teotihuacán culture dominated Middle America for almost eight centuries (during almost eight centuries/almost eight centuries).*

■ to indicate the cause, reason, or motive of an action.

Rigoberta Menchú recibió el Premio Nóbel **por** su infatigable labor en favor de su gente.	*Rigoberta Menchú received the Nobel Prize for her untiring work on behalf of her people.*
Muchos turistas visitan el Museo de Antropología **por** curiosidad.	*Many tourists visit the Museum of Anthropology out of curiosity.*

■ to express *on behalf of, for the sake of,* or *in favor of.*

Rigoberta Menchú lucha **por** los derechos de los indígenas.	*Rigoberta Menchú fights for the rights of the indigenous population.*
Debemos hacer muchos sacrificios **por** el bienestar del país.	*We must make many sacrifices for the well-being of the country.*
Según las encuestas, la mayoría va a votar **por** el candidato liberal.	*According to the polls, the majority is going to vote for the liberal candidate.*

■ to express the exchange or substitution of one thing for another.

¿Cuántos pesos mexicanos dan **por** un dólar?	*How many Mexican pesos do they give for a dollar?*

G61

■ to express the agent of an action in a passive sentence. (See *Unidad 4, p. G66* for a discussion of passive constructions.)

Guatemala ha sido gobernado **por** muchos militares.

Guatemala has been ruled by many military men.

Esos murales fueron pintados **por** José Clemente Orozco.

Those murals were painted by José Clemente Orozco.

■ to indicate a means of transportation or communication.

Llamaré a Carlos **por** teléfono para decirle que viajaremos **por** tren, no **por** autobús.

I'll phone Carlos to tell him that we'll travel by train, not by bus.

■ to indicate rate, frequency, or unit of measure.

México tiene un médico **por** cada seiscientos habitantes.

Mexico has one doctor per six hundred people.

Rigoberta Menchú ganaba veinte céntimos **por** día.

Rigoberta Menchú used to earn twenty cents a day.

■ in the following common expressions.

por ahora *for the time being*
por cierto *of course*
por consiguiente *consequently*
por eso *that's why*
por fin *finally*
por la mañana (tarde, noche)
  in the morning (afternoon, night)
por lo menos *at least*
por lo tanto *therefore*
por más (mucho) que *however much*
por otra parte *on the other hand*
por poco *almost*
por supuesto *of course*
por último *finally*

Ahora, ¡a practicar!

A. Admiración. ¿Por qué los guatemaltecos admiran a Rigoberta Menchú?

MODELO   infatigable labor
          La admiran por su infatigable labor.

1. obra en favor de los indígenas
2. defensa de los derechos humanos
3. valentía
4. activismo político
5. espíritu de justicia social
6. lucha contra la discriminación

Ahora, ¡a practicar!

These exercises may be done as oral or written work.

Additional Exercises
Cuaderno: Unidad 3, Lección 2

A. Admiración.
1 La admiran por su obra en favor de los indígenas.
2 La admiran por su defensa de los derechos humanos.
3 La admiran por su valentía.
4 La admiran por su activismo político.
5 La admiran por su espíritu de justicia social.
6 La admiran por su lucha contra la discriminación.

B. Planes. Menciona algunos planes generales del gobierno guatemalteco para resolver algunos de los problemas del país.

MODELO   planes: controlar la inflación
El gobierno ha propuesto nuevos planes para controlar la inflación.

1. programas: mejorar la economía
2. leyes: prevenir los abusos de los derechos humanos
3. resoluciones: combatir el tráfico de drogas
4. regulaciones: proteger el medio ambiente
5. negociaciones: reconciliar a la oposición

C. La Ciudad de los Dioses. Completa la siguiente información acerca de Teotihuacán, usando la preposición **para** o **por,** según convenga.

1. Muchas personas visitan México principalmente _____ ver las impresionantes pirámides de Teotihuacán.
2. No sabemos _____ quiénes fue construida esta ciudad.
3. No sabemos si los habitantes de Teotihuacán usaban este nombre _____ hablar de su ciudad.
4. _____ una ciudad antigua, Teotihuacán era realmente impresionante.
5. Teotihuacán fue y es famosa _____ sus pirámides y templos magníficos.
6. La ciudad no fue destruida _____ una civilización rival, sino _____ facciones internas.
7. Hoy, como antes los aztecas, sentimos respeto _____ las ruinas misteriosas de esta ciudad.
8. _____ todo el mundo, Teotihuacán es una ciudad fascinante y misteriosa.

D. Paseo. Completa con la preposición **para** o **por**, según el sentido, para descubrir lo que hace Milagros durante su paseo.

Ayer di un paseo __1__ (=propósito) visitar el Museo Nacional de Antropología. Caminé __2__ (=a lo largo) el Paseo de la Reforma; iba __3__ (=hacia) el Parque de Chapultepec, que es donde queda el museo. No quise tomar un taxi o el metro __4__ estar el tiempo tan bueno. Cuando llegué al museo, pagué quince pesos __5__ la entrada. Vi, __6__ supuesto, la réplica de las pirámides de Teotihuacán construidas __7__ indígenas hace más de quince siglos. Admiré también la Piedra del Sol, el famoso calendario usado __8__ los aztecas __9__ resumir su visión del cosmos. Estuve en el museo __10__ varias horas y todavía no había visto todo. Pienso volver otro día __11__ ver más cosas. __12__ regresar al hotel tomé el metro, porque estaba muy cansada.

B. Planes.
1 El gobierno ha propuesto nuevos programas para mejorar la economía.
2 El gobierno ha propuesto nuevas leyes para prevenir los abusos de los derechos humanos.
3 El gobierno ha propuesto nuevas resoluciones para combatir el tráfico de drogas.
4 El gobierno ha propuesto nuevas regulaciones para proteger el medio ambiente.
5 El gobierno ha propuesto nuevas negociaciones para reconciliar a la oposición.

C. La Ciudad de los Dioses.
1 para
2 por
3 para
4 Para
5 por
6 por / por
7 por
8 Para

D. Paseo.
1 para
2 por
3 para
4 por
5 por
6 por
7 por
8 por
9 para
10 por
11 para
12 Para

G63

NSS **For Native Speakers** Pídales a los estudiantes hispanohablantes que citen la regla para el uso de **por** o **para** cada vez que den una respuesta a los ejercicios **C** y **D**.

UNIDAD *Lección 1*

4

4.1 The Past Participle

Forms

-ar verbs	*-er* verbs	*-ir* verbs
terminar	**aprender**	**recibir**
termin**ado**	aprend**ido**	recib**ido**

■ To form the past participle of regular verbs, add **-ado** to the stem of **-ar** verbs, and **-ido** to the stem of **-er** and **-ir** verbs.

■ The past participles of verbs ending in **-aer, -eer,** and **-ír** have accent marks.

caer: **caído**   creer: **creído**   oír: **oído**
traer: **traído**   leer: **leído**   reír (i): **reído**

■ Some verbs have irregular past participles.

abrir: **abierto**   poner: **puesto**
cubrir: **cubierto**   resolver (ue): **resuelto**
decir (i): **dicho**   romper: **roto**
escribir: **escrito**   ver: **visto**
hacer: **hecho**   volver (ue): **vuelto**
morir (ue): **muerto**

■ Verbs derived from the words above also have irregular past participles.

cubrir: descubrir → descubierto
escribir: describir → descrito; inscribir → inscrito
hacer: deshacer → deshecho; satisfacer → satisfecho
poner: componer → compuesto; imponer → impuesto; suponer → supuesto
volver (ue): devolver (ue) → devuelto; revolver (ue) → revuelto

Uses

The past participle is used:

■ with the auxiliary verb **haber** to form the perfect tenses. In this case, the past participle is invariable. (See *Unidad 7, p. G111* for the perfect tenses.)

Muchos cubanoamericanos no **han visitado** Cuba.   *Many Cuban Americans have not visited Cuba.*

■ with the verb **ser** to form the passive voice. Here the past participle agrees in gender and number with the subject of the sentence. (See *p. G66* in this unit for passive sentences.)

En 1953 Fidel Castro y su hermano Raúl **fueron encarcelados** por Batista.

In 1953, Fidel Castro and his brother Raúl were jailed by Batista.

■ with the verb **estar** to express a condition or state that results from a previous action. The past participle agrees in gender and number with the subject. (See *Unidad 1, pp. G14-G15* for **ser** and **estar** + a past participle.)

Abrieron esa tienda a las nueve. La tienda **está abierta** ahora.

They opened that store at nine o'clock. The store is now open.

■ as an adjective to modify nouns. In this case, the past participle agrees in gender and number with the noun it modifies.

Compré unas herramientas **fabricadas** en México.

I bought some tools manufactured in Mexico.

Ahora, ¡a practicar!

A. Breve historia de Cuba. Completa la siguiente información acerca de Cuba con el participio pasado del verbo indicado entre paréntesis.

Cuba es ___1___ (conocer) como la Perla de las Antillas. Está ___2___ (situar) a 180 kilómetros al sur de la Florida y a 77 kilómetros al oeste de Haití. Fue ___3___ (descubrir) por Colón durante su primer viaje y a principios del siglo XVI fue ___4___ (colonizar) por Diego de Velázquez. Fue ___5___ (declarar) república independiente a comienzos del siglo XX. Actualmente las zonas más ___6___ (poblar) son las provincias del Este y La Habana. Según la Constitución ___7___ (promulgar) en 1976, Cuba es una República Democrática y Socialista ___8___ (dividir) en catorce provincias.

B. Trabajo de investigación. Un(a) compañero(a) te pregunta acerca de un trabajo de investigación sobre Cuba que tienes que presentar en tu clase de español.

MODELO ¿Empezaste el trabajo sobre la historia de Cuba? (Sí)
Sí, está empezado.

¿Terminaste la investigación? (Todavía no)
No, todavía no está terminada.

1. ¿Hiciste las lecturas preliminares? (Sí)
2. ¿Consultaste la bibliografía? (Sí)
3. ¿Empezaste el bosquejo de tu trabajo? (No)
4. ¿Transcribiste tus notas? (Todavía no)
5. ¿Decidiste cuál va a ser el título? (Sí)
6. ¿Escribiste la introducción? (No)
7. ¿Devolviste los libros a la biblioteca? (No)
8. ¿Resolviste las dudas que tenías? (Todavía no)

G65

Passive Voice with ser

■ In both English and Spanish, actions can be expressed in the active or in the passive voice. In active sentences the subject performs the action. In passive sentences the subject receives the action. Note how the direct object of active sentences becomes the subject of passive sentences.

Active voice

Wifredo Lam pintó *La selva*.   *Wifredo Lam painted* The Jungle.

| Subject | + | Verb | + | Direct Object |

Passive voice

La selva fue pintada por Wifredo Lam.   The Jungle *was painted by Wifredo Lam.*

| Subject | + | **ser** | + | Past Participle | + | **por** | + | Agent |

■ In the passive voice, **ser** may be used in any tense, and the past participle agrees in gender and number with the subject of the sentence. The agent may be omitted in a passive sentence.

Cuba **fue colonizada** por Diego
   de Velázquez.
Cuba **es conocida** como la Perla
   de las Antillas.

*Cuba was colonized by Diego de
   Velázquez.*
*Cuba is known as the Pearl of the
   Antilles.*

Substitutes for the Passive

Unlike English, the passive voice is not frequently used in spoken or written Spanish. Instead, the passive **se** construction or a verb in the third person plural with no specific subject is preferred.

■ When the human performer of an action is unknown or irrelevant, the passive **se** construction can be used. In this case the verb is always in the third person singular or plural.

Para cortar madera, **se usa** un
   serrucho.
Esas herramientas no **se
   encuentran** en muchas tiendas.

*To cut wood, one uses a saw (a saw is
   used).*
*Those tools are not found in many
   stores. (You don't find those tools in
   many stores.)*

Se escuchan ritmos africanos por
   todo el país.

*African rhythms are heard throughout
   the country. (One hears African
   rhythms throughout the country.)*

■ The **se** construction has several equivalents in English. It may mean the passive or it may indicate that the subject of the sentence is unspecified or impersonal (one, they, you, or people in general).

Se esperan grandes cambios. {
Great changes are expected.
One expects great changes.
They expect great changes.
You expect great changes.
People expect great changes.
}

■ A verb conjugated in the third person plural without a subject pronoun can also be used as a substitute for the passive voice when no agent is expressed.

Aprobaron la nueva constitución.

They approved the new constitution. (The new constitution was approved.)

Aquí no **respetan** los derechos individuales.

The rights of the individual are not respected here. (Here they don't respect the rights of the individual.)

Ahora, ¡a practicar!

A. ¿Qué sabes de Cuba? Usa la información siguiente para mencionar algunos datos importantes de la historia de Cuba.

MODELO   reconocer / por Colón en 1492
             Fue reconocida por Colón en 1492.

1. poblar / por taínos y ciboneyes
2. colonizar / por Diego de Velázquez
3. ceder / a EE.UU. por España en 1898
4. declarar / república independiente en 1902
5. transformar / enormemente por la Revolución de 1959

B. Poeta nacional. Completa la siguiente información acerca del poeta cubano Nicolás Guillén usando **ser** + *participio pasado* del verbo indicado.

Nicolás Guillén nació en Camagüey en 1902. Sus primeros versos __1__ (publicar) en una revista de Camagüey en 1917. Se hizo famoso con *Motivos de son*, obra que __2__ (publicar) en 1930. __3__ (encarcelar) dos veces por el gobierno de Fulgencio Batista. Salió al exilio y volvió cuando triunfó la revolución de Fidel Castro en 1959. __4__ (aclamar) como el poeta nacional de Cuba y también __5__ (elegir) presidente de la Unión de Escritores y Artistas de Cuba. __6__ (admirado) como un gran poeta tanto dentro como fuera de su país. Murió en 1989.

G67

C. Economía cubana.

1 Se cultivan también frutas tropicales.
2 Se explotan las maderas preciosas.
3 Sí, se extraen varios minerales como el níquel y el cobre.
4 Sí, pero se cosecha en el oeste de la isla especialmente.
5 Sí, se conoce en todo el mundo por su calidad.
6 No, se basa en la agricultura.

D. Noticias.

1 Aconsejan ir a votar temprano en las próximas elecciones.
2 Informan acerca de nuevos avances en la medicina.
3 Pronostican que la economía va a mejorar.
4 Creen que las negociaciones entre el gobierno y los trabajadores van a tener éxito.
5 Denuncian los abusos en algunos bancos locales.

4.3

C. Economía cubana. Contesta las siguientes preguntas acerca de la economía de Cuba usando **se** + *verbo en tercera persona.*

MODELO ¿Cuál es el principal producto agrícola de Cuba? (cultivar / caña de azúcar principalmente)
Se cultiva la caña de azúcar principalmente.

1. ¿Qué otros productos agrícolas tiene Cuba? (cultivar / también frutas tropicales)
2. ¿Qué maderas hay? (explotar / maderas preciosas)
3. ¿Hay minerales? (Sí, extraer / varios minerales, como el níquel y el cobre)
4. ¿Siembran la caña de azúcar en toda la isla? (Sí, pero cosechar / en el oeste de la isla especialmente)
5. ¿Es famoso el tabaco cubano? (Sí, conocer / en todo el mundo por su calidad)
6. ¿Es una economía de base industrial? (No, basar / en la agricultura)

D. Noticias. Tú y tus compañeros mencionan diversas noticias que han leído en el periódico de hoy.

MODELO anunciar / una gran tormenta de nieve
Anuncian una gran tormenta de nieve.

1. aconsejar / ir a votar temprano en las próximas elecciones
2. informar / acerca de nuevos avances en la medicina
3. pronosticar / que la economía va a mejorar
4. creer / que las negociaciones entre el gobierno y los trabajadores van a tener éxito
5. denunciar / abusos en algunos bancos locales

Lección 2

4.3 Present Subjunctive Forms and the Use of the Subjunctive in Main Clauses

■ The two main verbal moods in Spanish are the *indicative* and the *subjunctive*. The indicative mood relates or describes something considered to be definite or factual. The subjunctive mood expresses emotions, doubts, judgment, or uncertainty about an action.

Santo Domingo **es** la ciudad más antigua de América. *(Indicative)*

Santo Domingo is America's oldest city.

Quizás Santo Domingo **sea** la capital con más edificios coloniales. *(Subjunctive)*

Santo Domingo is perhaps the capital with the most colonial buildings.

G68

■ The subjunctive is used much more frequently in Spanish than in English. It generally occurs in dependent clauses introduced by **que.**

Dudo **que** tus amigos **conozcan** algunas canciones de Juan Luis Guerra.

I doubt that your friends know some songs by Juan Luis Guerra.

Forms

-ar verbs	*-er* verbs	*-ir* verbs
progresar	**aprender**	**vivir**
progres**e**	aprend**a**	viv**a**
progres**es**	aprend**as**	viv**as**
progres**e**	aprend**a**	viv**a**
progres**emos**	aprend**amos**	viv**amos**
progres**éis**	aprend**áis**	viv**áis**
progres**en**	aprend**an**	viv**an**

■ To form the present subjunctive of all regular and most irregular verbs, drop the **-o** ending of the first-person singular form of the present indicative and add the appropriate endings. Note that the endings of **-ar** verbs all share the vowel **e,** whereas the endings of **-er** and **-ir** verbs all share the vowel **-a.**

■ Most verbs that have an irregular stem in the first-person singular form in the present indicative maintain the same irregularity in all forms of the present subjunctive. Following are some examples.

conocer (**conozcø**): conozca, conozcas, conozca, conozcamos, conozcáis, conozcan
decir (**digø**): diga, digas, diga, digamos, digáis, digan
hacer (**hagø**): haga, hagas, haga, hagamos, hagáis, hagan
influir (**influyø**): influya, influyas, influya, influyamos, influyáis, influyan
proteger (**protejø**): proteja, protejas, proteja, protejamos, protejáis, protejan
tener (**tengø**): tenga, tengas, tenga, tengamos, tengáis, tengan

Verbs with Spelling Changes

Some verbs require a spelling change to maintain the pronunciation of the stem. Verbs ending in **-car, -gar, -guar,** and **-zar** have a spelling change in all persons.

c → qu	sacar: saque, saques, saque, saquemos, saquéis, saquen
g → gu	pagar: pague, pagues, pague, paguemos, paguéis, paguen
u → ü	averiguar: averigüe, averigües averigüe, averigüemos, averigüéis, averigüen
z → c	alcanzar: alcance, alcances, alcance, alcancemos, alcancéis, alcancen

Point out With the exception of first person singular, the subjunctive endings of **-ar** verbs are identical to the present indicative endings of **-er** verbs, and the subjunctive endings of **-er** verbs are identical to the present indicative endings of **-ar** verbs.

NSS **For Native Speakers** Pídales a los estudiantes hispanohablantes que conjuguen algunos de estos verbos irregulares en el presente indicativo en la pizarra. Luego pídales que los lean en voz alta. Asegúrese de que la pronunciación y la ortografía, en particular de la primera persona plural, sea correcta. Muchos hispanos tienden a poner un acento esdrújulo en la forma de la primera persona plural (ej. *conózcamos* en vez de **conozcamos,** *hágamos* en vez de **hagamos,** *téngamos* en vez de **tengamos**). Haga conscientes a los estudiantes hispanohablantes que ésta es una forma coloquial que se evita en el lenguaje más formal.

Suggestion Both native and non-native speakers need to be made aware of these spelling changes. Send several students to the board and have the rest of the class write at their desks as you ask for the **nosotros** form of a number of these verbs in the present subjunctive. Then ask for other forms. Have class correct any errors on the board.

G69

Other verbs in these categories:

atacar	entregar	atestiguar *(to testify)*	comenzar (ie)
indicar	jugar (ue)		empezar (ie)
tocar	llegar		almorzar (ue)

Stem-changing Verbs

■ Stem-changing **-ar** and **-er** verbs have the same stem changes in the present subjunctive as in the present indicative. Remember that all forms change except **nosotros** and **vosotros.** (See *Unidad 1, p. G22* for a list of stem-changing verbs.)

pensar	volver
e → ie	o → ue
piense	vuelva
pienses	vuelvas
piense	vuelva
pensemos	volvamos
penséis	volváis
piensen	vuelvan

■ Stem-changing **-ir** verbs have the same stem changes as in the present indicative, except the **nosotros** and **vosotros** forms have an additional change**.**

mentir	dormir	pedir
e → ie, i	o → ue, u	e → i, i
mienta	duerma	pida
mientas	duermas	pidas
mienta	duerma	pida
mintamos	durmamos	pidamos
mintáis	durmáis	pidáis
mientan	duerman	pidan

Irregular Verbs

■ The following six verbs, which do not end in **-o** in the first person singular of the present indicative, are irregular in the present subjunctive. Note the accent marks on some forms of **dar** and **estar**.

haber	ir	saber	ser	dar	estar
haya	vaya	sepa	sea	dé	esté
hayas	vayas	sepas	seas	des	estés
haya*	vaya	sepa	sea	dé	esté
hayamos	vayamos	sepamos	seamos	demos	estemos
hayáis	vayáis	sepáis	seáis	deis	estéis
hayan	vayan	sepan	sean	den	estén

*Note that the present subjunctive of **hay** is **haya**.

Ahora, ¡a practicar!

A. Deseos. Describe algunos de los deseos del cantante dominicano Juan Luis Guerra.

MODELO su esposa / escuchar sus canciones
Quiere que su esposa escuche sus canciones.

1. su familia / vivir en un lugar tranquilo
2. sus amigos / conversar con él a menudo
3. su música / reflejar la realidad dominicana
4. sus canciones / llevar un mensaje social
5. los artistas / funcionar como embajadores de buena voluntad
6. la gente / conocer a los poetas hispanos
7. los artistas / comprender y aceptar sus responsabilidades sociales
8. los pobres / recibir atención médica

B. Opiniones contrarias. Tú y tu compañero(a) expresan opiniones opuestas sobre lo que es bueno para los países del Caribe.

MODELO probar otros modelos de gobierno
Tú: **Es bueno que prueben otros modelos de gobierno.**
Compañero(a): **Es malo que prueben otros modelos de gobierno.**

1. empezar nuevos experimentos políticos
2. conseguir préstamos extranjeros
3. defender su independencia política y económica
4. cerrar sus fronteras
5. tener elecciones libres
6. convertirse en democracia representativa
7. resolver sus problemas internos pronto

Ahora, ¡a practicar!

These exercises may be done as oral or written work.

Additional Exercises
Cuaderno: Unidad 4, Lección 2

A. Deseos.
1 Quiere que su familia viva en un lugar tranquilo.
2 Quiere que sus amigos conversen con él a menudo.
3 Quiere que su música refleje la realidad dominicana.
4 Quiere que sus canciones lleven un mensaje social.
5 Quiere que los artistas funcionen como embajadores de buena voluntad.
6 Quiere que la gente conozca a los poetas hispanos.
7 Quiere que los artistas comprendan y acepten sus responsabilidades sociales.
8 Quiere que los pobres reciban atención médica.

B. Opiniones contrarias.
1 Es bueno que empiecen nuevos experimentos políticos.
Es malo que empiecen nuevos experimentos políticos.
2 Es bueno que consigan préstamos extranjeros.
Es malo que consigan préstamos extranjeros.
3 Es bueno que defiendan su independencia política y económica.
Es malo que defiendan su independencia política y económica.
4 Es bueno que cierren sus fronteras.
Es malo que cierren sus fronteras.
5 Es bueno que tengan elecciones libres.
Es malo que tengan elecciones libres.

NSS For Native Speakers Muchos estudiantes hispanohablantes tienen problemas con la ortografía de algunos de estos verbos. Por ejemplo, hay una tendencia a escribir las formas coloquiales *haiga, haigas, háigamos...* en vez de **haya, hayas, hayamos...** Y como con los verbos regulares, también con los irregulares hay una tendencia a ponerle el acento esdrújulo a las formas de la primera persona plural.

6 Es bueno que se conviertan en democracias representativas.
Es malo que se conviertan en democracias representativas.
7 Es bueno que resuelvan sus problemas internos pronto.
Es malo que resuelvan sus problemas internos pronto.

C. Recomendaciones.

1 Les recomiendo que conozcan las necesidades de la gente.
2 Les recomiendo que oigan la opinión de los expertos.
3 Les recomiendo que construyan herramientas resistentes y eficaces.
4 Les recomiendo que produzcan sus aparatos en grandes cantidades.
5 Les recomiendo que dispongan de mucho dinero para la publicidad.
6 Les recomiendo que ofrezcan sus aparatos a buenos precios.
7 Les recomiendo que le den al consumidor lo que desea.
8 Les recomiendo que vayan a exposiciones industriales.
9 Les recomiendo que sean pacientes.

UNIDAD 4

C. Recomendaciones. Di lo que les recomiendas a las personas que inventan nuevos aparatos o herramientas.

MODELO   hacer aparatos simples
Les recomiendo que hagan aparatos simples.

1. conocer las necesidades de la gente
2. oír la opinión de los expertos
3. construir herramientas resistentes y eficaces
4. producir sus aparatos en grandes cantidades
5. disponer de mucho dinero para la publicidad
6. ofrecer sus aparatos a buenos precios
7. darle al consumidor lo que desea
8. ir a exposiciones industriales
9. ser pacientes

The Subjunctive in Main Clauses

■ The subjunctive is always used after **ojalá (que)** because it means *I hope.* The use of **que** after **ojalá** is optional.

> **Ojalá (que)** la gente **use** las herramientas de modo útil.
> *I hope people use tools in a useful way.*
>
> **Ojalá (que)** te **recuerdes** de comprar un candado.
> *I hope you remember to buy a lock.*

■ The subjunctive is used after the expressions **probablemente** (*probably*) and **a lo mejor, acaso, quizá(s)**, and **tal vez** (all meaning *maybe, perhaps*) to imply that something is doubtful or uncertain. The use of the indicative after these expressions indicates that the idea expressed is definite, certain, or very probable.

> **Probablemente hable** de los cuentos de Juan Bosch en la próxima clase. *(less certain)*
> *I will probably talk about Juan Bosch's short stories in our next class.*
>
> **Probablemente hablaré** de los cuentos de Juan Bosch en la próxima clase. *(more certain)*
> *I will probably talk about Juan Bosch's short stories in our next class.*
>
> **Tal vez** mi hermano **viaje** a Santo Domingo pronto. *(less certain)*
> *Perhaps my brother will soon travel to Santo Domingo.*
>
> **Tal vez** mi hermano **viaja** a Santo Domingo pronto. *(more certain)*
> *Perhaps my brother will soon travel to Santo Domingo.*

Ahora, ¡a practicar!

A. Preparativos apresurados. Eres periodista y tu jefe(a) te ha pedido que hagas un reportaje sobre la República Dominicana. Tienes que salir para allá lo más pronto posible.

> MODELO   el pasaporte estar al día
> **Ojalá que el pasaporte esté al día.**

1. (yo) encontrar un vuelo para el sábado próximo
2. (yo) conseguir visa pronto
3. haber cuartos en un hotel de la zona colonial
4. (ellos) dejar pasar mi computadora portátil
5. la computadora portátil funcionar sin problemas
6. (yo) poder entrevistar a muchas figuras políticas importantes
7. el reportaje resultar todo un éxito

B. Indecisión. Tus amigos te preguntan lo que vas a hacer el próximo fin de semana. No puedes darles una respuesta definitiva, pues no estás seguro(a) de lo que quieres hacer.

> MODELO   ir al cine
> **Quizás (Tal vez, Probablemente) vaya al cine.**

1. ver una película
2. acompañar a mi amiga al centro comercial
3. asistir a un concierto
4. salir con mis amigos
5. tener que trabajar sobretiempo
6. conducir a la playa

4.4   Formal and Familiar Commands

Formal Ud./Uds. Commands

	-ar verbs		*-er* verbs		*-ir* verbs	
	usar		**correr**		**sufrir**	
Ud.	use	no use	corra	no corra	sufra	no sufra
Uds.	usen	no usen	corran	no corran	sufran	no sufran

Ahora, ¡a practicar!

These exercises may be done as oral or written work.

Additional Exercises
Cuaderno: Unidad 4, Lección 2

A. Preparativos apresurados.
1 Ojalá que encuentre un vuelo para el sábado próximo.
2 Ojalá que consiga visa pronto.
3 Ojalá que haya cuartos en un hotel de la zona colonial.
4 Ojalá que dejen pasar mi computadora portátil.
5 Ojalá que la computadora portátil funcione sin problemas.
6 Ojalá que pueda entrevistar a muchas figuras políticas importantes.
7 Ojalá que el reportaje resulte todo un éxito.

B. Indecisión. Las respuestas van a variar.
1 Quizás vea una película.
2 Tal vez acompañe a mi amiga al centro comercial.
3 Probablemente asista a un concierto.
4 Quizás salga con mis amigos.
5 Tal vez tenga que trabajar sobretiempo.
6 Probablemente conduzca a la playa.

4.4

■ **Usted** and **ustedes** affirmative and negative commands have the same forms as the present subjunctive.

■ In Spanish, the subject pronoun is normally not used with commands. It may be included for emphasis or contrast, or as a matter of courtesy.

> **Espere** unos minutos, por favor.   *Wait a few minutes, please.*
>
> **Quédense Uds.** aquí; **vaya usted**   *Stay here (all of you); (you) go alone*
> sola a la oficina del director.   *to the director's office.*
> *(contrast)*
>
> **Llene usted** este formulario, por   *Fill out this form, please.*
> favor. *(courtesy)*

■ In affirmative commands, reflexive and object pronouns are attached to the end of the verb. A written accent is needed if the command is stressed on the next-to-last syllable.

> Este parque nacional es suyo.   *This national park is yours. Use it,*
> **Úselo, cuídelo, manténgalo**   *take care of it, keep it clean.*
> limpio.

■ In negative commands, reflexive and object pronouns precede the verb.

> Guarde ese formulario; no **me lo**   *Keep that form; don't give it to me yet.*
> **pase** todavía.

Ahora, ¡a practicar!

A. Atracciones turísticas. Eres agente de viaje y un(a) cliente tuyo(a) te consulta sobre lugares que debería ver durante su próximo viaje a la República Dominicana. ¿Qué recomendaciones le haces?

> MODELO   ver la Casa de Diego Colón
>   **Vea la Casa de Diego Colón.**

1. visitar la Catedral; admirar la arquitectura colonial
2. pasearse por la zona colonial; no tener prisa
3. entrar en el Museo de las Casas Reales
4. asistir a un concierto en el Teatro Nacional; hacer reservaciones con tiempo
5. caminar junto al mar por la Avenida George Washington
6. ir al Parque Los Tres Ojos; admirar el Acuario
7. no dejar de visitar el Faro de Colón

Ahora, ¡a practicar!

These exercises may be done as oral or written work.

> **Additional Exercises**
> *Cuaderno:* Unidad 4, Lección 2

A. Atracciones turísticas.
1 Visite la Catedral; admire la arquitectura colonial.
2 Paséese por la zona colonial; no tenga prisa.
3 Entre en el Museo de las Casas Reales.
4 Asista a un concierto en el Teatro Nacional; haga reservaciones con tiempo.
5 Camine junto al mar por la Avenida George Washington.
6 Vaya al Parque Los Tres Ojos; admire el Acuario.
7 No deje de visitar el Faro de Colón.

B. **¿Qué hacer?** Un(a) amigo(a) y tú desean viajar a la República Dominicana y les piden consejo a los Núñez, vecinos que han vivido en ese país. Desgraciadamente, los dos no les dan el mismo consejo.

MODELO   ¿Hacemos el viaje durante el verano?
  Él: **Sí, háganlo durante el verano.**
  Ella: **No, no lo hagan durante el verano; hace mucho calor.**

1. ¿Compramos el billete de avión con mucha anticipación?
2. ¿Visitamos los pueblos pequeños?
3. ¿Practicamos los deportes submarinos?
4. ¿Nos bañamos en las playas del norte?
5. ¿Nos quedamos por lo menos dos semanas en el país?

Familiar tú Commands

-ar verbs		*-er* verbs		*-ir* verbs	
usar		**correr**		**sufrir**	
usa	no uses	corre	no corras	sufre	no sufras

■ Affirmative **tú** commands have the same form as the third-person singular present indicative. Negative **tú** commands have the same form as the present subjunctive.

Conserva tus tradiciones. **No olvides** tus orígenes.
¡**Insiste** en tus derechos! ¡No **temas** defenderlos!

Keep your traditions. Don't forget your origins.
Insist on your rights! Don't be afraid to defend them!

■ Only the following verbs have irregular affirmative **tú** commands. Their negative commands are regular.

decir	**di**	salir	**sal**
hacer	**haz**	ser	**sé**
ir	**ve**	tener	**ten**
poner	**pon**	venir	**ven**

Sé bueno. **Haz**me un favor. **Ven** a pasear por la zona colonial conmigo. Pero **pon**te un suéter porque hace frío.

Be good. Do me a favor. Come stroll with me through the colonial district. But put on a sweater because it is cold.

B. ¿Qué hacer? Las respuestas van a variar.
1 *Él:* Sí, cómprenlo con mucha anticipación.
Ella: No, no lo compren hasta la semana del viaje.
2 *Él:* Sí, visítenlos; son muy interesantes.
Ella: No, no los visiten; son aburridos.
3 *Él:* Sí, practíquenlos; son muy divertidos.
Ella: No, no los practiquen; son muy peligrosos.
4 *Él:* Sí, báñense allí; son hermosas.
Ella: No, no se bañen allí, hay demasiada gente.
5 *Él:* Sí, quédense dos semanas o tres, si es posible.
Ella: No, no se queden más de dos semanas o tal vez una.

Ahora, ¡a practicar!

These exercises may be done as oral or written work.

Additional Exercises
Cuaderno: Unidad 4,
Lección 2

A. Receta de cocina.
2 Pela los plátanos; córtalos a lo largo; fríelos en aceite hasta que estén tiernos; sécalos en toallas de papel.
3 Mezcla la sopa con las vainitas; ten cuidado; no las rompas.
4 En una cacerola, coloca los plátanos.
5 Sobre los plátanos, pon la mezcla de sopa y vainitas; echa queso rallado encima.
6 Repite hasta que la cacerola esté llena.
7 Hornea a 350° hasta que todo esté bien cocido.
8 Corta en cuadritos para servir; pon cuidado; no te quemes.

B. Elecciones.
1 Lee lo que aparece en el periódico acerca de las elecciones; no creas todo lo que lees.
2 Ve las entrevistas a los candidatos en la televisión.
3 No pierdas los debates televisados.
4 Ve temprano a votar.
5 Vota por los que tú consideres los mejores candidatos.
6 No te sientas mal si tu candidato pierde.

Ahora, ¡a practicar!

A. Receta de cocina. Un(a) amigo(a) te llama por teléfono para pedirte una receta de un plato dominicano que tú tienes. La receta aparece del modo siguiente en tu libro de cocina.

Instrucciones:
1. Cortar las vainitas verdes a lo largo; cocinarlas en un poco de agua.
2. Pelar los plátanos; cortarlos a lo largo; freírlos en aceite hasta que estén tiernos; secarlos en toallas de papel.
3. Mezclar la sopa con las vainitas; tener cuidado: no romper las vainitas
4. En una cacerola, colocar los plátanos
5. Sobre los plátanos, poner la mezcla de sopa y vainitas; echar queso rallado encima.
6. Repetir hasta que la cacerola esté llena.
7. Hornear a 350° hasta que todo esté bien cocido.
8. Cortar en cuadritos para servir; poner cuidado; no quemarse.

Ahora dale instrucciones a tu amigo(a) para preparar el plato.
MODELO **Corta las vainitas verdes a lo largo; cocínalas en un poco de agua.**

B. Elecciones. Le das consejo a un(a) amigo(a) tuyo(a) que va a participar por primera vez en las próximas elecciones.

MODELO informarse de los programas de los candidatos
Infórmate de los programas de los candidatos.

1. leer lo que aparece en el periódico acerca de las elecciones; no creer todo
2. ver las entrevistas a los candidatos en la televisión
3. no perderse los debates televisados
4. ir temprano a votar
5. votar por los que tú consideres los mejores candidatos
6. no sentirse mal si tu candidato pierde

UNIDAD

C. Consejos contradictorios. Cada vez que un(a) amigo(a) tuyo(a) te da un consejo sobre cómo debes comportarte como turista en países hispanohablantes, otro(a) amigo(a) te da el consejo opuesto.

MODELO   Deja propina en los restaurantes.
           No dejes propina en los restaurantes.

1. Lee acerca de la historia y las costumbres del país que visitas.
2. Esfuérzate por hablar español.
3. Pide información en la oficina de turismo.
4. Ten el pasaporte siempre contigo.
5. No cambies dinero en los hoteles.
6. No comas en los puestos que veas en la calle.
7. No salgas a pasearte solo(a) de noche.
8. Visita los museos históricos.
9. No regatees los precios en las tiendas.

Lección 3

4.5 Subjunctive: Noun Clauses

Wishes, Recommendations, Suggestions, and Commands

■ The subjunctive is used in a dependent clause when the verb or impersonal expression in the main clause indicates a wish, a recommendation, a suggestion, or a command and there is a change of subject in the dependent clause. If there is no change of subject, the infinitive is used.

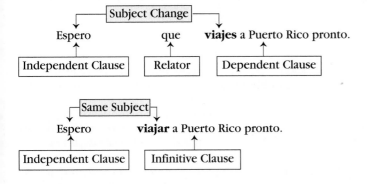

Espero | que | **viajes** a Puerto Rico pronto.
Independent Clause | Relator | Dependent Clause
Subject Change

Espero | **viajar** a Puerto Rico pronto.
Independent Clause | Infinitive Clause
Same Subject

C. Consejos contradictorios.
1 No leas acerca de la historia y las costumbres del país que visitas.
2 No te esfuerces por hablar español.
3 No pidas información en la oficina de turismo.
4 No tengas el pasaporte siempre contigo.
5 Cambia dinero en los hoteles.
6 Come en los puestos que veas en la calle.
7 Sal a pasearte solo(a) de noche.
8 No visites los museos históricos.
9 Regatea los precios en las tiendas.

4.5

Point out Use the analogy of the truck and trailer, with the truck being the independent clause, the trailer the dependent clause, and the trailer hitch the relator **que**.

Suggestion Native speakers as well as non-native speakers are likely to need all grammatical terms defined in order to understand this explanation. Give various examples of *subject change* to make sure students fully understand what a *subject change* is. Do the same with *clause, independent clause, dependent clause, relator, infinitive, infinitive clause.*

Common verbs and expressions in this category:

aconsejar	exigir *(to require)*	prohibir
decir (i)	mandar *(to order)*	querer (ie)
dejar	pedir (i)	recomendar (ie)
desear	permitir	rogar (ue) *(to beg)*
esperar	preferir (ie)	sugerir (ie)

ser esencial	ser mejor	ser preciso *(to be necessary)*
ser importante	ser necesario	ser urgente

Prefiero que **pases** dos semanas en Puerto Rico.

I prefer that you spend two weeks in Puerto Rico.

Te recomiendo que **vayas** al Viejo San Juan.

I recommend you to go to Old San Juan.

Es importante **visitar** el museo de la Casa Blanca.

It is important to visit the museum in the Casa Blanca.

Doubt, Uncertainty, Disbelief, and Denial

■ The subjunctive is used in a dependent clause after verbs or expressions indicating doubt, uncertainty, disbelief, or denial. When the opposite of these verbs and expressions are used, they are followed by the indicative because they imply certainty.

Common verbs and expressions in this category:

Subjunctive: Disbelief/doubt	**Indicative: Belief/certainty**
no creer	creer
dudar	no dudar
no estar seguro(a) (de)	estar seguro(a) (de)
negar	no negar
no pensar (ie)	pensar (ie)
no ser cierto	ser cierto
ser dudoso	no ser dudoso
no ser evidente	ser evidente
no ser seguro	ser seguro
no ser verdad	ser verdad

Es dudoso que la situación política de Puerto Rico **cambie** en el futuro.

It is doubtful that Puerto Rico's political situation will change in the future.

Estoy seguro de que el turismo **trae** mucho dinero, pero **no estoy seguro** de que no **traiga** problemas también.

I am certain that tourism brings lots of money, but I am not certain that it does not bring problems also.

No dudo de que me **graduaré, pero dudo** de que me **gradúe** el semestre próximo.

I don't doubt that I will graduate, but I doubt that I will graduate next semester.

NSS **For Native Speakers** A algunos estudiantes hispanohablantes les cuesta distinguir entre la duda y falta de duda en expresiones como **creer/no creer, dudar/no dudar, pensar/no pensar**. Tal vez valga darles varios ejemplos e insistir en que entiendan como una forma verbal puede imponer duda o falta de duda.

G78

■ In interrogative sentences, either the subjunctive or the indicative may be used. Use of the subjunctive betrays doubt or disbelief on the part of the speaker or writer. Use of the indicative indicates that the person speaking or writing is merely asking for information and does not know the answer.

¿Piensas que el turismo **es** beneficioso para el país? *(person is asking for information and does not know the answer)*

Do you think tourism is beneficial for the country?

¿Piensas que el turismo **sea** beneficioso para el país? *(person doubts that tourism is beneficial)*

Do you think tourism is beneficial for the country?

Emotions, Opinions, and Judgments

■ The subjunctive is used in a dependent clause after verbs and expressions that convey emotions, opinions, and judgments when there is a change of subject. If there is no change of subject, the infinitive is used.

Common verbs and expressions in this category:

alegrarse	lamentar	sorprenderse
enojarse	sentir (ie)	temer
estar contento(a) de	ser extraño	ser raro
ser agradable	ser increíble	ser sorprendente
ser bueno	ser malo	ser (una) lástima
ser curioso	ser natural	ser vergonzoso
ser estupendo	ser normal	

Me alegro de que **vayas** al concierto de Chayanne.
I am glad you will be going to Chayanne's concert.
Es increíble que tanta gente **viva** en una isla tan pequeña.
It is incredible that so many people live on so small an island.
Es bueno **tener** preocupaciones sociales.
It is good to have social concerns.

Ahora, ¡a practicar!

A. Recomendaciones. Tú le indicas a tu compañero(a) cómo debe prepararse cuando hay peligro de huracán.

MODELO comprar provisiones para varios días
Es necesario (importante, preciso) que compres provisiones para varios días.

1. examinar el tanque de la gasolina de tu vehículo
2. llenarlo si está vacío
3. mantener una radio y una linterna *(flashlight)* a mano
4. asegurarte de que las pilas *(batteries)* funcionan
5. tener recipientes para guardar agua
6. mirar el botiquín de primeros auxilios
7. comprobar que tiene lo que necesita

G79

Ahora, ¡a practicar!

These exercises may be done as oral or written work.

Additional Exercises
Cuaderno: Unidad 4, Lección 3

A. Recomendaciones. Las respuestas van a variar.
1 Es necesario que examines el tanque de gasolina de tu vehículo.
2 Es importante que lo llenes si está vacío.
3 Es preciso que mantengas una radio y una linterna a mano.
4 Es necesario que te asegures de que las pilas funcionan.
5 Es importante que tengas recipientes para guardar agua.
6 Es preciso que mires el botiquín de primeros auxilios.
7 Es necesario que compruebes que tienes lo que necesitas.

B. Sugerencias. Las respuestas van a variar.

1 Te recomiendo que practiques el béisbol.
2 Te aconsejo que bailes salsa.
3 Te sugiero que juegues al tenis.
4 Te aconsejo que hagas ejercicios aeróbicos.
5 Te sugiero que te pongas unos shorts y juegues al baloncesto.

C. Opiniones.

1 Es evidente que Puerto Rico es un país de cultura hispana.
2 Pienso que la economía de Puerto Rico se basa más en la industria que en la agricultura.
3 No creo que Puerto Rico se vaya a separar de EE.UU. o No creo que Puerto Rico se separe de EE.UU.
4 No dudo que el idioma español va a seguir como lengua oficial.
5 Es cierto que los puertorriqueños no tienen que pagar impuestos federales.
6 Niego que todos los puertorriqueños deseen emigrar a EE.UU.

D. Datos sorprendentes.

1 Me sorprende que la isla ofrezca tantos sitios de interés turístico.
2 Es sorprendente que tantas personas vivan en una isla relativamente pequeña.
3 Me sorprende que los puertorriqueños mantengan sus tradiciones hispanas.
4 Es sorprendente que en la montaña de El Yunque haya una selva tropical fascinante.
5 Me sorprende que muy pocos puertorriqueños quieran un estado independiente.

UNIDAD 4

B. Sugerencias.
Un(a) amigo(a) tuyo(a) que quiere cambiar su vida sedentaria te pide consejos acerca de qué tipo de actividades puede hacer. Tú le mencionas algunas posibilidades.

MODELO   ir a un gimnasio
Te recomiendo (aconsejo, sugiero) que vayas a un gimnasio.

1. practicar el béisbol
2. bailar salsa
3. jugar al tenis
4. hacer ejercicios aeróbicos
5. ponerte unos shorts y jugar al baloncesto

C. Opiniones.
Tú y tus compañeros dan opiniones acerca de Puerto Rico.

MODELO   ser verdad / Puerto Rico es un territorio rico
Es verdad que Puerto Rico es un territorio rico.

                no estar seguro(a) / los puertorriqueños quieren la independencia total
No estoy seguro(a) (de) que los puertorriqueños quieran la independencia total.

1. ser evidente / Puerto Rico es un país de cultura hispana
2. pensar / la economía de Puerto Rico se basa más en la industria que en la agricultura
3. no creer / Puerto Rico se va a separar de EE.UU.
4. no dudar / el idioma español va a seguir como lengua oficial
5. ser cierto / los puertorriqueños no tienen que pagar impuestos federales
6. negar / todos los puertorriqueños desean emigrar a EE.UU.

D. Datos sorprendentes.
Tú les cuentas a tus amigos las cosas que te sorprenden de Puerto Rico, lugar que visitas por primera vez.

MODELO   Puerto Rico / tener tantos monumentos coloniales
Me sorprende (Es sorprendente) que Puerto Rico tenga tantos monumentos coloniales

1. la isla / ofrecer tantos sitios de interés turístico
2. tantas personas / vivir en una isla relativamente pequeña
3. los puertorriqueños / mantener sus tradiciones hispanas
4. En la montaña de El Yunque / haber una selva tropical fascinante
5. muy pocos puertorriqueños / querer un estado independiente
6. los puertorriqueños / no necesitar visa para entrar en EE.UU.
7. tantos puertorriqueños / practicar el béisbol
8. los hombres puertorriqueños / tener que inscribirse en el servicio militar de EE.UU.

---

6 Es sorprendente que los puertorriqueños no necesiten visa para entrar en EE.UU.
7 Me sorprende que tantos puertorriqueños practiquen el béisbol.

8 Es sorprendente que los hombres puertorriqueños tengan que inscribirse en el servicio militar de EE.UU.

UNIDAD

E. Preferencias. Habla de las preferencias de muchos puertorriqueños.

MODELO   el español / ser lengua oficial
       Prefieren que el español sea lengua oficial.

       (los puertorriqueños) / vivir en la isla
       Prefieren vivir en la isla.

1. (los puertorriqueños) / no perder sus costumbres hispanas
2. la isla / permanecer autónoma
3. la isla / no tener sus propias fuerzas armadas
4. (los puertorriqueños) / decidir su propio destino
5. las empresas estadounidenses / no pagar impuestos federales
6. (los puertorriqueños) / gozar de los beneficios de un estado libre asociado
7. Puerto Rico / no convertirse en el estado cincuenta y uno

F. Situación mundial. Tú y tus compañeros dicen lo que les parece importante para mejorar la situación mudial.

MODELO   (nosotros) / prevenir / las guerras
       Es bueno (mejor, preferible) que prevengamos las guerras.

1. (nosotros) / vivir / en armonía
2. (nosotros) / crear / un mundo de paz
3. todo el mundo / saber / leer y escribir
4. las personas / pensar / en los demás; no pensar / en sí mismas solamente
5. las herramientas / servir / para mejorar la vida de todo el mundo
6. nadie / morir / a causa del hambre
7. (nosotros) / proteger / el medio ambiente
8. (nosotros) / decirles a los líderes políticos lo que queremos
9. haber / más oportunidades de empleo para los jóvenes

G81

5.1

Suggestion Require all students to write the answers to the **Ahora, ¡a practicar!** exercises as homework. In class, have them check their own work before turning it in as you call on individual students to give the correct answers or have students write the answers on the board. If time is limited, you may want to write the answers on a transparency and simply have students correct each other's papers.

NSS **For Native Speakers** El uso de **que** y **quien(es)** no tiende a presentarles problemas a los hispanohablantes, quienes, por lo general, han internalizado estas estructuras. Lo que quizás les cause cierta confusión es la nomenclatura y el tener que tratar de explicar por qué usan una forma y no otra.

Relative pronouns link a dependent clause to a main clause. As pronouns, they refer back to a noun in the main clause called the *antecedent*. They provide a smooth transition from one idea to another and eliminate the repetition of the noun. In contrast to English, the relative pronoun is never omitted in Spanish.

antecedent   relative pronoun (link)

Lamentamos | la violencia | | que | vemos en Centroamérica.

The most common relative pronouns are: **que, quien(es), el (la, los, las) cual(es), el (la, los, las) que,** and **cuyo.**

Uses of que

■ **Que** *(that, which, who, whom)* is the most frequently used relative pronoun. It can refer to people, places, things, or abstract ideas.

Los indios **que** vivían en Cuzcatlán se llamaban pipiles.	*The Indians who lived in Cuzcatlán were called Pipiles.*
El café y el cacao son algunos de los productos **que** se cultivan en El Salvador.	*Coffee and cocoa are some of the products that are grown in El Salvador.*
Había un mercado muy interesante en el pueblo **que** visitamos.	*There was a very interesting market in the village we visited.*

■ **Que** is used after the simple prepositions **a, con, de,** and **en** when it refers to places, things, or abstract ideas, not to people.

La paz **con que** soñaban los salvadoreños llegó en 1992.	*The peace Salvadorans used to dream of arrived in 1992.*
Las campánulas son las plantas **de que** se alimentan los cadejos.	*Morning glories are the plants the cadejos feed on.*

Uses of quien(es)

■ **Quien(es)** *(who, whom)* is used after simple prepositions like **a, con, de, en,** and **por** to refer to people. Note that it agrees in number with the antecedent.

Las personas **a quienes** entrevistaron eran miembros del FMLN.	*The persons (whom) they interviewed were FMLN members.*
No conozco a la artista salvadoreña **con quien (de quien)** hablas.	*I don't know the Salvadoran artist with whom (about whom) you are talking.*

■ **Quien(es)** may also be used in a clause set off by commas when it refers to people.

Óscar Arnulfo Romero, **quien (que)** era arzobispo de San Salvador, fue asesinado en 1980.

Los diputados salvadoreños, **quienes** duran tres años en su cargo, constituyen el poder legislativo.

Óscar Arnulfo Romero, who was archbishop of San Salvador, was assassinated in 1980.
The Salvadoran deputies, who remain three years in their office, constitute the legislative power.

Ahora, ¡a practicar!

A. Estilo más complejo. Estás revisando la composición de un(a) compañero(a), en la cual aparecen demasiadas oraciones simples. Le sugieres que combine dos oraciones en una.

MODELO   Claribel Alegría es una famosa escritora salvadoreña. Escribió *Luisa en el país de la realidad.*
Claribel Alegría, quien (que) escribió *Luisa en el país de la realidad*, es una famosa escritora salvadoreña. ✓

1. El líder político José Napoleón Duarte murió en 1990. Fue presidente entre 1984 y 1989.
2. Isaías Mata es el creador de la pintura *Cipotes en la marcha por la paz.* Vive actualmente en EE.UU.
3. Alfredo Cristiani asumió el cargo de presidente en 1991. Firmó un tratado de paz con el FMLN.
4. Óscar Arnulfo Romero fue arzobispo de San Salvador. Luchó por los derechos de los pobres.
5. Manlio Argueta es un reconocido escritor salvadoreño contemporáneo. Recibió el Premio Nacional de Novela en 1980.

B. Conozcamos El Salvador. Para aprender más sobre El Salvador, identifica los siguientes lugares y cosas usando la información dada entre paréntesis.

MODELO   el pipil (idioma indígena / hablarse en algunas partes de El Salvador) ✓
El pipil es un idioma indígena que se habla en algunas partes de El Salvador.

1. San Salvador (ciudad / ser la capital de El Salvador)
2. El Izalco (volcán / estar todavía en actividad)
3. El colón (unidad monetaria / usarse en El Salvador)
4. San Miguel (pueblo / estar al pie de los volcanes Chaparrastique y Chinameca)
5. El Valle de las Hamacas (región del país / estar en continuo movimiento a causa de temblores)

G83

Ahora, ¡a practicar!

These exercises may be done as oral or written work.

Additional Exercises
Cuaderno: Unidad 5, Lección 1

A. Estilo más complejo.
1 El líder político José Napoleón Duarte, quien (que) fue presidente entre 1984 y 1989, murió en 1990.
2 Isaías Mata, quien (que) vive actualmente en EE.UU., es el creador de la pintura *Cipotes en la marcha por la paz.*
3 Alfredo Cristiani, quien (que) firmó un tratado de paz con el FMLN, asumió el cargo de presidente en 1991.
4 Óscar Arnulfo Romero, quien (que) luchó por los derechos de los pobres, fue arzobispo de San Salvador.
5 Manlio Argueta, quien (que) recibió el Premio Nacional de Novela en 1980, es un reconocido escritor salvadoreño contemporáneo.

B. Conozcamos El Salvador.
1 San Salvador es una ciudad que es la capital de El Salvador.
2 El Izalco es un volcán que está todavía en actividad.
3 El colón es una unidad monetaria que se usa en El Salvador.
4 San Miguel es un pueblo que está al pie de los volcanes Chaparrastique y Chinameca.
5 El Valle de las Hamacas es una región del país que está en continuo movimiento a causa de temblores.

C. Valiosa escritora salvadoreña.

1 quien (que)
2 que
3 que
4 quien (que)
5 que
6 quien (que)

UNIDAD

5

C. **Valiosa escritora salvadoreña.** Completa la siguiente información acerca de Claribel Alegría.

Claribel Alegría, ___1___ es una célebre escritora salvadoreña, nació en Estelí, ___2___ es un pueblo de Nicaragua. Sin embargo, ella se considera salvadoreña porque desde muy niña vivió en Santa Ana, ___3___ es la segunda ciudad más grande de El Salvador. Su esposo Darwin J. Flakoll, ___4___ es de nacionalidad estadounidense, es también escritor. *Luisa en el país de la realidad,* ___5___ es uno de sus últimos libros, imita en su título el libro *Alicia en el país de las maravillas* de Lewis Carroll. Luisa, ___6___ es la protagonista del libro de Alegría, no vive en el país de las maravillas, sino en el a veces violento pero siempre fascinante país de la realidad.

Uses of *el cual* and *el que*

el cual forms		*el que* forms	
el cual	los cuales	el que	los que
la cual	las cuales	la que	las que

■ These forms are more frequent in formal writing and speech. Both mean *that, which, who,* and *whom.* They are used to refer to people, things, and ideas and agree in number and gender with their antecedent. They are frequently used after prepositions.

El acuerdo **con el cual (con el que)** se puso fin a la violencia salvadoreña se firmó en el castillo de Chapultepec de la Ciudad de México.

The agreement with which they put an end to the Salvadoran violence was signed in Chapultepec castle in Mexico City.

Según ese anciano, los presidentes **bajo los cuales** ha vivido no han mejorado bastante las condiciones de vida.

According to that old man, the presidents under whom he has lived have not improved the living conditions enough.

Visité un pueblo **cerca del cual** hay un parque nacional.

I visited a village near which there is a national park.

G84

UNIDAD

■ In adjective clauses which are set off by commas, **el cual** may be used instead of **que** or **quien,** even though the latter two are preferred. **El cual** is favored when ambiguity can be avoided.

El presidente Arturo Araujo, **quien (el cual)** fue elegido en elecciones libres, duró menos de un año en el cargo.

President Arturo Araujo, *who was elected in free elections, lasted less than a year in office.*

El producto principal de esta finca, **el cual** (=producto) genera bastante dinero, es el café.

The main product of this farm, which (=product) generates enough money, is coffee.

El producto principal de esta finca, **la cual** (=finca) genera bastante dinero, es el café.

The main product of this farm, which (=farm) generates enough money, is coffee.

■ The forms of **el que** are often used to refer to an unexpressed antecedent when that antecedent has been mentioned previously or when context makes it clear.

—¿Te gustó el cuento folklórico salvadoreño?

Did you like the Salvadoran folk tale?

—¿Cuál? ¿**El que** cuenta la historia de los perros mágicos?

Which one? The one that tells the story of the magic dogs?

■ The forms of **el que** and **quien(es)** are used to express *he who, the one(s) who, those who,* and so forth.

Quien (El que) adelante no mira, atrás se queda.

The one (He) who does not look ahead, remains behind.

Quienes (Los que) se esfuerzan triunfarán.

Those (The ones) who make an effort will succeed.

Ahora, ¡a practicar!

A. Necesito explicaciones. Tu profesor(a) te ha dicho que el último ensayo que entregaste no es apropiado. Le haces preguntas para saber exactamente por qué no es apropiado.

MODELO   el tema / escribir sobre
         ¿El tema sobre el que escribí no es apropiado? ✓

1. la bibliografía / basarse en
2. el esquema / guiarse por
3. la tesis central / presentar argumentación para
4. ideas / escribir acerca de
5. las opiniones / protestar contra
6. temas / interesarse por

→ ej. otra página

Ahora, ¡a practicar!

These exercises may be done as oral or written work.

Additional Exercises
Cuaderno: Unidad 5, Lección 1

A. Necesito explicaciones.
1 ¿La bibliografía en la que (la cual) se basó no es apropiada?
2 ¿El esquema por el que (el cual) se guió no es apropiado?
3 ¿La tesis central para la cual (la que) presentó argumentación no es apropiada?
4 ¿Las ideas acerca de las cuales (las que) escribí no son apropiadas?
5 ¿Las opiniones contra las cuales (las que) protesté no son apropiadas?
6 ¿Los temas por los cuales (los que) se interesó no son apropiados?

G85

B. Los cadejos.

1 Los cadejos, los cuales son tataranietos de los volcanes, protegen a los niños y a los ancianos.
2 Las campánulas, las cuales son flores que parecen campanas, constituyen el principal alimento de los cadejos.
3 Don Tonio, el cual era dueño de la tierra de los volcanes, no quería a los cadejos.
4 Los soldados de plomo, los cuales seguían órdenes de don Tonio, salieron a cazar cadejos.
5 Los volcanes Tecapa y Chaparrastique, los cuales eran amigos de los cadejos, lucharon contra los soldados de plomo y los vencieron.

C. Isaías Mata.

1 quien (que)
2 la cual (la que)
3 el cual (el que)
4 que (el cual)
5 las cuales
6 que
7 que
8 que

NSS **For Native Speakers** El uso de **lo cual** y **lo que** tiende a no presentar problemas mayores para los estudiantes hispanohablantes. Algunos tienen una tendencia a querer usar **lo que** todo el tiempo y evitar el uso de **lo cual**, pero generalmente es en casos donde sí se puede usar cualquiera. Es posible que se confundan con la nomenclatura o con el saber explicar cuándo se usa uno y no el otro.

B. Los cadejos. Para contar la historia de los cadejos, combina las dos oraciones en una usando la forma apropiada de **el cual.**

MODELO Los cadejos habitan en los volcanes. Son perros mágicos del folklore salvadoreño.

Los cadejos, los cuales son perros mágicos del folklore salvadoreño, habitan en los volcanes.

1. Los cadejos protegen a los niños y a los ancianos. Son tataranietos de los volcanes.
2. Las campánulas constituyen el principal alimento de los cadejos. Son flores que parecen campanas.
3. Don Tonio no quería a los cadejos. Era dueño de la tierra de los volcanes.
4. Los soldados de plomo salieron a cazar cadejos. Seguían órdenes de don Tonio.
5. Los volcanes Tecapa y Chaparrastique lucharon contra los soldados de plomo y los vencieron. Eran amigos de los cadejos.

C. Isaías Mata. Completa el siguiente texto con pronombres relativos apropiados para conocer algunos acontecimientos relativamente recientes en la vida del pintor salvadoreño Isaías Mata.

El artista Isaías Mata, ___1___ pinta en sus obras la realidad salvadoreña, nació en 1956. Llegó a ser director de la Facultad de Arte de la Universidad Centroamericana de San Salvador, institución en ___2___ había estudiado unos años antes. En 1989 fue detenido por el ejército. Por temor a perder la vida, salió hacia EE.UU., país en ___3___ pidió asilo. Se fue a vivir a la Misión, ___4___ es el barrio latino de San Francisco donde viven muchos salvadoreños. Entre 1989 y 1993 produjo numerosas obras, entre ___5___ hay una ___6___ se titula *Cipotes en la marcha por la paz.* Ésta es una pintura ___7___ muestra la esperanza ___8___ tienen las generaciones jóvenes en un futuro mejor.

Uses of lo cual and lo que

■ The neuter forms **lo cual** and **lo que** are used in adjective clauses, set off by commas, that refer to a situation or a previously stated idea. In this usage they correspond to the English *which.*

En la década de los años 30 comenzaron los conflictos entre los derechistas e izquierdistas, **lo cual (lo que)** llevó al país a una verdadera guerra civil.

In the 30's the conflicts between right- and left-wingers began, which led the country into a real civil war.

En 1992 El Salvador alcanzó la paz, **lo cual (lo que)** hace esperar un futuro más prometedor.

In 1992 El Salvador attained peace, which brings hope for a more promising future.

■ **Lo que** is also used to mean *what* when it refers to a concept or idea about to be mentioned.

Me gustaría saber **lo que** piensas de los conflictos políticos en Centroamérica.

I would like to know what you think about the political conflicts in Central America.

La paz era **lo que** todos pedían en El Salvador.

Peace was what everyone was asking for in El Salvador.

Use of cuyo

Cuyo(a, os, as), meaning *whose, of whom, of which,* indicates possession. It precedes the noun it modifies and agrees with that noun in gender and number.

No conozco a ese pintor centroamericano **cuyos** murales me gustan tanto.

I don't know that Central American painter whose murals I like so much.

Los pueblos indígenas cultivaban el cacao, **cuya** semilla sirve para elaborar el chocolate.

The indigenous populations used to grow the cacao tree, whose seed is used to make chocolate.

Ahora, ¡a practicar!

A. ¡Impresionante! Un grupo de viajeros de regreso de El Salvador dicen qué es lo que más les impresionó.

MODELO   ver en las calles
Me impresionó lo que vi en las calles.

1. escuchar en la radio
2. leer en los periódicos
3. descubrir en mis paseos
4. aprender en la televisión
5. ver en el Museo de Historia Natural
6. contarme algunos amigos salvadoreños

B. Reacciones. Usa la información dada para indicar tu reacción al leer diversos datos acerca de El Salvador.

MODELO   El Salvador tiene cuarenta y tres universidades / interesar
Leí que El Salvador tiene cuarenta y tres universidades, lo cual (lo que) me interesó mucho.

1. El Salvador es el país más pequeño y el más densamente poblado de Centroamérica / sorprender
2. El Salvador es el único país de la región sin salida hacia el Mar Caribe / extrañar
3. en 1980 más de veinte mil personas murieron a causa de la violencia / chocar
4. hay más de doscientas variedades de orquídeas en el país / fascinar
5. más de la cuarta parte de la población no sabe ni leer ni escribir / deprimir

G87

Ahora, ¡a practicar!
These exercises may be done as oral or written work.

Additional Exercises
Cuaderno: Unidad 5, Lección 1

A. ¡Impresionante!
1 Me impresionó lo que escuché en la radio.
2 Me impresionó lo que leí en los periódicos.
3 Me impresionó lo que descubrí en mis paseos.
4 Me impresionó lo que aprendí en la televisión.
5 Me impresionó lo que vi en el Museo de Historia Natural.
6 Me impresionó lo que me contaron algunos amigos salvadoreños.

B. Reacciones.
1 Leí que El Salvador es el país más pequeño y el más densamente poblado de Centroamérica, lo cual (lo que) me sorprendió mucho.
2 Leí que El Salvador es el único país de la región sin salida hacia el Mar Caribe, lo cual (lo que) me extrañó mucho.
3 Leí que en 1980 más de veinte mil personas murieron a causa de la violencia, lo cual (lo que) me chocó mucho.
4 Leí que hay más de doscientas variedades de orquídeas en el país, lo cual (lo que) me fascinó mucho.
5 Leí que más de la cuarta parte de la población no sabe leer ni escribir, lo cual (lo que) me deprimió mucho.

C. ¿Cuánto recuerdas?

1 ¿Cuál es el presidente cuyo período duró entre 1984 y 1989? *(Duarte)*

2 ¿Cuál es la planta cuya semilla se usa para elaborar chocolate? *(cacao)*

3 ¿Cuál es el artista cuyos murales están en San Francisco? *(Isaías Mata)*

4 ¿Cuál es el grupo político cuya inspiración viene de Farabundo Martí? *(FMLN)*

5 ¿Cuál es la escritora cuyo esposo es un escritor estadounidense? *(Claribel Alegría)*

5.2

NSS **For Native Speakers** El saber cuando usar o no usar el subjuntivo en estos casos es bastante problemático para muchos hispanohablantes. El diferenciar entre antecedentes que se consideran desconocidos y los que se consideran conocidos parece ser bastante difícil. Esto ocurre en particular con antecedentes indefinidos y con expresiones indeterminadas.

UNIDAD 5

C. **¿Cuánto recuerdas?** Hazle preguntas a un(a) compañero para ver si recuerda la información presentada en esta lección acerca de El Salvador.

> **MODELO** el país / el nombre hace referencia a Jesús
> **¿Cuál es el país cuyo nombre hace referencia a Jesús?**

1. el presidente / el período duró entre 1984 y 1989
2. la planta / la semilla se usa para elaborar chocolate
3. el artista / los murales están en San Francisco
4. el grupo político / la inspiración viene de Farabundo Martí
5. la escritora / el esposo es un escritor estadounidense

5.2 Present Subjunctive: Adjective Clauses

■ Adjective clauses are used to describe a preceding noun or pronoun (referred to as the antecedent) in the main clause of the sentence. In Spanish, the subjunctive is used in the adjective clause when it describes something whose existence is unknown or uncertain.

Quiero visitar **un pueblo salvadoreño**   que **esté** situado al pie de un volcán.

unknown antecedent	adjective clause in the subjunctive

Los salvadoreños buscan líderes que **resuelvan** los problemas del país.

Salvadorans are looking for leaders who will solve the country's problems. (These leaders may not exist.)

El Salvador necesita más industrias que **ayuden** a mejorar su economía.

El Salvador needs more industries that will help to improve its economy. (These industries may not exist.)

■ When the adjective clause describes a factual situation (someone or something that is known to exist), the indicative is used.

Hace poco visité **un pueblo salvadoreño**   que **está** situado al pie de un volcán.

known antecedent	adjective clause in the indicative

Izalco es un pueblo salvadoreño que **está** situado al pie de un volcán.

Izalco is a Salvadoran village that is located at the foot of a volcano. (The village of Izalco exists.)

El Salvador tiene industrias que **ayudan** a diversificar su economía.

El Salvador has industries that help diversify its economy. (These industries exist.)

■ When negative words such as **nadie, nada,** and **ninguno** indicate non-existence in an independent clause, the adjective clause that follows is always in the subjunctive.

Aquí no hay **nadie** que no **conozca** por lo menos un cuento folklórico.	*There is no one here who does not know at least one folk tale.*
No hay **ningún** país centro-americano que **tenga** una concentración de población mayor que El Salvador.	*There is no Central American country that has a greater population density than El Salvador.*

■ The personal **a** is omitted before the direct object in the main clause when the person's existence is unknown or uncertain. It is used, however, before **nadie, alguien,** and forms of **alguno** and **ninguno** when they refer to people.

Busco **una persona** que conozca bien la cultura salvadoreña.	*I'm looking for a person who knows Salvadoran culture well.*
No conozco **a nadie** que viva en Sonsonate.	*I don't know anyone who lives in Sonsonate.*

Ahora, ¡a practicar!

A. Información, por favor. Para prepararte para un viaje a San Salvador, escribe algunas de las preguntas que le vas a hacer a tu guía turístico.

> MODELO   grupos teatrales / dar funciones regularmente
> **¿Hay grupos teatrales que den funciones regularmente?**

1. agencias turísticas / ofrecer excursiones a las plantaciones de café
2. tiendas de artesanía / vender artículos típicos
3. escuela de idiomas / enseñar español
4. Oficina de Turismo / dar mapas de la ciudad
5. libro / describir la flora de la región

B. Pueblo ideal. Te encuentras en San Salvador y deseas visitar un pueblo interesante. Descríbele a tu compañero(a) el pueblo que te gustaría visitar, usando la información dada.

> MODELO   tener edificios coloniales
> **Deseo visitar un pueblo que tenga edificios coloniales.**

1. quedar cerca de un parque nacional
2. tener playas tranquilas
3. ser pintoresco
4. no estar en las montañas
5. no encontrarse muy lejos de la capital

Ahora, ¡a practicar!

These exercises may be done as oral or written work.

> **Additional Exercises**
> *Cuaderno:* Unidad 5, Lección 1

A. Información, por favor.
1 ¿Hay agencias turísticas que ofrezcan excursiones a las plantaciones de café?
2 ¿Hay tiendas de artesanía que vendan artículos típicos?
3 ¿Hay una escuela de idiomas que enseñe español?
4 ¿Hay una Oficina de Turismo que dé mapas de la ciudad?
5 ¿Hay un libro que describa la flora de la región?

B. Pueblo ideal.
1 Deseo visitar un pueblo que quede cerca de un parque nacional.
2 Deseo visitar un pueblo que tenga playas tranquilas.
3 Deseo visitar un pueblo que sea pintoresco.
4 Deseo visitar un pueblo que no esté en las montañas.
5 Deseo visitar un pueblo que no se encuentre muy lejos de la capital.

G89

C. Comentarios.
1 produce
2 son
3 beneficien
4 protejan
5 tiene
6 favorezca
7 garanticen
8 bordea
9 sean
10 ayude

5.3

NSS **For Native Speakers** Muchos hispanohablantes tratan de evitar el uso de estas conjunciones y, a la vez, del subjuntivo. Es importante que estos estudiantes hagan todos estos ejercicios y los del *Cuaderno de actividades*.

UNIDAD 5

C. Comentarios. Completa las siguientes oraciones para saber los diversos comentarios u opiniones que expresaron algunos estudiantes de la clase acerca de El Salvador.

1. Es un país que _____ (producir) mucho café.
2. Uno tiene que prestar atención a los terremotos, que _____ (ser) los desastres naturales más comunes.
3. Los salvadoreños necesitan realizar reformas sociales que _____ (beneficiar) a todo el mundo.
4. Necesitan dictar leyes que _____ (proteger) los recursos naturales.
5. Es un país que _____ (tener) una gran densidad de población.
6. Afortunadamente no hay nada que _____ (favorecer) la polarización política.
7. Deben promover medidas que _____ (garantizar) la paz.
8. El Salvador es el único territorio centroamericano que no _____ (bordear) el Mar Caribe.
9. Deben seguir teniendo elecciones que _____ (ser) pacíficas y democráticas.
10. Creo que no hay ningún programa que _____ (ayudar) a diversificar la economía.

Lección 2

5.3 Present Subjunctive in Adverbial Clauses: A First Look

Conjunctions Requiring the Subjunctive

■ Similar to adverbs, adverbial clauses answer the questions "How?", "Why", "Where?", "When?" and are always introduced by a conjunction. The following conjunctions always introduce adverbial clauses.

a fin (de) que *in order that*
a menos (de) que *unless*
antes (de) que *before*
con tal (de) que *provided that*
en caso (de) que *in case that*
para que *so that*
sin que *without*

Salimos para Managua el próximo jueves, **a menos que tengamos** inconvenientes de última hora.

Quiero pasar un semestre en Centroamérica **antes de que termine** mis estudios universitarios.

Los miembros del Grupo Teatral Cadejo han escrito una petición **para que** el gobierno los **ayude.**

We are leaving for Managua next Thursday, unless we have last-minute problems.

I want to spend a semester in Central America before I finish my university studies.

The members of the Cadejo Theater Group have written a request so that the government will help them.

Conjunctions Requiring the Indicative

■ The following conjunctions introduce adverbial clauses using the indicative because they state the reason for a situation or an action or they state a fact.

como
puesto que ⎱ *since*
ya que

porque *because*

La gente de Honduras está contenta **porque tiene** un gobierno estable.

Ya que te **interesa** el poeta Rubén Darío, visita el museo que tienen en Ciudad Darío, su ciudad natal.

The people of Honduras are happy because they have a stable government.

Since the poet Rubén Darío interests you, visit the museum they have in Ciudad Darío, his hometown.

Ahora, ¡a practicar!

A. Propósitos. Para saber lo que dicen los miembros del Grupo Teatral Cadejo sobre lo que se proponen cuando hacen teatro, haz oraciones usando **para que** o **a fin (de) que**.

MODELO nuestros compatriotas / divertirse
Hacemos teatro para que nuestros compatriotas se diviertan. o **Hacemos teatro a fin que nuestros compatriotas se diviertan.**

1. los niños / tener un entretenimiento diferente a la televisión
2. la gente / pensar en temas importantes
3. nuestra gente / conocer a grandes autores
4. el público / instruirse
5. los niños / interesarse por el arte
6. las personas / darse cuenta de los peligros de la guerra

G91

B. Visita dudosa.

1 Sí, iré pronto, a menos (de) que tenga muchas cosas que hacer durante mi último fin de semana.

2 Sí, iré pronto, con tal (de) que consiga un vuelo temprano por la mañana.

3 Sí, iré pronto, a menos (de) que planee otra excursión interesante.

4 Sí, iré pronto, a menos (de) que deba adelantar mi salida del país.

5 Sí, iré pronto, con tal (de) que el hotel de Copán confirme mis reservaciones.

C. Opiniones.

1 a menos (de) que

2 porque

3 con tal (de) que

4 Como

5 a fin (de) que

D. Un aventurero presidente.

1 es

2 ayude

3 pueda

4 triunfa

5 termine

6 capturen

B. Visita dudosa. Faltan pocos días para que termine tu corta visita a Tegucigalpa y el recepcionista del hotel te pregunta si tienes intenciones todavía de visitar las ruinas de Copán. Tú le aseguras que quieres ir, pero que hay obstáculos.

MODELO   con tal de que / terminar el mal tiempo
Sí, iré pronto, con tal de que termine el mal tiempo.

1. a menos (de) que / tener muchas cosas que hacer durante mi último fin de semana
2. con tal (de) que / conseguir un vuelo temprano por la mañana
3. a menos (de) que / planear otra excursión interesante
4. a menos (de) que / deber adelantar mi salida del país
5. con tal (de) que / el hotel de Copán confirmar mis reservaciones

C. Opiniones. Los miembros de la clase expresan diversas opiniones acerca de Honduras. Usa las conjunciones de la lista siguiente para completar las oraciones.

a fin (de) que   con tal (de) que
a menos (de) que   porque
como

1. Los hondureños no van a estar contentos _____ mejore la situación económica.
2. Muchos ciudadanos están contentos _____ existe estabilidad política.
3. La agricultura va a prosperar _____ el gobierno solucione el problema de la distribución de las tierras.
4. _____ la inflación ha bajado en los últimos años, muchos piensan que la economía va a mejorar.
5. Se han dictado nuevas leyes _____ los comerciantes creen nuevas industrias.

D. Un aventurero presidente. Completa la siguiente narración acerca del aventurero estadounidense William Walker, quien fue por un corto tiempo presidente de Nicaragua.

William Walker parte hacia Nicaragua en mayo de 1855 porque __1__ (ser) invitado por miembros del Partido Liberal a fin de que él los __2__ (ayudar) en su lucha contra los conservadores. En octubre de ese año, sin que el sorprendido ejército nicaragüense __3__ (poder) reaccionar, se apodera de la ciudad de Granada. En junio del año siguiente se convierte en presidente, ya que __4__ (triunfar) en las elecciones. Antes de que su corto período como líder de la nación __5__ (terminar), es reconocido como gobierno legítimo por EE.UU. En 1857 Walker es derrotado por una coalición de países centroamericanos y en mayo de ese año se entrega a la infantería de marina de EE.UU. para que las fuerzas centroamericanas no lo __6__ (capturar).

Lección 3

5.4 Present Subjunctive in Adverbial Clauses: A Second Look

Conjunctions of Time

NSS **For Native Speakers** Estas conjunciones tienden a presentarles muchos problemas a los estudiantes hispanohablantes. Es importante analizar cada ejemplo con la clase entera para asegurarse que entienden por qué es necesario usar subjuntivo en unos casos y no en otros. Vale la pena hacer lo mismo con cada ejercicio en **Ahora, ¡a practicar!**

■ Either the subjunctive or the indicative can be used with the following conjunctions of time.

cuando   *when*
después (de) que   *after*
en cuanto
tan pronto como   } *as soon as*
hasta que   *until*
mientras que   *while; as long as*

■ The subjunctive is used in an adverbial clause if what is said in the adverbial clause implies doubt or uncertainty about an action or if it refers to a future action.

Cuando **vaya** a San José de Costa Rica, visitaré a unos amigos de la familia.

When I go to San José, Costa Rica, I will visit some family friends.

Tan pronto como **llegue** a Costa Rica, voy a probar las frutas tropicales.

As soon as I get to Costa Rica, I'm going to try the tropical fruit.

■ The indicative is used in an adverbial clause if what is said in the adverbial clause describes a completed action, a habitual action, or a statement of fact.

Cuando **fuimos** a San José, visitamos el fascinante mundo de los insectos en el Museo de Entomología.

When we went to San José, we visited the fascinating world of insects at the Museum of Entomology.

Después de que **visitaba** un museo, siempre compraba algún regalo en la tienda del museo.

After I visited a museum, I would always buy a gift in the museum store.

Cuando **voy** a San José de Costa Rica, visito a unos amigos de la familia.

When (Whenever) I go to San José, Costa Rica, I visit some family friends.

UNIDAD 5

Aunque

■ When **aunque** (*although, even though, even if*) introduces a clause that expresses a possibility or a conjecture, it is followed by the subjunctive.

Aunque llueva mañana, iremos a un parque nacional.

Even if it rains tomorrow, we'll go to a national park.

Aunque no me **creas,** te digo que vi un quetzal durante mi visita a la Reserva Forestal de Monteverde.

Even though you may not believe me, I tell you I saw a quetzal during my visit to the Monteverde Forest Reserve.

■ When **aunque** introduces a factual statement or situation, it is followed by the indicative.

Aunque Costa Rica no **es** un país rico, tampoco es un país con demasiada pobreza.

Although Costa Rica is not a rich country, neither is it a country with much poverty.

Como, donde, and según

■ When the conjunctions **como** (*as, since, in any way*), **donde** (*where, wherever*), and **según** (*according to*) refer to an unknown or nonspecific place, thing, or idea, they are followed by the subjunctive. When they refer to a known, specific place, thing, or idea, they are followed by the indicative.

En esta ciudad la gente es más bien conservadora y no puedes vestirte **como quieras.**

In this city people are rather conservative, and you cannot dress any way you wish.

Para cambiar dólares por colones, puedes ir **donde** te **indiqué** ayer.

To change dollars for colones, you can go where I showed you yesterday.

Ahora, ¡a practicar!

A. Flexibilidad. Tú y un(a) amigo(a) tratan de decidir lo que van a hacer. Tú quieres ser muy flexible y se lo muestras cuando te hace las siguientes preguntas.

MODELO   ¿Vamos al cine hoy por la tarde o el próximo viernes?
(cuando / [tú] querer)
Pues, cuando tú quieras.

1. ¿Nos encontramos frente al café o frente al cine? (donde / convenirte)
2. ¿Te llamo por teléfono a las tres o a las cinco? (como / [tú] desear)
3. ¿Te espero en casa o en el parque cercano? (donde / [tú] decir)
4. ¿Te devuelvo el dinero hoy o mañana? (según / convenirte)
5. ¿Te dejo aquí o en la próxima esquina? (como / serte más cómodo/a)
6. ¿Te paso a buscar a las dos o a las tres? (cuando / [tú] poder)

B. Preparativos. ¿Qué dicen tú y tus compañeros cuando planean una excursión a la Reserva Forestal de Monteverde?

MODELO   tan pronto como / (nosotros) terminar la próxima excursión
Vamos a ir tan pronto como terminemos la próxima excursión.

1. después (de) que / (nosotros) visitar la Oficina de Información Turística
2. en cuanto / (nosotros) alquilar equipo para acampar
3. cuando / mejorar el tiempo
4. en cuanto / (nosotros) conseguir los mapas de la región
5. tan pronto como / llamar Mario, quien será nuestro guía

C. Intenciones. Di lo que piensas hacer en San José, a pesar de que puedes tener problemas.

MODELO   tardar algunas horas / buscar artículos de artesanía en las tiendas
Aunque tarde algunas horas, voy a buscar artículos de artesanía en las tiendas.

1. quedar lejos de mi hotel / visitar el Museo de Entomología
2. tener poco tiempo / admirar las antigüedades precolombinas del Museo Nacional
3. estar cansado(a) / dar un paseo por el Parque Central
4. no interesarme la política / escuchar los debates legislativos en el Palacio Nacional
5. no tener hambre / comprar frutas tropicales en el Mercado Borbón
6. no entender mucho de fútbol / asistir a un partido en el Estadio Nacional

D. Parques ecológicos. Completa la siguiente información acerca de los parque nacionales de Costa Rica.

Cuando ___1___ (querer/tú) admirar la variedad y riqueza de los diferentes ecosistemas costarricenses, debes visitar uno de los muchos parques nacionales y reservas naturales. Como el gobierno ___2___ (gastar) mucho dinero en estos parques, están muy bien mantenidos. Aunque estas reservas ___3___ (constituir) un gran atractivo turístico, muchas están situadas en lugares alejados y de difícil acceso. Antes de que ___4___ (viajar/tú) a un parque, es buena idea pasar por las oficinas del Servicio de Parques Nacionales en San José para obtener mapas, informaciones y permisos, en caso de que ___5___ (ser) necesarios. El número de visitantes ha aumentado de modo dramático: mientras que en 1986 sólo 86.000 personas ___6___ (visitar) los parques, en 1991 el total fue de 250.000. Un dato para que ___7___ (apreciar/tú) la variedad de la fauna de los parques: aunque EE.UU. ___8___ (ser) muchísimo más grande que Costa Rica, sólo tiene unas 800 especies diferentes de pájaros; en Costa Rica se han registrado más de 850.

B. Preparativos.
1 Vamos a ir después (de) que visitemos la Oficina de Información Turística.
2 Vamos a ir en cuanto alquilemos equipo para acampar.
3 Vamos a ir cuando mejore el tiempo.
4 Vamos a ir en cuanto consigamos los mapas de la región.
5 Vamos a ir tan pronto como llame Mario, quien será nuestro guía.

C. Intenciones.
1 Aunque quede lejos de mi hotel, voy a visitar el Museo de Entomología.
2 Aunque tenga poco tiempo, voy a admirar las antigüedades precolombinas del Museo Nacional.
3 Aunque esté cansado(a), voy a dar un paseo por el Parque Central.
4 Aunque no me interesa la política, voy a escuchar los debates legislativos en el Palacio Nacional.
5 Aunque no tenga hambre, voy a comprar frutas tropicales en el Mercado Borbón.
6 Aunque no entiendo mucho de fútbol, voy a asistir a un partido en el Estadio Nacional.

D. Parques ecológicos.
1 quieras
2 gasta
3 constituyen
4 viajes
5 sean
6 visitaron
7 aprecies
8 es

G95

UNIDAD *Lección 1*

6.1 Future: Regular and Irregular Verbs

Forms

-ar verbs	**-er verbs**	**-ir verbs**
regresar	**vender**	**recibir**
regresar**é**	vender**é**	recibir**é**
regresar**ás**	vender**ás**	recibir**ás**
regresar**á**	vender**á**	recibir**á**
regresar**emos**	vender**emos**	recibir**emos**
regresar**éis**	vender**éis**	recibir**éis**
regresar**án**	vender**án**	recibir**án**

■ To form the future of most Spanish verbs, use the infinitive and add the appropriate endings, which are the same for all verbs: **-é, -ás, -á, -emos, -éis,** and **-án.** Only the following verbs have irregular stems, but they use regular endings.

■ The **-e-** of the infinitive ending is dropped:

> caber (**cabr-**): **cabr**é, **cabr**ás, **cabr**á, **cabr**emos, **cabr**éis, **cabr**án
> haber (**habr-**): **habr**é, **habr**á, **habr**ás, **habr**emos, **habr**éis, **habr**án
> poder (**podr-**): **podr**é, **podr**ás, **podr**á, **podr**emos, **podr**éis, **podr**án
> querer (**querr-**): **querr**é, **querr**ás, **querr**á, **querr**emos, **querr**éis, **querr**án
> saber (**sabr-**): **sabr**é, **sabr**ás, **sabr**á, **sabr**emos, **sabr**éis, **sabr**án

■ The vowel of the infinitive ending is replaced by **-d-**:

> poner (**pondr-**): **pondr**é, **pondr**ás, **pondr**á, **pondr**emos, **pondr**éis, **pondr**án
> salir (**saldr-**): **saldr**é, **saldr**ás, **saldr**á, **saldr**emos, **saldr**éis, **saldr**án
> tener (**tendr-**): **tendr**é, **tendr**ás, **tendr**á, **tendr**emos, **tendr**éis, **tendr**án
> valer (**valdr-**): **valdr**é, **valdr**ás, **valdr**á, **valdr**emos, **valdr**éis, **valdr**án
> venir (**vendr-**): **vendr**é, **vendr**ás, **vendr**á, **vendr**emos, **vendr**éis, **vendr**án

■ **Decir** and **hacer** have irregular stems:

> decir (**dir-**): **dir**é, **dir**ás, **dir**á, **dir**emos, **dir**éis, **dir**án
> hacer (**har-**): **har**é, **har**ás, **har**á, **har**emos, **har**éis, **har**án

- Verbs derived from **hacer**, **poner**, **tener**, and **venir** have the same irregularities. **Satisfacer** follows the pattern of **hacer**.

deshacer	componer	contener	convenir
rehacer	imponer	detener	intervenir
satisfacer	proponer	mantener	prevenir
	suponer	retener	

Uses

- The future tense is used primarily to refer to future actions.

Llegaremos a Bogotá el sábado por la noche.	*We'll arrive in Bogotá Saturday night.*
Las próximas elecciones para presidente en Colombia **tendrán** lugar en diciembre.	*The next presidential elections in Colombia will take place in December.*

- The future tense can express probability in the present.

—¿Sabes? Roberto no está en clase hoy.	*You know? Roberto is not in class today.*
—**Estará** enfermo. No falta a clases casi nunca.	*He must be (He's probably) sick. He almost never misses classes.*

Substitutes for the Future Tense

- The construction **ir + a** plus infinitive is also used to refer to future actions. This construction is more common in spoken language than the future tense.

—¿Dónde **vas a pasar** las vacaciones este verano?	*Where are you going to spend your vacation this summer?*
—**Voy a estudiar** español en Cali.	*I'm going to study Spanish in Cali.*

- The present indicative is commonly used to express actions that will take place in the near future. The English equivalent is the present progressive tense. (See *Lección preliminar, p. G12.*)

Un estudiante de Barranquilla **viene** a vernos la próxima semana.	*A student from Barranquilla is coming to see us next week.*
Mañana **hago** una presentación acerca de los chibchas en mi clase de español.	*Tomorrow I'm doing a presentation on the Chibchas in my Spanish class.*

NSS **For Native Speakers** Muchos estudiantes hispanohablantes tienden a usar solamente las formas de *ir a + infinitivo* y a evitar el uso del verdadero futuro. Haga que sus estudiantes estén conscientes de esto y asegúrese de que practiquen estas nuevas formas.

Ahora, ¡a practicar!

These exercises may be done as oral or written work.

Additional Exercises
Cuaderno: Unidad 6, Lección 1

A. ¿Qué harán?
Las respuestas pueden variar.
1 Comprarás una camisa.
2 Iré de viaje.
3 Pasearán en bicicleta.
4 Asistiremos a un concierto de rock.
5 Jugarán básquetbol.
6 Comerán pizza.
7 Estudiarás.

B. La rutina del dentista.
1 Sacará una dentadura postiza de la vidriera.
2 Pondrá los instrumentos sobre la mesa.
3 Los ordenará de mayor a menor.
4 Rodará la fresa hacia el sillón.
5 Se sentará.
6 Pulirá la dentadura.
7 Trabajará con determinación.
8 Pedaleará en la fresa.
9 Trabajará por unas horas.
10 Hará una pausa.

Ahora, ¡a practicar!

A. **¿Qué harán?** Di lo que harán las personas indicadas el próximo fin de semana.

MODELO   **Iremos a una fiesta.**

1. **tú**   2. **yo**   3. **Catalina y Verónica**

4. **nosotros**   5. **ustedes**   6. **Jaime y sus amigos**   7. **tú**

B. **La rutina del dentista.** El dentista de la historia de García Márquez parece ser un hombre muy metódico. Di lo que hará mañana.

MODELO   abrir el gabinete a las seis de la mañana
          Abrirá el gabinete a las seis de la mañana.

1. sacar una dentadura postiza de la vidriera
2. poner los instrumentos sobre la mesa
3. ordenarlos de mayor a menor
4. rodar la fresa hacia el sillón
5. sentarse
6. pulir la dentadura
7. trabajar con determinación
8. pedalear en la fresa
9. trabajar por unas horas
10. hacer una pausa

C. Promesas de un amigo. Completa con el futuro de los verbos indicados para saber lo que te promete una amiga antes de salir hacia Bogotá.

Cuando te escriba, te ___1___ (decir) qué aprendí y también cómo me divertí durante mi estadía en Bogotá. ___2___ (Tener) muchas cosas que contarte. No ___3___ (poder) salir de Bogotá todos los fines de semana, pero ___4___ (salir) de la ciudad varias veces. ___5___ (Poder/nosotros) hablar largas horas cuando nos veamos.

D. Posibles razones. Varias personas del pueblo ven entrar al alcalde en el consultorio del dentista. Como todos saben que son enemigos, se preguntan las razones de esa visita.

MODELO   estar enfermo
                ¿Estará enfermo?

1. dolerle una muela
2. necesitar atención médica
3. tener un absceso
4. querer hacerse un examen
5. desear hablar de asuntos políticos
6. ir a atacar al dentista

Lección 2

6.2   Conditional: Regular and Irregular Verbs

Forms

-ar verbs	*-er* verbs	*-ir* verbs
regresar	**vender**	**recibir**
regresaría	vendería	recibiría
regresarías	venderías	recibirías
regresaría	vendería	recibiría
regresaríamos	venderíamos	recibiríamos
regresaríais	venderíais	recibiríais
regresarían	venderían	recibirían

■ To form the conditional, use the infinitive and add the appropriate endings, which are the same for all verbs: **-ía, -ías, -ía, -íamos, -íais,** and **-ían.** Note that the conditional endings are the same as the imperfect ones for **-er** and **-ir** verbs.

C. Promesas de un amigo.
1 diré
2 Tendré
3 podré
4 saldré
5 Podremos

D. Posibles razones.
1 ¿Le dolerá una muela?
2 ¿Necesitará atención médica?
3 ¿Tendrá un absceso?
4 ¿Querrá hacerse un examen?
5 ¿Deseará hablar de asuntos políticos?
6 ¿Irá a atacar al dentista?

6.2

G99

UNIDAD 6

■ Verbs with an irregular future stem have the same irregular stem in the conditional.

-e- dropped	vowel → d	irregular stem
caber → **cabr-**	poner → **pondr-**	decir → **dir-**
haber → **habr-**	salir → **saldr-**	hacer → **har-**
poder → **podr-**	tener → **tendr-**	
querer → **querr-**	valer → **valdr-**	
saber → **sabr-**	venir → **vendr-**	

Uses

■ The conditional is used to express what would be done under certain conditions, which could be hypothetical or highly unlikely. It can also indicate contrary-to-fact situations. The conditional may appear in a sentence by itself or in a sentence that has an explicit *si*-clause. (See *p. G103* of this unit.)

Bajo esas condiciones, los países caribeños no **firmarían** ningún acuerdo económico.

Under those conditions, the Caribbean countries would not sign any economic agreement.

Si Rubén Blades fuera el presidente de Panamá, le **daría** gran importancia al desarrollo de las artes.

If Rubén Blades were the President of Panama, he would give great importance to the development of arts.

■ The conditional refers to future actions or conditions when viewed from a standpoint in the past.

El Tratado Hay-Bunau Varilla de 1903 estipuló que EE.UU. **ocuparía** a perpetuidad la Zona del Canal.

The 1903 Hay-Bunau Varilla Treaty stipulated that the U.S. would occupy the Canal Zone forever.

En 1978 Rubén Blades y Willie Colón lanzaron un álbum que **sería** todo un éxito.

In 1978 Rubén Blades and Willie Colón released an album that would be a complete success.

■ The conditional of verbs such as **deber, poder, querer, preferir, desear,** and **gustar** is used to express a polite request or to soften suggestions and statements.

—**¿Podría** decirnos qué piensa de Noriega?

Could you tell us what you think about Noriega?

—**Preferiría** no hacer comentarios.

I would prefer not to make any comments.

■ The conditional can express probability or conjecture about past actions or conditions.

—¿Por qué tuvo tanto éxito la canción "Pedro Navaja"?

Why did the song "Pedro Navaja" have so much success?

—No sé; **sería** por su letra. O a la gente le **gustaría** la historia que cuenta.

I don't know; it was probably because of its lyrics. Or people must have liked the story it tells.

NSS **For Native Speakers** Algunos estudiantes hispanohablantes tienden a emplear incorrectamente estas formas irregulares, haciéndolas regulares (ej. *venería* por **vendría**) o creando nuevas variaciones (ej. *quedría* por **querría**). Exija que los estudiantes hispanohablantes escriban oraciones originales usando estas formas en la pizarra.

Ahora, ¡a practicar!

A. Entrevista. Eres periodista y Rubén Blades, uno de los candidatos a la presidencia de Panamá, te ha concedido una entrevista. ¿Qué preguntas le vas a hacer?

MODELO   cómo / mejorar la economía
¿Cómo mejoraría Ud. la economía?

1. qué reformas educacionales / proponer
2. cuánto / diversificar la economía
3. cómo / proteger las selvas tropicales
4. cuántos nuevos empleos / crear
5. cómo / darles más estímulos a los artistas
6. qué medidas / tomar para mejorar la salud pública

B. Suposiciones. Hoy todos los estudiantes hablan de por qué una estudiante panameña de intercambio no vino a hablar de su país el día anterior, como les había prometido.

MODELO   tener un inconveniente de última hora
Tendría un inconveniente de última hora.

1. caer enferma repentinamente
2. perder el autobús en que viene a clases
3. cambiar de idea
4. no estar preparada para hacer su presentación
5. olvidar que la presentación era ayer

C. Consejos. Un(a) amigo(a) y tú hablan con un(a) panameño(a) a quien conocen. Completa el siguiente diálogo para saber qué consejos les da acerca de posibles lugares que podrían visitar.

Tú: —¿Nos __1__ (poder/tú) decir qué lugares deberíamos visitar?
Panameño(a):   —__2__ (Deber/Uds.) visitar la Zona del Canal, por supuesto.
                   Y no __3__ (querer) dejar de pasear por la Ciudad de Panamá.
Amigo(a):   —Nos __4__ (gustar) visitar algunas ruinas antiguas.
Panameño(a):   —Pues, entonces, __5__ (poder/Uds.) ir a Panamá Viejo.
Tú: —¿Está cerca de la Ciudad de Panamá? __6__
                   (Preferir/nosotros) no viajar demasiado lejos.
Panameño(a):   —Está muy cerca. Un poco más de cinco kilómetros.

D. El futuro del Canal. Completa el siguiente texto para conocer algunas de las estipulaciones del tratado que firmaron Panamá y EE.UU. en 1977.

El Tratado de 1977 estipuló que la Zona del Canal __1__ (llamarse) de ahí en adelante Área del Canal; que esa área __2__ (pasar) a manos panameñas en el año 2000; que los puertos de Cristóbal y Balboa también __3__ (estar) en manos panameñas a partir de esa fecha; que la Comisión del Canal __4__ (administrar) el Canal a partir de la fecha del tratado y hasta el año 2000. Además, según el tratado, EE.UU. __5__ (tener) el derecho de seguir manteniendo algunas bases militares.

G101

Ahora, ¡a practicar!

These exercises may be done as oral or written work.

Additional Exercises
Cuaderno: Unidad 6, Lección 2

A. Entrevista.
1 ¿Qué reformas educacionales propondría Ud.?
2 ¿Cuánto diversificaría Ud. la economía?
3 ¿Cómo protegería Ud. las selvas tropicales?
4 ¿Cuántos nuevos empleos crearía Ud.?
5 ¿Cómo les daría Ud. más estímulos a los artistas?
6 ¿Qué medidas tomaría Ud. para mejorar la salud pública?

B. Suposiciones.
1 Caería enferma repentinamente.
2 Perdería el autobús en que viene a clases.
3 Cambiaría de idea.
4 No estaría preparada para hacer su presentación.
5 Olvidaría que la presentación era ayer.

C. Consejos.
1 podrías
2 Deberían
3 querrían
4 gustaría
5 podrían
6 Preferiríamos

D. El futuro del canal.
1 se llamaría
2 pasaría
3 estarían
4 administraría
5 tendría

UNIDAD *Lección 3*

6.3 Imperfect Subjunctive: Forms and si-clauses

Forms

-ar verbs	*-er* verbs	*-ir* verbs
tomar	**prometer**	**insistir**
tom**ara**	promet**iera**	insist**iera**
tom**aras**	promet**ieras**	insist**ieras**
tom**ara**	promet**iera**	insist**iera**
tom**áramos**	promet**iéramos**	insist**iéramos**
tom**arais**	promet**ierais**	insist**ierais**
tom**aran**	promet**ieran**	insist**ieran**

■ To form the stem of the imperfect subjunctive of all verbs, drop **-ron** from the third-person plural form of the preterite and add the appropriate endings, which are the same for all verbs: **-ra, -ras, -ra, ´-ramos, -rais, -ran.** Note that there is a written accent mark on the first-person plural form.

> toma~~ron~~ → tomara
> promet~~ieron~~ → prometiera
> insist~~ieron~~ → insistiera

■ All verbs with spelling and stem changes, or with irregular stems in the third-person plural form of the preterite maintain that same irregularity in the imperfect subjunctive.

> leer:
> le**yeron** → le**yera**, le**yeras**, le**yera**, le**yéramos**, le**yerais**, le**yeran**
>
> dormir:
> d**u**rm**ieron** → d**u**rm**iera**, d**u**rm**ieras**, d**u**rm**iera**, d**u**rm**iéramos**, d**u**rm**ierais**, d**u**rm**ieran**
>
> estar:
> **estuv**ieron → **estuv**iera, **estuv**ieras, **estuv**iera, **estuv**iéramos, **estuv**ierais, **estuv**ieran

NSS **For Native Speakers** Algunos estudiantes hispanohablantes tienden a crear un diptongo antes de las terminaciones del imperfecto del subjuntivo. Por ejemplo, dirán *dijiera* en vez de **dijera**, *trajiera* en vez de **trajera**. Con verbos cuyas raíces terminan en "-cir," los estudiantes hispanohablantes tendrán la tendencia a convertirlos en regulares, por ejemplo, dirán *traduciera* en vez de **tradujera** y *conduciera* en vez de **condujera**.

G102

Other verbs that follow this pattern are:

Spelling Changes
creer: cre**yeron** → cre**yera**
oír: o**yeron** → o**yera**

Stem Changes
mentir: m**intieron** → m**intiera**
pedir: p**idieron** → p**idiera**

Irregular Verbs
decir: **dijeron** → **dijera**
haber: **hubieron** → **hubiera**
hacer: **hicieron** → **hiciera**
ir/ser: **fueron** → **fuera**
poder: **pudieron** → **pudiera**
poner: **pusieron** → **pusiera**
querer: **quisieron** → **quisiera**
saber: **supieron** → **supiera**
tener: **tuvieron** → **tuviera**
venir: **vinieron** → **viniera**

■ The imperfect subjunctive has two sets of endings. The **-ra** endings, which have been presented in this lesson, are the most common throughout the Spanish-speaking world. The **-se** endings (**-se, -ses, -se, -semos, -seis, -sen**) are used most often in Spain and sparingly in Latin America.

Imperfect Subjunctive in si-clauses

■ One important use of the imperfect subjunctive is in sentences that express situations that are hypothetical, improbable, or completely contrary-to-fact. In these instances, the **si**-clause with the imperfect subjunctive states the condition, and the main clause with the conditional states the result of the condition. Either the main clause in the conditional or the **si**-clause in the imperfect subjunctive may begin the sentence.

Si el precio del petróleo **subiera,** mejoraría la economía venezolana.

El problema de la circulación de vehículos sería mucho peor si Caracas no **tuviera** metro.

If the price of oil were to go up, the Venezuelan economy would improve.
The traffic problem would be much worse if Caracas didn't have a subway.

NSS **For Native Speakers** Muchos estudiantes hispanohablantes tienden a sustituir el condicional por el imperfecto del subjuntivo en estas cláusulas. Esto es muy común en la lengua hablada. Se necesita hacer esta distinción al escribir.

G103

A. Recomendaciones.
Las respuestas pueden variar.
1 Les recomendaría que no
fumaran.
2 Les recomendaría que
hicieran más ejercicio.
3 Les recomendaría que vieran
menos televisión.
4 Les recomendaría que
fueran al cine más a
menudo.
5 Les recomendaría que
escribieran más cartas.
6 Les recomendaría que
jugaran más tenis.
7 Les recomendaría que se
pasearán más.
8 Les recomendaría que no
tiraran basura.

B. Deseos.
1 Dicen que les gustaría más si
controlaran mejor el
crecimiento de la ciudad.
2 Dicen que les gustaría más si
solucionaran los
embotellamientos del tráfico.
3 Dicen que les gustaría más si
estuvieran más cerca las
playas.
4 Dicen que les gustaría más si
mantuvieran mejor las
autopistas.
5 Dicen que les gustaría más si
no permitieran tantos
vehículos en las autopistas.
6 Dicen que les gustaría más si
crearan más áreas verdes en
la ciudad.

UNIDAD 6

Ahora, ¡a practicar!

A. Recomendaciones. Di lo que les recomendarías a tus compañeros que hicieran
o no hicieran.

MODELO **Les recomendaría que estudiaran más.**

B. Deseos. Cuando les preguntas a tus amigos caraqueños si les gusta la ciudad,
todos te dicen que sí. Pero todos dicen también que les gustaría más la ciudad si
tuviera o no tuviera otras cualidades. ¿Cuáles son algunas de esas cualidades?

MODELO aumentar las líneas del metro
Dicen que les gustaría más si aumentaran las líneas del metro.

1. controlar mejor el crecimiento de la ciudad
2. solucionar los embotellamientos del tráfico
3. estar más cerca las playas
4. mantener mejor las autopistas
5. no permitir tantos vehículos en las autopistas
6. crear más áreas verdes en la ciudad

C. Planes remotos. Di lo que a ti te gustaría hacer si pudieras visitar Venezuela.

MODELO ir a Venezuela / visitar la zona amazónica
Si fuera a Venezuela, visitaría la zona amazónica.

1. viajar a Venezuela / sobrevolar el Salto del Ángel, la catarata más alta del mundo
2. visitar Maracaibo / ver las torres de perforación petroleras
3. hacer buen tiempo / tomar sol en las playas del Litoral
4. tener tiempo / admirar los llanos venezolanos
5. estar en Mérida / subirme en el teleférico más alto y más largo del mundo
6. poder / pasearme por la ciudad colonial de Coro
7. estar en Caracas / entrar al Museo Bolivariano y a la Casa Natal del Libertador
8. en Caracas, querer comprar algo / ir a las tiendas de Sabana Grande

D. Poniendo condiciones. Di bajo qué condiciones harías lo siguiente en Caracas.

MODELO Visitaría la iglesia colonial de San Francisco si . . .
Visitaría la iglesia colonial de San Francisco si me interesara la historia o la arquitectura.

1. Usaría el metro si . . .
2. Manejaría por las autopistas si . . .
3. Subiría al teleférico del Ávila si . . .
4. Pasaría unas hora en el zoológico de Caricuao si . . .
5. Correría en el Parque del Este si . . .
6. Iría al inmenso y moderno Centro Comercial Ciudad Tamanaco si . . .

C. Planes remotos.
1 Si viajara a Venezuela, sobrevolaría el Salto Ángel, la catarata más alta del mundo.
2 Si visitara Maracaibo, vería las torres de perforación petroleras.
3 Si hiciera buen tiempo, tomaría sol en las playas del Litoral.
4 Si tuviera tiempo, admiraría los llanos venezolanos.
5 Si estuviera en Mérida, me subiría en el teleférico más alto y más largo del mundo.
6 Si pudiera, me pasearía por la ciudad colonial de Coro.
7 Si estuviera en Caracas, entraría al Museo Bolivariano y a la Casa Natal del Libertador.
8 En Caracas, si quisiera comprar algo, iría a las tiendas de Sabana Grande.

D. Poniendo condiciones.
Las respuestas van a variar.

G105

UNIDAD *Lección 1*

7.1 Imperfect Subjunctive: Noun and Adjective Clauses

The imperfect subjunctive is used in noun and adjective clauses when the verb in the main clause is in a past tense or in the conditional and the same circumstances requiring the present subjunctive occur.

Uses in Noun Clauses

The imperfect subjunctive is used in a noun clause when:

■ the verb or impersonal expression in the main clause indicates a wish, a recommendation, a suggestion, or a command and the subject of the noun clause is different from the subject of the main clause. An infinitive is used in the dependent clause when the two subjects are the same.

El pueblo **quería** que el gobierno **cumpliera** sus promesas.
The people wanted the government to fulfill its promises.

Me **recomendaron** que **tomara** té para aliviar el soroche.
They recommended that I drink tea to alleviate my altitude sickness.

Desearíamos que **leyeras** ese libro sobre los incas.
We would want you to read that book on the Incas.

Desearíamos leer ese libro sobre los incas.
We would want to read that book on the Incas.

■ the verb or impersonal expression in the main clause indicates doubt, uncertainty, disbelief, or denial. When the opposite of these verbs and expressions are used, they are followed by the indicative because they imply certainty.

Durante las últimas elecciones presidenciales, muchos **dudaban** que Alberto Fujimori **pudiera** vencer a Mario Vargas Llosa.
During the last presidential elections, many doubted that Alberto Fujimori would be able to defeat Mario Vargas Llosa.

A la llegada de los españoles, **parecía imposible** que éstos **dominaran** a los incas.
Upon the arrival of the Spaniards, it seemed impossible that they could dominate the Incas.

Pizarro **estaba seguro** de que **había** mucho oro en el Perú.
Pizarro was certain that there was a lot of gold in Perú.

■ the verb or impersonal expression in the main clause conveys emotions, opinions, and judgments and there is a change of subject. If there is no change of subject, the infinitive is used.

A comienzos de la colonia, los peruanos **estaban orgullosos** de que Lima **fuera** una de las principales ciudades del imperio español.
At the beginning of the colonial period, Peruvians were proud that Lima was one of the main cities of the Spanish empire.

Atahualpa **temía** que Pizarro no **cumpliera** su promesa.
Atahualpa feared that Pizarro would not fulfill his promise.

Atahualpa **temía morir** a manos de los españoles.
Atahualpa feared dying at the hands of the Spaniards.

Uses in Adjective Clauses

- The subjunctive is used in an adjective clause (dependent clause) when it describes someone or something in the main clause whose existence is unknown or uncertain.

Necesitábamos un guía que **conociera** bien la época colonial peruana. — *We needed a guide who knew the Peruvian colonial period well.*

La gente pedía un gobierno que **impulsara** reformas sociales. — *People were asking for a government that would promote social reforms.*

- When the adjective clause refers to someone or something that is known to exist, the indicative is used.

Encontré un guía que **conocía** muy bien la arquitectura colonial. — *I found a guide who knew the colonial architecture very well.*

A fines del siglo XVIII, Túpac Amaru dirigió una revuelta que las autoridades españolas **suprimieron** violentamente. — *At the end of the eighteenth century, Túpac Amaru led a revolt that the Spanish authorities suppressed violently.*

Ahora, ¡a practicar!

A. Los pedidos de la víbora. Di lo que la víbora le pidió al hombre en la leyenda "El hombre y la víbora."

MODELO   salvarla
           La víbora le pidió al hombre que la salvara.

1. no irse
2. escucharla con atención
3. ser bueno con ella
4. hacerle un favor
5. librarla de morir
6. impedir que la piedra la matara
7. quitar la piedra

B. Las quejas del buey. Menciona las quejas que tiene el buey contra su amo en la leyenda quechua.

MODELO   no tratarlo bien
           El buey se lamentó de que su amo no lo tratara bien.

1. no darle una recompensa
2. no alimentarlo
3. no agradecerle su trabajo
4. no recompensarlo debidamente
5. no ser justo
6. hacerlo trabajar demasiado
7. no preocuparse por su salud

Ahora, ¡a practicar!

These exercises may be done as oral or written work.

Additional Exercises
Cuaderno: Unidad 7, Lección 1

A. Los pedidos de la víbora.
1 La víbora le pidió al hombre que no se fuera.
2 La víbora le pidió al hombre que la escuchara con atención.
3 La víbora le pidió al hombre que fuera bueno con ella.
4 La víbora le pidió al hombre que le hiciera un favor.
5 La víbora le pidió al hombre que la librara de morir.
6 La víbora le pidió al hombre que impidiera que la piedra la matara.
7 La víbora le pidió al hombre que quitara la piedra.

B. Las quejas del buey.
1 El buey se lamentó (se quejó) de que su amo no le diera una recompensa.
2 El buey se lamentó (se quejó) de que su amo no lo alimentara.
3 El buey se lamentó (se quejó) de que su amo no le agradeciera su trabajo.
4 El buey se lamentó (se quejó) de que su amo no lo recompensara debidamente.
5 El buey se lamentó (se quejó) de que su amo no fuera justo.
6 El buey se lamentó (se quejó) de que su amo lo hiciera trabajar demasiado.
7 El buey se lamentó (se quejó) de que su amo no se preocupara por su salud.

G107

C. Reacciones.

1 El hombre quería ayudar a la víbora.

2 La víbora le pidió al hombre que la dejara libre.

3 El buey no pensó (pensaba) que los problemas del hombre fueran importantes.

4 El hombre lamentó que el caballo no entendiera su queja.

5 La víbora se alegró de que dos jueces le dieran la razón.

6 El hombre temió (temía) encontrar a un tercer juez como los anteriores.

7 El zorro quería ayudar al hombre.

D. Deseos y realidad.

1 La gente pedía un gobernante que redujera la inflación.
La gente eligió un gobernante que (no) redujo la inflación.

2 La gente pedía un gobernante que eliminara la violencia.
La gente eligió un gobernante que (no) eliminó la violencia.

3 La gente pedía un gobernante que continuara el desarrollo de la agricultura.
La gente eligió un gobernante que (no) continuó el desarrollo de la agricultura.

4 La gente pedía un gobernante que atendiera a la clase trabajadora.
La gente eligió un gobernante que (no) atendió a la clase trabajadora.

5 La gente pedía un gobernante que obedeciera la constitución.
La gente eligió un gobernante que (no) obedeció la constitución.

UNIDAD

7

C. Reacciones. Describe las diversas reacciones de algunos personajes a lo largo de la leyenda quechua.

MODELO   hombre / temer / víbora / picarlo
El hombre temió (temía) que la víbora lo picara.

1. hombre / querer/ ayudar a / víbora
2. víbora / pedir / hombre / dejarla libre
3. buey / no pensar / problemas del hombre / ser / importantes
4. hombre / lamentar / caballo / no entender su queja
5. víbora / alegrarse de / dos jueces / darle la razón
6. hombre / temer / encontrar a un tercer juez como los anteriores
7. el zorro / querer / ayudar al hombre

D. Deseos y realidad. Di primeramente qué tipo de gobernante pedía la gente durante las últimas elecciones presidenciales del Perú. En seguida, di si, en tu opinión, la gente obtuvo o no ese tipo de gobernante.

MODELO   crear empleos
La gente pedía un gobernante que creara empleos.
La gente eligió un gobernante que (no) creó empleos.

1. reducir la inflación
2. eliminar la violencia
3. continuar el desarrollo de la agricultura
4. atender a la clase trabajadora
5. obedecer la constitución
6. dar más recursos para la educación
7. hacer reformas económicas
8. construir más carreteras

Lección 2

7.2   Imperfect Subjunctive: Adverbial Clauses

The imperfect subjunctive is used in adverbial clauses when the verb in the main clause is in a past tense or in the conditional and the same circumstances requiring the present subjunctive exist.

■ Adverbial clauses always use the subjunctive when they are introduced by the following conjunctions:

a fin (de) que	**con tal (de) que**	**para que**
a menos (de) que	**en caso (de) que**	**sin que**
antes (de) que		

G108

6 La gente pedía un gobernante que diera más recursos para la educación.
La gente eligió un gobernante que (no) dio más recursos para la educación.

7 La gente pedía un gobernante que hiciera reformas económicas.
La gente eligió un gobernante que (no) hizo reformas económicas.

8 La gente pedía un gobernante que construyera más carreteras.
La gente eligió un gobernante que (no) construyó más carreteras.

7

UNIDAD

Mis padres visitaron las islas Galápagos **antes de que** se **estableciera** el Parque Nacional. Una ley de 1971 decretó que no se podía visitar un Parque Nacional de las islas Galápagos **a menos que** un guía capacitado **dirigiera** la visita.

My parents visited the Galápagos Islands before a National Park was established.
A 1971 law decreed that people could not visit a Galápagos Islands National Park unless a competent guide conducted the tour.

■ Adverbial clauses are always in the indicative when they are introduced by conjunctions such as **como, porque, ya que,** and **puesto que.**

A partir de la década de 1970, la economía de Ecuador mejoró mucho **porque** se **comenzó** a explotar el petróleo.

From the beginning of the 1970's, the economy of Ecuador improved a lot because oil began to be tapped.

■ Adverbial clauses may be in the subjunctive or the indicative when they are introduced by conjunctions of time: **cuando, después (de) que, en cuanto, hasta que, mientras que,** and **tan pronto como.** The subjunctive is used when the adverbial clause refers to an anticipated event that has not yet taken place. The indicative is used when the adverbial clause refers to completed or habitual past actions or a statement of fact.

Una amiga mía me dijo que visitaría Ecuador tan pronto como **terminara** sus estudios.
Darwin concibió su teoría acerca del origen de las especies cuando **visitó** las islas Galápagos.
Antes, cuando **iba** a Quito, siempre me paseaba por la Plaza San Francisco.

A friend of mine told me that she would visit Ecuador as soon as she finished her studies.
Darwin conceived his theory on the origin of species when he visited the Galápagos Islands.
Before, when I went to Quito, I would always stroll through the San Francisco Plaza.

■ An adverbial clause introduced by **aunque** can also be in the subjunctive or the indicative. The subjunctive is used when the adverbial clause expresses a possibility or a conjecture. If the adverbial clause expresses a fact, the verb is in the indicative.

Aunque **tuviera** tiempo y dinero, no visitaría la selva amazónica.

Aunque **pasé** varias semanas en Ecuador, nunca pude ir a las islas Galápagos.

Even if I had time and money, I would not visit the Amazonian rain forest.
Even though I spent several weeks in Ecuador, I was never able to go to the Galápagos Islands.

G109

Additional Exercises
Cuaderno: Unidad 7, Lección 2

A. Los planes de tu amigo(a).

1 Me dijo que pasaría el próximo semestre en Quito con tal que encontrara una buena escuela donde estudiar.

2 Me dijo que pasaría el próximo semestre en Quito siempre que aprobara todos los cursos que tiene este semestre.

3 Me dijo que pasaría el próximo semestre en Quito a menos que tuviera problemas económicos.

4 Me dijo que pasaría el próximo semestre en Quito a fin de que su español mejorara.

5 Me dijo que pasaría el próximo semestre en Quito en caso de que pudiera vivir con una familia.

B. Primer día.

1 Tan pronto como (En cuanto) yo entrara en mi cuarto de hotel, me pondría ropa y zapatos cómodos.

2 Tan pronto como (En cuanto) yo estuviera listo(a), iría a la Plaza de la Independencia y entraría en la Catedral.

3 Tan pronto como (En cuanto) yo saliera de la Catedral, miraría las tiendas de los alrededores.

4 Tan pronto como (En cuanto) yo me cansara de mirar tiendas, caminaría hacia la Plaza San Francisco.

UNIDAD 7

Ahora, ¡a practicar!

A. Los planes de tu amigo(a). Un(a) amigo(a) te habló de sus planes de pasar un semestre en Quito. ¿Qué te dijo?

> MODELO   a menos que / no reunir el dinero necesario
> **Me dijo que pasaría el próximo semestre en Quito a menos que no reuniera el dinero necesario.**

1. con tal que / encontrar una buena escuela donde estudiar
2. siempre que / aprobar todos los cursos que tiene este semestre
3. a menos que / tener problemas económicos
4. a fin de que / su español mejorar
5. en caso de que / poder vivir con una familia

B. Primer día. Tu amigo(a) imagina cómo sería su primer día en la capital ecuatoriana. ¿Cómo piensa que sería su viaje?

> MODELO   llegar al aeropuerto / tomar un taxi al hotel
> **Tan pronto como (En cuanto) yo llegara al aeropuerto Mariscal Sucre, tomaría un taxi al hotel.**

1. entrar en mi cuarto de hotel / ponerse ropa y zapatos cómodos
2. estar listo(a) / ir a la Plaza de la Independencia y entrar en la Catedral
3. salir de la Catedral / mirar las tiendas de los alrededores
4. cansarse de mirar tiendas / caminar hacia la Plaza San Francisco
5. alcanzar la Plaza San Francisco / buscar la iglesia del mismo nombre
6. terminar de admirar el arte de la iglesia / volver al hotel, seguramente cansadísimo(a)

C. El petróleo ecuatoriano. Completa la siguiente narración acerca de la economía ecuatoriana en el pasado reciente.

Antes de que se ___1___ (descubrir) el petróleo, Ecuador tenía una economía predominantemente agrícola basada en el cultivo de bananas, café y cacao. A partir de 1972, cuando la producción petrolera ___2___ (alcanzar) cantidades considerables, la importancia de la agricultura empezó a declinar, aunque todavía ___3___ (tener) importancia. Todo iba bien, a menos que ___4___ (bajar) los precios mundiales del petróleo. Era una economía inestable porque todos ___5___ (saber) que, en el futuro, tan pronto como ___6___ (bajar) los precios del petróleo, la economía nacional sufriría. Afortunadamente, antes de que se ___7___ (producir) el temido colapso económico, la economía comenzó a diversificarse, tendencia que continúa en nuestros días.

G110

---

5 Tan pronto como (En cuanto) yo alcanzara la Plaza San Francisco, buscaría la iglesia del mismo nombre.

6 Tan pronto como (En cuanto) yo terminara de admirar el arte de la iglesia, volvería al hotel, seguramente cansadísimo(a).

C. El petróleo ecuatoriano.

1 descubiera
2 alcanzó
3 tenía
4 bajaran
5 sabían
6 bajaran
7 produjera

Lección 3

7.3 Present Perfect: Indicative and Subjunctive

Forms

Present Perfect Indicative	Present Perfect Subjunctive
he terminado	**haya** recibido
has terminado	**hayas** recibido
ha terminado	**haya** recibido
hemos terminado	**hayamos** recibido
habéis terminado	**hayáis** recibido
han terminado	**hayan** recibido

■ To form the present perfect indicative and subjunctive tenses combine the auxiliary verb **haber** in the present indicative or the present subjunctive and the past participle of a verb.

■ Reflexive and object pronouns must precede the conjugated form of the verb **haber.**

Víctor Paz Estenssoro **se ha** distinguido en la política boliviana.

Víctor Paz Estenssoro has distinguished himself in Bolivian politics.

■ As you learned in *Unidad 4,* the past participle is formed by adding **-ado** to the stem of **-ar** verbs and **-ido** to the stem of **-er** and **-ir** verbs: terminar → **terminado,** aprender → **aprendido,** recibir → **recibido.** The past participle is invariable; it always ends in **-o.**

■ The following is a list of common irregular past participles:

abierto	**escrito**	**puesto**	**visto**
cubierto	**hecho**	**resuelto**	**vuelto**
dicho	**muerto**	**roto**	

NSS **For Native Speakers** Muchos estudiantes hispanohablantes no están muy conscientes del concepto de tiempos compuestos, en particular en primera y tercera persona singular. Con frecuencia no **escriben** el auxiliar **he** y **ha** o lo escriben sin la hache.

NSS **For Native Speakers** Algunos estudiantes hispanohablantes favorecen las formas regulares de estos participios pasados y tienden a decir *abrido* en vez de **abierto**, *escribido* en vez de **escrito**, *rompido* en vez de **roto**, etc. Mucha práctica escrita con estas formas irregulares les ayudará a internalizar estas formas irregulares.

Ahora, ¡a practicar!

The exercises on the following page may be done as oral or written work.

Additional Exercises
Cuaderno: Unidad 7, Lección 3

A. Cambios recientes.

1 Se han nacionalizado algunas empresas.

2 Se han repartido tierras a los campesinos.

3 Se ha promovido el desarrollo de la zona oriental.

4 Se ha tratado de estabilizar la economía.

5 Se ha creado una nueva moneda, el boliviano.

6 Se ha escogido como presidente al candidato del Movimiento Nacionalista Revolucionario.

B. La Puerta del Sol.

1 Es posible que la Puerta del Sol haya sido la puerta de entrada de un palacio.

2 Es posible que la Puerta del Sol haya constituido el centro religioso de un imperio.

3 Es posible que la Puerta del Sol haya sido construida hace más de veinticinco siglos.

4 Es posible que la Puerta del Sol haya tenido un significado político y religioso.

5 Es posible que la Puerta del Sol haya señalado las tumbas de los reyes.

Use of the Present Perfect Indicative

■ The present perfect indicative is used to refer to actions or events that began in the past and continue or are expected to continue into the present, or that have results bearing upon the present.

Desde el siglo XVI y hasta ahora el quechua y el aymara **han sido** las dos lenguas indígenas principales de Bolivia.	*Since the sixteenth century, and up to now, Quechua and Aymara have been the two main indigenous languages of Bolivia.*
En los últimos años, Bolivia **ha logrado** muchos avances sociales. Los habitantes del oriente **han visto** un mayor desarrollo económico.	*In the last few years, Bolivia has achieved many social advances. People in the east have seen a greater economic development.*
Te **he despachado** un mapa de La Paz. ¿Te **ha llegado** ya?	*I've sent you a map of La Paz. Has it reached you yet?*

Use of the Present Perfect Subjunctive

■ The present perfect subjunctive is used in dependent clauses that require the subjunctive and that refer to past actions or events that began in the past and continue in the present. The verb in the main clause may be in the present or present perfect indicative, the future, or in a command form.

Mis padres no han regresado todavía. Es posible que **hayan decidido** pasar más días en Bolivia.	*My parents have not returned yet. It is possible that they have decided to spend a few more days in Bolivia.*
Hasta ahora no he conocido a nadie que **haya estado** en Sucre.	*Up to now I have not met anyone who has been to Sucre.*
Me ha decepcionado que no **haya podido** ir a un espectáculo folklórico durante mi última visita a La Paz.	*I have been disappointed in not being able to go to a folkloric performance during my last visit to La Paz.*
Preguntaré cómo ir a Tiahuanaco tan pronto como **haya llegado** a mi hotel en La Paz.	*I will ask about how to go to Tiahuanaco as soon as I have reached my hotel in La Paz.*
En tu próxima visita, ve a un lugar donde no **hayas estado** antes.	*On your next visit, go to a place where you have not been before.*

Ahora, ¡a practicar!

A. Cambios recientes. Menciona algunos cambios que han ocurrido en Bolivia últimamente.

MODELO   introducir reformas agrarias
Se han introducido reformas agrarias.

1. nacionalizar algunas empresas
2. repartir tierras a los campesinos
3. promover el desarrollo de la zona oriental
4. tratar de estabilizar la economía
5. crear una nueva moneda, el boliviano
6. escoger como presidente al candidato del Movimiento Nacionalista Revolucionario

B. La Puerta del Sol. Tú y tus compañeros especulan acerca del origen y la función de la Puerta del Sol de Tiahuanaco.

MODELO   formar parte de un templo
Es posible que la Puerta del Sol haya formado parte de un templo.

1. ser la puerta de entrada de un palacio
2. constituir el centro religioso de un imperio
3. ser construida hace más de veinticinco siglos
4. tener un significado político y religioso
5. señalar las tumbas de los reyes

C. Quejas. Un(a) amigo(a) que visitó La Paz con un grupo de compañeros se lamenta de que no hayan podido hacer todas las cosas que habían planeado.

MODELO   ir a Tiahuanaco
Mi amigo(a) siente que ellos no hayan ido a Tiahuanaco.

1. visitar el Museo de Instrumentos Nativos
2. poder ver el Festival del Gran Poder
3. comer empanadas en el Mercado Camacho
4. asistir a un festival de música andina
5. subir al Parque Mirador Laykacota
6. ver la colección de objetos de oro en el Museo de Metales Preciosos

D. ¿Cuánto sabes? Un(a) compañero(a) te hace preguntas acerca de la cultura boliviana.

MODELO   estar en La Paz
¿Has estado en La Paz?
No, nunca he estado en La Paz. (o Sí, he estado allí dos veces.)

1. escuchar música andina
2. leer acerca de las culturas preincaicas
3. visitar Sucre, la capital legal de Bolivia
4. estudiar quechua
5. dar un paseo en barco por el Lago Titicaca
6. tocar la quena o el charango
7. sufrir de soroche
8. oír la canción "El cóndor pasa"

G113

C. Quejas.

1 Mi amigo(a) siente que ellos no hayan visitado el Museo de Instrumentos Nativos.

2 Mi amigo(a) siente que ellos no hayan podido ver el Festival del Gran Poder.

3 Mi amigo(a) siente que ellos no hayan comido empanadas en el Mercado Camacho.

4 Mi amigo(a) siente que ellos no hayan asistido a un festival de música andina.

5 Mi amigo(a) siente que ellos no hayan subido al Parque Mirador Laykacota.

6 Mi amigo(a) siente que ellos no hayan visto la colección de objetos de oro en el Museo de Metales Preciosos.

D. ¿Cuánto sabes?

1 ¿Has escuchado música andina?
No, nunca he escuchado música andina. o Sí, la he escuchado una vez.

2 ¿Has leído acerca de las culturas preincaicas?
No, no he leído acerca de las culturas preincaicas. o Sí, he leído acerca de ellas.

3 ¿Has visitado Sucre, la capital legal de Bolivia?
No, nunca he visitado Sucre. o Sí, he visitado Sucre varias veces.

4 ¿Has estudiado quechua?
No, nunca he estudiado quechua. o Sí, lo he estudiado un poco.

5 ¿Has dado un paseo en barco por el Lago Titicaca?
No, nunca he dado un paseo en barco por el Lago Titicaca. o Sí, he dado un paseo en barco por el Lago Titicaca.

6 ¿Has tocado la quena o el charango?
No, nunca he tocado la quena ni el charango. o Sí, he tocado la quena y el charango.

---

7 ¿Has sufrido de soroche?
No, nunca he sufrido de soroche. o Sí, he sufrido de soroche en varias ocasiones.

8 ¿Has oído la canción "El cóndor pasa"?
No, nunca he oído la canción "El cóndor pasa". o Sí, la he oído en una ocasión.

Suggestion Require all students to write the answers to the **Ahora, ¡a practicar!** exercises as homework. In class, have them check their own work before turning it in as you call on individual students to give the correct answers or have students write the answers on the board. If time is limited, you may want to write the answers on a transparency and simply have students correct each other's papers.

UNIDAD *Lección 1*

8.1 Other Perfect Tenses

The perfect tenses are formed by combining the appropriate tense of the auxiliary verb **haber** with the past participle of a verb. In *Unidad 7*, you learned to combine the present indicative and the present subjunctive of **haber** with past participles to form the present perfect indicative and the present perfect subjunctive. In a similar manner, the future perfect and conditional perfect tenses are formed using the future and conditional of **haber** with past participles. The imperfect indicative and imperfect subjunctive of **haber** followed by past participles are used to form the past perfect indicative and past perfect subjunctive.

Past Perfect Indicative and Past Perfect Subjunctive

Past Perfect Indicative	Past Perfect Subjunctive
había aceptado	**hubiera** aceptado
habías aceptado	**hubieras** aceptado
había aceptado	**hubiera** aceptado
habíamos aceptado	**hubiéramos** aceptado
habíais aceptado	**hubierais** aceptado
habían aceptado	**hubieran** aceptado

■ The past perfect indicative is used to show that a past action took place before another past action or before a specific time in the past.

| Cuando Perón asumió la presidencia de Argentina en 1973, ya **había sido** presidente dos veces antes. | *When Perón became president of Argentina in 1973, he had already been president twice before.* |
| Antes de Isabel Perón, ninguna mujer latinoamericana **había ocupado** el cargo de presidenta. | *Before Isabel Perón, no Latin American woman had occupied the office of president.* |

G114

UNIDAD

NSS **For Native Speakers** Muchos estudiantes hispanohablantes tienen dificultad con saber cuando usar el pasado perfecto del subjuntivo y el condicional perfecto. Hay una tendencia a sustituir ambos tiempos verbales con el pasado perfecto del indicativo.

■ The past perfect subjunctive is used when conditions for use of the subjunctive are met and a past action takes place before a prior point in time. The main verb of the sentence may be in the past (preterite, imperfect, past perfect), the conditional, or the conditional perfect.

Cuando visitamos Uruguay hace unos años, todos se quejaban de que el gobierno no **hubiera podido** controlar la inflación.

Antes de que se **hubiera construido** una red de caminos extensa en Argentina, existía una excelente red ferroviaria.

When we visited Uruguay a few years ago, everyone was complaining that the government had not been able to curb inflation.

Before an extensive road network had been built in Argentina, there existed an excellent railway network.

Future Perfect and Conditional Perfect

Future Perfect	Conditional Perfect
habré comprendido	**habría** comprendido
habrás comprendido	**habrías** comprendido
habrá comprendido	**habría** comprendido
habremos comprendido	**habríamos** comprendido
habréis comprendido	**habríais** comprendido
habrán comprendido	**habrían** comprendido

■ The future perfect is used to show that a future action will have been completed prior to the start of another future action or prior to a specific time in the future.

La próxima semana ya **habremos terminado** nuestra visita a Buenos Aires.

Cuando tú llegues a la Patagonia, yo ya **habré salido** de Argentina.

Next week we will have already finished our visit to Buenos Aires.

When you reach Patagonia, I will have already left Argentina.

■ The conditional perfect expresses conjecture or what would or could have occurred in the past. It often appears in sentences with a **si**-clause.

No sé qué **habrían hecho** ellos en esa situación.

Si hubieras viajado a Colonia, cerca de Montevideo, **habrías visto** bellísimas construcciones del siglo XVII.

I don't know what they would have done in that situation.

If you had traveled to Colonia, near Montevideo, you would have seen beautiful seventeenth-century buildings.

G115

Additional Exercises
Cuaderno: Unidad 8, Lección 1

A. Investigación.

1 Me preguntaron si había estado en casa todo el día.
2 Me preguntaron si había visto a alguien en la casa.
3 Me preguntaron si había oído ladrar los perros.
4 Me preguntaron si había escuchado ruidos extraños.
5 Me preguntaron si había llamado a la policía de inmediato.
6 Me preguntaron si había hablado recientemente con la esposa del hombre muerto.

B. Quejas.

1 La gente lamentaba que en los años anteriores la productividad del país hubiera disminuido.
2 La gente lamentaba que en los años anteriores los precios de la ropa y de los comestibles hubieran subido mucho.
3 La gente lamentaba que en los años anteriores la inflación no se hubiera controlado.
4 La gente lamentaba que en los años anteriores el estándar de vida hubiera declinado.
5 La gente lamentaba que en los años anteriores la guerra de las Malvinas se hubiera perdido.
6 La gente lamentaba que en los años anteriores miles de personas hubieran desaparecido.

UNIDAD

Ahora, ¡a practicar!

A. Investigación. Los detectives están investigando la muerte del hombre sentado en el sillón de terciopelo verde. Uno de los trabajadores de la finca menciona las preguntas que le hicieron.

> MODELO   notar algo especial
> **Me preguntaron si había notado algo especial.**

1. estar en casa todo el día
2. ver a alguien en la casa
3. oír ladrar los perros
4. escuchar ruidos extraños
5. llamar a la policía de inmediato
6. hablar recientemente con la esposa del hombre muerto

B. Quejas. En los años ochenta los argentinos se quejaban de muchas cosas que habían ocurrido la década anterior. ¿Qué lamentaba la gente?

> MODELO   la deuda externa / aumentar drásticamente
> **La gente lamentaba que en los años anteriores la deuda externa hubiera aumentado drásticamente.**

1. la productividad del país / disminuir
2. los precios de la ropa y de los comestibles / subir mucho
3. la inflación / no controlarse
4. el estándar de vida / declinar
5. la guerra de las Malvinas / perderse
6. miles de personas / desaparecer

C. Predicciones. Los uruguayos son muy optimistas. ¿Qué opiniones expresan acerca de lo que creen que habrá ocurrido antes de que termine el siglo XX?

> MODELO   el país / modernizarse completamente
> **Antes de que termine el siglo XX, el país ya se habrá modernizado completamente.**

1. el desempleo / bajar
2. la economía / estabilizarse
3. la deuda externa / pagarse
4. el país / convertirse en una potencia agrícola
5. la energía hidroeléctrica / desarrollarse
6. la red caminera / aumentar
7. el país / llegar a ser una nación industrializada

C. Predicciones.

1 Antes de que se termine el siglo XX, el desempleo ya habrá bajado.
2 Antes de que se termine el siglo XX, la economía ya se habrá estabilizado.
3 Antes de que se termine el siglo XX, la deuda externa ya se habrá pagado.
4 Antes de que se termine el siglo XX, el país ya se habrá convertido en una potencia agrícola.

5 Antes de que se termine el siglo XX, la energía hidroeléctrica ya se habrá desarrollado.
6 Antes de que se termine el siglo XX, la red caminera ya habrá aumentado.
7 Antes de que se termine el siglo XX, el país ya habrá llegado a ser una nación industrializada.

D. Vacaciones muy cortas. Después de una corta estadía en Montevideo, les dices a tus amigos lo que habrías hecho en caso de que hubieras podido quedarte más tiempo.

MODELO   ir a la playa de Pocitos
         Habría ido a la playa de Pocitos.

1. pasearme por las ramblas
2. mirar más tiendas de la avenida 18 de Julio
3. admirado los cincuenta y cinco colores del mármol del Palacio Legislativo
4. ver el Monumento a la Carreta
5. asistir a un partido de fútbol en el Estadio Centenario
6. volver muchas veces más a la Plaza de la Independencia
7. tomar té en una confitería
8. escuchar tangos en una tanguería

Lección 2

8.2   Sequence of Tenses: Indicative

■ Sequence of tenses refers to the fact that in a sentence with a dependent clause, there must be a correlation between the tense of the main verb and that of the dependent verb. The following tenses can be used when the main and dependent clauses are in the indicative.

Simple Tenses		Perfect Tenses	
Present	acepto	**Present Perfect**	he aceptado
Future	aceptaré	**Future Perfect**	habré aceptado
Imperfect	aceptaba	**Past Perfect**	había aceptado
Preterite	acepté	**Preterite Perfect**	hube aceptado*
Conditional	aceptaría	**Conditional Perfect**	habría aceptado

---

* The preterite perfect is not used in spoken language and it is rarely used in written language.

D. Vacaciones muy cortas.

1 Me habría paseado por las ramblas.
2 Habría mirado más tiendas de la avenida 18 de Julio.
3 Habría admirado los cincuenta y cinco colores del mármol del Palacio Legislativo.
4 Habría visto el Monumento a la Carreta.
5 Habría asistido a un partido de fútbol en el Estadio Centenario.
6 Habría vuelto muchas veces más a la Plaza de la Independencia.
7 Habría tomado té en una confitería.
8 Habría escuchado tangos en una tanguería.

8.2

NSS **For Native Speakers** Por lo general, los estudiantes hispanohablantes no tienen dificultad con la concordancia de tiempos verbales en el indicativo. De vez en cuando tal vez se enreden con los tiempos compuestos, es más bien la excepción y no la regla.

■ When the verbs of the main and the dependent clauses are in the indicative, there are no restrictions on the way tenses can combine as long as the sentence makes sense.

Los guaraníes de Paraguay **son** miembros de una familia lingüística que **incluye** a muchos grupos indígenas que **habitaban** grandes extensiones de Sudamérica.

The Guaraníes from Paraguay are members of a linguistic family that includes many indigenous groups that lived in large stretches of land in South America.

Unos amigos míos me **contaron** que se **habían divertido** inmensamente cuando **visitaron** Asunción.

Some friends of mine told me that they had had a great time when they visited Asunción.

Cuando **viajaron** a un pueblecito donde **hacen** arpas, todos **querían** comprar una.

When they traveled to a small village where they make harps, they all wanted to buy one.

■ The same rule applies when the main verb is a command form.

Dime qué **quieres** hacer hoy; no me **digas** lo que **querías** hacer ayer.

Tell me what you want to do today; don't tell me what you wanted to do yesterday.

Pregúntame adónde **iré** esta tarde.

Ask me where I'll go this afternoon.

Explíquenme lo que **habrían hecho** Uds. en esa situación.

Explain to me what you would have done in that situation.

Ahora, ¡a practicar!

A. Lecturas. Menciona algunos de los datos que recuerdas de tus lecturas sobre Paraguay.

MODELO   la guerra del Chaco / tener lugar entre 1932 y 1935
Leí que la guerra del Chaco tuvo lugar entre 1932 y 1935.

1. Juan Salazar de Espinosa / fundar Asunción en 1537
2. los jesuitas / organizar misiones en el siglo XVII
3. José Gaspar Rodríguez de Francia / gobernar el país desde 1814 hasta 1840
4. Augusto Roa Bastos / publicar su novela *Yo, el supremo* en 1974
5. Josefina Plá / escribir un ensayo sobre el barroco hispano guaraní en 1975
6. el general Stroessner / ser derrocado en 1989
7. el general Andrés Rodríguez / ser elegido presidente en 1989
8. Juan Carlos Wasmosy / ganar las elecciones presidenciales en 1993

Ahora, ¡a practicar!

These exercises may be done as oral or written work.

Additional Exercises
Cuaderno: Unidad 8, Lección 2

A. Lecturas.

1 Leí que Juan Salazar de Espinosa fundó Asunción en 1537.
2 Leí que los jesuitas organizaron misiones en el siglo XVII.
3 Leí que José Gaspar Rodríguez de Francia gobernó el país desde 1814 hasta 1840.
4 Leí que Augusto Roa Bastos publicó su novela *Yo, el supremo* en 1974.
5 Leí que Josefina Plá escribió un ensayo sobre el barroco hispano guaraní en 1975.
6 Leí que el general Stroessner fue derrocado en 1989.
7 Leí que el general Andrés Rodríguez fue elegido presidente en 1989.
8 Leí que Juan Carlos Wasmosy ganó las elecciones presidenciales en 1993.

B. Recuerdos. Un señor paraguayo te cuenta cómo era su vida cuando supo de la declaración de guerra entre Paraguay y Bolivia en 1932.

MODELO   tener dieciocho años
> **Cuando comenzó la guerra, yo tenía dieciocho años.**

1. vivir en Misiones con mi familia
2. no estar casado
3. no trabajar
4. estar todavía en la escuela
5. no estar inscrito en el servicio militar
6. creer que no sería un conflicto muy serio

C. Futuro inmediato. ¿Cómo ves la situación en Paraguay en los próximos veinte años?

MODELO   haber estabilidad política
> **Opino que habrá estabilidad política todavía.** o
> **(Opino que no habrá estabilidad política.)**

1. enseñarse el guaraní en las escuelas privadas
2. desarrollarse proyectos económicos con países vecinos
3. publicarse libros y periódicos en guaraní
4. cultivarse algodón y maní
5. construirse vías férreas

D. ¿Qué pasará? ¿Habrá cambios en Paraguay antes del fin del siglo XX?

MODELO   la constitución / cambiar
> **Me imagino que antes del fin del siglo XX la constitución (no) habrá cambiado.**

1. la población / alcanzar diez millones
2. el país / participar en una guerra con sus vecinos
3. los paraguayos / poblar el norte del país
4. la gente / destruir la jungla
5. la lengua guaraní / desaparecer
6. el aislamiento del país / ser superado

E. ¡Ahora sé más! Di lo que pensabas acerca de Paraguay antes de leer la lección y después de leerla.

MODELO   el país más pequeño de Sudamérica
> **Pensaba que Paraguay era el país más pequeño de Sudamérica, pero ahora sé que no es el más pequeño.**

1. estar al norte de Bolivia
2. tener salida al mar
3. exportar café principalmente
4. no tener grupos indígenas
5. no producir energía hidroeléctrica

G119

E. ¡Ahora sé más!

1 Pensaba que Paraguay estaba al norte de Bolivia, pero ahora sé que no está al norte.
2 Pensaba que Paraguay tenía salida al mar, pero ahora sé que no tiene salida.
3 Pensaba que Paraguay exportaba café principalmente, pero ahora sé que no exporta café principalmente.
4 Pensaba que Paraguay no tenía grupos indígenas, pero ahora sé que sí tiene grupos indígenas.
5 Pensaba que Paraguay no producía energía hidroeléctrica, pero ahora sé que sí produce energía hidroeléctrica.

B. Recuerdos.
1 Cuando comenzó la guerra, yo vivía en Misiones con mi familia.
2 Cuando comenzó la guerra, yo no estaba casado.
3 Cuando comenzó la guerra, yo no trabajaba.
4 Cuando comenzó la guerra, yo estaba todavía en la escuela.
5 Cuando comenzó la guerra, yo no estaba inscrito en el servicio militar.
6 Cuando comenzó la guerra, yo creía que no sería un conflicto muy serio.

C. Futuro inmediato.
1 Opino que (no) se enseñará el guaraní en las escuelas privadas.
2 Opino que (no) se desarrollarán proyectos económicos con países vecinos.
3 Opino que (no) se publicarán libros y periódicos en guaraní.
4 Opino que (no) se cultivarán algodón y maní.
5 Opino que (no) se construirán vías férreas.

D. ¿Qué pasará?
1 Me imagino que antes del fin del siglo XX la población (no) habrá alcanzado diez millones.
2 Me imagino que antes del fin del siglo XX el país (no) habrá participado en una guerra con sus vecinos.
3 Me imagino que antes del fin del siglo XX los paraguayos (no) habrán poblado el norte del país.
4 Me imagino que antes del fin del siglo XX la gente (no) habrá destruido la jungla.
5 Me imagino que antes del fin del siglo XX la lengua guaraní (no) habrá desaparecido.
6 Me imagino que antes del fin del siglo XX el aislamiento del país (no) habrá sido superado.

UNIDAD *Lección 3*

8.3 Sequence of Tenses: Indicative and Subjunctive

■ If the main verb of a sentence is in the present, present perfect, future, future perfect, or is a command, and the verb in the dependent clause is subjunctive, it is usually present or present perfect subjunctive.

Main Verb (Indicative)	Dependent Verb (Subjunctive)
Present Present Perfect Future Future Perfect Command	Present Present Perfect

La gente **espera** que el nuevo presidente les **resuelva** todos sus problemas.

People expect the new president to solve all their problems for them.

Sé que el profesor me **aconsejará** que **lea** los poemas de Pablo Neruda.

I know the professor will advise me to read Pablo Neruda's poems.

Queremos conversar con una persona que **haya estado** en Chile recientemente.

We want to talk with someone who has been to Chile recently.

■ The dependent clause may also be in the imperfect or the past perfect subjunctive when the action expressed by the dependent clause occurred prior to that of the main clause.

Siento que tu viaje a la Patagonia no se **realizara.**

I'm sorry your trip to Patagonia did not take place.

No creo que Chile **hubiera declarado** su independencia antes de 1800.

I don't think Chile had declared its independence before 1800.

G120

■ If the main verb is in any of the past tenses, the conditional, or the conditional perfect, and the verb of the dependent clause is subjunctive, it must be either in the imperfect or the past perfect subjunctive. The past perfect subjunctive signals that the action in the dependent clause is prior to that of the main clause.

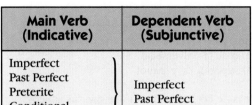

Main Verb (Indicative)	Dependent Verb (Subjunctive)
Imperfect Past Perfect Preterite Conditional Conditional Perfect	Imperfect Past Perfect

¿Deseabas visitar un pueblo que **tuviera** un buen mercado de artesanías?

Al no verte en el aeropuerto, todos **temimos** que te **hubieras perdido** el vuelo.

Sería bueno que **aumentaran** el presupuesto para la educación.

Le dije a mi compañera que me **había molestado** que nadie **hubiera querido** acompañarme al Museo de Arte Precolombino.

Did you want to visit a village that had a good handicrafts market?

When we didn't see you at the airport, we all feared you might have missed the flight.

It would be good if they would increase the education budget.

I told my friend that it had bothered me that nobody had wanted to accompany me to the Museum of Pre-Columbian Art.

Ahora, ¡a practicar!

A. Cosas sorprendentes. Les mencionas a tus amigos datos de Chile que te han sorprendido.

MODELO ser país largo y estrecho
    Me ha sorprendido que Chile sea un país tan largo y estrecho.

1. poseer una parte de la Antártida
2. tener posesiones en el océano Pacífico, como la Isla de Pascua
3. concentrar la población en la parte central de su territorio
4. gozar, en la zona central, de un clima y paisaje semejantes a los de California
5. disponer de canchas de esquí de renombre mundial
6. producir vinos famosos en el mundo entero

G121

Ahora, ¡a practicar!

These exercises may be done as oral or written work.

Additional Exercises
Cuaderno: Unidad 8, Lección 3

A. **Cosas sorprendentes.**
1 Me ha sorprendido que Chile posea una parte de la Antártida.
2 Me ha sorprendido que Chile tenga posesiones en el océano Pacífico, como la Isla de Pascua.
3 Me ha sorprendido que Chile concentre la población en la parte central de su territorio.
4 Me ha sorprendido que Chile goce, en la zona central, de un clima y paisaje semejantes a los de California.
5 Me ha sorprendido que Chile disponga de canchas de esquí de renombre mundial.
6 Me ha sorprendido que Chile produzca vinos famosos en el mundo entero.

B. Posible visita.

1 Visitaré Chile tan pronto como reúna dinero.

2 Visitaré Chile con tal (de) que pueda quedarme allí tres meses por lo menos.

3 Visitaré Chile después (de) que me gradúe.

4 Visitaré Chile cuando esté en mi tercer año de la universidad.

5 Visitaré Chile en cuanto apruebe mi curso superior de español.

C. Cosas buenas.

1 Sería bueno que el país tuviera otros centros económicos importantes, además de Santiago.

2 Sería bueno que el gobierno protegiera la industria nacional.

3 Sería bueno que la carretera panamericana estuviera mejor mantenida.

4 Sería bueno que el gobierno se preocupara más de la preservación de las riquezas naturales.

5 Sería bueno que (nosotros) explotáramos más los recursos minerales del desierto de Atacama.

6 Sería bueno que el presidente (no) pudiera ser reelegido.

D. Recuerdos de años difíciles.

1 A la gente le gustaba que la exportación de fruta hubiera aumentado.

2 A la gente le gustaba que el orden público se hubiera restablecido.

3 A la gente le gustaba que la economía hubiera mejorado un poco.

4 A la gente no le gustaba que los latifundios no se hubieran eliminado.

5 A la gente no le gustaba que el costo de la educación hubiera subido mucho.

6 A la gente no le gustaba que muchos profesionales hubieran abandonado el país.

UNIDAD

B. Posible visita. Tú y tus amigos dicen cuándo o bajo qué condiciones visitarán Chile.

> MODELO   antes de que / terminar el año escolar
> **Visitaré Chile antes de que termine el año escolar.**

1. tan pronto como / reunir dinero
2. con tal (de) que / poder quedarme allí tres meses por lo menos
3. después (de) que / graduarme
4. cuando / estar en mi tercer año de la universidad
5. en cuanto / aprobar mi curso superior de español

C. Cosas buenas. Éstas son algunas de las respuestas que te dan tus amigos chilenos cuando les preguntas qué cambios desean en el país.

> MODELO   la economía / no depender de los precios del cobre
> **Sería bueno que la economía no dependiera de los precios del cobre.**

1. el país / tener otros centros económicos importantes, además de Santiago
2. el gobierno / proteger la industria nacional
3. la carretera panamericana / estar mejor mantenida
4. el gobierno / preocuparse más de la preservación de las riquezas naturales
5. nosotros / explotar más los recursos minerales del desierto de Atacama
6. el presidente / (no) poder ser reelegido

D. Recuerdos de años difíciles. Algunos amigos chilenos te hablan de lo que le gustaba y no le gustaba a la gente durante los años ochenta.

> MODELO   las libertades individuales / desaparecer
> **A la gente no le gustaba que las libertades individuales hubieran desaparecido.**

1. la exportación de fruta / aumentar
2. el orden público / restablecerse
3. la economía / mejorar un poco
4. los latifundios / no eliminarse
5. el costo de la educación / subir mucho
6. muchos profesionales / abandonar el país

Si-clauses

The sequence of tenses in conditional **si**-clauses does not totally comply with the rules given in the preceding section. The following are the most frequently used structures.

G122

UNIDAD

NSS **For Native Speakers** Hay una tendencia entre muchos estudiantes hispanohablantes usar dos condicionales o dos verbos en el imperfecto del subjuntivo en cláusulas en **si**. Esto pasa en particular con los tiempos compuestos.

■ For actions likely to take place in the present or future, the **si**-clause is in the present indicative and the result clause is in the present indicative or the future, or is a command form. The present subjunctive is never used in **si**-clauses.

si-clause	result clause
si + present indicative	present indicative future command

Si **podemos, queremos** ver el nuevo edificio del Congreso Nacional en Valparaíso.

Si **voy** a Viña del Mar, **tomaré** sol en una de las playas.

Si **estás** en Valparaíso, no **dejes** de subir a uno de los cerros en ascensor.

If we can, we want to see the new building of the National Congress in Valparaíso.

If I go to Viña del Mar, I will sunbathe on one of the beaches.

If you are in Valparaíso, don't fail to go up one of the hills by elevator (funicular railway).

■ For unlikely or contrary-to-fact actions or situations in the present or in the future, the **si**-clause is in the imperfect subjunctive and the result clause in the conditional.

si-clause	result clause
si + imperfect subjunctive	conditional

Si mis padres fueran a la Isla de Pascua, **sacarían** muchas fotografías de los *moais*.

If my parents were to go to Easter Island, they would take many pictures of the moais *(giant sculptures).*

■ For contrary-to-fact actions in the past, the **si**-clause is in the past perfect subjunctive and the result clause in the conditional perfect.

si-clause	result clause
si + past perfect subjunctive	conditional perfect

Si hubiera ido a Chillán, **habría visto** los murales del artista mexicano Siqueiros en la Escuela México.

If I had gone to Chillán, I would have seen the murals by the Mexican artist Siqueiros at the Mexico School.

G123

Ahora, ¡a practicar!

These exercises may be done as oral or written work.

Additional Exercises
Cuaderno: Unidad 8, Lección 3

A. Planes.

1 Si tengo tiempo, subiré al cerro San Cristóbal.

2 Si tengo tiempo, entraré en La Chascona, una de las casas de Pablo Neruda en Santiago.

3 Si tengo tiempo, esquiaré en Farellones.

4 Si tengo tiempo, saldré para el pueblo de Pomaire para ver trabajar a los artesanos.

5 Si tengo tiempo, veré el glaciar del Parque Nacional El Morado.

B. En el sur.

1 Si pudiera ir al sur de Chile, navegaría en el río Bío-Bío.

2 Si pudiera ir al sur de Chile, recorrería algunos pueblos mapuches cerca de Temuco.

3 Si pudiera ir al sur de Chile, vería los fuertes españoles del siglo XVII cerca de Valdivia.

4 Si pudiera ir al sur de Chile, me pasearía por los densos bosques del Parque Nacional Puyehue cerca de Osorno.

5 Si pudiera ir al sur de Chile, alquilaría un bote en el lago Llanquihue.

C. ¡Qué lástima!

1 Si hubiera tenido tiempo, habría pasado unos días en Arica, cerca de la frontera con el Perú.

2 Si hubiera tenido tiempo, habría visto los edificios coloniales de La Serena.

Ahora, ¡a practicar!

A. Planes. ¿Qué planes tienes para los días que vas a pasar en Santiago?

> MODELO   ir al parque de atracciones de Fantasilandia
> **Si tengo tiempo, iré al parque de atracciones de Fantasilandia.**

1. subir al cerro San Cristóbal
2. entrar en La Chascona, una de las casas de Pablo Neruda en Santiago
3. esquiar en Farellones
4. salir para el pueblo de Pomaire para ver trabajar a los artesanos
5. ver el glaciar del Parque Nacional El Morado

B. En el sur. ¿Qué harías en el sur de Chile si pudieras ir allí también?

> MODELO   bajar a las minas subterráneas de carbón de Lota
> **Si pudiera ir al sur de Chile, bajaría a las minas subterráneas de carbón de Lota.**

1. navegar en el río Bío-Bío
2. recorrer algunos pueblos mapuches cerca de Temuco
3. ver los fuertes españoles del siglo XVII cerca de Valdivia
4. pasearme por los densos bosques del Parque Nacional Puyehue cerca de Osorno
5. alquilar un bote en el lago Llanquihue

C. ¡Qué lástima! Chile es un país tan largo que no pudiste visitar todo lo que querías. Di lo que habrías hecho si hubieras tenido tiempo.

> MODELO   visitar el desierto de Atacama
> **Si hubiera tenido tiempo, habría visitado el desierto de Atacama.**

1. pasar unos días en Arica, cerca de la frontera con el Perú
2. ver los edificios coloniales de La Serena
3. entrar en iglesias del siglo XVIII en la isla de Chiloé
4. volar a Punta Arenas, la ciudad más austral del mundo
5. hacer una visita a la Isla de Pascua

8.4 Imperfect Subjunctive in Main Clauses

■ The past subjunctive and the conditional of the verbs **poder, querer,** and **deber** are used to make polite recommendations or statements. With other verbs, the conditional is more commonly used for this purpose.

—**Debieras (Deberías)** visitar Chile en febrero, cuando hace calor.   *You should visit Chile in February, when it's hot.*

—No me gusta el calor. **Quisiera (Querría)** ir en octubre.   *I don't like hot weather. I'd like to go in October.*

3 Si hubiera tenido tiempo, habría entrado en iglesias del siglo XVIII en la isla de Chiloé.

4 Si hubiera tenido tiempo, habría volado a Punta Arenas, la ciudad más austral del mundo.

5 Si hubiera tenido tiempo, habría hecho una visita a la Isla de Pascua.

8.4

■ The imperfect subjunctive is used after **ojalá** to express wishes that are unlikely to be fulfilled or that cannot be fulfilled.

¡Ojalá que me **sacara** la lotería y **pudiera** viajar por toda Sudamérica!

I wish I'd won the lottery and could travel throughout South America!

¡Ojalá **estuviera** esquiando en Chile en este momento!

I wish I were skiing in Chile right now!

Ahora, ¡a practicar!

A. Recomendaciones. Un amigo te hace amables recomendaciones acerca de tu próximo viaje a Chile.

> MODELO   consultar a un agente de viajes
> **Pudieras (Podrías) consultar a un agente de viajes.**

1. viajar durante los meses calurosos de verano
2. llevar dólares en vez de pesos chilenos
3. leer una guía turística
4. comprar tu billete de avión con anticipación
5. pasar más de cinco días en Santiago
6. ver la región de los lagos

B. Soñando. Tú y tus compañeros expresan deseos que seguramente no se cumplirán.

> MODELO   no tener que estudiar para el examen de mañana
> **Ojalá no tuviera que estudiar para el examen de mañana.**

1. estar tomando el sol en una playa en estos momentos
2. andar de viaje por el cono Sur
3. ganar un viaje a Chile
4. aprobar todos mis cursos sin asistir a clase
5. tener un empleo interesante
6. poder jugar al tenis más a menudo

Materias de consulta

APÉNDICE A

EL ABECEDARIO

El alfabeto o abecedario en español consta de treinta letras. Cuatro de las letras no se encuentran en el alfabeto del inglés: **ch, ll, ñ, rr.** Al alfabetizar en español, o al buscar palabras en un diccionario o en la guía telefónica, las palabras o sílabas que empiezan con **ch, ll** y **ñ** siguen las palabras o sílabas que empiezan con **c, l** y **n.** No hay palabras que comiencen con **rr.**

a	*a*	n	*ene*
b	*be* (*be* grande, *be* larga, *be* de burro)	ñ	*eñe*
		o	*o*
c	*ce*	p	*pe*
ch	*che*	q	*cu*
d	*de*	r	*ere*
e	*e*	rr	*erre*
f	*efe*	s	*ese*
g	*ge*	t	*te*
h	*hache*	u	*u*
i	*i*	v	*ve, uve* (*ve* chica, *ve* corta, *ve* de vaca)
j	*jota*		
k	*ka*	w	doble *ve*, doble *uve*
l	*ele*	x	*equis*
ll	*elle* (doble *ele*)	y	*i griega, ye*
m	*eme*	z	*zeta*

- La letra **ch,** así como la **ll** y la **rr,** se considera una sola letra.
- La **h** es muda; nunca se pronuncia en español.
- La **k** se encuentra solamente en palabras de origen extranjero.

¡OJO! In 1994, the Association of Spanish Language Academies voted to eliminate the "ch" and the "ll" from alphabetical listings. The two letters will no longer have separate headings in dictionaries: words beginning with "ch" will fall under the letter "c", and words beginning with "ll" will fall under the letter "l". This change does not affect pronunciation, usage, or spelling.

ACENTUACIÓN

El "golpe"

En español, todas las palabras de más de una sílaba llevan una sílaba
que se pronuncia con más fuerza o énfasis que las demás. Esta fuerza de
pronunciación se llama acento prosódico o "golpe". Hay dos reglas o
principios generales que indican dónde llevan el golpe la mayoría de las
palabras de dos o más sílabas.

1. Las palabras que terminan en **a, e, i , o, u, n** o **s**, llevan el golpe en
la penúltima sílaba.

   me - sa   pro - fe - **so** - res   ca - **mi** - nan

2. Las palabras que terminan en consonante, excepto **n** o **s**, llevan el
golpe en la última sílaba.

   na - **riz**   u - ni - ver - si - **dad**   ob - ser - **var**

Acento escrito

Todas las palabras que no siguen las dos reglas anteriores llevan acento
ortográfico o escrito. El acento se coloca sobre la vocal de la sílaba que
se pronuncia con más fuerza o énfasis.

   ma - **má**   in - for - ma - **ción**   Ro - **drí** - guez

Diptongos

Un diptongo es la combinación de una vocal débil (**i, u**) con cualquier
vocal fuerte (**a, e, o**) en una sílaba. Los diptongos se pronuncian como
un sólo sonido en las sílabas donde ocurren.

   gra - c**ia**s   a - c**ei** - te   en - c**ue**n - tro

Un acento escrito sobre una vocal débil (**i, u**) en un diptongo rompe el
diptongo y forma dos sílabas.

   Ma - **rí – a**   **pa – í** - ses   **Ra – úl**

C3

APÉNDICE B

Verb Conjugations

Regular Verbs	*-ar* verbs	*-er* verbs	*-ir* verbs
Infinitive	hablar *to speak*	comer *to eat*	vivir *to live*
Present Participle	hablando *speaking*	comiendo *eating*	viviendo *living*
Past Participle	hablado *spoken*	comido *eaten*	vivido *lived*

Simple Tenses

	-ar verbs	*-er* verbs	*-ir* verbs
Present Indicative *I speak, do speak, am speaking*	hablo hablas habla hablamos habláis hablan	como comes come comemos coméis comen	vivo vives vive vivimos vivís viven
Imperfect Indicative *I was speaking, used to speak, spoke*	hablaba hablabas hablaba hablábamos hablabais hablaban	comía comías comía comíamos comíais comían	vivía vivías vivía vivíamos vivíais vivían
Preterite *I spoke, did speak*	hablé hablaste habló hablamos hablasteis hablaron	comí comiste comió comimos comisteis comieron	viví viviste vivió vivimos vivisteis vivieron
Future *I will speak, shall speak*	hablaré hablarás hablará hablaremos hablaréis hablarán	comeré comerás comerá comeremos comeréis comerán	viviré vivirás vivirá viviremos viviréis vivirán
Conditional *I would speak*	hablaría hablarías hablaría hablaríamos hablaríais hablarían	comería comerías comería comeríamos comeríais comerían	viviría vivirías viviría viviríamos viviríais vivirían

Present Subjunctive	hable	coma	viva
(that) I speak	hables	comas	vivas
	hable	coma	viva
	hablemos	comamos	vivamos
	habléis	comáis	viváis
	hablen	coman	vivan
Imperfect Subjunctive	hablara	comiera	viviera
(-ra)	hablaras	comieras	vivieras
(that) I speak, might speak	hablara	comiera	viviera
	habláramos	comiéramos	viviéramos
	hablarais	comierais	vivierais
	hablaran	comieran	vivieran
Commands (tú)	habla, no hables	come, no comas	vive, no vivas
speak (vosotros)	hablad, no habléis	comed, no comáis	vivid, no viváis
(Ud.)	hable, no hable	coma, no coma	viva, no viva
(Uds.)	hablen, no hablen	coman, no coman	vivan, no vivan

Perfect Tenses

Present Perfect Indicative	he hablado	he comido	he vivido
I have spoken	has hablado	has comido	has vivido
	ha hablado	ha comido	ha vivido
	hemos hablado	hemos comido	hemos vivido
	habéis hablado	habéis comido	habéis vivido
	han hablado	han comido	han vivido
Past Perfect Indicative	había hablado	había comido	había vivido
I had spoken	habías hablado	habías comido	habías vivido
	había hablado	había comido	había vivido
	habíamos hablado	habíamos comido	habíamos vivido
	habíais hablado	habíais comido	habíais vivido
	habían hablado	habían comido	habían vivido
Future Perfect	habré hablado	habré comido	habré vivido
I will have spoken	habrás hablado	habrás comido	habrás vivido
	habrá hablado	habrá comido	habrá vivido
	habremos hablado	habremos comido	habremos vivido
	habréis hablado	habréis comido	habréis vivido
	habrán hablado	habrán comido	habrán vivido
Conditional Perfect	habría hablado	habría comido	habría vivido
I would have spoken	habrías hablado	habrías comido	habrías vivido
	habría hablado	habría comido	habría vivido
	habríamos hablado	habríamos comido	habríamos vivido
	habríais hablado	habríais comido	habríais vivido
	habrían hablado	habrían comido	habrían vivido

C5

	-ar verbs	*-er* verbs	*-ir* verbs
Present Perfect Subjunctive *(that) I might have spoken*	haya hablado hayas hablado haya hablado hayamos hablado hayáis hablado hayan hablado	haya comido hayas comido haya comido hayamos comido hayáis comido hayan comido	haya vivido hayas vivido haya vivido hayamos vivido hayáis vivido hayan vivido
Past Perfect Subjunctive *(that) I had spoken*	hubiera hablado hubieras hablado hubiera hablado hubiéramos hablado hubierais hablado hubieran hablado	hubiera comido hubieras comido hubiera comido hubiéramos comido hubierais comido hubieran comido	hubiera vivido hubieras vivido hubiera vivido hubiéramos vivido hubierais vivido hubieran vivido

APÉNDICE C

Stem–changing Verbs

1. Stem-changing Verbs Ending in -ar and -er
e → ie: pensar *(to think)*

Present Indicative	pienso, piensas, piensa, pensamos, pensáis, piensan
Present Subjunctive	piense, pienses, piense, pensemos, penséis, piensen
Commands	piensa, no pienses (tú) pensad, no penséis (vosotros)
	piense, no piense (Ud.) piensen, no piensen (Uds.)

OTHER VERBS	cerrar	empezar	perder
	comenzar	entender	sentarse

o → ue: volver *(to return, come back)*

Present Indicative	vuelvo, vuelves, vuelve, volvemos, volvéis, vuelven
Present Subjunctive	vuelva, vuelvas, vuelva, volvamos, volváis, vuelvan
Commands	vuelve, no vuelvas (tú) volved, no volváis (vosotros)
	vuelva, no vuelva (Ud.) vuelvan, no vuelvan (Uds.)

OTHER VERBS	acordarse	demostrar	llover
	acostarse	encontrar	oler (o → hue)
	colgar	jugar (u → ue)	mover
	costar		

2. Stem-changing Verbs Ending in -ir
e → ie, i: sentir *(to feel)*

Present Participle	sintiendo
Present Indicative	siento, sientes, siente, sentimos, sentís, sienten
Present Subjunctive	sienta, sientas, sienta, sintamos, sintáis, sientan
Preterite	sentí, sentiste, sintió, sentimos, sentisteis, sintieron
Imperfect Subjunctive	sintiera, sintieras, sintiera, sintiéramos, sintierais, sintieran
Commands	siente, no sientas (tú) sentid, no sintáis (vosotros)
	sienta, no sienta (Ud.) sientan, no sientan (Uds.)

OTHER VERBS	adquirir (i → ie, i)	convertir	herir	preferir
	consentir	divertir(se)	mentir	sugerir

e → i, i: servir *(to serve)*

Present Participle	sirviendo
Present Indicative	sirvo, sirves, sirve, servimos, servís, sirven
Present Subjunctive	sirva, sirvas, sirva, sirvamos, sirváis, sirvan
Preterite	serví, serviste, sirvió, servimos, servisteis, sirvieron
Imperfect Subjunctive	sirviera, sirvieras, sirviera, sirviéramos, sirvierais, sirvieran
Commands	sirve, no sirvas (tú) servid, no sirváis (vosotros)
	sirva, no sirva (Ud.) sirvan, no sirvan (Uds.)

OTHER VERBS	concebir	elegir	reír	seguir
	despedir(se)	pedir	repetir	vestir(se)

o → ue, u: dormir *(to sleep)*

Present Participle	durmiendo
Present Indicative	duermo, duermes, duerme, dormimos, dormís, duermen
Present Subjunctive	duerma, duermas, duerma, durmamos, durmáis, duerman
Preterite	dormí, dormiste, durmió, dormimos, dormisteis, durmieron
Imperfect Subjunctive	durmiera, durmieras, durmiera, durmiéramos, durmierais, durmieran
Commands	duerme, no duermas (tú)　　　dormid, no durmáis (vosotros)
	duerma, no duerma (Ud.)　　　duerman, no duerman (Uds.)

OTHER VERBS	morir(se)

Verbs with Spelling Changes

1. Verbs ending in *-ger* or *-gir*
g → j before **o, a: escoger** *(to choose)*

Present Indicative	escojo, escoges, escoge, escogemos, escogéis, escogen
Present Subjunctive	escoja, escojas, escoja, escojamos, escojáis, escojan
Commands	escoge, no escojas (tú)　　　escoged, no escojáis (vosotros)
	escoja, no escoja (Ud.)　　　escojan, no escojan (Uds.)

OTHER VERBS	coger	dirigir	escoger	proteger
	corregir (i)	elegir (i)	exigir	recoger

2. Verbs ending in *-gar*
g → gu before **e: pagar** *(to pay)*

Preterite	pagué, pagaste, pagó, pagamos, pagasteis, pagaron
Present Subjunctive	pague, pagues, pague, paguemos, paguéis, paguen
Commands	paga, no pagues (tú)　　　pagad, no paguéis (vosotros)
	pague, no pague (Ud.)　　　paguen, no paguen (Uds.)

OTHER VERBS	entregar	jugar (ue)	llegar	obligar

3. Verbs ending in *-car*
c → qu before **e: buscar** *(to look for)*

Preterite	busqué, buscaste, buscó, buscamos, buscasteis, buscaron
Present Subjunctive	busque, busques, busque, busquemos, busquéis, busquen
Commands	busca, no busques (tú)　　　buscad, no busquéis (vosotros)
	busque, no busque (Ud.)　　　busquen, no busquen (Uds.)

OTHER VERBS	acercar	indicar	tocar
	explicar	sacar	

4. Verbs ending in *-zar*
z → c before **e: empezar (ie)** *(to begin)*

Preterite	empecé, empezaste, empezó, empezamos, empezasteis, empezaron
Present Subjunctive	empiece, empieces, empiece, empecemos, empecéis, empiecen
Commands	empieza, no empieces (tú)　　　empezad, no empecéis (vosotros)
	empiece, no empiece (Ud.)　　　empiecen, no empiecen (Uds.)

OTHER VERBS	almorzar (ue)	comenzar (ie)	cruzar	organizar

5. Verbs ending in a consonant + -cer or -cir
c → z before o, a: convencer *(to convince)*

Present Indicative	convenzo, convences, convence, convencemos, convencéis, convencen
Present Subjunctive	convenza, convenzas, convenzamos, convenza, convenzáis, convenzan
Commands	convence, no convenzas (tú) convenced, no convenzáis (vosotros)
	convenza, no convenza (Ud.) convenzan, no convenzan (Uds.)

Other Verbs	ejercer	esparcir	vencer

6. Verbs ending in a vowel + -cer or -cir
c → zc before o, a: conocer *(to know, be acquainted with)*

Present Indicative	conozco, conoces, conoce, conocemos, conocéis, conocen
Present Subjunctive	conozca, conozcas, conozca, conozcamos, conozcáis, conozcan
Commands	conoce, no conozcas (tú) conoced, no conozcáis (vosotros)
	conozca, no conozca (Ud.) conozcan, no conozcan (Uds.)

Other Verbs		
agradecer	ofrecer	pertenecer
conducir[1]	obedecer	producir
desconocer	parecer	reducir
establecer	permanecer	traducir

7. Verbs ending in -guir
gu → g before o, a: seguir (i) *(to follow)*

Present Indicative	sigo, sigues, sigue, seguimos, seguís, siguen
Present Subjunctive	siga, sigas, siga, sigamos, sigáis, sigan
Commands	sigue, no sigas (tú) seguid, no sigáis (vosotros)
	siga, no siga (Ud.) sigan, no sigan (Uds.)

Other Verbs	conseguir	distinguir	perseguir	proseguir

8. Verbs ending in -guar
gu → gü before e: averiguar *(to find out)*

Preterite	averigüé, averiguaste, averiguó, averiguamos, averiguasteis, averiguaron
Present Subjunctive	averigüe, averigües, averigüe, averigüemos, averigüéis, averigüen
Commands	averigua, no averigües (tú) averiguad, no averigüéis (vosotros)
	averigüe, no averigüe (Ud.) averigüen, no averigüen (Uds.)

Other Verbs	apaciguar	atestiguar

9. Verbs ending in -uir
unstressed i → y between vowels: construir *(to build)*

Present Participle	construyendo
Present Indicative	construyo, construyes, construye, construimos, construís, construyen
Preterite	construí, construiste, construyó, construimos, construisteis, construyeron
Present Subjunctive	construya, construyas, construya, construyamos, construyáis, construyan
Imperfect Subjunctive	construyera, construyeras, construyera, construyéramos, construyerais, construyeran
Commands	construye, no construyas (tú) construid, no construyáis (vosotros)
	construya, no construya (Ud.) construyan, no construyan (Uds.)

Other Verbs		
concluir	destruir	instruir
contribuir	huir	sustituir

[1]See **conducir** in the section on irregular verbs for further irregularities of verbs ending in **-ducir.**

10. Verbs ending in *-eer*
unstressed **i → y** between vowels: **creer** *(to believe)*

Present Participle	creyendo
Preterite	creí, creíste, creyó, creímos, creisteis, creyeron
Imperfect Subjunctive	creyera, creyeras, creyera, creyéramos, creyerais, creyeran

OTHER VERBS   leer   poseer

11. Some verbs ending in *-iar* and *-uar*
i → í when stressed: **enviar** *(to send)*

Present Indicative	envío, envías, envía, enviamos, enviáis, envían
Present Subjunctive	envíe, envíes, envíe, enviemos, enviéis, envíen
Commands	envía, no envíes (tú) enviad, no enviéis (vosotros)
	envíe, no envíe (Ud.) envíen, no envíen (Uds.)

OTHER VERBS   ampliar   enfriar   situar
                   confiar   guiar   variar

u → ú when stressed: **continuar** *(to continue)*

Present Indicative	continúo, continúas, continúa, continuamos, continuáis, continúan
Present Subjunctive	continúe, continúes, continúe, continuemos, continuéis, continúen
Commands	continúa, no continúes (tú) continuad, no continuéis (vosotros)
	continúe, no continúe (Ud.) continúen, no continúen (Uds.)

OTHER VERBS   acentuar   efectuar   graduar(se)

APÉNDICE D
Irregular Verbs

1. abrir *(to open)*

Past Participle	abierto
OTHER VERBS	cubrir descubrir

2. andar *(to walk, to go)*

Preterite	anduve, anduviste, anduvo, anduvimos, anduvisteis, anduvieron
Imperfect Subjunctive	anduviera, anduvieras, anduviera, anduviéramos, anduvierais, anduvieran

3. caer *(to fall)*

Present Participle	cayendo
Past Participle	caído
Present Indicative	caigo, caes, cae, caemos, caéis, caen
Preterite	caí, caíste, cayó, caímos, caísteis, cayeron
Present Subjunctive	caiga, caigas, caiga, caigamos, caigáis, caigan
Imperfect Subjunctive	cayera, cayeras, cayera, cayéramos, cayerais, cayeran

4. conducir *(to lead, drive)*[1]

Present Indicative	conduzco, conduces, conduce, conducimos, conducís, conducen
Preterite	conduje, condujiste, condujo, condujimos, condujisteis, condujeron
Present Subjunctive	conduzca, conduzcas, conduzca, conduzcamos, conduzcáis, conduzcan
Imperfect Subjunctive	condujera, condujeras, condujera, condujéramos, condujerais, condujeran
OTHER VERBS	introducir producir reducir traducir

5. dar *(to give)*

Present Indicative	doy, das, da, damos, dais, dan
Preterite	di, diste, dio, dimos, disteis, dieron
Present Subjunctive	dé, des, dé, demos, deis, den
Imperfect Subjunctive	diera, dieras, diera, diéramos, dierais, dieran

6. decir *(to say, tell)*

Present Participle	diciendo
Past Participle	dicho
Present Indicative	digo, dices, dice, decimos, decís, dicen
Preterite	dije, dijiste, dijo, dijimos, dijisteis, dijeron
Future	diré, dirás, dirá, diremos, diréis, dirán
Conditional	diría, dirías, diría, diríamos, diríais, dirían
Present Subjunctive	diga, digas, diga, digamos, digáis, digan
Imperfect Subjunctive	dijera, dijeras, dijera, dijéramos, dijerais, dijeran
Affirm. tú *Command*[2]	di
OTHER VERBS	desdecir predecir

[1]All **-ducir** verbs follow this pattern.
[2]The other command forms are identical to the present subjunctive forms.

C11

7. escribir *(to write)*

Past Participle	escrito		
OTHER VERBS	inscribir	proscribir	transcribir
	prescribir	subscribir	

8. estar *(to be)*

Present Indicative	estoy, estás, está, estamos, estáis, están
Preterite	estuve, estuviste, estuvo, estuvimos, estuvisteis, estuvieron
Present Subjunctive	esté, estés, esté, estemos, estéis, estén
Imperfect Subjunctive	estuviera, estuvieras, estuviera, estuviéramos, estuvierais, estuvieran

9. haber *(to have)*

Present Indicative	he, has, ha, hemos, habéis, han
Preterite	hube, hubiste, hubo, hubimos, hubisteis, hubieron
Future	habré, habrás, habrá, habremos, habréis, habrán
Conditional	habría, habrías, habría, habríamos, habríais, habrían
Present Subjunctive	haya, hayas, haya, hayamos, hayáis, hayan
Imperfect Subjunctive	hubiera, hubieras, hubiera, hubiéramos, hubierais, hubieran

10. hacer *(to do, to make)*

Past Participle	hecho		
Present Indicative	hago, haces, hace, hacemos, hacéis, hacen		
Preterite	hice, hiciste, hizo, hicimos, hicisteis, hicieron		
Future	haré, harás, hará, haremos, haréis, harán		
Conditional	haría, harías, haría, haríamos, haríais, harían		
Present Subjunctive	haga, hagas, haga, hagamos, hagáis, hagan		
Imperfect Subjunctive	hiciera, hicieras, hiciera, hiciéramos, hicierais, hicieran		
Affirm. tú Command	haz		
OTHER VERBS	deshacer	rehacer	satisfacer

11. ir *(to go)*

Present Participle	yendo
Present Indicative	voy, vas, va, vamos, vais, van
Imperfect Indicative	iba, ibas, iba, íbamos, ibais, iban
Preterite	fui, fuiste, fue, fuimos, fuisteis, fueron
Present Subjunctive	vaya, vayas, vaya, vayamos, vayáis, vayan
Imperfect Subjunctive	fuera, fueras, fuera, fuéramos, fuerais, fueran
Affirm. tú Command	ve

12. morir (ue) *(to die)*

Past Participle	muerto

13. oír *(to hear)*

Present Participle	oyendo
Past Participle	oído
Present Indicative	oigo, oyes, oye, oímos, oís, oyen
Preterite	oí, oíste, oyó, oímos, oísteis, oyeron
Present Subjunctive	oiga, oigas, oiga, oigamos, oigáis, oigan
Imperfect Subjunctive	oyera, oyeras, oyera, oyéramos, oyerais, oyeran

14. poder *(to be able)*

Present Participle	pudiendo
Present Indicative	puedo, puedes, puede, podemos, podéis, pueden
Preterite	pude, pudiste, pudo, pudimos, pudisteis, pudieron
Future	podré, podrás, podrá, podremos, podréis, podrán
Conditional	podría, podrías, podría, podríamos, podríais, podrían
Present Subjunctive	pueda, puedas, pueda, podamos, podáis, puedan
Imperfect Subjunctive	pudiera, pudieras, pudiera, pudiéramos, pudierais, pudieran

15. poner *(to put, to place)*

Past Participle	puesto
Present Indicative	pongo, pones, pone, ponemos, ponéis, ponen
Preterite	puse, pusiste, puso, pusimos, pusisteis, pusieron
Future	pondré, pondrás, pondrá, pondremos, pondréis, pondrán
Conditional	pondría, pondrías, pondría, pondríamos, pondríais, pondrían
Present Subjunctive	ponga, pongas, ponga, pongamos, pongáis, pongan
Imperfect Subjunctive	pusiera, pusieras, pusiera, pusiéramos, pusierais, pusieran
Affirm. tú *Command*	pon

OTHER VERBS		
componer	proponer	sobreponer
descomponer	reponer	suponer
oponer		

16. querer *(to want, wish)*

Present Indicative	quiero, quieres, quiere, queremos, queréis, quieren
Preterite	quise, quisiste, quiso, quisimos, quisisteis, quisieron
Future	querré, querrás, querrá, querremos, querréis, querrán
Conditional	querría, querrías, querría, querríamos, querríais, querrían
Present Subjunctive	quiera, quieras, quiera, queramos, queráis, quieran
Imperfect Subjunctive	quisiera, quisieras, quisiera, quisiéramos, quisierais, quisieran

17. reír (i) *(to laugh)*

Present Participle	riendo
Preterite	reí, reíste, rió, reímos, reísteis, rieron
Imperfect Subjunctive	riera, rieras, riera, riéramos, rierais, rieran

OTHER VERBS		
freír	reírse	sonreír(se)

C13

---

18. **romper** *(to break)*

Past Participle	roto

19. **saber** *(to know)*

Present Indicative	sé, sabes, sabe, sabemos, sabéis, saben
Preterite	supe, supiste, supo, supimos, supisteis, supieron
Future	sabré, sabrás, sabrá, sabremos, sabréis, sabrán
Conditional	sabría, sabrías, sabría, sabríamos, sabríais, sabrían
Present Subjunctive	sepa, sepas, sepa, sepamos, sepáis, sepan
Imperfect Subjunctive	supiera, supieras, supiera, supiéramos, supierais, supieran

20. **salir** *(to go out, to leave)*

Present Indicative	salgo, sales, sale, salimos, salís, salen
Future	saldré, saldrás, saldrá, saldremos, saldréis, saldrán
Conditional	saldría, saldrías, saldría, saldríamos, saldríais, saldrían
Present Subjunctive	salga, salgas, salga, salgamos, salgáis, salgan
Affirm. **tú** *Command*	sal

21. **ser** *(to be)*

Present Indicative	soy, eres, es, somos, sois, son
Imperfect Indicative	era, eras, era, éramos, erais, eran
Preterite	fui, fuiste, fue, fuimos, fuisteis, fueron
Present Subjunctive	sea, seas, sea, seamos, seais, sean
Imperfect Subjunctive	fuera, fueras, fuera, fuéramos, fuerais, fueran
Affirm. **tú** *Command*	sé

22. **tener** *(to have)*

Present Indicative	tengo, tienes, tiene, tenemos, tenéis, tienen		
Preterite	tuve, tuviste, tuvo, tuvimos, tuvisteis, tuvieron		
Future	tendré, tendrás, tendrá, tendremos, tendréis, tendrán		
Conditional	tendría, tendrías, tendría, tendríamos, tendríais, tendrían		
Present Subjunctive	tenga, tengas, tenga, tengamos, tengáis, tengan		
Imperfect Subjunctive	tuviera, tuvieras, tuviera, tuviéramos, tuvierais, tuvieran		
Affirm. **tú** *Command*	ten		
OTHER VERBS	detener	contener	retener

23. **traer** *(to bring)*

Present Participle	trayendo	
Past Participle	traído	
Present Indicative	traigo, traes, trae, traemos, traéis, traen	
Preterite	traje, trajiste, trajo, trajimos, trajisteis, trajeron	
Present Subjunctive	traiga, traigas, traiga, traigamos, traigáis, traigan	
Imperfect Subjunctive	trajera, trajeras, trajera, trajéramos, trajerais, trajeran	
OTHER VERBS	distraer	contraer

24. valer *(to be worth)*

Present Indicative	valgo, vales, vale, valemos, valéis, valen
Future	valdré, valdrás, valdrá, valdremos, valdréis, valdrán
Conditional	valdría, valdrías, valdría, valdríamos, valdríais, valdrían
Present Subjunctive	valga, valgas, valga, valgamos, valgáis, valgan
Affirm. tú Command	val

25. venir *(to come)*

Present Participle	viniendo
Present Indicative	vengo, vienes, viene, venimos, venís, vienen
Preterite	vine, viniste, vino, vinimos, vinisteis, vinieron
Future	vendré, vendrás, vendrá, vendremos, vendréis, vendrán
Conditional	vendría, vendrías, vendría, vendríamos, vendríais, vendrían
Present Subjunctive	venga, vengas, venga, vengamos, vengáis, vengan
Imperfect Subjunctive	viniera, vinieras, viniera, viniéramos, vinierais, vinieran
Affirm. tú Command	ven
Other Verbs	convenir intervenir

26. ver *(to see)*

Past Participle	visto
Present Indicative	veo, ves, ve, vemos, veis, ven
Imperfect Indicative	veía, veías, veía, veíamos, veíais, veían
Preterite	vi, viste, vio, vimos, visteis, vieron
Present Subjunctive	vea, veas, vea, veamos, veáis, vean

27. volver (ue) *(to come back, to return)*

Past Participle	vuelto
Other Verbs	envolver devolver resolver

C15

VOCABULARIO
español–inglés

This **Vocabulario** includes all active and most passive words and expressions in *Mundo 21* (conjugated verb forms and proper names used as passive vocabulary are generally omitted). A number in parentheses follows most entries. This number refers to the unit and lesson in which the word or phrase is introduced. The number **(3.1)**, for example, refers to **Unidad 3, Lección 1.** The unit and lesson number of active vocabulary— words and expressions students are expected to remember and use—is given in boldface type: **(3.1).** The unit and lesson number of passive vocabulary— words and expressions students are expected to recognize and understand—is given in lightface type: (3.1).

The gender of nouns is indicated as *m.* (masculine) or *f.* (feminine). When the noun designates a person, both the masculine and feminine forms are given. Adjectives ending in **-o** are given in the masculine singular with the feminine ending **(a)** given in parentheses. Verbs are listed in the infinitive form.

The following abbreviations are used:

adj.	adjective	*past. part.*	past participle
adv.	adverb	*pl.*	plural
f.	feminine	*pres. part.*	present participle
m.	masculine		

A

a:

a bordo on board (7.2)
a continuación following (4.1)
a diferencia de unlike (1.2)
a duras penas with difficulty (7.1)
a finales de at the end of (1.1) **(7.1)**
a lo largo lengthwise, along (2.1)
a partir de *adv.* as of, from (a particular moment) (1.1) **(3.1)**
a pesar de despite (2.2)
a principios de at the beginning of (1.1)
a propósito by the way (2.2)
a su vez in turn (5.2)
a tientas gropingly (6.1)
a toda marcha at full speed (5.1)
a través de through (1.1)
abandonar to abandon **(3.3)**
abanicarse to fan oneself (5.1)
abdicar to abdicate; to give up **(2.1)**
abolición *f.* abolition, revocation (8.1)
abotonar to button (6.1)
absceso *m.* abscess (6.1)
abstraer to abstract, make abstract **(7.2)**
abundancia *f.* abundance, plenty, great quantity **(5.3)**
abundar to abound, be plentiful (6.2) **(8.2)**
abuso *m.* abuse **(5.2)**
acabar to finish (2.2)
academia *f.* academy **(2.2)**
acariciar to caress (8.1)

acarreo *m.* transportation (4.2)
acaso *adv.* perhaps, maybe (1.1)
acceder to accede, agree (2.2) **(8.1)**
aceite *m.* oil (7.2)
acelerado(a) accelerated, sped up **(4.3)**
acelerar to accelerate, speed up (2.2) **(3.1)**
acentuado(a) accentuated, stressed (3.3)
acerca de about, concerning (3.3)
acercarse to come close, approach (1.1)
aclamado(a) acclaimed **(4.1)**
acomodado(a) rich, well-to-do **(5.3)**
  clase acomodada wealthy class **(4.1)**
acomodarse to get comfortable (3.1)
acompañar to accompany (LP)
acontecimiento *m.* happening, event (2.2)
acordarse (ue) to remember (1.1)
acostumbrado(a) accustomed to, used to (3.1)
acostumbrarse to grow accustomed to, get used to (1.1)
actitud *f.* attitude (1.3)
activista *m.f.* activist **(3.2)**
actor *m.* actor **(1.1)**
actriz *f.* actress **(1.2)**
actuación *f.* performance (LP)
actual current; present **(3.1)**
actualidad *f.* present time **(3.1)**
acudir to go, to present oneself; to attend (2.2)
acueducto *m.* aqueduct **(2.1)**
acuerdo *m.* agreement, pact (1.1) **(4.1)**

acuerdo de paz peace agreement (5.3)
acusar to accuse **(5.2)**
adaptación *f.* adaptation **(1.3)**
adecuado(a) appropriate, adequate; correct (5.2)
adelantado(a) advanced
  por adelantado in advance **(5.2)**
adelantarse to go forward; to be ahead of one's time (2.1)
además *adv.* besides; in addition to (LP)
adivinar to guess; to divine (1.2)
administrar to administrate, administer (5.3)
adolescente adolescent; teenage (1.3)
adorno *m.* adornment, decoration (6.1)
adquirir to acquire **(1.1)**
adquisición *f.* acquisition (2.2)
adversario *m.* adversary; opponent **(4.2)**
adversidad *f.* adversity (8.2)
advertir (ie, i) to warn, advise; to draw someone's attention to (2.1)
aéreo(a) air, aerial **(7.3)**
afeitarse to shave (4.1)
aferrar to grasp (6.1)
afianzarse to make oneself secure (4.1)
afiche *m.* poster (1.3)
afirmación *f.* affirmation, approval **(7.3)**
afirmar to affirm; to make firm (1.1)
afortunadamente fortunately (8.2)
afortunado(a) fortunate, lucky (8.2)
afrocubano(a) Afro-Cuban **(4.1)**
agarrar to grab (6.2)
agazapado(a) hidden (8.1)

agencia *f.* agency

    Agencia Central de Inteligencia (CIA) Central Intelligence Agency (USA) **(3.2)**

agobiar to overwhelm, oppress **(7.1)**

agraria: reforma agraria land reform **(3.2)**

agregado *m.* **agregada** *f.* attaché(e)

    agregado cultural cultural attaché (LP)

agrícola agricultural, agrarian (1.1)

agricultura *f.* agriculture (4.1)

agrupación *f.* group, collection; gathering (7.1)

aguacate *m.* avocado (4.2)

aguantar to tolerate, put up with (5.1)

    aguantarse to control oneself (1.1)

agujero *m.* hole (5.1)

ahí here (1.1)

aislado(a) isolated **(6.2)**

aislamiento *m.* isolation, separation (7.2)

aislar to isolate, separate (2.2)

al:

    al borde de on the verge of (2.3)

    al dorso on the back (2.3)

    al fin y al cabo after all (7.1)

    al fresco outdoors (2.2)

    al gusto to one's taste (1.1)

    al mando de in command of (7.1)

    al verse obligado a upon finding oneself obliged to (4.3)

alargado(a) elongated, long (8.1)

albañil *m.f.* mason (4.1)

alcalde *m.* mayor **(1.1)**

alcance *m.* reach, importance **(8.2)**

alcanzar to reach, achieve, obtain **(1.3)**

aldea *f.* small town (3.2) **(8.2)**

alejarse to distance oneself (1.3)

alentar (ie) to inspire (6.2)

alfabetismo *m.* literacy (8.1)

alfombrado(a) carpeted (8.1)

algodón *m.* cotton (3.2)

aliado(a) allied **(6.1)**

alianza *f.* alliance **(6.3)**

alimentación *f.* food (7.1)

alimentarse to feed on; to eat (5.1)

alimento *m.* food (3.2)

alma *f.* soul (1.1)

alquilar to rent (1.1)

alrededor (de) around (2.2) **(3.3)**

alternar to alternate (4.1) **(4.2)**

altiplano *m.* high plateau, high table-land (3.2) **(7.1)**

alto(a) high

    en voz alta out loud (1.3)

    alto grado high degree (2.2)

altura *f.* altitude **(7.3)**

aludir (a) to allude (to), refer (to) (4.1)

alzar to lift up, raise; to hoist (1.1)

allegarse to adhere, join (4.1)

amable friendly (1.1)

amanecer to dawn (6.1)

amansar to tame; to pacify, sooth (4.1)

amante *m.f.* lover (8.1)

amargo(a) bitter

    amarga ternura bitter tenderness (6.1)

amazónico(a) Amazonian **(7.2)**

ambicioso(a) ambitious **(3.2)**

ámbito *m.* limit; scope, extent (6.2)

ambos(as) both (3.1)

    ambos lados both sides (1.1)

amenaza *f.* threat (2.2) **(7.3)**

amenazar to threaten, menace (6.1)

amistad *f.* friendship (5.2)

amistoso(a) friendly (8.2)

amnistiado(a) given amnesty **(4.1)**

amo *m.* master (2.1)

ampliar to enlarge (LP)

amplio(a) ample, extensive; roomy (LP) **(3.3)**

analfabetismo *m.* illiteracy (5.3)

analogía *f.* analogy (3.2)

ancestral ancestral (4.1)

anciano *m.* **anciana** *f.* old person (5.1)

anclarse to anchor or secure oneself (4.2)

ancho *m.* width (1.2) **(7.3)**

anchura *f.* width (6.2)

andar to go, be (1.1)

andino(a) Andean **(7.1)**

anexar to annex **(7.2)**

anexión *f.* annexation **(4.2)**

anfitrión *m.* **anfitriona** *f.* host, hostess (3.3)

anglosajón *m.* **anglosajona** *f.* Anglo-Saxon **(1.1)**

anhelante *m.* yearning, longing (8.1)

animador *m.* **animadora** *f.* emcee, master of ceremonies; host, hostess **(4.2)**

animar to animate, inspire (4.1)

ánimo *m.* spirit, energy (2.2)

aniquilado(a) annihilated, wiped out **(5.2)**

anochecer to get dark (8.1)

anormal abnormal (8.2)

anotar to make note of (2.2)

antagonista *m.f.* antagonist (5.2)

ante before, in front of, in the presence of; in view of, with regard to (4.3)

antepasados *m.pl.* ancestors (4.1)

anterior previous, former, preceding **(7.1)**

antiguamente in other times; formerly (1.3)

antiguo(a) ancient, old **(2.1)**; former

anulación *f.* annulment, nullification **(5.3)**

anular to annul, nullify **(5.3)**

anunciar to announce (1.2)

añadido(a) added (2.2)

añadir to add (1.1)

añil *m.* indigo (5.2)

año bisiesto *m.* leap year (3.1)

apacible mild; gentle (1.1)

aparato *m.* apparatus, machine (8.1)

aparcería *f.* partnership (8.1)

aparecer to appear (4.3)

aparición *f.* appearance; apparition (2.2)

apartar to separate; to sort (1.1)

apellido *m.* last name (6.2)

apenas *adv.* hardly, barely (8.1)

apeñuzcado(a) pressed together (3.1)

apertura *f.* opening (2.1)

aplastado(a) crushed (7.1)

aplastar to crush (5.1)

aplicar to apply **(6.3)**

apocalipsis *m.* apocalypse (3.2)

apoderarse to seize, take possession of, appropriate **(6.3)**

apóstol *m.f.* apostle, advocate (4.1)

apoyado(a) supported, helped (6.1)

apoyar to help, support (3.2)

apoyo *m.* help, assistance **(1.3)**

apreciado(a) appreciated **(5.1)**

apreciar to appreciate (1.2)

aprendiz *m.f.* apprentice **(7.3)**

apresurarse to hurry (6.1)

apretar (ie) to squeeze (6.1)

aprobación *f.* approval **(6.1)**

aprobar (ue) to approve (2.2)

    aprobarse to be approved (4.3) **(7.1)**

aprovechado(a) shrewd; opportunistic (1.1)

aprovechar to benefit from, take advantage of (an opportunity) (2.2)

aproximarse to approach, to come or get nearer (4.3)

apuesto(a) handsome, good-looking (6.2)

árabe Arabic **(LP)**

araña *f.* spider

    diagrama araña clustering, visual mapping (1.2)

arco *m.* arch (2.1); bow

    arco y flecha bow and arrow (5.1)

arder to burn (5.1)

ardiente burning (5.1)

arguyendo *pres. part.* **argüir** to argue, reason (7.1)

aristocracia *f.* aristocracy **(6.3)**

aristócrata *m.f.* aristocrat **(7.1)**

armada *f.* navy; fleet **(4.1)**

armado(a) armed

  fuerzas armadas armed forces (1.1) **(1.2)**

armadura *f.* armor (7.1)

armonía *f.* harmony (5.2)

arqueológico(a) archaeological **(3.3)**

arquitectónico(a) architectural (LP)

artesanía *f.* handicrafts, artisanry (2.1)

artesano *m.* **artesana** *f.* artisan, crafter (7.1)

arzobispo *m.* archbishop **(5.1)**

arrancar to start; to set off (2.2)

arrastrar to pull, drag (7.2)

arreglista *m.f.* arranger (1.3)

arrellanarse to stretch out, make oneself comfortable (8.1)

arremeter to charge (2.1)

arribar to arrive (1.3)

arribo *m.* arrival (4.1)

arrollador(a) rolling (6.2)

asaltar to assault **(4.3)**

asalto *m.* assault (3.2) **(8.3)**

asamblea *f.* assembly, meeting, congress **(7.2)**

ascendencia *f.* lineage, descent (1.1) **(8.2)**

asegurar to secure, make secure (4.1)

  asegurarse to make sure; to find out for sure (LP)

asesinado(a) assassinated **(5.1)**

asesinar to assassinate **(3.2)**

asesinato *m.* assassination **(4.2)**

así in this manner (1.1)

asimilarse to assimilate, incorporate (oneself); to be absorbed **(3.2)**

asimismo likewise, also (LP)

asistencia *f.* assistance

  asistencia médica medical assistance (4.1)

asistir to tend to (1.1)

  asistir a to attend

asno *m.* ass, donkey (2.1)

asociado(a) associated

  Estado Libre Asociado Associated Free State **(4.3)**

asociarse to be associated with **(8.1)**

aspa *f.* arm of a windmill (2.1)

aspiración *f.* aspiration, goal (4.1)

aspirante *m.f.* aspirante, candidate **(1.2)**

aspirar (a) to aspire (to) **(1.2)**

astilla *f.* splinter, sliver, chip, (1.2)

asumir to assume (responsibilities, command) **(5.2)**

asunto *m.* matter, affair (5.2) **(7.1)**

asustado(a) startled (3.1)

atacado(a) attacked **(6.1)**

atado(a) tied, bound (8.1)

ataque *m.* attack **(3.3)**

  ataque de nervios nervous breakdown (2.3)

atender (ie) a to tend to (4.2)

ateneo(a) Athenian (4.3)

atentado *m.* aggression against the government or someone representing authority

  atentado contra la vida de attempt on someone's life **(6.3)**

aterrizar to land (2.2)

atizar to poke (fire); to stir up (4.1)

atraer to attract (1.1) **(6.2)**

atravesar (ie) to pass through (1.1); to go across **(6.2)**

atrevido(a) daring; bold (1.1)

atribuir to attribute (8.1)

audaz audacious, bold, daring (8.1)

audiencia *f.* district under a court's jurisdiction **(6.1)**

auge *m.* summit, apex (3.2) **(7.3)**

aula *f.* classroom (1.1)

aumentar to augment, increase (1.1) **(5.3)**

aumento *m.* increase; enlargement (LP)

aun even; until

aún still, yet (1.1)

auspicios *m.pl.* patronage, sponsorship (4.2)

austeridad *f.* austerity **(5.2)**

austral southern (8.3)

automático(a) automatic

  cajero automático automatic teller, bank machine (4.3)

autonomía *f.* autonomy, self-determination **(4.3)**

autónomo(a) autonomous, independent (5.2)

autopista *f.* highway (2.2)

autoridad *f.* authority (4.1) **(7.1)**

autoritario(a) authoritarian **(5.3)**

autoritarismo *m.* authoritarianism **(8.1)**

autorretrato *m.* self-portrait (3.1)

avance *m.* advance (1.2) **(7.3)**

avaricia *f.* avarice, greed (7.1)

avenida *f.* avenue (2.2)

aventura *f.* adventure (1.1)

aventurero *m.* **aventurera** *f.* adventurer (5.2)

averiguar to find out

aves errantes *f.pl.* migratory birds (7.2)

aviación *f.* aviation (2.2)

ayuda *f.* help, aid (2.1)

ayudar to help **(3.2)**

azada *f.* hoe (5.3)

azar *m.* chance, hazard (8.1)

azteca Aztec **(LP)**

Aztlán *m.* mythological origin of the Aztecs **(1.1)**

azúcar *m.* sugar (1.2)

azucarero(a) of or pertaining to sugar

  industria azucarera sugar industry **(4.1)**

B

bahía *f.* bay

  Bahía de Cochinos Bay of Pigs (4.1)

bailable danceable (4.1) **(7.1)**

bailarín *m.* **bailarina** *f.* dancer **(1.2)**

balanza *f.* balance (8.3)

baloncesto *m.* basketball

  cancha de baloncesto basketball court (4.2)

ballenero *m.* whaler, whale boat (7.2)

bancarrota *f.* bankruptcy **(8.1)**

bandera *f.* flag (1.2)

banquero *m.* **banquera** *f.* banker **(1.2)** **(1.3)**

barba *f.* beard (7.1)

bárbaro(a) barbaric, barbarian (2.2)

barco *m.* boat **(6.1)**

barrer to sweep (1.1)

barrio *m.* neighborhood (1.2)

basado(a) based (8.3)

bastión: bastión militar *m.* military bastion **(4.3)**

batalla *f.* battle **(7.1)**

beca *f.* scholarship (4.2)

becario *m.* **becaria** *f.* fellowship student **(7.3)**

becerro *m.* bull calf (1.1)

belleza *f.* beauty (4.1)

bendición *f.* blessing (7.1)

bendito(a) blessed (5.3)

beneficiar to benefit, profit, help (1.2) **(5.2)**

beneficio *m.* benefit; profit, gain (3.1)

beneficioso(a) beneficial (5.3)

bibliotecario *m.* **bibliotecaria** *f.* librarian (8.1)

bienestar *m.* well-being (8.1)

bigotes *m.pl.* moustache; whiskers (7.1)

bilingüe bilingual (**1.3**)

biografía *f.* biography (**4.2**)

bisonte *m.* bison (2.1)

blanqueador *m.* bleach, whitener (3.1)

bloque *m.* block (**3.1**)

bloquear to block (**3.2**)

bloqueo *m.* blockade (**4.1**); blockage
  bloqueo naval naval blockade
  (4.1)

boca *f.* mouth (6.1)

bocarriba face-up (3.1)

boceto *m.* sketch, outline (2.2)

bodega *f.* food shop (**1.2**)

boicoteo *m.* boycott (**8.3**)

bombardeo *m.* bombing (2.2)

bonaerense native of Buenos Aires (8.1)

bongosero *m.* bongo-player (6.2)

borde *m.* edge, border (4.1)
  al borde de on the verge of (2.3)

bordo: **a bordo** on board (7.2)

boricua *m.f.* Puerto Rican (**1.2**)

Borinquen *m.* original name of
  Puerto Rico (**4.3**)

borrachera *f.* drunkenness; drinking
  spree (1.1)

borrego *m.* sheep (7.1)

boscoso(a) wooded, woody (7.1)

bosque *m.* forest (2.1)

botica *f.* herb shop (**1.2**)

braceros *m.pl.* Mexican farm workers
  in the US from 1942–1964 (**1.1**)

brasileño(a) Brazilian (8.2)

bravía *f.* bravery (1.2)

breve brief; short (**3.2**)

brillante brilliant; shining (**3.3**)

brillantemente brilliantly (2.2)

brillo *m.* shine (4.2)

bronce *m.* bronze (2.2) (**6.1**)

brujo *m.* **bruja** *f.* witch
  caza de brujas witch hunt (3.2)

bruma *f.* fog
  bruma malva violet fog (8.1)

bucanero *m.* buccaneer (**4.2**)

buche *m.* mouthful
  buche de agua mouthful of water
  (6.1)

buena voluntad *f.* good will (1.2)

buey *m.* ox (7.1)

búho *m.* owl (7.1)

bulto *m.* bundle, package; bulk (2.2)

bullicio *m.* noise (4.2)

buque *m.* ship, boat (4.1)

busca: **en busca de** in search of
  (1.1)

búsqueda *f.* search (5.1)

C

caballero *m.* knight; gentleman
  (2.1)

caballo *m.* horse (**8.1**)

cabaña *f.* cabin (4.1)

cabezal *m.* headrest (6.1)

cabildo *m.* town hall (**4.2**)

cabo: **al fin y al cabo** after all (7.1)

cabra *f.* goat (7.2)

cacao *m.* cacao (**5.1**)

cacique *m.* tribe chieftain (**5.2**);
  political boss

cada vez más more and more (1.2)

cadejo *m.* imaginary dog of Central
  America (5.1)

cadena *f.* chain (1.3)

cadencioso(a) rhythmical (5.3)

caer to fall; decline (2.1) (**3.1**)

café *m.* coffee (4.3)

caída *f.* fall, downfall, collapse (**2.1**)

cajero *m.* **cajera** *f.* cashier (**8.1**)
  cajero automático automatic
  teller, bank machine (4.3)

cajita de cartón *f.* cardboard box
  (6.1)

calabaza *f.* pumpkin (5.1)

calidad *f.* quality (**2.2**)

cálido(a) warm, hot (7.2)

calificación *f.* qualification (2.2)

calificado(a) qualified; proven,
  attested (6.2)

callado(a) silent, quiet (1.1)

callar to make quiet (2.1)
  callarse to be silent; to shut up
  (1.1)

cámara *f.* chamber (6.2)

cambiar to change, exchange

camino *m.* road, path (2.2)

campana *f.* bell (3.2)

campanario *m.* bell tower (2.1)

campánula *f.* morning glory (5.1)

campaña *f.* campaign (1.2)

campeón *m.* **campeona** *f.* champion
  (**2.2**)

campeonato *m.* championship (8.1)

campesino *m.* **campesina** *f.* country
  person; peasant (2.1) (**3.1**)
  campesino migratorio migrant
  worker (**1.1**)

campo *m.* field (LP)
  campo radial the field of radio
  (1.2)

camuflarse to camouflage oneself
  (7.2)

canal *m.* channel; canal (1.2)

canal de televisión television
  channel (**1.2**)

cancel *m.* partition or screen; wood-
  en door to keep out drafts (6.1)

canción *f.* song (LP)

cancha *f.* field; playing field
  cancha de baloncesto basketball
  court (4.2)

candidatura *f.* candidacy (3.2) (**6.2**)

canela *f.* cinnamon (7.2)

canoa *f.* canoe (**5.2**)

canonizar to cannonize, declare as a
  saint (2.1)

cantante *m.f.* singer (LP) (**3.1**)

cantidad *f.* quantity, amount (2.3) (**8.2**)

cantimplora *f.* canteen (5.1)

caña *f.* sugar cane; reed, stock (**4.1**)
  caña de azúcar sugar cane (**4.3**)
  cortador de caña sugar cane
  cutter (**1.2**)

caos *m.* chaos (1.1) (**8.3**)

caótico(a) chaotic
  estado caótico chaotic state (of
  affairs) (**4.2**)

capacidad *f.* capacity, ability (**1.3**)

capacitación *f.* training, learning (7.2)

capacitado(a) trained, equipped;
  empowered (7.2)

capaz capable (**8.1**)

capilla *f.* chapel (7.1)

Capitanía General de Guatemala *f.*
  General Captaincy of Guatemala (**3.2**)

caracol *m.* snail, snail shell (7.1)

carbonizado(a) burned (3.2)

cárcel *f.* jail, prison (1.1)

carecer to lack, be lacking (7.1)

cargadores elásticos *m.pl.*
  suspenders (6.1)

cargo *m.* responsibility (4.1)

caricia *f.* caress (8.1)

cariño *m.* caring, tenderness

carismático(a) charismatic (**4.2**)

carne *f.* meat, beef
  carne molida ground beef (1.1)

caro(a) a mi afecto precious in my
  eyes (8.2)

cartón: **cajita de cartón** *f.* cardboard box (6.1)

carrera *f.* career, profession (**1.2**)
  carrera de medicina medical
  studies; medical profession (**8.3**)

carretera *f.* highway, public road
  (**2.1**)

carruaje *m.* carriage (5.1)

casarse con to marry, get married to
  (1.1)

casi almost (1.1)

C19

caso *m.* case, event; occasion (1.1)

casona *f.* large house (2.1)

castellano(a) Castillian; of Castille (2.1)

cataclismo *m.* cataclysm, catastrophe
cataclismo social social disaster (3.3)

catastrófico(a) catastrophic; disastrous (4.2)

catedral *f.* cathedral (4.2)

categoría *f.* category (1.2)

caucho *m.* rubber (7.3)

caudillo *m.* chief, leader, commander (6.3)

causa *f.* cause
La Causa Chicano student movement (1.1)

cauteloso(a) cautious, careful (6.1)

cautiverio *m.* captivity (7.1)

caza *f.* hunt, chase
caza de brujas witch hunt (3.2) (8.2)

cazador *m.* hunter (8.1)

cazar to hunt (5.1)

ceder to yield, give over, give up (2.2) (3.1)

célebre famous (2.2) (8.3)

celta Celtic (2.1)

ceniza *f.* ash (5.3)

censo *m.* census (1.1)

centelleante sparkling (5.1)

centenario *m.* centennial (7.2)

central central
Agencia Central de Inteligencia (CIA) Central Intelligence Agency (USA) (3.2)

cerámica *f.* ceramics (7.1)

ceramista *m.f.* ceramist, maker of ceramics (8.2)

cercanías *f.pl.* proximity, nearness; neighborhood (6.1)

cercano(a) close, nearby (LP)

cerdo *m.* pig (7.2)

cerebro *m.* brain (5.1)

cero *m.* zero (3.2)

certeza *f.* certitude, surety, assuredness (8.2)

cerro *m.* hill (7.1) (7.3)

cesión *f.* cession, transfer (6.2)

ciclo *m.* cycle (3.2)

ciego(a) blind (4.1) (8.1)

científico(a) scientific
investigadores científicos scientific investigators (1.2)

ciento: **por ciento** *m.* per cent (3.1)

ciervo *m.* deer (2.1)

cifra *f.* figure, number; sum total (1.3)

cilantro *m.* coriander (1.1)

cineasta *m.f.* film maker, director (1.1)

cintura *f.* waist (3.1)

cipote *m.f.* youngster, child (El Salvador) (5.1)

circulación *f.* traffic (4.2)

cirujano *m.* cirujana *f.* surgeon (2.1)

cisne *m.* swan (7.1)

citado(a) cited, mentioned; quoted (2.2)

citar to quote, cite; to mention (4.2)

ciudad *f.* city
ciudad natal birthplace, hometown (7.1)
llaves de la ciudad keys to the city (6.2)

ciudadanía *f.* citizenship (1.2)

ciudadano *m.* ciudadana *f.* citizen (1.2)

civil civil
Guerra Civil civil war (2.2)

civilización *f.* civilization (3.1)

clan *m.* family, clan, tribe (3.2)

clandestino(a) secret (4.1)

claro(a) light (color), clear (4.2)

clase *f.* class, type, kind; rank of society
clase acomodada wealthy class (4.1)
clase media middle class (1.3)
clase menos acomodada lower class (1.3)
clase trabajadora working class (4.1)

cláusula *f.* clause (2.2)

clausura *f.* closure (2.2)

clave *f.* key (3.3)

climatológico(a) climatological, of or pertaining to the climate (7.1)

coalición *f.* coalition, alliance (1.3)

coartada *f.* alibi (8.1)

cobarde *m.f.* coward (2.1)

cobrar to collect; to charge (1.1)

cobre *m.* copper (8.3)

códice *m.* codex, manuscript, book (3.2)

Código Procesal Penal *m.* Legal Penal Code (6.1)

codo *m.* elbow (3.1)

cofre *m.* chest, trunk, coffer (7.1)

coger to catch (3.1)

coincidir to coincide (7.2)

colaborador *m.* colaboradora *f.* collaborator (4.2)

colaborar to collaborate; to contribute (4.1)

colapso *m.* collapse (2.1)

colgar (ue) to hang (up) (3.1)

colina *f.* hill (8.2)

colocar to put, place (1.2)
colocarse to put on (4.2)

colonia *f.* colony (LP) (2.2)

colonización *f.* colonization (4.1)

colonizador *m.* colonizadora *f.* colonizer (1.1)

colono *m.* colonist, settler (3.1)

colorido *m.* coloring; color (1.2)

comandante *m.f.* commander (4.1)
comandante en jefe commander in chief (8.2)

comandar to command (3.1)

comarca *f.* region, district, province, territory (6.2)

combatiente *m.f.* combatant (5.2)

combustión *f.* combustion, explosion (4.3)

comedia *f.* comedy (2.2)

comenzar (ie) to begin, start, commence (1.1)

comercial commercial
riqueza comercial commercial wealth (5.2)

comerciante *m.f.* merchant; trader (3.3)

comercio *m.* commerce; business (1.3)

comestible edible
comestibles *m.pl.* food, foodstuffs; provisions (1.2)

cometer to commit (1.3)

comilla *f.* quotation mark (6.3)

comisionado *m.f.* representative (4.3)

comparar to compare (3.2)

comparsa *f.* chorus; extra (acting) (1.2)

compartir to share (LP)

competir (i, i) to compete (7.1)

complejidad *f.* complexity (2.3)

complejo(a) complex, intricate (3.3)

complicidad *f.* complicity, involvement (3.2)

componer to compose (4.2)

compositor *m.* compositora *f.* composer (1.3)

compromiso *m.* compromise (7.3)

compuesto (de) composed, made up (of) (1.2)

común common, shared (7.1)

comunidad *f.* community (LP)
comunidad autónoma autonomous community (2.2)
Comunidad Económica Europea (CEE) European Economic Community (2.2)

comunista communist (3.2)

con lo cual with which (5.1)

conceder to concede; to give (3.1) **(6.2)**

concertar (ie) to arrange; to bring together (8.3)

concesión *f.* concession, grant (3.2)

conciencia *f.* conscience **(1.1);** consciousness (3.2)

concluir to conclude, finish

concordancia *f.* agreement, concordance (1.3)

concordia *f.* concord, harmony, agreement (3.2)

concurso *m.* contest (LP)

condado *m.* county (land held by a count or earl) (2.2)

condecorado(a) decorated with honors **(1.2)**

condenado(a) condemned, sentenced (3.2)

condenar to condemn; to sentence **(7.1)**

conducir to drive; to lead (6.1)

conexión *f.* connection **(3.3)**

confianza *f.* confidence **(1.1) (7.1)**

confiar to trust

conflicto *m.* conflict **(3.1)**

congelado(a) frozen **(8.1)**

congresista *m.f.* congressional representative **(1.2)**

congreso *m.* congress, convention
  congreso federal national congress **(4.3)**

conguero *m.* congo-player (6.2)

conjunción *f.* conjunction (5.3)

conjunto *m.* group, band (4.2)

conmemorar to commemorate, celebrate (6.1) **(6.2)**

conmocionar to disturb (4.1)

conmovedor(a) moving (2.2)

conmover (ue) to disturb, trouble, disquiet; to move, touch (7.2)

conocedor *m.* **conocedora** *f.* expert, connoisseur (7.2)

conocer to know, be familiar with
  dar a conocer to make familiar with; to present (1.1)

conquista *f.* conquest (LP)

conquistar to conquer **(2.1)**

consagración *f.* consecration, dedication (6.1)

consagrar to consecrate, dedicate (7.1)
  consagrarse to dedicate oneself (4.2)

conseguir (i, i) to obtain, get (2.2)

consejo *m.* council, advice
  consejo nacional national coucil, national board (8.1)

consenso *m.* consensus, general consent **(8.1)**

conservador(a) conservative (5.3)

conservar to preserve, maintain, conserve, retain (1.1)

considerar to consider (1.1)

consigo mismo(a) with himself, herself (4.2)

consolidación *f.* consolidation **(4.2)**

consolidar to consolidate **(4.1)**

consorcio *m.* consortium, association, partnership (7.2)

continuación:
  a continuación following (4.1)

constitución *f.* constitution **(4.3)**

constituir to constitute; to compose, make up (1.3)

construcción *f.* construction **(6.2)**

construir to build, construct **(7.2)**

consulta *f.* consultation (4.2)

consultorio *m.* consulting room, doctor's office or clinic (LP)

consumado(a) consummate, perfect, complete (1.3)

contador *m.* **contadora** *f.* accountant **(8.1)**

contaminado(a) polluted; contaminated (3.1)

contar (ue) con to count on (2.2)

contemporáneo(a) contemporary (LP) **(2.3)**
  sociedad contemporánea contemporary society **(4.3)**

contener (ie) to contain **(8.1)**

contenido *m.* contents (1.3)

contra against; in oppositon to (1.1)

contraer to contract (8.1)

contrario(a) contrary, opposing **(6.2)**

contraste *m.* contrast; difference (3.2)

contratar to hire; to contract (1.2)

contribuir to contribute

controvertido(a) controversial (1.3) **(4.1)**

convencer to convince (2.2)

convenir (ie) to be convenient (5.1)

convertido(a) converted, changed (2.1)

convertir (ie, i) to convert, turn into; to change **(4.3)**
  convertirse (en) to become (1.1) **(2.3)**

convincente convincing (4.3)

convivencia *f.* coexistence (8.2)

convivir to live with, live alongside of (3.1)

convocar to convoke, call together, convene **(6.2)**

coordinar to coordinate, organize **(1.3)**

copa *f.* cup
  Copa Mundial World Cup (soccer) (8.1)

copiar to copy

corazón *m.* heart (1.1) **(7.2)**
  encomendarse de todo corazón to entrust oneself completely (2.1)

cordal *m.* wisdom tooth (6.1)

cordillera *f.* mountain range (8.1)

coronar to crown; to honor **(2.2)**
  coronarse to be crowned, honored (8.1)

coronel *m.* coronel (3.2)

corsario *m.* pirate (4.2)

cortador *m.* **cortadora** *f.* cutter, slicer
  cortador de caña sugar cane cutter **(1.2)**

cortapluma *f.* penknife (4.1)

corte *f.* court (6.2)

corte *m.* cut, edge (4.2)

corregir (i, i) to correct (1.3)

corresponder to repay, return; to match (6.1)

correspondiente corresponding; matching (2.2)

corretear to run around (1.1)

corrido *m.* type of popular Mexican song **(3.1)**

corriente *f.* current (2.1)

corrupción *f.* corruption **(6.3)**

corrupto(a) corrupt **(4.2)**

cosecha *f.* harvest; crop (3.2)

cosechado(a) harvested **(7.1)**

cosmopolita cosmopolitan **(7.2)**

costa *f.* coast
  costa mediterránea Mediterranean Coast **(2.1)**

costar (ue) to cost; to be difficult (3.1)

costeño(a) coastal, from the coast **(3.1)**

costero(a) coastal (3.3)

costumbre *f.* custom, practice, habit (1.1)

cráneo *m.* cranium, skull, head (6.1)

crear to create (1.1)

creciente growing, increasing **(6.1)**

crecimiento *m.* growth (1.2)

credo *m.* creed; belief system (LP)

creencia *f.* belief (3.2)

crepúsculo *m.* dusk (8.1)

criar to raise (children or animals) (1.1)
  criarse to be raised, brought up (1.2)

C21

crimen *m.* crime (3.2)
crisis *f.* crisis **(2.1)**
crisol *m.* melting pot; crucible (LP)
cristianismo *m.* Christianity **(2.1)**
cristiano(a) Christian **(LP)**
crítico *m.* critic
crítica *f.* criticism; critic **(1.3)**
crónica *f.* chronicle (3.1)
crucigrama *m.* crossword puzzle (3.3)
crujido *m.* creak
   crujido de huesos creaking of bones (6.1)
cruzar to cross **(3.1)**
cuadro *m.* painting (LP)
cuadruplicar to quadruple **(6.3)**
cualquiera anyone; whoever, whatever, whichever (1.3)
cuartel *m.* military barracks (5.3)
cubanoamericano(a) Cuban-American **(1.3)**
cubierto(a) covered (2.3)
cubismo *m.* cubism (2.2)
cuenta *f.* account
   darse cuenta de to become aware of, realize (1.1)
   de su propia cuenta from one's own pocket; on one's own (1.1)
   en resumidas cuentas in short, in brief (6.1)
cuento *m.* story; short story (LP)
cuerpo *m.* body (8.1)
cuervo *m.* raven, crow (1.1)
cuestión *f.* question, matter (LP)
cueva *f.* cave
   cueva de Altamira the Altamira cave **(2.1)**
culebra *f.* snake, serpent (5.1)
culminar to culminate (1.2) **(5.3)**
culpable guilty **(6.2)**
cultivar to cultivate, grow **(3.1)**
cultivo *m.* cultivation (LP) **(4.1)**
culto(a) refined, cultivated; learned (1.1)
cultural cultural
   raíces culturales cultural roots **(3.1)**
cumbre *f.* summit, top (2.1)
cumplir to complete; to fulfill (1.2)
cuna *f.* cradle (4.2)
cúpula *f.* dome, cupula (2.1)
curativo(a) healing
   hierbas curativas healing herbs (1.2)
cursar to study, attend (a course of studies) (2.2) **(8.3)**

CH

charretera *f.* epaulete, shoulder pad (5.1)
chicano(a) Chicano, Mexican-American **(1.1)**
chicotazo *m.* whiplash, blow with a whip (8.1)
chirriar to sizzle (5.1); to squeak, creak

D

d.C. (después de Cristo) after Christ; A.D. (3.3)
danza *f.* dance **(1.2)**
dañar to damage (4.2)
daño *m.* damage (4.1)
dar to give
   dar a conocer to make familiar with; to present (1.1)
   dar frente a to be across from (4.2)
   dar muerte to kill (3.2)
   darse cuenta de to become aware of, realize (1.1)
de:
   de espaldas a with one's back to (6.1)
   de esta suerte in this way (2.2)
   de larga duración long play (record) (3.1)
   de ningún modo in no way (7.1)
   de otra manera otherwise (1.1)
   de pleno derecho with full rights (2.2)
   de pronto suddenly (1.1)
   de repente suddenly **(3.3)**
debido(a) due, proper (1.1)
   debido a due to (3.3)
debilidad *f.* weakness, disadvantage (5.1)
debutar to make one's debut; to open (a play) (3.1)
década *f.* decade **(3.1)**
decadencia *f.* decadence, decline **(2.2)**
decadente decadent (2.2)
decaer to decline, fall **(6.2)**
decepcionado(a) disillusioned, disappointed, disenchanted **(8.3)**
decisivo(a) decisive **(7.3)**
declarar to declare **(6.3)**
decretado(a) decreed (4.1)

decretar to decree (7.1) **(8.2)**
defecto *m.* defect (4.1)
defensa *f.* defense **(3.2)**
deformación *f.* deformation (5.2)
deformar to deform **(7.2)**
dejar to leave (1.1)
   dejar de ser to stop being (4.3)
delirar to be crazy about (4.2)
demagógico(a) demagogic (8.1)
demográfico(a) demographic
   incremento demográfico demographic increase (3.1)
democratización *f.* democratization **(6.3)**
demostrado(a) demonstrated; shown; proven (1.2)
denominación *f.* denomination, title **(4.3)**
denominado(a) named, called **(6.2)**
denominarse to be called; to be designated **(4.3)**
densamente densely **(7.3)**
densidad *f.* density, thickness (5.1)
denso(a) dense; thick (2.1)
dentadura postiza *f.* false teeth, dentures (6.1)
denuncia *f.* accusation, denunciation (6.1)
dependencia *f.* dependence **(8.1)**
depender to depend **(6.1)**
deponer to depose, deprive of office **(5.2)**
deportado(a) deported (4.1)
depósito *m.* deposit, accumulation **(7.1)**
depresión *f.* depression **(4.3)**
derechista *m.f.* rightist, right-winger **(5.1)**
derecho *m.* law; right (LP) **(4.2)**
   de pleno derecho with full rights (2.2)
   derechos civiles civil rights **(1.1)**
   derechos humanos human rights **(3.2)**
   derecho internacional international law **(6.2)**
derivar to derive, come from (1.1)
derretir (i, i) to melt (5.1)
derrocado(a) overthrown, defeated **(3.2)**
derrocamiento *m.* overthrow **(6.2)**
derrocar to overthrow; to demolish **(3.2)**
derrotado(a) defeated **(4.1)**
derrotar to defeat, beat (1.2) **(3.1)**
derrumbado(a) fallen **(8.2)**

desabotonar to unbutton (6.1)
desacuerdo *m.* disagreement (**6.1**)
desafío *m.* challenge (**LP**)
    desafío educativo educational
    challenge (**1.2**)
desafortunadamente unfortunately
    (4.1)
desafortunado(a) unfortunate,
    unlucky (8.2)
desangrado(a) bled to death (4.3)
desaparecer to disappear (1.1) (**3.3**)
desaparición *f.* disappearance (**3.2**)
desarrollo *m.* development (**2.1**)
desastre *m.* disaster (**8.2**)
    desastre natural natural disaster
    (4.3)
desbordamiento *m.* flood; overflow
    (4.3)
descargar to unload, unburden (6.1)
descendiente *m.f.* descendant (1.1)
    (**2.1**)
descenso *m.* descent, fall (5.3)
descontento *m.* displeasure, dissatis-
    faction (**6.2**)
descrito(a) described (4.2)
descubrimiento *m.* discovery (**6.2**)
desde from; since (**LP**)
desear to desire, want (2.1)
desembarcar to disembark; to
    unload, put ashore (4.2) (**7.1**)
desembocadura *f.* mouth, outlet (of
    a river) (**7.1**)
desempeñar to fulfill, carry out (2.2)
    (**4.2**)
desempleo *m.* unemployment (4.3)
    (**8.1**)
desestabilizar to destabilize, make
    unstable (3.2)
desfavorecido(a) underprivileged (**8.3**)
desfile *m.* parade (**LP**)
desgajar to rip, tear off; to tear to
    pieces (8.1)
desgracia *f.* misfortune (5.1)
desgraciadamente unfortunately (**5.2**)
deshacer to undo (1.1)
desierto *m.* desert (**7.1**)
designar to designate (2.2)
desigual unequal (2.1)
desigualdad *f.* inequality (**5.3**)
desilusión *f.* disappointment,
    disillusionment (4.1)
desilusionado(a) disillusioned,
    disappointed (**6.3**)
desintegración *f.* disintegration (**6.2**)
deslumbramiento *m.* enlightenment
    (8.2)

desmembrar (ie) to dismember; to
    divide into pieces (1.1)
desmistificar to demystify, remove
    the mystery from (5.2)
desnutrición *f.* malnutrition (3.3)
desorden *m.* disorder, confusion (**6.2**)
despaldado(a) with a broken back (2.1)
despectivo(a) derogatory, contemp-
    tuous (5.2)
despedir (i, i) to fire; to dismiss (1.1)
despiadado(a) merciless, cruel (8.1)
despido *m.* dismissal, firing (5.2)
desplegar (ie) to unfold; to spread
    out (1.2)
desplomar to crash (3.1)
despoblado(a) depopulated,
    abandoned (**8.1**)
despoblar to depopulate (**4.3**)
despojar to despoil, rob (3.2)
despojos *m.pl.* remains (4.1)
despreocupadamente without
    concern or worry (3.1)
desprevenido(a) unprepared (5.1)
desproporción *f.* lack of proportion,
    disproportion (8.2)
destacado(a) outstanding, prominent
    (5.2)
destacarse to stand out (LP) (**3.2**)
destemplado(a) dissonant, off-tune
    (6.1)
destino *m.* destiny (**2.2**)
destituir to discharge, dismiss,
    remove (6.1)
destrozar to destroy (**5.2**)
destrucción *f.* destruction (**3.2**)
destruir to destroy
desvalimiento *m.* abandonment;
    helplessness (4.1)
desventaja *f.* disadvantage (4.2)
desviar to divert; to lead away (5.1)
detalle *m.* detail (3.2)
detener (ie) to delay, detain (7.1)
    detenerse to be delayed, detained;
    to detain oneself (3.2)
detenido(a) detained, stopped, halted
    (**5.1**)
deteriorar to deteriorate, worsen
    (**5.2**)
deterioro *m.* deterioration (5.3) (**8.3**)
deuda *f.* debt (**3.1**)
devastar to devastate, destroy (8.1)
devolver (ue) to return (an item)
    (3.3)
diagrama *m.* diagram
    diagrama araña clustering, visual
    mapping (1.2)

diario *m.* daily newspaper (2.2)
diáspora *f.* dispersion (1.2)
dibujante *m.f.* designer, drawer (8.1)
dibujo *m.* drawing (**LP**)
dictadura *f.* dictatorship (**4.1**)
dictar to dictate (8.1)
diferencia *f.* difference
    a diferencia de unlike (1.2)
diferido(a) delayed; deferred (1.2)
diferir (ie, i) to differ, be different
    (8.3)
dificultar to make difficult; to
    complicate (8.1)
digno(a) worthy, dignified (5.1)
dilema *m.* dilemma (4.1)
dios *m.* **diosa** *f.* god, goddess (3.3)
diplomático(a) diplomatic (**4.1**)
diputado *m.* **diputada** *f.* representa-
    tive, congressman, congresswoman
    (**1.2**)
diputar to assign; to designate (5.2)
director *m.* **directora** *f.* director
    (**1.1**)
dirigente *m.f.* leader; manager (**4.1**)
dirigido(a) directed (1.1)
dirigir to direct (2.1) (**3.2**)
disciplina *f.* discipline (**2.2**)
discurso *m.* discourse, speech (8.2)
diseño *m.* design (**3.2**)
disidente *m.f.* dissident (**3.2**)
disminuir to diminish, reduce,
    lessen, decrease (**6.1**)
disolver (ue) to dissolve; to break-up
    (**5.3**)
disparar to shoot, fire (**5.2**)
displicente unpleasant, disagreeable,
    indifferent (6.1)
disputa *f.* dispute (**7.3**)
disputado(a) disputed (5.2)
disputar to dispute (**7.3**)
disquero(a) of or pertaining to
    records (6.2)
distanciarse to distance oneself (**6.3**)
distinguido(a) distinguished (**5.1**)
distinguirse to distinguish oneself,
    excel (LP) (**8.3**)
distinto(a) distinct, different (3.3)
distorsionado(a) distorted, twisted
    (2.2)
distribuir to distribute (**3.2**)
distrito *m.* district (**1.2**)
disuelto(a) dissolved, destroyed,
    broken-up (**5.1**)
disyuntiva *f.* dilemma, problem (8.1)
diversidad *f.* diversity (**LP**)
diversificar to diversify (**3.1**)

diverso(a) diverse, different; varied **(4.1)**

divorcio *m.* divorce (8.1)

docena *f.* dozen (1.2)

docencia *f.* teaching, education **(8.1)**

doctorar to earn a doctoral degree (7.1)

documental *m.* documentary (LP)

dolencia *f.* pain (4.2)

dolor *m.* pain (3.1)

dolorido(a) painful (6.1)

dominante dominant **(3.2)**

dominar to dominate, master **(4.2)**

dominio *m.* dominion, domain, territorial possession **(2.1)**

donaire *m.* grace, charm (5.1)

doncella *f.* maiden (2.1)

dondequiera wherever (1.1)

dorado(a) gold, golden (7.1)

dorso: al dorso on the back (2.3)

dosis *f.* dose (8.1)

dramaturgo *m.f.* dramatist, playwright **(1.1)**

duende *m.* elf, goblin (5.1)

dueño *m.* **dueña** *f.* master; owner (1.1) **(3.2)**

dulce sweet; soft (4.1)

dulcificar to soften; to sweeten (4.1)

dúo *m.* duo, duet **(6.3)**

duración: de larga duración long play (record) (3.1)

durar to last, endure (2.2) **(3.1);** to remain

duras: a duras penas with difficulty (7.1)

economía *f.* economy
economía agrícola agricultural economy **(5.2)**

económico(a) economic
Comunidad Económica Europea (CEE) European Economic Community **(2.2)**

echar de menos to miss

echar la culpa to place the blame (5.2)

echarse to apply oneself (1.1)

edificio *m.* building (1.2)

educarse to be educated **(7.3)**

educativo(a) educational
desafío educativo educational challenge **(1.2)**

efectuar to carry out; to perform
efectuarse to take place, be carried out (4.2) **(6.1)**

eficaz efficacious, effective **(2.1)**

ejecutado(a) executed **(5.1)**

ejercer to exercise (one's rights) (2.2) **(6.3)**

ejercicio *m.* exercise
ejercicio físico physical exercise **(4.2)**

ejército *m.* army (1.2) **(4.1)**

El Barrio *m.* Spanish Harlem **(1.2)**

el cual which (1.1)

elaborar to elaborate, work out **(6.1)**

electrónico(a) electronic (4.3)

elegido(a) elected (1.1) **(1.3)**

elegir (i, i) to elect **(1.3);** to choose, select

elevar to elevate, raise (3.1)

élite *f.* elite **(3.3)**

emancipación *f.* emancipation, liberation **(7.1)**

embajador *m.* **embajadora** *f.* embassador (LP) **(3.2)**

embarcadura *f.* live cargo; shipment (1.1)

embarcarse to embark, go aboard **(1.3)**

embargo *m.* embargo, boycott (4.1)

embarque *m.* shipment **(7.1)**

embellecido(a) embellished, made beautiful (2.1)

emigración *f.* emigration (1.2)

emigrante *m.f.* emigrant **(4.1)**

emigrar to emigrate (1.1)

emisora *f.* broadcasting station (1.2)

emitir to emit, give off (2.2)

emotivo(a) emotive, emotional (4.1)

emperador *m.* emperor **(2.1)**

emperatriz *f.* empress

empleado *m.* **empleada** *f.* employee

empleado(a) employed **(1.3)**

emplear to employ; to use (2.2) **(3.2)**

emplumado(a) feathered **(3.1)**

empobrecer to impoverish, make poor **(LP)**

emprender to set about, to undertake, begin (7.1) **(8.2)**

empresa *f.* enterprise, business (4.3) **(7.2)**

en in, on
en busca de in search of (1.1)
en marcha in motion (5.1)
en respuesta a in answer to (1.1)
en resumen in sum, summarizing (4.1)
en resumidas cuentas in short, in brief (6.1)
en sí in itself (1.2)
en vivo live (1.2)
en voz alta out loud (1.3)

enaltecer to exalt (8.2)

enamorarse (de) to fall in love (with) (1.1)

encabezar to head, lead (1.2) **(5.3)**

encantador(a) enchanting, attractive (2.2)

encarcelado(a) imprisoned **(7.3)**

encargado(a) commissioned, in charge **(6.2)**

encargarse de to take charge of (1.1)

encerrado(a) enclosed (8.3)

encierro *m.* enclosure, imprisonment (8.3)

enclavado(a) embedded (2.1)

encoger to shrink, contract (7.1)

encomendarse (ie):
encomendarse de todo corazón to entrust oneself completely (2.1)

encrucijada *f.* crossroads (4.1)

encuentro *m.* encounter **(LP)**

enemigo *m.* **enemiga** *f.* enemy (4.3)

enemistad *f.* enmity, antagonism (2.1)

enfatizar to emphasize (1.1)

enfermo(a) sick, ill (4.2)

enfrentado(a) facing (2.2)

enfrentamiento *m.* confrontation **(6.2)**

enfrentar to confront **(8.2)**
enfrentarse to confront; to face (1.2) **(8.1)**

enfriar to cool down, cool off

enigma *m.* enigma, puzzle, riddle (8.1)

enjuto(a) lean, thin (6.1)

enlazar to link, unite (8.2)

enorme enormous **(6.1)**

enredar to entangle, net (8.1)

enriquecer to enrich **(1.2)**
enriquecerse to get rich (LP) **(4.1)**

ensayo *m.* essay (LP) **(3.1)**

ensuciarse to get dirty (3.1)

enterarse to learn about (3.1)

entero(a) complete, whole, entire (3.1)

enterrado(a) buried (3.1) **(5.3)**

entibiarse to get warm, warm up (8.1)

entonces then; that time (1.2)

entrar to enter
entrar en vigor to take effect **(4.3)**

entre between, among (1.2)

entregar to turn in, submit (1.3)

entrenador *m.* **entrenadora** *f.* trainer; coach (1.2)

entrenamiento *m.* training **(8.1)**

entretanto meanwhile, in the meantime (1.1)

entretenimiento *m.* entertainment (LP)

entrevistarse to have a meeting or an interview **(7.1)**

entusiasmo *m.* enthusiasm **(1.3)**

envejecido(a) old, aged (2.1)

enviar to send **(7.2)**

épico(a) epic
   héroe épico epic hero **(2.1)**

época *f.* epoch, period of time (3.1)

equilibrar to balance **(8.3)**

equipo *m.* team (4.2)

equivocar to be wrong, be mistaken (6.2)

erupción *f.* eruption **(5.3)**

escala *f.* stopover (6.2)

escalar to scale, climb (LP)

escalera *f.* stairway (8.1)

escaso(a) scarce, limited **(4.1)**

escenario *m.* stage; scenery **(4.3)**

escenificación *f.* staging, dramatization (6.1)

escéptico(a) skeptical (5.3)

esclavista *m.f.* advocate of slavery **(8.2)**

esclavo *m.* **esclava** *f.* slave **(4.1)**

esclusa *f.* floodgate (6.2)

escoger to choose, select (3.2)

escrito(a) written
   por escrito in writing, written (6.2)

escritor *m.* **escritora** *f.* writer **(1.1)**

escritura *f.* writing **(3.2)**

escudero *m.* shield bearer (2.1)

escuela *f.* school
   escuela intermedia middle school **(5.2)**

escultor *m.* **escultora** *f.* sculptor **(6.1)**

escultura *f.* sculpture (1.2)

escupidera *f.* spittoon (6.1)

esencia *f.* essence (2.2)

esfera *f.* sphere (5.2)

esfuerzo *m.* effort; vigor, spirit (1.1)

espada *f.* spear (2.1)

espalda *f.* back
   de espaldas a with one's back to **(8.1)**

esparcir to spread

especialidad *f.* specialty (4.2)

espectáculo *m.* spectacle
   espectáculo social social spectacle **(5.3)**

espectador *m.* **espectadora** *f.* spectator (1.2)

espejo *m.* mirror **(2.3)**

esperanza *f.* hope **(1.2)**

espíritu *m.* spirit **(8.2)**

esplendor *m.* splendor **(8.2)**

espontaneidad *f.* spontaneity (1.3)

esposo *m.* **esposa** *f.* spouse; husband, wife (1.1)

espuelas *f.pl.* spurs (2.1)

esquema *m.* scheme, plan
   esquema araña *m.* clustering, visual mapping (2.2)

esquina *f.* corner **(1.2)**

esquinero *m.* person who hangs out in the streets (6.2)

estabilidad *f.* stability **(3.1)**

estabilizar to stabilize **(5.2)**

establecer to establish (1.1) **(3.1)**
   establecerse to be established, be set up **(6.3)**

estadidad *f.* statehood (4.3)

estado *m.* state
   estado caótico chaotic state (of affairs) **(4.2)**
   Estado Libre Asociado Associated Free State **(4.3)**
   golpe de estado coup d'état **(3.1)**

estallar tc break out **(4.1)**; to explode

estancia *f.* stay, sojourn (4.1)

estar to be
   estar a punto de to be about to (1.2)
   estar al día to be up-to-date (3.1)

estatal of or pertaining to the state (4.3)

este east (1.1)
   Este de Harlem Spanish Harlem **(1.2)**

estelar stellar (1.2)

estereotipo *m.* stereotype **(1.2)**

estético(a) aesthetic, artistic (6.1)

estilo *m.* style; manner (1.1) **(3.1)**

estirar to stretch (6.1)

estratégicamente strategically (2.1)

estratégico(a) strategic **(4.3)**

estrecho(a) straight, thin **(8.3)**

estrellato *m.* stardom (2.2)

estrepitosamente noisily (3.1)

estructura *f.* structure **(7.2)**

estudiantil pertaining to students or studies (1.1)

estudiar to study

ético(a) ethical **(4.2)**

etiqueta *f.* label **(7.1)**

étnico(a) ethnic
   grupos étnicos ethnic groups **(1.2)**
   orgullo étnico ethnic pride **(1.1)**

euforia *f.* euphoria, elation (8.2)

europeo(a) European **(LP)**
   Comunidad Económica Europea (CEE) European Economic Community **(2.2)**

evangelización *f.* evangelization, preaching **(8.2)**

evitar to avoid (1.3)

evocar to evoke, call forth; to remember (3.2)

exagerar to exaggerate **(6.1)**

excavación *f.* excavation **(3.3)**

excepcional exceptional **(2.2)**

exclamar to exclaim; to proclaim (LP)

excluir to exclude **(LP)**

exhausto(a) exhausted **(6.1)**

exhibir to exhibit (1.1)

exigencia *f.* exigency, demand; requirement (6.1)

exigir to demand, require (4.3)

exilio *m.* exile, banishment **(1.3)**

existencia *f.* existence **(3.3)**

existido(a) existed (1.1)

éxito *m.* success (1.1) **(1.3)**

exitoso(a) successful (3.1) **(6.2)**

éxodo *m.* exodus (4.1)

expansión *f.* expansion **(3.2)**

expedición *f.* expedition **(3.1)**

experiencia *f.* experience **(4.1)**

experimentar to experience; to experiment (LP)

explorar to explore **(1.1)**

explosión *f.* explosion **(4.1)**

explotación *f.* exploitation (3.1) **(4.2)**

explotado(a) exploited (4.2)

explotar to exploit, plunder **(5.3)**

exponente *m.f.* expounder, supporter (3.1) **(8.3)**

exportación *f.* exportation **(4.2)**

expulsado(a) expelled, ejected **(8.2)**

expulsar to expel, throw out, drive out (2.1)

expulsión *f.* expulsion, expelling, ejecting **(2.1)**

extender (ie) to extend; to offer (2.2)

extensión *f.* extension; expanse (1.1)

extenso(a) extensive; far-reaching **(2.1)**

exterior *m.* exterior; foreign countries (4.1)

exterminado(a) exterminated; killed (4.1)

exterminar to exterminate, eradicate (4.3)

exterminio *m.* extermination; eradication (4.1)

C25

externo(a) external **(8.1)**
extinguir to extinguish
extracción *f.* extraction, removal **(7.1)**
extranjero(a) foreign **(2.3)**
 intereses extranjeros foreign interests **(3.2)**
extraño(a) strange **(3.1)**
extraterrestre *m.f.* extraterrestrial, alien **(5.2)**
extrovertido(a) extroverted **(1.2)**
exuberante exhuberant **(4.1)**

F

fábrica *f.* factory **(4.2)**
fábula *f.* fable, story **(8.2)**
facción *f.* faction **(3.3)**
facilitar to facilitate; to make easy (1.3) **(3.2)**
falda *f.* skirt
 faldas del volcán foothills of the volcano (5.1)
falta (de) *f.* lack (of) **(4.1)**
faltar to lack; to be lacking (2.2)
falla *f.* shortcoming, defect (5.2)
fallido(a) failed **(6.2)**
fama *f.* reputation; fame **(4.2)**
familiar *m.f.* family member **(1.1)**; familiar; pertaining to the family
familiarizarse (con) to become familiar (with) (4.1)
farmacéutico(a) pharmaceutical **(4.3)**
faro *m.* lighthouse, beacon (5.1)
fascinante fascinating **(3.3)**
fauna *f.* animal life (7.2)
favorecer to favor (1.3)
faz *f.* face, surface (2.1)
federación *f.* federation (5.1)
federal federal, national
 congreso federal national congress **(4.3)**
felicidad *f.* happiness (7.1)
fenicio(a) Phoenician **(2.1)**
fenómeno *m.* phenomenon (5.2)
feroz ferocious (5.1)
fertilizante *m.* fertilizer **(7.1)**
fervientemente fervently, earnestly (1.3)
férreo(a) iron, made of iron (4.1)
ferretería *f.* hardware store; tool store (4.1)
ferrocarril *m.* railroad **(1.1)**
festejar to celebrate (3.2)
fiar to entrust, confide (4.1)
fiebre *f.* fever (7.2)

fiel faithful (3.2)
fiero(a) ferocious, fierce (2.1)
fierro *m.* iron (4.1)
filo *m.* edge (4.1)
filosofía *f.* philosophy **(LP)**
fin *m.* end
 al fin y al cabo after all (7.1)
finales: a finales de at the end of (1.1) **(7.1)**
finalizar to finalize, complete **(6.3)**
financiero(a) financial **(1.3)**
finanza *f.* finance
 finanzas públicas public finances (5.2)
finca *f.* farm (3.2)
fingir to pretend (6.1)
firmado(a) signed **(4.1)**
firmar to sign (2.2) **(3.1)**
firmeza *f.* firmness; stability, steadiness (3.1)
físico(a) physical
 ejercicio físico physical exercise **(4.2)**
flaquear to become weak (3.1)
flecha *f.* arrow
 arco y flecha bow and arrow (5.1)
flora *f.* plant life (7.2)
florecer to flourish, prosper (3.1) **(7.1)**
floreciente prosperous, flourishing **(5.1)**
florecimiento *m.* flowering, flourishing, blossoming (1.1)
flota *f.* fleet **(6.3)**
foco *m.* focus (8.2)
fomentar to foment, arouse; to foster, encourage (7.3)
forestal: incendio forestal *m.* forest fire (4.3)
fortalecer to strengthen, fortify (7.3)
fortalecimiento *m.* strengthening (6.2)
fortaleza *f.* fortress (2.1) **(4.3)**
fortificado(a) fortified; strengthened **(4.3)**
fortuna *f.* fortune, fate (8.2)
forzado(a) forced **(4.2)**
forzar (ue) to force **(3.1)**
fracasar to fail **(4.1)**
fracaso *m.* failure (2.1) **(6.2)**
frambuesa *f.* strawberry (8.3)
franja *f.* strip (of land) **(6.2);** fringe, border
fraudulento(a) fraudulent, phony **(5.1)**
fray *m.* friar, religious brother (3.2)

fregado(a) cunning, sly; scoundrel (1.1)
frente a faced with (4.1)
 dar frente a to be across from (4.2)
fresa *f.* drill (6.1)
fresco: al fresco outdoors (2.2)
frijol *m.* bean **(3.1)**
frío(a) cold
 Guerra Fría Cold War **(3.2)**
frontera *f.* frontier; border (1.1) **(3.1)**
fronterizo(a) *adj.* frontier, border (5.3) **(7.1)**
frotar to rub (5.1)
frutería *f.* fruit store, fruit producer (8.3)
frutero(a) of or pertaining to fruit (5.2)
fruto *m.* fruit (5.2)
fuelle *m.* bellows (4.1)
fuente *f.* source; fountain
 fuentes de trabajo sources of work **(1.3)**
fuerte strong (4.3)
fuerza *f.* strength, power; force **(3.1)**
 fuerzas armadas armed forces (1.1) **(1.2)**
 fuerza laboral work force **(4.3)**
 fuerzas militares the military **(3.1)**
 por la fuerza by force (1.1) **(3.1)**
fugitivo(a) *adj.* fugitive **(6.1)**
fumarola *f.* fumarole (5.1)
funcionamiento *m.* functioning (6.2)
función *f.* function; use (4.2)
fundado(a) founded; established **(4.2)**
fundador *m.* **fundadora** *f.* founder (4.1)
fundamentar to lay the foundation (7.2)
fundar to found, establish (1.1) **(3.1)**
furia *f.* fury (2.1)
furibundo(a) furious (5.1)
fusil *m.* rifle (5.3)
fusilado(a) shot (2.2)

G

gabinete *m.* cabinet **(1.1);** office, shop (6.1)
galán actor, elegant, gallant (1.1) **(2.2)**
galápago *m.* species of large turtle (7.2)
galardonado(a) rewarded; awarded (LP)

ganadería *f.* cattle, livestock (7.2) (8.1)

ganadero *m.* cattle dealer; cattle breeder (5.2)

ganar to earn; to win (1.3)

garantía *f.* guarantee (1.1)

garantizar to guarantee (4.3)

garza *f.* heron (4.3)

gasto *m.* expense (2.2)

gatillo *m.* forceps (6.1)

gaucho *m.* Argentinian cowboy (8.1)

gaveta *f.* drawer (6.1)

generación *f.* generation (1.3)

generador *m.* generator (8.2)

generarse to be generated (4.3)

geográfico(a) geographical (1.1)

germánico(a) Germanic (2.1)

gestación *f.* gestation; time during which something is conceived or planned (2.2)

gestión *f.* step, measure (2.2)

gigante *m.f.* giant (2.1)

gigantesco(a) gigantic (4.3)

gira *f.* tour (2.2)

girar to turn (6.1)

gitano(a) Gypsy (LP)

glacial glacial, icy, cold
  olor glacial glacial aroma (6.1)

gobernador *m.* **gobernadora** *f.* governor (1.1)

gobernante *m.f.* governor (3.3)

gobierno *m.* government (1.3) (3.2)

golpe *m.* knock, hit; bump (2.1)
  golpe de estado coup d'état (3.1)
  golpe militar military coup, military takeover (6.1)

gótico(a) Gothic (4.2)

gozar (de) to enjoy (1.2) (7.1)

grabación *f.* recording (LP)

grabado *m.* engraving; print (1.2)

grabador(a) engraver (6.1)

graduar(se) to graduate; to be graduated

grama *f.* grass (4.2)

Gran Mariscal *m.* Grand Marshal (1.2)

grave grave, serious (8.1)

gravemente seriously, gravely (5.2)

griego(a) Greek (LP)

grito *m.* cry (4.1)

grupo *m.* group
  grupos étnicos ethnic groups (1.2)

guaguancó *m.* type of Cuban rhythm (6.2)

guano *m.* manure derived from bird droppings (7.1)

guante *m.* glove (LP)

guaraní indigenous language and people of Paraguay (8.1)

guerra *f.* war (1.1)
  Guerra Civil civil war (2.2)
  guerra de guerrillas guerrilla warfare (2.2)
  Guerra Fría Cold War (3.2)
  Segunda Guerra Mundial Second World War (3.1)

guerrera *f.* type of military jacket (6.1)

guerrero(a) warlike (7.2)

guerrillas: guerra de guerrillas *f.* guerrilla warfare (2.2)

guerrillero *m.* guerrilla (3.2) (4.1)

guiar to guide, lead

guiñar to wink (1.1); to squint

guión *m.* script, screenplay (2.2)

gusto *m.* taste
  al gusto to one's taste (1.1)

H

habilidad *f.* ability (1.3)

habitación *f.* room (8.1)

habitante *m.f.* inhabitant (3.3)

habitar to inhabit (LP) (6.3)

hacendado(a) (person) owning real estate (7.2)

hacer to make; to do
  hacer el papel to play the part (1.2)
  hacer entregas to make deliveries (1.1)

hacia toward (1.1)

hacienda *f.* farm, ranch; estate (3.1)

hacha *f.* hatchet (4.1)

hallarse to be found, located (2.2)

hallazgo *m.* founding, discovery

hamaca *f.* hammock (5.1)

hambre *f.* hunger (7.1)

harina *f.* flour (1.1)

hasta until; even; including (4.2)

hazaña *f.* exploit, deed (5.3)

hectárea *f.* hectare (approx. 2.5 acres) (3.2)

hechizar to put a spell on; to enchant (5.1)

hecho *m.* fact (2.1)

hecho(a) made (LP)

helado(a) cold, frozen (6.1)

hemisferio *m.* hemisphere (LP)

heredar to inherit (7.2)

heredero(a) heir (7.2)

herencia *f.* inheritance, heritage (LP) (2.1)

héroe *m.* hero (2.1)
  héroe épico epic hero (2.1)

hervidero *m.* bubbling (6.2)

hervido(a) boiled (6.1)

hervir (ie, i) to boil (6.1)

herradura *f.* horseshoe (4.1)

herramienta *f.* tool (4.1)

herrar (ie) to shoe a horse; to brand cattle (4.1)

herrero *m.* **herrera** *f.* ironworker, blacksmith (4.1)

hidalgo(a) noble, illustrious; of noble blood (2.2)

hidrocarburo *m.* hydrocarbon (6.3)

hidroeléctrico(a) hydroelectric (8.2)

hierba *f.* grass; herb
  hierbas curativas healing herbs (1.2)

hierro *m.* iron (4.1)

hilar to infer, conjecture; to spin (thread) (3.1)

hilo *m.* thread (4.1)

hinchado(a) swollen (6.1)

hipogrifo *m.* hippogriff (imaginary animal) (4.1)

hispanohablante Spanish-speaking, Spanish speaker (LP)

hogar *m.* home, house (1.3)

homenaje *m.* homage; tribute (LP)

hondo(a) deep; intense (1.1)

honradamente honestly (1.1)

horizonte *m.* horizon (1.3)

hormiga *f.* ant (3.1)

hortaliza *f.* vegetable; garden produce (8.3)

hostilidad *f.* hostility (8.1)

huelga *f.* strike (1.1)

huella *f.* footprint, fingerprint (5.2)

hueso *m.* bone
  crujido de huesos creaking of bones (6.1)

huir to flee, run away (3.1)

humilde humble (4.1)

humo *m.* smoke (5.1)

huracán *m.* hurricane (4.1)

I

ibero(a) Iberian (LP)

idealismo *m.* idealism (2.2)

idealista *m.f.* idealist (3.2)

ídolo *m.* idol; image (1.3) (3.1)
  ídolo de piedra stone idol (6.1)

igual equal (1.3)

ilustre famous; illustrious (1.2)

imagen *f.* image (1.1)

imaginario(a) imaginary (**6.1**)

impedir (i, i) to impede; to prevent (**6.2**)

impenetrable impenetrable (8.3)

imperio *m.* empire (1.1)
    imperio romano Roman Empire (**2.1**)

implementar to implement, apply (3.1)

imponer to impose, force upon (1.3) (**2.2**)

importación *f.* importation (**4.2**)

importe *m.* amount, price, cost (3.1)

imprenta *f.* printshop (4.1)

impresionar to make an impression; to impress (2.3)

impuesto *m.* tax (1.2) (**4.3**)

impulsado(a) impelled, driven, forced (2.2)

impulsar to impel, drive, force (2.1)

impulso *m.* impulse; prompting (1.3)

inagotable inexhaustible (**6.2**)

inapreciable priceless (2.2)

inaugurar to inaugurate, begin, open; to initiate (**1.2**)

incalificable indescribable (4.1)

incapaz incapable, unable (**8.1**)

incendiar to burn; to set flame to (**3.3**)

incendio *m.* fire
    incendio forestal forest fire (4.3)

incentivo *m.* incentive (**1.3**)

inicio *m.* beginning (2.2)

incluir to include (**LP**)

incluso including (1.3)

incómodo(a) uncomfortable (6.2)

incorporado(a) incorporated (**5.1**)

incrementar to increase, augment, intensify (**5.1**)

incremento *m.* increment, increase
    incremento demográfico demographic increase (3.1)

independencia *f.* independence (**3.1**)

independiente independent (**7.1**)

independizarse to become independent, self governing; to win freedom (1.1) (**5.2**)

índice *m.* index, rate
    índice de la mortalidad mortality rate (4.1)

indígena native; indigenous (**LP**)
    pasado indígena indigenous past (**1.1**)

indocumentado(a) without papers, illegal immigrant (**1.1**)

industria *f.* industry
    industria azucarera sugar industry (4.1)
    industria petrolera oil (petroleum) industry (6.3)

industrial industrial (1.3)

industrialización *f.* industrialization (**2.2**)

inepto(a) inept, incapable (2.2)

inequívoco(a) unequivocal, unmistakeable, certain (2.2)

inesperado(a) unexpected, not hoped for (4.3)

inestabilidad *f.* instability (1.1) (**3.2**)

inexplicable unexplainable (**4.1**)

infantil children's (**5.1**)
    literatura infantil children's literature (**6.2**)

infatigable untiring (8.2)

inferioridad *f.* inferiority (**7.3**)

inflación *f.* inflation (**2.1**)

influir to influence (3.2)

infrahumano(a) subhuman (**7.2**)

ingenioso(a) ingenious (2.2)

ingresar to enter, become a member (of) (1.2) (**6.2**)

ingreso *m.* income (1.1) (**6.3**)
    ingreso nacional national income (5.3)

inhumanamente inhumanely (**7.3**)

iniciador *m.* **iniciadora** *f.* initiator, pioneer (**1.1**)

iniciar to begin, start off (1.1) (**3.1**)

iniciativa *f.* initiative (**7.1**)

injusticia *f.* injustice (**7.3**)

inmenso(a) immense (**4.3**)

inmigrante *m.f.* immigrant (**1.1**)

innato(a) innate (3.2)

inquieto(a) restless, uneasy (3.1)

inscrito(a) registered (6.2)

inspirar to inspire (1.1) (**8.3**)

instalación *f.* installation (4.1)

instalarse to establish oneself (1.2)

instaurar to establish; to restore (2.2)

insurrección *f.* insurrection; uprising (**3.1**)

intacto(a) intact (**4.3**)

inteligencia *f.* intelligence
    Agencia Central de Inteligencia (CIA) Central Intelligence Agency (USA) (**3.2**)

intensificar to intensify (**6.2**)

intentar to attempt, try; to intend (LP)

intento *m.* attempt; intention (3.2) (**4.1**)

intercambiar to exchange; to interchange (1.3)

intercambio *m.* exchange, interchange (**8.2**)

interés *m.* interest
    intereses extranjeros foreign interests (**3.2**)

interludio *m.* interlude (8.3)

intermedio *m.* halftime (5.1)

intermedio(a) intermediary, middle
    escuela intermedia middle school (5.2)

interoceánico(a) interoceanic (**6.2**)

interpretación *f.* interpretation; performance (LP)

interpretar to act a part; to perform (**6.3**); to interpret

intervención *f.* intervention (**4.2**)

interrumpir to interrupt (**8.3**)

intrínsico(a) intrinsic, internal (8.2)

intuido(a) perceived, intuited (8.3)

inundación *f.* flood (4.3)

invadir to invade (**2.2**)

invasión *f.* invasion (**2.1**)

inversión *f.* investment; inversion (**4.1**)

invertir (ie, i) to invert; to invest (**4.3**)

investigador *m.* **investigadora** *f.* investigator
    investigadores científicos scientific investigators (**1.2**)

irreverente irreverent (**5.3**)

irritante irritating (8.1)

isla *f.* island (**4.1**)

islámico(a) islamic (**2.1**)

istmo *m.* isthmus (**6.1**)

izquierdista *m.f.* leftist, left-winger (**5.1**)

J

jadeante panting (6.1)

jardín *m.* garden (**2.2**)

jardinero *m.* fielder (baseball) (LP)

jaspe *m.* jasper (2.1)

jefatura *f.* leadership; command (6.2)

jefe *m.* **jefa** *f.* chief, boss
    jefe de estado Chief of State (2.2) (**4.1**)
    comandante en jefe commander in chief (**8.2**)

jesuita *m.* Jesuit priest (**8.2**)

jitomate *m.* type of tomato (**3.1**)

jornada *f.* military expedition; journey (1.2)

jornal *m.* day's wages (3.2)

joya *f.* jewel (2.1)

júbilo *m.* jubilation, joy (3.2)

judío(a) Jewish **(LP)**

juego *m.* game
   juego de tarjetas card game (LP)
   Juegos Olímpicos *m.pl.* Olympic Games **(2.2)**

juez *m.* judge (7.1)

jugador *m.* **jugadora** *f.* player
   jugador más valioso Most Valuable Player **(4.2)**

junta *f.* council, board (5.1) **(5.2)**
   junta de gobierno governing council (5.3)
   junta militar *f.* military junta, military governing group **(8.3)**

jurídico(a) juridic; having to do with law (2.2)

justo(a) exact, precise (4.1)

juventud *f.* youth (LP) **(7.2)**

juzgar to judge (5.2)

L

laboral: fuerza laboral work force **(4.3)**

labrar to work; to cut (stone) (3.1)

ladera *f.* hillside, slope (6.3); side (8.3)

lado *m.* side
   ambos lados both sides (1.1)
   por un lado on the one hand (4.2)
   por otro lado on the other hand (4.2)

ladrar to bark (8.1)

lagartija *f.* lizard (3.1)

lágrima *f.* tear (5.2)

lanza *f.* lance (2.1)

lanzador *m.* pitcher (baseball) **(4.2)**

largo *m.* length (1.2)
   a lo largo lengthwise, along (2.1)

largo(a) long
   de larga duración long play (record) (3.1)

lastimado(a) hurt, injured (8.1)

latido *m.* beating, thumping (8.2)

latifundio *m.f.* owner of land (8.3)

latir to beat, palpitate (8.1)

lazo *m.* tie, bond (5.2)

leal loyal **(4.1)**

legado *m.* legacy, bequest (2.2)

legalización *f.* legalization **(8.1)**

legendario(a) legendary (1.3)

legua *f.* league (approx. 3 miles) (2.1)

lejano(a) distant, far-off (1.3) **(6.3)**

lema *m.* motto; slogan **(4.3)**

lentes *m.pl.* glasses (4.2)

león marino *m.* sea lion (7.2)

letra *f.* lyrics (4.1)

letrero *m.* sign; poster (1.2)

levantamiento *m.* uprising (2.2)

ley *f.* law **(2.1)**

leyenda *f.* legend (LP)

libertad *f.* freedom, liberty (4.3)

librar to free (7.1)

libre free
   Estado Libre Asociado Associated Free State **(4.3)**

licenciarse to receive a licentiate or master's degree (4.1)

licenciatura en letras *f.* Master of Arts degree **(8.1)**

líder *m.f.* leader **(1.1)**

liderazgo *m.* leadership (1.3)

liebre *f.* hare (5.2)

lienzo *m.* canvass (2.2)

liga *f.* league (LP)

límite *m.* limit, border (8.1)

limpiar to clean (1.1)

lirismo *m.* lyricism (7.1)

listo(a) clever, bright; ready, prepared (1.1)

literatura *f.* literature
   literatura infantil children's literature **(6.2)**

localizar to locate; to find (3.1)
   localizarse to be located (LP)

locutor *m.* **locutora** *f.* announcer, commentator (1.2)

lograr to achieve, obtain (1.1) **(1.3)**

lucha *f.* fight, struggle **(LP)**
   lucha armada armed battle **(3.1)**

luchar por to fight for (3.2)

lugar *m.* place (LP)

lujoso(a) luxurious (4.2)

luminoso(a) shining, luminous (7.1)

LL

llanero *m.* **llanera** *f.* plainsman, plainswoman **(6.3)**

llanura *f.* plain, flatland (7.3) **(8.1)**

llave *f.* key
   llaves de la ciudad keys to the city **(6.2)**

llegada *f.* arrival **(3.1)**
   recién llegados new arrivals (1.3)

llegar to arrive (1.1)
   llegar a ser to become (5.1)

lleno(a) full (1.1)

llevar:
   llevada al escenario brought to the stage (1.2)
   llevar a cabo to carry out (5.1) **(8.2)**

llorar to cry (1.1)

M

macarrón, macarrona *adj.* imperfect (1.1)

macho *m.* male; man (1.1)

machucar to crush (7.1)

madrastra *f.* stepmother (3.1)

madrina *f.* godmother (1.2)

madrugador *m.* **madrugadora** *f.* early riser (6.1)

maestría *f.* master's degree **(6.2)**

maestro(a) master
   obra maestra masterpiece (LP)

magnífico(a) magnificent **(3.3)**

magno(a) great; outstanding (1.2)

mago *m.* magician (5.2)

maíz *m.* corn **(3.1)**

majestad *f.* majesty (8.2)

majestuoso(a) majestic (3.2)

mala suerte *f.* bad luck (7.1)

malagradecimiento *m.* ingratitude (7.1)

maldad *f.* evil (7.1)

malestar *m.* malaise; uneasiness (3.1) **(7.3)**

maltrato *m.* ill treatment (3.3) **(4.1)**

maltrecho(a) battered, damaged (2.1)

malva: bruma malva *f.* violet fog (8.1)

manada *f.* herd, pack (7.2)

mancha *f.* stain, spot (3.1)

mancharse to stain oneself (3.1)

mandado(a) sent, ordered (4.1)

mandato *m.* mandate, command (2.2)

mandíbula *f.* jaw (6.1)

mando *m.* command (5.1)
   al mando de in command of (7.1)

manejar to manage; to direct (4.1)

manera *f.* manner, way
   de otra manera otherwise (1.1)

mantener (ie) to maintain, keep up (1.1)

manuscrito *m.* manuscript (3.2)

manzana *f.* apple (8.3)

maquinaria *f.* machinery (7.1)

mar *m.* sea **(6.2)**

marcar to mark (2.1)

marcar con sus huellas to leave one's mark (5.2)

marcha *f.* march, walk; speed, velocity (5.1)

   a toda marcha at full speed (5.1)

   en marcha in motion (5.1)

marchito(a) withered, faded, weak (6.1)

mareo *m.* dizziness; seasickness (3.1)

marginación *f.* marginalization, exclusion (5.3)

marielitos *pl.* Cuban refugees of 1980 (1.3)

marítimo(a) maritime; sea, marine, nautical (4.2)

mármol *m.* marble (2.1)

martillo *m.* hammer (4.1)

más allá de beyond, further than (1.2)

masacre *f.* massacre (3.1)

máscara *f.* mask (3.3)

matanza *f.* killing (3.1)

mayor great; greater

   la mayor parte the greater part (1.1)

mayordomo *m.* steward, administrator (of an estate) (8.1)

mayoría *f.* majority (1.1) (3.2)

M.E.Ch.A. *m.* Movimiento Estudiantil Chicano de Aztlán (1.1)

medalla *f.* medal (2.2)

media vuelta *f.* half turn (6.1)

mediación *f.* mediation (7.1)

mediador *m.* **mediadora** *f.* mediator (8.1)

medio(a) middle

   clase media middle class (1.3)

   media vuelta half turn (6.1)

   por medio de by means of (6.2)

medio ambiente *m.* environment (5.3)

medir (i, i) to measure; to judge (2.1)

meditar to meditate (4.1)

mediterráneo(a) Mediterranean

   costa mediterránea Mediterranean Coast (2.1)

mejilla *f.* cheek (6.1)

mejorar to improve, make better (1.1)

melocotón *m.* peach (8.3)

mellizo *m.* **melliza** *f.* twin (brother, sister) (4.2)

menjurje *m.* mixture (4.1)

mensaje *m.* message (4.2)

mensajero *m.* **mensajera** *f.* messenger (6.2)

mente *f.* mind (4.2)

mercado *m.* market (1.3)

mercancía *f.* trade, commerce (6.2)

merecedor(a) deserving, worthy (1.2)

merecer(se) to deserve, merit (1.1)

meridional southern (5.2)

mero(a) mere, simple (8.2)

meseta *f.* plateau, tableland (5.3)

mesías *m.* messiah, savior (4.2)

mesoamericano(a) Middle (Central) American (LP) (3.1)

mestizaje *m.* cross-breeding (6.1)

mestizo(a) mestizo, of mixed blood (LP)

meta *f.* goal, object, aim (1.1) (1.3)

metáfora *f.* metaphor (4.2)

metalúrgico(a) metallurgical, of or pertaining to metal (6.1)

meter (la) mano to get involved (6.2)

metereológico(a) meteorological (4.1)

metrópoli *f.* metropolis (3.3)

méxicoamericano(a) Mexican-American (1.1)

mezcla *f.* mixture (3.1)

mezclar to mix (4.1)

mezquita *f.* mosque (2.1)

miedo *m.* fear (3.2)

mientras tanto meanwhile (2.1)

mil *m.* thousand

   miles de thousands of (1.1)

milagro *m.* miracle (2.2) (3.1)

militar military; to serve in the army; to fight; to be a militant member (6.2)

   bastión militar military bastion (4.3)

   fuerzas militares the military (3.1)

   golpe militar military coup, military takeover (6.1)

   ocupación militar military occupation (4.2)

   poder militar military power (2.1)

milla *f.* mile (3.3)

mina *f.* mine (mineral pit) (4.1)

minero(a) mining (7.3)

ministro *m.* minister

   primer ministro Prime Minister (4.1)

minoría *f.* minority (4.3)

minucia *f.* trifle (4.1)

misil *m.* missile (4.1)

místico(a) mystic;

   poetas místicos *m.pl.* mystical poets (2.2)

mitad *f.* half (1.1) (3.1)

mito *m.* myth (3.1)

mitología *f.* mythology (1.1) (3.1)

moda *f.* custom, style, fashion (2.2)

moderado(a) moderate (4.2)

modernizador *m.* **modernizadora** *f.* modernizer (5.1)

modernizar to modernize (3.2)

modificado(a) modified (7.2)

modo *m.* way; manner (5.2)

   de ningún modo in no way (7.1)

   modo de vida way of life (1.1)

molestado(a) bothered (8.1)

molestamente annoyingly (8.1)

molestar to bother (1.1)

molestia *f.* nuisance, bother (8.1)

molesto(a) bothered, upset, annoyed (3.1) (6.2)

molino de viento *m.* windmill (2.1)

momia *f.* mummy (7.1)

monarca *m.f.* monarch (2.2)

monarquía *f.* monarchy (2.2)

moneda *f.* coin, currency, money (5.2)

monolito *m.* monolith (3.1)

monopolio *m.* monopoly (5.3)

montaña *f.* mountain (1.1)

monumento *m.* monument (4.2)

morder (ue) to bite (7.2)

moro(a) Moorish (LP)

mortalidad *f.* mortality, death rate

   índice de la mortalidad mortality rate (4.1)

   mortalidid infantil children's mortality (5.3)

mortero *m.* morter (4.1)

mosaico *m.* mosaic (LP) (3.2)

mostrar (ue) to show, demonstrate (5.2) (6.1)

mostrenco(a) homeless, wandering (1.1)

motivar to motivate, cause (6.1)

motivo *m.* motive; theme (2.2)

movedizo(a) moving (LP)

movimiento *m.* movement (4.1)

   movimiento corporal bodily movement (1.3)

mudanza *f.* movement (4.2)

mudarse to move, change place of residence (1.3)

muebles *m.pl.* furniture (6.1)

muela *f.* molar (6.1)

muerto(a) dead (1.1)

muestra *f.* sample; showing (2.2)

mulato(a) of mixed blood (African and European) (5.2)

multicultural multicultural (LP)

multirracial multiracial **(LP)**

multitud *f.* multitude, crowd **(3.3)**

multitudinario(a) massive (3.2)

mundial:
    Copa Mundial World Cup (soccer) (8.1)
    potencia mundial world power (2.1)

mundialmente worldwide (4.1)

municipal:
    palacio municipal city hall **(3.2)**

municipio *m.* municipality, city; city hall (3.2)

muñeca *f.* wrist (6.1)

mural *m.* mural **(3.2)**

muralla *f.* city wall **(4.3)**

musa *f.* muse, inspiration (4.2)

musulmán *m.* **musulmana** *f.* Moslem **(2.1)**

mutuo(a) mutual **(7.1)**

nacer to be born (LP)
    nacido(a) born

nacional national
    consejo nacional national council, national board (8.1)

nacionalismo *m.* nationalism **(6.3)**

nacionalización *f.* nationalization **(3.1)**

nacionalizar to nationalize **(4.1)**

Naciones Unidas *f.pl.* United Nations **(7.1)**

narcotraficante *m.f.* drug-dealer **(6.1)**

narcotráfico *m.* the drug trade **(6.1)**

natal natal (pertaining to birth); native (2.2)
    ciudad natal birthplace, hometown **(7.1)**

natural natural
    desastre natural natural disaster (4.3)
    recursos naturales natural resources (7.2)

naturaleza *f.* nature (5.2)

navaja *f.* razor (4.1)

naval naval
    bloqueo naval naval blockade (4.1)

nave *f.* ship, boat **(7.2) (8.2)**

navegación *f.* navigation; sailing **(2.1)**

necesitado(a) needy (7.2)

negarse (ie) to refuse; to deny **(8.2)**

negociación *f.* negotiation **(5.3)**

negociante *m.f.* negotiator (3.1)

negociar to negotiate **(3.1)**

negocio *m.* business (1.3)

negro(a) African **(LP)**; black

neoclásico(a) neoclassical **(2.2)**

nervio *m.* nerve
    ataque de nervios nervous breakdown (2.3)

ni siquiera not even (5.2)

nieto *m.* **nieta** *f.* grandson, granddaughter (1.1) **(2.2)**

niñez *f.* childhood **(3.2)**

ningún: de ningún modo in no way (7.1)

nitrato *m.* nitrate **(7.1)**

nivel *m.* level **(1.2)**

no obstante notwithstanding; however (2.2)

nómada *m.* nomad, nomadic; wandering **(8.2)**

nombramiento *m.* appointment, nomination **(3.2)**

nómina *f.* list, payroll (5.2)

nominación *f.* nomination **(1.2)**

nominar to nominate (2.3)

novelesco(a) of or pertaining to novels (8.1)

nube *m.* cloud (5.1)

núcleo *m.* nucleus, center
    núcleo urbano urban center **(3.1)**

o sea that is to say (1.1)

obligado(a) necessary, obliged (4.1) **(6.2)**

obligar to oblige, force, compel **(5.1)**

obra *f.* work, product (1.1) **(1.2)**
    obra maestra masterpiece **(LP)**

obstáculo *m.* obstacle, impediment **(3.1)**

obstruir to obstruct

obtener (ie) to acquire, obtain, get **(LP) (8.3)**

occidental western (1.2)

océano *m.* ocean **(6.2)**

ocultar to hide **(5.3)**

oculto(a) hidden (4.2)

ocupación *f.* occupation; possession, occupancy **(4.1)**
    ocupación militar military occupation **(4.2)**

ocupar to occupy (1.2)

oficio *m.* job, occupation (5.1)

ofrecer to offer (3.1)

oftalmólogo *m.* **oftamóloga** *f.* ophthamologist (4.2)

ola *f.* wave **(6.1)**

óleo *m.* oil
    al óleo (painting) done in oil (5.1)

oligarquía *f.* oligarchy **(3.2)**

oligárquico(a) oligarchic (5.2)

olor *m.* aroma, odor
    olor glacial glacial aroma (6.1)

ombligo *m.* navel; gut (1.1)

omnipresente omnipresent (4.1)

oponer to oppose (1.3)
    oponerse to oppose (3.2) **(7.2)**

oposición *f.* opposition **(4.2)**

opositor *m.f.* opponent (5.2)

opresión *f.* oppression **(3.2)**

oprimido(a) oppressed (8.2)

oprobioso(a) shameful, disgraceful (8.2)

optar to choose, select (1.3) **(7.3)**

opulento(a) opulent, wealthy **(6.2)**

oración *f.* prayer (2.1)

orden *f.* religious order (2.1)

orden *m.* order (1.3)

ordenar to order (2.1)

ordeñar to milk (1.1)

organizador *m.* **organizadora** *f.* organizer
    organizador sindical union organizer **(1.1)**

orgullo *m.* pride
    orgullo étnico ethnic pride **(1.1)**

orgulloso(a) proud (1.1)

oriente *m.* east; the orient **(3.1)**

originario(a) originating, native (1.1)

orilla *f.* bank (of a river), shore **(6.3)**

oro *m.* gold **(2.1)**

ortografía *f.* spelling (5.3)

otorgamiento *m.* granting, giving, awarding (8.2)

otorgar to grant, give (3.2)

otro(a) other
    de otra manera otherwise (1.1)

pabellón *m.* pavilion (2.2)

pacificación *f.* pacification (5.2)

pacífico(a) pacific; peaceful **(3.2)**

padrino *m.* godfather (1.2)

pago *m.* payment (5.2)

paja *f.* straw (LP)

palacio *m.* palace
    palacio municipal city hall **(3.2)**

paleta de albañil *f.* bricklayer's trowel (4.1)

C31

palo *m.* stick (1.2)

palpitar to palpitate; to throb, quiver **(7.2)**

pampa *f.* pampa, extensive plain **(8.1)**

paño *m.* cloth, material, fabric (4.1)

papel *m.* role (4.2)

    hacer el papel to play the part **(1.2)**

parada *f.* stop, stopping-place (1.1)

paradójicamente paradoxically (6.1)

parador *m.* state-owned hotel, inn (2.1)

paralización *f.* paralyzation **(8.1)**

parapetarse to protect oneself; to hide behind (something) (8.1)

parecer to appear, seem (3.2)

parecido(a) a similar to (7.2)

pared *f.* wall (1.1)

parentesco *m.* relationship, kinship (1.1)

parte *f.* part

    la mayor parte the greater part (1.1)

partida: punto de partida *m.* starting point (2.2)

partido *m.* game, match (4.2)

    partido político political party (2.2) **(6.3)**

    Partido Revolucionario Institucional (PRI) Institutional Revolutionary Party (Mexico) **(3.1)**

    Partido Socialista Obrero Español (PSOE) Spanish Socialist Workers' Party **(2.2)**

partir to slice, break (1.1)

    a partir de *adv.* as of, from (a particular moment) (1.1) **(3.1)**

pasado *m.* past

    pasado indígena indigenous past **(1.1)**

pastura *f.* pasture, fodder; food for cattle (1.1)

patria *f.* country, fatherland, motherland (4.2)

    patria chica hometown, native region (8.2)

patrimonio *m.* patrimony, heritage, inheritance (7.3)

patriotismo *m.* patriotism **(8.2)**

patrón *m.* master (7.1)

paz *f.* peace **(5.1)**

pedalear to pedal (6.1)

pedazo *m.* piece (2.1)

pegajoso(a) sticking; contagious (7.1)

pegar un tiro to shoot (6.1)

peine *m.* comb (4.2)

peldaño *m.* step (8.1)

pelea *f.* fight, argument (1.1)

pelear to fight (5.2)

peligroso(a) dangerous (3.1)

pelotero *m.* ball player **(4.2)**

pena *f.* pain, difficulty (6.2)

    a duras penas with difficulty (7.1)

pendenciero(a) quarrelsome (1.1)

penetración *f.* penetration **(7.1)**

penetrante penetrating, piercing **(1.3)**

península *f.* peninsula **(2.1)**

pensador *m.* **pensadora** *f.* thinker (4.1)

peón *m.* laborer, worker (1.1)

pera *f.* pear (8.3)

percusionista *m.f.* percussionist (1.2)

pérdida *f.* loss (3.1)

perfil *m.* profile **(LP)**

periférico(a) peripheral (4.2)

periodismo *m.* journalism **(3.1)**

periodista *m.f.* journalist, reporter **(3.1)**

período *m.* period, space of time **(3.1)**

perla *f.* pearl **(6.3)**

permanecer to remain, stay **(4.3)**

perpetuidad *f.* perpetuity **(6.2)**

perpetuo(a) perpetual, everlasting **(8.2)**

perseguir (i, i) to persecute, pursue **(8.3)**

perseverancia *f.* perseverance (4.2)

persistencia *f.* persistence (2.1)

personaje *m.* personage, personality; character

    personaje pintoresco colorful character (1.2)

perspectiva *f.* perspective, point of view **(6.3)**

pertenecer to belong (2.1)

perteneciente (a) belonging (to) **(5.2)**

perverso(a) perverse, evil, wicked **(8.1)**

pesa *f.* weight (4.1)

pesado(a) heavy, difficult (1.1)

pesar to weigh (3.1)

    a pesar de despite (2.2)

pesca *f.* fishing (4.1)

pescador *m.* **pescadora** *f.* fisher (4.2)

petróleo *m.* petroleum, oil (4.1)

petrolero(a) of or pertaining to petroleum

    industria petrolera oil (petroleum) industry (6.3)

petroquímico(a) petrochemical **(4.3)**

pez *m.* (*pl.* **peces**) fish **(6.2)**

picadillo *m.* hash, minced meat (7.1)

picadura *f.* bite, sting (7.1)

picante biting, stinging; hot, spicy **(7.1)**

picar to chop, dice (1.1); to sting, bite (7.1)

picazón *m.* itch, itching (5.1)

pie *m.* foot; bottom **(7.3)**

piedra *f.* stone

    ídolo de piedra stone idol (6.1)

    piedra angular cornerstone (7.1)

    piedra del molino millstone (2.1)

pieza *f.* piece (2.2)

pigmento *m.* pigment **(7.2)**

pila *f.* pile (1.3); battery

pilotes *m.pl.* piles **(6.3)**

pintoresco(a) colorful

    personaje pintoresco colorful character (1.2)

pintura *f.* painting

    pintura al fresco outdoor painting (3.1)

pinzas *f.pl.* tongs (6.1)

pirámide *f.* pyramid **(3.2)**

pirata *m.* pirate **(4.2)**

pisar to step on, step foot on **(6.3)**

pisotear to step on, stomp on (5.1)

placer *m.* pleasure (2.1)

plancha *f.* iron (4.1); grill (5.1)

planeado(a) planned (3.3)

planificación *f.* planning **(5.2)**

planta *f.* level, floor of a building (4.2)

plantación *f.* plantation **(3.2)**

    plantaciones bananeras banana plantations **(5.3)**

plantear to outline, set forth, state (LP)

plata *f.* silver **(2.1)**

plátano *m.* plantain; banana (LP)

platillo *m.* plate, dish (of food) (1.1)

pleno: de pleno derecho with full rights (2.2)

plomo *m.* lead (5.1)

pluma *f.* pen (7.1)

población *f.* population (1.2) **(3.1)**

poblado(a) populated **(3.1)**

poblar (ue) to populate **(1.1)**

pobreza *f.* poverty **(3.2)**

poder *m.* power

    poder militar military power **(2.1)**

poderoso(a) powerful (1.3) **(3.2)**

poeta *m.f.* poet **(1.1)**

    poetas místicos mystical poets **(2.2)**

polarización *f.* polarization (5.1)

polarizar to polarize (5.1)

polémica *f.* controversy (3.2)

política *f.* politics; policy

político *m.* **política** *f.* politician **(1.1)**

político(a) political (1.1)
  unidad política political unity **(2.1)**

pómez *m.* pumice (3.1)

pomo *m.* small bottle
  pomo de loza earthenware bottle (6.1)

poner to put
  poner de lado to put to one side (7.1)
  poner en duda to place in doubt (3.1)
  poner en evidencia to give (someone) away, to show (someone) is lying **(8.1)**
  ponerse el sol sunset (2.1)

populismo *m.* populism **(8.1)**

populoso(a) populous (3.3)

por:
  por adelantado in advance (5.2)
  por ciento per cent **(3.1)**;
  por escrito in writing, written (6.2)
  por la fuerza by force (1.1) **(3.1)**
  por lo tanto therefore (5.1)
  por medio de by means of (6.2)
  por otro lado on the other hand (4.2)
  por un lado on the one hand (4.2)

porcentaje *m.* percentage **(8.3)**

portada *f.* cover (of a record or book) (6.2)

portavoz *m.* spokesperson, mouthpiece (5.1)

portátil portable (4.2)

pose *m.* pose (6.2)

poseer to possess (8.1)

posesión *f.* possession **(4.3)**

posterior later; subsequent (1.1)

posteriormente afterwards, subsequently, later-on (3.2) **(5.3)**

postrimería *f.* twilight, last years, end (4.1)

postular to stand as a candidate for **(6.3)**

postura *f.* posture, stance (6.2)

potencia *f.* power
  potencia mundial world power (2.1)

practicante *m.f.* practitioner **(7.2)**

pradera *f.* large prairie, meadowland (8.1)

precaución *f.* precaution (6.1)

precedente precedent **(8.3)**

preceder to precede, come before (4.2)

precolombino(a) pre-Columbian (1.2) **(7.1)**

precursor(a) preceding, precursory (4.1)

predeterminado(a) pre-determined, pre-set (8.2)

predilecto(a) favorite; favored (1.1)

preferido(a) preferred (1.3)

prejuicio *m.* prejudice (8.2)

premio *m.* prize (LP) **(1.2)**
  Premio Nóbel de la Paz / de Literatura Nobel Prize for Peace / Literature **(3.2)**

prensa *f.* the press; newspapers (1.2) **(8.1)**

preocupación *f.* preoccupation, concern **(1.3)**

presa *f.* dam **(8.2)**

prescindir to do without, give up (4.2)

presencia *f.* presence **(4.3)**

preservar to preserve **(4.3)**

presidencia *f.* presidency **(6.2)**

presidente *m.* **presidenta** *f.* president **(1.1)**

presidido(a) por presided over by, headed by (8.3)

presión *f.* pressure **(3.2)**

prestar to loan, lend (1.3)
  prestar atención to pay attention (1.3)

prestigioso(a) prestigious **(3.3)**

presupuesto *m.* budget (5.2) **(5.3)**

pretexto *m.* pretext, excuse **(4.1)**

prevalecer to prevail, triumph, overcome **(7.3)**

previsto(a) previewed, foreseen (6.2)

primero(a) first
  primer ministro Prime Minister **(4.1)**

príncipe *m.* prince (2.2)

principios: a principios de at the beginning of (1.1)

privacidad *f.* privacy (4.2)

privar to deprive, take away (8.1)

privatización *f.* privatization **(8.1)**

privatizar to privatize, make private (3.1)

privilegiado(a) privileged, gifted (3.2)

procedente coming, originating, proceeding **(2.1)**

procedimiento *m.* process (1.1)

proceso *m.* process **(4.3)**

proclamar to proclaim, declare **(4.2)**
  proclamarse to be proclaimed; to proclaim oneself (as) (3.2)

prodigiosamente wonderfully, marvelously (8.1)

producto *m.* product
  producto doméstico bruto gross national product (8.3)

profesorado *m.* professorship **(6.2)**

profundidad *f.* depth, profundity (3.1)

programa *m.* program, show
  programa de variedades variety show **(4.2)**

progresista progressive **(3.1)**

prohibir to prohibit, forbid (2.2) **(8.3)**

prolífico(a) prolific, fertile, productive **(8.1)**

promesa *f.* promise (5.2)

prometer to promise **(3.1)**

promocionar to promote (4.2)

promotor *m.f.* promoter (4.3)

promover (ue) to promote (1.1) **(3.1)**

promulgar to proclaim; to promulgate (2.2) **(3.2)**

pronto soon
  de pronto suddenly (1.1)

propaganda *f.* propaganda; advertisement **(8.1)**

propiedad *f.* property (1.3) **(5.2)**

propietario *m.* **propietaria** *f.* land owner; landlord **(3.2)**

propio(a) himself, herself, themselves; one's own (1.1)

proponer to propose, suggest (1.3) **(3.2)**

proporcionar to supply, provide **(1.3)**

propósito *m.* purpose (1.1)
  a propósito by the way (2.2)

propuesto(a) proposed **(6.3)**

proseguir (i, i) to pursue; to proceed **(8.1)**

prosperar to prosper; to be successful **(3.1)**

prosperidad *f.* prosperity **(6.1)**

próspero(a) prosperous, successful **(2.1)**

protagonista *m.f.* protagonist **(2.1)**

protagonizar to be the protagonist in, play the leading role in (2.2) **(8.2)**

protectorado *m.* protectorate **(6.2)**

proteger to protect (2.1) **(5.2)**

protegido(a) protected
  zona protegida protected zone, area (5.3)

protestantismo *m.* Protestantism **(2.1)**

prototipo *m.* prototype, model, original (2.1)

proveer to provide (5.2) **(6.3)**

provenir (ie) to come, proceed, originate (4.1)

provincia *f.* province **(3.2)**

provisional provisional, temporary (8.3)

provocar to provoke, incite **(4.1)**

proyección *f.* projection, fame (3.2)

proyecto *m.* project (4.1)

prueba *f.* proof, test (7.1)

psíquico(a) psychic **(7.3)**

público(a) public

    finanzas públicas public finances (5.2)

publicación *f.* publication (8.3)

pueblo *m.* town, village (1.1)

puente *m.* bridge **(2.1)**

puerto *m.* port (1.3) **(6.2)**

    puerto marítimo sea port (7.1)

pulir to polish (6.1)

pulmón *m.* lung (6.3)

punto *m.* point

    punto de partida starting point (2.2)

    punto de vista point of view (1.2)

puñado *m.* handful (6.1)

puñal *m.* dagger (8.1)

Q

quebrar to break (4.1)

quedar to remain (1.1) **(4.2)**

    quedarse to stay (4.2)

quehacer *m.* chore, work

    quehaceres household chores (1.1)

quejarse to complain (5.2)

quemar to burn **(3.3)**

Quetzalcóatl *m.* mythical Meso-american god **(3.1)**

quiché *m.* people and language spoken in parts of Guatemala **(3.2)**

quinientos(as) five hundred (3.1)

quitar to remove, take away (1.3)

    quitar la vida to kill (2.1)

    quitarse to go away (2.1)

R

radicalizarse to become radical (2.2)

radicarse to root oneself; to settle (8.1)

raíz *f.* root (1.3)

    raíces culturales cultural roots **(3.1)**

rama *f.* branch

rama de olivo olive branch (5.3)

rambla *f.* promenade, walkway along a river (8.1)

rascacielos *m.* skyscraper (6.3)

ratificar to ratify, confirm, approve **(6.2)**

rayo equis *m.* X-ray (6.1)

rayuela *f.* hopscotch

raza *f.* race (LP) **(1.1)**

razón *f.* reason (1.1)

reafirmar to reaffirm **(6.3)**

real real; royal (3.2)

realce *m.* importance (8.2)

realismo *m.* realism **(2.2)**

realizar to carry out; to fulfill (2.2)

reanudar to renew, resume (5.2)

rebelar to rebel **(2.2)**

rebelde *m.f.* rebel (8.1)

rebosar to run over, to overflow (4.1)

recaudar to collect (2.2)

receloso(a) distrustful, suspicious (8.1)

receptor *m.* catcher (baseball) (1.2)

receta *f.* recipe (1.1)

recibimiento *m.* reception (8.1)

recién recently

    recién llegados new arrivals (1.3)

recio(a) strong (1.1); harsh, severe

reclamar to claim, ask for, demand **(7.2)**

reclutar to recruit, draft **(1.2)**

recobrar to recover (2.2)

recoger to collect, gather (3.2)

recompensar to recompense, pay (7.1)

reconocer to recognize (LP)

reconocido(a) known; recognized; familiar **(4.1)**

reconocimiento *m.* recognition

    reconocimiento mundial world-wide recognition (3.1)

Reconquista *f.* Reconquest (of Spain) **(2.1)**

recopilado(a) compiled, collected (4.2)

recopilar to compile (2.1)

recordar (ue) to remember; to remind (1.1)

recortar to cut out (5.3)

recorte *m.* cutting, trimming **(8.1)**

recorrido *m.* trip; run (LP)

recuperación *f.* recuperation, recovery (8.3)

recuperar to recover (4.2) **(4.3)**

recurso *m.* resource

    recursos naturales natural resources (7.2)

recurrir to appeal; to revert (1.3)

rechazar to repel, repulse, drive back; to reject (8.1) **(8.2)**

red *f.* network, net (1.1) **(8.1)**; screen

    red metálica *f.* screen door (6.1)

redacción *f.* writing; editing (3.3)

redactar to write; to edit (2.1)

reducción *f.* settlement of converted indigenous people (8.2)

reducido(a) reduced (4.2)

reducir to reduce; to diminish **(3.1)**

reelegido(a) reelected (4.2)

reelegir (i, i) to re-elect **(8.2)**

reemplazar to replace (4.3) **(7.2)**

referéndum *f.* referendum **(8.3)**

refinería *f.* refinery **(7.2)**

reflejado(a) reflected (4.2)

reflejar to reflect (LP) **(2.3)**

reforma *f.* reform **(3.2)**

    reforma agraria land reform (3.2)

reformador *m.* **reformadora** *f.* reformer (2.1)

reformista *m.f.* reformist **(8.3)**

refugiado *m.* **refugiada** *f.* refugee (1.3)

regalar to give as a gift (4.2)

régimen (*pl.* **regímenes**) regime, system (1.3)

regimiento *m.* regiment (1.2)

región *f.* region; area **(3.1)**

regreso *m.* return, coming back (3.1)

    de regreso a returning to (LP)

rehusar to refuse (2.1)

reina *f.* queen **(2.1)**

reinado *m.* reign (2.1)

reino *m.* kingdom **(2.1)**

reivindicación *f.* recovery (3.2)

reivindicar to recover (2.2)

relacionado(a) related (3.2)

relámpago *m.* lightning (4.3)

relatar to relate, tell (3.2)

relato *m.* story (8.2)

religar to combine, link together (8.2)

remojar to wet (5.1)

renacer to be reborn (5.1)

renacimiento *m.* rebirth; Renaissance (3.1)

rencor *m.* rancor, animosity, grudge (5.3)

rendirse (i, i) to surrender (6.3)

renegociar to renegotiate **(3.1)**

renovar (ue) to renovate, renew (1.1) **(7.2)**

renuncia *f.* resignation; renunciation (5.2)

renunciar to resign, renounce (4.1) **(6.1)**

repartición *f.* distribution, division **(3.1)**

repartirse to distribute among themselves **(8.2)**

repaso *m.* revision (8.1)

repatriado(a) repatriated **(1.1)**

repente: de repente suddenly **(3.3)**

reposar to rest **(8.1)**

representación *f.* representation **(1.2)**

represión *f.* repression **(8.1)**

reprimido(a) repressed **(5.1) (6.3)**

reprimir to repress **(8.1)**

reprobación *f.* censure, reproval (3.2)

reproducir to reproduce (3.1)

repudiar to repudiate, reject (2.2)

requerir (ie, i) to require

rescata *f.* rescue (7.2)

resentimiento *m.* resentment; grudge **(1.1) (6.2)**

resentir (ie, i) to resent **(6.3)**

resguardar to defend, protect, shelter; to take shelter (4.2)

residir to reside; to live in a place **(1.2) (6.1)**

resistencia *f.* resistance **(4.3)**

resolver (ue) to resolve **(3.2)**

respaldo *m.* back of a chair (8.1)

respectivamente respectively (4.1)

respeto *m.* respect **(3.3)**

respetuoso(a) respectful (2.2)

respirar to breathe, breathe in (6.1)

respondón *m.* **respondona** *f.* smart aleck, saucy (8.1)

respuesta *f.* answer
  en respuesta a in answer to (1.1)

restablecer to reestablish **(6.2)**

restañar to stop the flow of (8.3)

restauración *f.* restoration (8.2)

restaurar to restore **(5.2)**
  restaurarse to be restored (2.2)

restos *m.pl.* remains (4.2)

resuelto(a) resolved (8.1)

resultado *m.* result; outcome (1.2)

resumen *m.* summary
  en resumen in sum, summarizing (4.1)

resumir to sum up (3.1)
  en resumidas cuentas in short, in brief (6.1)

retener to retain, keep **(4.3)**; to remember (8.1)

retirar to withdraw, remove **(5.2)**
  retirarse to withdraw, leave **(6.3)**

retornar to return, come back (5.3)

retorno *m.* return (2.2)

retrato *m.* portrait (3.1)

reunión *f.* reunion, meeting **(7.2)**

reunir to reunite; to bring together **(2.1)**

reunirse to get together (4.2)

revalidar to revalidate; to confirm, renew (1.3)

revaloración *f.* revaluation (3.1)

revista *f.* magazine (8.2)

revitalizar to revitalize **(6.2)**

revocar to revoke, take back **(8.3)**

revolución *f.* revolution **(3.1)**

revolucionario(a) revolutionary **(3.1)**

revuelta *f.* revolt **(7.1)**

rey *m.* king (1.2) **(2.1)**
  reyes *pl.* king and queen; kings **(2.1)**
  Reyes Católicos King Ferdinand and Queen Isabel **(2.1)**
  Reyes Magos *m.pl.* the Three Kings; the Three Wise Men (1.2) **(7.1)**

riesgo *m.* risk (5.1)

riñón *m.* kidney (6.1)

río *m.* river (1.1)

riqueza *f.* richness, wealth (3.1) **(6.3)**
  riqueza comercial commercial wealth **(5.2)**

risa *f.* laugh (6.1)

ritmo *m.* rythm **(4.1)**

rito *m.* rite; ritual **(3.2)**

rivalidad *f.* rivalry **(7.2)**

rivalizar to rival, compete **(5.2)**

roble *m.* oak tree (8.1)

rodar to film (2.1)

rodear to surround (3.1)

rogar (ue) to beg (7.1)

romano(a) Roman **(LP)**
  imperio romano Roman Empire **(2.1)**

romper to break **(6.3)**

rompimiento *m.* breaking off **(4.1)**

ropaje *m.* clothing (5.1)

roquero(a) relating to rock-and-roll **(4.3)**

rostro *m.* face (2.2) **(4.1)**

roto(a) torn, broken (1.1)

rueda de prensa *f.* press conference (4.2)

ruinas *f.pl.* (archeological) ruins **(3.3)**

rumorearse to be rumored (1.3)

ruptura *f.* rupture, break **(5.1)**

ruta *f.* route; course, way
  ruta de salida way out (1.1)

S

sabor *m.* flavor (1.2)

saborear to taste, savor (6.2)

sabroso(a) delicious, tasty (LP)

sabrosura *f.* tastiness (6.2)

sacerdote *m.* priest (3.2)

sacro(a) holy, sacred (2.1)

sacudir to shake (5.1)

sagrado(a) sacred, holy **(3.3)**

salchicha *f.* sausage (1.1)

salitre *m.* saltpeter **(8.3)**

salpicar to splash, spot (7.2)

saltar to jump, leap **(4.3)**

salud *f.* health (1.1)

saludable healthy (4.2)

salvar to save, rescue **(3.1)**

sangre *f.* blood (3.1)

sangriento(a) bloody (3.2) **(3.3)**

sanguinario(a) bloodthirsty, cruel **(6.3)**

santo patrón *m.* **santa patrona** *f.* patron saint (1.2)

saquear to sack, plunder, loot, pillage **(6.2)**

saqueo *m.* sacking, pillaging, plundering (7.1)

satélite *m.* satellite (3.1)

sátira *f.* satire **(6.1)**

satirizar to satirize (2.2)

satisfacer to satisfy (1.1)

seco(a) dry (7.1)

secretario *m.* **secretaria** *f.* secretary
  Secretario de Vivienda y Desarrollo Urbano Secretary of Housing and Urban Development **(1.1)**

secuestrado(a) kidnapped (3.2)

sede *f.* seat; headquarters (3.2) **(7.3)**

sedición *f.* sedition, rebellion (3.2)

sefardita Sephardic **(2.1)**

segar (ie) to cut off (4.1)

seguidor *m.* **seguidora** *f.* follower **(7.1)**

seguir (i, i) to follow; to continue (1.2)

según according to (1.1)

segundo(a) second
  Segunda Guerra Mundial Second World War **(3.1)**

seguridad *f.* security **(6.3)**

selva *f.* jungle (3.1)

sello *m.* seal, stamp (LP)

sembrar (ie) to plant; to sow seeds **(6.2)**

semejanza *f.* similarity; likeness (LP)

semiautónomo(a) semi-autonomous, semi-independent (6.2)

semilla *f.* seed (2.1) **(6.3)**

senado *m.* senate (1.1)

sencillo(a) simple; single (4.1)

senda *f.* path (8.1)

sendero *m.* path (7.1)

sentenciar to sentence (7.1)

sentido *m.* sense

    en todo sentido in every sense (1.1)

    sentido común common sense (2.1)

sentimiento *m.* sentiment, feeling **(LP)**

señalar to signal, point out (4.2)

separatista *m.f.* separatist **(6.2)**

ser humano *m.* human being (7.2)

serenísimo(a) very serene, peaceful (8.2)

sereno(a) serene, calm (1.1)

serie *f.* series (2.1)

    Serie Mundial World Series (baseball) **(4.2)**

seriedad *f.* seriousness, sobriety **(3.1)**

serpiente *f.* serpent **(3.1)**

servir (i, i) to serve (4.1)

seto *m.* bush (8.1)

shorts *m.pl.* shorts (4.2)

sí: en sí in itself (1.2)

sí mismo *m.* **sí misma** *f.* himself, herself (1.2)

siembra *f.* sowing, seed-planting (6.2)

sierra *f.* saw (4.1)

siglo *m.* century (1.1) **(2.1)**

significado *m.* significance, meaning (2.2)

silvestre wild (7.1)

sin embargo nevertheless; however (1.1)

sindical of or pertaining to unions

    organizador sindical union organizer (1.1)

sindicato *m.* union, syndicate **(1.1)**

sistema *m.* system **(3.2)**

    sistema socialista socialist system **(1.3)**

sitial *m.* throne (8.2)

sitio *m.* place, location (1.1); siege; **(3.1)**

situado(a) situated; located **(3.3)**

situar to situate, locate, put, place (1.1)

sobrenatural supernatural (5.2)

sobrepasar to rise above (8.2)

sobresaliente outstanding (1.3) **(2.1)**

sobresalir to stand out, excel **(2.2)**

sobrevivir to survive (LP)

social social **(3.2)**

espectáculo social social spectacle (5.3)

sociedad *f.* society

    sociedad contemporánea contemporary society **(4.3)**

socio *m.* member, associate **(6.3)**

sociodrama *m.* social drama (5.2)

sociológico(a) sociological **(7.3)**

sofisticado(a) sophisticated (7.1)

soldado *m.* soldier (2.1)

soledad *f.* solitude; loneliness (LP)

soler (ue) to be used to, accustomed to (2.1)

sólido(a) solid (4.1)

solista *m.f.* soloist (1.3)

soltar (ue) to let go of; to set free (6.1)

sombra *f.* shade (5.1)

sonero *m.* salsa musician (6.2)

sonrisa *f.* smile (1.1)

soñar (ue) con to dream about (8.1)

sopa de letras *f.* alphabet soup (4.3)

soplo de viento *m.* gust of wind (5.1)

sórdido(a) sordid, indecent (8.1)

sordo(a) deaf (6.1)

sorpresa *f.* surprise (LP)

sospechar to suspect (4.2)

soviético(a) Soviet **(4.1)**

subasta *f.* auction (1.1)

subdesarrollo *m.* underdevelopment **(5.1)**

subrayar to underline (1.3)

subsistencia *f.* subsistence **(5.3)**

substituir to substitute

suceder to happen, to take place **(8.3)**

sucesión *f.* succession (2.2) **(6.3)**

sucesor *m.* **sucesora** *f.* successor **(2.2)**

sudoroso(a) sweaty (6.1)

suegro *m.* **suegra** *f.* father-in-law, mother-in-law (3.1)

suelo *m.* floor; ground (3.1)

suelto(a) freed, let free, set free (8.1)

sueño *m.* dream (LP)

suerte *f.* luck

    de esta suerte in this way (2.2)

suficiente enough, sufficient (4.3)

sufijo *m.* suffix (5.2)

sufrimiento *m.* suffering (3.1)

sufrir to suffer (3.1) **(3.2)**

sugerencia *f.* suggestion (1.3)

suicidio *m.* suicide (4.1)

sumergirse to plunge, dive **(6.1)**

sumo(a) high, highest (6.2)

superación *f.* surmounting, overcoming (5.2)

superar to overcome **(1.2)**

superficie *f.* surface (3.1) **(6.1)**

supervivencia *f.* survival (7.2)

suplantar to supplant, replace (8.1)

supremacía *f.* supremacy (8.1)

supremo(a) supreme, highest (8.2)

suprimido(a) supressed; put down (7.1)

suprimir to suppress, eliminate, do away with (2.2) **(6.2)**

surgir to spring up, arise **(3.2)**

suroeste Southwest (1.1)

suroriental southwest (8.2)

suspender to suspend (3.2)

sustituir to substitute (2.2)

T

tacón *m.* high heel (2.3)

tachar to check off, cross out (4.3)

tal como just as (3.1)

talón *m.* heel (6.1)

tallar (piedras) to carve (rocks) (7.1)

tallarse to clean oneself (3.1)

taller *m.* workshop; laboratory (1.1)

tamaño *m.* size (2.2)

tampoco neither; not . . . either (1.2)

tanto *adv.* as much as (LP)

    por lo tanto therefore (5.1)

tardar to take time; to be late (3.1)

tarea *f.* chore, task (1.1)

tarjetas *f.pl.* cards

    juego de tarjetas card game (LP)

tasa *f.* rate (5.3)

tataranietos *m.pl.* great-great-grandchildren (5.1)

teatral having to do with theater **(1.2)**

teatro *m.* theater (1.1)

    Teatro Rodante traveling theater (1.2)

técnica *f.* technique (7.2)

teleférico *m.* cable railway (6.3)

telenovela *f.* soap opera (6.3)

televidente *m.f.* television viewer (1.3)

tema *m.* theme, topic (1.3)

temática *f.* theme (3.1)

temblar to tremble, shake (6.1)

temblor *m.* shaking

    temblor de tierra *m.* earthquake **(5.1)**

temer to fear (1.3)

temor *m.* fear (3.2)

tempestad *f.* storm (4.3)
templo *m.* temple (2.1)
temporal temporary (1.1)
tenacidad *f.* tenacity, stubbornness (6.2)
tendencia *f.* tendency (2.2)
tener to have
    tener lugar to take place (6.2) **(7.2)**
    tener que ver con to have to do with (2.1)
teniente *m.f.* coronel, lieutenant (LP) **(6.2)**
tenista *m.f.* tennis player **(2.2)**
teología *f.* theology (5.1)
tercio *m.* third
    un tercio one third (5.2)
terciopelo *m.* velvet (8.1)
ternura *f.* tenderness
    amarga ternura bitter tenderness (6.1)
terrateniente *m.f.* land holder (3.2) **(6.3)**
terremoto *m.* earthquake (3.2) **(5.1)**
terreno *m.* terrain, land (4.3) **(8.3)**
territorial territorial
    unidad territorial territorial unity **(2.1)**
territorio *m.* territory **(1.1)**
terrorismo *m.* terrorism **(7.1)**
testa *f.* head (4.1)
testigo *m.f.* witness (3.2)
testimonio *m.* testimony, proof, evidence **(2.2)**
textil textile **(4.3)**
tibio(a) tepid, lukewarm (6.1)
tienda de campaña *f.* tent (5.1)
tientas: a tientas gropingly (6.1)
tierra *f.* land **(1.1)**; ground, earth
    tierra firme solid ground **(6.3)**
    temblor de tierra earthquake **(5.1)**
tijeras *f.pl.* scissors (4.1)
tinieblas *f.pl.* shadows (2.3)
tinta *f.* ink (3.1)
tirado(a) flung, thrown (3.1)
titularse to be titled (LP)
título *m.* title (LP) **(1.3)**
tiznado(a) dirty (3.1)
tocar to touch, come in contact with **(6.2)**
todavía still (1.1)
tolerancia *f.* tolerance (2.1)
tomar to take
    tomar en cuenta to take into account, consider (1.2)

tomar vuelo to take flight (3.1)
tonelada *f.* ton (3.1)
tonto(a) foolish (4.1)
tormenta *f.* torment; storm (3.3)
tormentoso(a) turbulent, stormy (3.1)
torneo *m.* tournament **(2.2)**
tortuga *f.* turtle, tortoise (5.2)
tortura *f.* torture (3.2)
torre *f.* tower (2.1)
trabajador(a) hard-working
    clase trabajadora working class **(4.1)**
trabajo *m.* work
    fuentes de trabajo sources of work **(1.3)**
tradición *f.* tradition
    tradición colonizadora colonizing tradition **(1.1)**
traducción *f.* translation (2.1)
traducido(a) translated (1.1)
traductor *m.* **traductora** *f.* translator (4.1)
traficantes de drogas *m.pl.* drug-traffickers **(6.2)**
tragar to swallow; to accept (1.1)
tragedia *f.* tragedy **(2.2)**
traicionar to betray **(LP)**
trama *f.* plot (4.1)
transacción *f.* transaction **(1.3)**
transferencia *f.* transfer **(6.2)**
transferir to transfer (3.2)
transformar to transform **(4.3)**
transición *f.* transition **(6.3)**
tras after, following (3.2)
trascendencia *f.* transcendence (8.2)
trasero *m.* buttocks (5.1)
trasladarse to move, change residence (2.1) **(5.1)**
tratado *m.* treaty; treatise **(1.1)**
tratar de to try to (1.2); to be about
    tratarse de to be about; to deal with (3.1)
través: a través de through (1.1)
travesura *f.* prank, escapade (5.1)
trayectoria *f.* trajectory, path, course **(6.2)**
trazado(a) traced, outlined (3.2)
trazar to trace, track, draw (7.2)
tribu *f.* tribe, clan **(4.1)**
tribunal *m.* tribunal, court (6.2)
trigésimocuarto thirty-fourth (1.2)
triunfante triumphant **(3.1)**
triunfar to triumph; to win; to be successful **(5.2)**
triunfo *m.* triumph, victory (4.1) **(8.3)**

triza *f.* fragment, shred (4.1)
trocar to exchange (5.3)
trono *m.* throne **(2.1)**
tropa *f.* troupe **(2.1)**
tropel *m.* confusion (5.3)
trópico *m.* the Tropics **(4.1)**
trozo *m.* piece (6.2)
tumba *f.* tomb, grave (8.1)
turnarse to take turns; to alternate (2.3)

últimamente lately, recently (5.1)
último(a) last, final; latest (LP) **(3.1)**
umbral *m.* threshold (6.1)
únicamente only; simply **(6.3)**
único(a) unique, only (LP)
    lo único the only thing (1.1)
unidad *f.* unity
    unidad política political unity **(2.1)**
    unidad territorial territorial unity **(2.1)**
unificar to unify, bring together (7.1)
unir to unite, bring together (4.1) **(5.2)**
    unirse to join, unite oneself; **(3.2)**
urbanizado(a) urbanized **(3.1)**
urbano(a) urban, of the city **(6.3)**
    núcleo urbano urban center **(3.1)**
urgente urgent, important (8.1)
utilizar to use, utilize (1.2)
uva *f.* grape (1.1)

vacío *m.* emptiness (6.1)
vacío(a) empty (1.1)
vagar to wander (5.2)
vaina *f.* nuisance, problem, bother (6.1)
valer to be worth (1.1)
¡Válgame Dios! Oh my God! (2.1)
valioso(a) valuable (LP)
valor *m.* value **(1.3)**
valle *m.* valley (1.1)
vándalo(a) Vandal (2.1)
vanidoso(a) vain, conceited (1.1)
variedad *f.* variety
    programa de variedades variety show **(4.2)**
vasco(a) Basque (2.2)

vecindario *m.* neighborhood (4.2)
vecino *m.* **vecina** *f.* neighbor **(1.1)**
vegetal *m.* vegetable (4.1)
vehemente vehement; impassioned **(1.3)**
venado *m.* deer (5.1)
vencedor *m.* **vencedora** *f.* conqueror, winner, victor **(7.3)**
vencer to defeat, vanquish **(7.1)**
vencido(a) defeated **(6.1)**
vencimiento *m.* victory (2.1)
venganza *f.* vengeance, revenge (6.1)
venta *f.* sale, selling (1.1)
ventanal *m.* large window (8.1)
ventisca *f.* blizzard, snowstorm (4.3)
ventura *f.* good fortune (2.1)
verdadero(a) real, authentic (4.3)
vértigo *m.* vertigo, rush, dizziness (4.2)
vestimenta *f.* clothing (7.3)
vestir (i, i) to dress (5.1)
vez: a su vez in turn (5.2)
vía *f.* way, road, path (2.2)
víbora *f.* viper, snake (7.1)
vibrante vibrante **(1.2)**
vibrar to vibrate; to quiver (LP)
victoria *f.* victory (4.1)
victorioso(a) victorious; successful **(5.2)**
vida *f.* life
  modo de vida way of life (1.1)
vidriera *f.* display case (6.1)

vigencia *f.* use (3.2)
vigor: entrar en vigor to take effect **(4.3)**
vil vile, despicable (2.1)
vinculación *f.* association, link (6.2)
viñeta de barriada *f.* neighborhood scene (6.2)
violencia *f.* violence **(5.1)**
violento(a) violent (3.1)
Virreinato de la Nueva España *m.* Viceroyalty of New Spain **(3.1)**
virrey *m.* viceroy **(6.1)**
visigodo(a) Visigoth (2.1)
vista: punto de vista point of view (1.2)
vistazo *m.* glance, brief or quick look (4.3)
visto(a) seen (LP)
vital vital, necessary (3.2)
vitalicio(a) for life, life-long (7.1)
vivienda *f.* housing (1.1) **(1.3)**
viviente living (7.2)
vivo(a) live, alive (3.2)
  en vivo live (1.2)
vocablo *m.* word, expression (6.2)
vocalista *m.f.* vocalist, singer **(4.3)**
volar (ue) to fly (4.2)
volcán *m.* volcano (3.2) **(5.1)**
  faldas del volcán foothills of the volcano (5.1)
volteado(a) tumbled, overturned (2.1)
volumen *m.* volume **(6.1)**

voluntad *f.* will, desire **(LP)**
  buena voluntad good will (1.2)
volver (ue) a la luz to come to light; to be made known (3.1)
votar to vote (4.3)
voz *f.* voice;
  en voz alta out loud (1.3)
vuestra merced Your Grace (title) (2.1)

ya already (1.3)
yacimiento *m.* bed, deposit, field (7.1)
yegua *f.* mare **(8.1)**
yerno *m.* son-in-law (1.1) **(4.2)**

Z

zacate *m.* scrubber (3.1)
zambo(a) of mixed blood (African and Native American) **(5.2)**
zapatilla de cristal *f.* glass shoe (5.1)
zona *f.* zone, area, region
  zona protegida protected zone, area (5.3)
zoncera *f.* foolishness, silliness (7.1)
zorro *m.* fox (7.1)

ÍNDICE

Text Credits

Lección preliminar

"El encuentro con el otro" by Carlos Fuentes is reprinted from *El espejo enterrado: reflexiones sobre España y el Nuevo Mundo*, by permission of Fondo de Cultura Económica, México.

Unidad 1

"Adolfo Miller" by Sabine R. Ulibarrí is reprinted from *Primeros encuentros/First Encounters* by permission of Bilingual Press, Ypsilanti, MI.

"Los Alomar: la primera familia del béisbol" is adapted from "Fiel a un sueño" by permission of *Más*, Univisión Publications, New York, NY.

"Todo listo para el desfile puertorriqueño de Nueva York" is adapted by permission from *La Prensa*, New York, NY.

"Jon Secada: irresistible en inglés y español" is adapted from "Jon Secada: un triunfo doble" by Cyn Zarco, with permission of *Más*, Univisión Publications, New York, NY.

"Conozcamos a Cristina Saralegui" is adapted from "Cristina Saralegui" by Diana Montané, with permission of *Más*, Univisión Publications, New York, NY.

Unidad 2

"Don Quijote de la Mancha: aventura de los molinos de viento" is adapted from *El ingenioso hidalgo don Quijote de la Mancha*, Parte primera, Capítulo VIII.

"Los avances de las españolas" is adapted by permission from "Estrategias de mujer" by Enrique Gil Calvo, *El País*, Madrid, Spain.

"*Guernica*: El corazón del Reina Sofia" is adapted by permission from *El País*, Madrid, Spain.

Unidad 3

"Tiempo libre" by Guillermo Samperio is reprinted from *El muro y la intemperie* by permission of Ediciones del Norte, Hanover, NH.

"Rigoberta Menchú: del apocalipsis a la gloria" by José Elías is adapted by permission from *El País*, Madrid, Spain.

Unidad 4

"Las herramientas todas del hombre" by Eliseo Diego is reprinted from *Entre la dicha y la tiniebla: antología poética, 1949-1985*, by permission of Fondo de Cultura Económica, México.

"Unicornio" by Silvio Rodríguez is reprinted by permission of BMI Records.

"Juan Luis Guerra: el poeta que canta al mundo" is adapted from "Juan Luis Guerra: poeta y músico del pueblo" by Marta Madina with permission of *Más*, Univisión Publications, New York, NY.

Unidad 5

"Los perros mágicos de los volcanes" by Manlio Argueta is reprinted by permission of Children's Book Press, San Francisco, CA.

"El Grupo Teatral Cadejo: el teatro hecho vida" is adapted from "Acting on a Shoe-string" by Guillermo Fernández Ampié with permission of *Barricada Internacional*, Managua, Nicaragua.

"Himno a la abolición del ejército" by Viriato Camacho Vargas is reprinted from *Historia General de Costa Rica, Volumen V* with permission of Euroamericana de Ediciones Costa Rica, San José, Costa Rica.

Unidad 6

"Un día de estos" by Gabriel García Márquez from *Los funerales de la Mamá Grande* is reprinted by permission of Editorial Sudamericana, Buenos Aires, Argentina.

"La encrucijada de Rubén Blades" by Enrique Fernández is adapted by permission from *Más*, Univisión Publications, New York, NY.

"Mafalda" by Quino J.S. Lavado is reprinted by permission of Editorial Patria, México.

Unidad 7

"El hombre y la víbora" is translated by Edmundo Bendezú and reprinted from *Literatura quechua* by permission of Biblioteca Ayacucho, Caracas, Venezuela.

"La papa" is adapted by permission from *Conocer y saber*, Editorial Atlántida, Buenos Aires, Argentina.

"Las islas Galápagos: gran zoológico del mundo" is adapted from "Las islas Galápagos" by Gustavo Vásconez from *Maravilloso Ecuador* by permission of Círculo de Lectores, Quito, Ecuador.

Unidad 8

"Continuidad de los parques" by Julio Cortázar is reprinted from *Ceremonias* by permission of Editorial Seix Barral, Barcelona, Spain.

"Mafalda" by Quino J.S. Lavado is reprinted by permission from *El País*, Madrid, Spain.

"Discurso de Augusto Roa Bastos en la entrega del Premio Cervantes 1989" is excerpted from *Augusto Roa Bastos: premio de literatura en lengua castellana "Miguel de Cervantes" 1989* by permission of Editorial Anthropos, Barcelona, Spain.

Source Reference: Enciclopedia Hispánica, Encyclopædia Britannica Publishers, Inc. 1991-1992.

Video Credits

Executive Producer	**Associate Producers**	**Editor**	**Composer**
Judith M. Webb	Kimberly Caviness	Stephen Bayes	Jonathan Deily
	Lilián Cueva-Dina		

Illustration Credits

Atlas del Mundo 21
Maryland Cartographics, Inc.

Contenido
Hrana Janto, page xviii
Isaías Mata, page xxi

Lección preliminar
David Gothard, page 6
Isaías Mata, page 12, 14

Unidad 1
Lamberto Álvarez, page 24
David Gothard, pages 31-35

Unidad 2
Hrana Janto, pages 83-87
Lamberto Álvarez, page 78

Unidad 3
Tim McGarvey. page 135
Lamberto Álvarez, page 130
Cynthia Von Buhler, page 138

Unidad 4
Lamberto Álvarez, pages 171, 174,
(Tools) 175, 176

Unidad 5
Isaías Mata, pages 223-226, 227,
230-231

Unidad 6
Daniel Torres, pages 277-280, 282
David Shepherd, pages 284, 285

Unidad 7
Melanie Hall, page 329
Rick García, pages 331-334, 335
Lamberto Álvarez, page 363

Unidad 8
Rudy Gutiérrez, page 387-389,
390

Grammar
Tim McGarvey, page G16
Tim Jones, page G48
Tim Jones, page G78
Tim Jones, page G100, G106

Photography Credits

Picture Research by Sue McDermott, Linda Finigan, Martha Friedman, Melina Freedman.

Photo collage located at the top of the following pages: 2-3; 22-23; 40-41; 58-59; 74-75; 92-93; 112-113; 120-121; 136-137; 154-155; 164-165; 180-181; 198-199; 214-215; 232-233; 252-253; 268-269; 286-287; 306-307; 322-323; 340-341; 358-359; 374-375; 394-395; 412-413 *(left to right)*: D. Donne Bryant / DDB; Stuart Franklin / Magnum; Suzanne L. Murphy; Bill Ballenberg © National Geographic Society; Suzanne L. Murphy / DDB; Bruno Barbey / Magnum; Bruno Barbey / Magnum.

ii: Robert Frerck/Odyssey/Chicago. **iii:** San Francisco Museum of Art, Albert M. Bender Collection, Gift of Albert M. Bender. **iv:** Robert Frerck/Odyssey/Chicago. **xvi:** *t* Robert Frerck/Odyssey/Chicago; *b* Courtesy of Alti Publishing. **xvii:** *l* Buck Campbell / FPG International. **xix:** *l* Filmteam / DDB. **xx:** Suzanne Murphy. **xxii:** Luis Villota / The Stock Market. **xxiii:** *b*

Buddy Mays / Travel Stock. **xxiv:** Mathias Oppersdorff / Photo Researchers, Inc.

Lección preliminar
xxvi: *t* Robert Frerck/Odyssey/Chicago; *b* Steven D. Elmore / The Stock Market. **xxvii:** t Bob Daemmrich / The Image Works; *tl, tm, b* Robert Frerck/Odyssey/Chicago. **2:** AP / Wide World; **3:** *l* Frederic De LaFosse / Sygma; *r* Jim Britt / LGI. **4:** Andrea Brizzi / The Stock Market. **5:** *tl* Guner / Sipa Press; *bl* Rick Maiman / Sygma; *br* UPI / Bettmann. **6:** *tl* The Bettmann Archive; *cl* Ulrich Tutsch; *cr* Culver Pictures; *r* North Wind Picture Archives. **7:** *(clockwise from top left)* D. Donne Bryant / DDB; Richard Levine; Max & Bea Hann / DDB; Howell / Gamma-Liason; Robert Frerck/Odyssey/Chicago; Suzanne Murphy; Ralph Gatti / Sygma. **8:** *(clockwise from top left)* E. Cornelius / Photo Researchers, Inc.; Courtesy of Isaías Mata; Robert Frerck/Odyssey/Chicago; Don Mason / The Stock Market; Luis Villota / The Stock Market; Schulle / DDB; Robert Frerck / The Stock Market. **11:** Courtesy of Houghton Mifflin; **16:** Comstock; **17:** *t* James Prigoff; *m* Botero, Fernando. "The Presidential Family." 1967. Oil on canvas, 6'8 1/8" x 6'5 1/4". The Museum of Modern Art, New York. Gift of Warren D. Benedek; *b* Musée National D'Art Moderne.

Unidad 1

20: James Prigoff. 21: *t* James Prigoff; *b* Okoniewski / The Image Works. 22: AP / Wide World. 23: *l* AP / Wide World; *r* UPI / Bettmann. 24-26 *(background)*: James Prigoff. 24: *l* Mirelle Vautier / Woodfin Camp & Associates. 25: *l* The Institute of Texan Cultures, San Antonio, Texas; *tr* UPI / Bettmann; *br* The Bettmann Archive. 26: *tl* UPI / Bettmann; *bl* UPI / Bettmann; *tr* Reuters / Bettmann; *br* David Young-Wolfe / Photo Edit. 27: James Prigoff. 28: Robert Fried. 30: Painting by Juan Maldonado, courtesy of Sabine R. Ulibarrí. 37: *tl* James Prigoff; *bl* Ray Hillstrom; *br* James Prigoff. 38: *a)* Gordon E. Smith/Rapho / Photo Researchers, Inc.; *(b-e)* Robert Fried; *t, b, br* Robert Fried; *bl* Al Assid / The Stock Market. 39: Robert Fried. *bl* M. Domínguez / LGI; *br* AP / Wide World. 41: *bl* Nina Berman / Sipa Press; *br* M. Gerber / LGI. 42-43 *(background)*: James Prigoff. 42: *l* Bill Wassman / The Stock Market; *c* Bill Cardoni; *r* Bill Cardoni. 43: *l* UPI / Bettmann; *r* Springer / Bettmann Film Archive. 44: *l* Photo courtesy of Puerto Rican Travelling Theater Company; *tr* Nick Elgar / LGI; *br* AP / Wide World. 45: James Prigoff. 46: UPI / Bettmann. 47: Richard Levine. 49: *t* José Rosario; *b* Richard Levine. 50: Richard Levine. 51: *t* Richard Levine; *b* Alex Oliveira / DMI. 52: Richard Levine. 53: *t* Bill Cardoni; *b* Courtesy of the Museo del Barrio. 54: Richard Levine. 58: *l* AP / Wide World; *r* UPI / Bettmann. 59: *l* Rose Hartman / LGI; *r* AP / Wide World. 60-62 *(background)*: Okoniewski / The Image Works. 60: *tl* Max & Bea Hann / DDB; *bl* Tony Arruza; *tr* Buck Campbell / FPG International; *br* Alex Quesada / Matrix; *br (inset)* Max & Bea Hann / DDB. 61: Larry Mulvehill / Ray Hillstrom. 62: *tl* AP / Wide World; *tm* The Miami Herald; *tr* The Miami Herald; *br* Mariene Karas/Atlanta Constitution / SABA. 63: Okoniewski / The Image Works. 64: Reuters / Bettmann. 65: Marice Cohn Band / The Miami Herald. 66-67: A. Rodríguez-Duart / LGI.

Unidad 2

72: Robert Frerck/Odyssey/Chicago. 73: *t* Ulrike Welsch; *b* Robert Frerck/Odyssey/Chicago. 74: *l* Stock Montage; *r* Giraudon / Art Resource. 75: *l* Giraudon / Art Resource; *r* North Wind Picture Archives. 76-77 *(background)*: Robert Frerck/ Odyssey /Chicago. 76: *tl, bl* Robert Frerck/ Odyssey /Chicago; *tr* North Wind Picture Archives; *mr* Daniel Aubry; *br* Everton / The Image Works. 77: *(clockwise from top left)* David Barnes / The Stock Market; Robert Frerck/Odyssey /Chicago; Robert Frerck/Odyssey/Chicago; Minamikawa / Sipa Press; Minamikawa / Sipa Press; Robert Frerck/Odyssey/Chicago; Robert Frerck/Odyssey/Chicago. 78: *bl* Scala / Art Resource; *r* Stock Montage. 79: Scala / Art Resource. 80: *t* Robert Frerck/ Odyssey /Chicago; *m* Rob Crandall / The Image Works; *b* Noboru Komine / Photo Researchers, Inc. 89: Robert Frerck/Odyssey/Chicago; Eric Lessing / Art Resource. 92: *l* AP / Wide World; *r* The Bettmann Archive. 93: *l* Lynn Goldsmith / LGI; *r* Allsport Photographic Ltd. 94-95 *(background)*: G. Anderson /

The Stock Market. 94: *tl, bl* Scala / Art Resource; *r* Stock Montage. 95: *tl* M. Brodsky / DDB; *bl* Scala / Art Resource; *r* UPI / Bettmann. 96: *l* Popperfoto / Archive Photos; *r* AP / Wide World; 97: *tl* Europa Press / Sygma; *tr* Daniel Aubry; *br* R. Lucas / The Image Works; *bl* Bob Daemmrich. 98: L. Mangino / The Image Works. 100: Giraudon / Art Resource. 101: Ara Guler / Sipa Press. 102: Giraudon / Art Resource. 103-105: ©1994 Artists Rights Society (ARS), New York / SPADEM, Paris. 106: Ralph Gatti / Sygma. 113: Manuello Pagnelli / LGI.

Unidad 3

118: Robert Frerck/Odyssey/Chicago. 119: *t* Robert Frerck/Odyssey Chicago; *b* Doug Vargas / The Image Works. 120: *l* Peter Jordan / Gamma-Liason; *r* Gigi Kaeser. 121: *l* Mary Powell / LGI; *r* Courtesy of BMG International. 122-123 *(background)*: Robert Frerck /Odyssey/Chicago. 122: *tl, tm, tr* Robert Frerck/Odyssey/Chicago; *mc* David Harvey / Woodfin Camp & Associates; *bl* Chip & Rosa Maria Peterson. 123: *l* Robert Frerck/Odyssey/Chicago; *r* D. Donne Bryant / DDB. 124-125 *(background)*: Emil Muench / Photo Researchers, Inc. 124: *t* D. Donne Bryant / DDB; *bl, br* Robert Frerck/Odyssey/ Chicago. 125: *tl, tr* Robert Frerck/Odyssey /Chicago; *br* D. Donne Bryant / DDB. 126: AP / Wide World. 127: *Frida y Diego Rivera (cuadro de Frida Kahlo, l931)*. San Francisco Museum of Art, Albert M. Bender Collection, Gift of Albert M. Bender. 129: Russell M. Cluff. 133: *t & l* Robert Frerck/Odyssey/Chicago; 136: AP / Wide World. 137: *l* M. Algaze / The Image Works; *r* AP / Wide World. 138-139 *(background)*: Robert E. Daemmrich / Tony Stone Images. 139: *l* Enrico Ferorelli; *r (inset)* Robert E. Daemmrich / Tony Stone Images. 140-141 *(background)*: Suzanne Murphy / DDB. 140: *t* AP / Wide World; *bl* AP / Wide World; *br* D. Donne Bryant / DDB. 141: *l* Sherlyn Bjorkgren / DDB; *r* Sipa Press. 142: The Newberry Library. 143: Filmteam / DDB. 145: *tr* AP / Wide World; *b* Sipa Press. 146: *t* Robert Frerck/Odyssey/Chicago; *b* Diego Goldberg / Sygma. 147: *t* Sherlyn Bjorkgren / DDB; *b* Sergio Dorantes / Sygma. 150, 154: Robert Frerck/Odyssey/Chicago. 155: *t* Robert Frerck/Odyssey/Chicago; *b* M. Salaber / The Image Works. 156: Figura de piedra. The Metropolitan Museum of Art, The Michael C. Rockefeller Memorial Collection, Bequest of Nelson A. Rockefeller, l979. (l979.206.585) Photograph by Schecter Lee. 157: The Fine Arts Museum of San Francisco, Bequest of Harald J. Wagner.

Unidad 4

162: *l* Tom Bean / The Stock Market; *r (inset)* Suzanne Murphy-Larronde. 163: *t* Robert Crandall / The Image Works; *bl* Suzanne Murphy; *br* Robert Frerck/Odyssey/Chicago. 164: *l* Osvaldo Salas / Courtesy Center for Cuban Studies; *r* Reuters / Bettmann. 165: *l* Layle Silbert; *r* AP / Wide World. 166-167 *(background)*: Robert Caputo / Matrix. 166: *tl* John Kreul; *bl* North Wind Picture Archives; *br* The Bettmann Archive. 167: The Bettmann Archive. 168

(background): Robert Caputo / Matrix. **168:** *tl* AP / Wide World; *b* UPI / Bettmann; *r* AP / Wide World. **169:** Robert Caputo / Matrix. **170:** *t* UPI / Bettmann; *b* John Kreul. **173:** Kathleen Weaver. **178:** John J. Lupinor / The Palm Beach Post. **180:** *l* UPI / Bettmann; *r* AP / Wide World. **181:** *l* Al Tielemans / Duomo; *r* The Miami Herald. **182-183** (background): Tom Bean / The Stock Market. **182:** *l* Giraudon / Art Resource; *r* D. Greco / The Image Works. **183:** OAS. **184** (background): R. Rowen / Photo Researchers, Inc.; *b* UPI / Bettmann. **185:** Suzanne Murphy-Larronde. **186:** The Bettmann Archive. **188:** Gerardo Somoza / Outline. **189:** *t* Jaime Enrique de Marchena; *b* Martin Rogers / Woodfin Camp and Associates. **190:** Martin Rogers / Woodfin Camp and Associates. **191:** Gerardo Somoza / Outline. **192:** D. Greco / The Image Works. **194:** *l* Steven E. Sutton / Duomo; *r* Gary Newkirk / Allsport. **198:** l AP / Wide World; *r* Larry Downing / Sygma. **199:** *l* Courtesy of Rosario Ferre, photo by Cecil Pedrosa; *r* Lynn Goldsmith / LGI. **200-201** (background): Luis Villota / The Stock Market. **200:** *l* J. Sapinsky / The Stock Market; *r* Max & Bea Hann / DDB. **201:** Robert Frerck/Odyssey/Chicago. **202** (background): Harvey Lloyd / The Stock Market. **202:** *l & r* Robert Frerck/Odyssey/ Chicago. **203:** Jean Miele / The Stock Market. **204:** AP / Wide World. **205:** Alex Quesada / Matrix. **206:** Photri.

Unidad 5

212: *t* Viviane Moos / The Stock Market; *bl* Byron Augustin / DDB; *br* David Sailors / The Stock Market. **213:** *tl* Alyx Kellington / Light Sources Stock; *tr* Crosby & Pogue/Courtesy Pueblo to People; *bl* Robert Fried/Gay Bumgarner / Tony Stone Images; *br* Bachmann / The Image Works. **214:** *l* UPI / Bettmann; *r* Claude Urraca / Sygma. **215:** Layle Silbert. **216-217** (background): Alyx Kellington / Light Sources Stock. **216:** *l* Rita Nannin / Photo Researchers, Inc.; *r* C. Carrion / Sygma. **217:** *r* Luis Villota / The Stock Market. **218** (background): Alyx Kellington / Light Sources Stock. **218:** *r* Claude Urraca / Sygma **219:** Luis Villota / The Stock Market. **220:** Robert Fried. **222:** Layle Silbert. **229:** *l* Wesley Boske / Sipa Press; *r* Bigwood / Gamma-Liason. **232:** *l* Bleibtreu / Sygma. **233:** *l* Brad Market / Gamma-Liason; *r* Paolo Bosio / Gamma-Liason. **234-235** (background): Victor Englebert / Photo Researchers, Inc. **234:** *tl* Robert Daemmrich / The Image Works; *bl* Byron Augustin / DDB; *r* Wesley Bocxe / Photo Researchers, Inc. **235:** *l* D. Donne Bryant / DDB; *r* Brenda J. Latvala / DDB. **237-239** (background): R. Kalman / The Image Works. **237:** *l* Bosio / Gamma-Liason; *r* Byron Augustin / DDB. **238:** *l* Bouttin / Leo de Wys, Inc.; *r* UPI / Bettmann. **239:** *tl* UPI / Bettman; *bl* UPI / Bettmann; *r* J. Palomes / Impact Visuals. **240:** R. Kalman / The Image Works. **242:** Photo courtesy of Teatro Cadejo de Managua; **243:** Barbara Alper / Stock Boston. **244:** Joseph Schuyler / Stock Boston. **245:** Lionel Delvingne / Stock Boston. **248:** *l* Reuters / Bettmann; *r* Peter Keely / Impact Visuals. **252:** *l* UPI / Bettmann; *r* Ixok AmarGo, Central

American Women's Poetry For Peace,©1987, edited by Zoe Anglesey, Granite Press. **253:** *l* Bleibtreu / Sygma; *r* Courtesy of Carmen Naranjo. **254-255** (background): Larry Hamill. **254:** *l* Larry Hamill; *r* Robert Fried. **255:** *l* D. Donne Bryant / DDB; *tr* Douglas Faulkner / Photo Researchers, Inc.; *br* James P. Rowan / Tony Stone Images. **256:** *l* UPI / Bettmann; *r* Bleibtreu / Sygma. **257:** Larry Hamill. **259:** Hans Reinhard/Okapia / Photo Researchers, Inc. **260:** *t* Michael Fogden / DRK Photo; *b* Wendy Shattil/Bob Rozinski / Tom Stack & Associates. **261:** John Cancalosi / DRK Photo.

Unidad 6

266: Robert Frerck/Odyssey/Chicago. **267:** *tl* Luis Villota / The Stock Market; *tr* Michael Fogden / DRK; *ml* Harvey Lloyd / The Stock Market; *br* Robert Frerck/Odyssey/Chicago. **268:** *l* Robert Daemmrich / The Image Works; *r* Les Stone / Sygma. **269:** *l* courtesy of Galería Garcés Velásquez; *r* Ledru / Sygma. **270-271** (background): Carlos Humberto / The Stock Market. **270:** *l* Craig Duncan / DDB. **271:** *tl* Robert Frerck / The Stock Market; *tl (inset)* Joseph G. Standart / The Stock Market; *bl* AP / Wide World; *bl (two inset photos)* Craig Duncan / DDB; *r* The Bettmann Archive. **272:** (background): Luis Villota / The Stock Market. **272:** *l* Craig Duncan / DDB; *m* Les Stone / Sygma; *r* Les Stone / Sygma. **273:** Erik Svensson / The Stock Market. **274:** The Bettmann Archive. **276:** AP / Wide World. **283:** Robert Frerck / Odyssey / Chicago. **286:** *l* Tom Zimberoff / Sygma; *r* D. Fineman / Sygma. **287:** *l* P. F. Gero / Sygma; *r* Photo by Zoe Anglesey, *Ixok AmarGo, Central American Women's Poetry For Peace,* ©1987 Granite Press. **288-289** (background): Robert Frerck/Odyssey/ Chicago. **288:** North Wind Picture Archives. **289:** *l* North Wind Picture Archives. **290:** Stock Montage. **291:** *l* Dirk Halstead / Sygma; *r* Murillo / Sygma. **292:** Robert Frerck/ Odyssey/Chicago. **293:** *t* Barry W. Barker / Odyssey/Chicago; *b* Suzanne L. Murphy / DDB. **294:** ©1991 Sony Music Entertainment, Inc., photo by Melina Freedman / © D.C. Heath & Company. **295:** Ralph Domínguez / Globe Photos. **296:** Trapper / Sygma. **297:** Richard Pasley / LGI. **298:** *l* Sygma; *r* Peter Sorel / Sygma. **299:** Trapper / Sygma. **301:** Globe Photos. **302:** *t* Robert Frerck/Odyssey/ Chicago; *b* Max & Bea Hann / DDB. **306:** *l* Copyright de esta edición Biblioteca Ayacucho, courtesy of Monte Ávila Editores C.A. *r* UPI / Bettmann. **307:** *l* Oscar Sabetta / Sygma; *r* The Miami Herald. **308-309** (background): Ulrike Welsch / Photo Researchers, Inc. **308:** *l* Chip & Rosa Maria Peterson. **309:** *l* Robert Crandall / The Image Works; *tm* Swarthout / The Stock Market; *bm* David Sailors / The Stock Market; *tr* The Bettmann Archive. **310-311** (background): Luis Villota / The Stock Market. **320:** *t* Mark Antman / The Image Works; *bl* Ken O'Donoghue/© D.C. Heath & Company; *r* OAS. **311:** *l* Mark Antman / The Image Works; *r* Les Stone / Sygma. **312:** Ulrike Welsch / Photo Researchers, Inc. **313:** Robert Crandall / The Image Works. **314:** Robert Crandall / Image Works / D.C. Heath. **315:** Robert Crandall / Image Works / D.C. Heath.